白水谣

熊焱 —— 著

SPM 南方传媒 | 花城出版社
中国·广州

图书在版编目（C I P）数据

白水谣 / 熊焱著. -- 广州 : 花城出版社，2024.6
ISBN 978-7-5749-0156-8

Ⅰ. ①白… Ⅱ. ①熊… Ⅲ. ①长篇小说－中国－当代
Ⅳ. ①I247.5

中国国家版本馆CIP数据核字(2024)第019570号

出 版 人：张　懿
责任编辑：安　然　钟毓斐
责任校对：梁秋华
技术编辑：凌春梅
封面设计：蒲　旭

书　　名	白水谣 BAISHUI YAO
出版发行	花城出版社 （广州市环市东路水荫路 11 号）
经　　销	全国新华书店
印　　刷	佛山市迎高彩印有限公司 （佛山市顺德区陈村镇广隆工业区兴业七路 9 号）
开　　本	787 毫米 × 1092 毫米　16 开
印　　张	34.25　1 插页
字　　数	550, 000 字
版　　次	2024 年 6 月第 1 版　2024 年 6 月第 1 次印刷
定　　价	78.00 元

如发现印装质量问题，请直接与印刷厂联系调换。
购书热线：020-37604658　37602954
花城出版社网站：http：//www.fcph.com.cn

有时候，命运让我历尽千辛万苦，
就是为了学会在余生好好地爱你！

目录

上部

中部

下 部

上部

第一章

1

在最初，那是一片寂静，仿佛群山沉默，大河封冻，天空无声地俯下身子。慢慢地是一阵喧嚣，仿佛阳光下的雪崩汹涌着雪浪，翻卷着潮汐，溅起万千飞扬的雪片，整个世界陷入白茫茫的恍惚和迷离。

这时大哥的儿子杨胜利呼哧呼哧地跑进来，喘着粗气喊我。见我没有回应，他轻推了我一下，又凑过头来看我手上的书，嘀咕道，小叔，你看的是什么书？

十一岁的我也说不清楚那到底是一本什么样的书，是上午我去找金贵的时候，顺手从他家捎来的。金贵的爷爷杨志飞和我的父亲杨志强是同父异母的兄弟，但多年前两人就已经反目成仇，不过，两家的孩子倒是在一起玩耍，双方的家长均不反对。金贵比我小一岁，我们常在一起玩。那个年纪的我特别喜欢读书，不管什么样的书，我都会抓起来读，有时读得入神，还会手舞足蹈。当我从金贵家把那本书带回来后，我才注意到那本书没有名字，封面和扉页已经被毁了，书脊上也是一片模糊，但让我惊奇的是，书上竟然绘着一男一女裸着身子的插图。我迫不及待地读，在读到那部分关于男女之间情事的描写时，我先是感到整个世界的寂静，随即是天崩地裂的喧嚣和毁灭。面对杨胜利的询问，我慌忙把书藏到身后，戳了一下他的脑袋，说，你太小了，看不懂。

杨胜利说，那你告诉我，书上都写了什么？

我说，你才六岁，说了你也不明白。

杨胜利噘着嘴说，你说不出来，说明你也没看懂。

我脑子里满是那些文字中光怪陆离的场景，只想着继续看下去，不耐烦地挥挥手，没好气地说，去去去，别影响我看书。

杨胜利说，小叔，你知不知道，我们家来了好多人啦。

我不满地提高声音，赶紧给我走，别影响我看书。

杨胜利说，小叔，你听见外面的声音没有？

我这才注意到我家的前院里传来很响亮、很嘈杂的声音，就像大海正在滚动着潮汐。我愣一愣，说，外面在做什么呢？

杨胜利说，我不知道。反正有很多的人，还有几个背枪的呢。对了，还有好多人也去了大伯公家。

我又哦了一声。

杨胜利说，小叔，你要不要去看看？

我说，不用了。然后我又说，你出去看看，如果有什么事情的话，你进来和我说说。

杨胜利嗯了一声，转身就跑出去了。他跑出去的时候还一跳一跳的，小小的背影就像一只轻快的蚂蚱。

我迫不及待地打开书。但接下来的文字描写，却不再是让我读得耳热心跳的场景，我微微失望，又有些急迫，开始又往后翻，走马观花地浏览。

又有人跑进来了，是我的三姐杨江。她气喘吁吁地喊我，小浩子，小浩子。

我把书藏起来，看着她。

她问我，你在干吗？

我说，看书啊。

她说，爹和娘都被他们抓走了。她的声音那么苦涩，就像北风在吹，倒伏一片枯草。我一怔，随即把书塞进腋下的衣袖里，跟着她一起朝外跑去。

在镇上的祠堂前面，是一片宽阔的大坝，用木板搭建了一个批斗台。我的父母和杨志飞夫妇被押到批斗台上，站成一排。中间是我的父亲杨志强和我的伯父杨志飞，四人的背上都插着一块牌子。台下围聚着杀气腾腾的人群，喊着口号，就像一锅沸腾的粥。

我和杨江挤过去。这时有一个声音在叫我，小叔，我们在这里。我顺着声音看到了杨胜利朝我笑着，还调皮地挤眉弄眼。旁边是他的母亲朱秀和我的四姐杨雨，朱秀还抱着她一岁多的二儿子杨国庆。杨江朝他们那边挤过去了，但我没过去，我径直挤到人群的最前面去了。

在台上，站在我的父亲面前的一位中年男人长着一双三角眼，脸色有些惨白，鼻尖微微发红。他叫罗大庆，是工作队的队长，本镇人。原本县里是打算派别的人来当队长，后来不知为什么又没来，就让罗大庆当了队长。他开始讲话，说得慷慨激昂，台下的声音才逐渐平息下来。他是以提问的方式开头的，然后自问自答。他说，我们为什么吃不饱饭？全是因为地主占了本该属于我们的土地。我们为什么受苦受穷？全是因为受到了地主阶级的压榨和剥削。现在，我们当家作主了，我们要向地主恶霸们清算他们的罪行。我们每一个受苦的群众，都要积极地投入火热的斗争生活中去。他的嗓音很大，把人们的情绪一下就煽动了起来。他们欢声雷动，挥舞着手臂，不停地喊着口号：打倒地主恶霸！打倒地主恶霸！

有人开始朝杨志飞和杨志强两人吐口水，扔碎石子，掷瓦片。场面一下子就混乱了起来，有一个中年男子飞快地冲上批斗台来，朝杨志飞的脸上就是一拳。杨志飞顿时应声而倒。台下的人群欢声雷动，叫着，打得好，打得好，打死地主恶霸。

罗大庆站出来制止，把混乱的场面给控制了下来。当一个民兵将杨志飞一把扯起来的时候，我才发现他的鼻子血流如注，额头还被碎石子打肿了，像一个小桃子。

人们接着批斗我的父亲杨志强。我在台下看到他把头深深地低着，似乎脑袋都快要从脖子上掉下来了。有一个五十多岁的男人率先站出来批斗，他叫刘来福，以前是我们家的佃农。这个衣衫单薄的男人精神亢奋、血脉偾张的样子。他大声质问杨志强，当年我只向你借二十个大洋，你后来却要我还五十个大洋，你这个地主恶霸，吃骨头都不吐渣，还我的血汗钱来。台下立即响起一阵骂声，地主恶霸该死！打倒地主恶霸！

待骂声稍微平息下去，杨志强微微抬头，怯生生地说，不是那样的，是那年抓壮丁，只要缴纳五十个大洋，就不用去当壮丁了。你媳妇带着娃儿来我家借钱，我当时也没多少钱，后来还是借给你们了，就是五十个大洋啊，我一个也没有多要，你们后来只还了我二十个，还有三十个我还一直都没有要的呀。

地主恶霸还嘴硬。你明明多收了我三十个大洋，还带着人到我家里来威胁我，又砸了我家里的东西，地主恶霸，可恶，可恨，该死！刘来福显得义愤填膺。

你，你不能冤枉人啊。我真的只收了二十个大洋，来福，你摸着良心，这些年里我对你还不够好吗？杨志强想辩解，言辞却又显得很苍白。

地主恶霸你休想狡辩！罗大庆突然打了杨志强一记响亮的耳光，厉声喝道，地主恶霸休想减轻你的罪行，把你的罪行如实招来，坦白从宽，抗拒从严，听到了吗？快说！他声色俱厉地呵斥着杨志强的样子，就像是在呵斥着正在地里偷吃庄稼的牲口。

台下掌声如雷。在这刺耳的喝彩声中，我突然听到我母亲王秀莲的声音像针似的细细地穿过来，你们，你们怎么能乱打人呢？罗大庆对王秀莲恶狠狠地吼道，地主婆，你给我闭嘴。他说着还朝我母亲推了一把。王秀莲不由自主地后退了两步。

我听到有人大声地叫好，又有人叫着把她衣服剥了。我看到我的母亲垂着头，长发在北风中散乱地飘，身子微佝，似乎想缩成一团。我难过极了，我也不知是从哪里滋生出来的一股力量，像兔子一般蹿上了台去。我要救我的母亲，要把她领回家去。

谁也不曾想到这个才十一岁多的男孩会有如此初生牛犊不畏虎的勇气，在他们还未反应过来的时候我已冲到罗大庆的面前，朝他的腿上狠狠地踢了一脚。罗大庆勃然大怒，一个扫堂腿把我踢翻在地，反剪住我的双手，喝道，地主狗崽子，老子告诉你，你们作威作福的时代已经过去了。老子今天不给你一点颜色看看，你还不晓得犁铧是生铁铸的。说完他朝我脸上抽了两个耳光。

我听到母亲的惊呼声，浩儿，浩儿！

我不停地挣扎，大声地骂道，我日你娘，罗大庆，快放开我。随即我歪着头一口唾液吐到了他的脸上。这无异于火上浇油，罗大庆在恼怒中抓着我扔下了台。我听到有人欢呼有人惊叫，随即我的后脑勺重重地磕在地上，双耳被灌进了万千种杂乱的轰响，然后什么都不知道了。

那天批斗会结束的时候已是黄昏了，天空灰蒙蒙的，大面积的云朵重重地压下来。在这个萧索的冬天，整个镇子却像过节一样热闹，人们久久地不能从那种久违的热情和亢奋中回过神来。

第二天，我躺在床上休息，听到祠堂外人们发出的声响，仿佛波浪汹涌，海潮拍岸。我很想去看看，可是我四肢乏力，头上被罗大庆摔破的那个伤口还在隐隐地疼，让我的整个脑袋都昏沉沉的，就好像长在我脖子上的是一块沉重的石头。我摸出那本没有名字的书来看，昨天那些还在令我心悸的文字却变成了蚂蚁似的在我的眼中爬进爬出，我把书塞到枕下，无助地躺着，睁开双眼看着天花板发呆。

此时，就在祠堂外的会场上，一个民兵在殴打杨志飞。他打一下，台下的人群就喊一声。那个民兵又打一下，台下的人群又喊一声。这时候，杨志飞的孙子金贵冲上台去了。乳臭未干的他就想这样冲上去救他的爷爷？以前他可以随意地打人骂人，任性地耍耍他小小少爷的脾气，但如今已不同往昔了。他也不想想在头一天有一个叫杨浩的家伙也是这样莽撞地冲上台去，结果被罗大庆摔得头破血流的。

他冲过去，一把揪住了正在殴打杨志飞的那个民兵的裆下。这一招是以前他和我打架的时候彼此都惯常使用的，现在他竟然把它派上了用场。那民兵被揪住裆下后痛得嗷嗷大叫，在愤怒中举起手里的枪托砸了下去。

人群在短暂的沉寂之后，又热烈地高呼了起来……

风低回着，呼呼地响，像运动进行曲，又像低缓的哀乐。

杨志飞双眼一翻，晕了过去。他的妻子跪在地上，已经不知道什么是哭泣了，只是不停地用前额砸地。杨志强夫妇对望着，面如土色，都惊骇得忘记了悲伤。

2

夜里，窗外的北风依旧呼啸着，像是一把二胡拉出凄凉的颤音。我头上的伤已经不疼了，可我还是辗转难眠。我爬起来，把那本画着裸体插图的书翻出来看，却始终无法集中精力。我起身上完茅厕，无聊地顺着回廊闲逛。在经过后院时，我看见我的父亲杨志强正坐在那里抽烟，风声如诉，月色凄清，他手中的烟头明明灭灭，犹如在天际闪烁的孤星。

王秀莲悄无声息地走过来。她不说话，只是把一只手搭到他的左肩上。他握着她的手。两人半晌都没说话。

当他摁灭烟头时，她轻声说，外面冷，回去睡吧。

他使劲握了一下她的手，嗯一声。

但他们回到房间后，仍然睡不着。多年后据王秀莲回忆，那个夜晚她有着一种生离死别般的心悸，她把头枕在丈夫的臂弯里，一只手紧紧地搂着他的腰。杨志强似乎已不太适应这样的亲密，他轻轻地推了推她。她纹丝不动，反倒搂得更紧。他叹了一口气，说，都老大不小了。

她说，我听说，他们明天要下狠手了！

他沉默了，半晌后又叹了一口气，淡然地说，该来的，终究会来。

她说，干脆我们逃吧。

他茫然地说，逃？往哪里逃？我们又能逃得了吗？

她不吭声了。好一会儿，她忧心忡忡地说，听说有的地方下手重了点，就有人没了。我担心，万一你有个三长两短，这个家该怎么办？

他安慰道，没事的，咱们只是被改造成劳动者。

她轻声说，我只是担心。

他用力搂了搂她。她说，以前鸿儿叫我们把土地分出去，当初要是听他的话，把土地分出去了，会不会现在就没事了？

杨志强轻笑一声，说，别傻了，睡吧。

很久，他们依然未能入睡。王秀莲又忍不住开口了，他们说我们霸占农民的土地，我知道，确实有些地主是这样，可你却没有。

杨志强说，我没有，并不代表我们家祖上没有。祖上霸占了农民的土地，子孙就得还回去。

王秀莲说，要还就还吧，干吗要打人？

杨志强说，睡吧，别再说话了。

这一次，他很快睡过去了。王秀莲听着他轻微的鼾声，像蜻蜓点水，在水面荡开涟漪。她睡不着，听到外面的狗叫声起起落落，夜晚漫长得就像一个世纪。后来她不记得自己是怎么睡过去的，迷迷糊糊中，她醒来，天色微明，她一骨碌爬起来，直奔灶台做早饭。

吃早饭时，我看到王秀莲的眼中布满血丝。杨志强语气严肃地告诫我们，从今天起，你们谁也不准再去祠堂。我们都遵从了他的命令，连杨胜利也乖乖地待在家里。有几次他问我，小叔，爷爷奶奶为什么要被拉到祠堂去？我回答不了他的问题，我默默地看着阴沉沉的天空。彤云浓密，风声渐烈，我想，雪应该就快来了。

傍晚，杨志强回来时额头上新添了一个微微红肿的小包。杨胜利指着他的额头问，爷爷，你痛不痛？杨志强微笑着说，不痛，一点都不痛。随即他吩咐大家一起打扫牛屋，务必在今晚就要收整出来。

牛屋在厢房边上，当年我们家圈养的牲口甚多，牛屋还算宽敞。杨志强带头，我们一起把牛屋里的牲口粪便和干草掏出来，累得满头大汗，一直折腾到后半夜才结束。我也参与其中，在忙碌的间隙悄悄问王秀莲，我们准备牛屋做什么。她面色惨白，疲惫地摇头。

次日下午，人群涌进了家里。他们的声音很响亮，领头的罗大庆趾高气扬，指挥着人群抬走了我们家里那些古色古香的家具，还有粮仓里那一担又一担的粮食。我们远远地站在一边，看着人群忙忙碌碌、喜笑颜开。我们默默地看着他们，泪水全都压在眼眶里。

王秀莲首先忍不住哭起来，泪水哗啦啦地倾泻而出。她对杨志强说，你怎么不说话呢？你和我说说话呀。

杨志强说，说什么呢？还有什么能说的呢？

王秀莲说，我心里像刀割那样，你和我说说话，我就会感到好受点。她说着，泪水流得更多了。

杨志强说，他们要拿去就拿去好了。他竭力平静着心绪，但眼里泪光盈盈。

这下王秀莲更加控制不住自己的情绪了。她说，我要过去看看，我要去摸一摸我们家的那些东西。然后她朝那边跑过去，一边跑一边叫道，罗……罗……罗队长！

罗大庆正悠闲地站在院子里，一边抽着烟，一边指挥着人们搬运东西。我看到王秀莲跑过去，朝罗大庆跪下了，还连连叩头，似乎在哀求着什么。罗大庆把头昂得高高的，一副不理不睬的样子。

杨志强皱起了眉头，他对杨江说，三妹，去把你娘叫回来。

杨江就跑过去。我突然发现三姐跑起来的时候身姿一扭一扭的，像风中摆动的柳枝。

我看到她一跑过去就拉王秀莲。王秀莲起初还不起来，是杨江把她生拉硬拽起来的。然后我看到罗大庆对着杨江说着什么，接着他用手拍了拍杨江的肩头，并趁机在她的屁股上摸了一把。

我又远远地看到了杨江很恼怒的样子，她似乎想要对罗大庆发火。但王秀莲一把将她拉过来了。她们走过来的时候，我发现王秀莲的眼睛里带着泪水闪烁的忧伤。

当天夜里，我们家住进了牛屋。里面飘着一股混合不清的怪味道，黏糊糊的，久久散不去。我躺着，听到外面北风呼啸，心想着大雪应该就要来了。

三天后，有人搬进我们家的屋里来住了。也有不愿住的，骂着住在这样的鬼地方很晦气，就把我们家的小阁楼或大宅房拆了，再在自家的地基上修建。

也就在这一天，罗大庆在会上宣布了一个决定，说把我们家的那间老屋返还给我们。那间老屋年代久远了，遍布蛛网和灰尘，已经很久没人居住，被我们家用来堆放杂物了。当罗大庆宣布这个决定的时候，会场立即就乱开了，七嘴八舌地，议论纷纷。后来罗大庆拍着桌子，大声说，这事就这样定了。

我们一家搬进老屋之后，王秀莲突然哭起来了。杨志强认为她是高兴得过头了，就安慰妻子说，不要哭了，有什么高兴的呢？这本来就是我们家的嘛。他这么一说，王秀莲哭得更为伤心了。

等王秀莲止住哭声之后，杨志强突然问她道，我一直没搞明白，为什么他们要把这间老屋还给我们呢？

也许……也许是他们突然良心发现了。王秀莲说着，又开始垂泪。

杨志强摇摇头，很坚决地说，不可能，肯定不是这样的。他又沉吟道，那他们到底是为什么呢？

王秀莲不说话，只是用手抹着泪水。

杨志强慢慢地走出门去，茫然地看着另一边破残的院子。那里曾是杨志飞一家的大宅院，如今已是一片瓦砾和废墟。北风吹过来，刮起一阵阵的尘土和乱飞的纸屑。这时候他听到妻子在身后跟他说，都这个时候了，你去看看大哥吧。他点点头，深吸了一口气，然后朝杨志飞家走过去。

杨志飞一家依旧挤在牛屋里，围着一堆通红的炭火。风在外面回旋，时不时从缝隙里灌进来。没人说话，大家都默默地看着杨志飞，等着他开口。但他不说，他把头埋得很深。

杨志强站在牛屋的门口踌躇不决，不知道是该进去，还是不该进去。这时杨志飞的妻子李氏发现了他，走到门边喊，三叔，进来吧。

他犹豫着，又听到了杨志飞的声音，志强，进来坐啊。

杨志强这才走进去，有好几人站起来让座。杨志强并没有坐下去，而是低着头，双手不安地搓着衣角，轻轻地叫了声，大哥！

志强。杨志飞站了起来，刚叫了一声，就觉得喉咙被什么东西给堵住了。

杨志强盯着杨志飞的脸，嘴唇嚅动了两下，一副欲言又止的样子。然后他怯生生地伸出手去，似乎想握住对方的手，但刚一伸出去，却又迟疑地缩了回来。

倒是杨志飞一把抓住杨志强的手，低声说，志强……他的声音一下哽咽了起来，对不起！

这下杨志强再也控制不住自己了，猛地挣脱了杨志飞的双手，紧紧地将对方抱住，哑着嗓子叫了声“大哥”，然后放声大哭起来。

别哭了，别哭，我们两兄弟……杨志飞轻拍着杨志强的后背，竭力以一种兄长的镇静和稳重来安慰对方，可是到最后连他自己都说不出话来了，也跟着放声大哭。

他们这一哭，家里的人也都跟着哭起来了，高高低低的哭声像泥沙一样融进了浑浊的河水中。

就在当天夜里，工作队的几个领导突然把杨志飞单独地拉到祠堂里去批斗。在抄家的时候，除了那些看得见的财产，杨志飞只交出了五百个大洋。人们不相信，很久以前人们就在镇上传说着杨志飞兑现了一大批金条的，而现在这些金条去了哪里呢？人们认定是杨志飞藏起来了，这几天来一直都在要求他把金条交出来。

罗大庆问他，你这么多年来剥削和压榨人民，把人民的血汗钱藏到哪里去了？赶快交出来。

杨志飞苦着脸，小心翼翼地回答，队长，您不是看到了的吗？我全都交出来了的。他刚说完，就有两个人冲过去打他的耳光。一个人高喊道，地主恶霸不老实，该打。

罗大庆喝道，你把金条藏到哪里去了？

我从来就没有金条。杨志飞依旧苦着脸，说，我真的没有金条，我冤枉啊，我真的没有金条。

有人喊道，地主恶霸不老实，再打。然后就有人冲上去对着杨志飞拳打脚踢。可是任凭他们怎么殴打，杨志飞就是在喊冤叫屈，矢口否认他藏有金条。工作队的那几个家伙对他无可奈何，便私下商议了一番，将杨志飞遣回家里，然后将他的妻子李氏拉来批斗，想从一个妇道人家的嘴里套出一点话来。

但他们显然小瞧了这个性情刚烈的女人，她翻来覆去地说，我不是当家的，我不知道，我什么都不知道。被问得急了，她还嚷了起来，说，我们家的钱都是做生意挣来的。

放屁。罗大庆大喝道，你们家的臭钱都是我们人民的血汗。我们的政策是坦白从宽，抗拒从严，快快如实招来。

这个女人不说话，她倔强地扬着头。

有人给了她两耳光，把她的嘴角都打得流出了血来。那人威胁似的叫了起来，你说不说？不说我就打死你。

她呸了一声，恶狠狠地说，我会记住你们的，你们就是一群禽兽。

工作队的几个领导气得脸色都青了。罗大庆揪住李氏的头发，狠狠地给了她一耳光。看到罗大庆动了手，另外一人也给了李氏一脚。在这样的情形下，李氏居然将一口痰吐到了罗大庆的脸上，还破口大骂道，畜生！

大伙儿一拥而上，拳脚像雨点般纷纷落在她身上。打了一阵之后，他们停了下来。他们认为光靠拷打是不够的，就想出了一个新鲜的办法，把那女人的衣服扒了下来，只剩下一层贴身的内衣裤，还用布堵上她的嘴，将她绑在祠堂背后的一棵树上，让她在夜里遭受着寒风像刀刮一般的煎熬。

那天夜里，他们几个人围着祠堂里的一堆炭火，喝起了火辣辣的烧酒。这么多年来，他们终于翻了身，内心的舒畅在酒精的助兴下像膨胀的气球一样不断充盈着胸膛，直到最后醉意醺醺，完全把绑在屋外的李氏给忘记了。

鸡叫了几遍，尖尖的鸣叫声像利刃一样轻轻地划破了夜晚的寂静。杨志飞等了很久，仍不见妻子回来，就提着马灯到屋外去寻找。外面夜色沉沉，簌簌地下起了大雪。在马灯昏黄的光线下，杨志飞看到眼前的雪花像银雨一般纷纷坠下，为那个肃杀的夜晚增添了一份温情和美丽。由于他的地主身份，杨志飞不敢出声呼唤他的妻子，只是在茫茫的夜色和大雪中茫然地寻找。后来他终于在祠堂背后的树下找到了他的妻子，她已晕过去了，奄奄一息。

杨志飞将妻子背回家，又心急火燎地跑到街东请郎中赵中医。他是白水镇最有名的医生，是个老中医，望闻问切，有一手好本领，据说当年曾给省长瞧过病，用一个偏方治好了困扰对方多年的鼻子问题，一时被传为佳话，大家都在背地里叫他赵中医，真实名字反倒叫得少了。镇医院多次邀请他去坐诊，他就是不肯，坚守着自己的小医铺，有时还背着药箱走村串寨地给人看病。赵中医在睡梦中被叫醒，有些不愉快，但终究还是磨磨蹭蹭地爬起来，踏着风雪来到杨志飞的牛屋里。他手忙脚乱地给李氏做心肺复苏，最终长叹一声，说，能不能醒过来，就看造化了。

赵中医离开没多久，李氏吐尽了最后的一口气。

杨志飞将他妻子的尸体装进棺材里。那副棺材在之前没有被抄走，因为人们认为收取棺材代表着不吉利。李氏的灵柩摆在牛屋前，是故意横着放的。杨志飞一家围聚着号啕大哭，声音响亮，引得镇上的狗汪汪地叫起来。

我还是在睡梦中被我的母亲叫醒的。我起来的时候雪已经停止了，风还在呼呼地刮着。我们一家人在李氏的灵柩前哭哭啼啼，我听到我的两个姐姐哭得很动情，连嗓子都号破了。我不知所措地站在那里，不知道我的母亲把我叫起来做什么。我在脑海中努力回想那个女人生前的模样，可我怎么也想不起来。我抬头看到天空像幽深的镜子，被白茫茫的雪光照亮。远处晨曦微亮，像水一样慢慢地渗出来。风声冰凉，鸡叫声起起落落。天就要亮了。

王秀莲走过来，悄悄地拽了拽我，低声叫我跟着大伙一起哭。我说我冷，要回去睡觉了。她很生气，在我的耳朵上拧了一把。我疼极了，就哇的一声哭了起来。

李氏的灵柩在杨家的牛屋前停了整整一天。人们陆陆续续地来过，但几乎都没说什么，又陆陆续续地离开了。在那一整天里，工作队的领导们没有露过面。

当天夜里，杨志飞一家抬着棺材离开了这里。临走之前，杨志飞像幽灵一样出没在夜色中，偷偷地掘出他埋在地下的金条，然后放在棺材里他妻子的尸体下面。

他们走的时候鸡都叫过第一遍了。夜风冰凉，我打着哈欠，站在杨志飞家的牛屋前，看着他和我父亲杨志强紧紧地抱在一起，相互耳语，不知在说些什么。在另一边，王秀莲正跟杨志飞家里的其他人说话，声音涩涩的，略带沙哑。然后黑暗中的声音突然静止下来，只有风在四周瑟瑟地低回。

杨志飞在黑暗里突然轻轻地说了一声，志强，我们走了。然后他们一家抬着棺材朝前走，寒风刮过来，就像刀出鞘的声音。杨志强突然叫道，大哥。杨志飞停下来，颤着嗓子说，什么事？

杨志强提着马灯走过去，说，我送你们。

一行人默默地穿过小镇。镇上的狗在不停地叫着，此起彼伏地叫碎了那个夜晚的寂静。在寒风中飘荡的犬吠声，就像一块块石头扔进了夜晚这口幽深的水井里。在穿过一个街口的时候，罗大庆领着几个人把他们拦住了。罗大庆喝道，干什么去？

杨志飞赔笑道，我们去把人埋了。

罗大庆示意他们把棺材放下来，接着掀开棺材盖，果然看到杨志飞的妻子躺在棺材里，一张青紫的脸在惨淡的光线下显得异常诡异和可怖。罗大庆想到她的死和自己有很大的关系，不由得心头发冷，毛骨悚然，连说话的声音都有些抖了，你们快去吧，不能占用土地，只能埋在荒山上。

就这样，杨志飞一家离开了这里，离开了这个叫白水的小镇。杨志强在街口目送着他们的背影消失在茫茫的夜色里，就像一朵浪花融进了浩瀚的波涛。

3

年关的时候，鹅毛般的大雪纷纷扬扬。我的大哥杨鸿和二哥杨海踏着一路的白地毯回来了，鼻子冻得像通红的胡萝卜。杨鸿是在县城里教书，杨海则是在省城里念师范。

他们回来的时候我正站在屋檐下。杨鸿走进院子来就叫了我一声。我没理他，我一直都不喜欢这个家伙，他太严肃了，总是板着一张脸，好像全世界都欠着他什么似的。

在那天夜里，杨鸿和杨志强像是在商议着重要机密似的，躲进房间去说话。我们在屋外只听得见他们在里面低低的说话声，却听不清他们在说些什么。没多久，我们又听到他们在屋里吵了起来。我听到杨鸿愤愤地说，你怕什么？他们打死了人，逼死了人，就应该去告他们。

告？你怎么告？其他地方也有人家去告了，可结果又能怎样呢？再说你大伯他们一家人全都离开这里了，我们又何必去自找那么多麻烦呢？杨志强的声音不大，但说得很无奈。

杨鸿沉默了片刻，随后赌气似的叫道，这都是你们自己搞出来的。

杨志强生气了，他提高了声音，你这话是什么意思？什么叫我们自己搞出来的？你以为今天这样的局面是我们愿意的吗？

杨鸿叫了起来，当初我叫你把土地分给农民，你不听，你还骂我吃里爬外。我又去大伯家，也劝他把土地分给农民，他就叫人把我轰出来了，还扬言要揍我。哼，要是当初听我的话，只怕也不至于落到今天这地步吧。

杨志强就沉默了。过了半晌我才听到他在里面嘟哝了一句，但声音很低，我没能听清楚。

杨鸿依然大声说话，有一种得理不饶人的味道，不是你想不到，是你自以为是，从来都不听取一下我的想法和意见。

我突然听到里面砰的一声，好像是有人拍了一下桌子。接着我听到杨志强生气地说道，我是你老子，我为什么要听你的？

杨鸿冷笑了起来，带着一种讥讽的语气说，那今天这样子，你最满意了。

日你娘的，有你这样跟老子说话的吗？我听到杨志强骂了起来。随后我又听到啪的一声响，好像有什么东西被砸到地上去了。紧接着杨志强又气急败坏地骂起来，日你娘的，日你祖宗十八代！

这时候，杨胜利突然轻声对我说，小叔，爷爷是在骂我爹吗？爷爷这样骂，好像也是骂了自己呀。

我没说话。我看到朱秀轻轻地打了一下杨胜利的嘴，训斥他道，小孩子家，不准乱说话。杨胜利噘着嘴，瞧见我在看着他，就冲我眨了眨眼睛。

杨海突然哈的一声笑了起来。王秀莲瞪了他一眼，抓起一根小棍子拨弄着火塘里的火堆，忧虑地说道，他们会不会打起来呀？

话刚说完，里面又传来砰的一声，好像是什么东西撞到墙壁上了，然后又掉下地来。紧接着杨志强大声喝道，给老子滚出去，滚！

门哗的一声拉开，杨鸿气呼呼地走出来。杨志强兀自在里面歇斯底里地叫道，滚，给老子滚。

杨鸿没有看我们任何人一眼，就径直开门走出去了。门刚一打开，北风就像长矛一样，尖锐地刺进来。桌上的桐油灯顿时被吹得一晃一晃的，差点熄灭了。杨鸿一闪身就挤进了漆黑的夜色中。

王秀莲追到门口，叫道，你要去哪里呀？杨鸿没回答。王秀莲又着急地叫道，这么黑，你快回来啊。

我上厕所。杨鸿很恼怒地回答，声音被呼呼的北风一转瞬就吹散了。

这一架吵过之后，杨志强和杨鸿一直没说话，直到元宵的晚上他们才开始相互搭讪，但是话不多。次日上午，杨鸿和杨海就上路了。他们的背影在街口消失后，我看到杨志强还踮着脚，朝着儿子们消失的方向不停地张望。

我也要到城里去读书，还要到很远很远的地方去。杨志强回过头来的时候，我就这样对他说。

杨志强用指头戳了一下我的脑门，说，你连小学都没念完呢。说完之后，他又鼓励我说，小浩子，你好好念吧，等到你读高中了，我就送你到省城去读。

事实上我根本就不想读书了。这书念起来没什么意思。在学校里，班上的同学都叫我“小地主”，或者是“地主狗崽子”。就连班上那个最矮最小的家伙都在我面前理直气壮地骂我，挑衅我，朝我指指点点。有一天我忍无可忍了，想揍他，可是我的拳头刚刚打到他的脸上，其他家伙就都围过来帮他的忙，揍得我差点趴在地上找牙了。回到家里，我很委屈地告诉杨志强，盼望着他为我出头。可是他却叫我忍让，他很黯然地说如今我们已经惹不起人家了。但我认为我已经忍让得够多的了，我再也咽不下这口气了，我鄙夷地对他说，你这种样子，我瞧不起。

他似乎要发火，但最终又忍住了。他长叹了一声。

几天后的一个傍晚，杨志强把我单独叫进房间。他扬了扬手中一本破残的书，问我，这书是你的吗？我才发现就是那本我不知道名字的、瞧得耳红心跳的书。之前我一直放在枕头底下的，但这两天一直没找到，原来是被杨志强拿走了。

我不悦地说，你怎么能不经我允许，就悄悄拿我的书呢？

杨志强不答反问，你是从哪里得到的？是不是以前从我房间里偷的？

我没好气地说，我没偷。

杨志强说，这本书写得不错。不过，不适合你这样的年纪。

我问他，适合什么样的人看？

杨志强说，成年人！

我昂着头说，我已经长大了。

杨志强问，那你看过了吗？

我犹豫了一下，说，看过了。

那就好。既然看过了，那就不用再看了。他起身，拿着书走出门。

我跟在他身后。他来到厨房里，灶台里，火烧得正旺，鲜红的火苗舔着锅底，将锅烧得沸腾有声。杨志强一把将书扔到了火中，火光一下蹿得更高。

你……你为什么要烧了它？！我愤怒地喊，有泪水涌进了眼眶。

杨志强说，我说过了，这本书不适合你这样的年纪读。所以，我得烧了。

我扭身就走了出去，泪水从脸上落下来。

那以后，我经常逃课。教我们的老师有两个，其中有一个是罗大庆的女儿，叫罗小珠，十七岁，长着一张白皙的瓜子脸，眼睛大而亮，像湖水一样深邃。她只才初中毕业，却因为罗大庆的关系来到学校上课，而且还教我们五年级的课程。出于对罗大庆的恨，我就不喜欢罗小珠。但班上的同学都喜欢她，因为她又温柔又漂亮。她在课堂上当着全班同学的面给我传授读书的大道理，希望我以后不再逃课。可这样我逃得更多了，我成为班上旷课最多的学生。

四月的一天下午，罗小珠在放学时将我留下来，单独找我谈话，语重心长地开导我。她的声音细细的，生怕一不小心就将我惊吓到了。我说读书没意思。她问我为什么读书没意思。我说反正就是没意思。

我们的校长在这时候正巧路过，他停下来对罗小珠说，小罗，你就别费心了，他是地主的儿子，我们不管他。罗小珠顿时就急了，说，地主的儿子又怎么了？地主的儿子就不能读书了吗？

校长被她抢白两句，脸色不太好看，他说，那就随便你吧。他说完走过我身边，朝我的脑袋上敲了一下，气呼呼地说，小东西，给我老实点。

校长，罗小珠叫住了他，生气地说道，你怎么能随便打人呢？

校长摊着双手，又好气又好笑地说道，这怎么能说是打人呢？我只不过是摸了他一下。

没等罗小珠说话，我就故意嚷了起来，你就是打我了，我头上现在都还疼着呢。

你……校长脸都涨红了，用手指着我，说，小畜……这话刚一出口，他就似乎意识到了什么，便住口不语，连手也缩回去了。

瞧，校长。罗小珠抓住机会，说，你不是又想骂人了吗？孩子再小，我们也要尊重他。

校长的脸色更红了。他哼了一声，转身走了。我冲着他远去的背影恶狠狠地扮了个鬼脸，罗小珠就咯咯地笑了起来，她的声音很清脆，像泉水落在了石头上。

只是那么一瞬间，我就突然对罗小珠充满了好感。我对罗小珠说，罗老师，以后校长找你的麻烦，我就替你出头。

罗小珠说，他不会找我的麻烦的。她笑着，想摸我的头。我头一缩，像泥鳅似的滑溜溜地跑开了。跑了十几步后我停下来，我回头冲着罗小珠大喊道，罗老师，以后我不会旷课了。我看到她笑得很好看，一口洁白的牙齿就像花朵中的白花蕊。

我背着书包跑在回家的路上，心情很舒畅，只觉身子很轻，像蜻蜓那样，似乎就要飞起来了。风卷过来，扬起一阵阵的尘土。街边不知谁喊了声，下雨了！随即我就感到有雨点落进了我的脖子里。

这雨说来就来了，几乎没有半点征兆。噼噼啪啪地，雨点像碎石子一样敲打下来，顷刻间就织成了一片宽大的雨瀑。我站在屋檐下，看着粗大的雨点在地上射起了一道道银亮的小箭头。空气又腥又湿，张开一阵阵的水烟。我听到王秀莲在我身后叹息。她说，糟了，他们被雨淋了。

我的母亲口里的他们指的是杨志强和我的两位姐姐。他们在坡上干活，遭遇了这场突如其来的大雨，被浇成了落汤鸡。回到家后，杨志强不停地打喷嚏，抱着双臂坐在火堆旁边，哆哆嗦嗦地说冷。然后他又责怪王秀莲，说你怎么不给我送伞去呢？王秀莲不吭声。他兀自骂骂咧咧了好几句，就再不说话了。

夜里，杨志强发起了高烧，还不停地咳嗽，像一只漏风的破风箱。在高烧中他破口大骂，他喊，杨志飞，你个王八蛋，老子跟你没完。他又喊，老不死的，你以为你是我爹我就怕你了。他再喊，来吧，我不怕你，老子日你祖宗十八代……他神志不清，点名道姓地骂、糊里糊涂地骂。王秀莲一直守在床边，愁眉苦脸的，眼睛都缩成了一条缝，好像没睡醒的样子。偶尔她就叹息一声。

那场高烧持续了两天两夜后，终于消退了。杨志强清醒过来的时候就冲着王秀莲嚷起来，说他要喝稀饭。王秀莲顿时忙开了，连连说终于好过来了，好过来了。她说话的声音都抖了。

当王秀莲刚把稀饭端到杨志强的床前时，杨志强就坐起身子，却突然咳出了一小口鲜血来。王秀莲大惊失色，手里的碗一下掉到地上，碗没破，像陀螺似的旋了两圈，然后翻倒了，稀饭湿漉漉地淌出来。王秀莲顾不上收拾，就颤着嗓子问，怎么了？你怎么了？

杨志强低声说，没事，可能是不小心咳破喉咙了。话音刚落，他又突然咳嗽起来，像蛤蟆的叫声一样扑满了整个房间。

王秀莲清楚地听到他将卡在喉咙中的什么东西给咳进嘴里了。她揪心极了，生怕丈夫咳出来的又是鲜血。可是杨志强却没有吐出来，又硬生生地咽回去了。王秀莲就怯生生地问道，是……是血吗？

杨志强不吭声，他慢慢地躺了下去。

王秀莲搓着手，开始在床前来来回回地走，一边走一边焦急地说，怎么办？怎么办呢？她这话像是在问杨志强，也像是在自言自语。

杨志强突然吼道，你晃来晃去晃什么呢？你要是吃饱了没事做，那就给我躺到一边去。

王秀莲就不吭声了。她坐在凳子上，低着头想了半天，说，我后天就去城里。

杨志强问，你去城里干什么？

王秀莲说，不干什么。

事实上她是想去城里找杨鸿要钱，然后将杨志强送到城里去治病。但是就在第二天上午，杨鸿写来的一封加急信顿时打乱了她的计划。信上说杨海在省城的学校里出事了，和人打架，用刀子捅了人。伤者躺在医院里，至今昏迷不醒。而杨海在伤了人后就逃跑了，如今下落不明。有关部门现在正在四处抓他呢。学校也发布了开除杨海的告示。杨志强看到这里的时候突然剧烈地咳嗽起来。王秀莲慌忙跑过去给他抚胸，捶背，他却一把将妻子推开，指着书信对王秀莲说，你看看，看看你的好儿子。

王秀莲气恼地说，我的好儿子？那他就不是你的儿子了？你是当爹的，没好好教育他，还反过来怪我。她越说越生气，转身就往外走，但刚走了两步，她又折了回来，问道，信上还说什么了？

杨志强赌气地说道，不知道。

王秀莲就自己把信拿过来看。字写得很潦草，王秀莲好半天才看完，其中有几个字不认识，就跳过去了，反正不影响大意。看完信后她心里稍稍安宁了些。因为杨鸿叫父母别担心，他说他已经去过省城了，会买通关系，妥善地处理此事。

这样一来，王秀莲就不好去找杨鸿要钱了。她甚至还担心杨鸿没有足够的钱来办好此事。好几次她都忧虑地问她的丈夫，你说杨鸿有没有那么多的钱来买通关系？起初杨志强只是白她一眼，到后来就不耐烦地冲着她大吼，滚！

在丈夫那里碰了钉子，王秀莲又把同样的问题抛给了我的三姐。杨江就会一本正经地说，娘，你就别想那么多，大哥的本事大着呢。

王秀莲从女儿那里得到了安慰，也给自己打气道，嗯，我是多心了，多心了。

那些日子里，家里的气氛很沉闷，像一潭死水。除了吃饭睡觉，我懒得待在家里。每天放学后我都会拖拖拉拉地走在最后，还故意慢慢地绕着路走。每次经过打铁铺，如果铁匠在打铁，我都会停下来观看。铁匠和他的徒弟分别提着小锤和大锤，对着烧红的铁块反反复复地打。火星噼噼啪啪地溅开，像细小的礼花一样四处散落，甚是夺目和灿烂。

从那里离开后，我还会绕道去河边的面坊。有家姓张的，在这里修了几间磨房，利用河水来磨面。那家人每次都会吆喝我走开，但我不离去。我常常在那里逗留很久，深深地嗅着面粉清甜的芬芳。

我就是这样东绕西荡，最后才慢慢地回到家里。有一天下午我刚走进我家的院子，王秀莲就站在屋檐下扬着一封信，冲着我大声地喊，小浩子，你二哥没事了，他没事了。她说得很激动，似乎要把这个消息告诉给全世界似的。

我看了她一眼，又看了坐在一旁抽着旱烟的杨志强一眼，径直进屋去了。我听到她在我身后又以同样的语气大声地喊道，胜利，你二叔没事了，他没事了。我一回头就看到杨胜利正气喘吁吁地跑过来，满脸都是灰尘和泥土。他是回家来喝水的，嚷着我都渴死了。然后咚咚地踩进屋来，灌了一肚子的水后又咚咚地冲出去了。

虽然我和杨胜利都没有和她一起分享她的喜悦，但王秀莲并不失望，她坐下来，对着她丈夫说，杨海终于没事了，这些日子可把我急坏了。要真的杀死了人，那可是要抵命的。现在好了，没事了，一切都过去了。

杨志强没说话，吐了一口烟雾，接着咳嗽了两声。我看着烟雾中他那张日益瘦削的面孔，感到他有些陌生，像是从未见过一般。

王秀莲又取出那封信来慢慢地看，逐字逐句地，瞧得很仔细。那信是杨鸿写来的，今天才收到。他在信上说被杨海用刀子捅了的那个人没有死，只要求赔偿。他一共去过省城四次，花了一笔钱，终于把事情办妥了，为此他欠了一些债，不过会慢慢还清的，叫家里人别担心。

看完信后，王秀莲长长地舒了一口气，说，谢天谢地，杨海没事了，终于没事了。

杨志强又吐了一口烟雾，突然冷冷地说道，那小兔崽子惹了这么大的事，连信都不给我一个。现在下落不明，连人影儿都不见，有什么值得高兴的，没准儿都有个三长两短了呢。

你怎么能这样说话呢？王秀莲站起来，气呼呼地说，你这是在咒他呢。她说完，生气地将那封信砸到了杨志强的身上。

在那些日子里，每当送信的从我家门前经过，王秀莲就会急急地追出来询问有没有我们家的信，然后她又失望地踱回来。有一次她去追问那个邮递员的时候，对方很生气地说她在那天都已经问过三遍了。王秀莲就只好讪讪地笑。黄昏的时候，我常常看到她在街口游荡，脸上满是期盼和焦急。我知道，她是想着杨海了，她多么希望有一个叫杨海的家伙会突然从街道的那边走过来。直到天快黑尽了，她才失望地回家去。

4

两个月后的一天午后，杨海突然回来了。他穿得干干净净的，头发向后梳得油亮。他从容地穿过街道，跟两边的熟人打招呼。阳光明亮，就像满世界飘洒的碎金子。树上的知了在嘶声鸣叫，一声紧过一声。

那时家里只有我和杨志强。我在院边削一个木头玩具，杨志强则闭着眼睛，半躺在树荫下的藤椅里，双脚架在一条凳子上。杨海一进院子来就喊他，爹！

杨志强没吭声，也没有睁开眼睛。他以为是自己的耳朵出了问题。甚至他心里还有点悲哀，他想人老了，眼睛就昏花了，耳朵也不听使唤了。杨海见父亲没有半点反应，还以为他是睡着了，所以就不想打扰他。然后他朝我挥了挥手，算是打招呼，就往屋里走去了。这时候，他突然看到杨志强的胸脯深深地起伏了一下。他知道，杨志强没有睡着，还正在叹气呢。

杨海又叫道，爹！

杨志强这下确信是有人在叫他了，睁开眼睛看到了杨海。只听得哗啦一声，杨志强脚下的凳子突然倒在地上，他的整个身子也差点从藤椅里摔下来了。杨海顿时吃了一惊，叫道，爹！

杨志强站起来，气呼呼地说，我不是你爹。我是你儿子。

听到这话，我就忍不住哈的一声笑了起来，然后我朝杨海瞅过去，看到他正歪着脸，冲着我挤眉弄眼。我便笑得更加欢畅了。

杨志强朝我喝道，笑，笑个屁。说着他噔噔地走到杨海的面前，右手的食指颤抖着点向儿子，叫道，我都被你气死了。

但你没死啊，爹。杨海说，你不是还活得好好的吗？

日你娘的，你在咒老子死呀。杨志强指着杨海的鼻子喝道，给老子跪下。

杨海迟疑一下，涎着脸，笑嘻嘻地说道，爹，你看我今天穿的是新裤子，我这一跪下去不就弄脏了吗？

杨志强提高了声音，你给老子跪下，跪下。

杨海听到父亲的声音中带着一种不容置疑的威严，他就慢吞吞地跪了下去。只听得杨志强又厉声说道，你回来做什么？有本事你就一辈子都别回来，免得老子看见了就心烦。这一激动他又开始咳嗽了，声音很响亮，像两块石头撞在了一起。

杨海说，爹，你别骂了，你就打我几下好了。

杨志强嘿嘿一笑，说，你以为老子会便宜你。等着，别起来，老子进屋去拿家伙。他说完就朝屋里走去。但在进门的那一瞬间他突然回过头来瞪了我一眼，说，你在这里做什么？到一边去。

我偷偷地朝杨志强扮了一个鬼脸，坐着没动。

杨志强又突然对我说道，小浩子，去河边把你娘喊回来。

我极不情愿地站起来，我还没看到杨志强是怎么体罚杨海的呢。我慢腾腾地朝河边走去。王秀莲和朱秀就在那里洗衣服。那里全是一群女人，嘻嘻哈哈的，还有几个年轻的女人脱光了衣服泡在河水里。我远远地看到她们白花花的身子，像大鱼一样在水中扑腾着，晃得我眼睛直花。我真想跑过去瞧个究竟，可是我又不敢，恐怕我还没靠近河边就会被那一群女人给骂回来了。我感到心跳有些快，脸上还火辣辣地烧。我定定神，远远地站在路上喊。我连喊了几声，王秀莲才听清楚。我看到她嘱咐了朱秀几句，然后慌慌张张地往回跑。在慌张中她还脚下一滑，踩到水里去了。其他的女人都哈哈地笑了起来。我听到她们的笑声像秋千一样在阳光中荡来荡去。

我慢慢地往回走。我并不想急着回家。我在树荫下躺着，无聊地望着天空。天上云舒云卷，晴朗的天空像一面高悬的蓝镜子。

那天下午的阳光稠得像米汤一样，带着火辣辣的重量。鸟飞过天空，虫子们在草丛间自由地呼吸和歌唱。微风轻拂，凉凉的，像一个人在我的耳边轻轻地吹气。我躺在树荫下，感到眼皮渐渐地粘上了。

我做了个梦，梦见了刚才我远远地看到的戏水的女人，那女人赤身裸体的，笑着叫我。我走上前，才发现她很年轻，也很漂亮。我想看清对方的脸，可是我越想看清，却越是模糊。我只是迷迷糊糊地抱着她，之后的一切都是迷迷糊糊的，我有一种想飞腾起来的渴望，随即我感到轻飘飘的，仿佛自己真的飞起来了。也就在这时候，我一下就醒了过来。

我发现我的下身湿湿的，有一些黏糊的东西。我很是恐慌，这是什么东西呢？我想我一定是病了的，我应该回家去看看医生。可是我又觉得身体没有什么不适，相反还伴随着一种来自远方的神秘的愉悦和激动，让我整个身心有一种莫名的懒洋洋的舒适。我抬起头来，慌慌张张地环顾四周，确信没人之后，我才手忙脚乱地擦干裆内的东西，然后又躺下来，闭着眼睛回想着刚才梦里的那种感觉，心里就仿佛有某种久远而缥缈的声音在轻轻地召唤着我。

那天的整个下午我都精神恍惚，连走起路来都是轻飘飘的。在路上遇见熟人，我连招呼都不打，就低着头匆匆而过，好像自己做了什么亏心事，生怕对方知道了自己的秘密。

回到家里，我也尽量不去看我的家人。偶尔我们的目光碰在了一起，我也迅速地避了开去。

吃晚饭的时候，我还在恍恍惚惚的。本来杨志强是在对着杨海说话，但我却以为他是在对我说，我就啊了一声，说，爹，我没什么。

杨志强白了我一眼，说，没你的事，发什么神经呢？我又不是和你说话。

我感到羞愧极了，低下头来呼呼地往嘴里扒饭，只觉耳朵根像被火烙着似的。

家里房间不够，母亲安排我和杨海睡在了一起。他刚一躺上床来就发出了呼呼的鼾声，而我则久久地不能入睡。我总觉得我怎么躺着就怎么不舒服，我一次次地翻身，还是一次次地觉得不舒服。一连几个晚上我都这样，我一直睡不好。有一天夜里我又做了那样的梦，在梦里迷迷糊糊的，就要飞腾起来的时候，我突然打了一个喷嚏，一下子就醒过来了。我一睁开眼睛就看到了杨海，他正点着灯，用几根头发搅我的鼻孔，脸上笑嘻嘻的。

我一下就恼了。我像弹簧似的从床上坐起来，冲着他吼道，你做什么呀？我感到我的口水都要喷到他的脸上去了。

杨海并不生气。他突然朝我的裆下摸了一下，笑嘻嘻地说，是不是做春梦了？

他这么一摸，我才发现我下面的那个家伙硬邦邦的，粗得像一支小电筒。我像是被人窥见了隐私似的，又羞又急。我本想狠狠地骂杨海的，可是我的嘴里只挤出了“你、你”两个字，就什么也说不出来了。

杨海哈哈一笑，他猛地吹灭了灯，躺了下去。然后他才说，睡吧。

黑暗中一片寂静。我还感到脸上火辣辣的。我怯生生地说，杨海。我一说出口又立即改过来，二哥。

杨海嗯了一声。他在等我的下文。我说，今晚的事情，你别说出去。

有什么呢？杨海以一种无所谓的语气说道，这又不是丢人的事。这说明你长大了。以前我还不是像你这样的。

我急了，说，我说了，你不能说就不能说。你要是说出去，我跟你没完。

好，好。杨海说，我怕了你了，我不说就是了。

我这才放下心来，慢慢地躺下去。但我一直都睡不着，我一闭上眼睛就会回想起梦中的情景，仿佛有一种神秘而久远的力量在激动地轻叩着我的心扉，在恍恍惚惚中感到自己进入了一个遥远而美丽的仙境。这时候，我突然想起了当初我在院子里读到的那本没有扉页、书名的不明之书，仿佛又一次重温了当初读书的那种情景，在寂静中听到了喧嚣和毁灭，而罗小珠的影子却一遍遍地在我的眼前闪现。我感到很欣喜，又忧伤。

那时我已经升上了初中，每天放学后，我会故意绕道从罗小珠家的门外经过。我想看看她，可是很多时候，我都没有看到她，心里一阵阵地失落。

有一天晚上我快要睡着的时候，杨海突然把我叫起来，兴致勃勃地问我，小浩子，你说我们镇上谁最漂亮？

我茫然地摇了摇头，接着又迟疑地说道，是罗老……罗小珠。

对。杨海猛地一拍手，说，就是罗小珠。然后他又重复了一句，就是罗小珠！

我发现杨海的双眼都闪光了，像火花似的一亮一亮的。他右手一甩，将中指和大拇指搓出明亮的响声，然后兴奋地说道，我要去追她。

原来这个二十岁的家伙也在打罗小珠的主意，从他那轻佻的语气来看，似乎藏着的不是什么好心思。在我们白水镇上，年轻男子们都很爱慕她，甚至连那些已婚的男人也有非分之想，还惋惜他们结婚太早了。在众多的追求者里，不论是明媒求婚的，还是想暗度陈仓的，都毫不例外地遭到了拒绝。罗大庆曾在许多场合公开表示，他的女婿必须是国家干部，否则连想都别想。我想杨海也一定是下一个失败者，我不屑地对他说，人家罗小珠才不会理你呢，连正眼都不会瞧你一下。

杨海的脸涨得通红，似乎我的话严重地伤害了他的自尊心。他大声地说，我只要出马，就可以把她追到手。

你是在做梦。我继续往他的头上浇冷水，你连话都不敢和她说呢，最多躲在远处偷偷地看她几眼。

杨海顿时像斗败的公鸡，气急败坏地叫了起来：你懂个屁，你这个傻瓜。

我立即从床上跳了起来，大声说，你才是傻瓜。然后我又躺下去，气呼呼地把背朝着他。

第二章

5

那时候，我们镇上的茅厕一般都在猪圈的后面，与住房相隔有一定的距离，这样就可以避免闻到猪圈散发出来的臭味。一天夜里罗小珠刚从茅厕里走出来，就有一个人影从一旁斜冲了过去。她吓得后退了一步。那人低声说，你别怕，我有一句话要和你说，说了就走。

罗小珠定了定神，借着皎洁的月光看到了来人是杨海。高高大大的杨海双手负背，气定神闲地站在月光里，微笑地看着罗小珠。罗小珠心里突地跳了一下，她又后退了一步，说，你要说什么？

杨海说，我喜欢你！

罗小珠平静地说道，我知道了，那你快走吧。

杨海忽地把双手从背后伸出来，将一束鲜花递到了罗小珠的面前，说，送给你。

那是一束白色的百合花，在乳白的月光下显得宁静而纯洁，在夜风里散发着淡雅的芬芳。罗小珠最喜欢的就是这种花了，在自家的院子里种了很多。当杨海把她最钟情的花朵递到她面前的时候，罗小珠顿时感到了一种慌乱的幸福和欣喜，她刚把手伸出去，然后又犹豫地缩了回来。她说，我不要你的花，你快走吧。

杨海叹了一口气，把花放到鼻子下嗅了嗅，说，这么美的花，也只有你这样的人才配得上。要是把它扔掉，那真是太可惜了。他说完又用鼻子深深地嗅了一下，又说道，真香！

罗小珠已经无数次地听过别人夸赞她的美貌，可是在这里，却没有一个人像杨海这样说得如此含蓄、从容和自然。她心里有些甜滋滋的。她迟疑地说道，你说你说一句话就走，现在都已经说了三句话了，你该走了。你再不走的话，我可要喊人了。

你不会喊的。杨海微笑着，很自信地说，因为你是罗小珠。

罗小珠咬了一下嘴唇，说，我真的要喊了。

就在这时候，罗小珠的母亲远远地站在她家的屋檐下喊了一声，小珠。然后她的母亲大声问道，你在和谁说话呢？

罗小珠应了母亲一声，低声对杨海说，我得走了。当她从杨海的身边跨过去的时候，杨海趁机在她的胸脯上结结实实地摸了一把。罗小珠惊声尖叫，花容失色地跑开了。杨海在她身后大声喊道，这花你得收下呀，是我在你家院子里采的呢。

他这一喊，顿时惊动了罗小珠的母亲。那女人厉声喝道，是谁呀？没人回应。她又大声地嚷起来，抓贼啊！

杨海哈哈一笑，说，没错，我就是来偷你家女儿的。说完后他就把花一扔，像灵猴似的敏捷地翻上罗家的围墙。骑在围墙上的时候，他听到了罗大庆闻声跑出来，嚷着贼在哪里？在哪里？

这一切发生之后，杨海还表现得若无其事，似乎他根本不在乎罗小珠或者她的父亲来找他的麻烦。第二天罗大庆就到我家来了，他没有直接找杨海，而是把杨志强叫出门去。杨志强回来的时候脸色很难看，像一块黑黝黝的生铁。他冲着杨海大吼道，日你娘的，你就是想女人想疯了，也别去打罗家人的主意呀。

杨海满不在乎，一副天塌下来了也无所谓的样子。倒是王秀莲急得在一旁不停地问，那怎么办？怎么办呢？

她的发问让杨志强更心烦意乱，他就迁怒于妻子，说，都怪你，就是你从小把他宠坏了。你看那小兔崽子，现在都成什么样了。

王秀莲就默默地走到一边去，不再吭声了。

当天下午，杨海在镇上逢人便说他喜欢罗小珠，还说他摸了人家的胸脯。对方就笑嘻嘻地看着杨海。若是镇上的未婚青年，就摆出一副难以置信的样子，说杨海把牛都吹到天上去了。杨海就一本正经地说罗小珠的那对奶子很丰满，又结实，弹性不错，手感非常好。

听到这些话之后，罗大庆脸都气白了。他本来是不想把事情闹大的，只是去杨家威胁了一下杨志强，毕竟自己作为区公所的区长，一个有头有脸的人物，女儿被人摸了胸脯，说出来也不是什么光彩的事。但既然纸已经包不住火了，他也不再顾忌什么了，就气势汹汹地领着人闯进我家，要把杨海拉到祠堂里去“问罪”。他们在走出我家院子的时候，我听到罗大庆还扬言要把杨海给阉了。

当他们押着杨海穿过街道的时候，人群顿时议论纷纷，一窝蜂地跟去观看热闹。我也想去瞧瞧的，可杨志强命令我们谁也不准去。只有杨胜利溜出去了，他还是一个几岁的孩子，杨志强就没管他。杨志强坐在屋檐下，背靠墙壁，双脚架在面前的一条凳子上，慢慢地抽着烟。

王秀莲在一旁焦躁地走来走去，突然停下来，哀求杨志强道，你去看看，给他们求求情。杨海不懂事的，他才二十岁呀。

杨志强没好气地说道，他那么爱惹祸，你得让他多吃点苦头，不然他一辈子都长不大。

王秀莲就沉默了。

过了好一会儿，杨胜利累得上气不接下气地跑回来了，一进院子就大喊，奶奶，奶奶。王秀莲慌忙迎上去，说，怎么样？你二叔怎么样了？

杨胜利喘了一口气，说，他们叫二叔跪，二叔不跪，二叔说打死他也不跪，二叔还大喊他喜欢罗小珠，又说罗小珠的胸口很软，弹性很好。小家伙说到这里，咯咯地笑起来了。

王秀莲说，那他们打你二叔没有？

打了。杨胜利说，他们打二叔的脸，还朝二叔吐口水。

那，那，那你二叔受伤没有？流血了没有？王秀莲急了，声音都颤起来。

杨胜利说，没有，二叔没流血，二叔还在那里哈哈地笑。

王秀莲说，那你快点儿再去看看。

杨胜利应了一声，又屁颠屁颠地跑出去了。

王秀莲回过头来，对杨志强说，你听，他们都打他了。要不你去看看吧。

给我闭嘴。杨志强突然吼起来，要不是从小你就惯着他，能搞成今天这样子吗？

我们一家人都陷入了沉默。我慢慢地走到院边的阴凉里坐下来。阳光透过树梢，在地上漏下了点点光斑。知了在树上嘶鸣，像锯子一样地切割着这个午后沉闷的时光。有两只燕子飞回来了，在屋檐下呢喃，声音柔软地落下来，仿佛糨糊般黏糊地粘在明亮的阳光里。

杨胜利又跑回来了。还在院子外边他就高声地喊，不好了，不好了！他的声音脆脆的，我们全都听见了。除了杨志强外，我们一家人全都站起来了。王秀莲又急着朝杨胜利迎上去，在匆忙中还一个趔趄，差点摔倒了。她一稳住身子就喊，胜利，胜利。

杨胜利跑进来，在王秀莲的面前停下，喘着粗气说，奶奶，不好了！

怎么了？你二叔是不是被他们打坏了？王秀莲就像是要哭出来了。

杨胜利摇摇头，说，他们没打二叔了。他们把二叔押到祠堂外的厕所里去了，说要让二叔吃屎，吃粪坑里的蛆。

我禁不住哈哈地笑了起来。不知为什么，我觉得很快意。昨天听说他摸了罗小珠的胸脯时，我难过得差点哭了。我觉得我心里插着一把刀，我要把这刀捅进杨海的身体里去，还要义正词严地警告他，他杨海要摸任何女人的胸脯我都不管，他就是不能摸罗小珠的，连衣服都不能碰一下。现在好了，这个胆大妄为的家伙就在厕所里吃屎了，他终于活该了。

他一定没吃的，胜利，你二叔一定没吃的，对不对？王秀莲说得很急促，还以一种命令似的口吻，似乎非要杨胜利同意她的说法。

杨胜利迷茫地摇摇头，说，我不知道。只有几个人把二叔押进厕所去，其他的人都没进去。大家说里面臭，我也没进去。我跑回来的时候，二叔还在厕所里，我听见他在里面叫。

王秀莲就像热锅上的蚂蚁，不停地转来转去，最后走到杨志强的面前，看着他。杨志强则闭着眼，坐着靠在墙上，右手慢慢地抖动着烟斗中的灰烬。王秀莲小心地问他，怎么办？他微微睁开眼睛，瞥了她一眼，又闭上了。

王秀莲说，要不去看看吧。

去了也没用的，只是自取其辱。杨志强轻喟一声。

王秀莲沉默了一下，对杨胜利说，胜利，你再去看看你二叔怎么样了。

杨胜利应了一声，蹦蹦跳跳地跑出去了。

王秀莲一屁股坐在地上，显得又疲倦又颓丧。她坐了一会儿，又起身，刚一站起，身子却一个趔趄，差点摔倒了。我的三姐杨江慌忙跑过去扶住她，关切地问，娘，你怎么了？

王秀莲勉强挤出一丝笑，说，没事！

杨江说，我扶你进屋去休息吧。

王秀莲摆摆手，说，不用，我要等杨海，等你二哥回来。

这时外边的街道上传来了一阵吵吵嚷嚷的声音，我走出去，看到杨海正朝这边走过来。他昂首挺胸，走得从容而镇定。杨胜利跟在他后面，垂着头，很胆怯而小心的样子，脚步轻轻的，生怕踩着了地上的蚂蚁。再后面就是那些观看热闹的家伙，还意犹未尽，远远地跟着，冲着杨海的背影指指点点。直到杨海走进了我们家的院子，那群人才停下来，远远地望着。

杨海昂着头走进来，脸上没有伤痕，表情很平静。他没看屋檐下的杨志强一眼，更没有打一声招呼，就走进屋去了。杨志强大喝道，给老子站住。

杨海没理会，径直进了屋。

我们都跟进去。杨海倒了一碗水，咕咚咕咚地喝。

王秀莲走在儿子身边，轻声说道，慢点，慢点，小心被呛着了。

杨海刚放下碗，王秀莲就摸着儿子的脸说，杨海，他们伤着你了没？

杨海一把将王秀莲的手推开，不耐烦地说，我没事！

王秀莲又伸出手，似乎还想摸杨海的脸，但又很快地缩回来了。她忐忑地说道，你真的没事吗？

杨海哼了一声，表情很不屑，随即一脚踢开挡在他面前的一条凳子，朝里屋走去。这时杨胜利突然高声叫道，他们说二叔吃屎了！杨海像是被人抽了一鞭似的，他停下来了。

朱秀轻轻地拧了一下杨胜利的耳朵，低声嗔怪道，不准瞎说。

杨胜利嘟囔道，我听他们都是这样说的。

杨海猛地冲到杨胜利的面前，厉声喝道，我没有吃，你再胡说八道，小心我撕烂你的嘴。他怒目圆睁，一张脸都涨成了猪肝色，脖子上的青筋像小蚯蚓似的伏在皮肤上蠕动。

杨胜利被吓住了，小脸微白，哆嗦着躲到了朱秀的身后，一只手还紧紧地抓着他母亲的衣服。

朱秀讪讪地说道，二叔，胜利还小，不懂事，听人家瞎说就以为是真的，你别怪他。

杨海哼了一声，又转身朝里屋走去。杨志强叫他，给我站住。杨海回过身来，不悦地说道，你又想说什么呀？有屁就快放吧！

杨志强突然抬手给了杨海一耳光，喝道，有你这样跟老子说话的吗？

杨海没想到杨志强会动手打他，有些猝不及防。他摸了摸面孔，冷笑了一声，说，打得好。说完后他像在突然间改变了什么主意似的，没有走进里屋，而是朝外走去了。

杨志强喝道，你干吗去？

杨海没吭声，头也不回地走出去。出去的时候他用力地摔了一下门，砰的一声响，把墙壁上的灰尘都震得簌簌地掉了下来。门缝里还掠进来一阵风，像一只手一样把桌上的一本书翻得哗哗地响。

王秀莲追出去，叫着杨海杨海。杨海依旧不吭声，很快地走出了院子。王秀莲似乎还想追上去的，但又迟疑地停下来了，她对着杨志强不满地说道，你怎么能打人呢？杨海的脾气你又不是不知道，你这一打他，没准儿他又会惹出什么事来了。

打他又怎么了？杨志强大声说道，我是他老子，就得教育他。难道你要我把他像菩萨那样供起来？

王秀莲没说话。她叹了一口气。

那天杨海没回来。王秀莲在夜里带着我的两个姐姐去找他。她们打着马灯，一路喊叫。镇上的狗惊得汪汪地吠起来。夜色朦胧，星月在天，四处草木摇曳，风声婆娑，就是没有杨海的踪迹和声息。

第二天一大早，镇上就骚动起来，原来罗大庆的小腿在头一天夜里被杨海给打折了。但没人知道其中的过程是怎样的，罗大庆不肯透露，只是咬牙切齿地发誓，他一定要抓住杨海，给他颜色看看。

我看到管理治安的主任气势汹汹地领着好几个人冲进我家来，命令杨志强把杨海交出来。杨志强苦着脸，说他真不知道杨海上了哪里。他又说他要是知道杨海去了哪里，也一定不会放过杨海的。最后他又大骂杨海是畜生，说杨海尽给他闯祸，都快把他气死了。但他们不相信杨志强，一口咬定是杨志强把杨海藏起来了，他们还咬定是杨志强指使杨海把罗大庆的腿给打折的。他们不由分说地把杨志强拉到祠堂去了，穿过街道的时候，人群顿时一拥而上，跟在后面瞧热闹。

在祠堂里，他们一边喝茶、抽烟，一边像审问犯人似的对杨志强逼供。后来他们还动了手，抽他的耳光，揪他的头发，踹他的肚子。就连拖着半条腿的罗大庆也从椅子上挺起半个身子来抽杨志强的耳光。他在抽杨志强第二记耳光的时候，由于用力过猛而失去重心栽下椅子来。人们哄的一声笑了起来。这让罗大庆更加恼羞成怒了，他就将怒火发泄到杨志强的身上。有人去扶他，他不肯。他在自个儿爬起来的时候，顺手抄起地上的一根棍子，一棍子劈在杨志强的头上。杨志强身子像被风吹的芦苇，晃了两晃，然后倒在地上。没有人去拉他，他又摇摇晃晃地爬起来。

我……我……杨志强说着，突然咳嗽了起来。在咳嗽中他断断续续地说，我真的……真的……不……不知道。

罗大庆耀武扬威地举起手里的棍子，喝道，你还犟嘴，给我老实点。

这时候，我的三姐杨江突然闯进去了。众人顿时齐刷刷地朝她看过去。她刚跨进门去就站住了，面色苍白地看着杨志强，把嘴唇咬得紧紧的，然后她把目光慢慢地聚集在罗大庆的脸上。那目光就像一把出鞘的尖刀，罗大庆不敢正面瞧她，把头侧到一边去了。

杨江迟疑地说，罗区长，我有些话，想和你到外面说。

罗大庆耸了耸肩，说，为什么要到外面去？有什么话就在这里说好了。

有人笑嘻嘻地插嘴道，人家准是和你说悄悄话呢。又有人笑嘻嘻地说，罗区长，肯定是好事来了呢。他们都看着三姐和罗大庆，一脸坏笑。

杨江咬着嘴唇，说，罗区长，我真的是有话要和你到外面去说。

有人又嘻嘻地笑起来了。还有两个家伙在窃窃私语了两句后，彼此哧哧地笑。罗大庆说，我腿不方便，你有话就在这里说。

杨江的脸色看起来更白了。她朝杨志强看过去。杨志强很茫然，他不知道女儿为什么要到这里来，也不知道她为什么又要找罗大庆私下谈话。他看到女儿的眼里亮晶晶的，泪水裹在眼眶里，就要流出来了。

旁边有人起哄。然后有人催促我的三姐说，有什么话就快说呀。罗大庆也跟着说，就是，有什么话你就说。不说你就赶快回去吧。

杨江低声说，罗区长，求求你放过我爹吧。这件事，真的与他无关。

罗大庆说，那你说杨海去了哪里？你能不能把他给我找回来？

杨江摇摇头，说，我不知道。

罗大庆说，那就不能怪我了。找不到杨海，那就拿你爹来替罪。子债父还，就是这个道理。他一说完，旁边的人就跟着附和起来。

杨江急得就要哭起来了。你们……你们不讲道理。她嚷了起来。

有人恶狠狠地说，对地主没有什么道理可讲的，拳头就是道理。

杨江突然冲过去，朝罗大庆跪了下来，低声哀求道，罗区长，求求你，求求你了，放过我爹吧，他都病得很重了，你就放过他吧。

三妹。杨志强叫起来了，三妹，你不能这样。

杨江没理他，她还在哀求罗大庆。罗大庆翻着白眼，冷冷地说，我放过你爹，那我的腿怎么办？没准儿老子下半辈子就成瘸子了。

杨江看着罗大庆，但罗大庆不看她。她慢慢地站了起来，扭过头去，清了清嗓子，对大家一字字地说道，那好，我就告诉你们吧，这个姓罗的，罗大庆，别以为他是干部，事实上他是禽兽，是畜生。

旁边的人又都笑起来了，他们都笑嘻嘻地看着杨江，谁也不把她的话当真。罗大庆厉声说，你说什么？你给我闭嘴。

杨江又对着大伙儿说道，在我们被抄家的那天，姓罗的就摸我的屁股。

大家哈哈地笑。有人说，三妹，你是不是还在想念罗区长的手啊？又有人说，三妹，罗区长的手是不是用了很大的力啊？他们这一说，大家哈哈地笑得更加欢畅了。罗大庆猛地一拍桌子，大声说，别笑了。大伙儿就立即安静了下来。

杨江不等罗大庆发话，说，那时候，土改那时候，姓罗的非礼我，又害怕我去告发他，就威胁我，我要胆敢说出去，他就叫人在批斗我爹的时候，打死我爹。他又说，假如我不说出去，还会把我家的老屋还给我们，又说，以后就不会再为难我们家的人……她刚说到这里，杨志强就叫了起来，三妹，三妹，你给我住嘴，住嘴。他叫到后面的时候连声音都沙哑了。

杨江又继续说，姓罗的后来还来骚扰我，我拿了剪刀反抗，我说我杀不了你，我就马上死给你看，他才罢手了。后来，我放了狠话，我说你再胆敢来，我就去杀你的女儿罗小珠，我要跟你女儿同归于尽。他这才没有再来了。这个人，是禽兽，猪狗不如……她说着把头扬起来，整张脸就像熟透的柿子，连脖子根都红透了，拼命地压着眼眶里的泪水。

罗大庆居然没有打断她，斜着坐在椅子上，用半个眼角瞥着杨江，脸色冷如冰霜。

大家听得眼睛都圆了。有人恍然大悟，低声说，怪不得那时罗队……罗区长非要把那座老房子还给他们家，原来是这样呢。

杨江再也忍不住了，哇的一声哭了起来，转身跑了出去。

三妹。杨志强叫着，跟着追出门去。没有人再拦他，只听到身后传来了一阵刺耳的哄笑。

6

杨志强像吃了炸药一样，把王秀莲和杨江叫进了屋里，关着门。他在屋里不停地走来走去，像一只蓄势待发的老虎。母女俩谁也不敢吭声。

杨志强突然停下来，把手指戳到杨江的鼻子上去了，沙哑着嗓子问，告诉我，你今天说的，是不是真的？

杨江垂着头，不吭声，泪水却像豆荚中熟透的豆子，噼噼啪啪地爆出来。

说！杨志强几乎是歇斯底里地吼起来。

是，我说的，都是真的！杨江的声音很小。

你……杨志强再次指着女儿的鼻子，叫起来，那你之前为什么不说？为什么要瞒着我？

志强，王秀莲插话了，这种事情，又不光彩，你让她一个姑娘家怎么好意思开口。

那就这么忍着吗？一个姑娘家，被那个王八蛋，那个畜生糟蹋，就这么忍着吗？我们可以去告他，为我们的女儿讨回公道。杨志强很激动，抓起桌上的一个杯子，狠狠地砸在地上。但他还觉得不解气，又一脚将他身边的一条凳子踢倒在地。

王秀莲黯然说道，那时候我们都自身难保，去告，去哪里告？人家会信我们吗？那时候，你是被批斗的大地主，人家才懒得理你的死活。

杨志强愣了愣，随即颓然地坐在椅子上，突然问王秀莲，这件事，之前你是不是知道？

知道。三妹告诉我了，那时候她连死的心都有了，是我安慰她，她才有勇气活到今天。

杨志强又转向女儿，说，这种事，你今天为什么要说出来，还当着那么多人的面，今后人家会怎么说你呀，只怕背地里口水都要把你淹死了。他的语气带着怜惜，又带着气恼，最后又几乎是哽咽了。

杨江垂着泪，低声说，爹，你病得那么重，他们又那么打你，我担心你的身体，我怕你受不了，有个三长两短。我承认，那会儿我是冲动了。她突然抬头，抹了抹泪水，又说，可是爹，如果能救你，我不后悔。

我的女儿啊，你爹都是黄土埋到脖子的人了，他们要打要骂，就由他们去吧。你还年轻啊，还有很长的路要走。你今天不该这么做，唉……他声音低下去，眼里泪光隐隐，突然间又高声说道，不管怎么样，这件事不能就这么算了，我要为我的女儿讨回公道。他一口气没能接上来，又开始咳嗽，吐出了一口带血的痰来。

王秀莲过去扶他，哑着嗓子说，志强，你有病，别气坏了身子。

杨志强手一挥，黯然地说，你们都出去吧。

王秀莲犹豫着，忧虑地说道，你又咳出血来了。

杨志强说，你们都出去，都出去吧。

母女俩互相看了一眼，然后慢慢地退了出去。杨志强突然走到门口叫我，杨浩，你给我进来。

我朝母亲看去。王秀莲也是一脸茫然。

我进去。杨志强吩咐我，把门关上。我关上了门，他指着面前的一条凳子，说，坐吧。我就坐下了。

杨志强说，小浩子，你今年多大了？

我说，十四岁了。

杨志强说，你遗精了没有？

我心里有些紧张，心想莫非是我的秘密被他发现了？我脸上发烧，不好意思说话，还把头低了下去。

杨志强似乎看出了我的心思，他柔声说，有什么害羞的呢？我是你爹呢。小浩子，你给我说，你遗精了没有？

我只好羞涩地点了点头。

杨志强说，好，很好。他又说，小浩子，那个姓罗的睡了你的三姐，你也去把他的女儿罗小珠给睡了。

我大吃一惊，连连摇头，说，我不去。

杨志强说，你一定要去的。

我说，我要那样做了，上头就会派人来抓我了。

日你娘的，你怎么这样没出息呢？杨志强生气了，朝我骂了起来，狗日的没出息。

我说，爹，要不你去吧。我是故意这样说的，我谅他也没有那个胆量。说完后我还是有点忐忑，万一杨志强真的吃了豹子胆，豁出去了呢？

杨志强眼睛亮了一下，朝我嘿嘿地一笑，说，这个主意真不错。

7

杨江和罗大庆的事情在一转瞬间就被传得沸沸扬扬，几乎全镇的人都知道了。这关乎男女关系的，总是让白水的人们津津乐道，说得眉飞色舞，好像个个人都身临其境似的。由于罗大庆的特殊身份，他们不敢笑他，就将更多的话题转移到我三姐的身上。有人添枝加叶，有人捕风捉影，有人夸大其词，有人在背地里酸溜溜地大骂杨江，还有人在同情和叹息……那些关于杨江的流言就这样被传得漫天乱飞，像被大风刮走的纸屑，狼藉一地。

整整半个月，杨江都足不出户。她脸色灰灰的，像一只不敢见光的小老鼠，只是躲在一个阴暗的角落里喘息。每天晚上，王秀莲都与她同床共枕，以她母亲的宽厚的胸怀去容纳女儿的委屈和悲伤。好几个深夜我起床小解，都发现她们还未入睡。卧室里一灯如豆，光亮朦胧，我无法想象她们母女在这样的夜里是怎样的哀怨和心伤。

一天夜里，王秀莲在睡梦中被一阵低低的啜泣声惊醒了。杨江正坐在床上，拥着被子瑟瑟发抖。三妹。王秀莲叫了一声，便坐起来，试着去摸女儿的肩。她的手刚一搭到女儿的肩上，杨江就顺势靠在了王秀莲的怀里。

娘。杨江说，我做了噩梦，梦见人们都骂我，骂得很难听，还朝着我指手画脚，吐口水，娘……她说完后失声痛哭，簌簌而下的泪水打湿了王秀莲的衣服。

三妹，别怕，别怕。王秀莲用手抚着女儿的后背，安慰道，这只是梦，过些日子就好了，一切都会过去的。

杨江说，娘，其实你不知道，这三年来，我一直都在做噩梦，这些天，噩梦做得更多了。娘，这苦日子啥时才是个头啊。

王秀莲的眼泪一下子涌了出来，她将女儿紧紧地搂在怀中，哀声说，别胡思乱想，很快就会过去的。你那么善良、好看，老天爷不会再刻薄你的了。忍一忍，忍一忍就过去了。

杨江没说话，嗯了一声。王秀莲手上又使了使劲，把女儿搂得更紧了。

第二天，杨江主动和家里人下地干活去了。在出门和收工回家的时候，她都故意地落在后面。她不想让家里人难堪。在回家的途中，落在后面的杨江在一个岔路口遇到了镇上的两个男青年，其中一个笑嘻嘻地说，三妹，以后有男人想非礼你的时候，不管是队长还是区长，你叫我，我都帮你赶跑他。三姐只觉自己就像是在众目睽睽之下被人剥光了衣服，又羞又恼。她低着头匆匆地跑过去，听到身后那两个家伙哈哈地笑起来，仿佛芒刺一般扎进她的脊背里。

夜里，杨江没有开口说过一句话。吃饭的时候，她也默不作声，总是低着头文秀地咀嚼，连碗都没有碰响一下。杨胜利吃得最响，像牛卷青草那样，还时不时地停下来喝上两口水。当有一次他又停下来喝水的时候，朱秀敲了一下儿子的碗，呵斥道，好好吃饭，汤一口水一口的，像什么样子嘛。

杨胜利有些不满，白了他母亲一眼，突然说，娘，我明天不想去放羊了。朱秀说，那我们俩调换，我去放羊，你来替我干活嘛。

杨胜利噘了一下嘴，低声说道，小顺子他们在坡上总爱拿三姑开我的玩笑，说三姑……三姑……他迟疑着，吞吞吐吐的，不知是否说下去。

不准说。朱秀喝道，乱说我就打你的嘴巴。

杨胜利又白了母亲一眼，低声嘟囔了一句，我又没说出来。

杨江正在夹菜，听到这话时手里夹着的一块白菜顿时就掉回了锅里。她停下来，低着头，像是在突然间被噎住了似的，连整个身子都凝固了，只有长长的睫毛一眨一眨的，像蝴蝶一样扑闪着她满腔的委屈和心事。

王秀莲默默地给她夹了一筷子菜，又给她夹了一筷子菜。她迅速地扫了母亲一眼，又垂下目光。我看到她把一块白菜送进嘴里，慢慢地嚼，好久都没有咽下去。

那天夜里杨江拒绝了王秀莲陪她共眠，她说她需要独自静静。这个十八岁的女孩，之前义无反顾地当众抖出当年的那桩秘闻和丑事时，只是为了让自己的父亲少受一点苦，却没有为此做好最坏的心理准备。在强大的流言蜚语的攻击下，她已经疲惫不堪，心力交瘁了。

几天后的下午，城里的文工团送戏下乡，在我们镇上演出了一场。戏场设在我们中学的操场上，镇上的人几乎都去了，连那些步履蹒跚的老年人也赶去凑热闹，瞧得嘴巴都合不上了。我挤在人群的最前边，那里是区公所的干部和其家属的专区。他们享受着特殊待遇，坐在最佳场所观看。我发现罗小珠正坐在她父母的身边，面色红润，一脸微笑，正瞧得很入神。我心里有些荡漾。自从我升进中学后，就很少看到她了。后来杨海摸了她的胸脯，她就不再去小学上课，并深居闺中，不肯露面，更是难得一见了。只有在这个特别的下午，她才重新出现在大众的视野里。当我再见她姣好的面容和倩影时，我不知道为什么会突然感到失落和忧伤。

整个下午我都恍恍惚惚的，戏场上演了什么唱了什么，已经记不清楚了。我只听到一阵阵的喝彩和哗啦啦的掌声。我看到我的父母也兴致勃勃，破例地跟着人群一起叫好。

演出结束后，人们还三三两两地聚在操场上，意犹未尽，久久地不肯离开。我们回到家里，屋里冷冷清清的，连火塘里的火堆都熄灭了。王秀莲一进门就喊了声三妹。没人回应，王秀莲就嘀咕了一句，声音低不可闻，然后她就走进杨江的卧室去了。

我们只听到王秀莲在里面惊骇地尖叫了一声，声音里充满了惶恐和绝望，然后我们又听到里面砰然大响，似乎是什么东西栽倒在地，就像是鱼鹰扑落在水面上，接着里面就恢复了寂静。

我们都愣了一下。朱秀对我的四姐杨雨说，四妹，你进去看看怎么了？

杨雨便走进去了。随即我们听到她也像王秀莲那样惊骇地尖叫起来。一定是出事了！杨志强一个箭步跨上去，我和朱秀也紧随其后，跟着闯进了杨江的卧室。

杨江趁我们在学校看戏的时候，在她的卧室里上吊自尽了，单薄的身子还悬在空中。这个十八岁的姑娘，就像一枚含苞初放的花朵，悄无声息地凋零在这个下午的热闹里了。

杨志强慌忙站到凳子上，想去解开女儿上吊的绳子，把她放下来。但他还没站稳，就连人带凳地摔下地来。我急忙跑过去帮他，扶着凳子的时候，分明感到他的整个身子像是风中摇曳的玉米秸。

杨志强的双手抖得厉害，哆哆嗦嗦地解了半天，才把绳子解开。我在下面接着杨江的双脚，杨志强在上面抱住她的上身。我摸到三姐的身子全都冰凉了，像一截冻僵的树桩。然后我们把她放到床上。

在另一边，王秀莲还躺在地上，昏迷不醒。朱秀不停地摇她的肩膀，但她还是没反应。朱秀停下来，大声吩咐杨雨，四妹，快去打瓢水来。我的四姐一直都站在旁边，哆嗦着，用手扶着床头柜，才勉强地稳住了她那摇摇欲坠的身子。她似乎还未能从惊惶中回过神来，对朱秀的喊声没反应，直到朱秀又喊了她一声，她这才慌慌张张地朝外跑，额头还咚的一下撞到了门上。

杨雨把水打来后，杨志强一把将水夺过去，全都泼到王秀莲的额头上。王秀莲轻哼一声，就醒了过来。她坐起来，脸上的表情很迷茫，嘴里嘀咕了一句，三妹呢？我们没人吭声。

王秀莲突然爬起来，冲床那边冲过去。我们都以为她会号啕大哭，没想到她坐在床沿，呆呆地看着死去的女儿，显得异常平静。过了半晌，她突然说道，四妹，掌灯吧。杨雨把灯点上。王秀莲又平静地说道，你去找李先生翻一下书，看哪天是个丧葬的吉日。

她这话是冲着杨志强说的。但杨志强没吭声，他正站在窗前裹旱烟，头低着，整张脸像一块冰冷的生铁。他似乎用力很大，把烟叶都扯破了。

王秀莲又说，你快去吧，待会儿就天黑了。

杨志强突然大声叫我，杨浩！

我慌忙应了一声。杨志强说，去，把罗小珠拿下了。

我迟疑地说，爹，上次不是说好了的吗？我不去，由你去呀。

杨志强很失望，骂了一句，日你娘的没出息。他又说，要是杨海在这里就好了。说完后他就朝外走，走到门口的时候他从牙缝里狠狠地挤出了一句，老子这就去！

我听到杨志强的脚步声像是石头落在厚厚的冰面上，沉闷中带着一点尖锐，似乎就要将地踩裂了。那脚步声穿过房间，走出门外，下了台阶，渐渐地飘远了。我不由紧张起来，害怕他真的去找罗小珠。我慌忙追了出去。

外面暮色渐沉，秋风瑟瑟，远处响起稀落的犬吠和牛羊归栏的叫声。我叫着我的父亲朝前跑，在街道的一个岔路口，我看到杨志强站在那里，双手抱臂，若有所思。

我舒了一口气，跑到他身边，说，爹，我们回家吧。

杨志强漠然地看了我一眼，没出声。

8

罗大庆的腿渐渐地好了起来，可以下地走路了。他家里人都为他高兴。但这时候罗小珠却突然生病了，还发起了高烧，在迷迷糊糊中叫着杨海的名字，并说出了一个情窦初开的少女内心深处的秘密。这让他们全家人都惊呆了，谁也不曾想到罗小珠会喜欢上一个曾经调戏过她的男青年，而且对方还是地主的儿子，是打断她父亲一条腿的小浑蛋。

当我在街边听到人们谈起这些的时候，感到难受极了，心里空空的，像是被掏走了什么似的。我踢着路边的碎石子，茫然地朝前走，只觉眼前的道路有些晃荡。我听到心底有个声音在不停地说，她喜欢上别人了，喜欢上别人了！多熟悉的声音啊，说得似乎要哭出来了。

我在一个路口碰到了罗大庆。他走得一瘸一拐的，和我擦肩而过之后，他突然停下来叫住我。他说，你爹在不在家？

我恶狠狠地说道，你想做什么？

罗大庆说，我要找你爹。

我没有再理他，扭头走了。走了好几步后，我回过头去看到罗大庆正朝我家走去。我便冲他的背影呸了一口。

罗大庆来到杨家，一进门就对杨志强劈头说道，杨海在哪里？

杨志强还没来得及开口。罗大庆又说，把他找回来，我把闺女嫁给他。

杨志强夫妇对望了一眼，都惊诧不已，一直说不出话来。罗大庆只扔下了这两句话就走了。等他走出院子后，王秀莲才试探性地问她的丈夫，你说他讲的是不是真的？

杨志强说，我看他是黄鼠狼给鸡拜年，没安好心。多半是想用这个办法把杨海引来，好抓住他。

王秀莲连连点头，然后恨恨地说道，姓罗的没安好心的。

杨志强说，我要去告他。即使判不了他的罪，也要让他当不成区长。

王秀莲说，你以前不是写过告状信吗？有什么用呢？没人理你。

杨志强说，我接着告，一直告到我死去的那一天。反正三妹都死了，我不再管那么多，豁出去了。

那天下午，杨志强趴在桌上花了整整三个小时，把原来的那封告状匿名信进行了增删和修改，措辞更加严厉，语气更加愤激，将罗大庆描述成一个罪大恶极的罪犯，是杨江自杀的罪魁祸首。写信的时候，他还用复写纸夹在其中，复写了一份。他准备保存一份，另一份送到县政府。

夜里，杨志强带上了一份复写的匿名信，敲开了罗大庆家的门。罗大庆的老婆刚开门，杨志强就笑嘻嘻地朝着对方打招呼，你好，亲家！

罗大庆的老婆愣住了，还没反应过来，杨志强就大模大样地在罗大庆的家里坐了下来，然后他也冲着诧异不已的罗大庆打招呼，你好，亲家！

你、你说什么？罗大庆不悦地说，谁是你亲家了？

杨志强说，你忘了？中午你不是上我家，说要把你的女儿嫁给杨海吗？他说完看着正在一旁漫不经心地抹着桌子的罗小珠，以一种赞叹的语气对罗大庆说，亏你能生出这么漂亮的女儿来，我儿子真是好福气。

罗小珠一扔手里的抹布，一扭身走进另一个房间去了。

罗大庆看到女儿离开后，也示意家里的其他人走开，然后眨了眨眼睛，说，有杨海的消息了？还是杨海回来了？

杨志强摇了摇头，说，杨海没回来，不过我还有一个小儿子，马上就会长成大人了。

罗大庆先是愣了一下，随即明白了对方话里的意思，他觉得自己受到了侮辱。他霍地站起来，接着又坐下去，过了半晌才沉着脸说，杨志强，老子告诉你，我把你当人你就是人，把你当狗你就是狗。

杨志强笑了笑，说，你息怒，息怒。说着他从身上摸出了复写的那封匿名信，递给罗大庆说，我是特意带着材料来找你的，请你参考参考，看看还需不需要润色和修改一下。

罗大庆迷惑地接过信，就放在油灯下观看。只看了几行，他的脸色唰的一下就青了。他抬起头来恼怒地看了杨志强一眼，又接着看下去。

杨志强一直注视着对方的反应，看到罗大庆拿着信的手在抖个不停，显得很气愤和激动。他把信看到一半的时候，再也忍不住地将信砰地拍到了桌子上。姓杨的，罗大庆指着杨志强叫了起来，你想怎么样？

杨志强很平淡地说，不怎么样，我一个平民百姓，能把你怎么样呢？你想知道的话，只好去问问上级政府。

你威胁我？罗大庆又猛地一拍桌子，喝道，我警告你，别给我耍什么花样，否则没你的好处。

杨志强笑嘻嘻地说，我知道我知道，这不，我不是来找你参考参考，请你给我斟酌一下吗？

罗大庆脸色更青，气得好半天都说不出话来，就抓起那封匿名信，作势要撕成两半，然后又啪地拍在桌子上，嘴巴张了张，最终没吭声。

杨志强笑嘻嘻地问道，怎么样？我写得不错吧。

滚！滚！给我滚！罗大庆突然吼了起来。

杨志强跨过去把桌子上的那封匿名信收起来，转身就走了。走到门边的时候他忽然回过头来，扬了扬手中的匿名信，笑着对罗大庆说，如果你哪天能在全区人的面前给我磕三百个响头，我就当从来没有写过这封信。

去你娘的！罗大庆骂了起来，给老子滚！

杨志强依旧笑嘻嘻地说，我不会滚，我只会走。

那天夜里，杨志强一走出罗大庆家的门就乐了，一个人像傻子似的嘿嘿地笑。回到家后他就迫不及待地和王秀莲说起了此事。我听到他说话的时候不断地发出一阵阵的笑声，显得异常开心和得意。最后我听到他对我的母亲说，明天我就把信交到政府去。

在那些日子里，杨志强每天都眼巴巴地望着街口，希望突然闯进几个陌生人来将罗大庆带走。可是随着一个个清晨和黄昏的交替，他的希望也一点点地沉下去。就在他不抱任何希望的时候，一天午后，罗大庆却突然被三个来自城里的身穿制服的陌生人给押走了。

我们白水镇顿时像被石头惊破的水面，在人们的议论纷纷中激起了层层浪花。人们不明就里，互相探询着罗大庆被带走的原因，并大胆地预测结果。在这莫衷一是的探询和预测里，我看到我的父亲杨志强神闲气定，背着双手慢慢地穿过每条街道，转悠了几圈后，他就回到家里，高兴地对他的妻子说，姓罗的肯定回不来了！

但四天之后，罗大庆却毫发不损地回来了。当人们好奇地向他询问的时候，他故意环顾四周，然后神秘地压低声音说，告诉你们，千万别说出去。上级领导准备把更重的任务交给我，是叫我去谈话了。

听到这话，人们的眼睛都睁大了。在啧啧的赞叹声中，罗大庆得意扬扬地说道，他姓杨的也不瞧瞧我是谁，以为凭几张废纸就能告倒我了？去他娘的吧。他的话这才让人们隐隐约约地猜到原来此事与杨家有关。

几天后，罗大庆带着大伙儿一起去水堰筑坝，以拦截流水来引渠灌田。之前，镇外的水堰被夏天的洪水冲垮了一大截。当时有人提议，叫罗大庆发动大家去修补。但罗大庆一直拖延着，迟迟不动。现在，他腿伤尚未痊愈，就带领着大家来水堰筑坝了。而且作为区长的他居然还一马当先，干得满头大汗。在他的带动下，大家都以积极的热情投身到劳动之中。

在那种热火朝天的场景里，身先士卒的罗大庆突然大叫一声，从水堰的坝上滚了下去。人们把他扶起来，才发现他之前受伤的小腿处又一次受伤了，红了好大的一片。在当天夜里，罗大庆小腿处的伤口还发了炎，肿得像粽子一样。

他的妻子很忧虑，责怪他说，你看你……你怎么就不小心呢？

罗大庆说，你听到他们说什么了吗？

说什么了？我没听见。他妻子的语气不太好。

罗大庆说，他们在背地里称赞我呢。

他妻子说，那又怎么样？难道能当饭吃？

罗大庆突然诡秘地一笑，说，我是故意的。我滚下去的时候，故意撞在一块石头上。

他的妻子很惊奇地叫了起来，你疯了？

他笑了笑，说，女人家，你不懂。然后他补充道，这叫因公受伤。

一个月后，罗大庆就因为那所谓的“因公受伤”而受到了县政府的嘉奖，被县政府评为劳动模范，并叫他于某月某日去城里参加表彰大会。这个消息传到白水镇的时候，我的父亲杨志强正在我家的院子里用小铁锤修理着一把坏椅子，然后我看到他用小铁锤敲在了自己的左手上。我敢肯定他不是故意砸自己，因为他疼坏了，他把小铁锤扔到了一边，不停地对着他的左手吹气。

我忍不住笑了起来。我一笑，他立即停了下来，冲着我喝道，笑什么？给老子滚到一边去。说完他还呼的一下将尚未修好的椅子丢到院子边上了。

一看到他发火我就赶紧溜掉了。我跑出院子的时候，听到罗大庆家的门前响起了一阵热烈的鞭炮声。据若干年后罗小珠的回忆，那天下午她的父亲为了表达内心的喜悦，特地燃放了一串鞭炮来为自己庆贺。吃晚饭的时候，他还命他八岁的儿子陪他喝了一杯酒。小家伙喝了一口后就学他的父亲咂着双唇，嘴里发出咝咝的声音。这让罗大庆更加高兴起来，他哈哈地笑，一个人兴高采烈地喝，而且是越喝越来劲，话也越来越多，说得含含糊糊的，还有点语无伦次。他的妻子看不过去了，就去抢他的酒瓶，结果被他扇了一耳光。那女人伤心极了，她在女儿罗小珠的房间里哭诉，说罗大庆嫌弃她是黄脸婆了，他肯定在外面花心了的……最后在罗小珠的安慰下，她就躺在女儿的床上睡着了。

第二天，天刚蒙蒙亮，罗小珠被一阵急促的狗叫声惊醒了，听到院子里有人在大声叫喊。她立即推醒了睡在身边的母亲，她母亲不满地咕哝了一句，吩咐女儿出去看看。当罗小珠开门走出去后，对方却气喘吁吁地告诉了她一个噩耗：罗大庆掉进河里淹死了。至于那个家伙是怎么掉进河中，又是怎么被淹死的，却没人知道。

这个消息很快就传遍了全镇。我是我们家里第一个听到的。我急急忙忙地跑回去，朝着正在院子里磨刀的杨志强劈头叫道，爹，有消息了，有消息了。

杨志强看着我风风火火的样子，就责怪我说，你看你，大清早的就跑成这样，鬼在追你了？

我喘着气，说，罗大庆……罗大庆死了……死了！

什么？杨志强像是被人当头打了一棒，身子噔噔地退了两步，手里的刀当的一下掉在了地上。随后他突然冲上来，紧紧地抓住我的肩膀，连说话的声音都颤抖了，你……你说什么？姓罗的……姓罗的死了？

我感到他的双手像铁箍一样，把我的肩膀勒得生疼。我不满地说，你把你的手放开嘛，你捏痛我了。

杨志强这才把手放开，追问我道，姓罗的真的死了？

我点点头，说，死了。他是淹死的，泡在水里，他们都说，不知道罗大庆为什么会掉到水里。

杨志强似乎对罗大庆的死因并不感兴趣，他开始唱起歌来。他的歌声把王秀莲都吸引出来了，她对杨志强说，你老来俏呀，唱什么唱呢？

杨志强不说话，只顾着唱他的歌，还唱得手舞足蹈。唱了一会儿之后，他突然停了下来，张口吟了一句，床前明月光。吟完之后他对我说，小浩子，快接下一句。我就接过来说，疑是地上霜。

杨志强又吟道，白日依山尽。

我纠正他说，不对，下一句应该是举头望明月。

杨志强说，我这是又另起新的了。快接下去。

我就接过来，黄河入海流。

杨志强又吟道，两个黄鹂鸣翠柳。

我接着说，一行白鹭上青天。

杨志强又吟道，飞流直下三千尺。

我接着说，疑是银河落九天。

杨志强突然不再吟诗了。他对我说，好，好。说完后他一屁股坐在地上，居然呜呜地哭了起来。

第三章

9

杨志强去县城的医院做了检查。医生们无法确定地下结论，他们含含糊糊的，有医生说是肺炎，也有医生说是痨病，还有一个刚从省城里回来的医生说估计是叫什么癌症的东西。

杨志强回到家里，天天都服中药，但病情却不见好转，反而恶化了。在他咳嗽时吐出的痰里，血丝又增多了。

一天午后，杨志强突然发起烧来，额头像着了火似的。王秀莲吩咐我去捉癞蛤蟆，根据民间的偏方，可以用它来给发烧的病人去火。我就提着一把火钳走出去，在每户人家的房前屋后搜寻。在经过死去的罗大庆家的厢房时，我听到了里面传来清泠泠的水声，就像珠落玉盘，又像素手抚琴。我忍不住好奇就凑上去看。他家的窗子是木格的，用一层薄薄的白油纸蒙住。我用火钳把它戳了一个小孔，很惊奇地发现罗小珠正坐在大木桶里洗澡。在热腾腾的水汽里，我看到了她的整个上半身，就像刚刚剥开的荔枝的果肉一样剔透晶莹。她不紧不慢地撩动着水珠溅在她的身上，还细细地抚摸着她那像丝绸一般闪着光亮的肌肤。那一对发育成熟的乳房就像两只出窝的小兔，还在微微地颤动着她那美丽的青春与芳华。

以前就听说罗小珠是在家里洗澡，从来不在河里洗，因为只要她往河水中一站，就会立即招来岸边无数双偷窥的色眯眯的眼睛。不过，恐怕连她自己都想不到，她在家里洗澡时同样被人偷看到了。我站在窗外，闻到了潮湿的水汽里那种芬芳的、仿佛是来自远方的清幽的气息，像醉酒一样让人懒洋洋的。我只觉浑身的血液哗啦一下冲上了我的头顶，身体内像有千军万马跑过一般，在我的脑海里留下旷远的震颤和回音。哐当一声，我手里的火钳掉在了地上，和一块石头撞在一起。这声响让罗小珠警惕起来，朝我这边看过来。我慌忙弯下腰去，捡起地上的火钳就跑，还在慌乱中咚的一下绊倒在地。屋内传来了罗小珠的一声惊呼。

这时她家的那只黄狗不知从何处蹿了出来，扑过来在我的小腿上咬了一口。我用火钳使劲地敲了它一下，那畜生就痛得嗷嗷大叫，然后撒腿就跑，跑开后又回头来冲着我汪汪地叫。我爬起来就跑，一颗年少的心剧烈地跳动，是那般惶恐、不安和无助，直到返回家里我都还没回过神来。

王秀莲正在给杨志强喂药，见我双手空空，就停下手中的勺子，问我道，你捉的癞蛤蟆呢？

我还没反应过来，脑子里依然恍恍惚惚的。王秀莲突然惊叫了起来，怎么了，小浩子，你怎么了？丢了魂了？

我这才回过神来，感到小腿上被狗咬过的地方很是疼痛，不由哎哟了一声，一屁股坐在了地上。

王秀莲慌了，把药放在一边，蹲下来关切地问，都流血了，怎么回事呀？

没事，被狗咬了。我说着，脑子里却全都是那个在大木桶中晃动的白花花的身子。

夜里，我躺在床上无法入睡，总是想起那白嫩嫩的像荔枝的果肉一般剔透晶莹的身体，还有那芬芳的、仿佛是来自远方的清凉的气息。即使后来睡着了，我也梦着那白嫩嫩的身子和芬芳的气息，并在半夜醒来时发现我又遗精了。我想到了当初我读过的那本无名的、绘着男女裸体插画的破书，那些文字我都还记得呀，炭火一般，将我的心灼得滚烫。我听着窗外的风轻轻地吹，有虫子在暗处欢快地歌唱，那声音像丝绸一样光滑，在夜风中轻轻地低回。我又不由得想起了白天的情景，内心里满是惆怅和忧伤，就像窗外那无边无际的夜色在弥漫。

在很长的一段时间里，我都沉浸在那种不可名状的孤独和忧郁中。我常常跑到罗小珠家的房屋外，久久地徘徊着，远远地看着她家的房子，最后又失落地离开。

在每天睡觉之前，我都要想着那个午后罗小珠洗澡的情景。很多时候，我想着想着就睡着了，似乎那洗澡的场景就成了每个夜里我的催眠药或安定片。但有一天夜里，在睡觉前我很意外地发现那个午后罗小珠洗澡的场景在我的脑海变得模糊了，任凭我怎么去回忆都总是淡淡的，就像一幅丹青被大雨冲去了墨迹。我心里有些慌起来，安慰自己说，过了今晚就好了，明天晚上一定能够很清晰地记起来的。但后来我还是没能清晰地回忆起来，而且到后来那记忆中白嫩嫩的身子竟然模糊得只剩下一个白点了，那芬芳的气息也飘散得没有了味道。我难过了起来，终于在一天夜里，我不知为什么突然就低低地哭起来了。

八月的一天下午，城里的文工团又送戏下乡了。戏场依旧设在中学的操场上。人群依旧挤挤攘攘的，将戏场围得水泄不通。我用目光搜遍了每一个角落，都没有发现罗小珠的身影。我失望极了。我茫然地挤在人群中，茫然地看了半晌。在人群热烈的欢呼和掌声中，我觉得索然无味，就慢慢地退出来，慢慢地回家了。

回到家，我刚刚打开锁，就听到里屋传来了响动声。听那声音像是人发出来的，我以为是小偷，就飞快地冲了进去。就在那一瞬间我惊呆了，我看到了杨志强站在床边，正用手去解床上的一个女人的衣服。透过薄如蝉翼的白蚊帐，我看到床上躺着的那个女人一动不动，长发散乱地铺在枕上，还遮去了她的半张面孔，让我看不清她到底是谁。好呀，原来这家伙故意把前门紧锁着，就是为了在里面和别人干这样的勾当啊。他已经把那个女人的内衣都扯下来了，听到我的声响后就停了下来，回头瞪着我，大喝道，给老子滚出去！

我没有退开，反而朝前走了两步。我要看看床上的那个女人是谁。我知道她不是我的母亲，刚才我回来的时候，王秀莲正和朱秀她们一起看戏，还鼓掌叫好呢。这一瞧，我顿时如遭雷击，脑子里一片空白。在恍恍惚惚中，我只听到一个声音在心底问自己，怎么会是她？怎么会是她呢？

那个女人正是罗小珠。她已经晕过去了。但她是怎么晕过去的，杨志强又是怎样把她弄到这里来的，我全都不知道。

杨志强突然朝我笑了起来，说，小浩子，你来得正好呢，今天我就教你。

我不知道他为什么会突然对我转变了态度。我来不及细想，挡在他的身前，焦急地说，你不能这样，爹，你不能这样。

杨志强嘿嘿地一笑，说，儿子，从今天起，你就会明白男女之间是怎么一回事了。

我更急了，说，你这样做，上头会派人来抓你的。

杨志强说，我现在什么都不怕。

我急得不知道如何是好，只是一个劲地说，反正你不能害她，你不能的。

杨志强有点生气了，说，我这是在报仇！

我说，罗大庆都已经死了，这个恩怨就这么算了吧。

算不了。杨志强叫起来，我都是快死的人了，就要在死之前，把这个仇报了。

我说，爹，既然你都是快死的人了，就积积德吧。

我的话不但没有打动他，反而让他发火了，我积德，那他们呢？你忘了你三姐是怎么死的了？你忘了你二哥是怎么被他们欺负的了？他顿了顿，以一种命令似的口吻说，你给我出去。

我知道这时候我的劝说是无法打动他的。我皱了皱眉，说，那好吧，既然是这样，那我出去就是了。

杨志强嘿嘿地一笑，说，这样就对了，这才像我们杨家的儿子嘛。

我慢慢地往旁边退，用眼角的余光观察着杨志强。我看到他朝床边走了一步，把整个身子背着我。就在这电光石火之间，我抓起地上的一把凳子，朝着杨志强的后颈狠狠地砸下去。

为了解救罗小珠，我就这样做了一个不孝的儿子。我仿佛听到了铁匠的锤子落在砧板上的声音。我的上了年纪的父亲，被我这么狠狠一击，就像一段枯枝似的折落在地。倒在地上的他气急败坏地大喊道，畜生，你打老子就是天打雷劈。

我抢过去，抓起罗小珠的衣服，将她负在背上。虽然她才九十多斤，但对我这个十五岁的孩子来说还是挺沉的。我在跨过杨志强身边的时候，他趴在地上，用手抓住了我的脚。我在情急中蹬了他一下，挣脱开来，夺门而逃。

我是从后门跑出去的。我听到杨志强还在屋里声嘶力竭地大骂着畜生。随即我又听到墙壁轰然大响，似乎是什么东西撞到墙上去了。我迈开大步朝前跑。罗小珠的身子很软，像蛇一样地负在我的背上。风吹过来，她的几缕头发拂到我的脸上，痒痒的，就像温暖的手指。我还嗅到她到身上飘来的清凉而幽深的芳香，直沁肺腑，似乎是我把春天的花园背在了我的背上。

我气喘吁吁地跑到我家屋后的草垛下，然后停下来。罗小珠仍旧昏迷着，洁白的肌肤像冬天的河面上铺着的薄冰。我抓起她的内衣，想给她穿上。我就看到了她胸部挺立的乳房，像白里透红的水蜜桃垂挂在她身体的枝头上，在那个寂静的下午闪动着诱惑的光泽和芬芳。我顿时感到头晕目眩，像是被人当头打了一棒。我定了定神，压抑着怦怦的心跳，闭着眼睛给她穿内衣。在黑暗中，我哆哆嗦嗦地摸到什么东西上去了，触手软绵绵的，有一种无法说出的温润和柔软。我一惊，睁开眼睛一看，才发现我摸到了罗小珠的乳房上去了。我像被电击了似的，不由自主地后退了一步，在后退中正好绊到了地上的一块石头，跌坐在地上。我慌忙爬起来，但刚刚爬起来我又脚下一滑，栽倒在地，额头噗的一下撞到地上。我已经顾不上额头的疼痛了，连滚带爬地扑到罗小珠的身边，手忙脚乱地给她穿内衣。我不能再有丝毫的迟疑了，没准杨志强一会儿就追上来了。但我怎么也系不上她的内衣，急得手心都出汗了。最后我好不容易才把它系上了，又给她穿好衣服。在这过程中，我忙活了半天，罗小珠也没有醒来。

我用力地摇了摇罗小珠的肩膀。她还是没醒来。我打算去找水，我记得上次王秀莲晕倒的时候，杨志强就是用冷水将她泼醒的。但我又担心我这一离开，杨志强又找上来了。就在这犹豫间，我突然听到罗小珠嘤咛了一声，接着她低低地说道，头好晕啊。

我大喜，我说你醒来了。

罗小珠坐起来，迷惑地看了看我，又看了看四周，说，这是什么地方呀？

我说，这是我家的房后头，你……说到这里，我突然听到杨志强的喊声，充满着火药的味道，从我家的房屋前飘过来。我立即打住，把手指竖在嘴唇上，轻嘘了一声，低声说，别出声，要是让我爹听到了，你就走不了了。

我和她都不作声，听着杨志强叫着我的名字走到另一边去了。罗小珠突然说道，我想起来了，是杨志强，就是你爹。

我说，我爹怎么了？

罗小珠不说话了，把头低了下去。然后她抬起头来，目光清澈地看着我，说，今天的事情，你别说出去，跟任何人都不要说起，好吗？

她的眼睛真美啊，那目光温柔而明净，就像头顶上那一碧万里的蓝天。我看着那双美丽的大眼睛，突然间感动起来。我使劲地点着头。

罗小珠轻轻地说，谢谢你。顿了顿，她又说，我该走了。

我略感失望。我说，快走吧。

罗小珠冲着我嫣然一笑，起身就走了。我看着她婀娜的身子一扭一扭的，宛如出水的芙蓉，在风中优雅地摇曳，很快地消失在我的视线里。我朝着她背影消失的方向，呆呆地出神，内心充满着无尽的惆怅和忧伤。

这时我又听到杨志强叫着我的名字朝着这边走来了。我这才从那种辽阔的惆怅和忧伤里回过神来。我想我把罗小珠放跑了，杨志强肯定不会善罢甘休。我爬上草垛，心里打定主意，如果杨志强要打我，那我就待在上面不下去。

杨志强来到了草垛下，大声地问，人呢？

我当然知道他说的是罗小珠。但我故意挠了挠脑袋，说，你说谁呀？

杨志强显得很恼怒，环顾了一下四周，压低着声音说，罗小珠呀。你把她藏到哪里去了？快给老子交出来。

我说，这会儿她已经到家了。

小畜生。杨志强骂了起来，你气死我了。

我没吭声，心里暗暗地笑。我看到杨志强东瞅瞅，西望望，然后目光停在院子边的一根晾衣竿上。我想，坏了，杨志强一定是想用晾衣竿来揍我了。那根晾衣竿是竹子做的，够长了，杨志强只需要站在草垛下，就能用晾衣竿轻易地抽我了。果然，杨志强就朝那根晾衣竿走过去了。我急了，大叫道，你要是打我，我就把今天的事情说出去。

杨志强停了下来，皱着眉头问，你说什么？

看到他那副模样，我就知道他开始妥协了。我有些得意，提高了声音，说得异常坚定，你要是打我，我就把今天的事情说出来。见一个人我就说一次，就说你想干坏事。

杨志强抬着头，歪着脑袋看了我半晌。我以为他会破口大骂的，没想到他突然嘿嘿一笑，向我伸出了大拇指，说，聪明！说完他突然板着脸，厉声道，你要是把今天的事情泄露半句，看老子不把你的皮剥下来。

10

罗小珠就要成亲了。新郎叫孙福贵，三十出头了。在百里外一个叫珠藏的区公所教书，中学的校长，全权负责该地区的教育工作。他这是二婚，前妻在两年前死了，膝下无子。

我是在一个细雨绵绵的下午听到这个消息的。我只听到我的心里轰然倒塌，就像是一场浩大的雪崩。我浑身乏力地瘫坐在椅子上，泪水哗地冲进了眼眶。我仰着头，忍住不让眼泪流下来。在模糊的视线中，我仿佛看到了头顶的天花板就像坍塌的大石块，朝我结结实实地压下来。我连跑开的力气都没有了。

在那些日子里，我整天情绪低落，神情恍惚，内心里满是绝望和悲伤。和我一样，镇上的未婚男子们也大失所望，有的还痛苦得发了狂，号啕大哭，夜里在罗小珠家屋外高喊着她的名字。

罗小珠成亲的那一天阳光灿烂，迎亲的队伍浩浩荡荡地进入了小镇，领头的是两辆缠着红花的大卡车，后面才是迎亲的队伍。有的敲锣打鼓，有的鸣放鞭炮，有的抓起大把大把的糖果朝围观的人群撒去。人群兴奋地尖叫着，争抢着撒在地上的糖果。车停在罗小珠家的院子里，孙福贵从里面走出来，满面春风，头发向后梳得油亮。他一下车就笑容可掬地向人群递烟，凡是男的他都递，包括三岁的小男孩。如果那些小男孩傻呆呆地不知接烟，他就把烟夹在对方的耳朵背上。

我挤在人群里，看到孙福贵沿着人群递烟，就要发到我的面前了。我突然感到一阵慌乱和紧张，不由自主地后退了两步。这时孙福贵慢步地移过来，给我前面的那个人发了烟，又微笑着把烟递向我。我不知所措，双手紧紧地抓着衣角，没有去接他的烟。他迟疑了一下，把烟往我的耳背上塞。我头一缩，转身就跑了。我听到身后有人哈哈地笑。我从这热闹的人群里跑了出去，感到分外失落和忧伤。

那天我一直躲在我的房间里，无比失望和沮丧。我脑子里总是不断地浮现着几个月前的那个下午杨志强意图非礼罗小珠的情景，浮现着罗小珠身上所散发出来的那种清凉而幽深的气息，以及我触摸到她的乳房时的那种温润和柔软。夜幕初降，罗小珠家的院子里就燃起了绚烂的礼花，在夜空中像细碎的繁星一样闪烁和绽放。唢呐悠长，鞭炮声零零碎碎，欢叫不绝于耳，像河水似的舒缓地流淌。

晚上九点多钟的时候，一个喝醉了的小伙子提着菜刀冲向罗小珠的闺房，高声地叫着她的名字，还扬言要跟孙福贵决斗。人们拉住了他，他在绝望中冲着自己的手腕割了一刀。

第二天一大早，两辆大卡车就载着罗小珠和满满当当的嫁妆驶出了街口。我真想冲上去，跟罗小珠打一声招呼，可我没有这种胆量和勇气。我失魂落魄地靠在街边的一棵树上，看到天空阴沉，远山渐稀。秋风飒飒，零乱地刮起了地上的尘土和纸屑。

很长的一段时间里，我无精打采的，常在夜里失眠，守着满屋的黑暗和寂静发呆。老鼠在夜里蹿出来，在床底爬得哗哗地响。偶有猖獗的，相互打闹，吱吱地叫着。这使我倍加心烦意乱，迟迟无法入睡，听着窗外夜风呜咽，偶尔的鸡鸣或犬吠就像冻僵的石块，硬邦邦地砸下来。

一天夜里，当我迷迷糊糊地睡去，突然被一阵急促的捶门声惊醒了。我好不恼火，正想骂一句，就听到杨雨在外面惶急地叫道，杨浩，快起来，爹出事了！我不由一惊，一骨碌爬起来，飞快地冲进了父母的卧室。

屋里光线昏黄，杨雨和朱秀都不知所措地站在床边，偶尔小心地喊一声爹。王秀莲则跪在床上，用双手压迫她丈夫的胸口，每压一次就在嘴里低低地发出嚯的一声。她是在半夜醒来的时候突然发现杨志强晕过去的。起初她还以为丈夫是睡得太沉了，但又觉得有些不对劲，就摇他晃他，他还是不醒来。她这才知道出事了，就将隔壁的女儿叫醒。四姐起床后，又慌慌张张地叫醒了我和朱秀。

杨志强一动不动，呼吸细若游丝，似乎就要断气了。王秀莲回头冲着杨雨吼道，还愣住呢，快去叫医生呀。杨雨这才回过神来，急急忙忙地朝外跑。她跑到门口的时候被我叫住了，我说我去吧，你一个女孩子家出去不安全。

我掌着马灯跑出门去。外面夜色如墨，我一路小跑，将地面踩得脆然有声。黑暗中有白霜落地，夜露潮湿。冷风如刀，将夜晚削得一片冰凉。时有狗叫，在风中飘远，落地后也变为了寒霜。

我跑到赵中医家的门前大喊赵医生、赵医生。没人回应，我就咚咚地擂门。接着我听到里面有个女孩的哭声哇地响起来了。我知道那是赵中医的独生女儿赵巧巧，黄毛小丫头，常常把一张脸弄得脏兮兮的。她一哭，赵中医的老婆就恼怒地嚷起来，谁呀？半夜三更的死人了？

远处有狗叫起来了。我又大声说，赵医生，我爹晕过去了，请你去给他瞧瞧吧。这时我终于听到赵中医的声音了。他说，你爹是谁呀？我说，杨志强！

过了好半晌，赵中医才慢吞吞地爬起来。他背着药箱，打着手电筒，一出门来就打了个冷战，说，好冷啊。我说，赵医生，我爹没气了。

没气了？赵中医一怔，说，没气了你还叫我做什么？我又不会医死人。

我说，是快要没气了，一直晕着的，怎么也弄不醒。

赵中医没说话，只是嗯了一声。

我领着赵中医来到我家。我们一走进杨志强夫妇的卧室，就看到杨志强坐在床上喝水。他把杯子递给王秀莲，微笑着跟赵中医打招呼，你好，赵医生。我一下就愣住了，没想到杨志强已经醒过来了，而且还精神抖擞的样子。

赵中医放下药箱，顺势坐在床前的凳子上，说，你是哪儿不舒服呢？

杨志强嘿嘿一笑，说，我没事，哪儿都挺好的。

赵中医一愣，然后脸色一变，起身抓起药箱，气呼呼地说道，好啊，原来你们是要我来了。他一边生气地往外走，还把凳子带翻了。

王秀莲慌忙叫道，赵医生，你误会了，误会了。

赵中医没理会，头也不回地走出去了。杨志强高声说道，慢走啊，赵医生。王秀莲嗔怪丈夫道，你还这样说呢，人家肯定以为我们是在耍他了。她说完后吩咐我道，杨浩，你快去送送他，顺便跟他解释一下。

我在院子外边追上了赵中医。他猛地停下来，恶狠狠地说，你跟着我干什么？我说，送你呀。

赵中医没好气地说，我不要你送。说完他又埋着头匆匆地往前走。

我又跟上去。我说，你误会了，我爹之前真的晕过去了，我娘就叫我请你来给他看病。既然你都到我家了，那就坐一坐啊，喝喝水，给我爹把把脉。

赵中医还是没好气地说，你爹的脉我可把不了。

我想这家伙的脾气还挺大的，我也就懒得再解释了。我回到家里，朱秀和四姐都睡去了，只有杨志强夫妇的卧室还亮着灯。我在厨房倒开水的时候，听到了隔壁杨志强的说话声。他说，是该准备一口棺材了。

王秀莲没吭声。杨志强又说，我明天去看看。最好要香樟或杉木的，虫蛀不穿。我还是没有听到王秀莲的声音，我走回卧室的时候，看到门缝里透出来的灯光突然熄灭了。王秀莲幽幽地说道，睡吧。然后我就听到她长长地叹息了一声，像这个夜晚的风，深深地抛在了黑暗里。

第二天上午，杨志强穿得干干净净的，戴着帽子来到镇上唯一的一家棺材铺。他在那里给自己预订了一口棺材，要求用香樟为料，漆红漆。这家姓马的老板瞠目结舌，他可从没见过客人要求用红漆来漆棺材的。杨志强又交代了两句，然后预付了五块钱的定金便走了。

从棺材铺出来，他又来到花圈店。当然店里不只卖花圈，还有其他用来祭祀的纸质丧葬品。杨志强在那里预订了八个花圈、八匹纸马、十头纸牛、十二只纸山羊、四座纸房子、两套纸家具。他怕这家姓宋的老板记不清，还特地叫对方写在本子上。宋老板乐坏了，他一边写一边问，你们家哪个亲戚去世了呀？杨志强说，没人去世。宋老板奇怪地问，既然没亲戚去世，你要这么多东西做什么呢？杨志强嘿嘿地一笑，说，是给我自己用的，我死后用的。

宋老板停下来，像不认识杨志强似的，瞅了半晌，很小心地说道，你不是要我的吧？

当然不是。杨志强一本正经地说道，你看我像是在和你开玩笑吗？

宋老板迟疑着，将信将疑。杨志强摸出五块钱，甩在柜台上，大声说，这就是定金，你要不愿做，我就去城里找其他人。

宋老板双眼一亮，一把将钱收过来，嘿嘿地笑道，做，当然做。

从那天起，杨志强每天都要到棺材铺和花圈店遛一圈。在那两个地方，他几乎不说话，只抽上一袋烟就走了，连离开的时候也不跟人家道别。起初，棺材铺和花圈店的人在他到来的时候还跟他打招呼，到后来也就懒得去理睬他了。

二十多天后，棺材和纸质的丧葬用品都做好了。两家老板就到我家来向杨志强要钱。一大早，棺材铺的马老板就走进了我家的院子，一进来就大声地喊杨志强。杨志强正蹲在厕所里，憋着气应了一声。马老板顺着声音朝厕所走过去，说，你在哪里呀？

杨志强知道马老板的来意，他不等对方挑明，就大声地说，你去问我老婆要吧，家里是她做主。

马老板哦了一声，就进屋来了。我正站在门边，冲着挂在墙上的镜子梳头。他就冲着我笑了笑，我没理他，走出门去了。我听到他喊了我的母亲一声，大嫂！王秀莲说，坐。然后王秀莲又说，你是来收钱的吧？随即我听到马老板干笑了一声。他没有说话。

我走开了，在堂屋外站定。过了半晌，我看到杨国庆摇摇晃晃地跑出门来，撩开裤子就开始撒尿。接着我又看到马老板走出来，脸上带着失望和不快。他在走下台阶的时候，杨国庆突然朝他尿过去，险些喷到他的裤子上了。马老板朝前跳开，恶狠狠地骂道，小鬼头，小心我把你的肉割下来喂狗。小家伙并不害怕，还冲着马老板扮了一个鬼脸，随后咯咯地笑起来。

马老板站在院边，喊了杨志强一声，然后大声说，我只拿到了一半的钱，剩余的那一半，我给你们七天的时间，七天后我就来取。

杨志强蹲在厕所里，没有吭声。

马老板前脚刚走，花圈店的宋老板后脚就赶来了。他踏进院子的时候，我就听到一边的朱秀不满地嘀咕了一声，大清早的，又一个讨债鬼来了。她说着走过去打开鸡栏，闷了一夜的鸡就争先恐后地抢出来。朱秀突然吆喝了一声，那些鸡便受惊乱窜，还有几只飞了起来，噗噜噜地落到了宋老板的面前，将他吓了一大跳。

宋老板喊了一声杨志强。一直蹲在厕所里的杨志强没吭声。这时王秀莲走出门来了，对宋老板说，你进屋来吧。宋老板就走进门去了。

杨志强慢吞吞地从厕所里走出来。他没有进屋去，而是站在院子边上伸臂、扩胸和踢腿，还在嘴里低声地喊着节奏。十二月的阳光升起来，铺洒着薄纱似的金光。炊烟袅袅，祥云一样地升腾。远山稀疏，斜坡上的巴茅白茫茫的一片，在风中浪花般地跳跃。

没多久，宋老板就走出来了。他一走出门来就冲着杨志强喊道，原来你在这里呀。杨志强没理他，依旧在不急不缓地做着早操。宋老板来到他身边，大声地说，我才只拿到一半的钱呢，剩下的那一半，你们什么时候给我呀？

杨志强还是没理他。他伸展双臂，差点打到了宋老板的脸上。宋老板见杨志强不理不睬，显得很生气。临走的时候，他也像马老板那样，说七天之后他就来收取剩余的钱。

他走出院子后，杨志强就突然停下来，冲着他的背影大声道，欢迎你下次再来！

院子外边顿时远远地传来了宋老板的声音，我当然要来。他的嗓门挺大，说得理直气壮。

七天后，马老板和宋老板如期而至。他们是一起来的，不知是有意结伴而来，还是碰巧赶在了一起。杨志强叫他们去找王秀莲，他说这个家是王秀莲做主。王秀莲没钱给他们，上次她就已经拿出了家里所有的积蓄。她一筹莫展，就叫他们找杨志强，她说那些东西又不是她去订购的，与她八竿子打不着。马、宋两人拿不到钱，也只好悻悻地离开了。临走的时候，他们像下达最后的通牒似的，说这是最后一天了。

第二天，他们俩又如约到来。以后的每一天，不论何种天气，他们都一大早就赶到我家来了。有一天早晨大雪纷飞，他们也踏雪赶来，脚上沾满的雪花在我家的屋里融化成水，在地上湿了一片。但他们却绝口未提一个钱字，而是在我家坐上半小时，然后就走了。

腊月二十八的那天早晨，他们俩没有现身。我还以为他们不再来了，没想到晌午时分，马老板和宋老板却叫人抬着棺材和那些纸质丧葬品来到了我家，有条不紊地摆放在院子里。杨志强站在屋檐下，一直不吭声，双手拢在衣袖里，似笑非笑地看着他们，半晌就回屋去了。那两个家伙在院子里坐下来，抽烟，彼此交谈，有时还哈哈地笑。

我看到那些纸质的丧葬用品花花绿绿的，扎得惟妙惟肖。杨胜利和杨国庆兴致勃勃地凑近去观看，还东抠抠西摸摸的，叽叽喳喳地议论着。宋老板也不管他们，任由哥儿俩在那里摸着那些东西玩闹。即使是杨国庆不小心地将一匹纸马的尾巴给扯断了，宋老板也没有站出来呵斥一句。

王秀莲从屋里出来，端着两碗热茶。她来到马、宋两人的面前，说，你们喝口茶吧。两人居然异口同声地说，不喝。

那，那进屋去坐吧。王秀莲说，外面怪冷的。

两人又异口同声地说，不坐。

王秀莲将两碗热茶放在棺材上，说，我把茶放在这里了，你们要喝的话，就自己来拿。

那天下午，马、宋两人受冻了，就在我家的院子边上取了一捆干柴，在他们的面前生起了一堆火。后来马老板还到街边去打了半斤苞谷酒，买了一袋花生。然后两人就在我家的院子里喝酒，还猜起拳来。我在屋里听到他们在外面高声猜拳，声音像两面破锣似的在北风里飘散。

临近黄昏的时候，杨鸿从城里回来了。看到院子里停放的棺材和纸质的丧葬用品，杨鸿愣了愣，以为家里出事了。他快步地冲上去，大声地问道，这是怎么了？怎么了？马老板呷了一口酒，漫不经心地说道，是你爹出事了。

杨鸿脑子嗡的一下就大了，像是被人当头一棒。一定是爹死了，是爹死了。他迷迷糊糊地想着，跌跌撞撞地闯进门来的时候，我们正围坐在火塘边吃饭。杨志强已经吃好了，到里屋去抽他的旱烟。饭后一袋烟，这已经成了多年来他雷打不动的习惯。杨鸿没看到杨志强，便确信了自己的判断，他哑着嗓子叫道，爹是什么时候死的？

面对杨鸿如此惊慌失措地闯进来，我们都有些愣住了。现在他又这么追问，我们就更加茫然了。王秀莲站起来，小心地说道，你这是怎么了？来，快坐下来吃饭。

杨鸿又哑着嗓子说，爹是什么时候死的？

你才死了呢。里屋里传来了杨志强的说话声。他走出来，鼻孔上还冒出一缕青烟。他说道，老子活得好好的呢。

杨鸿茫然地看着杨志强，定了定神，然后朝门外指了指，说，那外面是怎么回事呢？马老板又为什么说爹你出事了呢？

杨志强叹了一口气，说，我订了他们的棺材和花圈，没钱付，他们就上门来要钱了。

杨鸿不满地说，你也真是的，订什么棺材和花圈呢？给自己没事找事做。他说完就开门走了出去。

杨志强突然嘿嘿地笑起来，冲着杨鸿的背影挤眉弄眼。他猜到了杨鸿这是出去为他支付棺材铺和花圈店的钱，居然做出了一副孩子般的表情，然后他也跟着出门去了。

我吃好了，站在窗边朝外看。我看到了杨鸿在一张张地数钱，然后分别递给马老板和宋老板。那两个家伙眉开眼笑的，他们在杨鸿数钱的时候一直都搓着双手，目光直直地盯着杨鸿手里的钱，偶尔还用舌头舔一下嘴唇。等他们接过钱后，就迫不及待地用手指蘸着唾液数，还不住地点着头。

付了钱后，杨志强似乎一下又挺直了腰。他叫马老板和宋老板将那些东西搬回去，等他需要的时候他再去取。他打着手势，说得理直气壮，像上级在吩咐他的下属一样。马、宋二人都不太乐意，把这些东西搬回去很麻烦，而且还占去了店里的空间。可是作为生意人，他们又不想得罪顾客。在他们把东西抬回去的时候，宋老板突然忧虑地问杨志强，你什么时候来取你的东西？不能老是放在我家里呀，这些东西都是纸糊的，不能放得太久的。

快了。杨志强沉吟道，估计两个月后吧。

没人相信他的胡言乱语，但在他死后我才真正地明白一个将死的人对生命有着多么让人难以置信的敏感。在那时候，他甚至能确切地算出自己的大限之期。在他临死前的那天下午，他自个儿烧水洗净了身子，穿得干干净净的，慢慢地来到棺材铺和花圈店，叫对方将棺材和纸质的丧葬品送到杨家去。他们就抬着棺材和纸质的丧葬品穿过街道，就像一个长长的出殡队伍。杨志强走在最前面，步履显得有些沉重而迟缓。旁边涌出一群观看热闹的行人。有人嬉笑着，跟杨志强说话。

这是给我出殡呀。杨志强说，我就要死了，活不过今晚了的。他尽量地提高声音，但口齿却模糊了。

果然，半夜的时候他就死去了。临死前他没有半点呻吟，就像一盏枯干的油灯，悄无声息地熄灭了。

王秀莲在一觉醒来的时候才发现丈夫已经死去了。她不紧不慢地点上灯，穿好衣服，然后走出门来，逐一地敲开我们的卧室，把这一噩耗告诉我们。我看到她异常平静，似乎杨志强的死亡就好像只是家里丢了一只鸡、死了一只狗一样。

第四章

11

杨志强下葬后没几天，朱秀就生病了。我们叫她看医生，她不肯。她说是这几天操劳过度了，休息一下就会好了的。她从厕所回来的时候，就站在院子边上干呕。我去街上买东西，经过她身边时看到她抚着胸口，样子很痛苦。

我有点不忍。我说大嫂，你都呕了，赶快去看医生吧。她摇头。她说我没事，然后抬起头来朝我笑了笑。我突然发现她苍白的脸上竟然全是喜色，就像涂上了一抹西天的霞光。

我从街上买了东西回来，老远就看到朱秀和一个妇女站在我们家的院子外面说话。朱秀低着头，双手紧紧地拽着衣角。和她说话的那个妇女是她最好的朋友，打着手势，说得很急切，好像很愤怒的样子。我来到她们身边的时候，那女的突然住口不说了。我想她们也许是在谈论什么秘密吧。我加快脚步，走进屋去了。

不一会儿，朱秀就走进来了。她看上去失魂落魄的，脸色惨白，没一点血色。她目光有些呆滞，在进门的时候还被门槛绊了一下，差点摔倒了。随后她在藤椅上坐下来，左手紧紧地抓着扶手，生怕摔倒似的。她的右手放在腿上，微微地抖着，滑了下去，接着她把双手绞在一起，使劲地捏着，又分开，然后又绞到一起。

我有些不解和吃惊。我走过去倒水，把目光投向正在旁边擦桌子的王秀莲。刚好我的母亲也朝我看过来。她和我一样，我们都不明白朱秀这是怎么了。她是生病的症状，还是在突然间遭受到什么打击了呢？王秀莲扔下了手里的抹布，很关切地问道，秀，你这是怎么了？要不我扶你去看一下医生吧。

没事。朱秀朝着王秀莲勉强地挤了一个笑容，说，我没事的，休息一下就好了。

王秀莲默然了一下，说，那你快去休息吧，一会儿叫四妹给你熬点粥。

朱秀嗯了一声，起身朝里屋走。在跨进门槛的时候，她突然回过头来，说，娘，我有事想和你商量下。

王秀莲说，你说吧。

朱秀迟疑了一下，说，我想明天去城里一趟，找城里的医生好好地看一下。

王秀莲说，好，我叫四妹陪你一起去。

不用了。朱秀说，两个人去只会多花钱，我一个人就够了。

王秀莲说，那你一个人行吗？

没问题。朱秀说得很坚决。

第二天，天上零零星星地飘着小雨，春风乍暖还寒。王秀莲说天冷，叫朱秀就别去了，等天晴了再去。可朱秀还是坚持上路，乘着马车进城了。我的四姐拉着杨国庆把朱秀送到了街口，杨国庆还冲着朱秀的背影拉着嗓子大喊，叮嘱她从城里给自己买糖来。他们回来的时候，杨雨突然听到街边的几个人在议论杨鸿，说他在城里有了外遇，与他相好的是一个妙龄女郎，几年前还是他的学生呢。他们说得津津有味，还一边嘿嘿地笑。这只要与男女关系沾边的，他们总是那么乐此不疲。

听到这些议论的时候，杨雨一下就蒙了。她从没想过这样的事情居然会跟自家人联系在一起。她回到家里，闷了半天没吭声。最后她还是怯生生地把这听来的消息告诉了王秀莲。王秀莲也是久久地沉默着，不说话。她用木棍拨弄着火塘里的柴火，火星就噼噼啪啪地爆起来。

终于有这一天了。她站起来，喟然长叹。这话里的意思，似乎她早就猜到杨鸿的外遇是迟早要发生的。她在这时一下就明白了朱秀坚持进城的原因。朱秀只是以看病作为幌子进城，实际她是为杨鸿的桃色新闻而去的。

王秀莲又叹息了一声，说，希望他们不要打起来呀。

她的担心很快就变成了现实。第二天中午，我在院边劈柴的时候，朱秀回来了。我看到她脸上青了一片，连眼角都红肿了。她迟缓地走进院子，一脸的黯然和忧伤。我喊了她一声，她朝着我淡淡地笑了一下，然后慢慢地踏上台阶。在踏上第三个台阶的时候，她还失去重心，身子晃了两下，差点摔倒了。

我本想问她脸上的伤是怎么一回事，可我忍住了。我看到她站在屋檐下，扶着墙壁喘气，最后才走进屋去。接着我听到我的四姐在屋里尖叫了一声。我就放下斧头，走进屋。朱秀正坐在椅子上喝水，喝完后又长长地喘了一口气。

王秀莲关切地问道，秀，你这脸上是怎么了？

没事。我不小心摔了一跤。朱秀说着，努力地笑了一下，却牵动了她脸上的伤，疼得她咧了一下嘴。

王秀莲也坐下来，轻声说道，傻孩子，你还想瞒我呀。你告诉我，他是怎么对你了，娘为你做主。

朱秀咬了咬嘴唇，接着摇摇头，说，没用的，娘，他的脾气，你又不是不知道。

可他怎么能动手打人呢？王秀莲生气地说道，还下这么重的手，他还有没有良心啊？

朱秀凄然一笑，没说话。

那个……那个挨千刀的。王秀莲愤愤地骂了一句，然后她看着朱秀脸上的伤，很怜惜地说，瞧你，都伤成这样了。她说完后又扭过头去，吩咐杨雨，四妹，快去把赵医生请来。

杨雨跑出去后，王秀莲就搀着朱秀走进卧室，扶她躺下，给她盖好被子。然后王秀莲坐在床沿看着朱秀，眼里满是柔情。朱秀被瞧得有些不自在，就笑了笑，以掩饰自己的羞怯。

王秀莲说，你告诉我，杨鸿是不是真的在外面有了女人？

朱秀沉默了一下，说，我见到那女的了。

你见到了？王秀莲说，你是怎么见到的？

朱秀说，我一去，就刚好碰到他们在一起。那女的很年轻，估计就二十出头，人长得挺好看的。

王秀莲说，那你们……你们之间……你和她说话了吗？

朱秀说，没有。我还没来得及跟那女的说话，我就……她指了自己的脸一下，又说，我就这样了。那女的就跑了。

王秀莲慢慢地伸出手去，将朱秀的手握着，并用一只手轻轻地拍着她的手背，柔声说道，孩子，你受委屈了。这事儿，娘会给你做主。

娘。朱秀突然哽咽了起来，你什么也别说了，我们是女人，这就是命。

傻孩子。王秀莲轻叹一声，把朱秀的手握得更紧。

这时，杨雨带着赵中医匆匆地赶来了。赵中医一言不发，伸着细长的手指给朱秀把脉，神情严肃而庄重，头微仰，若有所思。过了一会儿，他就开始点头，高兴地说道，这是喜脉啊。

什么？王秀莲叫了起来，声音都抖了，你说是喜脉？

赵中医没回答，又去看朱秀脸上的伤，说，是被人打的吧，下手还真够黑的呀。你得罪什么人了？

王秀莲不悦地说道，赵医生，你看病就看病，问那么多干什么呀？

是是是，我多嘴了。赵中医扭头对王秀莲说，她身体有些虚，得好好调理一下，叫一个人随我回去抓药吧。

没等王秀莲吩咐，杨雨就跟着赵中医抓药去了。王秀莲把门关上，回到朱秀的床前，很兴奋地说道，秀，你有喜了，有喜了。

朱秀说，娘，其实我老早就知道了的。

瞧你这孩子，怎么不跟娘说一声呢？王秀莲嗔怪着朱秀，但脸上却满是笑容。她在原地转了一个圈，说，叫杨浩发封电报，把这个消息告诉给杨鸿，叫他回来一趟。

不用了，娘。我都跟他说过了。朱秀幽幽地说道，他不相信，说我是骗他的。他还说他从来就没有喜欢过我，他要……要跟我离婚。她的嗓子突然沙哑了起来。

那个……那个挨千刀的！王秀莲忍不住骂了起来。她在愤怒中猛地拍了一下床头柜，怒气腾腾地走出门去，大声叫道，杨浩，杨浩！

我正在院子里劈柴，听到母亲叫我，就停下来了。我抹了一把汗，心想我也该歇歇了。我提着斧头往屋里走，王秀莲就冲出来了。她从怀里摸了半天，摸出两块钱递给我，说，去，给你大哥发封电报，就说家里出事了，叫他赶紧回来。

在去邮局的路上，我在心里琢磨着该怎么给杨鸿发电报。我想来想去，最后这样写道：母病危，速归。当然了，为了省钱，我没加标点。我想杨鸿能够看懂的。从邮局出来，在经过赵中医的医铺时，我看到四姐提着药，正站在台阶上和赵中医的女儿赵巧巧说话。赵巧巧扎着辫子，白里透红的脸蛋粉嫩嫩的，就像白色的百合花瓣一样娇美无比，弹指可破。我不由大为惊诧，怎么也不敢相信我的眼睛。那个我印象中脏兮兮的黄毛丫头，怎么在突然之间就换了个人似的？我不由多看了几眼，正好她也朝我看了过来。我看到她那双美丽的大眼睛忽闪忽闪的，像两只斑斓的蝴蝶在春光中扑翅飞舞。我不由感到一阵慌乱和不安，转身就跑了。

那天夜里我突然想起了罗小珠，心里满是忧伤和惆怅。她已经是有夫之妇了，没准儿这一刻正和她丈夫睡在床上，正快活地接受着对方的爱抚呢。这么一想，我心里就烦乱起来，一片凄风苦雨。在这烦乱中，我突然一下想到了赵巧巧，不知为什么一下就笑起来了。

第二天下午，我在放学的时候又看到了赵巧巧扎着辫子、穿着碎花的浅红衣服走在一群回家的学生中间。她像一只轻快的燕子，在人群中蹦蹦跳跳的，快活地跟她周围的人说笑。我还看到有一个敦实的男孩走在她身边，紧紧地贴着她，脸上堆满了殷勤的表情和微笑。我认得他，他是河边那姓张的面坊老板的儿子，叫张长喜，比我大两岁，和赵巧巧同班，念初一。我记得很清楚，以前我去他家的面坊看他们一家人磨面时，张长喜就跟着他父母一起恶狠狠地赶我走，似乎怕我偷了他们家的面粉似的。这小子，有几次还放狗来咬我呢。我还听说他年纪比班上的同学都大，个头也要高一些，是班上的小霸王，大家都要听他的。但就是这样的一个小霸王，却在赵巧巧的面前温顺得像条狗似的。这不，刚出校门口，赵巧巧手一挥，他就屁颠屁颠地跑去买了一串冰糖葫芦，又屁颠屁颠地跑回来递给了她。

我看到赵巧巧一路上不断地跟她周围的同学道别，各自回家。只有张长喜一直贴在她身边，一直把她送回家里。在进家的时候，赵巧巧还站在她家的医铺前跟张长喜挥手。张长喜一脸傻笑，在人家的门前站了半晌才回过身来，吹着口哨，得意地顺着来路回家去了。

一连几天，我都远远地跟在他们的身后。我不是因为赵巧巧而跟在他们的后面的，而是我无所事事，我想瞧瞧那个姓张的小子和赵巧巧到底是什么关系。通过几天的观察，我大致看出来了，姓张的小子对那小妮子有意，赵巧巧却天真无邪地和他打闹着，就像对待她周围的女孩那样。这个十四岁的女孩，也许只把姓张的那小子当成了大哥哥，或者她本身就情窦未开呢。

就在那天下午，当我放弃了对他们的跟踪时，张长喜突然带着两个男孩在街上拦住了我。他冲着我挥了挥拳头，喊了我一声，小地主！

这喊声一下就将我激怒了，我恶狠狠地说道，你爹才是小地主呢。

很显然，他没想到我会针锋相对。我看到他愣了一下。他又挥了挥拳头，说，我警告你，以后不准盯着巧巧。你这几天都跟着我们，你以为我不知道吗？你要是再盯着她看，我就把你的眼睛挖出来。他说完后又挥了一下拳头，跟在他身边的那两个男孩也跟着挥了一下拳头。

听听，还巧巧的，叫得多亲热呢。我故意冷笑了一声，说，你要是不看我，你又怎么知道我在跟着你们呢？眼睛长在我身上，我想看什么就看什么。我说完后，看到旁边的人围上来了，连赵巧巧也跟着走过来了。我不由挺了挺胸，我想我可不能在这么多人的面前丢脸。

人越来越多。赵巧巧挤过来，她问身边的一个男孩，这是怎么回事呀？那人哧哧地笑，说不知道。张长喜看了赵巧巧一眼，突然间朝我劈头一拳。这小子，准是赵巧巧的到来刺激了他。他要在喜欢的女孩面前展示他的男子汉般的威猛和魄力，就率先动手打我了。

我头上挨了一拳，很是恼火，我也一拳打在他的头上。他又朝我一拳挥过来，我伸手挡住，顺手抓住了他的手。他也抓住了我的手，并一下将我抱住，伸腿来绊我，想把我摔倒。我敏捷地闪开了。我才不想和他摔跤呢，我把手抽回来，朝他胸口上闷揍了一拳。张长喜顿时嗷地叫了一声，他在恼羞成怒中将他的额头砰的一下撞在我的头上。好家伙，像颗铁头那样，撞得我一阵眩晕。我还没反应过来，他就冲过来把我扑倒了。我听到有人惊呼，有人叫好。我倒在地上，用力往上蹭，想把张长喜翻过去。可这家伙力气真大，他双腿分开，右脚尖蹬在地上，用上身紧紧地压着我。我努力地蹭了好几下，就是不能将他从我身上顶开。我又急又怒，一把抓住了他的裆下。我稍一用力，他就疼得哇哇大叫。

我听到一阵哄笑声。我有些得意，说，放开我。张长喜顿时放松了身子，我就爬起来了，但我不敢松手。我指着他，说，今天是你先动手打我的，我看你下次还敢不敢？我说着，又一使劲，那小子就嗷嗷地叫起来了。旁边有人低低地笑，有人大声说算了算了，别再打了。

这时候，我突然听到有人大喝一声，干什么？然后那人又叫道，杨浩，你还不放手！我禁不住呆了一呆，我一扭头就看到我的大哥杨鸿。这家伙从城里回来，正好路过此地，看我们打架就站出来制止。他走过来，拉我的手，说，这么大了，还到处惹事，跟人打架，像什么话呀。

我就松开了。张长喜捂着肚子，弯着腰站了一会儿，突然间又朝我扑了上来。杨鸿伸臂一挡，将他拦住，然后朝那小子的肩膀上推了一把，喝道，你还想打啊？回家去了！

张长喜不满地看了杨鸿一眼，又狠狠地瞪了我一下，便气呼呼地转身走了。他一走，围观的人就陆陆续续地散去了。

杨鸿说，走，回家了。

我白了他一眼，说，你去你的嘛。我还有事。

杨鸿哼了一声，说，有个屁事，我看你就是贪玩。他顿了一下，又说，对了，娘现在怎么样了？她的病好点了没？

你回去看不就知道了吗？我把头扭到一边，没看他。

杨鸿朝我脑袋上敲了一下，说，你呀，没救了。他说完就走了。

下午的阳光温柔地落下来，像鹅绒一样在风中轻轻地飘。区公所的办公楼里传来留声机的唱歌声，咿咿呀呀地响，似乎整个天空一下就开阔了许多。风吹起来，有尘埃在空中浮动。我在街上慢吞吞地绕了一大圈，这才回到家里。我一走进院子就听到了杨鸿的声音在屋里像鞭炮一样地炸响，这是我的事，与你无关！当初我不同意这门婚事，是你们逼我的。接着我又听到王秀莲厉声说道，你这挨千刀的，你要离婚，除非从我的身上踩过去。

杨鸿大声说，我懒得跟你说。他说完，就冲出来，还把门摔得砰的一声响。我听到王秀莲在里面怒气冲冲地喝道，从今往后，你就别叫我娘，我没你这样的儿子。她的声音还很嘶哑，似乎要哭起来了。

杨鸿气冲冲地经过我身边，连看都没看我一眼。我突然叫住了他。他瞪着我，没好气地说，干什么？

我说，以后你最好别回来了，不然娘会被你气死的。

滚，没你事，给我到一边去。他说完又转身走了。

这时我听到屋里传来了朱秀嘤嘤嗡嗡的哭声。我想杨鸿一定也听到了的。但他没回头，他一直挺着胸走出去，大模大样地穿过街道，在镇上最好的那家旅社住了一宿，于次日清晨乘着马车回城去了。

12

很长的一段时间，杨鸿都没有回来过，也就没有再次提起离婚之事。在城里，在他和他的小情人被爱情激得神魂颠倒的那些快乐的时光里，他的妻子朱秀却日复一日地陷入烦琐的农活和家务中，独自忍受着无数个黑夜的空空的孤独和疲惫。到后来她的肚子越来越大的时候，她才渐渐地停止了干活，开始专心养胎。

每天黄昏她都挺着大肚子，在院子里走来走去。走了半晌，她就会坐下来，坐在椅子上喘气。她尽量地舒展着身子，目光平视前方。她脸上的表情很平静，让我们看不出她内心里的所想所思。只有她偶尔地抚摸着她隆起的大肚子的时候，我们才会看到她慈爱的神态和温和的表情。

十二月的一天下午，杨鸿突然回来了。自从上次我发电报谎称母亲病危，骗他回来过一次之后，整整有六个月的时间，他没有回家来看过一次，更没有对他怀孕的妻子送上他的半句问候和关心。而这次回来，也仅仅是因为他到我们白水区公所来办事，就顺便回家来看看。不过，他还是给他的儿子们买来了糖果，给朱秀和王秀莲买来了补品和礼物。穿过街道的时候，他看到他的小儿子杨国庆正和几个小孩子在街边玩着玻璃弹子，一张小脸弄得脏兮兮的，沾满了灰土。杨鸿喊他。他站起来，很茫然地看着他的父亲。

快来，杨鸿大声说道，我给你买糖来了。

杨国庆这才屁颠屁颠地跑过去了。杨鸿朝儿子的脸上拧了一下，嗔怪道，狗日的，看你搞成这样子，都脏死人了。杨国庆撇了一下嘴，似乎想哭，但又忍住了。杨鸿递给杨国庆两颗糖，小家伙就咯咯地笑起来了。

父子俩一前一后回到家里。他们走进院子的时候，朱秀正坐在屋檐下歇息。她对丈夫的到来感到很意外，她先是怔了一下，然后就站起来，率先跟杨鸿打招呼，你回来了！

杨鸿嗯了一声。他走上台阶，盯着朱秀的大肚子，说，快生了吧？

快了。朱秀说，凭我的感觉，这次应该是个女孩。

杨鸿点点头，就进屋去了。屋里没人，他无所事事，就上床睡觉去了。一直到天黑了，他都还睡在床上，发着细微的鼾声。直到杨胜利去叫他吃晚饭，他这才慢吞吞地爬起来。

晚饭的气氛显得很沉闷。没人说话，大家都是低着头吃饭，就连平常在吃饭时像鸟儿一样叽叽喳喳的杨国庆杨胜利兄弟俩，也都安安静静的。

尽管我并不喜欢热闹，可我还是无法忍受家里那种沉闷得令人窒息的气氛。于是我吃好了，就出门去溜达。天上挂着一轮冷月，落下淡淡的清辉。还有一些晦暗而模糊的星辰，稀稀疏疏地嵌在空中，像远远的点点火星，在风中闪烁，随时都可能熄灭。夜晚冰冷，风声凄凉，有狗叫声冷冷地响起来。灯火微明，整个小镇在昏黄的光亮中轻轻地摇晃。我在街上无聊地转了一圈，又转了一圈，然后才无聊地往回走。在经过赵中医的医铺时，我看到他家的门依旧半开着，从里面透出昏黄的光亮，一直泼到外面的街道上。我突然心念一动，就溜到他家的门边往里偷看。其实我什么都不想看，我只是太无聊了。屋里冷清清的，只有赵中医一人，正坐在灯下翻看账本，还时不时地拨一下手边的算盘。

我刚把目光收回来，就听到有脚步声噼噼啪啪地顺着街道冲过来了。我扭头看到一个人打着手电筒飞快地跑过来，风把她的头发吹得像丝绸飘飞。我不由愣了一愣，我想是谁呀，怎么这般眼熟呢？等到来人再近一点，我就看出来了，那是我四姐。她像冲锋陷阵的士兵那样，跑得十万火急。

姐，你这是怎么了？我问她，有些吃惊。

她扫了我一眼，嘴里喘着粗气，说，娘晕倒了。她抛下了这句话，就像风一样卷进赵中医的药铺去了。

赵医生，赵医生。她一进门就叫了起来。

赵中医眯起眼睛看着我的四姐。杨雨冲到他的面前，急急地说，我娘晕倒了，麻烦你去看看。

我一下就愣住了。我不明白这短短的时间里到底发生了什么。在杨雨走出门来的时候，我伸手去抓她。我想叫她告诉我家里出了什么事了。可是当我看到她急促得差点将自己绊倒时，我又把手缩回来了。

我们回到家里，王秀莲已经醒过来了。她是在之前和杨鸿争吵的时候因为气火攻心，一口气没缓过来而晕倒的。本来她一直都在忍着，暂时不想就儿子的花心和冷漠而发话的。可后来她看到朱秀挺着大肚子迟缓地走向卧室的时候，她还是忍不住数落了儿子几句，结果他们就吵起来了。王秀莲晕倒后，是杨鸿把她抱进卧室去的。他一直坐在床边，抓着母亲的手，显得焦躁而烦恼。杨胜利按他的吩咐端进来一杯热水时，他竟然莫名其妙地冲着他的儿子大吼。等到王秀莲醒过来后，他笑了，说，妈，你吓死我了。

王秀莲默默地扫了儿子一眼，没有吭声。她感到疲惫和空虚，身子轻飘飘的，仿佛在云端上飞扬。她又闭上了眼睛，心里满是难过和忧伤。

赵中医给她把脉后，认为她需要理气和中，调养身体。随后我就跟着赵中医去他的医铺抓药。抓完药回到家，我发现除了杨雨外，其他人竟然都睡去了。杨雨正坐在灯下，给朱秀腹中即将出生的孩子缝帽子。我一回来，她就停下了手里的活，开始给我们的母亲熬中药。

我无所事事，就心不在焉地翻起书来。这本书我早已看过无数次，没有太多的新鲜感。我走马观花地翻了几页，觉得很无趣。这时候，我突然听到朱秀的卧室里传来了争吵声，我看书看得迷迷糊糊的，没有听清说的是什么。随后传来一声惨叫，就像地震似的，让这个夜晚突然晃荡起来。

我和杨雨茫然地对望着，睁大了眼睛。这突如其来的惨叫也将床上的王秀莲惊动了。她爬起来，喊我的四姐。杨雨就跑过去，和她一道走向了朱秀的卧室。随后我听到了王秀莲捶门的声音，紧接着我又听到王秀莲愤怒地骂道，你这挨千刀的……然后我又听到杨雨惊叫了起来。

我很想冲过去瞧瞧，但又碍于一个小叔子的身份，不便走进嫂子的卧室去。于是我刚一站起又坐下来。我看到杨雨急急地跑回来，哗哗地冲着盆里倒热水。我迟疑了一下，说，姐，这是怎么一回事呀？

大哥推了大嫂一下，大嫂动了胎气，怕是要早产了。她头也没抬，又愤愤地骂了一句，大哥也真是的，太不像话了。

那赶快叫医生来接生呀。我顿时急了。

不用了，娘说她给大嫂接生。

这时卧室里传来了朱秀撕心裂肺的尖叫，像刀在石头上磨。随后我又听到杨鸿大声地催促道，四妹，快点端水来。这该死的家伙，我终于听到他的声音了。

杨雨端着水慌慌张张地跑过去。盆里的水都溢出来了，湿漉漉地溅在她的脚上。她跑过去的时候，我又听到了朱秀在房间里发出痛苦的叫声，但声音很含糊，似乎是她把什么东西给咬在了嘴里。

风在窗外跑来跑去，呼呼地响。夜晚幽深，漆着一层飘浮而轻淡的月色。我有些坐立不安。我在屋里走来走去，又停下来，拨弄着火塘里的火堆。在火星噼噼啪啪的闪烁里，我的四姐端着水过来了，盆里的水全都被染红了，那水带着一种湿漉漉的腥味。

她叫我把门打开。我一开门，风顿时像无数道锋利的箭镞，哗啦啦地射了进来，将桌上的油灯吹得晃了两晃，差点熄灭了。杨雨把血水泼在院子里，又回身来往盆里加热水。我看到她的手是抖的，将水倾在了地上。

我只觉度时如年，这个夜晚显得无比漫长。我坐在椅子上，听着寒风在窗外一阵阵地奔跑。我还听到另一边的房间里传来王秀莲和杨鸿的声音，但他们说的是什么，我听不清楚。

我突然感到口很干，就像嘴里堆满了尘土。我起身去倒水喝。这时候，我听到一声响亮的啼哭，清脆无比，仿佛一道明亮的闪电，猛地穿透了我的内心。我顿时感到一阵眩晕，只有一个声音在心里迷迷糊糊地说道，生了，生了！

就像朱秀所预感的那样，她生下了一个女婴，略瘦，小脸白嫩，吹弹可破。我只抱了一会儿就没抱了。她太小，只是一团肉，像稀泥那样，我怕我一不小心就将她揉碎了。她的鼻子和眼睛，都像极了杨鸿。杨鸿很是高兴，给她取名叫杨楠。

杨楠满月的时候，我们家里摆了几桌酒席。街坊和邻居，以及我们家的亲戚，都来吃满月酒。他们送来了粮食、酒、绣花的被子，还有给杨楠的小衣服小帽子。在这些礼物中，我们的邻居冯大婶送给杨楠的那套衣服是最好看的，做工精致，布料优良，穿在杨楠的身上真是恰到好处，将她装扮得像一个小天使似的。朱秀满心欢喜，她起初还以为这衣服是冯大婶从城里买来的，后来才知道原来这衣服是我们镇上一个姓许的裁缝做的。

这个许裁缝是半个月前才到我们镇上开了一个裁缝店。我见过他，长得高高大大的，是远方人，只带了一个徒弟来到这里。在他开业的第二天，我们白水镇上的两个男青年还威胁他，要他请他们喝酒，否则他就别想在此立足。两天后他还真的请那两个家伙喝酒了。那两个家伙得意极了，这几天来他们一直引以为豪，四处说起此事，向人炫耀。

朱秀在一天下午抱着杨楠去找许裁缝了。她要许裁缝为她的女儿量体裁衣，做出好看的衣服来。那天下午他们俩整整聊了三个小时，似乎彼此很投缘。那以后，朱秀就常到许裁缝的店里去。有时从店外经过，人们除了能听到里面缝纫机的嗒嗒之声外，还有许裁缝和朱秀发出的会心的笑声。

四月初的一天，有人说朱秀和许裁缝好上了。那人为了证明他所言非虚，还透露了两人说话的一些细节。他还说他闯进裁缝店的时候，他看到了朱秀和许裁缝的手拉在了一起。于是他轻咳了两声，才将两人从情感的晕头转向中拉了回来。他们立即把手分开了，两张脸羞红得像秋天的柿子。

杨雨忧心忡忡地问我，你说，娘和大嫂会吵架吗？

我犹豫了一下，说，也许会的。

我认为也是。她赞同我的意见。

王秀莲是在一天下午听到这些传言的，她在缝衣服，把缝好的两个袖口又拆下来重新缝，始终没有吭声。朱秀从外面回到家，她看到王秀莲时，大大方方的，跟过往一样，真实、热情。王秀莲与朱秀说话时也依旧和颜悦色，不时发出一阵阵的笑声。

杨雨悄悄地跟我说，她们居然不吵架呢。

我说，不吵架多好啊。真要吵得鸡飞狗跳的，我们也跟着受气啊。

那你说，大嫂有没有跟那个……那个许裁缝好？

不知道。我先是摇头，随即又做出判断，我觉得大嫂不是那种人。

她附和道，我觉得也是。

婆媳间依然和睦而融洽。她们一起走在街上的时候，说说笑笑，热情有加。这让那些搬弄是非的人渐渐失去了谈论的兴趣，传言也慢慢平息下去了。就在我和杨雨都以为此事就这么不了了之的时候，王秀莲突然开始重提那些传言。原来她终究是有心结的，她在一天夜里将朱秀叫到房间里。她说得漫不经心，前段时间，我听说你爱往许裁缝那里跑。你在他那里，做了很多衣服吗？

朱秀说，娘，你相信那些话吗？

王秀莲反问她，你觉得我应不应该相信呢？

朱秀迎着王秀莲的目光，说得很诚恳，娘，实话说，许裁缝对我是不错，但你要相信，我不是那种女人。随即她又语气坚定地补充道，我从嫁到杨家来的第一天起，我就绝不会丢杨家的人。

王秀莲轻轻地笑了，说，我相信你。我们身正不怕影子斜，但有时候，如果没有影子，可能身子会更正。

朱秀点点头，懂她的意思。

第二天夜里，我在睡梦中突然被敲门声惊醒了。我听到杨胜利在门外低声叫我，小叔，快开门！我起床开门，然后把灯点亮，就看到杨胜利沉着脸，显得很恼怒。

我诧异地问道，胜利，你怎么了？

杨胜利瓮声瓮气地说道，小叔，借点钱给我。

借钱？我很是诧异，说，这么晚了，你来找我借钱做什么？我身上只有几角钱呢。

我要买刀，我明天一早就去买刀。杨胜利恶狠狠地说道，我要杀了许裁缝。

我大吃一惊，朝他的脑袋上敲了一下，说，你疯了？你以为你杀得了他吗？再说了，你要是杀了他，你也一定要被抓起来的。

杨胜利急了，说，你不知道啊，小叔，我刚才上厕所，就看到了许裁缝……许裁缝欺负我娘。

我看到他脸都涨红了，双手紧紧地攥成了拳头。之前他上厕所的时候，突然听到草堆的背后传来一阵奇异的响动，好像稻草被压皱的声音。杨胜利有点紧张，蹑手蹑脚地走了过去，很吃惊地看到许裁缝正抓着朱秀的肩膀，半个身子往她的面前凑。朱秀推他，低声说，你别这样，别这样。

许裁缝低声说道，你知道的，我喜欢你，我真的喜欢你。

不。朱秀很坚决地说，我尊重你，当你是大哥，你别这样。你再这样我就要喊了。

许裁缝说，你喊吧，你喊吧，我不怕，我谁都不怕，反正我喜欢你。

他说着，把脑袋凑上去，想亲朱秀的脸。这时候，有人打了一个喷嚏，接着又打了一个喷嚏。这两个喷嚏就像晴天霹雳，让许裁缝一下就松开了手。两人都侧耳倾听，连大气都不敢透一下。

他们听到了一个脚步声走向了茅厕。朱秀偷偷地把头探过去，就看到了杨胜利的背影。这个十一岁的男孩本想冲上去给许裁缝一拳的，但他随即就控制了自己。尽管年幼，可他还是明白，就这样冒昧地冲上去，将会给他的母亲带来很大的难堪和羞辱。他就用稻草搅自己的鼻孔，让自己打了两个喷嚏，然后若无其事地走向了茅厕。

杨胜利已经憋不住了。他蹲在茅坑前，捡起一根小树枝狠狠地抽着地面，打得泥土飞溅。他在心里一遍遍地说道，姓许的，我要杀了你！

13

在我看来，杨胜利说他要杀许裁缝，只不过是当时的气话罢了。我谅他小小的年纪也没有那样的胆量和气魄。但事实上我真的低估他了。在那些天里，杨胜利每天都在认真地磨着一把生锈的小刀。那刀也不知道他是从哪里弄来的，刀在磨石上发出的声音很低，就像一个人咬牙切齿的轻响。他在磨刀的时候咬着牙，鼓着腮帮子，偶尔从嘴里迸出一句，许裁缝，我要杀了你！

那天下午，杨胜利终于开始了他的刺杀行动。他把书包背在身上，不慌不忙地朝裁缝店走去。裁缝店里没有顾客，只有许裁缝师徒两人。尽管他们手艺很好，可不知为什么，顾客就是越来越少。这正合杨胜利的心意，因为人越少，就对他的刺杀行动越有利。他一走进去就叫道，许师傅！

许裁缝看到杨胜利进来，不由愣了一下，然后笑了笑，说，是你呀，学校都放假了，你还背着个书包干吗呢？

杨胜利大摇大摆地走到许裁缝的身边，说，许师傅，你忙不忙？

许裁缝这才停下了手里的活，说，你找我有事吗？

杨胜利说，我娘说了，叫我来你店里做件衣服，等衣服做好了，她就把钱给你送过来。

许裁缝笑道，是你穿啊，那我一定给你做得很好的。他说完，就起身来给杨胜利量尺寸。

杨胜利心里怦怦地跳，紧紧地握着刀子，只觉手心里全是冷汗。

当许裁缝弯下腰来给他量腰围的时候，杨胜利心里跳得更加厉害了。他稍稍吸了一口气，突然大喝一声，手里的小刀捅了过去。哧的一声，小刀竟然刺进了许裁缝的肚子。许裁缝顿时大叫了一声，迅速地跳开了，惶急地叫道，你疯了呀？

谁叫你欺负我娘？我就要杀了你。杨胜利嘶声叫着，继续冲上去。

许裁缝捂住肚子，对呆在一旁的徒弟大喝道，你还不拦住他！他的徒弟这才回过神来，一把将杨胜利拦腰抱住，夺过他的小刀，扔到一边去了。这个二十多岁的家伙力气大得惊人，杨胜利在他的手里半点都动弹不得。他只是在徒劳地挣扎，呼叫着，放开我，放开我。

许裁缝说，把他送回家去。

那徒弟就像扛一小捆干柴那样将杨胜利放在肩头上，然后穿过街道，大步地朝杨家走去。杨胜利还在他的肩头上叫着，放开我，快点放我下来。

那徒弟朝杨胜利的屁股上打了一巴掌，恶狠狠地说，你再叫，再叫我就把你的小鸡鸡割了。杨胜利被这一巴掌抽得生疼，他咧着嘴，不再吭声。

就在街道的一个岔路口，他们突然停了下来。从另一边街口传来了噼噼啪啪的鞭炮声，一些人正相互招呼着，急急忙忙地朝那边跑去。那徒弟自言自语了一句，干啥呢？然后他把杨胜利放了下来，跟着朝那边跑过去了。杨胜利也按捺不住内心的好奇，像小狗一样呼哧呼哧地跟在后面，这个十一岁的小家伙早将之前他闯的祸给忘记了。

还没有到达街口，杨胜利就看到了一大群人簇拥着一个年轻男子走过来。那人穿着整齐的中山装，胸口还戴着一朵红花，一副衣锦还乡的样子。旁边有人在称赞，有人在恭喜，有人在鸣放鞭炮……杨胜利还看到有人笑得合不拢嘴，连涎水都流出来了，就仿佛是自己家遇上了喜事一样。

那个戴着红花的年轻男子叫刘大顺，刚刚退伍回来。他说着半生不熟的普通话，夹杂着浓浓的地方口音。他昂首挺胸，像一只骄傲的孔雀，显得很得意而神气。杨胜利在那杂乱的声响里，听到了旁观的行人发出一阵阵的赞叹声。他跟着人群来到刘家，与孩子们争抢着那些掉在地上后没有炸响的鞭炮，弄得灰头土脸的。可他却嘻嘻地笑着，已把刺杀许裁缝之事抛到九霄云外了。也好在许裁缝受伤不重，只是被刺破了皮。他也因为碍于面子，便将被刺一事守口如瓶，没有向外泄露半句。在请医生上药的时候，他谎称自己是不小心被剪刀给伤着了。两个星期后的一天上午，他突然带着他的徒弟离开了白水，从此再也没有回来过。

那时候，刘大顺的还乡让这个小镇突然热闹了起来。他像一个拉帮结派的小头目，领着一群小伙子穿过街道。就连杨胜利也和一群小孩屁颠屁颠地跟在后面，一脸傻笑，看着比他们年长的青年们大声地喧哗、唱歌，在某些人家的窗下喊着姑娘的名字。

在午后阳光正烈的时候，他们会停下来，听刘大顺讲故事。刘大顺就眉飞色舞地向他们讲述着外面的种种见闻，还自我吹嘘他在军营里是如何如何英勇，好几次都立了功。那群小伙子入神地听着，一愣一愣的，目光里满是羡慕和向往。尤其是杨胜利，他听到这些后竟然开始幻想着自己有一天也能够走进军营里。甚至在有一次他听到刘大顺说他们的连长骁勇能干的时候，这个做梦的小家伙竟然插话说他长大了也要当连长。旁边的人都不屑地看着他，还有人叫他滚蛋。杨胜利小小的自尊心顿时受到了打击，他气鼓鼓地走开了，但没走几步他又折回来了，加入旁听的队伍中。

在刘大顺的感染下，镇上的小伙子们也跟着说起了半生不熟的普通话。在那段时间里，那种蹩脚的普通话竟然成了镇上的小伙子们的时尚追求。谁要是不说普通话，那他将会被其他的青年们瞧不起。这让刘大顺更加骄傲起来了，他趾高气扬地带着一群小伙子，大摇大摆地穿过街道，还故意以一种离奇的举动来吸引镇上的姑娘们的注意。他们的举动也确实引来了姑娘们好奇的目光，其中就包括了我的四姐杨雨。她被刘大顺看上了。

当刘大顺请媒上门来向四姐求婚的时候，我才注意到这个十九岁的姑娘早非昔日的黄毛丫头了，过去的旧衣服已经包不住她越来越丰满的身子，她花朵一般的绰约和美丽显露出来了。她对刘大顺也颇有好感，这个高高大大的年轻人以他三分军人的气质吸引了杨雨的目光。她在对方求亲的时候脸都羞红了，扭着身子跑到了一边。

王秀莲看着女儿的背影会心地笑了，她已经完全看出了女儿的心思。但她还是很犹豫，她讨厌刘大顺的父亲刘来福。她不愿意与这个忘恩负义、恩将仇报的家伙结亲。她悄悄把媒婆拉到另一边，迟疑地说，这门亲事，还是算了吧。媒婆是我母亲的老熟人，住在镇外两公里的一个村子里。她一下就急了，说，刚才你也看到了，两个年轻人是相互喜欢的，拆了他们，坏了姻缘呀。

王秀莲说，那家人，主要是刘来福不识好歹，我怕我家四妹过门后会受气。

媒婆说，我也听说过，刘来福是有些对不住你们家。不过我来之前，他也跟我说过，那时候他对你们家是做过一些违心的事情，但都是为形势所逼。他已经晓得错了，还说如果这门亲事成了的话，他们家会加倍补偿的。

王秀莲摇头说，不说了，劳烦你回去告诉刘家，我家四妹配不上，我们高攀不起，还是请他们另找其他姑娘吧。

媒婆走后，杨雨问母亲，娘，你是不是没同意？王秀莲看着女儿眼里闪烁的泪光，暗叹了一口气，说，娘也是为你好。杨雨转身走了，显得很失落。王秀莲又在心里叹了一口气。

第二天午后，媒婆又登门了。这次她是带着刘来福来的。刘来福一进门就朝王秀莲喊，东家！王秀莲愣了一下，连连摆手，说，别乱喊，别乱喊，这种话是喊不得的。现在还有啥东家啊？刘来福说，在我心里，你们永远都是我的东家。不是你们租土地给我家种，只怕我们早就饿死了。

王秀莲幽幽地说，早知今日，我宁愿当年我们家没有土地租种。

刘来福说，你们的恩情，我都记在心里的。就拿当初抓壮丁的事情来说，要不是你们借了五十个大洋给我们通融了关系，说不准我早就死了。像吴老三和张老条，被抓去当壮丁，结果，一个没命了，一个断了腿。我今天还好好的，都多亏了当年你们的恩情啊。

王秀莲不以为然地笑了笑，显得很不屑。

刘来福继续说，借的那五十个大洋，还有三十个没有还，那是因为真的没钱，还不起啊。后来土改，大家都在批斗地主，那种形势下，每个人都热情高涨，我也一样。更重要的是，我穷，穷怕了，我再也不想过以前的那种苦日子，所以我要站出去批斗。对不起啊，东家，真的对不起。

他说得很诚恳，还朝王秀莲鞠了一躬。王秀莲有些心软了，说，过去的事，不说了吧。

刘来福说，东家，我今天来，一是真心给你道歉，二是真心结这门亲。大顺和四妹都是好孩子，又难得他们两个人互相有意，我相信以后他们的日子会很幸福的。你若准了这门亲事，以后四妹就是我们刘家的女儿，我们会加倍对她好的。

王秀莲突然看到女儿悄悄地从门缝后探出一只眼睛来偷窥，那眼神中满是期盼，就像蓓蕾迎着光。她心神一荡，差点儿就脱口答应了。

媒婆看到王秀莲有些心动了，便添油加醋地游说，俗话说，宁毁十座庙，不拆一桩婚。四妹和大顺，两个人相互喜欢，八字合得来，是天造地设的一对啊，以后会很美满的。两家人又都住在镇上，四妹随时都可以回来看你。以后两家人也能互相有个照应。这是天大的喜事呀。

王秀莲说，我还是得回头问问四妹的意思，过两天再给你们回话。

两人走后，杨雨立即从里屋跑出来，脸颊绯红，恍若一片打翻的胭脂。娘，我同意。她颤抖的嗓子压不住内心的喜悦。

好吧。王秀莲轻声说，但愿他们家以后会真心对你好。

在刚和刘大顺订婚的那些日子里，杨雨整天都挂着笑，走起路来就像蝴蝶绕树穿花，轻盈而优雅。午饭过后，刘大顺总要到我家来，有时帮着杨雨做事，有时就和杨雨在我家的房后说着悄悄话。在爱情之光的沐浴下，他们都神采奕奕，意气风发，连他们走过时掠起的空气也带着爱情的火花和电闪。

一个月后的一天午后，刘大顺在镇上和其他男青年聊天的时候吹嘘着他已经与杨雨上过床了。那些打着光棍的男青年都羡慕死了，他们向刘大顺取经，向他讨教招数。这让刘大顺更加得意忘形起来，他就胡乱地编造了一些离奇的细节出来，还说得绘声绘色，像煞有介事。当天下午，整个镇上一下就传遍了杨雨和刘大顺上过床的假消息。

王秀莲听到这些谣言的时候，惊呆了。随后她叹息着，走进了杨雨的卧室，对正在绣花的女儿说道，四妹，干脆你们下个月就结婚吧。

我的母亲是想让婚事来平息这些流言以及减少这些流言给杨雨带来的伤害。但杨雨并不这样想，她头也没抬，就斩钉截铁地说道，我要和他退婚！

退婚？王秀莲有些诧异。

退！杨雨依旧没抬头，依旧说得那么斩钉截铁。

王秀莲沉默了片刻，才支支吾吾地说道，那你有没有……和他……有那种……那种关系？

当然没有。杨雨霍地抬起头，大声叫道，连你也不相信我，是不是？我就是再犯贱，也不会那样不要脸。你要是不信，我们就去医院检查。

王秀莲叹了一口气，说，我是怕你年纪小，吃了亏，被人家占了便宜。

杨雨猛地站起来，嘶声叫道，我们现在就去医院检查。她眼里压着泪水，将针线抛到一边，作势往外走。

王秀莲一把搂过女儿，声音一下就哽咽了，傻丫头，我怎会不信你呢？娘也是为了你好啊。

娘！杨雨的眼泪哗地冲了出来。

她们抱头哭泣，伤心得差点把整个心都要掏出来了。

当天夜里，王秀莲换上了一套干净的衣服，提着马灯来到了刘大顺家。她一走进门去，刘大顺的父母就热情地打着招呼。刘大顺还嬉皮笑脸地喊了王秀莲一声娘。王秀莲沉着脸，冷冷地对刘大顺说道，请你别乱叫，我高攀不起。

刘大顺愣了一下，就笑嘻嘻地说道，你老人家生气了？

我能不生气吗？王秀莲叫道，我家四妹虽是你未过门的媳妇，可她总是个姑娘家，你在外面乱说话，叫她以后怎么做人呀。

刘大顺又是嘻嘻一笑，说，原来是这事啊。没啥大不了的，反正我们迟早都要结婚的嘛。

不。王秀莲突然一拍桌子，大声说道，我们要退婚！

刘家的人一下就愣住了。随后刘大顺就笑了起来，说，娘，你和我开什么玩笑呢？

王秀莲厉声说道，请你别乱叫。我也不是在和你开玩笑。我再说一遍，我们要退婚！

她那义正词严的模样让刘家的人全都傻眼了。刘大顺的父母茫然地对望着，不知道该说什么。而刘大顺痛苦得差点大哭起来，他把双手绞在一起，几乎把手指都要折断了。他烦躁地站起来，又烦躁地坐下去，然后他嘶声叫了起来，为什么？为什么要退婚？

王秀莲很平淡地说道，我家四妹配不上你，她没有这个福气进你家的门。为了不耽误你的前途，我们决定退婚。

她说得很客气，可她的话却像钝物一样将刘大顺的心都敲碎了。他不顾羞耻地大叫起来。王秀莲在提着马灯走出门去的时候，她突然听到刘大顺像孩子似的哭了起来。她心里猛地一软，她想刘大顺原来是真的爱着自己的女儿的。她还想回过头去安慰他，并撤销退婚的决定。就这么犹豫了片刻，她还是头也不回地回家了。

我们还没有向外提起退婚之事，刘大顺就率先公布了他和杨雨分手的消息。那是一只破鞋。他佯装着满面不屑的样子，说，破鞋一只，我才不要她呢，所以我提出退婚了！就这样，为了平衡他心理上的失落和痛苦，他恶语中伤，还怂恿镇上的男青年们也一起骚扰杨雨。她在河边洗衣服的时候，他们会把石块抛进水里，让溅起的水花淋在她的身上。如果在路上遇到杨雨，他们也都会笑嘻嘻地说，四妹，嫁给我吧。刘大顺不要你了，我要你。我这双脚正适合穿破鞋呢。

在这流言的攻击和镇上未婚青年的骚扰下，杨雨郁郁寡欢，一天天地憔悴和灰暗，变得迟钝和沉默起来。这把王秀莲急坏了。她害怕女儿一时想不开而做出什么傻事来，就像当初杨江那样。除了开导和劝解，她找不到更好的办法来打开女儿内心里那个纠缠很深的心结。

一个月后的一天下午，杨鸿回来了，把杨雨带进了城里。杨雨进城后，杨鸿没有让她和自己住在一起，而是单独地为她租了一间屋子，并通过关系，安排她在百货商场中做了一个售货员。这让她慢慢变得开朗起来，同时对农活的远离也让她变得更加漂亮和健康，就像一株水灵灵的芦苇别具风情地挺拔于池塘，被一群男人观望和追逐。在这一群追求者中，她看中了一个戴着眼镜的文文静静的年轻人。他叫高小强，在县政府当秘书。他们一相爱就订婚了。

杨雨带着她的未婚夫高小强来到了白水。这是高小强第一次到我家来，他显得很紧张和羞怯，完全不像一个政府部门的工作者。在走进我家院子的时候，杨胜利和杨国庆并排站在院门边拦住了他们。杨胜利笑嘻嘻地问高小强，你带糖来了没有？

杨国庆则瓮声瓮气地说，你要是没带糖来，那就快回去买。

高小强扶了扶鼻梁上的眼镜，羞得脸都红了，讪讪地说不出话来。

杨雨分别轻轻地敲了一下他们哥儿俩的脑袋，笑着说了一句，两个馋猫。然后她拉着未婚夫的手走了进来。

杨胜利兄弟俩还在不依不饶地叫道，没糖就不准进家。

他们一走进家去就把买来的礼物放在了桌子上。杨雨向高小强介绍王秀莲的时候，他的脸又红了。他朝王秀莲鞠躬，恭恭敬敬地说，您好，伯母。

王秀莲戴上了一副老花镜，歪着脑袋看着他。待把对方看得仔仔细细之后，她对这个未来的女婿很是满意。她不停地点头，笑眯眯地说，四妹真是好福气，好福气！这间接的夸奖让高小强又脸红了起来。

高小强走出来，对杨胜利兄弟俩说，不好意思，叔叔来的时候，走得急了点，我这就去给你们买糖，你们给我带路好不好？

兄弟俩异口同声地叫道，好好好！然后欢欢喜喜地带着高小强去了。

王秀莲对这个未来的女婿很满意，要隆重款待他。她杀了一只公鸡，熟练地去毛、解剖。杨胜利、杨国庆已经从外面回来了，嘴里含着糖，兴奋地围着王秀莲转来转去。杨国庆时不时地问一句，奶奶，什么时候可以吃饭？或者又撒着娇说，奶奶，我要吃鸡腿！家里的鸡基本上是用来换钱的，平素很难吃到鸡肉，因此对于即将到来的美味，哥儿俩早就馋涎欲滴了。王秀莲叮嘱道，吃饭的时候，你们不要只顾着吃肉，要留着一些给客人吃，不然会被认为没教养。

她要做的是辣子鸡。杨雨给母亲打下手，帮她剥蒜、洗姜，用烫水清洗干辣椒，并剁成碎粒。王秀莲用大火烧开油锅，将切好的鸡肉和姜放入锅中爆炒，鸡肉身上的水分在油锅中沸腾，直到慢慢蒸发殆尽。她将鸡肉捞起，吩咐杨雨从灶炉中退柴，以减小火量。然后她将蒜瓣和剁碎的辣椒放进油锅中煎炸、翻炒，待水分蒸发完后，她把鸡肉放进锅中，添加半勺酱油、少许盐和花椒，一起翻炒。锅勺碰撞的声响悦耳而清亮，有着一种别致的韵律。香气缕缕飘散，仿佛一曲歌声已了，却余音不绝。

被炒得焦黄的鸡肉嗞嗞地冒着油，与红亮亮的辣椒混合在一起，色香俱全，让杨雨忍不住抓起一块鸡肉扔进嘴里，快速地咀嚼后便吞咽下去，大呼道，娘，太好吃了。你是怎么学会的？

王秀莲说，当年给咱们家做饭的一个厨师教我的。她突然间语调变得意味深长，小雨，娘告诉你，要抓住一个男人的心，首先得抓住男人的胃。

杨雨说，那我要跟你学。娘，你要教我。

王秀莲笑容灿烂，说了声好。

对这道菜，高小强是赞不绝口。他说，外酥里嫩，干香松脆，尤其是带有一点骨头的那种肉，很有嚼劲，越嚼越香。

王秀莲笑眯眯地说，那就和小雨常回来，我做给你们吃。

第二天上午，杨雨带着高小强出去了。她以一种超越平常人的胆量，故意挽着未婚夫的胳臂穿过镇上的每一条街道。他们走得很慢。杨雨那样就是为了让镇上的人们看看，她找到了一个在县政府当差的吃公家饭的男人，以回击当初他们对她的恶语中伤和恶意骚扰。她要在人们的面前展示她的骄傲。她的骄傲也确实让镇上的很多人忌妒不已。有人在背地里酸溜溜地骂道，你看她那样子，就是个骚货。

他们以一种城里人的姿态慢慢地穿过街道，最后在镇外的路上停下来歇息。他们坐在石头上，手还紧紧地握在一起，望着远处的田野、山林和牛羊窃窃私语，偶尔还发出几下轻快的笑声。

刘大顺在那时候带着十来个男青年出现了，直奔那对情侣而去。看到他们走过来，杨雨扬着头，摆着城里人的高高的架子。待到他们走近时，她还故意把头轻轻地靠在未婚夫的肩膀上，脸上呈现着无限的温柔和微笑。

这一甜蜜的举止让刘大顺嫉妒得眼睛都红了，像有野猫的爪子将他内心撕裂了一样。他冲过去，粗暴地将高小强从地上扯了起来。高小强被拽了个趔趄，他稳住身子，结结巴巴地说道，你……你想要干什么?

杨雨也在一旁跟着附和道，刘大顺，你想要干什么?

刘大顺不看杨雨，他指着高小强，以一种训斥的口吻说，我警告你，你们这样是在放毒，影响不好，会毒害下一代的。

高小强的脸又红了，他说，现在是新社会，不是旧社会，我们是自由恋爱。自由恋爱就是要追求民主、开放和自由。

自由恋爱个屁。刘大顺恶狠狠地说，小子，你知不知道，她是我的老婆，你现在还和她……哼哼，你说该怎么办?

杨雨气得脸都白了。她看着未婚夫，为自己开脱道，你不要听他的，他是在胡说。

高小强的脸更红了，他对刘大顺说，你听到没，四妹说的，你是在胡说。你不能再这样胡说了，否则你就犯了诽谤罪。

随刘大顺而来的男青年们突然哄地笑起来了。有人叫道，大顺哥，你得给他点颜色看看。刘大顺就一拳打在高小强的鼻子上，把他鼻梁上的眼镜给打得掉了下来。那些人又哄地笑起来了。

高小强满脸通红，他从地上捡起眼镜来重新戴上，居然心平气和地与对方讲理，现在是文明社会了，你这样做是不对的。

那天下午，高小强始终没有动怒。但我敢肯定那天下午的事情在他的一生中一定是一次耿耿于怀的记忆，因为从那以后，他很少来到这里。即使是后来在他和杨雨成亲的时候，他也没有到这里来迎接他的新娘。

14

这年秋天，杨鸿升职当上了中学校长。他给家里写来了一封信，措辞得体，字也写得很工整。王秀莲在读到这封信的开头时就激动得手都抖起来了，到最后她高兴得手舞足蹈。她扬着那封信，就像举着宝贝似的，大声地笑着，将她身边的鸡都吓跑了。一连几天，她在与街坊和邻居们说话的时候，都有意无意地透露着儿子升迁的喜讯。这些年，她一直都低头做人，没有什么比儿子的升迁更让她扬眉吐气了。她居然在半个月后的一天下午，戴着老花镜亲自给杨鸿回了一封信。

我看到她写在信封上的字很隽秀，但一笔一画都很有力。我替她把这封信拿到邮局去投递了。在从邮局回来的时候，我突然看到张长喜独自坐在街边的一家小酒馆里喝酒。他半歪着头，一副愁苦的样子。一个十九岁的少年在酒馆里自斟自饮，这在我们白水是不多见的。我有些好奇，就停下来多看了两眼。刚巧他也看到了我，他突然朝我招手，大声地喊道，杨浩，快来，快进来！

自从以前我和他打过一架后，我们之间就形同陌路，河水不犯井水。即使有时在路上碰上，我们也会像陌生人似的擦肩而过。当这个下午这家伙突然坐在酒馆里跟我打招呼时，我一下就愣住了。

张长喜又朝我招手，大声地说道，愣着干吗呢？快进来呀。

从他的举止来看，他应该没有什么恶意。我犹豫了一下，就走进去了。他一把拉着我坐下，说，来，我们喝一杯。

我说，我不会喝酒。

我还是学生，在我的意识中，学生是不能喝酒的。

张长喜说，喝酒嘛，没什么会不会的。只要像喝水那样，灌进肚子里就行了。他说完给我倒了一杯酒，说，喝吧。

我端起来喝了一口，只感到辣，像刀锋从口腔一直抵达喉咙，不由得吐了吐舌头。

张长喜说，多喝两杯就好了。随即他举起面前的那杯酒跟我碰杯，又说，干了。

他仰头一饮而尽，打了一个嗝，眯起了眼睛，说，杨浩，我失恋了！

他说完突然嘿嘿地傻笑起来。他已经有几分醉意了。这两天他都在这家小酒馆喝酒，然后醉醺醺地离开，嘴里还低喊着赵巧巧的名字。自从退学以来，他就很少见到赵巧巧了，甚至没有跟她说过一句话。以前和赵巧巧同班读书，一周里总有那么几天能和她在一起，张长喜还能控制他内心深处的那种焦灼而强烈的感情。而现在，他无法再抑制内心深处一万吨烈性的炸药，一颗心在无数个辗转反侧的长夜中被思念的炸药炸得千疮百孔。终于在十月的一天下午，他再也忍不住内心里那种泣血的折磨，径直来到了赵家。

你好。他走进门去，冲着赵中医很有礼貌地打招呼。

赵中医朝着他笑了笑。

张长喜在赵中医面前摆了个姿势，说，赵医生，你觉得我怎么样？

赵中医眯着眼睛看了他一眼，说，挺好的，将来你会很有出息。

张长喜高兴地说道，那我做你的女婿怎么样？

女婿？赵中医怔了一怔，说，你胡说些什么呀？我女儿才十七岁呢。

张长喜大咧咧地说道，没关系，我可以等她长大。

放你娘的狗屁。赵中医突然骂起来，喝道，给老子滚出去。

张长喜叫了起来，像我这么有出息的青年你都不要，你会后悔的。

赵中医怒不可遏，顺手抓起柜台上的算盘朝张长喜掷过去。他没有砸到张长喜，反倒把算盘扔坏了，珠子哗啦啦地跳起来，散了一地。他还冲着张长喜落荒而逃的背影叫道，想娶我女儿，你下辈子吧。

张长喜被赵中医拒绝后，沮丧得嘴里都冒起了酸水。夜里，他在黑暗中瞪大眼睛，浑身滚烫，焦渴难耐，在爱情的油锅里忍受着心肝俱裂似的煎熬。最后他熬不住了，爬起来给赵巧巧写情书。他掏心掏肺地倾诉着他对她的爱慕和相思，恨不得将整颗心取出来放在纸上。第二天，他在赵巧巧上学的路上等着她，将情书交到了她的手里。下午放学时，他又在学校门口等着她。他没有见到赵巧巧，只收到赵巧巧的同学递过来的一封信。但信上没有字，只有一幅画，画的上方是一只天鹅飞在空中，地下有一只癞蛤蟆抬起头来观望，嘴边流着口水。

张长喜知道这是赵巧巧画的，她最喜欢画画了，而且画得很像，惟妙惟肖，栩栩如生。张长喜看了半天，才明白这是癞蛤蟆想吃天鹅肉的意思。他再也无法自持，发疯似的跑了起来。他顾不上羞耻，一边跑一边哭，把嗓子都号哑了。等他平静下来后，他很从容地穿过街道，独自来到一家小酒馆里喝酒。他的酒量很糟，几杯下去就醉意满怀了。

我陪他喝了几杯，也感到飘起来了。我们走出小酒馆，张长喜就含含糊糊地说他要去找赵巧巧。那天是星期六，赵巧巧正站在她家门前的台阶上跟街边一个女孩说话。我和张长喜老远就喊她。她一扭身就跑进家去了。

我们在她家的门前停下来，齐声高喊赵巧巧的名字。赵中医跑了出来，怒气冲冲地说道，你们要干什么？还不快点给我滚回家去。

张长喜说，我要娶你女儿。

赵中医沉着脸，喝道，你再乱说话，我就把你的舌头割下来。

张长喜大声地说道，你说过的，我将来会很有出息，等我娶了你女儿，你就等着享清福了。

赵中医气恼不已，叫道，你想娶老婆？那去冯大婶家吧，她家有三头老母猪，这些天正在打圈呢，你想挑哪头都行，万一你高兴了，全都要了那更好。

旁边有几个人围上来了，他们嘻嘻地笑着。有人逗张长喜道，长喜，你也知道女人了？回头叫你爹给你娶一个。

张长喜说，我谁都不娶，我只要赵巧巧。

有人哈哈地笑，说，这么小就想娶老婆了，只怕你连毛都没长呢。

谁说我没长？张长喜急了，一本正经地说，我四年前就长毛了，长得可深了，不信我脱裤子给你看。

那几人又哈哈地笑起来了，连赵中医也忍俊不禁，然后他转过身去，把他家的门给关上了。对两个少不更事的少年，又喝得醉醺醺的，他才懒得再理会我们了呢。

那天张长喜回到家里，被他的父亲揍了一顿，打得他鼻青脸肿，让他整整有二十天没有踏出家门半步。他带着满腔的失望和内心里对赵巧巧的灼热的思念，在家里埋头磨面，以繁重的体力劳动来抵消他内心深处的痛苦和忧伤。十二月的一天下午，他到我家来找我，一脸的落寞和绝望。他一见到我就悲戚地说道，杨浩，我完蛋了！

我爹给我定了一门亲事，我这辈子再也娶不到巧巧了。他又悲戚地说道，我真的完蛋了！

尽管我们已是朋友，但我并不希望赵巧巧嫁给他，否则就是鲜花插到牛粪上了。在他低着头失魂落魄地走出我家院子的时候，他差点和一个人迎面撞上了。那人扶了他一下，说，小心，别摔着了。他回过神来，看到了一个白白净净的年轻男子，后面还跟着一个身材高挑、皮肤白皙的女人。他感到眼前的这个男子有些面熟，可突然间就是想不起到底在哪里见过。他咕哝了一句，就走出去了。

他们走进院子的那一刻，杨胜利正端着一盆水走出门去。他看着那年轻男子，顿时大叫了起来。二叔！他叫了一声，又叫了一声。那年轻男子冲着他微微一笑，说，你好，胜利，又长高一大截了。

正是杨海回来了。时光流逝，岁月如梭，在那些繁芜而琐碎的生活里，在他杳无音信而让我们在失望中渐渐地忘却他的时候，他却突然带着一个女人回来了。我和王秀莲都对杨海的突然回来一下子显得不知所措。我们都不曾想过这个家伙居然会长得白白净净的，似乎在外面过的是好日子。他对王秀莲喊了一声，娘。

王秀莲目瞪口呆，半天都没反应过来。

杨海又喊了她一声，娘！

王秀莲突然噔噔地后退了几步，身子靠在墙上，使劲地摇了摇头，一双眼睛睁得大大的，似乎要跳出眼眶。然后她突然冲上去抱着杨海，嘴里像疯了似的喊着，杨海，杨海。她喊着喊着就哭了起来。

杨海却得意地说，娘，你哭啥呢？你瞧，我连儿媳妇都给你带来了。

王秀莲这才松开儿子，让杨海给我们引见那个女人。她叫方萍，住在一百多里外的一个镇子上。她低着头，显得很害羞的样子。

家里突然就热闹和喜庆起来，一直持续到过年的时候。除夕的前一天，杨鸿和杨雨回来了。第二天就下起了大雪，像天女散花，把整个小镇点缀得一片祥和与宁静。黄昏的时候，雪停了，镇上飘荡着断断续续的欢笑和爆竹声。我们开始吃饭，杨鸿和杨海还喝起了酒，尤其是杨海，一杯接一杯地喝。杨胜利和杨国庆是最先吃好的，吃好后扔下碗筷，嘴巴一抹，拍拍屁股就跑出去和镇上的孩子们玩闹去了。最后大家都吃好了，只有杨鸿和杨海还在兴致勃勃地喝酒。

王秀莲带着杨雨串门去了，临走前还抓了两把糖果放在口袋里。这个夜晚，镇上的很多女人都会聚集在一起，吃瓜子，唱山歌，这种风俗称为“唱茅草歌”。朱秀随后也带着她的女儿一起出去了。

我和方萍都没有出去。她这两天身子不太好，就早早地睡下了。我则是不喜欢那种人群的热闹。那个夜晚我坐在火塘边翻书，听到人们在村里尽情地呐喊和嬉闹，声音就像炸开的爆竹。我觉得心里更为惆怅了。

杨海突然对我说，杨浩，你也来喝一杯。他已经喝得醉醺醺的，连说话都含糊不清了。

我没理他，径直走进卧室里去了。我在煤油灯下看书，却怎么也无法集中精神。我读高二，在我们镇上的农中就读，给我们上课的老师都是“半桶水”，课本上的那些理科知识对我来说实在是太难了。我曾向母亲表达过我要退学的意愿。母亲没有表态，只是长长地叹息一声。

就在这时候，窗外传来一阵响亮的脚步声。有人跑进院子来了，大声叫道，大哥，大哥。然后她又叫，二哥，二哥。那是杨雨的声音，在压抑不住地抖动，如枯草在疾风中倒伏。

杨海拎起一盏马灯就冲了出去。杨鸿也冲了出去。我慢慢地走出去时，听到后面开门的声音，是方萍也跟着起来了。

外面白茫茫的一片雪光，杨雨正提着一盏马灯，惊慌失措地跑到屋檐下的台阶上，裤管和鞋子上都沾满了雪花。她一看到亲人们从家里出来，顿时就腿一软，坐在了台阶上。杨海过去拉她，问，怎么了？

刘、刘大顺……杨雨喘息着，上气不接下气。她还没说完，刘大顺就打着手电筒蹿进院子来了。他说，四妹，你别走呀。我们好久没见面了，我还有很多话要和你说呢。四妹，我都想死你了。

杨雨又羞又急，她只管叫道，大哥，大哥。然后她又叫道，二哥，二哥。

杨海把马灯递给我，快步走下台阶，对刘大顺说，你谁呀？

刘大顺用手电筒照了一下杨海的脸，哎哟了一声，说，你连我都不认识啊，小时候你骑在我背上，非要我驮你呢。

杨海沉着脸，说，小时候驮我的人多了去，你给我滚，不然我对你不客气。

刘大顺又用手电筒照了一下杨海的脸，说，你不要这样说话嘛，好歹我们是一家人呢。

二哥，他侮辱我。杨雨在一旁突然说道，他流氓、无耻，乱嚼舌头，还说什么我是他没过门的媳妇。

我日你娘的。杨海骂了起来，突然一拳击在刘大顺的头上。刘大顺还没有反应过来，杨海又是一拳打了下去。这一拳的力量很重，刘大顺应声而倒，像一块石头一样坠在了雪地上，手电筒滚到了一边。我不由得握紧了拳头，大声地喝起彩来。

方萍和杨雨都齐声惊叫。杨鸿则一声不吭，但事实上他对杨海的行为是默许了的。杨海说，我警告你，再胆敢缠着我家四妹，我饶不了你。

刘大顺从地上爬起来，不甘示弱地冲了上去。然后两人就扭打在一起，嘴里嗬嗬地叫着，把地上的雪花搅得乱溅起来。

我叫道，杨海，加油。

方萍叫道，杨海，别打了。

杨雨叫道，二哥，别打了。

只有杨鸿不吭声。直到他噔噔地走下去，才一边走一边说，别打了，别打了。然后他以劝架为名，抱住了刘大顺。杨海趁机朝着刘大顺拳打脚踢，其中有一脚正好踢到了刘大顺的小腹上。刘大顺顿时闷哼了一声，就蹲了下去。

杨海骂咧咧地说，我日你娘，还和老子斗。

刘大顺在地上蹲了片刻，才慢慢地站起来，捡起地上的手电筒，一言不发地走了。在他走出院子的时候，杨海冲着他的背影叫道，我警告你，下次别让我碰上，否则我第一个不会放过你。

刘大顺的身影很快就消失在夜色中了。北风呼呼地刮着，风中传来零零星星的犬吠和爆竹声，还有隐隐的欢歌笑语。我转身往里走的时候，听到四姐在和杨海他们说话，我在根爷家听大家唱茅草歌，听了一会儿我就去上茅厕，刚从茅厕出来我就碰到刘大顺，他想非礼我，我就赶紧朝家跑……

这些话题不是我关心的。我走进我的卧室去了。我刚进卧室就听到了杨鸿和杨海齐声大笑，声音很大，像钟声一样响亮。

第五章

15

天气回暖。房头的椿树抽出了嫩叶，绿油油地在风中招摇。我在一个星期六的下午按照王秀莲的吩咐，爬上椿树去采摘嫩叶。小镇的房屋错落有致，群鸟飞过天空，留下声声婉转的鸣叫，仿佛是细碎的雨点从空中落了下来。远处还有牛哞马嘶，鸡鸣狗吠，声音长长短短，像轻烟一样在风中回旋着，最后隐没于远山的松涛中。我刚采摘了几把嫩叶，突然看到一群人押着一个家伙从东街走了过来。他们吵吵闹闹，声音杂乱，如飞溅的水花。等到他们走得近了些，我看清了被押的那个人居然是张长喜。我不由惊诧起来，飞快地溜下树，跑了出去。我要看看这是怎么一回事。

我刚刚跑到街上，迎面就碰到了杨胜利。他像播音员似的，一见到我就大声地嚷起来，小叔小叔，张长喜偷看女人洗澡，被人家抓起来了。

啥？我顿时停下来，几乎信不过自己的耳朵，你说张长喜偷看女人洗澡？

杨胜利嘿嘿地笑，说，是啊，他在澡堂偷看女人洗澡，被发现了，就被抓了起来。他们把他押回家去了，说要让他爹好好修理他。

我说，那你为什么不跟到张长喜家去看热闹呢？

杨胜利不屑地说道，我才不去呢。偷看女人洗澡，才没出息呢。

得知是怎么一回事后，我转身往回走了。偷看女人洗澡并非什么光彩的事，张长喜若是知道我为此而去观看热闹，他一定会认为我不够朋友的。

黄昏的时候，张长喜跑到我家来找我了。他在院子外面叫我的时候，杨胜利就冲着我嘻嘻地笑。他说小叔，张长喜叫你一起去偷看女人洗澡呢。我瞪了他一眼。

张长喜又被他爹揍得鼻青脸肿的。他却得意扬扬地跟我说，我看到巧巧了。然后他补充道，不过遗憾的是澡堂里水雾太大，角度又不对，我没能看到她的下半身。

我皱起眉头，说，你看到赵巧巧在澡堂里脱光的身子了？

那当然。张长喜嘿嘿地笑了，说，除了巧巧，其他的女人我才不看呢。你不知道，她的身子可白了。还有啊——他说到这里，突然做了个异常猥琐的动作，又嘿嘿地笑，然后说道，她那两个乳房，都发育得差不多了呢，像……像……像两个大桃子，我真想冲上去咬一口，一定甜得很呢。

看到他那得意忘形的样子，我有些不悦。好你个张长喜，不就是看了一回姑娘的身子吗，有啥大不了的。我就淡淡地说道，我还摸过了呢。

张长喜哈哈地笑，说，你骗谁啊？你摸过你娘的还差不多。我们小时候吃奶，全都摸过娘的乳房。

我一下就急了，脱口说道，几年前我就摸过罗小珠的……话一出口我就后悔了。我想我怎么能这样说呢。我一下想起了几年前的那个下午我的父亲企图迷奸罗小珠的情景来，一颗心就像枝头上熟透的果实，在风中坠落下去。原来这么多年了，我还一直在喜欢着她啊。

那天夜里我辗转反侧，心烦意乱，总觉得黑夜是如此漫长。我望着从窗口透进来的一抹微光，心里不停地盼啊盼，希望尽早天亮。下半夜，虫子还在窗外叫个不停，风吹得树叶飒然有声。我感到整个身子像漏水的船，朝着深深的海底沉下去。在这无边的摇摆和浮沉中，我看到罗小珠碎步朝我走过来，远远地就朝我伸出了右手。我慌忙把手伸出去，想要抓住她，就在我快要触摸到她指尖的时候，她突然就消失不见了。我还没来得及叫出来，就看到赵巧巧微笑着朝我走过来了。她穿着一件白衣服，头发未扎，像流水一样地泻在她的肩头上。她走得更近了，我就抱住了她，看到的却是王秀莲的面孔……我一下就醒过来了，听到窗外的鸡叫声正此起彼伏。我定了定神，在黑暗中睁大眼睛，心里满是忧伤和惆怅。我想，也许我喜欢上赵巧巧了。

好长一段时间里我都不愿意承认这个事实。可是当赵巧巧一次次地在我梦境中出现的时候，我才不得不低头承认，我真的是喜欢上她了。这个发现让我又高兴又害怕，还有些茫然无措。我整夜整夜地失眠，在青春躁动的迷宫中找不到出路。我听到窗外虫子吟唱的声音，听到根在月光的深处饮水的声音，听到花朵在风中开放的声音。这满世界都是一望无际的沼泽，我正与这夜晚的孤独和失眠搏斗。终于在一天夜里，我再也忍受不住，决定掏出身体里这一颗灼热而战栗的心脏，去付诸行动。

第二天，我打扮得干干净净的，还偷偷地抹了一点方萍的雪花膏。我来到了赵家，并不是向赵巧巧倾诉我的情愫，而是我想拜赵中医为师，为的就是有更多的时间看到赵巧巧。可是在赵家的医铺里面对赵中医的时候，我却又不知道如何开口了。我犹豫了好半天，才有些结结巴巴地说道，赵医生，你……你的医术真高明。

这谁都知道，还用你来说。赵中医很得意，随后盯着我，说，你是不是有什么事情想求我?

我慌忙避开他的目光，说，没……没有。

赵中医吸了吸鼻子，说，你擦什么了？这么香。

我不好意思地笑笑，然后故意咳嗽了两声，说，你医术这么好，可你却一个徒弟都没有，将来你死了，你的好手艺不就失传了？这样太可惜了。

赵中医瞪了我片刻，恍然大悟，说，原来你是想跟我学医啊。

对对对。我堆上了笑脸，说，你收我为徒吧。

赵中医一下就板起了面孔，冷冷地说道，我不会收徒弟的，你就死了这条心吧。

我镇静了下来，说，医者仁心，治病救人。你的医术流传下去，将来就会有很多病人得救，这也是仁心的一种。

赵中医说，我就是一个养家糊口的小郎中，没想过你说的仁心不仁心。

我说，仁心是成为好医生的根本，你是一个好医生，不管你承认不承认，你是有仁心的。大医治国治世，中医治心治魂，小医治人治病。但人是国家和尘世的根本，所以治人治病，是天下医生的根本，你自称小郎中，其实也是大医生。

赵中医微微一笑，睁大眼睛看着我，说，看来，读过高中的就是不一样。没想到你还有这般见解。

我说，我爱看书，书看多了，就会有自己的一些浅见。

赵中医说，不过很遗憾，你不是学医的料，你没有这方面的天赋。

我说，你连教都没教，怎么就说我没有这方面的天赋?

我看得出来。赵中医悠悠转身，回到柜台前整理他的账本，又说，这么多年，我都没有传徒弟，那是因为我一直没有找到有天赋的年轻人。

那以后，我借口求赵中医收我为徒，常常往赵家的医铺里钻。在那里，我每次都如愿以偿地见到了赵巧巧。可我们却没有说过一次话，我在她娇丽的容颜面前，羞怯得一句话也说不出来。每次离开赵家的时候，我都在心里骂自己，并鼓励自己下一次一定要勇敢些，可是当我在医铺里再次见到她的时候，我还是失败了。

我失望极了。在一天下午赶去赵家之前，我喝了白酒来为自己壮胆。在喝酒的时候我跟自己说，我一定要告诉她，我非常喜欢她，然后我再把已经写好的情书交到她的手里。但是当我来到赵家，我发现我的酒意一下子消失了，我觉得我比任何时候都要清醒。我一遍遍地深呼吸，却不知该怎么向赵巧巧开口。我紧紧地握住裤兜里的情书，只觉得我的掌心都要被自己捏碎了。我感到空气在晃荡，四周全是我剧烈的心跳所带来的空气的战栗和哆嗦。最后我瞅准机会，慌慌张张地将情书塞进赵巧巧的手里，转身仓皇地跑走了。我跑在回家的路上，只觉整个世界全都是我心跳的声音，整个天空倾塌下来。我知道，我已经心甘情愿地陷入这万劫不复的深渊里了。

几天后，我带着一种惶恐而期待的复杂心情，忐忑地来到了赵家。我刚一进门就被赵中医轰出来了。他暴跳如雷，站在台阶上对我大吼，你狗日的原来没安好心呀，你再敢来，我就打断你的狗腿。

我一下就恍惚了。我躲进了无边的孤独里，像离群的野兽一样在夜晚的失眠和忧伤里徘徊。我很快就萎靡不振，一颗心游离不定，像浮萍似的在波涛中浮沉和荡漾。九月初的一天上午，我还蜷在床上没起来，就听到外面有人吵吵嚷嚷地闯进了我家的院子。

走在最前面的是刘大顺。他和街道主任领着好几个积极分子来我家收缴铁器，说是要炼钢。家里的废铁啊锄头啊镰刀啊什么的，包括铁锅、菜刀、锅铲这些吃饭用的家伙，也都要缴上去。于是王秀莲翻箱倒柜，在家里的每一个角落寻找铁器，只差没把我们家梁上钉着的那几枚铜钱取下来了。最后她毕恭毕敬，将家里的铁器如数上缴了，只留下一口做饭的铁锅和锅铲。

快到午饭的时候，杨海从外面回来了。当他得知王秀莲将家里的铁器上缴后，他突然冲着母亲吼叫起来，一副训斥和责备的语气。待到他稍稍平静下来，王秀莲才小心地说，他们说了，这是命令，是上级的指示，谁要是不缴，就要被抓起来。

杨海不满地说道，他们要是能炼出钢来，我都能造出原子弹来了。

王秀莲说，那我们又能怎么样呢？他们说了，现在大家都在炼钢。胳臂拧不过大腿的，别人怎么样，我们也就跟着怎么样吧。

这些我都知道，我就是看不下去。杨海愤愤地捶了一下墙壁，大声说道，我要给大领导写信。

这家伙还真说干就干，他在那天下午给大领导写了长长的一封信。他先拟了提纲，接着打草稿，然后改了又改，最后才工工整整地誊抄在信纸上。这封信耗去了他很长的时间，他写完时天已黄昏了。他如释重负地放下笔，在院子里转了两圈，显得踌躇满志，似乎完成了一个重大任务。

第二天上午，杨海把信拿到邮局去投递了。回来的路上，他在街心的路口处突然看到一群人从另一边小跑过来，他们情绪昂扬，挥着拳头高喊着……

杨海暗叹一口气，正想离开，却突然发现杨胜利也混在人群中，跟着人们一起挥着拳头喊口号。杨胜利也看到了杨海，咧着嘴朝对方笑。杨海朝他招了招手，杨胜利就从人群里跑出来。杨海说，你干吗跟着他们一起跑啊？

杨胜利喘了一口气，说，我觉得好玩呀。

杨海喝道，胡闹，你不上课吗？快去上课！

杨胜利说，老师宣布，从今天起，我们就不上课了，我们要去炼钢。现在我们就要到西坡脚下去建小高炉。

杨海说，你不能跟他们去，你是学生，就得好好读书。

二叔，以前你自己都没有好好读书，现在却来叫我好好读书。他噘着嘴，显得不开心。

杨海说，二叔以前没好好读书，现在很后悔，所以二叔希望你不要像二叔这样，你就应该要好好读。

杨胜利说，他们都不读，我也不读。说完他就跑开了，跟上了人群，然后回头冲着杨海叫道，二叔，等我回家后再和你细说吧。

杨海摇摇头，扭身便走了。这时他突然听到身后传来一阵响亮的脚步声，一回头就看到刘大顺带着六七个男青年跑到了他的面前。刘大顺叫道，杨海，你还在这里干什么？快去西坡建高炉，再去山上砍柴炼钢。

杨海冷笑一声，说，我为什么要去？你们要瞎折腾，那是你们的事。

刘大顺说，现在是检验你忠心的时候，你要是不去，就是右派分子。

杨海又冷笑了一声，转身就走了。他觉得和这群人说话简直是在浪费他的时间。刘大顺冲上去，一把抓住杨海的肩膀，说，上级规定的，凡是年轻的劳动力都得去炼钢，不去也得抓你去。

杨海停下来，推开对方的手，很平静地说，那好吧，来，我告诉你一件事。

刘大顺瞪着他，说，什么事？

杨海神秘地说道，你把耳朵凑过来嘛，我只悄悄地告诉你一个人。

刘大顺迟疑了一下，就把脑袋凑了过来。

杨海说，我是说，我要揍你。话音未落，他就一拳打在刘大顺的鼻子上。

刘大顺猝不及防，结结实实地挨了一拳。他只觉鼻孔一凉，血就流出来了。杨海像煞有介事地摸了摸手背，似乎把自己的手打疼了，然后回过身去从容地走了。随刘大顺一道的那几个青年看得目瞪口呆，全都傻了。连刘大顺也忙着给鼻子止血，把自己被打的愤怒暂时抛到一边去了。

中午，我们还在吃饭的时候，一伙人冲进我家来，把杨海抓走了。临走的时候，还有人砸了我们家的一个碗。

王秀莲追出院子，高声地叫着杨海的名字。杨海回过头来，冲着母亲喊道，娘，你放心，我很快就会回来的。

杨海被抓起来后，被关在一间大屋子里批斗。他们不给他饭吃，叫我们家里给他送饭。王秀莲在夜幕初降的时候给杨海送饭去，居然听到杨海独自在里面唱歌。王秀莲一走进去，他就得意地说道，娘，他们全都被我说得哑口无言了。

别再和他们较劲，到时候，吃亏的是你呀杨海。王秀莲叹了一口气，说，你一个人，是斗不过他们的。

杨海说，我看着就着急啊，这全民大炼钢铁，学校也停课了，听说连城里的工厂很快也要停产了，改炼钢铁，你想想这能行吗？这肯定是要搞出问题来的。

王秀莲说，你管他搞出啥问题来？就算是天塌下来了，又不是压你一个人，你操那么多心干啥呢？你只管去参加，好好地表现就行了。她说到这里，又叹了一口气，语气变得异常委婉，杨海，你听娘一句话，别再闹了。

好了好了。杨海不耐烦地说道，我懒得和你说了，说了也是白说。

王秀莲就不再吭声了，默默地看着杨海低头吃饭。过了半晌，王秀莲又幽幽地说道，杨海，你别怪娘话多，娘是怕你出事呀。这年头，只要有个风吹草动的，娘都怕。你想想，别人为什么就不站出来反对呢？你以为全天下就你一个聪明人啊？

杨海猛地把筷子拍在碗上，大声说道，就因为别人没有勇气站出来说话，我才要站出来。

王秀莲生气了，厉声说道，你以为别人会听你的吗？他们要是听你的，不就是打自己耳光，承认自己错了吗？你不要再固执了，杨海。她说完，语气又软了下来，你就算不为自己想想，你也该为方萍想想，她挺着个大肚子，只怕再过些日子就生了。你要有个三长两短，以后方萍怎么办？你的孩子又怎么办？

杨海一下就沉默了。

王秀莲看出儿子被自己说得心动了，又继续语重心长地说道，杨海，你就听话，娘真的不想你出事啊。她说到最后的时候，声音都有些哽咽了。

16

我从食堂里走出来的时候，懒洋洋的阳光带着微微的暖意，慵懒得像一个人疲倦时的眼神。我刚走了几步，身后就有人叫我。我回过头去看到了王秀莲一只手拉着杨国庆，另一只手正在用牙签慢慢地剔着她的牙齿。她那眯着的眼睛在她心满意足地打嗝的时候就会重重地跳动一下，又重重地跳动了一下，就像是在朝我诡秘地眨着眼睛。

他们刚来到我的面前，杨国庆就大声地问我，小叔，你吃了多少块肉？

我笑笑，没回答他的话。他又继续说，我吃了五块肉，五块肉。他一边得意地说，一边还很有成就感地朝我伸出一个手掌。

我还是笑笑，回身走了。杨国庆追上来，又问道，小叔，你吃了几碗饭？我说我忘了。杨国庆说，我吃了满满的三碗饭，把我撑着了。

我说，那你为什么要吃那么多呢？你吃饱了就放碗嘛。

我才不呢。杨国庆说得理直气壮，他们都使劲吃，我也得使劲吃，反正他们说了，是敞开肚皮吃的嘛。

那天午后，还没过歇晌时分，我们所属的生产队队长就拿着喇叭催促社员们出工了。那时我也加入了生产队参加劳动，计工分。听到队长的喊声，我就去王秀莲的卧室外叫她。她上了年纪，又整日劳动，累得在床上睡着了。我连叫了几声，她才醒过来。她不满地嚷了起来，你急啥呢？反正现在吃饭又不要钱，我就是晚点去干活，也照样在食堂敞开肚皮吃。

真是一语道破了天机，我一下就笑了起来，连声说道，对对对，别说是晚点去，就是不去干活，还不是照样在食堂里有饭吃。

这时我突然听到杨海冷笑了一声。我回头瞪着他，不悦地说道，你笑啥呢？杨海冷冷地说，照这样吃下去，要不了多久，只怕食堂就要关门了。

就像杨海所预言的那样，半个月后，食堂里的油荤渐渐地淡了下去，到最后几乎是清汤寡水的素菜了。几乎每顿饭我都能听到旁人嘀嘀咕咕的牢骚，有时候我也忍不住附和着骂上两句。大家的不满很快就蔓延和爆发了。十二月下旬的一天中午，我们一家人去食堂吃饭的时候，我在门外就听到了张长喜和食堂的师傅在里面吵起来了。张长喜的声音很高，就像吃了炸药一样，这叫什么饭呢？稀不啦叽的，和狗吃的差不多。不，以前我们家狗比这吃得还好呢。你们怎么能这样做饭呢？既然你们做不好，那就赶快滚蛋，换其他人来吧。

我挤进门去，就看到一个姓李的师傅面色涨得通红，冲着张长喜叫道，能有吃的就已经很不错了，你还挑三拣四的，不吃就拉倒。

张长喜叫道，为什么我们现在吃的饭是稀饭？为什么菜里面没有一点油荤？为什么？那一定是你们吞了，把粮食和肉都藏起来，搬到自己家里去了。

你、你……李师傅气得连脖子根都红了，好半晌才叫起来，你胡说。然后他把头转向旁观的人群，说道，你们大家来评评理，有他这样乱说话的吗？

大家对食堂的伙食早就很不满了，张长喜正说到大伙儿的心坎上，于是都闷着不吭声。这样的态度让李师傅失望起来，他这才明白不仅是张长喜怀疑他，连大伙儿也都怀疑他了。他气急败坏地叫起来，我姓李的行得正坐得直，没拿过国家的一针一线，是仓库里根本就没有多少粮食了，也没有肉了。上级规定的，现在一个月才供应一头猪。你说这伙食怎么能好呢？

张长喜冷笑一声，说，你以为我们是三岁小孩？不是说粮食亩产万斤吗？不是说一头猪能够长到几千斤吗？你说没有粮食和肉了，谁信呢？就是你们私吞了！

李师傅急得连头皮都差点抓破了。他大声说道，什么亩产万斤？前不久不是才收庄稼吗？大家都看到了的，我们收了多少粮食啊？而且收的粮食都上缴了的。还有——他说到这里，缓了一口气，接着说，张长喜，你见过几千斤的猪吗？反正我没见过，我想在场的只怕也没见过吧。

人群里突然涌起了一阵骚动声。大家七嘴八舌，嘀嘀咕咕地议论起来了。在这嗡嗡的声响中，突然有一个人叫了起来，就算我们这里没多少粮食了，那为什么不去外地买呢？

李师傅说道，你以为就我们这里没粮食吗？其他地方还不是照样没粮食。

张长喜叫道，没粮食？怎么可能呢？广播里不是说今年粮食和钢铁的产量都翻了一番吗？他刚一说完，人群里顿时有人附和起来。

唉——李师傅气得一扔围裙，大声地说，既然你们不相信我，那我不干了吧，谁愿意干的，谁就来。

人群里顿时有好几个人冲了上去，争着去抢李师傅扔下的围裙。这时突然有人高声叫起来，书记来了，书记来了！人群一下就散开了，三三两两地聚在一起，闷着头开始吃饭。其他还没打到饭的，立刻排起了一条长龙。

我们白水人民公社的书记领着几个人走进来了。他们不是来吃饭的，平时他们都在东街的另一个食堂吃饭。他们只是来这里看看，每天都这样例行公事，并慷慨激昂地讲上几句话。在这天中午，我们的书记一走进来，人们顿时连声喊着书记好。书记微微地笑着，双手轻轻下压，并咳嗽了一下，示意大伙儿安静。人们一下就鸦雀无声了。

书记说，大家都辛苦了！我们的事业正需要大家的这种热情和干劲，力争上游，多快好省……他刚说到这里，突然间啪的一声，将他的说话一下打断了。大家顺声望去，发现杨海将一钵稀饭打翻了，湿漉漉地淌了一地。

公社的主任立马冲过去，冲着杨海厉声喝道，你是怎么搞的嘛？给我小心点，再这样，你就别给我吃饭了。

杨海连看都没看主任一眼，就扬着头，径直朝书记走过去。书记微笑道，有事吗？下次可要当心，别再把饭打翻了，怪可惜的。

杨海指着他打翻的稀饭说道，书记，我想你肯定比我们吃得好，对吧？如果我没猜错的话，你应该经常有肉吃的。

一语既出，全场顿时寂然。片刻之后，王秀莲就惊叫了起来，杨海，你疯了？

书记沉着脸，连脖子上的青筋都动起来了，显得很生气。但他随即就控制住了自己，没将内心的愤怒爆发出来。他冷冷地盯了杨海一眼，转身拂袖而去。跟他而来的那几个人呆了一呆，接着也追了上去。在临走之前，主任还指着杨海恶狠狠地训斥了两句。等书记一干人走远后，人群里突然发出了一阵叫好声。有人大声说，杨海，你是好样的。杨海就嘿嘿地笑。

王秀莲对杨海忧心忡忡地说，你乱说这些，他们会不会把你抓起来？她又恨铁不成钢地叹息道，你呀你呀，一直都惹祸，你就不能管管自己，少说两句吗？

好在连续几天，都没人上门来找麻烦，她才慢慢地放下心来。

半个月后，方萍生下了一个儿子，面黄肌瘦的，让人又心疼又担心。在孩子满月后给他取名时，杨海斟酌再三，都没有拿定主意。他先给儿子取名叫杨炼钢，随后又取名叫杨跃进，最后他才取名叫杨怒。至于这个怒字是不是愤怒和不满的意思，我没有问过杨海，我也懒得去问他。对我来说，最重要的事情就是想着怎么样才能填饱自己的肚子。

那时候，饥饿就像影子一样紧紧地缠绕着我们。我们一天比一天饥饿，一天比一天消瘦。我常常看到很多人瘦得像竹竿一样穿过街道。风吹过去的时候，我真担心他们一不小心就被风吹折了身子。

每天我们都要外出挖野菜。在河边和谷底，在被抛荒的良田里，在树林被砍伐得稀稀疏疏的山坡上，挖野菜的人就像是一群掘金的队伍，要在地里找出宝藏。每次经过长满荒草的麦地，我就会感到一阵阵的难过和揪心。天空开阔，大地空旷，那些寻找野菜的背影就像一只只卑微的虫子，一次次疲惫地穿过坡地。每天我看着这群庞大的队伍，都不知道明天会不会有人突然就倒了下去。

后来连野菜都不好挖了。终于有人熬不住，开始了离乡背井的乞讨生活，甚至是举家搬迁。他们是流着泪水离开的，带着一种赶赴刑场般的无奈和悲壮。外出的队伍中，有的幸运地活了下来，有的则凄凉地死在了路上。

一天清晨，家里第一个起床的王秀莲发现一个陌生人晕倒在我家的院子里。那是一个女人，蓬头垢面，破败的衣衫遮不住她露出的光秃秃的半个肩头。她晕倒后两只手还分别紧紧地攥着一个破碗和一根木棍。尽管看不清她的真实面容，但从她额头上脏兮兮的皱纹里，王秀莲还是可以判断出她已经不再年轻。

王秀莲吩咐杨海把那个陌生的女人抱进家去。我看到杨海抱着那女人的时候在不断地动他的鼻子，想来是在抵御着那女人身上的臭味。他刚把那女人抱进家，方萍就尖叫了起来，臭死了，臭死了。

我们谁也不理她。方萍又叫了起来，杨海，把她扔出去。

王秀莲给那女人喂了半碗热水。过了半晌那女人就醒过来了。她茫然地看了看我们，然后扑通一声跪了下来，一边叩头一边说，好心人，我都四天没吃东西了，给口饭吃吧。她的声音干涩而颤抖。

大嫂，快起来，起来。王秀莲一边说一边把女人扶起来。然后她转头去看了方萍一眼，却对朱秀说道，给这个大嫂做点吃的吧。

朱秀一声不吭地走进厨房去了。不一会儿，她从屋里出来的时候，手上端着小半碗米饭。这小半碗米饭是我们一家从牙缝里省下来留给杨怒的。小家伙因为饥饿和营养不良而面部浮肿，再这样下去的话恐怕会可怜地夭折的。

方萍顿时尖叫了起来，她的声音在那时候竟然像杀猪似的显得无比粗犷。她在冲过去抢朱秀手中的米饭时被杨海一把抱住了。

做人要有良心。杨海向他的妻子解释，我们不能见死不救。

杨海，我操你妈。方萍尖叫着朝杨海的脸上乱抓。杨海就把她生拉硬拽地拖进他们的卧室去了。我依旧听到卧室里传来方萍那声嘶力竭的怒骂声，杨海，我日你妈！

这时候我听到杨海居然还在发笑，接着他说道，你有这个本事吗？

他这么一说，我听到方萍骂得更加起劲了，我日你妈，杨海，我就要日你妈。她的大吵大闹把还在睡梦中的杨怒给惊醒了。那小家伙就哇哇地哭了起来。随后我又听到方萍大骂她的儿子道，哭，哭，哭你妈呀。再哭我就把你的嘴巴缝起来。

他们的吵闹让王秀莲很生气。我看到她的脸色都铁青了。她吩咐朱秀把那小半碗米饭和我们挖来的野菜煮在一起。白花花的米饭和野菜搅和在一起之后，就仿佛消失了似的看不见了。只是偶尔会看见一两粒米饭随着沸水浮起来，提醒着我们这不是猪食，而是饭。

我看到那女人的眼里泛着泪花，喉咙一上一下，似乎是在吞咽着口水。这也让我倍感饥饿，尽管每天的野菜都难以下咽，但那一刻我真想把锅里的东西盛起来直往嘴里塞。我还听到那女人嘴里含含糊糊地说，你们真是好人，好人会有好报的。

锅中野菜盛起来后，转瞬间就被那狼吞虎咽的女人席卷一空。她的吃相大为不雅，吃得呼哧呼哧地响，下巴上流着汤汁，最后又摇摇晃晃地落进了碗里。但她可顾不得这些，连下巴上的汤汁都不擦一下，只是鼓起腮帮大嚼特嚼。过程中有一片菜叶从她的嘴边掉了下来，落在她的腿上。想想她那满身的污垢，我以为她会捡起来扔掉的，但她却往嘴边送，双唇一嘬，那片野菜叶就吱的一下滑进了嘴里。那一刻我真的觉得恶心极了，可是王秀莲却笑眯眯地看着她，就仿佛是在凝视着自己的女儿一样，脸上呈现着母亲的柔情与关切，还时不时地说一句，慢点，小心别烫着了。

那女人吃完之后，朝我们叩了三个响头，然后拿着她的木棍和空碗离开了。她刚离开，杨海和方萍因为那小半碗米饭的事情又争吵了起来。我听到方萍哭哭啼啼地说道，你儿子的命还不如一个外来人。杨海说，我们这么多人，食堂有我们的口粮，虽然不多，但饿不着我们儿子。那个人再不吃东西的话，就要饿死了。

方萍说，你们当好人救了她，那以后谁来当好人救我们？

杨海说，咱们还没走到那一步，就算真的到了那一步，我相信好心人也会伸出援手的。一个人心中若没有善，活着也是行尸走肉。

方萍突然喊起来，我不想听你的这些大道理。既然你不在乎你儿子的死活，那我留在这里还有啥意思？我走就是了。杨海也生气了，赌着气说，你要走就走吧，又没人留你。

就这样，方萍赌气离开了家门，一个人回娘家去了。她在离开的时候王秀莲叫杨海把她追回来，但杨海没有挽留她，他还指着妻子的背影对我们说，你们瞧好了，一会儿她就会回来的。她娘家那么远，她又吃不饱，哪有力气走那么远的路呢？

但方萍并没有像杨海预想的那样回头。天黑尽了，她都还没有回来，杨海这才慌起来了。但他在我们的面前仍然装得无所谓的样子，说，不管她了，过两天她就会回来的。

三天后的早晨，杨海用铁夹捕捉到几只老鼠，其中有一只挺大，长长的。杨海把老鼠剥了，洗干净，煮了一大锅，香味一下就扑出来了。若是在平时，别说让我吃它，就是看见我都觉得肮脏和讨厌。可这天中午，老鼠肉的香味将我的口水一下就勾出来了。别看这东西灰不溜秋的，它的肉还真是细嫩可口，满腹回香。我已经记不清有多长的时间没沾到肉味了。一顿老鼠肉，让我吃得满头大汗，浑身燥热。我们一家人围在火塘边，吃得津津有味，还一边含含糊糊地说道，好吃，真香！

杨胜利和杨国庆都吃得呼啦啦地响，连额头上都渗出了细细密密的汗珠。这两兄弟觉得热，就端到屋外吃去了。窗外阳光正烈，知了嘶叫，风吹过处，树叶哗然有声。我正在喝汤，突然听到杨国庆在外面哇的一声哭起来了。小家伙哭丧着一张脸，一进门就向朱秀告状，娘，杨胜利打我！朱秀说，他打你？他怎么打你了？然后她提高声音喊了一声，杨胜利！

杨国庆说，我不小心把一块肉掉在椅子上了，还没来得及捡起来，他就给捡起来吃了。他还说是他掉下去的。我说不是，叫他还给我，他就打我了。

朱秀生气地嚷起来，这杨胜利，以大欺小，简直不像话。接着她又叫了起来，杨胜利，你给我滚进来！

好了。杨海突然插话道，屁大点事儿，也要搞得家里不安宁。不就是多吃一块老鼠肉吗？还计较个啥呢？要是传了出去，不被人家笑话才怪呢。

杨海一开口，朱秀就不说话了。但杨国庆不依，还理直气壮地说道，二叔，杨胜利抢了我的肉，他就应该要还给我。

闭嘴！杨海呵斥起来，一块老鼠肉，吃了就吃了嘛，还争啥呢？要是换在以前，只怕你们还不吃呢。

杨国庆低下头去，咕哝了一句，本来就应该还给我嘛。

杨海厉声说道，你还说呀，赶紧给我闭嘴。

杨国庆不再吭声了。可他却感到无比委屈，他弄不明白，明明是自己有理，可为什么到头来却是他挨了骂呢？那天午后，他悻悻地走出家门，一个人在外闲逛。阳光火辣辣的，街道上空空无人。风吹过来，扬起一阵阵的尘土。

杨国庆漫无目的地穿过巷子，在一户人家的茅厕外面看到一只老鼠，正探头探脑地张望着。杨国庆突然心念一动，想着打死了这只老鼠，不就可以吃鼠肉了吗？于是他就抓起一块石头，悄悄地靠过去。那老鼠甚是机灵，一转头就跑了。杨国庆慌忙追上去，远远地将手里的石块朝老鼠砸去。啪的一声，石块砸在老鼠的旁边，吓得老鼠更加惊惶逃窜，朝仓库那边跑过去了。杨国庆不甘心，一直追下去，看到那只老鼠急溜溜地钻进仓库底下去了。

那仓库是一座木房，粮食都分门别类地装在不同的房间里。为了防止老鼠偷吃和粮食受潮，每一个房间都装上木地板和木质的天花板。又为了防止木地板受潮毁坏，地面与木地板之间相隔着整整几十厘米的距离。杨国庆俯下身，歪着头去查看老鼠跑到了什么地方，却意外地发现他小小的身子竟然可以钻进去。这一意外的发现让他呆了好半天，最后他做出了一个连他自己都无法相信的决定：偷！

在跑回家的路上，杨国庆有些心绪不宁。他想着装在仓库的粮食，不论大米还是麦子，又或者是高粱土豆，只要煮好了，给他吃上满满的一大碗，那都将是多么美味的佳肴和幸福的享受啊。他不由吞咽了两口唾液，加快了脚步。

回到家里，杨国庆翻箱倒柜，找出了一把凿子。这把凿子还是去年年底杨海托杨鸿从城里捎来的，没想到这会儿还派上了用场。杨国庆又偷偷地跑回仓库，在仓库底层的木板上凿了一个洞，里面的稻谷就像水一样哗哗地流出来了，还洒了一地。他手忙脚乱地将小布袋接在洞口，装了大半袋子，他就将洞口堵住，又将洒落在地的稻谷捧进口袋，连泥土和碎石子都混在了里面。

杨国庆把袋子抱在怀里，感到很慌乱，一颗心怦怦地跑出了胸膛，总觉背后有无数道目光像刀一样地剜着他。他每一脚踏出去都踩不到实处，仿佛踩在棉花上一般。在这恍恍惚惚中，他撞到了路边的一棵树上，却没有感到疼，心里只想着要赶快回到家里，赶快摆脱身后那么多道冷冷的目光。

当他跌跌撞撞地跑回院子外边，一颗狂跳的心这才渐渐地平静下来。这时他才感到额头很疼，不由嘀咕道，刚才是谁撞到我了呢？这样一想他不由大吃一惊，他又想这样我不是被人发现了吗？但随即他就否认了这一猜测，他想要是被人发现了，别人肯定早就抓我了。

他稍稍地得到安慰。一走进院子，他就发现方萍已经回来了，头发散乱着，正抱着杨海伤心地啜泣。他们的儿子杨怒伏在方萍的背上，咿咿呀呀地叫着，还冲着杨国庆招手呢。

17

杨海到六十多里外的县城城郊修水库去了。

据说，那时候有几百万的青壮年在修水库。大家都满腹不满，在背地里愤愤不平地骂。饥肠辘辘的人们最关心的就是自己的肚子问题，什么造福于民的壮举在他们的眼里不过是镜花水月。当杨海和一群青年被生产队队长要求去县城城郊修水库时，他们全都表示了反对。有人大声地叫起来，老子都要被饿死了，还修他娘的水库。但是在生产大队的软硬兼施下，他们还是悻悻地踏上了远去的路。这里面，有一个自告奋勇的积极分子，是三年前才退伍回来的年轻人，他的自愿请命在会上赢得了稀稀拉拉的掌声。

那段时间的体力劳动对杨海来说简直就是一种死亡般的威胁和折磨。他根本就无法承受那种沉重的劳动所带来的疲惫、寂寞和痛苦。大量的体力消耗是每顿那点有限的口粮所无法补充的，有两个工人就在饥饿中被繁重的劳动给压趴了，一头栽在地上，再也没有爬起来。有一天，那个从镇上自愿请命而来的年轻人在放炮采石的时候不幸被炸瞎了眼睛。当时杨海只看到那年轻人的那张灰白的面孔，有鲜血从他那捂着双眼的手掌下流淌了出来，就像石缝里渗出的泉水。杨海在惊骇中听到那年轻人在痛不欲生地叫道，我对不起天地啊，我对不起祖宗!

之后，另一桩更为不幸的事情发生了：有一个人在放炮采石的时候被炸死了。杨海赶去看热闹的时候，那里已经围聚了一大群人，谁也没有吭声。杨海挤进去，看到了死者那一张鲜血淋漓的面孔一塌糊涂，模糊得不可辨认。还有一只手都被炸飞了，被人捡回来放在了死者的胸口上。

于是，在这种繁重的劳动中，杨海一次次地想到了逃跑。但是要逃跑也并不容易，每天都有人看守着的，连夜里也不例外。有一个家伙在逃跑的时候就被抓住了，然后当着工人们的面被揍得鬼哭狼嚎，据说有一根肋骨都断了。杨海知道那些人是在杀一儆百，就是为了防止工人们当逃兵。他就不动声色地观察，发现在下半夜就要值班换岗的时候，那些人往往会放松警惕，正是逃跑的最佳时机。

机会终于来了。那天夜里，杨海总是难以入眠，心里异常紧张。他听着身旁的工友们此起彼伏的鼾声，听着夜风吹动树叶的沙沙声响，听着时间像水一样从高处一滴滴地落下时发出的清脆的声音，他心潮澎湃，难以自持。下半夜，杨海偷偷地爬起来，在夜色中仓皇地逃跑了。

那时六十多里的路程对杨海来说就像是一段漫长的生死之途。他刚刚借着朦胧的月色走出了三里地，就远远地看到有一个人横卧在路边，在月色中就像是一块黑乎乎的石头。杨海有点害怕，他喂了一声，又喂了一声。躺在地上的那人没有半点反应。

杨海又叫道，老兄，给支烟来抽!

那人还是没有反应。杨海慢吞吞地走过去，才发现那人四肢冰凉，早就死去了。这下把杨海吓坏了，他一屁股坐在地上，然后又爬起来拼命地朝前跑。四野茫茫，远处的坟地里偶尔有磷火闪动，就仿佛是一个人在远处诡异地眨动着眼睛。还有几声鸟的鸣叫，在那夜晚的寂静中显得幽深而缥缈。风呼呼地吹过他的耳边，就像是一个人在那里和他轻声说话。他更加恐惧起来，脚下的步子迈得更快，那风声就更加呼呼地响在他的耳边了。在这呼呼的风声里，杨海隐隐约约地听到饿鬼们凄厉的呼喊声，甚至他还感到了身后有噼噼啪啪的脚步声在追赶着他。

杨海只觉得自己的胆都要被吓破了。在经历一连串的波折之后，长期被饥饿所困扰和威胁，他在之前的胆量和勇气早就消失殆尽。在那个夜晚他胆怯地飞奔在回家的道路上，气喘吁吁地跑了一夜，在天亮的时候才抵达一座村庄。

当又饥又渴的杨海准备向一户人家讨点水喝时，才发现那家人早已逃荒去了，人去屋空，厚厚的尘埃落满了庭院。后来杨海又发现，那座村庄里几乎有一半的人家都离开了。留下来的人们也是面黄肌瘦，忧心忡忡地生活在每一个饥饿的日子里。

杨海没能讨到一口饭吃，他只好喝了一肚子的水又继续上路。水喝得多了，一走起路来就在肚子里咣当咣当地响。很快地，杨海就尿急了，可是一拉撒就会消耗他的能量，他就使劲地憋，能憋多久就憋多久，最后实在是憋不住了，他就旁若无人地站在路上哗啦啦地撒起尿来。那时路上有来往的行人，他们都漠然地看了杨海一眼，然后又赶自己的路。杨海也不怕羞，他已经顾不得这么多了，他不想因为害羞而绕到一个僻静的角落里，从而浪费自己的力气。对他来说，能够省一分力气就意味着向自己的家又靠近了一步。

杨海是花了整整五天的时间才回到家里的。他蓬头垢面，已经憔悴和消瘦得不成人形了，只有那一双忧郁的眼睛还闪动着几点生命的火花。他心力交瘁，劳苦不堪，一走进院子就放声大哭，随即疲倦而无助地躺在床上，再也没有力气爬起来。我去他卧室里看他的时候，他已经晕过去了，一张浮肿的面孔就像浸泡在水里快要腐烂的南瓜。方萍坐在床边，一边给他擦洗着身子，一边无声地垂泪。

我们家所在的生产队不给杨海饭吃，用队长的话来说，杨海的口粮是在他修水库的那个地方。他想吃饭的话，就只能返回那里。那时候，我们白水实施的是“瓜代菜”的口粮分配方式，每个人的碗里只零零星星地夹着几粒粮食。杨海的回来不仅让我们更加饥饿不堪，也让我们无能为力地看着他的病情不断恶化。在病情的恶化中，他有时会神志不清地将某些物体当成了粮食和肉。有那么一回他就目光灼灼地盯着方萍的手腕，喃喃地说，鸡腿，鸡腿。然后他就抓起妻子的手腕来啃。方萍在又惊又怒中狠狠地抽了他两耳光，才把他打醒过来。

你疯了吗？方萍尖叫起来。

杨海不说话，冲着她嘿嘿地笑。

方萍突然哭了起来，在哭泣中表达着对自己的悲悯，我命苦啊，怎么嫁了这样一个没出息的东西。

杨海说，当初是你非要嫁给我的。

胡说。方萍又尖叫起来，当初要不是你非礼我，我才不会嫁给你呢。

杨海申辩道，我要睡你的时候，你是同意了的。

方萍叫道，谁说我同意了？当时我推你，还咬你的手。

杨海说，你那是假装的，有意矜持。他说时这里嘿嘿地笑了起来，又说，你分明早就同意了。

方萍说，那是我瞎了眼。

杨海没说话，只是在嘿嘿地笑个不停。

方萍又呜呜地哭了起来，说，我要是听我爸妈的话就好了。

杨海不屑地说道，你爹娘都是浑蛋。

你才是浑蛋。方萍先是叫了起来，然后顿了顿，把语气缓和了下来，我爸妈一直都反对我嫁给你。他们说你没出息，我还和他们吵嘴。杨海，我多希望你能够争气，拿点本事出来给他们看看。可是，可是……她说到声音又哽咽了起来。你现在都把我害苦了。

杨海突然叹了一口气，说，对不起，是我不好，是我害了你。

他这么一说，方萍的叫声就更加理直气壮地响亮了起来，你还知道啊，我还以为你的良心都被狗吃了呢。我好端端的青春，全都毁在你的手上了。

杨海没说话了。他难受极了，像有千万道箭镞呼啸着射进身体，要将他的内心钉成一个刺猬。在这千疮百孔的疼痛中，他翻过身去，把背朝向了方萍，以示他对妻子的无法言表的愧疚。但这一举动却被方萍误会为他是在以这样的一种方式向她抗议和斗争。她大声骂了起来，孬种，骗子，没出息的东西，全世界最无能的男人……她骂得很起劲。也许她就是故意想让我们听到她的骂声的，以显示她对我们这一家人的不满和鄙夷。

在这恶狠狠的骂声里，杨海一直沉默着。这在以前是不可想象的。这样的事情要是发生在半年以前，杨海一定会像一只发怒的雄狮那样跳起来，以锋利的爪子狠狠地撕碎对手。那时他的沉默让方萍越发来劲了，她就像一个神情激昂的演讲者，在滔滔不绝地展示她与众不同的口才，不同的只是把演讲换成了骂声，而且叫骂的词汇越来越丰富了，仿佛一条河流似的从她的嘴里源源不断地淌出来。

省省吧。杨海终于说话了，还是给自己留点力气为好。你这样骂得越凶，就饿得越厉害。

这话真是管用，方萍的骂声一下就停止了。但她的骂声停止之后，我又听到她的哭声像低沉的小喇叭一样呜呜地响了起来。

夜里，我们早早地睡下了，这样可以节省体力，以免我们吃下的那些瓜菜过快地消化殆尽。深夜的时候，王秀莲爬起来，把杨国庆叫到了门外，要他去仓库偷点稻谷回来，好给杨海熬粥。她说只有这样才能捡回杨海的一条命。到最后她的声音几乎是哀求，差点就要哭起来。

国庆，奶奶求你了！她苍老的声音里带着哀婉和悲伤，像玻璃破碎一样。

杨国庆犹豫了半天，还是答应了。在这之前，他曾两次铤而走险，在仓库底下偷过稻谷，都是在白天偷的。他把偷来的稻谷交给朱秀，朱秀就把稻谷放在家中的石窝里舂好，连粗糠都舍不得扔掉，每顿饭都抓少量的米和糠放在锅里，和瓜菜混合在一起煮来吃了。最后朱秀叮嘱他，叫他以后不要再干了。她并没有站在道德的立场上教育儿子，而是出于某种恐惧和担心而阻止他。她说要是被人发现，那就一切都完了。但在饥饿的驱使下，杨国庆还是壮着胆子又偷了一次，差点就被发现了。当第二天他装作若无其事地路过仓库时，看到守仓库的那家伙正在霍霍地磨着一把杀猪刀。杨国庆不经意地和他打招呼，对方就恶狠狠地说，那把杀猪刀是用来对付小偷的。从那以后，杨国庆就再也不敢贸然行动了。

这一次，杨国庆的偷盗出乎意料地顺利。他用小布袋装了满满的一袋子稻谷，全都交给了王秀莲。王秀莲给杨国庆单独地留了一份，作为对他的犒劳和奖赏。剩下的稻谷，她打算全都用来给杨海熬粥。在那天早晨，王秀莲故意拖拖拉拉的，没有和我们一起出门去干活。她是在家中无人的时候才悄悄地把熬好的粥端给杨海的。她不想让任何人知道，包括方萍她也瞒得滴水不漏。

快到日上三竿的时候，王秀莲才来到我们干活的地里，一副愁眉不展、忧心忡忡的样子。趁着小憩的时候，我上前去询问了她。她低声说，你眼皮跳吗？怎么我的眼皮一直在跳呢？

这眼皮的跳动就像冥冥中的某种暗示，让她在惶惶不安中产生了一种不祥的预感，并在中午我们收工回家后得到了证实：杨海永远地睡去了。躺在床上的他就像是一艘小船，在他生命的最后一个上午凄凉地离岸，悄无声息地驶进了另一个世界的港湾。死后的他肚子胀鼓鼓的，像一面隆起的鼓。

杨海是被撑死的。这一点杨国庆可以做证。杨国庆在给生产队放牛回来之后，一走进家就看到杨海正在大口大口地吃着白花花的米饭。又惊又喜的杨国庆立即冲上去和他争抢，在争抢中还被杨海狠狠地抽了一下手背。杨海说，去把手洗了。

杨国庆嘴里嚼着饭，含含糊糊地应了一声，又含含糊糊地说，二叔，你不要吃完了，给我留一点。

那天上午杨国庆美美地饱吃了一顿，把肚子都撑坏了，这才恋恋不舍地放下碗筷。他想到外面去溜达溜达，但刚走了两步就因为吃得太多而难受不堪，他就坐下来，看到杨海一边打着饱嗝，一边还不停地往嘴里送饭。那一刻杨海的肚子都胀得很难受了，可是他还不愿意停下来。他已经吃了差不多有七个人的饭食了。之前当他找到王秀莲没有藏好的米袋时，他连米都没有淘洗，就煮了半袋。白花花的米饭在没有完全熟透的时候，他就迫不及待地盛起一碗来，狼吞虎咽地下肚了。即使到后来他的肚子都已经不能承受了，但是那一粒粒的白米饭总是让他眼红眼馋。于是他又源源不断地往他的嘴里送饭，咀嚼，吞咽。再咀嚼，再吞咽……

杨海到最后终于吃不下了。他对杨国庆说，来，扶我一把，我要去休息。

杨国庆在一番休息之后已经好了很多。他在扶杨海的时候，杨海每走一步就发出一声痛苦的呻吟。杨国庆就说，二叔，你真能吃。

杨海就嘿嘿地笑。但他的笑声刚刚一发出就立即变成了呻吟声。我好像吃多了。他连说话都觉得难受了。

国庆，杨海忍着难受，朝杨国庆招手。

杨国庆走过去，说，二叔，啥事?

杨海吸了一口气，语重心长地说，以后要好好读书，将来考大学。人活着，就得有尊严。杨国庆听得不太懂，只是不住地点头。

杨海躺下去，在肚子几乎要爆裂的难受中，他突然感到一种前所未有的平静，就像躺在风平浪静的水面上，柔软的水波轻轻地托着他的身体。他听到一种奇异而悦耳的声音从水下传来，然后他的身子开始慢慢下坠，他闻到了方萍皮肤深处的那种桂花一般的清香，闻到了他儿子口腔里弥散的那种懒洋洋的母乳的气息，闻到了海水腥咸而潮湿的冰凉的味道……

我们把杨海就近埋葬了，而且连棺材也没有，只是用草席裹着他的尸体，装在几块木板钉就的箱子里。在下葬杨海的时候，方萍没有跟去。她在屋里抱着儿子痛哭，连嗓子都哭哑了。三天后，她就背着小杨怒离开了白水，从此再也没有回来。我们一家人把她送到路口。我看着她瘦弱的背影穿过街道，头也不回。她的儿子在她的背上伸出一只小手在风中招摇着，也许嘴里还在咿咿呀呀地嚷着。方萍就停下来将儿子的小手重新放回去。我相信在那一刻方萍一定会对着她的儿子轻轻地说着一些什么，尽管她的儿子根本就不能听懂也无法理会。

我转身回家的时候，天上突然下起了纷乱的细雨，就像一滴滴的哀怨和悲伤，杂乱地降落在这疲惫而缓慢的尘世上。我努力地控制着自己的心绪，以便压抑住我内心里那种野兽受伤般撕心裂肺的嚎叫。

第六章

18

食堂停办，社员们恢复了自留地。家家户户都忙活起来，一张张久病初愈的面孔也慢慢地绽出笑意。有人甚至买了鞭炮，在自家的门前噼噼啪啪地放，以庆祝他们熬过了这场浩大的劫难。广播里天天都在宣扬着广大民众团结一心，不畏险阻，终于战胜了重重困难。最后广播里又响亮地唱起来：东方红，太阳升……

由于长期饥饿，加上过多地食用野菜，我的肠胃出了问题，时常疼痛，像有无数道漩涡翻滚。我去找赵中医看病，服了两服中药后，病情就稍有好转了。有一天下午我再去他家抓药的时候，看到赵巧巧站在街边和人说话，她已经出落成一个标致的大姑娘了。她鹅卵形的脸轮廓分明，目似静水，眉若远山。这漫长的饥饿并没有阻止她的发育，她苗条而又丰满，像一朵美丽的荷花饱满地开放在她青春的池塘里。这三年来，在与饥饿抗争的那些困顿的日子里，我年轻的躁动和情欲早像枯井一样干涸了，让我没有半点力气去想念任何女人。我以为我已经忘记了她。但是这个下午她那婀娜多姿的身影就像黑暗中一束火把，将我静如死灰的内心一下又照亮了。我六神无主，只是偷偷地看着她，心里全是忧伤和惆怅，几乎将我抓药的事情都忘记了。

从那天夜里开始，我又失眠了。我一闭上眼睛就会恍惚地看到赵巧巧窈窕娉婷地站在我面前，一张俏脸就像皎洁的明月，将我的内心照成了一片荒芜的沙地。我无比慌乱，像一个迷路的异乡人，陷在相思的迷雾中找不到方向。我常常在下半夜爬起来，伏在床边给赵巧巧写情书。我写了一封又一封，全是我相思的疲惫和痛苦。我把情书全都藏起来了，不敢交给赵巧巧。我害怕我又像当年那样遭到拒绝和白眼，被自己的怯懦和迷惘折磨得晕头转向。

很长的一段时间里，去赵家提亲的人络绎不绝。但赵中医却一个也瞧不上，他中意的女婿是要在政府当差、年轻有为，且德行俱佳的男人。有那么一次，来自县城的某政府部门的一个青年男子让他动了心，可赵巧巧却又瞧不上。赵巧巧对父亲说，他太肤浅了。人们就在背地里议论，赵家要不降低择婿的条件，他们家的女儿多半嫁不出去。

等着瞧吧。有人信誓旦旦地说，眼界这么高，会尝到苦果的。

我既没有再向她表白，更没有勇气去提亲。我想，我还是忘记她为好。

六月的一天上午，我在穿过田野的时候突然发现赵巧巧坐在远处的坡地上画画。她立志要做一名画家，每天都在户外写生。她画得很专注，连落到头上的草屑也没去理会，只是偶尔将被风吹散的头发撩到耳朵背后。我慢慢地走过去，心里怦怦地跳个不停。我看到周围的庄稼绿油油的，长势喜人，在风中波澜壮阔地起伏。长天高远，大地开阔，群鸟鸣叫着掠过天空，虫子们在遍地的草木和花朵下吟唱。我朝她走过去，只觉得整颗心都要蹦到地上去了。

她听到我靠近的脚步声，就抬起头来，冲我微微一笑。她主动的招呼让我一下就迷乱了，就仿佛在夜里看到了昙花在一瞬间的开放。我呆了片刻，鼓起勇气走过去。

你好。我听到我的声音都颤抖了。

你好。

你到这里来画画呀。

是啊。她顿了一下，问道，有事吗？

没……没事。我讷讷地说道，我过路，过路。

她重新低下头去，把目光集中到她的画板上了。我朝后退了一步，但没有离开。我注意到画板上，她并不是照着景物临摹，而是自创了一幅山水图。整个图画已几近完成，群山奇拔，渊谷蕴雷，一人站在山巅，看着崖下大江奔流，江水直通天际。尽管我不懂，但我还是能感受到那画中的万千气象，就像胸口星河渺渺，地远天高。

我看到她素手纤纤，一支画笔在修长的手指下挥洒自如，如同一种凌空的飘逸之舞。我禁不住赞叹道，画得真好！

她停下来，有些害羞，也有一些不悦，说，你可不可以不要在旁边看？有人看着，我觉得很拘谨。

我说，好，我这就走。我是真心觉得你画得好！

赵巧巧微微蹙眉，淡淡地说，夸我画得好的人多了去！

我说，你这幅画，简逸苍劲，浓淡交融，泼染有序，雄伟而不失悠远，空灵而不失繁复。妙不可言！

她的脸色稍微缓和了一些，说，说得这么文绉绉的，你懂画？

不懂。我不好意思地挠了挠脑袋，说，我平时喜欢看书，书看得多了，也就跟着装腔作势了。

她淡然一笑，不再回应，又扭过头去专注于画板。她的手指小葱一般，又白又嫩。风吹来，我闻到她身上散发的一种淡雅、甘甜的芬芳，让我一下想到当年我躲在罗小珠的房外偷看她洗澡时闻到的那种清幽的气息，我不由得恍惚了。

我站着未动，赵巧巧微微生气了，这时候，她提高了声音，你不是说你这就走吗？怎么还站在这里呢？

我……我突然就语无伦次了，这就走……我在这里站一站，一会儿，就一会儿。

赵巧巧站起来，拍了拍身上的尘土，收起画板，一言不发地走了。

她衣服穿得很薄。我看到她离去的时候蜂腰纤纤，浑圆的臀一扭一扭，像水蛇一样蜿蜒在这个上午明媚的阳光里。我突然间小腹一热，浑身的血液像洪水一般汹涌澎湃地卷上我的头顶。我一阵迷糊，真恨不得这就冲上去，将她拥在怀里。

那天夜里，我梦见我和赵巧巧睡在了一起。我脱了她的衣服，闻到的却是多年前我偷看罗小珠洗澡时的那种潮湿的水汽和懒洋洋的芬芳，是我的母亲王秀莲身上的那种埋藏在皮肤深处的汗水的气息。恍恍惚惚中，我和赵巧巧躺在床上，又仿佛身在高空。我在拼命地寻找她身体的入口，却怎么也找不到。然后我就像断线的风筝那样掉下去了。醒来的时候，我心里无比忧伤。

我羞得无地自容，就像是在众目睽睽之下被人扒光了衣服。但是在每天夜里，入睡前我却又总是盼望着再做那样的梦。于是我苦恼极了，我一边谴责着内心的卑劣和肮脏，一边又心猿意马地幻想着赵巧巧优美的裸体。在这漫漫的黑夜中，我像蛛网里挣扎的昆虫，越是扑腾就陷得越深。

我很快就憔悴下去。在我吃饭的碗里，在我走路的步子上，在我睡眠的梦呓中，在我劳动的田野深处，我都会突然因为一句话、一阵风、一声鸟鸣而想起她。她时时刻刻，像阳光那样照耀在我生命的整个天空。

那时候，赵巧巧依然在坚持不懈地写生。八月的一天傍晚，她坐在一块玉米地边上，专心致志地描绘着傍晚时分磅礴的落日景象。晚风习习，把四周的树叶和玉米林吹得哗哗作响。她聚精会神，沉浸在她那深邃而开阔的纸上世界里。这时候，她突然感到眼前一黑，有什么东西一下蒙住了她的脑袋。她还没反应过来，就被一双有力的手猛地扯进了玉米地里，接着来人像小山一般沉重地将她压在地上。她头被蒙住，嘴被塞着，像陷入了黑暗的地狱中。她挣扎着，可对方的力气却很大，压得她几乎就要喘不过气来了。在这突如其来的变故和惊惶中，她听到了一个粗浊的呼吸声，像野兽失重的喘息，哈出的热气足以将大地震得颤抖。

那个人就是我。很多年后，我还能清晰地记起那一刻我们压折了玉米秸的脆裂的声音，记起我俯下身子时闻到的青草的芬芳和泥土清凉的味道。我的脑子里浮现着当初我在那本没有名字的书上读到的男女性事的场景，我变得更加急切，简直就是一头不解风情的牲畜，快速地拉下赵巧巧的裤子。我感到整个世界轰的一下就爆炸了，四周全是山呼海啸的震动和战栗，混合着滚烫的酒味和来自赵巧巧胴体深处的让人忍不住要大哭一场的忧伤的气息……

夕阳落进了远山。长空平静，晚霞如血，整个西天一片艳红。我跌跌撞撞地奔跑在回家的路上，心里就像奔腾着泥水，翻滚着涛声。在我年轻旺盛的情欲和鬼迷心窍的冲动中，我就这样做了一个坏蛋，将我心爱的女人伤害了。

每天夜里，我一闭上眼睛就会想到赵巧巧在玉米地里挣扎的身姿，就像在风暴中受惊的小鱼，无奈而绝望地搁浅在命运的沙滩上。我更加愧疚和痛苦起来，感到无数只手朝我指指点点，无数口唾液汇成了潮水朝我当头劈来。一连几天晚上，我还梦到赵巧巧指着我的鼻子，一张如花似玉的俏脸因为愤怒而扭曲得很难看。她高声地叫道，就是你，就是你这个大坏蛋！我一下就醒来了，只觉四肢乏力，脊背冰凉。在排遣不散的夜晚的寂寞里，我恍恍惚惚，几乎就要失去知觉了，只隐隐地听到从我内心深处传来黏稠的叹息。

我开始拼命干活，像一头任劳任怨的牲畜，像是在惩罚自己。在繁重的劳动中我精疲力竭，在夜里很快就睡过去，以让自己从那种神情恍惚的愧疚和痛苦中摆脱出来。但在这种自我惩罚似的辛苦的劳动里，我却不堪承受地病倒了。我坚持不让家里人请赵中医来给我瞧病。对赵家的人我都心虚得很，生怕对方一眼就能将我看穿似的。王秀莲大为不解，她要请赵中医，说他医术高超，收费也比医院便宜。我只好威胁她，如果请赵中医给我看病，那就让我病死好了。她在无奈之下，只好和杨胜利扶我到医院看病。

从医院回来后，我在家里躺着休养了整整一周，足不出户。十一月下旬，我的病情大有好转，可以参与干活了。一天午后，我到街上散步，路过供销社的时候突然看到了张长喜。在我生病期间，我听家人说他曾到我家里来找过我。但他不是因为我生病而来看我的，他跟王秀莲说他找我没事，只是想和我聊聊。他心事重重的样子，没到我的卧室里瞧我一眼就离开了。临走的时候他说等我病好后再来。

他正领着一个姑娘在里面买鞋子。那女的以前我见过，是他的未婚妻。我饶有兴趣地看着他在里面团团地转，时不时地跟他的未婚妻说着什么。他的注意力一直在那姑娘身上，一直半垂着头，直到不经意间扭过头来，他才看到了他的朋友杨浩站在门外，正像观赏猴戏似的瞧着他。

我朝张长喜挥了挥手。他在未婚妻身边耳语了几句，就走出来了。我不说话，看着他嘻嘻地笑。

你笑啥？张长喜面上一红，说，你病好了？

我说，我听我娘讲，你到我家去找过我呀。

张长喜突然长长地叹息了一声，说，当时我是想叫你和我一起去查找那个王八蛋，你娘说你生病了，那我就只好回来了。

什么王八蛋？你说的是谁呀？我有些摸不着头脑。

张长喜环顾了一下四周，然后压低声音，愤愤地说道，就是把赵巧巧睡了的那个王八蛋。

我顿时一惊，揣度着是不是那天玉米地里的事情暴露了。如果真是那样，接下来我该怎么办呢？我努力地克制着心里的紧张，佯装出不屑的表情说道，你骗谁呢？你去哄一哄三岁小孩还差不多。

我骗你干吗呢？张长喜一本正经地说，千真万确啊！我要是骗你，我就是乌龟王八蛋！

那你又是怎么知道的？难道赵巧巧被人睡了，她还会说出来？我不相信。我说得很不动声色。

张长喜苦笑道，这世上哪有不透风的墙呢？因为赵巧巧怀孕了，事情就被捅了出来。

我像被人当头重击，脑子里一片空白。我禁不住噔噔地后退几步，差点摔倒了。张长喜抢过来，一把扶着我，惊诧地问道，你怎么了？

我说，不知道怎么搞的，突然头晕。

张长喜说，可能是你的病还没有完全好，你还得再好好养养。

我嗯了一声，心头有一个声音在颤抖，她怀孕了，怀孕了！我有着无法说出的欢喜和害怕。

张长喜愤愤地说，走，咱们去找，把那个王八蛋找出来。

我没有回话，还在迷糊中。

喂，去不去啊？张长喜推了我一下。

我支支吾吾地说道，我，我身体……还没……没有好。随即我又假装叹息道，想……不到，想不到。

张长喜说，这都是好多天前的事了，你不知道？这满街的人到现在都还在说呢。看来这场病都把你病傻了。

从张长喜的表情来看，他应该不知道这事与我有关。我深深地吸了一口气，说，我这些天天天都躺在床上，家里人都怕打扰了我休息，谁还会跟我说这些呢？

张长喜突然朝地上吐了一口唾液，恶狠狠地说道，他娘的，便宜那个王八蛋了。我要是知道那个该挨千刀的王八蛋是谁，老子头一个饶不了他。

我稍稍地松了一口气，但是被张长喜这样指着和尚骂秃驴，我还是感到脸上一阵阵地烧。我说，你都是快要结婚的人了，这赵巧巧你没戏了的，你又何必操那么多心呢？

我是想不通。张长喜说道，这么漂亮的姑娘，就让别人占了便宜，我想不通啊。

我说，想不通也得想，赵巧巧迟早都是别人的，你何苦跟自己过不去呢。

张长喜朝我捶了一下，生气地说，怎么了？你还替别人说话呀。

不是，我是怕你不开心嘛。我信口编了一个理由，又接着说道，有一点我不明白，赵巧巧怀孕的事情，别人又是怎么知道的呢？我想她不可能主动说出来吧。

张长喜说道，起初是赵巧巧生病了，她没让她爹给她看病，而是去医院做了检查，结果就被医院的刘光头诊断出怀孕了。

刘光头我知道，外地人，当年是在省城读的医校，不知为什么阴差阳错地来到了我们白水工作。他是医院的副院长，有一手好医术，不仅通西医，连中医也擅长。据说他把脉的本领不在赵中医之下。我们白水的人都说这里庙小了，留不住他的，将来他一定会调进城里去。但是作为一个医生，他怎么能将一个姑娘家怀孕的事情给泄露出去呢？我很是生气，不满地说，这刘光头太过分了，他怎能把这种事情说出来呢？

张长喜说，赵巧巧看病的时候，在场的还有一个女医生，就是那个脸上有很多肉的陈桂花。是刘光头还是陈桂花说出来的，谁也不清楚，反正现在这事大家都知道了。他说着，猛地踢飞了地上的一块碎石子，又恶狠狠地说道，最可恨就是那个把赵巧巧糟蹋了的王八蛋。老子要是逮着了他，非剥了他的皮不可。

我沉默了片刻，说，那你又怎么知道赵巧巧是被强奸的呢？说不定是她和她的相好在睡觉的时候不小心怀上的呢？

张长喜说，起初大家都是这样想的，还猜测她的男人应该是外地的，因为我们在这里从没看到过她跟任何男人有过亲密交往。然后就有人骂她不要脸，伤风败俗，还没有出嫁就跟男人睡觉……唉，反正说得很难听啊。这把赵巧巧的爹娘都气坏了，尤其是赵中医，还站在街上破口大骂呢。

我可以想象得到赵中医大发雷霆的情景。我还清晰地记得当年他在得知我给他女儿写了情书时冲着我凶神恶煞的模样。可怜天下父母心啊。当他听到女儿怀孕的消息，听到别人在背地里对女儿的侮辱和非议时，他满面通红地冲到街心去叫骂，骂人们居心不良，诋毁和污蔑他女儿的清白和声誉。在他看来，这一定是某些与他有隙的家伙故意散布的谣言，他始终相信女儿就像一滴清水那样无瑕与纯净。直到他骂得声音都嘶哑了，这才偃旗息鼓。

回到家里，赵中医亲自给赵巧巧把脉，是想通过自己的诊断来证明女儿的清白。在给她把脉的时候，赵巧巧一直低着头，不敢看她的父亲。这两个多月来，她一直被强暴的噩梦折磨得痛不欲生，内心的创伤一刻也没有停止过流血。她不再画画，整天都萎靡不振地窝在家里，在整夜整夜的失眠中以泪水来冲刷着无边的痛苦和孤寂。这时候，怀孕的事实又像盐一样铺进了伤口。尽管她对此早有预感和准备，但她还是无力承受怀孕带来的屈辱和悲苦。最后她脑子里一片混沌，茫然无措，像盲人那样在狭窄而起伏不平的道路上摸摸索索，走走停停。

尽管她不敢抬起头来看她父亲一眼，可她还是可以想象得到赵中医脸上的表情。她只觉得头皮一阵阵地发麻，不知接下来将会发生什么。突然，啪的一声，赵中医把桌上的一只茶杯猛砸在了地上，然后像发怒的狮子一样咆哮起来。

你……你……你……气死我了！他站起来，面色铁青。

赵巧巧只觉一股热泪倏地冲进了眼眶里。她便抬起头来望着天花板，咬紧嘴唇，死死地忍住眼里的泪水。在眼角模糊的余光里，她看到父亲将桌上的茶叶、茶杯、小秤等东西乒乒乓乓地掀在地上。

赵中医在屋里烦躁地走了一个来回，还对着地上一只茶杯踢了一脚，然后在赵巧巧的面前停下来。他喘了一口气，厉声说道，去，把那个浑蛋叫来见我。

赵巧巧面色惨白，迟疑地摇了摇头。

赵中医大声说，那你说，那浑蛋是谁？我自己去找他。

我……我根本就不知道那个人是谁。赵巧巧声音酸涩，双手捂住脸，痛心地叫起来，我是说不清了！

她知道再也无法隐瞒下去。与其藏在心底，自己一个人忍受着暗无天日的折磨与煎熬，还不如原原本本地抖出来，以缓解内心里淤积得不堪承受的重压。这把赵中医惊呆了，他在了解到事情的原委后，就立即报了案，还迫不及待地将真相告诉了街坊邻居，反复强调他的女儿是在专心画画的时候遇害的。他这样是为了挽回面子，证明他家风纯正，证明他的女儿不是人们所说的那种水性杨花的女人，她是被动而无辜的。在这起事件里，他的女儿已经受到了深重的伤害，他不能再让旁人在背后对她妄加揣测，说长道短了。

这一切都是一个叫杨浩的浑蛋造成的。我就是那个给赵家带来伤害和痛苦的罪魁祸首。我一下又恍惚了，之前大有好转的病情又立即恶化下去。我又梦到无数只手指朝我指指点点，无数口唾液汇成潮水朝我席卷过来。在这漫长的愧疚和痛苦中，我决定去赵家提亲。

我没请媒人，而是单枪匹马地直奔赵家。那天是星期六，天上下着小雨。初冬的风冷飕飕的，像刺一样地扎人。我在赵家的门前站了半晌，揩干鞋上的泥水后才走了进去。赵中医正心事重重地趴在柜台上，听到我进门的脚步声，才将头慢慢地抬起来。

我清了清嗓子，以压住心里的胆怯和紧张。赵医生。我尽量以一种平静的语气说话，我想和你说件事，希望你不要生气。

什么事呀？他说得心不在焉。

我深深地吸了一口气，鼓起勇气说，我想做你的女婿！

啥？他叫了一声，一下站起来，然后绕着我转了一圈，上上下下地打量我，最后目光灼灼地盯着我，一字字地说道，你说的是真的？

当然了！我挺了挺胸，声音很洪亮，我是真心的！

那你家里人知道吗？

知道。他们都支持我。我撒了个谎，但语气很坚定。

赵中医盯着我看了半晌，点了点头，又示意我坐下。他郑重地问，你为什么想做我的女婿？

我说，你知道的，一直以来我都喜欢你的女儿。

赵中医追问道，那你喜欢她什么？

什么都喜欢。我一向认为，真正喜欢一个人，就会接受他的一切。从外表到内心，从优点到缺点。我说得很认真。

赵中医摇摇头，说，你这个答案我不同意。你还是请回吧。

19

一连几天，我都在下午去赵家提亲。每次我都是一个人，空着双手。

一见到赵中医，我就说，我是真心想做你的女婿。他都只是漠然地看我一眼，不回我的话，也不理我，径直忙活自己的事情。有两次他不在家，我就在门外等他回来。他回来后，我见到他，仍然是那句话，我是真心想做你的女婿。

有一天下午，我又一次来到赵家，还没开口，反倒是坐在柜台后的赵中医朝我喊起来，年轻人，你很有毅力啊。我说，为了爱，当然要锲而不舍。

他说，那你等等，我进去一下。

他的态度大变，让我很紧张，也充满了期待。我看着他走进内屋，心跳得很厉害。过了一会儿，赵中医就扶着他的妻子走了出来。她面色不好，很虚弱的样子。

你好，婶婶！我慌忙站起来，有礼貌地打招呼。

她微微一笑，坐下来喘了一口气，说，你喜欢巧巧吗？

很喜欢。赵医……叔叔知道的。我对赵中医改换了称呼，以加深他们的亲切感。

她温和地说，我家巧巧从小被我们惯坏了，脾气不太好，你能接受吗？再说了——她咳嗽了一声，把声音压低了一些，巧巧在前些日子遭遇不幸，我想你也是知道的。

我不在乎。话一出口我就觉得脸上热起来了，心里有些慌乱。我挺直身子，努力稳住心神，不让自己去想那件亏心事。

我永远都会对她好！我补充道。

她微笑着说，那就好。接着她又扭头吩咐赵中医，去问问巧巧吧，看她是啥态度。

听她的口气，她似乎已答应，现在只剩征求赵巧巧的意见了。我感到一颗心几乎要蹦出胸腔，不住地绞着双手，放在并拢的两腿间，只觉手指都要被自己折断了。

赵中医的妻子弯着腰咳嗽起来，咳得眼泪都流出来了。她很是难受，把鼻涕吸得咝咝有声。这个四十多岁的女人，在我眼里一下就显得老态龙钟了。我说，婶婶，你要多保重身体呢。

她过了半晌才停止了咳嗽，轻轻地嘘了一声，说，我这两天都好多了，前几天连床都起不来呢。

她刚说完，赵中医就走出来了。他是单独出来的，脸上看不出任何表情。

我心里咯噔了一下，我想完了，一定是遭到赵巧巧的拒绝了！我站起来，怯生生地叫了声，叔叔！

赵中医说，巧巧想单独见见你。她如果同意，我们没意见。她如果不同意，你就请回吧，以后也不要再来了。

赵巧巧坐在她家的会客厅里，形销骨立，无比憔悴，眼中没有了光彩。我走过去，有些紧张，又有些心疼。我们的目光一碰，我就心虚得赶紧避开了。

听我爹说，你想娶我？她的声音很轻。

我说，是的！

为什么想娶我？

我毫不犹豫地回答，因为喜欢你。

为什么会喜欢我？

我愣了愣，说，喜欢一个人，不一定需要理由。有的时候，只凭一种感觉。比如一见钟情，就是凭一种感觉便动了心。

她说，这种回答我听得多了，好些男人都这般跟我说过。

我沉默了片刻，说，那我直言吧，一是你漂亮，男人大多喜欢漂亮的女人，我也不例外。二是你有精神追求，一个人活着，若是没有精神追求，那便是行尸走肉……

赵巧巧突然打断了我，那你的精神追求是什么？

我没想到她会突然提出这样的问题，竟一时回答不上来。

她盯着我，那原本失神的眼中突然浮现出闪烁的火花。她问我，你说我有精神追求，那你说说，我的精神追求是什么？

我说，不苟同于世俗，通过绘画来完善自己的心灵和生命。当然，我说得不一定对，但我是这么理解的。

她眼中渐渐明亮，如同晨曦来临。她问道，你还没有回答我，你的精神追求是什么？

我没有艺术天赋，不能像你那样通过某种具体的艺术形式来实现自己的精神追求。但我想，精神的追求是一种丰富心灵和提升灵魂的过程，在其中找到和实现生命的意义。哪怕我只是像普通人一样在劳动，但我还是要通过我的劳动去实现属于我的生命价值，让我对世界产生自己的认知和理解，让心灵远离无聊，获得快乐和幸福。我盯着她，语速有些缓慢，偶尔还在我认为重要的词汇上加重了语气。

她微微点头，看着我，那目光中是无言的鼓励，似乎是在示意我继续说下去。

我说，对普通人而言，精神的追求就是快乐、幸福地过完一生。但对那些天赋异禀的人，他们的精神追求就应该要超越常人，留下社会意义和历史意义。比如那些伟大的科学家、哲学家、艺术家，假如有一天你也能够像李思训、王维、范宽、马远这样的山水画大师一样留下丹青名作，那你的精神追求也就具有了更深刻的历史意义。

她轻轻一笑，说，没想到你挺会哄人开心。

我感到脸上微微一热，说，我不是哄你开心。我是在祝福，祝福你能够成为一个卓越不凡的画家。

她垂下眼睑，神色黯淡，过了一会儿才轻声叹息，我已经很久没画过画了，以后还会不会继续画，我都无法确定，更别提成为什么卓越不凡的画家了。

我急了，说，你可不能停，一定要好好画下去。

她沉默了，半晌突然问道，你刚才只说了两个喜欢我的理由，还有吗？

我说，还有一个，你文静、羞涩。我喜欢这种品质。

她说，前段时间发生在我身上的事情，你知道吗？

我知道。不过——我竭力压住我的心虚和忐忑，很诚恳地说，我喜欢你，就不会因为其他事情改变我的心意，什么都改变不了。

她轻声说，谢谢你！

她目光清澈，如一泓溪水。我不敢直视，慌忙又避开去。

赵巧巧继续说，我爹说，只有尽快成亲，才能让那些流言平息下来。我也不知道，这个方法是不是有效。现在我也没有想好，这个孩子要不要生下来。

生！我说得那么急切，话出口后，我意识到自己的失态，赶紧又解释道，我喜欢小孩子，只要是你生的，我都喜欢。

她说，在最初，我急切地想流产，但又怕痛。犹豫不决中，试着流过一次，但是没成功。我听到他们在背后非议我，这世俗的流言蜚语是刀子，让人疼，让人绝望，我想反抗，却又无力。

我说，把孩子生下来，把生活过好，把画画好，便是你对世俗最好的反抗。我顿了顿，又继续说，你放心，你不是一个人，还有我在你的背后，跟着你一起。

我又没说我要嫁给你。她的语调中，带着一丝嗔怪，嘴角却带着微微上翘的喜悦。

我知道，她其实已经同意了。我一下就傻了。没想到幸福是这样的措手不及，天上真的掉下来了一个大馅饼。

当我离开赵家的时候，天上突然下起雨来。我心头畅快，正准备冒雨回家时，听到赵巧巧在身后喊我。我回头，看到她追了出来。她塞给我一把伞，什么话也没说，但眼中很亮，像万里碧蓝长空，有着澄澈而透明的质地。我既幸福，又慌乱。

雨点落在伞面上，淅淅沥沥的声响，如同一个人倾诉着对世界深切的眷恋。我轻快地回到家，看到王秀莲正坐在屋檐下纳鞋垫。我放下伞，搬了一把凳子坐在母亲的旁边，看着她一针一线，把鞋垫拉得嗞嗞响。她看了我一眼，问道，咋了？

我说，娘，我要结婚了！

结婚？和谁结婚？

赵巧巧！

我看到她一下扎破了手指，血珠顿时冒出来。她将手指在嘴里吮了一下，没有看我，继续纳鞋垫，低声问道，你说和谁结？

我说，赵巧巧。

你想好了？她还是没看我，但动作明显地迟缓了。

我说，想好了！

你爹要是在的话，他肯定不同意。

为什么？就因为赵巧巧被人……就因为她出了事，你们就带着那种世俗的眼光看她？我声音一下就高了。

王秀莲终于抬起头来，平静地看着我说，浩儿，你激动什么呢？

娘，我不是来跟你商量的。我是来告诉你，我要跟赵巧巧结婚。谁也改变不了我的主意。我说得很坚定，声音中气充沛。

她又低下头，继续纳鞋垫，问道，你喜欢她？

我起身，朝屋里走去。她突然问道，你想好了？

对，我早就想好了，谁也不可能改变我的主意。

既然想好了，那就按照你的想法去做吧。她的声音很轻，如同刚刚抽出的线头。

我愣住了，听到那轻柔的声音继续响起，我说你爹要是在的话，他肯定不同意。但我想说的是，娘支持你。

我感到眼眶一热，忍着没让泪水流下来。

在紧锣密鼓地筹办婚事的过程中，我即将和赵巧巧结婚的消息就四散开去。人们在背后议论纷纷，带着鄙夷和嘲讽，抑或像是在讲述着一个笑话。这是我早就预料到的，甚至可以猜想得到他们在谈论这个话题时的那种自得其乐的猥琐之态，我根本就不在乎他们说些什么。每次我穿过街道，我都昂首挺胸，走得坦然而自如。

有一天下午，我从供销社买东西出来，镇上的马铁匠在街边笑嘻嘻地问我，杨浩，听说你要结婚了呀？我回答道，是的，届时你一定要来喝喜酒啊。对方依旧笑嘻嘻地说，恭喜你啊，刚结婚就能当爹了。

我当然能听懂他话中带刺的讥讽，但我没有生气，很淡然地回答，是啊，所以我真是有福气。

那孩子生出来后，是跟你姓呢，还是跟你媳妇姓？马铁匠依然是一副嬉皮笑脸的取笑的样子。

我笑着问道，我想请教一下，你们家是跟着谁姓的呢？难道你们家祖上不是姓马，是后来跟着其他人姓的马？

这句话将他呛住了，他脸色一阵青白。

我哈哈大笑，吹着口哨离开了。

在街口转弯处，我碰到了我的朋友张长喜。他迎面而来，一把抓住我的肩膀，急切地问，他们说你要和赵巧巧结婚了？我推开他的手，说，到时你一定要来喝喜酒啊。

他哎呀一声，朝地上一跺脚，说，她被人那个了，还怀了孩子，你真的愿意给一个来历不明的孩子当爹？

我说，你如果当我是你的朋友，那你就应该要祝福我。

张长喜叹了一口气，说，他们在背地里都笑话你，说得很难听的，你就不怕一辈子都抬不起头吗？

我冷笑道，我从来就没有低过头，我的头一直是抬着的。

一个半月后，我和赵巧巧成亲了。我们成亲的那天，她穿着一件长长的大衣，以掩盖她那微微隆起的肚子。婚庆的场面并不热闹，为数不多的宾客早早地散去了。但我很开心，我给每一个人敬酒，毫不掩饰我的喜悦，就仿佛是春风解冻泥土般的欢欣，地下的种子们正在齐刷刷地冒着新芽。

天刚黑我就进了洞房。赵巧巧坐在床边，面容娇美，顾盼生辉。我一下就冲动起来，粗鲁地将她抱住。她说，杨浩，今后你可一定要对我好。我说，我可以对天发誓，我杨浩这辈子都会对赵巧巧一心一意，如果违背我的诺言，我就……

赵巧巧打断我的话，你也不用发誓，只要真心待我就行。

我紧紧地握住她的手，郑重地说道，巧巧，你放心，我永远都会对你好，永远！

她嗯了一声，慢慢躺下去。我解她的衣服。她轻声说，书上说孕中期是可以同房的，但你还是要小心点，别压着我的肚子了。

我迷迷糊糊地应了一声。我俯下身子，闻到的不是她身上散发出来的那种鲜花般水灵灵的气息，而是当初我在玉米地里闻到的青草的芬芳和泥土腐败的味道。我突然感到脑袋就像是被人重击一锤，震得几乎要炸裂了。这时候，身下的赵巧巧突然杀猪般地尖叫起来。

原来是你！她惊惶的叫声里夹杂着愤怒。

我停了下来，但脑子里还没反应过来。我迷惑地问，你怎么了？

赵巧巧猛地将我从她身上推开，厉声说，原来在玉米地里的那个人就是你。

她叫着，不敢相信自己的判断。在这个新婚之夜，当丈夫抱着她亲热的一瞬间，当初在玉米地里的噩梦般的遭遇一下又浮现在眼前。她想忘记这些不快，努力去迎合丈夫，就在这时候，她脑子里猛地一闪，像一道电光从漆黑的夜空划过。她从丈夫的身上嗅到了当初在玉米地里的那个男人的气息。这气息带着魔鬼般特有的味道，一直都刻骨铭心地藏在她痛苦的神经里，一辈子也抹不去和忘不了。现在，她敏锐地嗅出那种气息来了。没错，那个人就是他，就是自己新婚的丈夫杨浩。她脑子里顿时一片空白，随即又像火山似的爆发了。她左右开弓，狠狠地抽了对方两耳光。

畜生！她尖声叫骂。

我脑子里一下就乱套了。我颓然地将身子歪向一边，浑身软绵绵的，没有半点力气。

她像疯了似的扑过来，在我的脸上抓了一把，尖叫道，你为什么要那样，为什么，为什么？

我仍然恍惚着，有一种在云端飞翔的失重感，一种在波涛中溺水的挣扎，脑子里不断闪现的，是当初玉米地中那个凌乱而仓皇的傍晚。

她痛苦地抓着自己的头发，绝望地尖叫，偶尔用手捶打着床垫。

我慢慢地清醒过来，黯然地喊了一声，巧巧！

她又一把抓住我，叫道，你为什么要那么对我，为什么要那样？

看着她杏眼圆睁，柳眉倒竖，我不由心痛如割。我喃喃地说，巧巧，真的对不起。其实那天，我不是……我也不知道为什么，当时看到你，就控制不住自己了。

对不起？对不起有用吗？赵巧巧抓住我的双臂摇晃，发疯似的叫起来，你赔我，你赔给我！我这一辈子全都毁在你手上了。

我没有反抗，一动不动地任由她摇动我的双臂。我像墙头的芦苇，她摇我左边我就晃往左边，她摇我右边我就晃向右边。我看到她面目凶横，头发四散飞舞。她一边叫喊，又一边朝我摇晃和拍打。我觉得她用力很大，把我的肩膀和胸口捶得生痛。

过了好半晌，她才停了下来，显得平静了很多。她喘着气，脸还扭曲着，目光也还充满怒火。

巧巧。我犹豫了一下，把嗓子压得更低，说，你别这样，这样会伤害肚子里的孩子的。

她突然冷笑一声，说，孩子？我告诉你，这孩子我不会生下来的。即使生下来，我也会活活地掐死。

我不寒而栗，不由倒抽了一口冷气。我凄然地说，那你报警吧，到了派出所，我会供认我的罪行。

她冷冷地说道，我告诉你，我不会报警的。你休想通过坐牢来减轻你的罪孽。我也不会和你离婚的，你也休想和我离婚。不过我得警告你，从今以后，你就另找房间睡觉吧，别再想碰我一下。咱们之间的账，我有的是时间，这一辈子都慢慢地跟你算。

巧巧——我刚叫一声，她就厉声打断了我的话。你听见没有？给我滚出去，永远也别再碰我。她嗓门都叫哑了。

我默默地穿上衣服。风在窗外沙沙地奔跑，有狗的叫声湿漉漉地传来。我看到窗边红烛明亮，洞房鲜艳，一朵烛花正啪的一声粲然爆开。我不由百感交集，泪水哗的一下冲进了眼眶。

赵巧巧又嚷了起来，走啊，还呆着干什么？你走啊！

那好吧，我走就是了。不过，不管你怎么讨厌我，我都会好好对你的。我只觉自己就要哭出来了。

我转过身去，眼泪终于像潮水决堤似的奔出眼眶。我深深地吸了一口气，刚走出门来，就意外地看到王秀莲提着一盏马灯站在门口，一脸茫然地看着我。我慌忙侧着头，从她身边跨过去，不让她看到我脸上的泪水。

杨浩！王秀莲叫住了我，迟疑地说，你们这是怎么了？我听到你们好像吵架了。这头一天结婚，怎么就这样了呢？

没什么。我说着，头也不回地走了。

王秀莲又追上来，叫道，杨浩，你跟我说说，看我能不能帮你们呀。

我惨然一笑，说，娘，就让我一个人静一静吧。

我踉踉跄跄地冲出院子。天上无月无星，黑乎乎的一大片。夜未深，街上还亮着点点幽深的灯火。我看不清面前的路，只模模糊糊地凭着我的感觉往前走。风刮面如刀，我只觉肝肠寸断。我做梦也没想到，在我的新婚之夜，竟然会是如此收场。不过这是我自己种下的苦果，我就得自己把它咽下去。

第二天，赵巧巧一大早就回娘家去了，晚上又回来睡觉。很长的一段时间里，她每天都这样，加上我们分房而居，再笨拙的人也都看得出我们的婚姻出现了裂痕。

我开始整夜整夜地失眠，夜晚仿佛是荡得高高的秋千，我在最高处飞翔，有着一种头晕目眩的无力。我不知道如何是好，找不到救赎之道。

有一天深夜我起床上茅厕，看到她的房间还亮着灯。我很想找她说话，却又害怕被拒绝。月色凄迷，夜凉如水，我犹豫着，听到夜虫的叫声如同迷乱的细雨，鸡叫声也是模糊一片。我深吸了一口气，走过去轻轻敲门。里面一个声音警惕地喊起来，谁啊？我低声回应，是我，杨浩。

什么事？

能开门吗？我有些话想跟你说。

不能。里面的声音很冷，很生硬地拒绝了我，我睡觉了！

我说，巧巧，是我对不起你……

房里的灯突然熄灭了。我张了张口，涌到嗓间的话被黑暗硬生生地堵了回去。我失魂落魄地站了很久，脑子里空茫茫的一片。风吹来，我只觉浑身发冷。

王秀莲找过我几次，试图去解决其中的症结。但我什么都没有告诉她，我不知道该如何启齿。最后一次她生气了，她说，我去问巧巧，巧巧叫我来问你，可你却是个哑巴，我简直要被你气死了。我黯然地垂着头，没有说话，忍着心头一下一下的刀割。

母亲在离开的时候，突然意味深长地看了我一眼，语调变得柔软起来，浩儿，不要再折磨自己了，抽空出去走走吧。

几天后，我从生产队退出来，和杨胜利走村串寨地干木工活去了，我做他的学徒。那时候杨胜利是个木匠，跟街西头的王木匠学的手艺。这小子聪颖好学，很快就师满艺成了，而且还大有青出于蓝胜于蓝之势。王木匠怕他抢了自己的生意，就叫他到外地找活干。

三月的时候，我们来到二十里外的一个生产大队，给一户姓周的人家打家具。这些家具是周家为其大女儿周玉兰操办的嫁妆。这姑娘长得挺俊俏，水灵灵的，又白又嫩。但她很害羞，说话细声细气的，连和我们打招呼时都会脸红。她就像一朵墙角的小花，不张扬，不俗气，宁静而清新地开放在每一个平平淡淡的日子里。

一天夜里，在睡觉的时候杨胜利突然兴致勃勃地和我谈起女人的问题来。这个十九岁的家伙精力旺盛，躁动不安，正是对异性问题倍感好奇的年纪。但一说起这些我就想起赵巧巧，想起我们这桩痛苦的婚姻。我躺在床上，沉默了半天没吭声。杨胜利突然转移话题，压低着声音问我，小叔，你觉得周玉兰咋样？

挺好的。我随口回答。

杨胜利突然叹了一口气，很遗憾地说，可惜呀，她都要结婚了。

我愣了一下，然后坐起来，冲他胸口轻捶一拳，笑嘻嘻地说，你不是对人家动心了吧？

是呀，我要是早两年认识她就好了。他说到这里，突然嘿嘿地笑起来。

我觉得这小子笑得很诡秘，有些不怀好意的样子。睡觉吧。我又轻捶了他一拳，说，你好好打你的家具，千万别胡思乱想了，不然日后有你苦头吃的。

杨胜利把灯吹灭了，半天都没说话。他翻了一个身，突然又轻声说，小叔，我前两天和周玉兰聊过几句，她说她是从小订的娃娃亲，她根本就不满意。你说我去追她，能成吗？

胡闹。我低声训斥他，人家就要成亲了，你还在这里乱打算盘。别怪我没提醒你，你要是乱来，当心被剁成了两大块。

不是呀，小叔，我觉得她对我有意思，最起码是有好感的。要不是这样，你想想她会把这样的事情跟我说吗？这家伙说得很郑重，不像是开玩笑。

我哈哈一声低笑出来。算了吧。我说，别再做你的春梦了。

事实上我真的小瞧了他。这小子比我想象的聪明多了，追求女孩的本领颇有一套。这不，才二十天的时间，周玉兰就被他大胆的挑逗激得无法自持，情不能禁。几天后，她就在对方火热的情感攻势面前一败涂地，溃不成军了。在午后的间歇，在夜里睡觉前短暂的闲暇里，他们每秒必争，偷偷地约会，享受着这种偷偷摸摸的爱情带来的撩人心魄的刺激和兴奋。五月的一天深夜，我在迷迷糊糊的睡梦中被杨胜利叫醒了。他低着嗓子，焦急地说，小叔，快起来，起来！

被他打断了睡意，我大为不满。去，别来烦我，我要睡觉呢。我不耐烦地嚷起来。

杨胜利把手指竖在嘴唇上，轻嘘了一声，说，小叔，我们快走吧，回家了。

回家？我茫然地问，家具都还没打完，怎么就回家了呢？

杨胜利把嘴凑到我耳边，说，玉兰还在外面等我们呢。跟你说嘛，她要跟我私奔。他说着嘿嘿地笑起来，显得很得意。

好家伙！我不由吃了一惊，然后心里一下就乐开了。我故意摇头，说，你们要私奔就私奔吧，那是你们的事，与我无关。我还要留在这里打家具呢。

杨胜利急了，说，小叔，你这不是有意在为难我吗？你要是留在这里，周家会找你的麻烦的。再说了，没有我，你又怎么打家具呢？

放心吧，人家明白事理，只会把账算在你头上，才不会怪我呢。反正我就留在这里打家具，你那点破手艺嘛，我早就无师自通了。我一边说，一边在心里窃笑。

杨胜利急得直跺脚，搔着脑袋不知如何是好。他在屋里转了一圈，带着哀求的语气说，小叔，就算我求你了。我们快走吧，要是被周家人知道，我们就走不了了。

我本想再急急他的，但是看到他那惶惶无措的样子，我又不忍心了。我抬眼看了看桌上的马蹄钟，已是深夜三点了。月光皎洁，四下里清亮的虫吟声像一滴滴水珠一样落在夜晚的寂静里。周家的人在这一刻正沉浸在深深的睡眠中，哪里知道他们的宝贝女儿周玉兰正以她对爱情飞蛾扑火般的执着和勇气跟人私奔了。

明月剔透，就像天空抱紧的一轮水晶。山路曲曲弯弯，在夜色中仿佛是一种漫长的隐喻。我走在前面，周玉兰夹在中间，一声不响地听着我和杨胜利说话。只有在杨胜利偶尔向她问话的时候，她才简洁明了地说上两句。她的声音依然是细细的，温柔得像风一样一缕缕地往我们的耳朵里钻。都走了一半的路途了，她心里还怦怦直跳，像有一头小牛犊在身体里顽皮地跑来跑去。她就时不时地紧抿着嘴，感受着这冒险的爱情给她带来的一种针尖上的紧张和甜蜜。

夜风习习，四周虫声跌宕，草木哗然作响。我们走得很慢，抵达白水的时候天都蒙蒙亮了。我们刚进院子，就看到王秀莲从厕所里走出来。她昨天把肚子吃坏了，在整个晚上跑了好几趟厕所。面对我们的回来，她显得很惊诧，睁大眼睛，伸长了脖子来看，以确信她没有眼花。

杨浩。她叫了一声。

胜利！她又叫了一声。

杨胜利一把拉过周玉兰，得意扬扬地向王秀莲引见。然后他又迫不及待地冲进家里，叫醒朱秀，要他的母亲好好地看看这个跟他私奔而来的姑娘。他满面笑容，心里淌满了融化的蜜饯，幸福得像个孩子似的手舞足蹈。

朱秀对周玉兰很满意。她乐不可支，到街上去炫耀她的儿子领来了一个好媳妇，引得一些人好奇地跑到我们家里来看热闹。对每一个来访者，朱秀都热情地招呼他们，甚至还把某些人留下来吃饭。但她的这种得意和兴奋刚刚持续一天，就被周家人追讨上门的那种蛮横给打断了。

周玉兰的父母带着十几个人，气势汹汹地冲进了我们家的院子里。他们就像土匪那样，一冲进来就对着杨胜利破口大骂，还将我们家里的东西砸得稀巴烂。他们人多势众，我们拦也拦不住。杨胜利甚至还躲到一边，没有采取任何行动。他知道周家的人不会善罢甘休的，对此早有心理准备，但是当周家人上门来讨要公道时，他出于理亏，出于对自己和周玉兰能够有个美满结局的向往，他选择了妥协，准备等周家的人平静下来之后，再站出去跟对方心平气和地谈判。

除了我和杨胜利外，家里人都不知道这群家伙的来历，只是从对方的骂声里可以判断得出此事一定与杨胜利有关。朱秀拉过儿子，惊恐地问他，胜利，这是咋回事呀？杨胜利急得直搓手，这一时半会的他也不知从何说起，好半天才从牙缝里挤了一句，他们是玉兰的娘家人。

朱秀啊地叫了起来。她原以为周玉兰和儿子情投意合，像当初方萍跟随杨海那样，是和和气气地来到这里的，没想到这场看似美满的爱情背后竟然隐藏着诸多曲折和烦恼。看到来者不善，她不知如何是好，只是焦急地问儿子，那怎么办？怎么办？

在这鸡飞狗跳的吵闹中，杨国庆突然冲过去，提着一把菜刀横在了周玉兰父亲的脖子上。别看这家伙只有十五岁，但早早发育，长得人高马大，比周玉兰的父亲足足高出了大半个脑袋。

住手！他的声音像洪钟一样响亮。

那一伙人这才停下来。我心里暗嘘了一口气，想着这小子真是好样的，就是要给周家的人一点颜色看看，否则他们还以为我们是好欺负的。反正杨国庆还未成年，他这般莽撞行事，别人也会因为他还是一个孩子而不会和他纠缠不清的。

杨胜利惊叫起来，国庆，快放下，把刀放下。

杨国庆没理会，他对着周玉兰的父亲大声说，你和我哥之间有什么过节我不知道，我也管不着，但你们这样冲进我们家里来砸东西，那就是你们的不对。

周玉兰的父亲是经历过世面的，面对着横在脖子上的菜刀也还能面不改色。他平静地问，你要做什么？

杨国庆指着地上被砸烂的桌椅和破碎的碗碟，说，你得赔偿这些被打坏的东西，再跟我们道歉。还有，你和我哥之间的事情，你们出门去谈，别在我们家里闹。

国庆，杨胜利叫道，你别这样，快把刀放下来。

王秀莲也叫道，国庆，快把刀放下。

我没说话。我甚至窃喜。我想这帮人如此无礼，杨国庆如此行事，倒也可以杀杀他们飞扬跋扈的气势。

周玉兰的父亲说，快把刀拿开，否则我对你不客气。

你给我闭嘴。杨国庆叫着，把刀往前压了压。刀锋雪亮，有血迹从周玉兰父亲的脖子上微微地渗出来。

这时候，周玉兰从里屋跑了出来。之前她一直都躲在里面，听着外面砰砰的摔打声，吓得大气都不敢透一下。后来摔打的声音停止了，她才偷偷地透过门缝朝外观望，看到了杨国庆用刀架在父亲的脖子上。年轻气盛的杨国庆显得很激动，她害怕他伤了父亲，就鼓起勇气冲了出去。

她径直跑向杨国庆。她母亲惊喜地朝她迎上来，她却从母亲的身边掠了过去。她焦急地叫起来，国庆，快把刀放下，把刀放下。

她拉杨国庆的衣角，满脸都是恳求，国庆，放下刀吧，我求你了。

杨国庆慢慢地放下刀。他退开的时候还不忘交代了一句场面话，看在玉兰姐……我嫂子的面上，我暂时不跟你们计较。

周玉兰的父亲面色微白。他稍稍地控制了一下情绪，说，玉兰，你没事吧？周家的人也七嘴八舌地说起话来。有人说，玉兰，你别怕，我们来接你回家了。又有人说，他们怎么欺负你了，你告诉我们，我们替你出气。

周玉兰一出面，我们一家人就沉默了。在这节骨眼上，我们正需要她的态度。周玉兰迟疑了一下，然后大声说，我是心甘情愿的，我这一辈子就要跟杨胜利在一起。

玉兰啊，你别乱说话。周玉兰的母亲上前拉住女儿的手，开导她说，跟我们回家吧，闺女，你要听话，别让人家看笑话了。

娘，我不回去。周玉兰飞快地扫了杨胜利一眼，咬着嘴唇，然后低声说，我和杨胜利都已经……已经……已经睡在一起了。你们要是不成全我，我宁愿去死。

我们都吃了一惊，没想到她居然会说出这样的话来。事实上她仍是清白之身，这两天她一直都是和杨楠睡在一起的，和杨胜利根本就没半点越轨行为。在找到属于自己的真正的爱情之后，她就这样毅然决然地表现出前所未有的果敢和勇气，甚至不惜以名节为代价，以生命为威胁，来捍卫她对爱情的忠贞和对未来的幸福生活的渴望。

周玉兰的父母直到这一刻才发现原来在女儿的内心深处竟然还包藏着这样的坚毅和刚烈，他们最终妥协了。但他们提出了一个条件，那就是要热热闹闹地举行一场婚礼，而且原定的婚期不变，只是新郎变成了杨胜利。

婚期如此紧迫，我们一家人都忙开了。在这种忙碌中大家都满怀喜悦，迎接着即将到来的婚礼。一天下午，歇晌时我一躺到床上就睡着了，梦见一场大火将我岳父赵中医的医铺烧了起来。在熊熊的火光里，我看到赵中医被一块烧得掉下来的木头砸中了脑袋……在这惊惶的噩梦里，我突然被杨国庆推醒了。他气喘吁吁地告诉我，赵中医刚刚被杀了！

我好半天都没有回过神来。这噩耗来得太突然了，就像是一道晴天霹雳。凶手是西边街头的马铁匠，是出于对赵中医的报复而杀了他。在那天上午，铁匠的儿子到赵中医的医铺来看病，抓了一服中药回去。吃过午饭，他就开始服用中药，但刚一喝完中药他就突然感到肚子像被绞碎似的痛得喘不过气来。铁匠一家人惊恐万分，慌忙抬着儿子来找赵中医。儿子在途中就口吐黑血而死了。这让铁匠一家人悲愤不已，他们悲壮地抬着儿子的尸体来到赵家，向赵中医兴师问罪。

在众多的围观者面前，赵中医拒不承认他的过错。他以他多年来悬壶济世、救死扶伤的医德发誓，他绝不会犯下如此低级的错误。他叫铁匠拿出证据，还声称这是对他声誉的诬陷。据说当时他说得很激动，一副蒙冤受屈的样子。旁人也议论纷纷，众说纷纭。但大多数人都认为，医术高超的赵中医不会出错的，问题应该是出在对方的身上，比如煎药的方法不对，再比如在煎药的过程中误投了什么东西而引发了药物中毒。

没有讨到公道，铁匠一家就抬着儿子的尸体气呼呼地离开了。围观的人陆陆续续地散去了，谁也没料到铁匠很快又折了回来。有人看到他挺着胸，从容不迫地朝赵家走去。在赵家的医铺里，赵中医的妻子正在里屋整理东西，心里还一直在为刚才的事情而惴惴不安。这时候，她听到了丈夫在外说话的声音。赵中医说，铁匠，你好好想想，你们在煎熬的时候有没有出错？还有——丈夫的话还没说完，她就听到他痛苦的惨叫声。随即她又听到了仓皇地朝外逃窜的脚步声和椅子被撞倒在地的磕绊声。

这一瞬我的岳母并没有反应过来。等她跑出去，就看到了胸口上满是鲜血的丈夫正靠在门边，一只手按着汩汩流血的伤口，另一只手正使劲地伸向外面。他被一刀刺中了心脏，还没来得及跟妻子说上一句话，就永远地闭上了眼睛。

有人看到铁匠惊慌失措地从赵家的医铺里跑出来，手上还提着带血的杀猪刀，没命地朝西街狂奔。等派出所的人赶到铁匠家时，铁匠已经逃跑了。他们家里的人都战战兢兢地表示，他们不知道他逃向了何方，更没想到他会去杀害赵中医。

赵中医下葬后第二天，赵巧巧就回到娘家住下了，在那里陪伴她的母亲，以减轻这场突如其来的灾祸给那个女人带来的孤独和痛苦。临走的时候，我没有拦她，我知道就算说烂了舌头也没用。只有王秀莲因为担心她肚里的孩子而叫她留下来。那时赵巧巧大腹便便，距离分娩的日期已经不远了，可她不听王秀莲的劝告，坚持要离去。王秀莲无可奈何，只好任由她了。但在忙碌的间隙里，她还是每天都花半小时，去赵家看望赵巧巧，及时了解她的身体状况。

一天夜里，我刚刚躺下，赵巧巧的母亲就风风火火地跑到我家来，告诉我说赵巧巧正在医院里生产，叫我快去看看。她是刚把女儿送去了医院，就急着跑到我家来叫我的。我慌忙跑出去，外面夜色朦胧，没有月光，只有密密麻麻的星星像闪光的石子一样铺在天上。我恨不得一步就跨进医院里，心里迷迷糊糊的，只感到两只耳朵挂在呼呼的风声里。

医院像一堆巨石那样模糊地挺在夜色里，只有几扇窗子透着昏黄的灯光。在妇产科的走廊上，我远远地听到一间亮灯的房间里传来了一阵撕心裂肺的尖叫。我心里一阵紧张，心想那一定是赵巧巧发出来的。待跑得近了，我就从那尖叫里清楚地听了出来，那正是我老婆的声音。

我冲上去砰砰地拍门。一个女医生从门缝里探出半个脑袋，愠怒地呵斥我。我试图往里钻，又被她毫不客气地推了回来。我叫起来，里面的人是我老婆！

是你老婆也不准进来。她的语气里没有半点商量的余地，给我在外面等。

我在走廊上转来转去，急得像热锅上的蚂蚁。我听到里面传来赵巧巧痛楚的喊叫声，像一把刀一样一点点地剜着我的胸口。

我把脑袋凑到门边去倾听，只听到赵巧巧不堪痛苦的喊叫，震得我脑袋都要爆炸了。我一侧头，就看到了赵巧巧的母亲和王秀莲也打着手电筒急急忙忙地赶来了。

我的岳母一走过来就劈头问我，怎么样了？怎么样了？

我摇摇头，苦笑道，医生不让我进去。

她们就过去敲门。医生让她们进去了。我想有她们陪在旁边，就会减轻赵巧巧的紧张和害怕了。我在墙边蹲下来，双手捂住脸，这才发现掌心湿漉漉的，全是冷汗。我把头无助地靠在墙上，眼前树影摇曳，夜色模糊，我只感到整个世界就像是一口无边的大铁锅，朝我当头扣下来。

我脑子里乱成一团，整个身子无比沉重，就仿佛是走在漫长而阴森的地狱里。也不知道过去了多久的时间，门开了，有两个女医生走了出来。当前的那个医生异常平静地告诉我，大人没事，但孩子没呼吸了。

我只觉心里空落落的，仿佛是一个窟窿，在风吹中发出呜呜的回声。

20

经过法医的鉴定，铁匠的儿子确系中毒而死。从铁匠的家人所提供的尚未煎服的中药来看，在几种药物中，有一剂是砒霜。有关部门推断，应该是赵中医错将砒霜当作了珍珠粉。没想到医术高超的赵中医也有打盹的时候，偏偏这样的疏忽却又致命而无可挽回。但是赵中医与铁匠一家无怨无恨，他没有将铁匠的儿子毒死的杀人动机。误抓了砒霜，那只是他失手造成的医疗事故，还不至于被铁匠杀死偿命的地步。

警方四处抓捕在逃的铁匠。终于在一月的一天下午，衣衫褴褛的铁匠在县城的车站旁边被警察逮了正着。三月中旬，铁匠被判处了死刑。整个案子终于画上了句号。

尽管赵中医已经死去了很长一段时间，并且凶手也得到了应有的下场，但是赵巧巧和她的母亲依然久久地沉浸在悲痛中。每隔几天我都要到她家去，看到她们母女容颜憔悴，神情恍惚得就像是暗夜里的幽灵，浑身上下都带着一种草木凋残般的气息。

自从上次住到娘家来后，赵巧巧就再也没有回来过。如今赵中医的死亡更让她堂而皇之地找到了长住娘家的借口。我和王秀莲先后好几次求她回到我们杨家来，但她却坚持不肯。打赵中医出事后，她就一直神情落寞，郁郁寡欢。每一次我从外地打完家具回来，我都会抛开之前夫妻间那种令人窒息的冷漠，以极大的热情去开导和安慰她。但她毫不领情，几乎是不理不睬，不耐烦了就呵斥我滚开。我感到屈辱极了，强忍着火气未发，卑躬屈膝到连我自己都不敢相信的程度，却依然不能融化她那铁石一般的心肠。

镇上又有流言传出，都是关于我和她夫妻关系的种种猜测。有人说，杨家的人去捡破烂，鞋子是破的，怎么穿都穿不好哟。也有人说，怀了野种，男人心再大，也终究还是过不了那道坎的……那些非议起初让我心痛，像刀剁在胸口，最后却只剩一片麻木。

六月的一天夜里，我去看望赵巧巧和她的母亲。在她们家那间还散发着药味、过去用来储药的房间里，我又重新看到了赵巧巧坐在灯光下画画。她画得很专注，长长的睫毛随着一眨一眨的眼睛抖动着，半张美丽的面孔就像暗影中一朵半开半闭的百合。我感到心里热乎乎的，有一种无法压抑的冲动像洪流一样撞上胸口。我说，真好，你又开始画画了。她没有回应。我深深地吸了一口气，以保持我语调的平静，巧巧，跟我回家吧。

她没有吭声，依然专注于她手上的劳动。

我说，你也应该听到了的，这些天他们都在外面瞎说呢。你跟我回家吧，这样他们就会闭嘴了。

她充耳不闻，还是没吭声。

我又说，其实他们怎么说我倒无所谓，主要是这样对你不好，有损你的声誉呀。

你觉得我还有声誉吗？她回过头来，恶狠狠地说，我的声誉是怎么丢失的，你比谁都清楚。

我说，巧巧，当年我糊涂，做错了事，是我对不起你。可我是真的喜欢你，我会用一生去好好待你的，你跟我回去吧。

你就死了这条心吧。她回过头来，冷冷地说，杨浩，我以前说过，我有的是时间，会慢慢地跟你算我们之间的账。

我惨然一笑，说，那你说吧，怎么算，我都答应你。

她说，怎么算？不着急的，你慢慢等着吧。

既然是这样，那我们就离婚吧！我再也无法忍受地叫了起来。

离婚？赵巧巧哼了一声，大声地说，你做梦去吧，除非你从我尸体上踩过去。

这时赵巧巧的母亲从外面跑进来，还没进门就嚷道，咋了咋了？你们怎么又吵起来了呀？她走过来，把我拉出了门去，轻声说，杨浩，家里出了这么多的事，巧巧心情不好，你就耐心点吧，过些日子我再劝劝她。

我走出门去，夜风凉爽，皓月当空，街道的两旁还三三两两地亮着灯火。一些人站在街边说话，大声地笑着。还有的人在小酒馆里猜拳行令，吆喝的声音喊响了半条街。我难受极了，像有万千道沉重的马蹄从我的胸口踏过，踩得我的五脏六腑都爆裂了。我只觉自己是多么的软弱和无知。我恨死我自己了。

我在街边买了一瓶白酒，一边走一边喝。我感到身子轻飘飘的，胆子也大起来了。我拎着酒瓶朝派出所所长家走去。在这个夜晚所长早早地睡下了，被我叫醒后极不耐烦。我告诉他，两年前就是我在玉米地里强奸了赵巧巧，我要他把我抓起来。他什么也没说，就一把将我推了出来。他转过身去的时候，我听到他嘀咕了一句，神经病！

于是我又去找我们白水人民公社的书记。他们一家人正在院子里乘凉，我在外面老远就听到他们的欢声笑语。书记对我的贸然来访感到很意外。我把刚才我对所长所说的话向他重述了一遍。我听到其他人都笑起来了。很显然，他们都认为我脑子出现问题了。书记盯着我手里的酒瓶，问我喝了多少酒，还叫我少喝点，说喝多了是伤身子的。我说我没醉，我清醒得很。但他的家人却不由分说地把我推出了院子。

我站在街上，眼泪哗哗地流了下来。在最初，我是想在成亲后好好地补偿赵巧巧，以减轻我轻率地犯下的罪过，但是这一想法却最终因为她对事实真相的了解而破灭了。在我的妻子对我不可宽恕的冷漠和仇恨中，我终于心力交瘁，只想叫他们把我抓起来，关进监狱里。可是没人相信我，我连这最为有效和直接的赎罪的机会都没有了。我朝嘴里灌酒，然后对着天空破口大骂。

我很快就不胜酒力，眼前飞速地旋转起来，连方向都搞不清楚了，踉踉跄跄地倒了下去。半夜里我被一阵大雨淋醒，爬起来才发现自己躺在街边的水沟旁，身上全是泥水和我呕吐的污秽物。整个世界唰唰地下着大雨，四周黑洞洞的。雨水像石子一样，打在身上又凉又疼。我突然万念俱灰，只觉得活着了无生趣。

回到家，我烧热水洗净身子，换了一身干干净净的衣服，然后我躺在床上，往左手腕狠狠地割了一刀，然后把手腕搁在床外，闭着眼，静静地等着什么东西来临。

我感到血在汩汩地往外流，血滴落在地上的声音，仿佛时间在消逝。我想起了那个遥远的下午我偷看到罗小珠洗澡时的忧伤的场景，想起了那个傍晚我在玉米林中压倒赵巧巧时闻到的泥土和青草的气息。最后我感到了一种似曾相识的寂静，哦，是当初我第一次从那本绘着男女裸体插图的书上读到的那种寂静，草木无声，群山颔首……

当我醒来时，一抹阳光正从窗口照进，就像一种深切的抚慰。我感到左手腕上缠绕着纱布，不由得有些恍惚，我为什么要活着呢？一个声音在耳边轻声说道，醒来了！我定了定神，发现四周一片洁白，母亲正坐在床边，平静地看着我。

我知道这是医院，我被抢救过来了。我看着母亲。

王秀莲目光柔和，轻声说，浩儿，娘知道你心头很苦，娘的心头，也很苦。

我微微闭了一会儿眼，又睁开。我还是看着母亲。

王秀莲又说，伟大的生命就在于在困难面前，从来就是选择坚强地活着，而不是懦弱地逃避。

我多想告诉母亲，我不是在逃避，而是在选择另一种赎罪的方式。但现在，我决定要好好活下去。

待身体好转后，我和杨胜利又外出干木工活去了。那阵子我们运气不错，常有人请我们打家具，或是给人家装修木板墙壁。从一个生产队到另一个生产队，我们几乎都在外面马不停蹄地忙碌着，只有在春节的时候才回家和亲人团聚。时光荏苒，岁月如梭，在外出干活的那些日子里，我们受到了主人家热情的款待和礼遇，让我渐渐地找到了一份久违的平静与安宁。

六月上旬的一天上午，我和杨胜利返回了白水。一进街口，我们就看到两边的墙壁上红纸黑字地贴满了大字报。有的写的是标语，有的是揭发某某人的什么罪状。这时候，一支游行的队伍走过来，像长龙一样蜿蜒。领头的是两面大红旗，由刘大顺和张长喜扛得高高的，在风中猎猎地招展。后面跟着密密麻麻的人群。他们胳臂上戴着红袖章，手里举着红语录和小红旗，声嘶力竭地喊着口号。随后我看到了我们白水人民公社的书记和主任被反绑着双臂，胸口挂着一块木牌，被人群押解着，垂头丧气地走在队伍中。

队伍在经过我和杨胜利身边的时候，张长喜叫我们一起去游行，参加斗争，把阶级敌人统统打倒。我嘴上应诺着，但站着没动。队伍从我们的面前经过，要一直游行到镇子外的两里开外，才重新返回来。在队伍的尾部，我惊诧地发现杨楠竟然和一群孩子混在一起，手中也摇着一支小红旗，屁颠屁颠地跟在他们的后面。我去拉她，想把她叫回家去。但这小丫头怎么也不肯，还呜呜地哭起来了。

第二天上午，我正在堂屋里刨花的时候，王秀莲突然急急地闯进家来，高声地叫着我。

杨浩，不好了！王秀莲累得上气不接下气地叫道，巧巧……巧巧被他们抓起来游街了！

啥？你说啥？我茫然地问了一句，只觉得脑子嗡的一声就大了。我来不及细想，连上衣都没穿，只套着一件背心，就赤着胳臂冲出去了。

在街上，游行的队伍正往中学走去。他们要在学校的操场上批斗敌人。我看到赵巧巧目光平视，神情漠然。她和公社书记、社长，以及医院的刘光头、邮电所的马所长等人都被押解在人群的前面，胸口各自挂着一块大木牌。在赵巧巧胸前的那块木牌上，写着“淫妇赵巧巧”五个大字。在她的旁边，张长喜正挥着手里的牌子，高声喊着口号。

我冲过去，一把拉住了张长喜。他反手将我推开，恼怒地叫起来，你干什么呀？

他的表情让我吃了一惊，我没想到他竟然以这样的态度来对待我。毕竟我们曾是好朋友，尽管后来我们联系渐少，但情谊还在呀。我迟疑了一下，然后把他远远地拉到了街边的一个角落里。我说，你告诉我，这是怎么一回事？是谁把巧巧抓来了？

张长喜拍着胸脯，大咧咧地说，是我带人把她抓来的。

我生气地说，你凭什么抓她？

张长喜说，她是淫妇。

你胡说八道。我嚷起来，她一个良家妇女，向来都是规规矩矩的。

张长喜振振有词地说，她还没结婚就怀孕了，那不是淫妇是什么？她就是淫妇！

那是……那是……她是被伤害的，与什么淫妇根本就沾不到边。我愤愤地说，没想到你竟然会是这种人，亏我还把你当作好朋友。

张长喜严肃地说，现在只有同一阶级的战友和不同阶级的敌人。杨浩，我告诉你，你得赶紧提高觉悟，积极投身到火热的斗争生活中去。

我忍着心里的怒火，低声哀求道，长喜，看在过去我们哥儿俩的分上，就把巧巧放了吧，我一辈子都会感谢你的。

张长喜板着脸，说，她是阶级敌人，对阶级敌人我们绝不能心软，一个都不能放过。杨浩，我警告你，你再这样说话，就是在蛊惑我们人民群众的斗争军心，我就要把你抓起来。

去你妈的。我终于忍不住骂了起来，张长喜，你个王八蛋，你以为老子不知道你吗？你是因为当初被巧巧拒绝了怀恨在心，现在找机会来报复她！

没错，老子现在就是在报复她，那又怎么样？张长喜冷笑了一声，威胁我道，你给老子小心点，我们走着瞧吧。他转身后一路小跑，追上前面的队伍了。

我也追上去，一边喊着赵巧巧的名字。有几个家伙恶狠狠地叫我闭嘴，我没理他们，继续往前追。在匆忙的奔跑中，我突然看到赵巧巧回过头来，幽怨地看了我一眼，然后又被她身边的人把脑袋按回去了。尽管只是匆忙的一瞥，但她那幽怨的眼神却像炭火一样深深地烙在我的心里。我站在原地，愣了好半天都没有回过神来。

在学校的操场上，人们用木板搭起了一个宽阔的批斗台。他们把赵巧巧等人押上台去，开始了群愤激昂的批斗大会。他们率先批斗公社的书记，打他骂他，朝他脸上吐唾液。这个当初风光无限的书记在这一刻深深地垂着头，蔫蔫的，像一块面团似的被人们搓来揉去。

人们在把那几个人批斗完后，最后才批斗赵巧巧。我看到我们镇子上最有名的剃头匠拿着剪刀和推子，跑到台上去给赵巧巧剃头。赵巧巧尖叫着，不肯就范。有三个人就抱住她的肩膀和按着她的脑袋，其中有两个家伙还趁机在赵巧巧的胸脯上摸了一把。

你们不讲道理。赵巧巧挣扎着叫起来，放开我！

人群中顿时响起一阵杂乱的叫声和嘘声，还有人哄笑起来。我看到赵巧巧的头发在剃头匠那雪亮的剪刀下纷纷地落下，就像夏天里一片蓬勃的青草在镰刀下倒伏。我只觉难受极了，整颗心像被撕成了碎片。在赵巧巧嘶哑的尖叫声里，我快步冲上台去。这时我听到在我身后嘈杂的声响里，夹杂着王秀莲惊恐的叫声，杨浩，不要啊！

我知道，其实像我这样冲上去也是没用的，可我不能眼睁睁地看着赵巧巧受辱和受苦呀，我必须挺身而出，我顾不上那么多了。我一冲上台去，张长喜就迎头拦住我。他喝道，你上来干什么？

我没理他，径直朝公社主任走过去。别看这家伙其貌不扬，但就是他率先发动了白水镇的斗争，暂时地成了这场运动中的最高领导人。他坐在批斗台的边上，正侧着头和刘大顺窃窃私语，不知在说着些什么。

何主任，我走到那家伙面前，深深地鞠了一躬，低声说，赵巧巧她不是淫妇，求求你，把她放了吧。

那家伙严肃地说，你要替阶级敌人说话，那你就是她的同伙。你可要想清楚了，话是不能乱说的。你得提高觉悟，与她划清阶级界限。

她真的是被冤枉的。我急了，说，摸着良心讲，你们也知道她不是淫妇的呀。可为什么要给她戴上这样一顶帽子呢，她承受不起啊。

那家伙斜着眼，阴森森地说，那你的意思就是说我们群众做错了？

我不由得一阵语塞，然后鼓起勇气说，我们要实事求是。如果赵巧巧是淫妇，那证据呢？你们不能这样凭空抓人嘛。

何主任冷冷地看了我一眼，突然手一挥，他身边的刘大顺和张长喜就领着几个人冲了上来。我见势不妙，朝后退了一步，说，你们要干什么？

张长喜叫道，你是阶级敌人的同党，就是我们阶级兄弟姐妹的敌人。我们要把你抓起来，改造你身上的坏思想坏习惯。

他话音刚落，那几个人就冲上来揪住我了。我本能地挣扎和反抗，他们就猛扑上来，把我按倒在地上了。还有人压着我的脖子，把我的头贴在地上。我闻到了地上灰尘干燥的味道，一阵阵地呛进我的喉咙，呛得我咳嗽起来。

他们用绳子反绑着我的双手。我用力地扭了一下脖子，侧过半个脑袋，大声叫起来，你们要绑我要斗我，我都认了，只请你们放了赵巧巧吧，她是无辜的。

张长喜朝我踹了一脚，将我踢得仰面朝天。我用双肘撑着地，想努力地撑起身子。张长喜又给了我一脚，我顿时又倒了下去。突有一阵风来，将地上的纸屑和灰尘都卷得四散飞扬。我看到头顶的天空乌云翻滚，阴沉如墨，似乎要下大雨了。此时人群里发出激昂而嘈杂的喊声，我脑子里一阵迷糊。我突然想起当年第一次给赵巧巧偷写情书时的那种激动和紧张，想起她那双美丽的大眼睛像斑斓的蝴蝶一样带给我的心跳和惶恐，想到她身上的味道像水灵灵的鲜花一样带给我的那种忍不住要大哭一场的忧伤……往事像流水一样，从我记忆的深处缓缓淌出。我再也忍受不住，泪水像豆子一般从眼角滚滚而下。我这才知道，原来我不顾一切地冲上台来，并不是出于对赵巧巧蒙冤受屈的遭遇的同情，也不是出于我们名义上的那种夫妻关系，更不是出于我内心里一直以来都无法释怀的愧疚和忏悔，而是出于我对她的那种直到现在我才醒悟过来的刻骨铭心的爱。

赵巧巧的叫声渐渐地平静下来。我再一次撑起身子，看到赵巧巧已经被剃了一个阴阳头。她垂着脑袋，一张俏丽的面孔像雕塑似的显得异常的冷漠和麻木。有一个人走上台来，脸上还笑嘻嘻的，似乎觉得很好玩。这家伙朝赵巧巧吐了一口唾液，指着她的鼻尖骂起来。他说赵巧巧一天晚上接客三次，每个客人给她三块钱，是想腐蚀和毒害他们阶级兄弟的身心健康，其行为无耻，为革命群众所不容……正当这家伙指手画脚，说得唾沫横飞的时候，天上突然响起了一声惊雷，就像炮弹似的落在头顶上。

要下雨了！有人叫了起来。

电光一闪，闷雷又像巨石一般从头顶滚过。这雨来得很快，雨点瞬时就落下来了，打得批斗台的木板啪啪地响。人群开始撤退，有孩子尖声哭起来，场面一时有些混乱。没人给我们松绑，他们自顾自地跑了。张长喜在冲下批斗台去的时候，还把正欲抢上台来的王秀莲给撞倒了。我吃了一惊，慌忙朝王秀莲跑过去。她老远就喊我，挣扎着爬起来。

我一跑到王秀莲身边，她就一把拉住了我。她用手摸了摸我的脸，心疼地问，还疼吗？

我努力地朝她笑了一下，摇了摇头。

这些人狠着呢。王秀莲一边给我松绑，一边语重心长地说，听娘的话，杨浩，不管你看到多么不平的事情，你也别声张，别出头，别和他们作对。

我活动了一下双手，说，我知道，可问题是他们批斗的是巧巧呀。

就算是……王秀莲刚说到这里就突然没有再说下去了。她沉默了一下，又愤愤地说，这些人太过分，连老天爷都看不下去了，要打雷来劈他们。

在这说话间，倾盆的暴雨就来了，像鞭子一样冰凉地抽下来。娘，快走吧。我叫着，刚一转过身子，就看到了赵巧巧和她的母亲相互搀扶着，在雨中颤巍巍地小跑。我注意到赵巧巧的动作显得笨拙而别扭，像一只折翅的蝴蝶，在雨中无法展开受伤的双翼。我不由得一阵黯然和伤感，真想冲上去跟她说点什么，但我最终又忍住了。

夜里我早早地睡下了。但我总是无法入眠，我盯着洒在窗口上的一缕微光，祈祷着长夜就这样漫延下去，最好永远也不要天明。因为天一亮，他们又要批斗赵巧巧了。这时候，门轻轻地响了两声。我说谁呀。外面没人回答，门又轻轻地响了两下。

我把灯拉亮，打开门，意外地看到赵巧巧正俏生生地站在门外。她戴着帽子，脸上呈现着淡淡的羞怯与不安。我一下愣住了，还没反应过来，就听到赵巧巧轻轻地叫了一声，杨浩！我搔了搔脑袋，说，有……有事吗？

她说，我们是夫妻，你就忍心让我站在外面吗？

快进来，进来。我忙不迭地说，想去拉她，但手刚一伸出去，又迟疑地缩回来了。

赵巧巧走进来，坐到床上。我关上门，靠着墙，不安地看着她。她突然冲我微微一笑，说，还站着干吗？睡觉了呀。

我愣了愣，说，你……你要睡这里吗？

赵巧巧说，不睡这里我睡哪里呀？我们是拜了堂的，当然得睡在一起呀。

我几乎信不过自己的耳朵。我连说话的声音都有些颤抖了，你……你愿意回来了？那真是太好了，太好了！

赵巧巧浅浅地一笑，没说话。她开始脱衣服，脱得一丝不挂。在昏黄的光线下，我看到她那美丽的胴体像浑然天成的碧玉，闪动着令人头晕目眩的光泽。我只觉浑身热血沸腾，像在我身体内安装了万千吨灼热的炸药。

我冲过去，一把将她抱住。她的双臂水蛇般地缠绕上来，一下将我按倒在床上。我禁不住吃了一惊，我没想到她竟然会这般主动。我感到她很用力。我说，巧巧，你轻点。她没有减缓下来，相反加大了力量。这让我的内心轰的一下就爆炸了，整个世界全是滚烫的泥沙和岩浆。我只恨不得永远地葬身在这让人窒息的热浪和灼烤里。

我轻声喊道，巧巧！

她喘息着说，别说话。

我仍然继续说，你怎么来了？

她说，咱俩是夫妻啊。

我说，那你以后都会来吗？

她说，当然，以后我每天晚上都会来。

从这天晚上开始，赵巧巧每天晚上都会来到我的房间，和我睡在一起。我们不停地亲热，却很少说话。有时下半夜醒来，我摸着身边那温热的身躯，感到这一切都极不真实，仿佛梦境一般。我不明白她为什么突然就转变了态度，可我又不敢去问，我害怕我的发问将我从这梦境中惊醒。

有一天晚上她比往常来得晚一些。每一次她到来，都是蹑手蹑脚的，但这个夜晚，我听到外面急促的脚步声，我确信是她来了。我刚打开门，赵巧巧就气喘吁吁地跑到了门口。她脸色惨白，衣衫不整，似乎刚刚遭遇到什么惊吓似的。

你……你咋了？我大吃一惊。

赵巧巧扑进我的怀里，紧紧地抱着我。我抚着她的背心，说，别怕，有我在，你别怕。告诉我，你是怎么了？

赵巧巧把头深深地埋进我的胸口里，低声说，张长喜……他刚才对我动手动脚。

什么？我一惊之下，猛地把她推开，叫道，他娘的，他竟然敢欺负你，老子找他算账去。我说着就冲出去了，还顺手抓起了门边上的一把凿子。

在冲出院子的时候，我听到身后传来赵巧巧的叫声。满月在天，深蓝的夜空仿佛一片青花的瓷器。整个镇子在皎洁的月色中显得无比安静。我朝前飞奔，踩烂了一地月光的碎银。我跑到张长喜家的门前，看到他家的房间有一个窗口亮着灯。

张长喜！我叫了起来。

连叫了三声后，我才听到张长喜的声音，谁呀？我大声说，我是你爹。张长喜顿时骂起来，日你娘的，我才是你爹，我还是你爷爷。

我又叫道，张长喜，你给老子滚出来。你要是不出来，你他娘的就是乌龟王八蛋。

门哗啦一声打开了，张长喜走了出来。我迎上去，在他家的台阶下几乎和他撞到了一起。我说，你刚才是不是欺负赵巧巧了？

张长喜不屑地说道，谁叫她要自己送上门来。我这是在拯救她，把她改造成我们阶级姐妹中的一员。

我只觉胸中的怒火呼的一下就蹿得老高。我将一直藏在身后的凿子朝他刺了过去。这凿子是我在干木工活时用来给木板打眼的，约有半个巴掌的刃口，异常锋利，一下就捅进张长喜的小腹里了。

张长喜惨叫一声，跌倒在台阶上。我没有拔出凿子，也没有再看他一眼，就拍了拍手，转过身从容地走了。我走到院边的时候，才听到他的家人在屋里的说话声和响动声。

在回家的路上，我碰到了正急匆匆地赶来的赵巧巧。我一把将她抱起来，放在我的背上。她忧虑地说，我在家里坐了半天，心里还是放不下，就赶来了。刚才我好像听到有人叫了一声，你们是不是打起来了?

我笑了笑，撒了一个谎，我打了他，他已经跟我道歉了，我就饶了他。我顿了一下，又说，你之前是怎么碰上张长喜的呢?

赵巧巧说，我来的路上碰到的，他说如果我答应他的要求，以后就不再批斗我。

什么要求?

笨蛋!

我恍然大悟，愤愤地说，没想到他居然是这种人。

赵巧巧说，我当然拒绝了，然后他就想用强……幸亏我跑得快。

我说，你放心，今后谁再敢欺负你，我就饶不了他。

我知道，她附在我的耳边，轻轻吹了一口气，说，等日子平静了，我就给你生个孩子。

巧巧!我喊了她一声，右手托着她的身子，左手握住她的手，使着劲。

她说，但愿这日子，明天就能平静。

我心里突然涌上了深沉的哀愁和忧伤。我陷入了长久的沉默里。赵巧巧也不再吭声了。月光皎洁，四周一片寂静，万千言语都在这无声的沉默里。我把赵巧巧的身子朝上托了托，背着她大步向前。这时候，赵巧巧在我的背上突然轻轻地唱起了歌来。说实话，我还是第一次听她唱歌。我没想到她竟然会有如此婉转的歌喉。我听到她的歌声异常舒缓，有着晴空万里的明亮，也有着大海蔚蓝的忧伤。

我不由得心醉神迷。我想，我是多么爱她呀!

中 部

第七章

21

我的儿子杨浩被抓到两百里外的一个煤矿劳改去了。他是因为用凿子捅伤了张长喜而被抓走的。幸好那天夜里他没有捅死张长喜，不然他就得抵命了。照他的话说，他把凿子刺进张长喜的肚子，只是想给对方一点教训。没想到那锋利的凿子竟然将张长喜的肠子都切断了。要不是抢救及时，只怕张长喜早就一命呜呼了。这也让杨浩捡回了一条命，但他还是被抓去远方劳改了。他临走前我去探望他，他居然还在嘿嘿地笑，说他一点儿也不后悔。他又说，娘，谁要欺负我的女人，我就饶不了他，哪怕是拼命。

我连哭了两个晚上，泪水把我的眼睛都泡红了。一天上午，刘大顺领着一群人气势汹汹地闯进我家里来了。一看到他们到来我心里就咯噔了一下，这准不是什么好事。果然，他们一进门就把我和朱秀抓起来了，押着我们往外走，说我们是地主分子。朱秀大叫起来，说我们早就不是地主了，经过这么多年的改造，我们已经变成地地道道的贫农了。有一个红卫兵呵斥她，要她闭嘴。但朱秀不听，她还在不停地辩解，结果刘大顺冲过来给了她两巴掌，她这才住口不说了。

我一直没吭声。我知道就算是说断了舌头也没用。这些家伙要是跟你讲道理，就不会有那么多人被押着游街和被批斗了。也许一刻钟前你还站在人群中看热闹，一刻钟后你就被抓起来让人家看你的热闹了。你甚至不明白怎么回事就糊里糊涂地被抓了起来，又被糊里糊涂地戴上了高帽子。你喊冤吧，叫屈吧，但都是没用的。你最好忍吧，认命吧，无奈吧，绝望吧，顺从吧，只有这样你才会在被批斗的时候少吃点苦头。

他们把我和朱秀押向了派出所的会议室。如今这里已经成了红委会的工作要地，原派出所所长也摇身变成了红委会的主任。在会议室的外面，我听到一个女人的声音在里面嘶声叫骂。我仔细一听，就辨出了这是赵巧巧的母亲的声音。她是在一周前被抓起来的，说她当年帮着赵中医毒死了铁匠的儿子，是坏分子。这个刚烈的女人立刻反唇相讥，破口大骂。她已经病了很久，一激动起来就不停地咳嗽，骂一句就咳嗽两声，然后又接着骂。在几天前的批斗会上，她在激动中咳嗽得腰都弯下来了，可她还在措辞激烈地谴责那些红袖章们。即使后来她被打倒在地，她也没有停止叫骂。直到那一刻，所有的人这才体会到这个女人骨子深处的坚毅和顽固。我在暗自敬佩的同时，也悄悄地为她捏了一把汗。我在那天傍晚找到赵巧巧，叫她劝劝她母亲，千万别再做任何无谓的反抗了。可几天过去了，赵巧巧的母亲依然没有改变她的坚定立场。这不，她又在派出所的会议室里骂开了。

畜生，王八蛋。她骂起来，接着大义凛然地说，你们就是打死我，我也得告诉你们，我们赵家的人活得堂堂正正。

我一进门就感到会议室里堆着一大群人，但我来不及细看，我将目光集中到赵巧巧的母亲身上。一个红袖章正用皮带抽她，嘴里还呀呀地叫出声来，似乎是要将全身的劲都使出来。看到红袖章每抽一下，我的心就紧了一下。我相信赵巧巧的母亲一定是很疼的，可她就是忍着没有喊出她的痛苦来。她咳嗽了两声，突然将一口痰吐在了红委会主任的脸上。

我真想放声大笑，以释放我内心深处的痛快。可我忍住了，我不敢呀。我看到红委会主任在那一瞬间脸色就青了，他恼怒地冲过去，一把掐住了赵巧巧的母亲的脖子。

他妈的敢吐老子，我看你活得不耐烦了。那家伙叫了起来。

赵巧巧的母亲脸色憋得通红，显得很难受。我本不想出声的，可我不知道为什么在那瞬间我就大声地叫起来，快住手，你这样会掐死她的。

死了最好。那家伙说得恶狠狠的，不但没有放手，似乎还在手上加了一把劲。

赵巧巧的母亲先是双眼一翻，然后就晕过去了。红委会主任这才松开手来，骂咧咧地说，他妈的，把老子手都弄痛了。他搓了搓手，吩咐道，弄醒她，叫她回家算了。后天开批斗会的时候就别再叫她了，否则她会坏事的，另外找其他人吧。

听他的口气，他们似乎不再刁难她了。我不由得一阵高兴，但随即又忧虑和难过起来。他们把赵巧巧的母亲抬出去后，我这才把目光收回来，将屋里的人细细地扫了一遍。我看到十几个所谓的阶级敌人站在一起，一脸的麻木和茫然。

红委会主任告诉我们，两天后县武装部的首长要到这里来视察革命工作，届时将在中学的操场上举行批斗会，整个镇子的人都必须参加。那时候我们这群人将作为大会的批斗对象，接受革命群众的思想改造和政治洗礼。他要我们好好地配合他们的工作，最后他还凶神恶煞地威胁了我们。

那天下午，刘大顺又带着一群人冲进我们家来了。他们一进屋来就四处寻找，翻箱倒柜，将我们家里的衣物扔得遍地都是。他们还摔坏了几把椅子，说椅子挡了他们的路。我们一家人站在旁边，谁也不敢吭声。后来刘大顺从衣柜里翻出一个精致的小木盒。从他的表情可以看得出来，他对这个小木盒很感兴趣。我顿时紧张起来，因为那小木盒里藏着我们一家人所有的积蓄，差不多都是以前杨浩和杨胜利辛辛苦苦地干木工活挣来的。还有粮票、油票、布票啊什么的，也全都放在里面。

小木盒是杨胜利亲手做的，有个小机关。刘大顺怎么也打不开，他很生气，就找来了一把斧头，把盒子劈成了两半。他取出盒子里的钱来数，一共是六百五十三块。他兴奋地尖叫起来，一口咬定这钱就是当年我们杨家作为地主时从穷苦人民那里剥削而来的。

这就是证据。他指着我，又指着朱秀说，你们就是地主。

我和朱秀都还没说话，杨胜利就满面堆笑地说，大顺哥，误会，你误会了，误会了。

刘大顺呵斥道，大顺哥也是你叫的吗？告诉你，得叫我刘队长。

是，是。杨胜利点头哈腰，说，刘队长，土改的时候我们家的财产全都交出来了的，都这么多年过去了，怎么可能还藏有人民的血汗钱呢？我们家早就不是地主了，现在是贫农。

贫农？刘大顺扬了扬手中的钱，说，你们要是贫农的话，那怎么会有这么多钱？

杨胜利说，是我和我小叔做木工赚来的。有三百一十四块是我小叔的，有三百零八块是我的，其他剩下的就是我娘和奶奶她们一起攒下来的。

刘大顺说，反正我不管，现在你们有这么多钱，那你们就是地主。这些都是证据，我要带回去，交给领导处理。他说着，将那些粮票、油票、布票什么的，连同那六百五十三块钱一起塞进了衣袋里，然后手一挥，就朝外走去了。

你……你咋能这样呢？你不能乱拿别人的东西呀。我拦住他，大声叫了起来。

刘大顺一把将我推开。他力气很大，我噔噔地往后退，差点踩到身后的一个红卫兵了。那红卫兵恼怒地骂了起来，死老太婆，你瞎了眼了？

这群人跟在刘大顺的后面，喊了两声口号，然后走出了院子。杨胜利冲了上去。我听到他在大声地喊，刘队长，刘队长……刘大顺……

我感到浑身乏力，眼冒金星。我慌忙扶着墙，努力地稳住身子。在这迷迷糊糊中，我听到周玉兰紧张地问朱秀，娘，怎么办呀？朱秀说，我不知道，现在只有……她后面说的是什么，我突然就听不清了，我只觉得像是有万千只蚊子在我的耳边嗡嗡飞舞，然后我眼前一黑，晕了过去。

我醒来的时候，发现自己躺在床上。朱秀和周玉兰都站在床边，正关切地看着我。我冲着她们自我解嘲似的微微一笑，就努力地支起身子。周玉兰慌忙扶住我，说，奶奶，你好点了吗？

没事。我说着起身下床，但是刚一落地，就感到眼前抖了起来，身子也跟着晃了一晃，差点摔倒了。

周玉兰又慌忙扶着我，说，奶奶，你还是躺下来休息吧。

我就只好躺下来，心里涌上了一阵难以名状的悲哀。我想我真的是老了。这时候，我听到杨楠在外面惊叫道，大哥，你的嘴角边上有血呢。接着我听到杨胜利没好气地说，去去去，小孩子家嚷啥呢？别来烦我。

原来是杨胜利回来了。周玉兰和朱秀都走了出去。我听到朱秀说，胜利，那些钱要回来了吗？

周玉兰也跟着说，你是不是跟他们打起来了？钱要不回来就算了，你千万别跟他们斗，你是斗不过他们的。

杨胜利没吭声。过了半晌我才听到他恨恨地说，这群王八蛋，狗娘养的东西。他刚一说话，我就听到周玉兰惊叫了起来，你小声点，千万别让他们听见了！

夜里我很晚都没能入睡。我一直都在告诫自己要保持平静，要努力克制内心的不平和愤懑。可我做不到，我心里乱成一团，我想起那些流逝的往事和从我身边远去的亲人们，就像一个个死结盘根交错地缠在我的心里，让我理不清半点头绪。我听到外面远远地传来喊叫和狗的狂吠。我翻一个身，暗叹一口气。风在窗外沙沙有声，虫子叽叽地叫成一片。隔壁杨胜利的儿子杨光明哇哇地哭起来了，周玉兰哄了半晌，小家伙才安静下来。

忽然间外面有人叫门，还拍得砰砰直响。我心里一凛，有些紧张和不安。我下意识地伸手去摸枕头下的剪刀，就听到杨胜利应了一声：谁呀？随即我又听到周玉兰带着一种揣摩似的语气说，好像是国庆呢。

真的是杨国庆回来了。杨胜利一开门就看到他穿着绿军装，举着明亮的火把，威风凛凛地站在门口。

国庆！杨胜利欣喜地喊起来。

杨国庆把火把扔到地上，大踏步地跨进家来，说，娘呢，把娘叫起来。

杨胜利说，都睡了呢。你也先睡吧，明天再见娘。

杨国庆说，不行，我还有同伴，我得回去。

原来，在县城读高中的杨国庆和十二个同学在下午的时候乘一辆卡车到白水来，中途车抛锚了。几个少年还热心地帮着一起修车，但直到太阳落山，车仍然没有修好。司机骂着粗话，显得很无奈。有几个少年坐不住了，饥肠辘辘的他们决定先去填饱肚子。吃完饭后，他们踏着夜色来到了白水镇。在街口，他们碰上了刘大顺，刘大顺喝了一些酒，带着微醺的醉意，朝他们喝问口令。没人答得上来，刘大顺喝道，你们是奸细，是反革命！

这帮血气方刚的少年岂能受得了这般侮辱，便与他争执起来。刚争了几句，便有一个年轻人动了手。刘大顺压根儿不把这帮外乡人放在眼里，更何况他们还只是十几岁的青少年，他奋起还击，却被打得落荒而逃。年轻们人冲着刘大顺的背影讥笑，有一个人还高喊道，快回家去找你妈吃奶。

他们说说笑笑地来到镇上的一家旅馆。在住下后，杨国庆打着火把回到了家里。但他只是来看一眼亲人，他还要回到旅馆和同学们在一起。朱秀忧心忡忡地问，你怎么回来了呢？你不上学了吗？

杨国庆说，学校早就没上课了。

朱秀问，那你，那你这段时间都在干啥？

杨国庆嘿嘿一笑，说，我们到处走。

走哪里？

想去哪里就去哪里。

朱秀继续问，那你们连夜赶到这里来，是为了啥？

杨国庆说，不为啥，就是有同学想来这里看看，就来了呀。

国庆，你才十八岁，正是好好读书的年纪，即使学校不上课了，你也可以自学啊，不要到处乱跑了。

你什么都不懂。杨国庆有些不高兴，说，我走了。

杨国庆走后，我们在屋里相对静坐，谁都没吭声。过了好半晌，我们才相继离去，各自心事重重地回房睡觉。我不知道明天会怎样，努力地压抑着内心的动荡。我躺下床去的时候，窗外传来了一声尖尖的鸡叫。

第二天一早，街上就传来消息。刘大顺被发现淹死在河里，他是怎么掉进去的，没有人知道。那帮从县城连夜赶来的少年在得知刘大顺淹死后，害怕被牵连上责任，迅速离开了白水。他们走的时候，朱秀正好在街口，看着儿子的背影消失，泪水在眼眶中转了又转，终究是没有流下来。

一个月后的一天下午，赵巧巧的母亲病逝了。死后的她瘦得只剩下一张皮了，像一段枯柴似的躺在床上。这个女人在她生命最后的光阴里，始终生活在她无声的怨恨和痛苦中，直到死后也没能释怀，连眉宇都还是紧锁着的。她的皮肤粗得像树皮一样，又苍老又难看。赵巧巧仔细地给她化妆，在她遗体旁边坐了整整一个下午。我站在旁边，几次想帮赵巧巧，可她怎么也不肯。我看到她显得细致而耐心，脸上呈现着一种母亲般慈祥的表情，就仿佛死去的不是她的母亲，而是她的孩子一样。

据赵巧巧说，她母亲在临死前要求将她与赵中医埋在一起。依照我们当地风俗，死人合葬是要选择黄道吉日的，可赵巧巧根本不管这些，在傍晚时分就请人来将她的母亲葬在了父亲的身边。在这整个过程中，我看到她忙得风风火火的，说话也中气充沛，没有半点悲伤的神情，甚至没有流过一滴眼泪。

事实上她坚强的外表下面掩藏着一颗异常脆弱的心。母亲死后，她就一个人生活着，陷入了神情恍惚的孤独里。有一天我去看她，发现她竟然衣衫不整，头发散乱，脸色又青又白，憔悴得就像是刚从坟墓里爬出的幽灵。我要她到我家去，跟我们住在一起。但她没答应。

她说，我娘每天晚上都会回来找我的，我要是离开了这里，她就找不到我了。

我不由喟然长叹。我走出门来，刚刚下完台阶，她突然追出来，叫住了我。她说，前些日子杨浩给我来信了，他说他想要看我爹的医书，我就把那些医书都寄给他了。

我说，他就是喜欢看书，不过都是瞎看，看了那么多，也没见他长点见识。

赵巧巧理了理鬓边的头发，低声说，娘，以后杨浩回来，麻烦你告诉他，请他原谅我，我等不了他了。

回家的路上我一直在琢磨她这句话的意思，她是在暗示她要跟我的儿子分开吗？如果真是如此，那也怪不得她呀。她父母双亡，丈夫入狱，她孱弱的肩膀难以承受这命运之重，她要去寻找新的依靠那也是应该的。

是的，一定是这样。我笃信了我的判断。回家后，我花了整整两个小时的时间来给杨浩写信。我编了一串谎言，告诉他家里人都很好，日子安稳，生活风平浪静。最后我才切入正题，希望他同意赵巧巧改嫁。光阴易老，韶华易逝，才二十多岁的赵巧巧，可不能就这样白白地浪费她的大好年华。更主要的是，现在她急需一个坚强有力的肩膀来容纳她疲惫的身心，容纳她痛失亲人的悲苦和孑然一身的孤独。

写完信后，我感到头晕眼花，腰酸背痛。没想到才只写了两个小时的信，我的这副老骨头就没法支撑了。但我顾不上休息，就揣着信到邮电所去了。从邮电所回来时，我又去探看赵巧巧。我在她家的门外敲了老半天，又叫了好几声，可里面却一点动静也没有。我想她也许是出去了，不然她会给我开门的。

一连两天我都没有见到赵巧巧，我在门前又敲又喊，可里面就是没有半点反应。据邻居说，她的屋子里整整两夜没有亮灯了。我向大半个街道的人打听过，他们都说这两天来没有看到过赵巧巧。我突然有一种不祥的预感，我把杨胜利叫来。他扛着一根碗口粗的木桩，对着赵巧巧家的房门一遍遍地撞击。房门终于在一阵咔咔嚓嚓的响声中轰然打开，墙壁上的灰尘扑面落下。房里静静的，只有一种淡淡的腥甜的气息从赵巧巧的卧室里飘出来。我们走进去，就看到赵巧巧趴在桌上，一双手静静地插在一盆清水里。清水已经被血染成了紫黑色，散发着腥甜而潮湿的味道。

杨胜利将她的身子翻过来，我就看到了她那张惨白的俏脸，显得冷艳而凄清。她还戴着耳环，脸上抹着细粉和口红。我一挨过去，就闻到了香水和雪花膏混合的气息，还有她身上所散发出来的那种即使是死后也没法消散的水灵灵的鲜花味道。

我开始整夜整夜地失眠。每天晚上我都要熬到鸡叫了几遍之后才迷迷糊糊地睡过去。我常梦到赵巧巧，又梦到我死去多年的女儿杨江。她们都是那么青春美丽，两张春花般漂亮的脸庞总是重叠在一起，然后又分开，最后又重叠着朝我走过来……我惊醒后，全身都是冷汗，心里充满了辽阔的痛苦和忧伤，就像蚕吞噬桑叶那样啃着我的胸口。我在黑暗中怀想往事，想理清这时光流逝的脉络，可我总是力不从心。

22

很长的一段时间，杨国庆都杳无音信，就像一滴水珠蒸发了似的。

时间一天天过去，我们没有等来关于杨国庆的喜讯，却等来了杨鸿被批斗挨打的坏消息。我不知道被押在批斗台上的杨鸿会是怎样的一种表情和反应，我敢肯定他宁愿一头撞死，也不愿意在众人的面前接受批斗。对我的儿子，我太了解他了。他敏感而骄傲的内心深处一定在此时埋下了一枚地雷，随时都可能会爆炸开来。

朱秀在得知这个消息的第二天就赶着看望杨鸿去了。几天之后，朱秀回来了。她情绪低落，鼻青脸肿。很久之后我才知道她这是被杨鸿打的。这个曾经风光无限的家伙一下子没能接受这突如其来的残酷的现实，在妻子的面前放不下他那高傲的自尊。他偏激地认为朱秀并不是来看望他的，而是来幸灾乐祸地观看他的落魄。他将内心的愤怒发泄到了朱秀的身上，狠狠地揍了对方一顿，喝令她滚回去。

当时朱秀委屈地回到家里，却不把事情的经过告诉我们。任凭我们怎么追问，她都一言不发，兀自躲在一边埋头干活，而且像患了健忘症似的，把刚做的事情在几分钟后又重做一遍，没有半点规律和头绪。我安慰她，可我的安慰总显得那么苍白无力。我只有一次次地哀声长叹。

一个月后，杨鸿也被抓到远方劳改去了。那段时间里，我身体一直都不太好，常常感到四肢无力，头晕眼花。我的视力也越来越糟糕，好像整个世界都是一片模糊和混沌的沼泽地。有的时候我还听不到旁人的说话声，只感到有很多只蜜蜂在我的耳朵边嗡嗡乱舞。八月的一天下午，我坐在藤椅上闭目养神的时候，杨楠突然冲到我耳边大喊了一声，将我吓了一跳。

死丫头。我责怪她道，没大没小的，你想吓死我呀。

杨楠咯咯地笑，说，我叫了你好几声，你都没有听见，我才大声喊你的嘛。她说完后突然诡秘地一笑，说，奶奶，你猜是谁来了？

有人来了吗？我心念一动，说，是国庆……你二哥回来了？

杨楠说，不是，是四姑回来了。

四姑？哪个四姑啊？我茫然地问了一句，但随即就反应过来了。我立即站起来，大声叫道，四妹？四妹在哪里？在哪里？

杨楠一把扶住我，说，奶奶你别急，四姑在外面呢。

我抢出门去，果然看到了我的女儿杨雨拎着大包袱站在院子里。她衣衫不整，容颜憔悴，显得无精打采的。她旁边挨着一个十一岁的小男孩，正挽着她的手臂，怯生生地看着我。我并没有因为亲人久别后的重逢而喜悦，而是感到脑袋嗡的一下就大了。如果我没猜错，我的女儿一定是出事了。

娘！杨雨叫着，把包袱扔下，朝我跑过来，一把将我抱住了。

我想喊她，却发不出声音来，就像有一块骨头卡在了喉咙里。我感到我的脖子热了一下，湿乎乎的，是女儿的泪水落了下来。我再也忍不住，跟着哭起来了。

我一哭，杨雨就反过来安慰我了。她说，娘你别哭了，我这不是好好的吗？她说着就努力地挤出笑容，可是她越是想笑，泪水就哗哗地流得更多。

那男孩吃力地拖着包袱，胆怯地朝我们靠过来，惶惑地看着杨雨。他肯定不明白，为什么杨雨会一边笑，又一边流泪。杨雨朝他招手，吩咐他道，高勇，来，叫外婆。

我这才知道原来这孩子就是杨雨的儿子，五年前曾到我们家来过一次，但如今他变了样，我几乎都认不出来了。他紧张地看着我，没有开口，把身子往他母亲的背后缩。

这孩子……杨雨嘟囔了一句，然后又对儿子柔声说，乖，叫外婆呀。

高勇这才低声喊了我。他声音很小，我几乎没听清，可看到他嘴唇动了，我就欣喜地应了一声。我弯下身去，仔细地瞧着他，发现他鼻子和眼睛，以及他抿嘴时的那种表情，都像极了他的父亲高小强。

那个在我记忆中说话总会脸红，戴着一副深度眼镜的男人，虽然处处小心谨慎，如履薄冰，但最终还是未能幸免于难，被划为了右派分子，抓进监狱去了。不仅如此，一群戴着红袖章的家伙还耀武扬威地冲进家来，把家里所有值钱的东西全都掠走了。在这大厦倾覆般的命运的波折和打击中，杨雨病倒了。十天之后，她顾不上身心的疲惫和病痛，变卖了剩余不多的微薄的家当，带着儿子来到了白水。

尽管再回故地，亲人重聚，但杨雨却始终走不出她内心里的那一片浓浓的迷雾。她整天不苟言笑，神情落寞，就像阴影中的一个木偶。倒是她的儿子一改初来时的羞涩和紧张，又恢复了孩子贪玩好动的本性。每天他都和杨楠在一起打闹，在大街上和孩子们疯跑，常常弄得灰头土脸的，像条光滑的小泥鳅。

十一月的一天下午，高勇和杨楠跟一群孩子在中学的操场上观看了一场批斗大会。这是高勇第一次看到这样的场景，以前在城里他没有见过批斗会，尽管那里的批斗会大大小小的有很多，可他母亲怕他在混乱的街上出事，一直将他关在家里，所以第一次看到这样的批斗会时，他显得又惊诧又好奇。批斗会结束后，那群孩子竟然也别出心裁地玩起批斗会的游戏来。他们首先把一个胖乎乎的小男孩找出来当地主，又把一个面黄肌瘦的小女孩找出来当地主婆。接着大伙儿就开始装模作样地批斗他们，高勇和杨楠也参加了批斗。那两个挨批的男孩和女孩表演得很到位，引得大家哈哈地笑。

批斗完那男孩和女孩后，那群孩子就要高勇当右派，要杨楠当妓女。起初杨楠怎么也不肯，但后来拗不过大伙，只好勉强地答应了。在批斗的过程中，有个小家伙突然来真的，摸了一把小剪刀出来，按着杨楠的脑袋，要给她剃头。只听得咔嚓两声，就有两缕头发被剪落了下来。

杨楠惊叫道，你们干什么？不能剪我的头发呀。

一个男孩粗声粗气地回答，我们是在批斗妓女嘛，就要给你剪个阴阳头。

杨楠气急败坏地叫起来，这只是装的嘛，又不是真的，你们怎么能乱剪我的头发呢?

手里握着剪刀的那个男孩说，这样好玩嘛。他说着，动了一下手里的剪刀，剪刀发出咔咔的声响，让杨楠听得心惊肉跳。她惊叫了起来。

那群孩子看到杨楠害怕，都开心地笑起来。那个手握剪刀的男孩将剪刀在杨楠的眼前晃了一下，故意恶狠狠地说，你怕不怕呀?我就要给你剪阴阳头了。说完他又动了一下剪刀，剪刀发出了清脆的声响。

杨楠大叫道，高勇，你快来帮我呀。

高勇还没明白这是怎么一回事。听到杨楠这么叫他，就冲了上去，朝握着剪刀的那个男孩就是一拳。对方没想到高勇会出手打人，脸上结结实实地挨了一下，痛得他嗷嗷大叫。他将剪刀朝高勇戳了过去。高勇眼疾手快，一把抓住他的手腕，把剪刀夺了下来，反将剪刀刺中了对方的眉骨。剪刀虽然不够锋利，但还是在那男孩的脸上划了一个小口，鲜血一下就扑出来了。

那男孩用手摸到了脸上的鲜血，就哇的一声哭起来。高勇也没想到就这样糊里糊涂地刺伤了对方。一看到那男孩流血了，他也吓坏了，一转身就跑了。其他的孩子在一愣神之后，也追了上去。他们一边追，还一边大声地喊，打倒反革命!

高勇没命地朝前跑，只听到身后的那群孩子叫喊着朝他追上来。他还听到杨楠的声音就像要哭起来似的，高勇，你快跑，快跑呀!

街边的大人看到这群孩子在喊着口号追逐着高勇，还以为这是孩子们的游戏，都不以为意。还有人冲着他们指指点点，嘻嘻地笑，还开心地骂了两句。

高勇慌不择路地跑出了街口，顺着河边狂奔。这时候，他身后的追兵越来越近了。这让他更加慌乱起来，一脚踏空，身子失去重心，重重地栽进了河里。

深秋的河水冰凉刺骨。他陷在一口深潭里，惊慌失措地大叫。那群孩子追到岸边，看着在水中挣扎的高勇，都哈哈地笑起来。有孩子吹着口哨，还有孩子捡起石子扔进水里。

杨楠气喘吁吁地赶上来，看着在水里扑腾的高勇，不由惊慌地叫起来，高勇。她再叫，高勇，你爬上来呀。

高勇根本就不会游泳。他挥舞双手，本能地挣扎，大喊救命。杨楠只觉全身都软了，像面团似的。她在六神无主中向那群孩子哀求道，你们救救他吧，求求你们了。

孩子们顿时做出了一副不屑的表情。一个孩子说，我不会救。另一个孩子说，杨楠，你自己去救嘛。

杨楠急得泪水都滚出来了。她嘶声叫道，高勇，坚持住，你一定要坚持住呀。我这就去叫你妈来。她一边叫，一边往回跑，却在慌乱中被地上的石头绊了一跤。她爬起来时，听到那群孩子在身后哈哈地笑。

当我们接到杨楠的报信，心急火燎地赶到河边的时候，高勇已经被淹死了，是杨胜利跳到水里将他捞上来的。他脸色又青又白，肚子鼓鼓的。杨雨不顾一切地扑到儿子湿淋淋的尸体上，刚喊了一声，就悲痛得晕了过去。我们手忙脚乱地掐她的人中，摇她的肩膀，杨雨这才悠悠转醒。

勇儿！她撕心裂肺地喊了一声，突然站起来，冲着旁边的几个男孩吼道，你们为什么不救他？为什么？她眼珠都绿了，就像要找人拼命。

这几个男孩是那群孩子里胆子最大的，还一直站在旁边观看。其他的，在看到我们到来时，就偷偷地溜走了。但是这几个胆大的男孩在面对杨雨的厉声责问时，都紧张了起来，一步步地朝后退。杨雨一看到他们退缩，就追了上去。这几个孩子顿时转身就跑，四处散开，还有的哇哇地叫起来。

我们都吃了一惊，没想到杨雨居然会去撵那几个孩子。我在一愣神之后，慌忙吩咐周玉兰去将杨雨追回来。周玉兰跑过去后，朱秀也跟着跑过去了。

我看到杨雨跑得很快，脚步迈得大，上肢的摆幅也很大。但是那几个男孩却溜得更快，一转眼就跑远了。杨雨追不上，气得直跺脚。周玉兰和朱秀都跑了过去，拉着她的手。她们对杨雨说了些什么，我没有听见，想来应该是在安慰杨雨。杨雨甩开她们的手，一下跪在地上，双手插进了地上的泥土，用前额在地上狠狠地撞了一下。接着她把双手举起来，向苍天祈祷似的，双手撑地，前额重重地叩在地上。

周玉兰和朱秀慌忙将她拉起来，却发现她额头上已经鲜血淋漓。

高勇的死让家里笼罩着肃穆而凝重的气氛。对儿子的意外淹死，杨雨在悲痛中心有不甘，她认为正是那群孩子逼死了高勇。如果他们不追他，他就不会在仓皇中掉进河里；再如果不是他们袖手旁观，他也不会含恨而去。因此，她要向那些孩子的家长们讨要公道。我们谁也劝不住她，她是那样坚定与执着。

但她讨要公道的行动从一开始就注定要失败。她势单力薄，她赤手空拳，她身份卑微，她凭什么讨还公道？是人情吗？那简直太可笑了。那些孩子的家长理直气壮，说那只是孩子们闹着玩的，高勇失足掉进河里，是他的责任，与任何人无关。最后他们毫不客气地将杨雨轰出门来。有的人甚至还追到门外，大骂她无理取闹。偶有同情她的，跟着哀叹了几声。

尽管碰到了钉子，但杨雨不愿罢休。她就向革委会的主任报告，恳请他主持公道。但革委会的主任根本不予理睬，这与阶级斗争无关的，在他眼里不过是鸡毛蒜皮的小事，他才懒得操这份闲心呢。他甚至没等杨雨把话说完，就挥了挥手，旁边的人就粗暴地将杨雨轰了出来，还警告她以后不准再来这里胡闹。

那天是星期二，下午的三点半钟，深秋的阳光懒洋洋的，带着一种细腻得宛如丝绸般光滑的温暖。杨雨哆哆嗦嗦地走在街上，心里一片悲凉。她感到全身软绵绵的，眼前的世界在晃荡着，整个天空矮矮的，似乎就要压到头顶了。在经过供销社门口的时候，她突然歪倒了。

杨胜利把她背回家后，她就不再说话了。我们主动找她搭讪，她都不理会我们。即使在不经意间故意喊她，她也不会下意识地应上一声。让我们惊诧的是，她的胃口居然还好得出奇，她在晚饭的时候狼吞虎咽，撑得连眼珠都瞪直了。夜里她把自己锁在房里，一直不出来。我和朱秀几次去找她，试图缓解她内心里压抑得无处释放的愤怒和痛苦，可她就是任我们叫破了嗓子，也不起身给我们开门。第二天一大早，杨雨就悄无声息地离开了白水。有人看到她搭着一辆马车走的。

夜里我经常失眠，就翻出杨鸿和杨浩的来信，翻来覆去地看。有时他们的信写得工工整整，我就猜想那一刻他们正好空闲，心情也不错，所以写得认真。有时他们的信写得很潦草，也许写信的那一刻情绪低落，也就草草了事。看着信笺上那些熟悉的字迹，我的心里时而暖，又时而疼。有时候读着读着我就走神了，回过神来后，我会看一看窗外的夜色，坚定地告诉自己，我要守候到天明，等着孩子们回来。

清明的前一天，一个平常无奇的日子，天上淅淅沥沥地下着小雨，风带着料峭的寒意。街上较之往常冷清了许多，只有少数人依旧精神抖擞地冒雨游荡。下午四点钟的时候，当年带着一家人出逃了二十年的杨志飞突然回来了。他是和他的二儿子一起回来的。他已经满头银发，老态龙钟，颤巍巍地走得很迟缓，似乎随时都会倒下去。倒是儿子气宇轩昂，即使是扶着他父亲的时候也显得派头十足。

父子俩走进院子时，周玉兰刚好走出门去，准备上厕所。她并不认识他们，但被对方那西装革履的穿戴给弄迷糊了。这么多年来，在这个镇上，她不曾见过谁是如此打扮。她茫然地看着他们，心里犯着嘀咕，暗自揣度着对方的身份。这时候，她看到老人冲她点头，那个中年人则朝她微微一笑。

她讪讪地说，你们……你们找谁呢？

他们并没有回答她。中年人扶着老人走上台阶，随后又朝她微微一笑，径直走进屋里去了。对方一言未发，周玉兰心里有些不快，就不满地咕哝了一声。她迟疑了片刻，然后走向茅厕。突然她听到杨胜利在屋里大叫了起来，她不由一惊，就停下来，接着她听到杨胜利的声音就像是要哭起来似的，大伯公，真的是你呀！

周玉兰愣了一下，只觉脑子一懵，就像突然间被一阵强光射中了双眼。她明白了过来，原来那个老人就是以前丈夫多次跟她说起的杨志飞！

时光流逝，局势动荡，这二十年来杨志飞一家销声匿迹，我原以为杨志飞已经死了的，没想到他居然还回来探亲了。我使劲地揉着眼睛，几乎不敢相信。我看到这个比我年长十岁的男人已经老得不成样子了，满面忧伤的皱纹就像一条条通往坟墓的道路。

我们相互对看着，嘴唇抖动，却半晌都没有喊出声来。直到幼不更事的杨光明咯咯地笑起来，我这才抖着嗓子喊了一声，大哥！

秀莲，你们还好吗？他轻声说话，嗓音艰涩而苍老，就像脚踩住了沙子在地上摩擦时发出的声响。接着他轻咳了一下，又轻声问道，志强呢，他还好吗？

他……他已经走了。我说得很平静，但内心里早已翻江倒海。我沉默着，不知该说什么。是啊，这二十年的风风雨雨，多少物是人非，多少委屈和痛苦，多少愤怒和绝望，多少荏苒的时光和流逝的年华，真的是一言难尽呀。

第二天，我们带上祭祀用品，到坟地里给死去的亲人扫墓。杨志飞在长辈们的墓碑前长跪不起，泣不成声。旁边的杨胜利等人看到他如此伤心，也跟着一起落泪。我蹲在墓碑前，强忍着不让泪水流出来。看着上面那些熟悉的亲人们的名字，我心里百感交集，往事像电影的画面那样，在我的脑子里一幕幕地闪现出来……

23

六岁那年，我和父亲相依为命，住在城东的一条胡同边上。父亲是郎中，每天都有人来看病。我看着满面愁容的病人来来往往，父亲坐在药堂里给他们问诊，把脉，开处方，抓药，一个人忙活着。有时候我会帮着父亲抓药，抓好后就很有成就感地递给父亲，总是不忘对父亲说道，我又比上次快了。可是父亲却没有夸过我半句，他几乎都是虎着脸，显得很忧郁。我知道他是在想我的母亲。我听他说过，在我三岁半的时候，他和母亲大吵了一架，母亲就负气离家出走，一直没回来。父亲为此内疚而痛苦，三番五次表示要将她找回来。但又因为我太小，父亲不愿带着我四处奔波，就将寻找我母亲的念头一搁再搁。

一天夜里，我在睡梦中被父亲急急地叫醒了。父亲叫我打一盆清水到他的房间里去。我打着水来到父亲的房间后就看到了床上躺着一个浑身是血的男人。

他叫杨振华，也就是我后来的公爹。他身负重伤，是父亲在我们家门前的那条胡同里将他背回来的。我走过去看着他的脸，就感到这个第一次见面的陌生人和我似曾相识。我对父亲说，爹，这个人我好像认识。

瞎说啥呢？连我都不认识，你还认识？父亲一边说话，一边用清水去擦洗杨振华的伤口。

我在这时候才看到那个男人的身上有两道长长的伤口，伤口边上的肉都翻出来了，就像一个人无比苍白的嘴唇。我顿时吓坏了，双腿一软就坐在了一张椅子上。我看到父亲在擦洗了那个男人的伤口后，又去脱他的裤子。然后父亲命令我出去。

后来我再看到这个男人的时候他已经醒过来了，而且看上去精神不错。我仔细地看着他，真的觉得我就像在哪里见过他似的。他问我，你叫什么名字？

我叫秀莲。然后我又补充说，我姓王。

杨振华笑起来了，他又问，你多大了？

我说，六岁了。

他没有再说话，眯起了眼睛，冲着我意味深长地笑。

后来，杨振华每个月都会来我家一趟，每次都给我带来漂亮的礼物。其中有一次他还送给我一个可爱的洋娃娃，也不知道他是从何处买来的，反正在我们县城里我可从来没有见到过。在我八岁的一天下午，杨振华来到我家后，和我的父亲关在房间里密谈了很久。等他们出来时，我瞧见我的父亲定定地看着我，脸上一片忧虑与悲戚。

半个月后，父亲将我打扮得漂漂亮亮的，带着我来到了白水的杨家。在这里，我首先见到了杨振华的三儿子杨志强，一个九岁的小男孩，正在他家的院子里兴致勃勃地抽着一个陀螺在地上旋转。我在经过他身边的时候身上不小心被他手里的鞭子抽到了。但杨志强并没有因此而道歉，相反他粗暴地责怪我为什么不走远一些。我看到他样子凶巴巴的，心里又委屈又害怕，就手足无措地哭起来了。

看到这番情景，父亲和杨振华都笑了起来。听着他们的笑声我气恼极了，我指着那两个大男人，以一种天真的口吻命令他们不准笑。他们被我那像煞有介事的可爱逗乐了，笑得更加欢快。

几天后，父亲就离开了，将我留在了杨家。他叫我在这里玩耍，他过些日子就会来接我。我并不知道这一别就成了永远，还以为父亲又回到城里看病去了。但父亲一直没来，我熬不过对父亲的思念，央求杨振华把我送回家去。他告诉我，说我的父亲去寻找我的母亲了，要我在这里安心住下来。我认为他在骗我，就大哭大闹，又抓头发又扯衣服。他拗不过我，就把我带回了城里。我这才看到那个家已经是人去屋空，我的父亲不知去向。

我在杨家住了下来，读书、写字和画画。在这个深深的大宅院里，我意外地受到了杨振华的母亲的宠爱。很多时候，这个严肃的老太太都将我带在身边，教我喂鸟和种植花草，甚至有时还把我留在她的房里过夜。

在与老太太共宿的夜里，我们是很晚才睡去的。老太太在守寡多年后内心里寂寞得就像是一片荒芜的沙丘，有很多委屈和心酸像淤泥一样堵在了胸口里，多年来一直都不知道该向谁说去。直到那个惹人怜爱的小女孩出现，她才找到了倾诉的对象，哪怕是自己的一些丑行坏事，她也因为对方是一个小女孩而不会感到更多的羞怯和不安。她终于可以将那些发霉的心事翻出来晾晒了。她的喋喋不休、含混不清的唠唠叨叨，我有很多都听不懂，但我始终像猫一样蜷缩在她的身边，显得无比温顺和安静。

在老太太的唠叨里，我隐隐约约地了解到她的丈夫死去很多年了。那是一个身强力壮的男人，在很多年前，他一个人风尘仆仆地来到了白水，带着一支火枪和一批金条。没人认识他，也没人知晓他的来历。面对他的火枪和金条，人们私下怀疑他是一个强盗。但是无人证实，最后也无从考究。总之那个来历不明的男人凭借着他的火枪和金条，很快就建起了一座大房子，并购置了数亩田地。但他并不满足于收取地租过活，而是以茶叶生意为幌子，倒卖鸦片、粮食和盐。在第三年的春天，他风风光光地迎娶了城里一个芝麻小官的女儿，从而为他赢得了一个好名声，没人再私下骂他是强盗或土匪了。

那时候马乱兵荒，老太太的丈夫，那个精明的男人在烽火中浑水摸鱼，着实发了一些不可见光的横财。在一年秋天，他在倒卖鸦片的时候被一颗呼啸而来的子弹打穿了胸膛。那时他的儿子才两岁，他的妻子还怀着三个月的身孕。

他的死亡让妻子在不堪承受的打击中意外地流产了。但这个坚强的女人后来一个人顽强地支撑着那个家。多年来她一直忠贞守节，洁身自爱，在把那个家打理得井井有条的同时，还精心地将她的儿子杨振华培养成人。长大后的杨振华继承了父亲的精明能干，他不但守住了殷实的家产，还在城里把生意经营得红红火火。随着生意的不断扩大，有人建议他把家搬到城里去，可他就是不肯。他说白水是他的风水宝地，离不得的。他还说宁为鸡头，不为牛后。如果搬到城里，他就没有那种在白水称霸一方的地位和气势了。

杨振华的妻子叫丁翠英，是他的母亲为他包办的。这让杨振华大为不快，但孝顺的他没有表现出来，而是装着一肚子的不满在私下里一个人嘀嘀咕咕。于是这桩婚事就注定会有一个悲剧性的结局。婚后数年，等杨振华与丁翠英有了两个儿子之后，他就以各种理由来搪塞和推阻，拒绝与她同房了。

备受冷落的丁翠英从此无比地寂寞，无比地恨。她内心里的寂寞和恨就像那流水下的苔藓，在潮湿和阴暗中一点点地蔓延。

在一个夏天的傍晚，她站在院子边上看着满面春风的杨振华领着一个年轻的女人走进门来。那个年轻的女人是低着头进来的。丁翠英看不清她的整张脸，但还是能够清晰地感受到对方身上的那种不可掩饰的俏丽和风情。那个女人就像是一面镜子，让她清清楚楚地看到自己那寂寞而悲苦的后半生。

当那年轻的女人抬起头来的时候，丁翠英完全地陷入了绝望和痛苦之中。她的美丽让丁翠英在那一瞬间突然在心里产生出一种刀锋般冷冷的仇恨来。她对着笑逐颜开的杨振华叫了一声，老爷！

杨振华没有理她，他拉着那年轻的女人走进里屋去拜见他的母亲。倒是那女人在听到丁翠英的喊声时侧过头来意味深长地看了她一眼。那目光复杂极了，让丁翠英猜不透那女人在想些什么。

那年轻的女人叫张蕾。她和杨振华在三个月后就成亲了。婚宴热闹非凡，唢呐高亢，鞭炮时不时地炸响，来自城里的戏班子唱了整整一天。

杨振华特意为这桩婚事新建了一座房屋，作为他们婚庆之用。洞房张灯结彩，喜气洋洋，大红的蜡烛把房间照得像温暖的春天一样。

夜深了，声音渐息，洞房内的烛光也慢慢地暗淡了下去。丁翠英站在她的屋檐下，无法入眠，她的内心就像这个初秋之夜的露水，冰凉、潮湿，夹杂着无法掩饰的失落和醋意。她听到另一边的洞房里传来了张蕾娇嫩的叫声，叫着她与生俱来的疼痛和欢悦，以及她十八岁的亮丽的青春。丁翠英把牙齿咬得紧紧的，她从牙缝里骂着，狐狸精。然后又骂道，狐狸精……

夜露更凉了，湿润的夜气慢慢地浮上来，像丁翠英的哀怨在风中一点点地弥散着。丁翠英突然发疯似的跑了起来，从一个角落里找到一把斧头，站在院子里朝着一棵粗壮的杉树一下一下地劈，牙缝里挤出骂声，狐狸精，狐狸精。

她的大儿子杨志飞正好路过这里，困惑不解地问，娘，你在干啥呢？

丁翠英停下来，喘了一口气，说，你听听，听听新房子里面，那里面有什么声音？

杨志飞茫然地看了看他的母亲，迟疑地摇摇头。

丁翠英问，是谁住在新房子里面？

杨志飞说，二……二娘，还有爹。

丁翠英恶狠狠地说，你给我记住了，那狐狸精、骚货、婊子、坏女人……你看着我干什么？不明白吗？我说的就是你的二娘，她是来夺取我们的东西的，她不是好人，不是好人……

许多年后杨志飞都还清晰地记得那天夜里丁翠英像母兽一样躁动和凶恶，表现出一种要报复全世界的愤怒和痛苦。这成了他童年里最为深刻的一次记忆。也就是从那天夜里开始，他的母亲不断地向他们兄弟灌输着对张蕾的仇恨和偏见。

那时候，那个女人的内心早被嫉妒的火焰烧得发了狂。尤其是看到杨振华和张蕾亲密无间的情景时，她内心里的那种狂乱更是不可遏止，也加深了她对张蕾的不满和仇恨。

随着大红的喜联渐渐褪色，杨振华和张蕾之间的那种激情也慢慢地平静下来。杨振华又去忙碌他的生意了，长期不归，像当初冷落丁翠英那样，他也将张蕾冷落在她的寂寞中了。并且关于他的桃色新闻又传了开来：有人说他又在城里逛窑子了。张蕾很难过，她是二房，从来没想要她的男人中规中矩，只对她一个人死心塌地，但长期独守空房，她内心还是忍耐不住地寂寞和荒凉，泪水就打湿了她的憔悴和幽怨。

直到一个细雨淅沥的上午，张蕾生下了一个儿子后，她才感到踏实起来，内心里多了一份牵挂和依靠。但是她的儿子，这个名叫杨志强的婴儿却叫老太太抱了去，坚持让奶妈带着。张蕾就只好一个人守着夜里那些寂寞的时光。她喂养的那只猫不知从哪个角落蹿了出来，只轻轻地叫了一声，夜晚就显得无比空荡、孤独和寂静了。很多时候，她拿起桌上的那个铜镜，对着铜镜背后那幅惟妙惟肖的春宫图发呆，她记起第一次看到那幅春宫图时的那种紧张和慌乱，记起杨振华第一次爬到她身上时她闻到的那种野兽般浓烈的气息……想到这些她内心里满是狂乱的热情和烦躁。尤其是在春天来临的时候，她的猫在夜间叫唤，声声长，声声慢，叫得她更加心慌意乱，悸动不安。

好不容易熬过了春天。在那个沉闷的午后，当张蕾在屋里洗澡的时候，一个叫大武的男人来伺候她了。大武是新近雇来的长工，外地人，魁梧英俊，年轻力强，并且能说会道，是讨女人喜欢的那种。他一来到这里就开始挑逗张蕾，终于让那个寂寞的女人悄悄地投进了他的怀抱中。

许多年后我才得知原来这桩私情的背后竟然蕴藏着一个惊人的大阴谋。那个叫大武的男人原来用的是假名字，是丁翠英特意用高价从外地雇来的，叫他来引诱张蕾。除了高价钱外，丁翠英还承诺事情败露之后，她将安全地护送大武逃离此地。

尽管张蕾做出对不起丈夫的事来，但是当我从老太太的口中得知这段往事的时候，我还是认为那个沉闷的午后是美丽的。那大浴桶里的热水不知是经过了怎样的一番荡漾和起伏，最后才渐渐地平息下来。而热水拍打着木桶的声响混合着欲抑不能的喘息，为那个沉闷的午后增添了异样的妩媚和生动。从此，张蕾的房门在夜里都是虚掩的。

大武像一个神出鬼没的夜猫子，在黑暗中悄无声息地潜进张蕾的卧室里。每一次他潜进张蕾的房间的时候，丁翠英都把这一切看在了眼里。那一刻，她的双眼像黑暗中的猫儿似的闪闪发光。

本来这两个寂寞的女人因为被丈夫冷落的相同命运而应该同病相怜地融洽在一起，但她们并不这样。尤其是丁翠英，她为张蕾的遭遇而开心，还故意将那种开心在张蕾的面前表现出来。在杨振华逛窑子的消息传来时，她竟然快乐得像一个孩子，手舞足蹈地唱起了歌。然后她对张蕾说，妹妹，我看你身子骨也硬朗得很呀，怎么就满足不了老爷呢？

难道姐姐就让老爷满足了吗？如果真是那样，我倒想向姐姐请教请教。张蕾显得很平静，语气淡淡的。但她的绵里藏针却让丁翠英气得差点大骂了起来。

丁翠英在最后冷冷地抛下了一句话，我们走着瞧！

这个狭隘而自私的女人挑衅地留下了这句话后，就开始密谋着她疯狂的报复行动。大武就是在那时候来到杨家的，并且不辱使命。等到时机成熟的一天夜里，丁翠英悄悄地来到老太太的房间里，向她秘密地汇报着张蕾的丑行。

娘，家丑不可外扬，还是由我们俩亲自去看看。丁翠英说，您老心里清楚就行了，不必让更多的人知道。

但老太太并没有像丁翠英所预想的那样怒发冲冠地冲进张蕾的卧室，而是不动声色地张罗着打手，然后闯进房里将张蕾捉奸在床。

面对这突然的变故，张蕾吓得目瞪口呆，随后她衣衫不整地跪在老太太的面前连声求饶。娘，我糊涂了，您饶了我吧。

老太太连正眼都没有瞧她一下，而是目光灼灼地看着大武。那个家伙在那时候居然不慌不忙，慢条斯理地穿他的衣服。

丁翠英在这时不失时机地说，娘，这下人是可恶，不过下人嘛，不懂事，您就宽恕他，教训一下就是了，也让他知道您老人家的宽宏大量。

老太太没吭声。她手一挥，打手们就冲了上去，将大武的嘴塞着，拖出去了，棍棒雨点般地落到他的身上。那时候大武一定是很疼痛的，他想喊，想厉声地叫，但什么也没能叫出来，他的愤怒和疼痛就被死死地堵在胸膛里了。

那个夏天的夜晚变得肃杀起来，连风都带着冷飕飕的杀气。拂晓时分，大武的尸体被草席裹着，抬出了镇子。张蕾失魂落魄地坐在椅子上，目光呆滞，头发蓬乱着，仿佛在这个夜晚衰老了十岁似的。

对于守寡几十年的老太太来说，她最不能忍受的就是妻子对丈夫的不忠。她甚至有过要她的儿子将张蕾休出门去的念头，但考虑到她那牙牙学语的孙儿杨志强，她才最终打消了这个念头。但从此后，张蕾在老太太心里的地位一落千丈。等到杨振华从城里一回来，她就把这一切告诉了他。

我无法想象那一刻我的公爹杨振华是怎样的大发雷霆。那个男人可以纵容自己在外面拈花惹草，却不允许他的女人对自己不贞。像他的母亲那样，他们的权威和面子是不容侵犯的。他冲进房间，一脚就将张蕾踹到角落里去了。那个可怜的女人流着泪水说，你要打就打吧，把我打死算了。

杨振华阴沉着脸，吩咐下人把房里的卧具抬出去烧毁了，他不能容忍那个房间里留着另一个男人的气息。尽管如此，他仍然恍恍惚惚地感到那个男人的魂还在那里，他就坚决不再踏进那间卧室了。

半年之后，杨振华又想迎娶第三房太太了。这个强壮如牛的男人似乎对女人有着天生的占有欲望，却不考虑他的两房太太的想法和感受。也许，他根本就没有爱过女人，他热爱的只是女人们新鲜的肉体。对他来说，妻子只是他当作泄欲和传宗接代的工具。别说他要迎娶三房太太，就是他迎娶十房太太，恐怕他的太太们都会面临着同样的遭遇。

在迎娶三房太太的这件事情上，丁翠英和张蕾这两个心存芥蒂的女人居然团结在一起。有几回她们在张蕾的卧室里熬夜相议，冥想妙计。终于在第五天夜里，这两个女人狠下心来做出一个恶毒的抉择：她们高价雇用了三个混混，在城里将她们的丈夫的下身给打坏了。

那正是我第一次见到杨振华的那天夜里。我记得那天夜里是没有月光的，天上只点缀着几颗稀稀疏疏的星辰。杨振华在城里最有名的那家妓院喝完花酒，醉醺醺地走出来，在一个角落拐弯的地方，黑暗里蹿出来三个黑影，将他当头按住。他手里的灯笼顿时掉在地上，燃烧起来。在明亮的火光中，他看到三个人蒙着面，只露出了像狼一样闪着绿光的眼睛。

我操你娘，你们敢动老子，老子日后就剥了你们的皮。这个高大强壮的男人在大骂中反抗起来，还把其中一个家伙的鼻子揍出了血。

他的反抗更加激怒了那三个浑蛋，有人捅了他一刀。在这时候杨振华都还以为他们是来抢劫的，他在受伤后大叫了起来，你们送我去看医生吧，要多少钱，我给你们就是。

他这么一嚷，反而提醒了那三个浑蛋，他们不仅打坏了他的下身，还将他身上洗劫一空。然后他们就跑进一条黑暗的胡同去了。杨振华忍着疼痛追了上去，这个在平素里不可一世的男人在那时居然还想着看清来人是谁，以便将来报仇雪恨。但刚刚跑了几步，他就疼得晕过去了。

他醒来的时候看到一张清瘦的面孔，还闻到了屋子里飘散着的那种淡淡爽爽的药味。站在床前的那个男人对着他颔首示意。

第八章

24

很多年后我回想往事时，总会忆起我童年里那些仿佛三月般绚烂的时光。那时候，我常和杨志强在一起玩耍，我们踢毽子，捉迷藏，在田野里放风筝，别出心裁地教笼中的鸟儿说话，甚至还异想天开地在后花园里种上了几株庄稼，期望着在秋天收成……在这童年天真无邪的岁月里，我们像兄妹一般打闹和取笑对方，尽情地放逐着我们年少的纯真和梦想。

一周里有四天时间，我都和杨志强到镇子东边的私塾里念书写字。教我们的是一位老先生，整天都穿着灰白的长袱，说话软绵绵的，就像没吃饭一般。在这里念私塾的几乎都是镇上有钱人家的孩子，多被娇纵惯了，从不把先生放在眼里。有时他们故意在课堂上跟先生捣蛋，合伙来捉弄他。先生气咻咻地举起戒尺，脸色憋得红红的，却没有一次打下去，顶多是敲在课桌上。学生们就朝他扮鬼脸，嘻嘻地笑。

整个私塾中有七个孩子，我是唯一的女学生，一个人坐在课堂的最前面。坐在我背后的孩子最调皮，长着一颗大脑袋，他们就叫他大头，连他的父母也这样叫他。这家伙在课堂上总是花样百出，有一次就在纸上画了一只乌龟，偷偷地粘在我的背后。当时先生正抑扬顿挫地念书，我听到背后的孩子哄然大笑，我愕然地回过头去，不知道他们在笑什么。我看到大头一本正经地看着书，还跟着摇头晃脑。

先生把戒尺敲在桌子上，叫着安静安静。可他们还在笑。这时候，杨志强跑过来，把粘在我背上的画给扯下来，我才知道原来我被大头捉弄了。我又羞又恼，却在孩子们的哄笑中一句话也说不出来。

杨志强突然一拍桌子，指着大头的鼻梁，要他给我道歉。大头比杨志强长两岁，仗着自己比对方身高力大，根本不把杨志强放在眼里，就傲慢地扮了个鬼脸。其他的孩子见他俩较起劲来，就在一旁起哄。先生急得束手无策，只知道有气无力地叫我们别吵，可谁也不理他。

直到今天我都还记得当时杨志强那张涨得通红的小脸。这位杨家的小少爷在家里耍惯了威风，对下人们指手画脚，喝三道四，何曾受过这般脸色。他突然跳起来，朝大头的脑袋就是一拳。于是两人就扭打在一起了。其他的孩子在旁边拍手，齐声为两人加油。我看到杨志强被大头死死地压在地上，翻不起来，嘴里累得呼哧呼哧地直喘气。我心里很是焦急，跑过去向先生求助。但先生却一筹莫展，只是叫别打了别打了。我气得直跺脚，在焦急中硬着头皮去拉双方。最后我费了好大的劲，才将两人拉开了。

杨志强在这场打斗中吃了亏，脸颊上红了一大块。他爬起来后，气呼呼地走了。走出门去的时候他还冲着大头叫道，你给我等着。大头不屑地说，我才不怕你呢。

我追上杨志强，但他不理我，低着头匆匆地走。我跟他说话，他却塞上耳朵。我去拉他的手，他又粗暴地将我的手推开。我觉得委屈极了，就停了下来，站到一边没吭声。我以为我这样他就会回过头来跟我说话，可他却头也不回地走了。

我回到家里，在轻轻地穿过走廊的时候，突然听到厢房里传来了张蕾的说话声。她正在大声地教训她的儿子，一个傻丫头，也值得你去跟人家打架吗？以后你要学聪明点，对自己没好处的事情，就不要去做。杨志强说，秀莲妹妹和我们是一家人嘛，我总不能看着她被人家欺负呀。

什么一家人？她姓王，你姓杨，八竿子打不着。张蕾说到这里，突然哼了一声，把语气变得恶狠狠的，像是在自言自语，没准儿那丫头就是他跟其他女人生的野种，要不然他和那老太婆咋会对那小丫头那么好呢。

我一下就愣住了，心里又失落又难过，泪水差点涌进了眼眶。我没想到，原来张蕾对我早就心存芥蒂了。在她的眼里，我不仅是个寄人篱下的外来人，还可能是一个身份不明的野种，怪不得她一直都对我冷冰冰的。我忍住没让自己哭出来，准备悄悄地离开时，我听到杨志强撒起了娇来，现在我都被人家打了，你得帮我呀。

张蕾的语气一下就变得柔和了，你放心吧，娘一会儿就替你出气。谁敢打我家的小宝贝，我不会饶了他的。

中午的时候，张蕾带着杨志强，气势汹汹地找大头的父母去了。在大头家的米店里，他的父母卑躬屈膝地向张蕾赔礼道歉，又狠狠地抽了大头几个嘴巴，还罚他跪在桌子前。张蕾这才满意地带着儿子回来了。

杨志强一到家，就得意地告诉我，说他母亲替他出气了。我却一点也高兴不起来，我觉得他这不过是在仗势欺人罢了，我不喜欢这种作威作福的姿态。我又想起上午他母亲的那番话，我总觉得有一块东西梗在我的心窝里。他看到我无动于衷，还以为我在生他的气，就向我解释说上午他不是故意不理我，而是当时他打不过大头，他觉得很丢面子，他是在自个儿生闷气。他说完后突然冲我扮了个鬼脸，我就禁不住扑哧一声笑了起来。

几天后，杨振华的大房丁翠英突然将我叫去了她的房间。我忐忑着，不知道她把我叫来做什么。从我来到杨家的第一天起，我就没有看到她对我笑过。在我的印象中，她一直对我冷若冰霜，也几乎不跟我说话。我站在那里，怯生生地喊了一声，伯娘。她点点头，说，坐吧。我没动。她又说，坐吧。我才小心地坐下了，动作很轻，就仿佛椅子上有针要扎我的屁股。

她开始喝茶，眼皮耷拉着，不看我一眼，也半天不说话。我紧张起来，轻轻地喊了声，伯娘。她这才放下茶杯，说，秀莲，你也来了这么久了，在这里你感觉怎么样？

我迟疑了一下，说，挺好的。

丁翠英说，我刚才在外面转了一圈，听到街上的人都在说你们呢。

我们？我愣了一下，问道，哪个我们？

她说，你和志强啊。

我小心地问道，他们说啥了呢？

你们被人家笑话了。她叹了一口气，说，我都不忍心说出来了，你自己到外面去打听吧。

我又紧张起来，不安地绞着双手。我沉默了片刻，说，谢谢你了，伯娘，我这就走了。

就在我起身往外走的时候，她突然叫住我。她说，算了，还是我来告诉你吧。

我犹豫了一下，便坐下来。我看到丁翠英又开始端起杯子来，往里面轻轻地吹气，接着轻呷一口，又慢条斯理地放下来，然后轻抬眼睑，目光锐利地朝我扫过来。

我只觉她的目光就像刀一样，不知道她为什么要以这样的眼神看着我。我心里很慌乱，急忙低下头去，不敢看她。我听到她清了清嗓子，随即慢吞吞地说话。她说她刚在街上听人们议论，说我是杨振华买来的，专陪杨志强睡觉，在冬天给他焐脚暖身，在夏天给他扇风驱蚊。他们又说事情最初是发生在杨志强十二岁的一天下午，他突然在院子里大嚷大叫，指着裤裆说他生病了。等人们解开他的裤子一看，才发现他的小鸡鸡硬起来了，像一个小木棍似的挺在那里。当天夜里，我就和他睡在一起了。有无聊者在说起这些的时候，还一起揣摩两个孩子睡在一起时会是一种什么样的场景。

你还小，很多事情你不明白。最后她叹息一声，说，我知道你受委屈了。

我咬着嘴唇，把泪水死死地压在眼眶里。

她接着说，我想来想去，现在只有一个办法可以平息那些谣言。

我忙不迭地问她，什么办法？

那就是你离开这里。丁翠英说完后又盯着我，神情变得很严肃，说，但你要答应我，你不能去跟奶奶说这个方法是我想出来的。

我不知如何是好。离开杨家，我就是一个无依无靠的孤儿了，我能上哪里去呢？可丁翠英说了，流言满天飞，会诋毁杨家的声誉，也会给年幼的杨志强带来伤害。我心里乱糟糟的。我在那天下午离开丁翠英的房间时，一直咬着牙关，强忍着没有哭出来，直到我跑回房里，才蒙着头失声大哭。我突然间恨起我自己，也恨我的父亲母亲。我几乎用尽了全身的力气朝床上拍打，捶得咚咚有声。我觉得我再也不能待在这里了，我要找到我的父亲母亲，一家人团聚，长久地生活在一起。

哭完之后，我觉得心里平静了许多。我洗了把脸，又换上一身干净衣服，去后花园找老太太。她正半躺在藤椅上，享受着这秋日里懒洋洋的阳光的抚摸。我走过去喊她。她哎哟了一声，笑吟吟地叫我。

我像往常那样走过去给她揉肩捶背，可我心神不宁，不但没把握好力道，还在恍惚中按摩到她的手臂去了。老太太似乎意识到了什么，她问我，秀莲，你在想啥呢？

没……没想啥。我霍地一省，心里有些慌忙。

老太太就不再吭声了。我却心里越来越紧张，思忖着该如何向老太太开口，告诉她我就要离开这里了。在心神恍惚中，我又突然按摩到老太太的脖子上去了。她似乎有点生气了，说，秀莲，你今天是怎么了？你到底在想啥呢？

我……我深深吸了一口气，努力地控制着内心的紧张，低声说，奶奶，我想明天就走，离开这里。

啥？老太太吃了一惊，她一把按住我的手，但没有回头，说，离开这里？这里就是你的家啊，你……你要上哪儿去？

我说，我终究是个外人，迟早要离开的。再说了，我想去找我爹。

谁说你是外人了？老太太突然站起来，提高了声音，你本来就是我孙……她顿了一下，转过身子，将语气缓和下来，秀莲，你别乱想，这里就是你的家，我们是一家人。

我低下头，沉默着，咬紧了嘴唇。

老太太柔声说，怎么了？秀莲，到底发生了什么事呢？你告诉奶奶呀，只要有我在，你啥都别怕。

我再也忍不住，泪水哗哗地冲出来了。老太太一下就慌了，哎哟了两声，颤巍巍地走近来搂住我，说，傻孩子，你哭啥呢？是谁欺负你了？你跟奶奶说，奶奶替你做主。

我哭得更为伤心，感到自己就像是一株孤独无助的浮萍，在茫茫的大海上漂荡。我颤着嗓子，将我从丁翠英那里听到的流言全都告诉了老太太，只觉得自己快要虚脱了。老太太轻声安慰我，恨不得将她的整颗心都掏出来。待我安静下来之后，她竟然拿出了她年轻时的那种雷厉风行的气魄来，领着几个身强力壮的下人到街上去追查这些流言的由来。

我听说她拄着龙头拐杖，带着下人挨家挨户地追问。在整个过程中，老太太并不问话，只是那么气度威严地坐在一旁，所有的话都是由下人来问的。凡是被问者都未敢隐瞒，如实地做了回答。只问了十余人，线索就基本摸清了，谣言是一个叫二麻的年轻男子最先搬弄的。这是一个游手好闲的家伙，三十多岁还光棍一条，有时还偷鸡摸狗的。他是昨天在一家小酒馆里喝酒的时候散布了这些谣言的。当时大家都笑，后来就众口铄金，一传十十传百地流遍了整个镇子。

杨家的下人们问二麻为什么要散布谣言。二麻说他闲着没事干，就随口说说了，只是为了好玩。杨家的一个下人就给了二麻一脚，大声地呵斥他不老实。二麻又说他看到杨家有钱有势，而他却是个穷光蛋，他心理不平衡，这才散布了谣言，以达到心理上的快慰。他抱着头，任杨家的下人对他拳打脚踢，始终一口咬定，说仅仅是为了好玩。下人们有些束手无策了，将目光投向了老太太。老太太在这时候才站起来，咳嗽了一声，说，那就割了吧，丢去喂狗，以后他就不会再乱说话了。

当下人们握住闪闪发亮的小刀，撬开二麻的嘴巴时，那家伙吓坏了，大喊饶命，饶命，我老实交代，老实交代。已经站起来的老太太又坐了下来，依然气度威严的样子。随行的下人朝二麻讥讽道，你要是早点这样，就不会挨这么多揍了，真是贱骨头。

二麻哆哆嗦嗦地，终于说出了事情的真相。他说这都是丁翠英教他这样说的，给了他五块大洋。至于对方为什么要他这样说，他并不知道，他只管办事就是了。

老太太怎么也没想到，事情到最后竟然捅出了一个大笑话。她没有再追究下去，但却气得病倒了。在她生病的这段时间里，丁翠英在来探望她的时候都试图对她解释什么，但都被她打断了。

我难过起来，仿佛身陷旷野，有一种独立苍茫的孤独和无助。我不知道丁翠英为什么要这样做，只隐约地感觉到，她并不希望我留在这里。我想我只有离开杨家，才会活得坦然和舒适些。可远方在打仗，局势动荡着，我少不更事，孤单无依，手无缚鸡之力，我又能何去何从呢？我矛盾着，犹豫着，心乱如麻。我开始在夜里失眠，整夜整夜地辗转反侧，最后在无边的忧伤和痛苦中病倒了。就在这时候，尚未痊愈的老太太在得知我生病的消息时，竟然从床上挣扎着爬起来，到我的房间来看我。看到她春风一般的眼神和嘴角边蜻蜓点水般的微笑，我就禁不住泪流满面了。我伏在她的怀里，一颗孤独而惶恐的心灵就像一艘孤单单的小舟从风暴中驶进了风平浪静的港湾，我从老太太那里再一次获得了离家出走的母亲没能给我带来的幸福、温暖和爱。

我渐渐地好起来，又开始能和杨志强一起逗乐追逐了。一月下旬的一天中午，当我和杨志强在大门外快乐地踢着毽子玩耍的时候，一群人吵吵闹闹地簇拥着一个年近二十的年轻男子走过来了。他穿着这里的人从未见过的白衬衣、黑马甲、黑西装，脚下蹬着一双油亮的黑皮鞋，踩在石板铺就的街道上发出了咯噔咯噔的脆响。更让人惊奇的是他头上的辫子也不见了，取而代之的是一头短短的寸发，让他整个人显得格外精神。

杨志强惊喜地叫了一声，二哥！

原来是在省城读书的杨志明回来了。他一边朝前走，一边挥着拳头大喊，中华民国万岁！他的声音很粗犷，在人群的吵嚷声中显得特别响亮。

打倒封建制度了。杨志明又喊道，中华民国万岁！

人群一直跟随着他来到杨家的大院门口，看着他走进大门之后才不情愿地停下来。随后我听到他们交头接耳，议论纷纷，表达着他们的惊奇与困惑。

杨志明一走进院子，正在干活的下人们就全都停了下来。他冲着他们招手，大伙儿就朝他聚拢过来。他说，告诉你们一个好消息，中华民国成立了！

没有谁对那个叫什么中华民国的新名词感兴趣。他们好奇的是他的那身奇怪的打扮。一个下人奓着胆子问他，二少爷，你的辫子呢？

杨志明笑起来了，说，中华民国都成立了，还要辫子做什么，早就剪掉了。

剪掉了？下人们异口同声地惊叫起来，那可是要坐牢的呀。

杨志明就粗略地向他们解释那时候政治上的新变化。尽管他说得很简短，可是在言语之间却明显地流露着那种发自内心的激动和骄傲。大家都看着他，眼睛都睁大了。他们不明白怎么连那个像天一样高高在上的皇帝都没有了，至于其他像什么三民主义这样的新名词更是让他们如堕烟海。

要不了多久，你们也会剪掉辫子的。杨志明很肯定地说，这是社会进步的标志。

这番话简直像地雷一样在大家的心头炸了开去。那个雕梁画栋的大宅院在很长一段时间内都处于一片骚动之中，大家议论纷纷，莫衷一是，并将这种议论和骚动延伸到整个镇子里。直到两个月后城里热衷于剪掉辫子，杨振华留着平头回来时，众人的议论和骚动才渐渐地平静下来。

25

初潮在四月的一个夜晚不期而至。

我感到自己像被抛在了波涛汹涌的大海上，四周全是呼啸的海浪与风声。我战栗着，哆嗦着，整个身子在剧烈的海浪中浮沉……我醒过来后，觉得小腹疼痛，裤裆里湿漉漉的。我用手一摸，黏糊糊地沾在手上，好像是血呢。我紧张起来，颤抖着把灯点亮。我看到我流出的鲜血把淡黄色的床单染红了，就像一大朵洇在布上的鲜花。我惊叫一声，感到一种前所未有的无助和恐慌。我的小腹疼痛，身子发虚，还流了这么多的血，我想我已经病得很厉害了。

我搂着被子坐在床上，瑟瑟发抖。我不知道该怎么办，只是急切地盼望着天明。我听着窗外的虫子唧唧地叫个不停，侧院边的鸡叫声就像雨点淅淅沥沥地击打在树叶上。洁白的月光铺满窗子，风沙沙地走来走去。我把身子缩成了一团，把裹在我身上的锦缎被子都扯断了线。

我就这样坐在床上，一直等到天明。奶妈来到我房前，叫我起床用早点。我应了她一声，听到嗓子像琵琶拨弄后的琴弦一样发出了低沉的颤音。我依然紧张，坐在床上不起来。奶妈又来催了我几遍，我还是没起来。阳光明亮，洒满窗子，鸟儿轻快地鸣叫。我多想大声地问奶妈，我流了这么多的血，我该怎么办呀？

后来老太太来叫我，她是来叫我陪她到外边走走。我哎哎地应诺着，手忙脚乱地穿好衣服，然后打开门，让老太太进来。她一进门就惊叫道，你怎么了？秀莲，你病了吗？我勉强一笑，在梳妆台前看到了自己那张惨白的面孔，显得惶惑不安。

老太太说，你脸色好差呀，快，快过来躺下，我让他们叫医生来。

她在床边整了整压皱的床单，又拉开被子，说，过来呀，快躺下……她突然看到了床单上的血迹，就把头凑过去，想看得更仔细些。

奶奶。我的秘密被揭穿了，我倍加紧张，颤着嗓子喊，似乎都要哭起来了，我流了好多血，奶奶，我是不是就要死了呀？

老太太呵呵地笑。她走过来，在我的脸上重重地亲了两下。我有些纳闷，听到她高兴地说，傻孩子，你这是长大了。

听说这不是生病，我顿时如释重负地舒了一口气。可我很纳闷，为什么流了这么多血就代表着长大了呢？这时我又听到老太太兴奋地说，我家秀莲从今天起就可以生孩子了！

我大吃一惊。我下意识地摸着肚子，脑子里一阵迷糊。我竟然可以生孩子了，生孩子了。天呀，这是一桩多么可怕而又多么遥远的事情啊。

那天上午，老太太向我讲述了那些关于女人的生理隐秘。她还说以后我会慢慢明白的。我听得面红耳赤，心跳如鼓。我恍恍惚惚的，脑子里满是窗外那姹紫嫣红的春天。

几天后，杨振华从城里回来了。他回来后的第三天上午，他和老太太突然郑重其事地将我叫到了他的书房去。还有丁翠英和张蕾也在那里，两人相隔数米，正襟危坐，不发一言。只有杨志强在一边书架边上偷偷摸摸地翻东西。杨振华走进去咳嗽了一声，那个淘气鬼这才跑回他母亲的身边。

老太太叫我挨她坐下。我感到气氛很是压抑和凝重，心里有些紧张。老太太抚了抚我的背心，示意我放松点。然后我听到杨振华发话了，他说他有一件事情要向大家宣布。我们都竖起了耳朵，可他却突然问我，秀莲，你喜欢这里吗?

我犹豫了一下，说，喜欢。

杨振华的脸上露出了微笑，说，那以后你就一辈子都住在这里吧。好多年前我就和你爹讲好了的，把你许配给志强，以后你就是志强的媳妇了。瞧，这就是你爹当年留给你的信。他说着，拿起桌上的一封信，轻轻地扬了两下。

我几乎信不过自己的耳朵，只感到一道闪电般的强光朝我射过来，晃得我头晕目眩。我茫然地看到老太太和杨振华都笑盈盈地瞧着我，而丁翠英脸色阴郁，张蕾面无表情。这时杨志强屁颠屁颠地跑过来，一把抓住我的手，欢声叫道，秀莲妹妹，以后你就是我的媳妇了!

我羞得无地自容，只感到脸上火辣辣的，烫到了脖子根去。我本能地挣脱他的手，将身子朝老太太的背后缩。耳边传来了老太太和杨振华会心的笑声。我恨不得找个地缝钻下去。

为了证明他所言非虚，杨振华将我父亲当年留下来的信给我看。说实话，从笔迹来看，我根本就判断不出那封信是不是我父亲写的。当年他离开的时候我才八岁，我尚不具备判断他笔迹的能力。但我相信杨振华，他没有必要去欺骗一个小姑娘。在之前，关于我和杨志强的婚约，他只告诉过老太太。他们隐瞒了这么多年，就是想等我长大之后再告诉我。

从那天起，我开始有意无意地回避杨志强。在得知我们有了婚约之后，我见到他时总感到耳热心跳。但他却大咧咧的，完全没把我们的婚约当回事，依旧像个孩子似的，要我跟他嬉戏打闹。我慌忙借口推辞了，只觉心里像有一头小鹿跑来跑去。

一天下午，张蕾突然把我叫进她的房间去了。这还是我第一次进入她的房间，里面略显凌乱，但有一种华丽的炫目感。我小心翼翼地坐下来，不知她把我叫来做什么。

来到杨家这么多年了，我还没有认真地和她交谈过，之前有过的几次对话都仅仅是应景之谈，绝不超过五分钟。有很多次我都主动地亲近她，可是对方那冷冰冰的态度都让我退却了。

她亲自削了一个苹果递给我。我不想吃，可又不能拒绝，只好接过来捏在手上。吃吧，她和颜悦色地说，快吃吧。

我只好咬了一口，轻轻地嚼着，尽量不发出响声。

她脸上浮着一丝浅笑，一直看着我。我被她瞧得尴尬和紧张起来。我忐忑地说，伯母，你是有话要跟我说吗?

她笑了笑，打趣我说，以后你就得改口叫我娘了。

我脸上又一下热了起来。我把头低下去，轻声说，那……那是以后的事呢。伯母你逗我开心了。

张蕾收敛了笑容，一本正经地说，秀莲，以后哇，你没事的时候就多陪奶奶，尽量哄她开心。她若是生气了，你就要想办法让她开心起来。总之一句话，你要让她开心，让她越来越喜欢你。

我说，奶奶对我好，我一辈子都报答不了的。

张蕾说，只要奶奶一直这样宠爱你，以后就可以请她出面，叫你杨伯伯把我们家的生意交给志强。她顿了一下，继续说，这也是为你好。以后你要和志强成亲的，只有志强过得好了，你也才过得好。

我愣住了，没有吭声。

张蕾叹息了一声，说，有一天你会明白我的用心的。现在你不明白也没关系，但只要你记住我对你说过的话就行了。

为什么要这样呢？我说，我觉得这样不公平。谁最有能耐，谁就应该去接管杨……我们杨家的生意呀。

张蕾说，如果杨志飞或者杨志明接管了我们家的生意，那以后你和志强一定要吃苦头的，你明白吗？说到这里她又叹了一口气，说，以前那姓丁的女人……哦，就是你的伯娘，她散布了你和志强的流言，你还记得吗？

我迟疑了一下，点了点头。

你知道她为什么要这样做吗？张蕾突然恶狠狠地说，因为奶奶对你好，那婊子嫉妒呢。她不是好人，以后你要离她远远的。

我说，那都是过去的事情了，一家人嘛，就不必计较了，不然会伤和气的。

臭……你这丫头。张蕾恼怒起来，声音突然就提高了，你怎么能这样想呢？我也是为了你好。总之你给我记住，按照我今天所说的去做。还有，千万别把这些话再跟其他人说起，否则我……说到这里，她突然把语气缓和了下来，秀莲，你好好想想吧。

我带着满腔心事离开了张蕾的房间。一想起她所说的对奶奶好不过是为了这个家族的生意大权时，我就感到深切的悲哀和难过。我心里烦恼极了，就走出大院，准备到外面走走。我想要是母亲不离家出走，父亲也不会将我扔在杨家。假如我们一家人能够平平静静地生活在一起，我就不会为了这些钩心斗角的各种小算盘而烦恼了，而且这样的烦恼还将会没完没了。于是我更加忧伤了起来。

我一走出大院，就看到杨振华回来了。三辆马车停在门口，一群汉子正从车上搬东西。我看到他们吃力地将一个黑黝黝的铁家伙搬下来，放在地上时还发出了咣当的声响。杨振华指着那铁家伙，得意地告诉我说那是发电机。然后他又指着正从马车上搬下来的两个大箱子，说那里装着电线和电灯泡。

那时候，关于什么叫发电机，什么叫电灯，白水的人们全都一无所知。当杨振华拿着一个灯泡告诉他们说那个东西可以发光照明时，他们全都茫然无比，还对那个玻璃一样的东西产生了怀疑。连一向坚信自己儿子的老太太也不安地说，你这是在做什么呢？不要把时间浪费在这些没用的事情上。

杨振华嘿嘿一笑，说，那你们就等着瞧好戏吧。

傍晚时分，发电机响起来。在机器的轰鸣里，我们惊奇地看到电灯泡像天上的星星一样发出了耀眼的白光，就像是在密不透风的黑暗的房间里，突然推开门看到了水一般涌进来的阳光一样。我们为科学的神奇而目瞪口呆，有人甚至激动得哭起来了。我看到他们红光满面，欢欣鼓舞，高兴得就像过节一般。就连老太太也瞠目结舌了。在热闹的欢呼声中，我看到杨振华站在阁楼上，得意扬扬地冲着人们挥手。

第二天，杨振华将这些东西搬到街中心的一间屋子里，让人们排队参观这一只只璀璨发光的电灯泡。恰巧这一天正逢赶集，蜂拥而至的人群把房间都挤爆了。到下一次赶集的时候，那些尚未见过电灯发光的人，也都闻讯赶来。人是越来越多，让整个镇子在赶集的那天变得无比热闹和欢娱。这时候，杨振华又带来一个叫留声机的新东西，更让人们惊诧和好奇。他们始终难以明白那个转动的金属圆盘怎么就能发出一种咿咿呀呀的歌声来，就像是一个人隐藏在某个空间里，向他们打着哑谜。有人自作聪明地想解释其中的原理，结果他那不着边际的猜想把自己都搞得糊涂了。在兴奋和惊奇里，他们最后都茫然失措了。

每逢赶集，总有形形色色的人群像蚂蚁一般从四面八方会集而来，在这里集合和交易。其中还有一群花枝招展的女人在那个秋天的下午到达这里，领头的是一个肥胖的中年女人，带着她们住进了街边的一座大房子。那座大房子是杨振华在不久前修建的，当街的窗口用玻璃镶嵌着，挂着粉红色的窗帘。偶尔那粉红色的窗帘会被轻轻地掀开一角，露出一张涂着厚厚脂粉的女人的脸。这让我对她们产生了好奇，我问老太太她们是做什么的。老太太就很鄙夷地说，那是一群坏女人！

我很是纳闷，既然是一群坏女人，杨振华为什么要把那座大房子给她们居住呢？后来我才知道，原来杨振华只需坐享其成，从中收取了厚厚的一笔租金。不过这笔租金对他来说都是次要的，主要的是他想给这个镇子带来更为丰富的热闹与欢娱。

一天下午，他穿过嘈杂的人群来到了妓院里，向那群姑娘的鸨母收取租金。那肥胖的中年女人已经有三个月没有支付租金了，她模仿着年轻女人的口音对杨振华嗲声嗲气地说，杨老爷，您别急嘛，今天才新来了一个姑娘，水嫩得很啦，让人看了就喜欢，还是黄花闺女呢。不知道杨老爷您有没有兴趣，您可从来都没有光顾过我的生意哟。她话刚说完，杨振华就暴跳如雷，吓得那鸨母面如土色。她怎么也不明白一个甘愿将房屋租赁给别人开妓院的人，为什么会在这个环节上大发脾气。

那天下午杨振华回到家里之后就处在一种极度的烦闷和暴躁不安中。自从下身被打坏之后，他就再也没有机会一亲芳泽了，他当年那像火山一般浓烈的性扩张和性占有欲，就随着那次的意外消失得无影无踪了。为此，他曾经一次次地寻访名医，还特意跑到南京和上海去接受治疗，但最终都失败了。于是他将更多的时间花在生意上，疯狂敛财，以抵消性无能后给他带来的那种深深的失落和痛苦。这些年来，随着年岁的渐渐增高，加上在生意上的忙碌和奔波，他也几乎忘却了女人的肉体是怎么样的一种滋味。但那天下午那鸨母的那番话，让杨振华从迷失了多年的情欲的意识中回过了神来，他朝着他的太太们大发雷霆。

我要休了你。他朝着丁翠英大叫了起来。

明天你就给我从这个家里滚出去。他又朝着张蕾大喊。

丁翠英和张蕾都不知道他为什么会无缘无故地发起火来。她们都不敢吭声，看着杨振华拍桌子，摔东西。

那个男人在那一刻发起怒来竟然连老太太都无法劝解。一向孝顺的他居然朝着他的母亲大吼道，没你的事。

老太太气坏了，差点晕过去。她举起拐杖，想教训一下她的儿子，却不料杨振华一把将她的拐杖夺了过去扔到了一边。他还朝着她嚷道，我说了，没你的事。

逆子！老太太一屁股坐在了地上，叫了起来，你要把我气死了你才高兴。

那一刻我远远地站在一边，很想跑过去扶起老太太的，但我知道她在那时候最希望的是她的儿子把她扶起来，所以我犹豫着，站着未动，在心里不断地催促着杨振华赶快将他的母亲扶起来。然而，他竟然连看都没看老太太一眼，就径直走了开去。

老太太在他身后愤怒地骂了起来，畜生，畜生！

杨振华头也不回地走出了后院。在他穿过前院的走廊时，我听到了他像吆喝牲口一样地训斥着下人。

那段时间杨家的人全都感受得到来自杨振华身上的那种浓烈的火药味，在整个院子里不分白天黑夜地弥漫着。有一天夜里我一觉醒来之后，居然听到了杨振华的骂声像狮子的咆哮一样，让我感到了那个夜晚都轻微地摇晃了起来。被骂的人一声不吭，我也就无从知道到底是谁又撞到他的火山口上了。

他无缘无故地将发电机砸坏了，把灯泡砸碎了，把留声机也砸烂了。总之，他会突然莫名其妙地发脾气，逮着谁都骂，抓住了什么东西就砸。终于，他内心里的恼怒和烦躁之火持续地燃烧了很长的一段时间，还是熄灭了下来。很多时候我看到他落寞地坐在院子里发呆，偶尔会长长地叹息一声。这场炽烈的大火将他烧得憔悴不堪、心灰意懒。他开始消极起来，将生意完全交给了他的大儿子杨志飞，一个人在内心的寂寞中学会了抽大烟，吞吐着他晚年里凄凉而昏黄的时光，让脸上的皱纹在缭绕的烟雾中一点点地深入和扩散开去。他的卧室弥漫着那股懒洋洋的烟味，还略显凌乱，但他从来不要人给他收拾。多年来，他就独自睡在这间卧室里，枕着多年来郁积的失落、烦恼、沮丧和颓废。张蕾和丁翠英都曾多次要陪他睡觉，说给他按摩、暖脚。或许她们是真心的，但杨振华却破口大骂，骂她们猫哭耗子假慈悲，她们在这个时候大献殷勤只是为了她们的儿子和她们的后半生。

26

秋天的时候老太太突然病倒了。她以一种罕见的速度飞快地憔悴和衰老下去，偶尔连说话的声音都含糊了。只有我陪着她的时候她还在笑。她一笑我就感到心里酸溜溜的。我看着她那日渐消瘦的面容，想起她像母亲一样对我的种种温暖，我禁不住一次次地泪盈于睫。

大夫来看过很多遍，都摇头叹息。杨振华就骂那些家伙是蠢猪。他打算把老太太带到省城的医院去治疗。但老太太拒绝了，她微笑着，很平静地对她的儿子说，你就不要浪费时间了，我很清楚的，我没有多少日子了……每个人都会有这一遭的。然后她突然抓起杨振华的手，很动情地说，你爹在下面等了我这么多年了，可我现在才去找他，我真的对不起他呀……那一刻我正站在旁边，心里痛如刀割。我看到杨振华默默地把母亲的手贴在自己的脸上，泪水像虫子一样爬得满脸都是。

家里的气氛显得肃穆而凝重。我常在夜里失眠，就爬起来给杨志强写信。他在这个秋天到省城里读书去了，据张蕾说，他念的是经济。我不知道什么叫经济，我曾问过杨振华，可他也含糊不清。我有些担心杨志强，我听说省城里乱得很，经常能听到枪声。再说他才十八岁，又是第一次出远门，我怕他从小就被娇养惯了，不能适应外面的社会。我在信里叮嘱他注意身体，注意安全，又把家里发生的一些事情告诉他。可信写好了，我又没有勇气寄出去。我就把那些信一封封地藏起来。

一天下午，我在老太太的房间里照顾她的时候，张蕾突然也来看望她了。但张蕾仅仅待了一会儿，就朝我使眼色，示意她有话要跟我说。我就跟她走出门来，刚到走廊的转拐处，她就一把抓住了我，很急切地说，秀莲，看奶奶这样子，只怕没多少时日了。趁着她现在还没咽气，你去请求她立下遗嘱，以后让志强接管我们杨家的生意，你杨伯伯一定会照办的。

我很是为难，我没想到她又旧话重提了。我不愿牵涉家庭内的这些是是非非，更不愿时日无多的老太太也卷进来。我几乎带着一种哀求的语气了，说，奶奶熬不了多久了的，我们就不要去打扰她了。

张蕾说，我这也是为了你好。以前我就和你说过的，难道你忘了吗？要不这样的话，以后你和志强，还有我，我们都会吃苦头的。

不会的。我说，只要我们勤快一点，就会生活得好的。

你到底是傻瓜还是呆子？张蕾叫了起来，你必须按照我所说的去做，现在就去请求奶奶立下遗嘱。

我说，谁来接管杨家的生意并不重要，重要的是把生意做好。现在大哥不是做得很好吗？那就让他一直做下去呀。

张蕾恼怒起来，她突然一巴掌抽在了我的脸上。她厉声喝道，你到底去不去？

我有些蒙了，没想到她会动手打人。我感到脸上火辣辣的，脑子里有些迷糊。我茫然地看着那个因为生气而扭曲了面孔的女人，摇了摇头。

天啦。张蕾又失望又气恼地叫了起来，我的儿子以后居然要娶这样的女人呀。她说完后就急匆匆地走进老太太的房间去了。

我在原地呆呆地站了半晌，才慢慢地朝老太太的房间走去。这时候，我突然看到丁翠英站在另一边的屋檐下，正疑惑地看着我。我愣了愣，慌忙把头低了下去。

一走进门去，我就听到张蕾在耐心地对老太太说，娘，志强在外面读书，不知道您病了。我已经托人给他捎话去了，他很快会来看您的。您知道，那个孩子最喜欢您老人家了！

老太太低沉着嗓子，漫不经心地哦了一声，说，就让他在外面好好读书吧，这比啥都重要。

是，是。张蕾的脸上挤出了一种献媚似的微笑，说，娘，有件事，我要跟您说一下。刚才我也和秀莲说到了，这也是她的意思。但一个姑娘家，她不好意思开口，就由我来说了。她顿了顿，继续说，秀莲的意思，她希望您老人家立个遗嘱，以后由志强接管我们家的生意。

我听到这里的时候脑袋突然轰的一下就大了。我何曾有过这样的念头呢，却被张蕾无中生有地捏造出来，还说得像煞有介事的样子。我感到了一种难言的惶恐涌上心来，不由失声叫道，奶奶——

老太太突然嘿嘿地一笑，说，这恐怕不是秀莲的意思，而是你的意思吧。

我感到心里热乎乎的，无比温暖。我咬紧了嘴唇，只觉泪水就要流出来了。

张蕾并没有因为自己的心计被识破而羞怯和紧张，她理直气壮地说，志强在外面念书，专门念的是经济。他最有资格来接管我们家的生意。

放屁。这时候丁翠英突然闯进来了，这个一直在外面鬼鬼祟祟地偷听的女人一进来就大声反驳道，志飞做得好好的，连老爷都夸奖他，就应该由他继续掌管。

张蕾涨红着脸，说，你才放屁。老爷让我家志强去念书，读经济，就是让他毕业后回来接管我们杨家的生意。要是由我家志强来接手，一定做得比杨志飞好。

丁翠英大声说，就凭你家杨志强那点能耐还想做生意？我看他就是吃屎都要起早点。

你才吃屎呢。张蕾的脸色更红了，那脸上的怒火似乎随时都会把她的面目焚烧成一块焦炭。她骂道，你就是吃屎的老母狗。

你才是。丁翠英刚刚启唇反骂，就被老太太打断了。老太太低喝了一声，然后平平淡淡地说，你们是来我这里吵架的吗？

张蕾和丁翠英就不敢吭声了。但我却注意到她们一脸怒气，胸脯有力地起伏着，用恶毒的目光对视，就像是两把带毒的剑，都恨不得刺倒对方。

老太太依然很平淡地说，我是一个妇道人家，家里的事，你们去问当家的男人吧。我就要死了，在死前的这段时间里，我不想听到有人在我的面前吵吵闹闹。她说完后又吩咐我道，秀莲，过来，给我揉一下肩膀。

我就跑过去，扶着老太太坐起来。我用眼角的余光看到张蕾和丁翠英狠狠地互瞪一眼，然后两人就退出去了。我说，奶奶，她们……她们会不会再吵起来呀？

也许会的。老太太叹了一口气，说，冤孽啊！

我没有吭声。我刚开始给老太太揉搓肩膀，外面突然就传来了丁翠英的骂声，贱人，骚货，你不要脸，你偷男人。

虽然没有看到外面的情景，但我敢肯定丁翠英是在大骂张蕾。果然，外面又传来张蕾不甘示弱的对骂声，你以为你干净得很？你的两腿间夹的是茅厕，想偷男人都被人家嫌你臭呢。

我突然感到脸热起来。我说，奶奶，你听她们骂得多难听。要不你叫她们别骂了。

老太太说，就让她们骂去吧，不然她们会被憋死的。

我就只好沉默了，听着外面的两人唇枪舌剑，脏话连篇，骂得越来越下流了。就在这针锋相对的对骂里，我突然听到丁翠英啊了一声，随后她愤怒地叫道，贱人，你还敢打老娘，老娘跟你拼了。紧接着，外面同时传来了两人的大叫声。

我立即跑到窗边去看，看到两人在窗外的院子里像疯狗一样厮打在一起，相互在对方的脸上抓出了一道道的血痕。

不好了。我惊叫起来，奶奶，她们打起来了。

老太太说，就让她们打好了，不然她们的手痒得很。

我急了，说，不行啊，她们把脸都抓破了。奶奶，你去叫她们别打了。

老太太说，她们已经憋了很久了，这一架要是再不打，她们会被憋死的。她说到这里，突然叹息了一声，继续说，秀莲，你去叫你的杨伯伯吧，那是他的女人，由他自己来处理。

我走出门去就看到了她们由厮打变成了摔跤。在院子边上，奶妈和几个丫鬟正远远地站着观看，但谁也没有走过来劝阻她们。

当我风风火火地闯进杨振华的房间，向他汇报着他的两房太太在相互打架和谩骂时，杨振华竟然很平淡地说，我早就知道她们有一天会打架的，这一天终于来了，那就让她们分出个胜负来。

我焦急地说道，你不去阻止她们的话，也许她们会闹出伤亡来的。

不会的。杨振华懒洋洋地站起来，说，我和你去瞧瞧，瞧瞧她们谁更厉害一些。

我以为杨振华是去阻止她们，只不过在嘴上表现得无所谓的样子。但事实上杨振华真的是去观看热闹的。他叫下人给他抬了一张藤椅，然后坐在院子边上饶有兴趣地看着她们的表演，就像当年他在城里看戏那样。之前站在院子边上观看的那几人看到杨振华到来后全都溜掉了。

你怎么能这样呢？我有些生气地说，你快去阻止她们呀。你看她们，她们像疯了那样。

你不觉得很精彩吗？杨振华说着把手指竖在嘴唇上轻嘘了一声，说，别出声，快点看好戏。

我生气了，腾腾地跑过去，大声嚷嚷道，别打，别打了。

在这场滑稽的打斗中，两人谁都没有讨到便宜。如果非要分个胜负的话，丁翠英因为年长一些而稍稍吃亏。两人在难分难解中早就想罢手求和了的，可是那种刚烈的自尊让谁也不愿意率先住手。好不容易有人站出来劝解，她们就不约而同地停了下来，对视着，像牛一样喘着粗气。

她们一住手，坐在院子边上的杨振华就讥讽地叫了起来，怎么就停下来了呢？继续，继续呀，这么精彩的戏，我还是第一次看到呢，大开眼界啊。

他这么一嚷，丁翠英和张蕾都各自走开了。但走了几步后，两人又都回过头来，冲对方狠狠地呸了一声，然后才又各自走开。杨振华哈哈大笑，随后他像戏子那样高声地唱了起来，还把声调拖得长长的——

头通鼓，战饭造，二通鼓，紧战袍；

三通鼓，刀出鞘，四通鼓，把兵交；

上前个个俱有赏，退后难免吃一刀……

他唱得字正腔圆，像一个名伶，很入神，眼中隐隐含着泪水。和煦的阳光如同打翻的颜料，风中有花香缕缕飘散，我竟听得有些痴了。

从这天起，丁翠英和张蕾突然也变得暴躁起来，稍不顺心就冲着下人发火，吼得对方灰溜溜的，不敢吭一声。她们不再说话，哪怕只是在表面上打个哈哈，她们也不屑于这样的虚情假意。她们更不会坐在一起吃饭，只有在逢年过节一家人团聚一桌时，她们才会勉强地凑在一起，但彼此间绝不多看一眼。在她们势如水火的仇恨里，在杨振华懒洋洋的事不关己中，在老太太苟延残喘的寂寞里，我越来越沉默，只觉胸中的块垒像潮水过后的淤泥一样越积越深。

时间一点点地流逝。老太太并没有像我们所预想的那样很快死去，而是又行尸走肉般地活了半年多。她死去的那一天晴转多云，上午的时候还阳光艳丽，午饭后突然就阴云蔽日。一阵大风卷来，吹得尘土飞扬，窗子哗哗作响。当我关上窗户，走过去给老太太盖上被子的时候，我才发现她已经走了，一脸的宁静和安详，连一句临终的话语都没有。这时候，窗外突然淅淅沥沥地下起雨来，让我恍然觉得那就是老太太走向远方的细碎的脚步声。

很长的一段时间里，我都精神恍惚，做事颠三倒四，后来我就病倒了。这期间，除了杨振华来看过我，其他人全都不闻不问。我心情糟糕到了极点，带病给杨志强写信。我第一次在信里大胆地表达了我在孤独中对他的想念和在无助中急需某种依靠的渴望。随后我又从以前我写给他的那一沓从未寄出的信件中挑了三封，一并给他寄了过去。二十天后我收到了他的回信，我没有读到他给予我的温暖的抚慰和鼓励，而是嘲笑我像个小孩子，还问我羞是不羞。我气得哭了起来。我开始对自己的爱情和未来的婚姻感到了无所适从的茫然。我努力地回想着这些年来与未婚夫杨志强相处的点点滴滴。在那些仿佛烟花般绚烂的往事中，我发现我们之间根本就没有爱情，而是一种始终停留在童年时代的无邪的友谊和同伴关系。我因为少女的矜持和羞涩，也因为当年丁翠英编撰的流言而压抑着我对他的爱，而他也从未向我表现出他作为一个男人所应该承担的呵护和关心，甚至在我孤独无助的时候，他也仍然像幼时我们互相打闹那样来取笑和嘲讽我。我突然感到了一种前所未有的沮丧和感伤，我在夜里躲在被窝里偷偷地哭了起来。

当杨志强从省城念完书回来后，我更加不能坦然地面对他了。倒是杨志强依旧大咧咧地和我说话，甚至在我的面前侃侃而谈。他说他们班上有一个漂亮的女学生，简直像仙女，美得动人。我死死地咬着牙，噙着眼眶里的泪水，一直低着头听他说话。我真想告诉他，我心里都要碎裂了呀。可他还陶醉其中，向我绘声绘色地描述着那个女同学的美丽。他还说他有些喜欢她，她对他也很有好感。最后他居然这样问我，秀莲妹妹，你说如果我去追求她，我能不能成功啊？

我只觉得腮帮很酸。我忍不住哭起来了。我的哭泣让杨志强哈哈大笑，他用手指刮着自己的脸颊，依然以一种打趣般的语气对我说，瞧你，这么大的人还哭，你不害臊呀。

我是你的未婚妻呀。我说完这句话后，差点把牙都咬碎了。

杨志强怔了一怔，随即尴尬了起来。这时他才似乎想起多年前的那个婚约。他讪讪地说，我开玩笑，开玩笑。然后他慌慌张张地站起来，像小偷似的，转身就跑了。

我幽怨地看着他，只觉他的背影像一道无法解开的死结一样系在我的目光里。

那以后，我们有意无意地疏远起来，即使在碰面的时候也会心照不宣地借故避开。我无限忧伤，悲哀地想着我们两人既回不到童年时期那种无邪的友谊和同伴关系中，又无法进入到爱情的甜蜜的天堂里。经过好几个夜晚的内心的折磨和煎熬，我下定决心，要尽快地改变彼此间这种僵硬而尴尬的局面。

一天黄昏，我在吃饭的时候当着杨振华和张蕾的面，鼓起勇气提出了我要和杨志强尽快成亲的要求。杨振华当场就答应了。但是当我要求他给我们定个良辰吉日的时候，他却挥挥手走开，不耐烦地说，你们决定就是了。

只有张蕾阴沉着脸，在嘴里嘀嘀咕咕。整个饭席间她一言不发，时不时地用筷子把碗敲得当当地响。饭后，她把杨志强悄悄地拉到一边，很关切地说，志强，你要想好，我觉得你和她不适合的。

杨志强说，慢慢就好了。

张蕾说，你在外面读书，难道就没有一个你喜欢的姑娘吗？如果有的话，和你爹说去，娘也帮你，把你们的婚约解除了。

不行。杨志强很严肃地说，我不能对不起人家。

张蕾说，什么叫对不起她？我们杨家对她已经仁至义尽了。当初如果不是我们家收留了她，只怕她早就饿死了。

杨志强一本正经地说，我们有婚约的嘛。

你，你真是气死我了。张蕾生气地叫了起来，我还指望你呢，没想到你这么没出息。

开春后，我们成亲了。新婚的第一天夜里，我们都为这种突然到来的夫妻关系感到局促和紧张。我在床上坐了很久，都不见他来揭开我头上的红盖头。我就悄悄地撩开红纱，发现他半个屁股坐在桌子旁边，正不安地看着我。我咳嗽了一声，他没反应。我就只好叫他，我说你傻了呀。他这才走过来揭开我的红盖头，讪讪地冲我笑，接着就把目光避开了。我没有吭声，心里像擂着鼓一样。我看到洞房鲜艳，红烛明亮，锦被红绸，布置像春天一样。可我们却干坐着，沉默了很久。

红烛一点点地短下去，偶尔爆开一朵朵艳丽的烛花。夜深了，杨志强终于说道，睡吧。我嗯了一声。可我们谁都没动。过了半晌，我们终于躺下去了，但是没有脱衣服，只是沉默地听着屋顶上呼呼地刮过的风声，像鸟群振翅掠过。

那天夜里，我们几乎是失眠到天亮，最后才迷迷糊糊地睡去。

第二天，我起床后发现天上下起了小雨。这雨一下就是整整一天，直到晚上都还在滴滴答答地落个不停。我们早早地睡下了，仿佛彼此间有着某种心照不宣的感觉和契约似的。我脱了衣服缩在被窝里。他躺下来，我紧张极了，就像有无数条小蛇在心里四处游走和穿梭。他握住了我的手，我不由轻轻地抖了起来，手微微地缩了一下，但最终还是让他握得结结实实的。随后他又把另一只手伸过来，搭在了我的小腹上。他的手真热啊，像火炭一般。在刹那之间，我只觉得自己像触电似的，有一道强烈的电流像洪水一般从我的全身冲刷而过，给我带来了一种地震般的战栗和激动。

在这个世界的摇晃和杂乱无章的喧嚣中，我渐渐地清晰起来，听到了他粗浊而低沉的喘息声，就像窗外那淅淅沥沥的雨点打在宽大的芭蕉叶上。那些晶莹剔透的水珠就乱溅了开去，跳跃着，滚动着，在地面汇聚着，越聚越多，最后汇成了一条汹涌澎湃的大河……

我微闭双目，长长的睫毛上挂满细碎的泪珠。志强。我一开口，泪水就滚了下来。

瞧你。他嗔怪我道，哭啥呢。

他轻轻地为我擦拭脸上的泪水。我抱着他，微微哽咽道，我明明很高兴，可是不知为什么，我一说话，这眼泪就不停地流。

他突然像孩子似的扑哧地笑了一声。

第九章

27

我们婚后没多久，张蕾就叫儿子去城里参与经营杨家的生意。但杨志强却对经商提不起半点兴趣，他一摸算盘就头大。张蕾对他连哄带骗，又苦心婆口地劝导，最后她还威逼利诱，说得嘴都干了，可杨志强还是没动摇。他在一次次的搪塞后终于把实情告诉了她，其实他在省城里念的不是经济，而是法律。

张蕾气得眼眶都红了。她抡起巴掌朝杨志强扇过去。杨志强却一把将她的手腕给抓住了。

娘，人各有志。杨志强说，当初我就不想读经济，是你一厢情愿地叫我读的。但我只读了两个月，就没读了。

气死我了。张蕾在没能打到儿子的耳光之后，突然气急败坏地朝自己的脸上掴了一巴掌，然后又叫道，老娘我不要活了。

杨志强没想到母亲居然会自打耳光，他不由惊叫起来，娘——

张蕾趁着儿子还在愣神之际，啪地朝杨志强的脸上抽了一巴掌，叫道，气死我了。

杨志强为这样挨了一耳光而感到窝囊和恼怒，就气咻咻地转身走了。

张蕾还在他身后大叫道，败类，窝囊废！

然后她像吃了豹子胆似的闯进了杨振华的卧室，朝着那个正在懒洋洋地吸食大烟的家伙大叫道，杨振华，你这没良心的东西，你把我害了不说，你为什么还把你儿子也害了？

杨振华连眼皮都没有抬一下，他对什么都懒得理会了，更何况那一刻他正沉浸在飘飘欲仙的恍惚里。

张蕾竟然跑过去抢他的烟杆，被他抽了一耳光，还被他一脚蹬在了肚子上。张蕾顿时蹲了下去，疼得泪水都快要涌出来了。不过疼痛也让她渐渐地从之前的冲动中清醒了过来。她坐在一张椅子上，看着杨振华连正眼都没有瞧她一下，继续贪婪地吸食着他的大烟。在缭绕的烟雾里，张蕾闻到那种让人像醉酒一样头晕目眩的懒洋洋的烟味。她觉得这种味道不堪忍受，心里很不明白为什么杨振华会像着了魔一般，对它是那样迷恋和疯狂。

直到杨振华心满意足地吸好了大烟后，他才抬起头来看着张蕾，很诧异地说道，你什么时候进来的？

这个男人把张蕾打疼了，竟然还像什么都忘记了似的询问她是何时进来的。这让原本平静下来了的张蕾顿时又激动了起来，她霍地站起，大声说，杨振华，你真不是东西。你为什么要叫志强去读什么狗屁法律，你把他的这一生都毁掉了。

杨振华没有明白这个激动的女人说的到底是什么意思。其实他根本就不知道杨志强改念法律之事。而张蕾却认定这是杨振华的主意，在她看来，这是他们父子间的一次秘而不宣的同谋。

当杨振华从张蕾的口中得知杨志强改念法律之后，他竟然竖起了大拇指，对杨志强的这一行为大加赞赏。他说男人就应该干自己喜欢的事。他还说他永远都支持儿子的决定。

得到父亲的支持后，杨志强欣喜若狂。那以后，人们经常看到杨志强像传教士一般，在街道边、在桥头上、在老树下、在祠堂前向人们普及法律知识。尤其在赶集的时候，面对众多的人群，杨志强更是演讲得眉飞色舞，滔滔不绝。起初还有人兴致勃勃地倾听，但渐渐地大家都兴味索然了，甚至一看到他就会避而远之。为此，杨志强苦恼了整整一周，还在一天夜里问我要怎么样才能调动起听众的积极性。我觉得很好笑，故意挖苦了他两句。他突然拍着脑门，高兴地叫起来，说他找到一个好办法了。

第二天，杨志强向人群免费地分发糖果和瓜子。但听众必须听完他半个时辰的演讲后才能领到这些东西。半个时辰之后，他又继续分发糖果和瓜子，而且是越到后面分量就越多。这一物质的诱惑很奏效，很快就招来了大量听众。人群像河流汇涌大海似的朝他围聚而来。附近的村民们在赶集时早早地来到了白水镇，并且相互打听杨家的三少爷什么时候会出来演讲。

杨志强得意扬扬，陷在那种荒唐而虚假的风光和热闹中不可自拔。他的演讲也渐渐地偏离了法律知识的轨道，到后来变得随心所欲，畅所欲言了。很多时候，在赶集的那天他常常故意拖延了出去演讲的时间。一天中午他还坐在自家的院子里喝茶的时候，有下人急匆匆地跑来向他报告，三少爷，外面的人问你啥时候才出去?

让他们再等等。杨志强手一挥，很得意地说，告诉他们，今天的内容更精彩。

等下人第三次来向他报告的时候，杨志强才终于站了起来，整了整他的衣冠，昂首挺胸地往外走。下人跟在他的身后，背着糖果和瓜子。

杨志强一走出门去，就有一大批人围聚过来。他们簇拥着他来到他惯常演讲的老地方，随即人群发出一阵热烈的掌声和欢呼声。等掌声和欢呼声平息下来之后，杨志强就清了清嗓子，开始了他的演讲。

当他唾沫横飞、得意忘形地沉浸在演讲中的时候，一把小刀从他的身后突然飞过来，在人群的惊叫声中插在了他的左肩上。这一突发的变故顿时让人群大乱，仓皇地四处散开。杨志强忍着肩膀的疼痛四处观看，以辨认形迹可疑的凶手。但是在嘈杂和混乱中，他什么也没发现。没人知道谁是偷袭者，也无从知道那个家伙偷袭的动机何在。

杨志强的伤势并不严重，可是这次莫名其妙地被偷袭却像一盆冷水一样，让他从演讲的狂热中冷静了下来。当他重新思考自己今后的去路时，张蕾却不失时机地怂恿着他，要他经营杨家的生意。

志强，娘求你了。张蕾在最后抛弃了作为母亲的那种高高在上的尊严和优越感，扑通一声朝她的儿子跪了下去。

杨志强大吃一惊，慌忙去扶她。可张蕾就是不起来，她哑着嗓子，威胁儿子说，你要是不答应，我就不起来。

杨志强只好答应了。可他并非发自真心，只是出于对母亲的尊重，以及对母亲下跪哀求的不可拒绝才这样做的。因此，在他最初和同父异母的兄长杨志飞一起经营杨家生意的那些日子里，他故意将生意搞得一团糟，以此来表明他确实不是做生意的料，让他的母亲死心，从而使他从自己讨厌的生意场中抽身而出。

当杨志强又一次故意将生意搞得乱七八糟的时候，忍无可忍的杨志飞竟然当着顾客的面给了他一拳。杨志强不甘示弱地进行了反击。于是这两个身强体壮的家伙就大打出手，干戈相向，结果旗鼓相当，互相把对方揍得鼻青脸肿。

这一架结束之后，杨志强就连夜回到了白水。我用盐水给他擦洗身上的伤痕时，他疼得龇牙咧嘴。

我心疼地说，你不愿做生意就回家来好了，何必在外面这样辛苦自己呢?

不。杨志强突然斩钉截铁地说，从现在起，我打算好好地做生意了。他顿了一下，兀自咬着牙说，你他娘的，杨志飞，你狗眼看人低，老子就证明给你看。

我一下就明白了，杨志强为什么在突然间改变了多年来他对经营生意的那种冷漠和讨厌，全因为他与杨志飞的那一架，让这个血气方刚的男人产生了一种强烈的争强好胜的自尊心。我笑了起来，轻声说，你要做啥我都不会干涉你，不过，如果你还是做不好，那就回来吧，不要死扛着，为难了自己。

那时候，我错误地认为杨志强是做不了一个好商人的。可是没多久，我就听说在杨志飞多方努力未果的情况下，杨志强竟然成功地给囤积在库中已久的货物找到了买主。随后又有好消息不断传来，都是关于他一桩桩的成功的买卖。他在这时候表现出了他在生意场上的那种让人吃惊的天赋和潜力来，左右逢源，如鱼得水。

除夕的那天傍晚，作为父亲的杨振华在晚宴上居然主动地敬了杨志强一杯酒，夸赞了儿子的能干和聪明。杨志强就说那是杨振华教导有方。然后他又说，爹，那是因为我继承了你优良的血统。

杨振华当然知道儿子这是在虚假奉承，但他还是很高兴，又多喝了几杯。在醉意醺醺中，当杨志强再一次向他敬酒时，他说，老三，我看你是块好材料，再好好打磨一下，就能赶上你爹我了。

杨志强嘿嘿一笑，说，爹，我不想赶上你，我是想超过你。

杨振华哈哈大笑，说，有志气，不愧是我的儿子，那爹就给你这个机会。从下个月开始，你暂时接替志飞做大掌柜，你若做好了，以后你就掌管我们杨家的生意。

杨志强举杯说，爹，大丈夫一言既出，驷马难追，这杯我敬你，你随意，我干了！

杨振华也一饮而尽，拍着胸脯说，老子啥时候说话不算数了？

杨志飞小心翼翼地问，爹，你这个决定是不是武断了点？毕竟志强……

杨振华瞪着眼打断儿子的话，怎么，我现在不能做主了？

杨志飞悻悻地说，你说了算，你说了算。

我看到张蕾骄傲地抬着头，以一种挑衅而得意的目光看着丁翠英。丁翠英阴沉着脸，不说话。那阴郁的表情，就像冰凝住了雪。

你要当心点，不要再和大哥发生正面冲突了。我觉得大哥和伯娘……哎，反正我说不出来，你自己要当心就是。我在晚宴结束后，这样忧心忡忡地劝诫丈夫。

已经喝得有几分醉意的杨志强顿时不屑地说，难道我还怕他们不成？

我说，爹喝多了，说你做好了就改由你做大掌柜。爹说这话的时候，我看到伯娘的脸色很难看，恨不得要把你杀了那样。我很担心呀，她这人，发起狠来啥都干得出来的。

杨志强一拍桌子，嘴里含含糊糊地说，他们想怎么样，那就冲着我来吧。

我叹了一口气，说，但愿是我多心了。

从这天晚上开始，我总是心神不宁，并且随着时间的推移，这种内心的不安越来越强烈。我去看医生，服了几剂理气调神的中药，但也没有任何效果。三个月后的一天下午，从城里传来一则坏消息：杨志强因为涉嫌强奸被警察抓起来了。

我一下就恍惚了，几乎不敢相信自己的男人竟会干出这样的事情来。两个月后，据杨志强回忆，连他自己都不明白那个下午到底发生了什么事，他只记得他在喝下半杯茶后，突然血脉偾张，情欲大开。他也不明白为什么在这一刻，一个女学生敲开了他的门。欲火难耐的他一把抱住了那个女学生，意图强奸她。他撕开了她的衣服，因为用力过猛而在她的身上留下两道瘀青的伤痕，但幸运的是，他最终强奸未遂。衣衫不整的女孩在逃脱后跑去报了警，她在警察面前哭哭啼啼地交代，她是一个邮递员的女儿，在那天下午替她生病的父亲送信，没想到遭到了命运的残酷打击。

警察抓着杨志强，带到女学生面前让她指认时，杨志强看着那个楚楚可怜的姑娘，突然一下回过神来。他为自己的丑行而深感愧疚，他在警察面前没有丝毫反驳。

杨志飞把这个消息带到家里时，还给杨振华附了一封信。在信里他叫他的父亲不要担心，他将赴汤蹈火地营救他的兄弟。可是一段时间后他又写信来说那件事情很棘手，恐怕他是无能为力了。杨振华看了这封信就暴跳如雷，大骂杨志强是败类浑蛋，又骂杨志飞是没用的饭桶，连一个人都救不出来。第二天，杨振华一大早就赶往城里，哗啦啦地砸了一大堆大洋之后，就把杨志强从监房里带了出来。

这件事在白水被传得沸沸扬扬，经过一张张嘴巴的传播，它已经演绎成很多种精彩而生动的版本。杨振华为此大光其火，认为他的儿子丢了杨家的面子。在把杨志强带回家后，他就狠狠地给了杨志强一耳光，又踹了一脚，大声命令他跪在堂屋里。

畜生！杨振华骂了起来，你连一个女孩子都不放过，你还是不是人？我们杨家没有你这样的败类。

杨志强跪在地上耷拉着脑袋，一声不吭。

畜生、败家子、败类、浑蛋……把杨志强骂得狗血淋头的杨振华在最后命令儿子老老实实地待在白水，面壁思过，半个月后再亲口向杨振华反省他的错误。

那些日子里杨志强的心情糟糕透顶了，他老老实实地待在一间小屋里，除了上茅厕，他没有踏出过房间半步，就连吃饭也是让人送去的。而且杨振华还不准我们任何人去看他。这让张蕾为儿子愤愤不平。在她看来，杨志强的犯罪与他经营杨家的生意简直就是两回事，更何况杨志强那么精明能干，没有理由让他歇在家里而不去经营杨家的生意。在憋了几天之后，她终于在一天下午闯进杨振华的房间，激动地为儿子打抱不平。

别忘了，当年你还是妓院的常客呢。张蕾在最后面对着杨振华的无动于衷生气地叫了起来。

女人家，你懂个屁。一直侧躺着吸食大烟的杨振华在这时候突然抓起桌子上的一个茶杯，猛地砸在张蕾的身上，里面残余的茶水顿时倾泻出来，将她刚换的新衣服一下就弄脏了。

张蕾跳了起来，跺着脚叫道，杨振华，你这没心没肺的东西——她说到这里的时候突然一口气提不上来，只觉喉咙间一甜，一口鲜血就吐了出来。

张蕾一下就呆住了。她勉强地稳了稳摇摇欲坠的身子，然后弯下腰去查看地上的鲜血，却不料因为全身乏力而栽倒在地，额头砰的一下撞到了一张椅子的棱角上，皮破了，血慢慢地渗出来。

她爬起来的时候，杨振华也从床上下来了。他关切地问她，你怎么了？

不要你管。张蕾朝着他厉声大吼，然后跌跌撞撞地跑出去了。

她那恶劣的态度让杨振华恼怒起来，他冲着她的背影叫道，不识抬举，臭娘们！他气呼呼地骂了一句，犹豫了一下，然后又追了出去。

张蕾心里满是惶恐和无助。在这个家里，只有儿子才是她内心里唯一的依靠了，她就朝杨志强面壁思过的那间小屋跑去。她面色惨白，额头上鲜血斑斑，嘴角边上也带着一抹血迹。她一进门就慌慌张张地叫道，志强，志强，我就要死了。

杨志强大吃一惊，抢上去扶住了她，惊叫道，娘，你怎么了？

张蕾还没说话，杨振华也跟着闯进来。这让杨志强错误地认为那是杨振华将张蕾打伤的，他不由分说地冲上去，一把揪住他父亲的衣领，厉声说，你为什么要这样做？

杨振华原本是出于对张蕾的关心才跟过来的。可没想到他一进门来，竟然就遭到了儿子如此粗暴的对待。他生气地给了杨志强一耳光，还没来得及训斥儿子的时候，他就被因为挨了一记耳光而恼怒的杨志强按倒在地上了，还被他狠狠地揍了几拳。可怜这个多年来吸食大烟的男人已经失去了他应有的强健和活力，他被压在地上动弹不得，只是在声嘶力竭地大吼，畜生，你狗日的敢打老子，就是天打雷劈……

那天下午发生的事情让这个家里的某种秩序一下被打破了，就像是地雷引爆一般，整个大宅院在很长的一段时间内都不得安静，弥散着浓烈的硝烟的味道。杨振华像一只受伤的野兽，时不时地咆哮着，胡乱地揪住一个人来作为他的出气筒。有一天他竟然将枪取出来，对着天空鸣放了几枪。这一癫狂般的行为，让家里的人都吓坏了。除了杨志强外，所有的人都对他避而远之，生怕自己一不小心就撞到了他那愤怒的枪口上。在恼怒中，他甚至还扬言要将杨志强赶出这个家门。

28

后来在我漫长的回忆里，张蕾的咳嗽声总像一只破风箱那样沙哑地响在我的耳边。据医生说，她患的是痨病，而且还相当严重了。那种病是传染的，大家都对她避而远之。我常常看到她在黄昏的时候坐在门前，半张脸陷在傍晚的余光中，写满了落寞与忧伤。

在那些日子里，我能感受得到张蕾在病中的那种孤立无助的寂寞和疼痛。

只要一有空，我就会去陪伴她，以缓解病痛给她带来的那种度日如年的煎熬和孤独。也因为这样，张蕾在她生命垂危的黄昏里，终于稍稍改变了她对我的那种根深蒂固的偏见。

八月的一天上午，张蕾安然地合上双眼的时候，窗外突然落起了无数的白色花瓣，像一句句纯净的悼词轻轻地飘临在死者的窗前。让人惊奇的是，病痛的折磨并没有改变她的容颜，直到死去的那一刻她仍然保持着一个美丽女人所具有的成熟和风韵。她的死亡让我在很长的一段时间都感到那只是一朵沾香带粉的花，悄无声息地凋零在那个上午的寂静里。

在她临死的前一天，我和杨志强陪在她身边。在这时候，这个女人在生命的尽头，还在为多年来的愿望被毁于一旦而耿耿于怀，在恨铁不成钢地数落着她的儿子。面对她的数落和责难，杨志强垂着脑袋，一声不吭，只是偶尔抬起头来和我对看一眼。后来她骂累了，才停息下来，躺在那里，微闭眼睛，喘着粗气。

娘。我喊了她一声，怯生生地说，你怎么样了？

张蕾说，我难受啊。她顿了一下，又说，秀莲，你去叫一下丁……你伯娘，我有话要跟她说。

我来到丁翠英的窗前叫她。她坐在屋里，没有给我开门，只是隔着窗子问我干什么。我说张蕾叫她，有话要跟她说。丁翠英冷冷地说她没时间。

我沉默着，在她的门外站了半晌，才又叫了一声，伯娘！

丁翠英不耐烦地说，你还没走啊？

我说，她都是快死的人了，你就不能跟她和解吗？

丁翠英冷笑了一声，说，做梦去吧。那个痨病婆，死了也是我的仇人。

我说，伯娘，过去的事情就不要再计较了吧，毕竟……毕竟我们是一家人。

谁跟她一家人了？丁翠英恼怒地叫起来，没事就滚开，别在这里烦我。

我只好悻悻地回到张蕾的房里，心里很沮丧。张蕾用询问的目光看着我，我没吭声，只是无奈地摇头。

那婊子养的。张蕾突然骂起来，老娘会给她好看的。说完她咳嗽了几声，又继续骂道，贱人，婊子，一定不得好死的……

我听着她恶狠狠的诅咒，语气就像带毒的刀子。我不寒而栗。

那天下午，在我临走时张蕾交给我一封信，要我在她死后——确切地说是在我们服完丧期之后——将那封信交给杨振华。因为杨志强和他的父亲不睦，而我恰好又深得杨振华喜欢，所以张蕾把送信的任务交给了我。最后她还再三叮嘱我，这事不能让任何人知道，包括杨志强，并且不得偷看。

她的郑重其事让我对那封信又是好奇又是忐忑，我预感到那封信上的内容一定非同小可。在服完张蕾的丧期后的一天下午，我在准备将那封信交给杨振华的时候耐不住内心里强烈的好奇，偷偷地打开了那封信。

在看完了那封信后，我顿时惊骇得六神无主，那封信脱手掉到了地上。好半天我才回过神来，倒吸了一口凉气。原来在那封信上，张蕾详细地写下了当年她和丁翠英密谋并雇用打手偷袭杨振华的全过程。我做梦也没想到那个女人在死后都还会凶狠地朝着丁翠英来一招回马枪，而且这招实在是太狠太绝了。我很清楚，以杨振华的个性，若是在这时候他知道当年那一事件的真相，那么这个真相对他的打击将是毁灭性的。在那种毁灭性的打击中，他肯定饶不了丁翠英，甚至他在暴怒中也许还会将整个家庭连根拔起。

尽管违背了死者的遗嘱，可我还是很庆幸我偷看了那封信，要不然后果真是不堪设想。我决定隐瞒那桩往事，就将那封信藏在箱子底下。

几天后的夜里，我梦到了张蕾，她懒洋洋地坐在后花园里，以一种懒洋洋的语气问我，你为什么把我的信藏起来了？

我还没来得及回答她，张蕾就像鸟一样地飞过来了，朝着我的胸口上猛推了一把。我感到胸闷极了，我在惊惶中醒过来，发现丈夫的右脚压在了我的胸口上。

从那天夜里开始，这样的噩梦就折磨着我，让我不得安宁。甚至有一天下午，我还看到了张蕾走进后花园来，坐在椅子上咳嗽，然后懒洋洋地问我，你为什么把我的信藏起来了？

我失声叫起来的时候，眼前的幻象又像水泡破灭似的消失了。但几天之后，我又看到张蕾走进后花园来，径直朝我的房间走过去。我吃惊地叫了一声。张蕾就回过头来，朝我笑了一笑，说，今天晚上我要和你睡。

我恐惧着，哆嗦着，在那天夜里找了一根粗大的棍子抵在门后，并告诉杨志强要警觉一些，别让人闯进来了。杨志强很奇怪地看了我一眼，然后倒头就睡下了。

半夜的时候我做了梦，梦见张蕾在我们的卧室里翻箱倒柜，把我们的衣服像丢废物似的一件件地扔在地上。我惊恐着，缩在被窝里偷偷地看着她。最后她从箱子底下找出了那封信，来到床前掀开被子，扬了扬那封信，恶狠狠地跟我说，你不听我的话，那就去死吧。她说着用手掐住我的脖子。我挣扎着，只觉就要窒息了……

我醒来的时候已是深夜，风声婆娑，月明如水。我摸到额上全是冷汗，心里满是惊慌和不安。我再也抑制不住，低低地啜泣起来。我的哭声把杨志强惊醒了。他搂住我，轻声地问我怎么了。我紧紧地抱住他，把事情一五一十地说了出来，并恳请他别把这些告诉给杨振华，不然这个家一定会不得安宁的。

没事的。杨志强安慰我说，有我在，你啥都别怕。

他爬起来，把灯点亮，从箱子底下取出了张蕾的那封信。我看到他平静地看完了那封信，又平静地将它放回原处。然后他冲我笑了笑，说，你什么都别想，没事了。

不知是从丈夫那里获得了内心的依靠，还是我慢慢地学会了自我调整，那些折磨着我的噩梦和幻象终于渐渐地消失了。这时候，杨志强也结束了他赋闲在家的日子，开始另起炉灶，做起了生意来。

他从外地买回了一批山羊来养殖，别出心裁将山脚下的数亩田地用来修建羊圈和种植青草。起初人们都对他的这一举动表示了怀疑，有人还在背地里嘲笑他狗屁不懂。可是当后来他的羊群成倍剧增，并且长得膘肥体胖的时候，人们都齐刷刷地闭上了嘴巴，并在暗中赞叹和佩服起来。

那些山羊不仅长得飞快，而且还一窝窝地生崽。很快地，之前修建的羊圈就装不下那些在数量上迅速膨胀的山羊了。杨志强就把养殖的面积扩展到山腰上了。因为面积扩大，而安全措施没有及时跟上，杨志强的山羊在某一天夜里被偷去数十只。尽管这区区的数十只山羊对他来说根本就算不了什么，可是杨志强还是为此大发雷霆。有一天夜里，邻镇的一个家伙翻过栅栏来偷盗山羊，结果被杨志强毫不客气地一枪给撂倒了。

当金钱源源不断地进入杨志强的腰包时，他变得趾高气扬起来。他大咧咧地说话，大摇大摆地穿过街道，对人们说遍地都是生财之道，有心人就会成功。他还说杨家经营的茶叶、盐巴之类的生意，他根本就瞧不起。没出息的人才会干那些。他野心勃勃地说，我要做全城最大的牧羊主。

五月的一天上午，杨志强从城里请了一个戏班，要他们每逢赶集的时候就到白水来唱戏，而且是免费向大家开放。这给杨志强带来了一定的地位和声望，让他更加得意忘形起来。他就放出话来，说要给白水带来更多的欢娱和热闹。一个月后，他带着一大群人在街边修建了一座大房子。这房子与当地的木屋不同，全是砖头和石灰建造的。人们还以为那是杨志强为他的养殖业而修建的，等到竣工后才发现那房子里面空空荡荡，过了两天后又在里面整整齐齐地摆放着一排排的凳子。

等到有一天赶集的时候，人们在那座大房子里更惊奇地发现，在那用石灰粉刷得一片雪白的墙壁上竟然出现了活生生的人影。那墙壁上的人影就像生活在白水的人们一样走动、干活。这在人群中引起了地震似的轰动。他们津津有味地观看着墙壁上那些活动的人影，就仿佛是看到自己被掩盖起来的另一面生活和另一种人生。从此以后他们得知了一个叫电影的新词汇。

科学的神奇让人们大开眼界。当没多久杨志强带回来一种叫收音机的东西时，他们不再为里面的播音感到惊诧了。在那个广播里，他们了解到一些当下的天下大势，以弥补没有报纸可看所带来的落后和闭塞。

几个月后，杨志强还在电影院旁边的一个房间里安装了电话，以方便人们打到城里或更远的地方去。起初人们对此又表示出了极大的好奇心，但很快就兴味索然了。因为他们几乎没电话可打，还有那每分钟的电话费太过昂贵。只是偶尔看到镇公所的镇长来此打电话，嘴里总是喋喋不休地说着些什么。杨志强就专门为镇长在他的办公室安装了电话，并慷慨地为其支付一半的电话费。那以后，人们常常看到杨志强和镇长在一起饮茶闲聊，吃饭喝酒，让杨志强的声望一度达到了顶点。

街道还在不断地延伸和扩展。赶集的时候，人群蜂拥而至。外乡的生意人带来了大量粗制滥造的劣质商品，甚至有城里人运来了自行车。各种江湖骗子、郎中、占卜者、走卒小贩会集在一起，把所有的街道吵得乱哄哄的。到了晚上，烟馆、妓院、赌场、酒馆还人影憧憧，大声地叫喊着。天亮了，还有输光的赌徒颓然地靠在门口，有醉鬼浑身污浊地躺在街边……

就这样，白水陷入了虚假而眼花缭乱的繁荣里。每逢赶集的时候我总能听到一些关于外地人的新鲜事，不过都是一些什么打架啊吵架啊或是酒鬼出尽洋相的丑行。但在白水繁荣的这些岁月里，却是我们杨家最为宁静融洽的时候。杨志强和杨志飞各自为政，互不侵犯，都维系着表面的和睦。而杨振华已心如死灰，懒洋洋地躲在他晚年的孤独里。

时间过得很快。孩子们茁壮成长，像地里催肥的秧苗，个头在转瞬间就蹿得老高。大儿子杨鸿快十五岁了，长得结实而健壮。他脑袋有点圆，但聪明伶俐，小小年纪就表现出了与他年龄极不相称的老练与成熟。我和杨志强商量过了，到秋天的时候就把他送到省城去读书，将来有机会再把他送到北京去。

我想，生活就这般温馨，岁月就这般静好。我的一生，足够了。

然而，这年的秋天却成了一道岁月的分水岭。十月下旬，杨志强去了城里一趟，从他的朋友谢老三那里听到了一个令人震惊的消息。据谢老三说，当年险些被杨志强强奸的那个女学生，如今已成了西门街上一家客栈的老板娘，为人耿直豪爽，快人快语，像男人一样地抽烟喝酒，家里由她做主，她男人在她面前唯唯诺诺的。正巧她男人姓孙，大家就叫她“孙二娘”。在半年前的一天夜里，不知怎么回事，她突然酒后失言，唠唠叨叨地诉说往事，说当年她代父亲送信时，差点被一个叫杨志强的家伙给强奸了。尽管对方强奸未遂，但那一行为严重地摧残了她的身心。她反复地提起这个名字，说她一辈子都记得他的样子。她又说当她得知杨志强未遭法律惩处时，她愤怒大骂，恨不得杀了他。有一天夜里她醒过来，听到父亲和一个男人谈话。父亲叫他杨老板。她从门缝里偷看，看到了那个被叫作杨老板的人就是杨志飞。她认识他的，因为她每天回家时都要从他的商铺经过。等她躺回床上的时候，她突然听到父亲和杨志飞吵起来了。刚开始她还以为杨志飞是来向父亲追债，因为父亲欠了一屁股的钱。后来在他们的争吵中，她慢慢地听明白了，当初她被杨志强侵犯的那起事件，就是杨志飞一手策划的。他在杨志强的茶水里偷偷地放上了烈性春药，然后算准了时间让她以代父送信的理由敲开了杨志强的房间。而这起事件中，她的父亲成了无耻的帮凶，从杨志飞那里获得了一大笔钱，以减缓他因酷爱赌博而越筑越高的债台。但这一大笔钱并未撑饱他的胃口，反而令他加倍贪婪地再向杨志飞敲起了竹杠。杨志飞为了息事宁人，就答应给他一笔钱。当杨志飞在那天夜里亲自送钱上门时，她的父亲突然又反悔了，要求加码。这把杨志飞激怒了，他们就争吵了起来。她的父亲扬言要将事情的真相告诉给杨志强。杨志飞就针锋相对地回应，嚷着那就随便吧。再后来，两人都平静下来，双方都做出了让步，事情又达成了一致。

她完全惊呆了，做梦也没想到父亲竟然会出卖自己的亲生女儿。她蒙着脑袋，在被窝里哭了整整一宿，伤心得几乎都要虚脱了。第二天，她带着内心的绝望和伤痛责问父亲。父亲起初没承认，后来在她情绪激昂的追问下，便抖搂了事实。他还说当初是杨志飞和其母丁翠英一起来找他的。那个女人出手很慷慨，一来就给了他二十个大洋，说即使他不愿意合作，那也没什么关系，那钱就算是送他的了。白花花的银子捧在手里，父亲顿时就动了心，最后一狠心就将女儿给出卖了。他说完后痛哭流涕，说他也是走投无路了，才不得已出此下策。他要不这样，他的债主们就会将他的手指剁下来了。他不停地扇自己耳光，还给女儿跪下了，恳求女儿原谅他。

她负气离开了家门，在自暴自弃中学会了抽烟喝酒，说粗话，骂娘，活脱脱一副男人性情。很快地，她就和西门街上一家客栈的老板的儿子熟识了，并睡在了一起，最后又结了婚。婚后两年，她就替代了公公的地位，掌管了家中的大小事务。在旁人看来，她活得洒脱无羁，又家境殷实，着实让人羡慕，可内心里那份痛苦和耻辱总是时不时地缠绕着她，让她无法释怀。当她多年后的一天夜里突然在酒后坦露心迹时，旁听的人全都惊呆了。当时谢老三就是为数不多的几个听众之一。但是出于友谊和对她的尊重，谁也没有将此事散布开去。之前他们全都守口如瓶，直到杨志强来到城里，谢老三才将此事告诉了他。

杨志强在听到这个消息后顿时破口大骂，像被火烧着了屁股似的跳了起来。他立即掉转马头赶回来，要向几天前就已回到白水的杨志飞讨回公道。他回来的时候天已黑尽，正好月上山头。他一进院子就直奔杨志飞的房间而去，老远就喊，杨志飞，你给老子滚出来。

杨志飞不在卧室，而在他的书房里整理东西。他听到杨志强的喊声由远而近，充满了火药的味道。但他不为所动，仍然不慌不忙地做着自己的事。直到杨志强闯进书房，他也没有抬起头来看他一眼。

你嚷啥呢？他低着头，整理着手上的账本，很平静地说，都老大不小了，进来也不敲一下门，还这么没规矩。

杨志飞！杨志强腾腾地走过去，叫道，我什么地方对不起你了？你为什么要陷害我？为什么要陷害我？

杨志飞这才抬起头来，淡淡地说，我陷害你？你这话从何说起呀？

杨志强喘了一口气，说，好，那我问你，当年我还在城里和你一起做生意的时候，你在我茶里下了春药，跟一个邮递员合伙来陷害我，想让我坐牢，是不是？

杨志飞冷冷地说，你到底在说什么呀？我听不懂。

你他娘的别给我装了。杨志强突然一拍桌子，叫道，老子全都知道了。你真好啊，杨志飞，你连你兄弟都不放过呀。

杨志飞也一拍桌子，呼的一下站了起来，大声说，你别在我这里胡闹，我告诉你，我什么都不知道。

杨志强怒极反笑，说，大丈夫敢作敢当，没想到你连承认的胆儿都没有。

杨志飞啊杨志飞，你虚伪、无耻、卑鄙！

杨志飞面色发白，指着门口喝道，这是我的书房，请你出去，出去！

杨志强冷笑一声，说，你要是不给我个交代，我是不会出去的。他顿了一下，又冷笑道，如果你忘记了，那我就提醒你两句，这事儿当年连你娘都出面了，你娘还真大方呢，一见面就送了那邮递员二十块大洋呢。

杨志飞皱起眉头，说，你对我有什么不满，就直接冲我来，别把我娘也扯进来，请不要玷污了她老人家的声誉。

声誉？杨志强哼了一声，说，你以为你娘是什么好东西吗？她是什么货色，你比我更……

够了！突然门外响起一个严厉的声音，把杨志强的话打断了。杨志强，你太过分了！来人正是丁翠英，连同杨志飞的妻子李氏一起走进来。她在之前听到杨志强的喊声时，就预感到情况有些不妙，就立即赶往了杨志飞的卧室，在路上却碰到了李氏。李氏也知道杨志强来者不善，就跑去向婆婆求助。于是两人就直奔杨志飞的书房，听到了他们一半的对话。终于丁翠英忍不住了，就挺身而出。

你来得正好呢。杨志强说，当年你们母子合伙算计我，要害我坐牢。这笔账，你们说说吧，该怎么来算？

一派胡言。亏你还是聪明人，也不想想会有这等事吗？丁翠英说完，李氏就小心地扶着她坐了下来。

怎么……杨志强沉着脸，说，做了亏心事，不敢承认了？

丁翠英厉声道，无中生有，你要我们承认什么？你杨志强当年一时冲动，做错了事，我们都原谅了你，只希望你改过自新，但是到了今天你都不思悔改，居然还企图污蔑好人，真是我们杨家的败类！

对。杨志飞接着他母亲的话，也大声说道，你也不想想，当年你被警察抓起来的时候，要不是我左右斡旋，你早就坐牢去了。念在我们是一家人的分上，我从没想过你的报答，却不料今天你居然还要恩将仇报，想一想真是让我心寒啊。

他刚一说完，李氏就立即插话道，是啊，三叔，当嫂嫂的今天晚上都要说你一句，这就是你的不对了。我们是一家人，怎么可能会害你呢？难道在你心里，我们作为亲人还比不上外人吗？你千万别糊涂呀。

杨志强看了看杨志飞，又看了看丁翠英和李氏，最后目光又落到杨志飞的脸上。他突然意识到自己太过莽撞了，在他们三人的一唱一和中，他纵有千般理由，也断然徒劳。

好，很好！他冷笑了一声，讥讽道，你们没错，都是我错了！

他说罢，就大踏步地走出门来，心里憋着满腔怨恨和怒气。他回到卧室，从箱子底下找出了当年张蕾在临终前留下的那封信，径直找杨振华去了。

杨振华正躺在卧室里抽大烟，每晚睡觉前他都要这样。他侧躺着，懒洋洋地眯着眼睛，沉醉在迷离恍惚的世界里。突然门被撞开，杨志强像风一样地卷了进来。杨振华瞥了他一眼，没理会，继续抽着他的大烟。

爹。杨志强说，你的信！

杨振华心满意足地吐出了一口烟雾，说，谁写来的？

我娘！杨志强说。

你娘？杨振华愣了一下，说，瞎说什么呢？你娘早就死了。

杨志强说，是我娘死之前就写好的，只是我今天才给你。

杨振华哦了一声，淡淡地说道，那你先放下吧。

杨志强把信放下来，就转身走了。走到门口的时候，他又回头道，爹，你一定要看呀，这封信……这封信……反正你看了就知道了。

杨振华不耐烦地说，出去吧出去吧，把门给我关上。

杨志强就走出门去。夜色正浓，秋风冰凉。夜空飘过一堆乌云，将月亮遮蔽了。杨志强哼着小调，回到卧室的门口，就看到妻子提着灯笼，碎步走了过来。

那时我刚从街上回来。我在晚饭后就出去了，到西街的裁缝店给我的三个月大的四女儿取衣服。我一去就和那里的老板娘聊上了，直到现在才回家。我看到杨志强站在门口，禁不住诧异起来，因为他说过，他要三天后才会回来的。

你怎么就回来了呢？我说，是有要紧的事情吗？

他一把将我拉进屋里，神情很严峻。我忐忑着，看着他像一只没头的苍蝇，在屋里转来转去，然后抓起桌上的一杯凉茶大饮一口，又把吸进嘴里的茶叶呸地吐出来。

他娘的。他骂了一句，坐下来，开始向我讲述他从朋友那里听到的当年他强奸事件背后的真相，一直讲到他回到家里，向杨志飞讨要说法未果而在愤怒中将张蕾留下的信交给了杨振华的经过。我听完后顿时就呆住了，愣了半天才回过神来，惊叫了一声。

你不该把那封信交给爹。我忧虑地说，他一旦发起火来，只怕将这个家炸了也说不定。

杨志强沉默了，似乎是赞同了我的说法。过了片刻，他才说道，我当时也只是想让杨志飞给我赔礼道歉，但他们不仅否认，还骂我，我气不过，才没有想到那么多，只想把信交给爹，让爹去教训丁……伯娘，算是给他们一点颜色。他叹了一口气，说，但愿爹不会做出什么过激的举动来。

我也叹息了一声，说，事情都过去这么多年了，那就算了吧。

我不甘心啊。杨志强突然又激动了起来，说，我是他弟弟，他为什么要那样对我？我只是想讨要一个说法，证明我杨志强并不是像人家所说的那样禽兽不如，我是被陷害的……

这时候，突然一声尖锐的枪声，那么响亮而刺耳地穿破了那个夜晚的寂静。我和杨志强大吃一惊，都啊的一声叫了出来。那枪声是从丁翠英的卧室里传出来的，我的第一个念头就是丁翠英出事了。果然，当我们急急忙忙地赶到丁翠英的卧室时，她已经躺在血泊中了。

正是杨振华开的枪。我们赶到的时候他已经离开了。至于之前他们说了些什么，却没人知道。丁翠英尚未咽气，嘴里涌着鲜血，但没有半点痛苦的表情。杨志飞抱着她，声嘶力竭地大吼，叫人赶快请大夫来。

不用了。丁翠英脸上浮起了微笑，声音细若游丝，我等待这一天已经很久了。

这就是她留在这个世界上的最后一句话。这个女人自从被杨振华冷落之后，她就一直生活在孤独和幽怨里，是那些漫漫的孤独和幽怨让她逐渐变得冷漠、自私和心狠。从她雇人偷袭自己的丈夫开始，她就听天由命，等待着随时到来的命运的打击。多年以来，出于对丈夫的愧疚和惶恐、对张蕾的仇恨和算计、对自己后半生的担忧和操心，她的内心一刻都没有得到过安宁，它们常常在深夜里折磨着她，让她在噩梦中醒来，又在噩梦中入睡。当她看到杨振华向她举枪的那一刻，她就知道，好了，一切都要结束了，世界也安静下来了。

那天夜里，整个大宅院都忙碌起来。后半夜的时候，我和杨志强才回去睡觉。可我们躺在床上，却怎么也睡不着。我想当初要是把张蕾的信件烧了，或者就信件一事一直隐瞒丈夫，也许就不会有今天的苦果了。我翻过身去的时候，听到杨志强轻轻地叹息了一声。我知道，他也和我一样，内心充满了懊恼。

翌日早晨，杨振华很早就起来了。有人看到他若无其事地穿过后花园，朝着喂养牲畜的栅栏那个方向走过去了。那时候大家都在忙碌着丁翠英的丧事，谁也没有过多地注意他。不一会儿，人们就听到了一声剧烈的爆炸声，喂养牲畜的栅栏在这爆炸声中被掀翻了，瓦片、木块、草屑在飞扬的尘烟中像冰雹一般落了下来。连同部分牲畜也被炸死了，一些幸免于难的牲畜在惊慌失措中四处乱窜，其中有一头大黑猪还冲进了丁翠英的灵堂，差点把灵位都撞翻了。

这又是杨振华干的。人们在这时候怀疑他已经疯掉了。在他高声唱着歌走过来的时候，人们一拥而上，将他按住捆绑了起来。

出人意料的是，杨振华并没有大嚷大叫，而是很平静地对杨志飞说，杨志飞，你就是这样对你爹的吗？

杨志飞说，你不要怨我，要是我们不把你绑起来的话，我们真不知道你还会做出什么样的事情来。

杨振华又把同样的问题抛给了杨志强，杨志强，你就是这样对你爹的吗？

杨志强没理他，径直吩咐下人们说，把他抬进去。

人们把被五花大绑的杨振华抬进他的卧室里，还把门锁上了。在离去的时候，人们突然听到杨振华在里面高声地唱歌。这下人们相信他真的是疯了。一时之间，在白水盛传着关于杨振华疯后杀妻、炸毁栅栏的种种议论。

丁翠英下葬后，我就去看望杨振华。才几天不见，我就惊奇地发现他头发全都白了，就像冬天中开花的芭茅。他的嘴巴也歪了，亮晶晶的涎水不断地往下淌。我心里一酸，用手绢去擦他嘴角的涎水，却被他一把推开了。

你是谁？他瞪大了眼睛，说，我又不认识你，你要干什么？

我心里更加酸楚，强忍着没让眼泪流下来。我说，爹，你好好看看，我是秀莲，是秀莲啊。

秀莲？杨振华的脸上显现着一种迷茫的神情，说，秀莲，秀莲是谁呀？

我不知如何回答才好。我看到他微微地仰着头，眉头紧锁，似乎在思索着什么。突然间，他像孩子似的跳了起来，大声叫道，我想起来了，想起来了。

我顿时高兴起来，却听到他嘿嘿地笑，他说，我知道我知道，你就是这怡春院里最有名的姑娘嘛。要找你还真不容易，还得提前预约呢。

我一下就沮丧起来。我只好悻悻地退出门来，很是失落和心酸。在拐过走廊的时候，我突然听到他在屋里大声地唱起歌来，声音沙哑，语句紊乱，完全没有半点旋律和曲调。我禁不住流下了泪来。

十天后的中午，下人在给杨振华送饭时，才发现他已经停止了呼吸。他的身体尚有余温，看来是刚刚死去。下午，天空突然下起了绵绵细雨，而且一下就是十天，中间只有短暂的停歇。

29

四月的一天下午，在杨志飞的提议下，杨家两兄弟进行了家产分割。从下午三点钟开始，两个家伙就唇枪舌剑、激烈地争论着，在许多细节上斤斤计较，互不退让，连吃饭的时间两人都在不停地指手画脚。最后到了晚上十点钟，事情才勉强地得到了解决。

几天后，杨志飞命人在大院里修了一堵墙，把两家人完全地隔离开来。当时杨志强不在家，而是在他的养殖场上心满意足地转悠，还是一个下人匆匆地跑去告诉他的。

杨志强回到家里后，发现墙差不多筑好了，正好把整个大院一分为二。细碎的阳光从树梢里漏下来，在地上洒下了点点光斑。杨志强就站在那些光斑里，命令下人们用铁锤把那堵墙敲了一个洞。

那个洞并不大，大概只能容得下一个人的脑袋。灰尘散尽之后，杨志强凑到洞口去观看，竟然和杨志飞那张白白净净的胖脸凑到了一起。那个家伙也正凑在洞口观看，一双眼睛睁得大大的，两颗眼珠仿佛嵌在一个面团里的两颗黑弹珠，时不时地转动两下。

当两张脸凑到一起，两人就像好斗的公牛一样，相互瞪上了。瞪了半晌之后，杨志强突然啵的一下朝对方的脸上吐了一口唾沫。杨志飞顿时恼羞成怒，也朝杨志强一口吐过来。早有准备的杨志强往旁边一闪，迅捷地避开了。

站在旁边的人看到这番情景后都想笑，可是杨家两兄弟那剑拔弩张的对峙让大伙儿都不敢笑出声来。但终究有人忍不住，哈的一声笑了起来。

杨志飞本来就恼怒无比，这下听到有人笑起来后，还以为人家是嘲笑自己的，他内心里的那种恼怒顿时像火山爆发似的不可遏制了。他把脑袋伸进洞里，似乎想从那里穿过去。可是他努力了几下，身子就是没法通过去。他就只好把头缩回去，还大叫了起来，杨志强，你狗日的给老子等着。

不一会儿，杨志飞就搭着梯子，从那一边翻墙而入。从墙上跳下来后，他就大声地发布了他的声明，谁他娘的要是敢阻拦我，老子跟他没完。说完后他就朝杨志强扑过去了。

两个同父异母的兄弟像仇人似的分外眼红地打起来了，嘴里还发出嚯嚯的声响来给自己助威。旁边的人看着他们斗得难分难解，谁也不敢去劝架。连我也不敢，我只是抱着小女儿远远地站在一边，心里充满着细雨一样的忧伤。

最后还是杨志强因为年龄的优势占据了上风。他将杨志飞按倒在地上，双腿剪刀一样夹住了对方的脖子。杨志飞被夹得差点窒息了。直到我看到他惨白的脸色而惊叫了起来，杨志强这才放开了他。

杨志飞躺在地上休息了半晌，等到面色稍微缓和之后，他才站起来，摇摇晃晃地走出门去了。临走的时候他还在嘴里嘟囔了一句，他娘的走着瞧！

杨志强冲着他的背影不屑地说道，我还怕你吗？老子奉陪到底。

很长的一段时间里，我都在为杨家两兄弟担心。这些年来，只要一想到当年张蕾和丁翠英拼得鱼死网破、两败俱伤的情景，我就禁不住地惶恐和战栗。现在，我可不希望杨家两兄弟再重蹈当年他们母亲的覆辙。从我内心上讲，我不愿意他们中的任何一个人受到伤害。但出乎我意料的是，他们竟然相安无事。虽然彼此冷眼相对，但至少没有大动干戈。

我稍稍地放下心来。只是大院中间那道将我们一分为二的白墙，让整个空间一下就显得局促和狭窄了许多，让我很久都没能适应过来。六月的一天傍晚，我们正在吃饭的时候，粗大的雨点突然像石子似的啪啪地打下来。天上没有半点闪电和雷声，大雨就铺天盖地地洒下来，像千万只奔腾的马蹄把大地踏得一片响亮。

杨志强站在窗边，望着宽大的雨瀑，高兴地说，这雨下得真及时，今天刚在草场上割过草，要不了两天草就长起来了。

这场大雨持续着，哗然作响，像毫无规则的琴弦那样叮叮当当地乱奏一气。直到下半夜，大雨仍然没有停歇，将整个世界笼罩在一片嘈杂而又清亮的喧嚣里。我们躺在床上，都听到了上涨的洪水在河道里拥挤的奔腾声。大约在三点半钟的时候，我听到侧院边发出了崩裂的哗啦声，一间失修的猪栏在大雨中坍塌了。

杨志强数次爬起来察看天色，然后忧虑地叹息，自言自语地祈祷，老天爷，求你别再下了，别再下了！

四点多钟的时候，我睡得迷迷糊糊的，突然被窗外惶恐的叫喊声惊醒了。杨志强走出门去，我就听到一个下人的声音湿漉漉地响起来，老爷，养殖场出事了！

啥？杨志强的声音都抖了，养殖场出事了？

那下人几乎都哭起来了，阿贵、金斗，还有张麻子，都被山洪冲走了。只有我和马军逃了回来。

那马军呢？杨志强几乎是吼了起来。

那下人说，他受伤了，躺在屋里呢。

杨志强大声说道，那你快去把长根他们叫起来，跟我一起去养殖场看看。

他说完跑进屋来。我撑起身子，叮嘱他道，你要小心点啊。他没有吭声，抓起墙角的一把油纸伞就冲出去了。

我爬起来，往窗外观看。外面黑乎乎的一片，天空像破了似的，雨点不断地漏下来，把夜晚淋得模糊一片。

天亮的时候，大雨终于停止了。窗外嘘嘘有声，就像一个人在长途跋涉之后，累得躺在地上喘气。杨志强还没回来，我心里惴惴不安。我走出门去，一股潮湿的水汽扑面而来。院里一片狼藉，遍地都是落红和绿叶，还有树木的枝丫都折断了。有风一吹，树上的雨水就哗啦啦地跳下来。

我暗叹了一口气，返回房间草草地梳洗后，就出门去了。我看到上涨的河水都漫到街上来了，形成一股涓涓细流。用石头铺就的街道被雨水冲洗得干干净净，而泥巴的街道则是残留着一个个浑浊的小水洼。街边有三两人正在说话，声音空荡荡的。风吹过来，凉飕飕地带来寒意。

当我来到养殖场时，我不由得大吃一惊。昨晚山洪暴发，挟着泥石肆虐席卷而下。五个看守山羊的下人还在睡梦中，就听到隆隆的巨响，还没反应过来，屋子就被山洪冲垮了。其中三个下人被卷走，另两个下人死里逃生。他们跑出来，跟一些逃生的山羊挤在了一起。那个叫马军的下人就是这样被山羊踩伤的。汹涌的山洪冲毁了圈羊的栅栏，里面的山羊惊慌乱窜，有一半还来不及跑，就被山洪带走了。另一些年幼体弱的，在逃命中被踩死或踏伤。天亮后，那些幸存下来的山羊东一堆西一堆地，疲惫地散落在草场上，像一群丢盔弃甲的战败之军。还有一些奄奄一息地倒在地上，嘴里轻声地哀号着。更多的都是死尸，横七竖八地躺在一边。

从山上冲下来的泥沙和碎石在养殖场上铺了一地，遍地都是泥泞和水洼，栅栏七零八落。有两个下人正在清理现场，浑身肮脏，就像刚从几近干涸的池塘里捞起来似的。从他们那里我得知杨志强带着人去寻找被山洪冲走的那三个下人去了。

我在养殖场上转了一圈，正准备回家的时候，杨志强和下人们回来了。他们浑身都是泥水，显得狼狈又疲惫。他们已经走了很长的路，顺着河流穿过了三个村庄，仍然没有找到那三个失踪的下人，这才失望地返回。杨志强顾不上休息，又在养殖场上忙开了。

我们家损失惨重，养殖场上的上万只山羊，仅仅存活几百只了。要命的是，洪灾一过，瘟疫就像幽灵似的如影随形。那些好不容易活下来的山羊，却在一天早晨被发现死了好大一片。死去的山羊全都口吐白沫；另一些没有死去的也是萎靡不振，似乎随时都会倒下去。开始杨志强还以为那些山羊是遭人投毒了，可是经过兽医的诊断后才发现不是那样。兽医很惶恐地告诉他，那可能是一场关于牲畜的瘟疫。

后来的事实证明了兽医的猜想，栏里的山羊成批成批地死亡。杨志强抓破了脑袋也束手无策，只一个劲地冲着兽医破口大骂。没过几天，更糟糕的事情接踵而至，这场首先在山羊之间传播的瘟疫连人也染上了。有几个人先后在一天里也像犯病的山羊那样口吐白沫而死，他们都是吃过我们家养殖场里的死山羊肉的人。一时之间，整个白水人心惶惶，很多人义愤填膺地聚集在我们家的门口，像黑压压的一群蚂蚁，就连三岁小儿、八旬老人也来壮大声势，以超大分贝的怒吼声痛斥、谩骂和诅咒杨志强。

有人怒吼道，杨志强，给我滚出来！

也有人叫道，姓杨的，赔命来！

那天杨志强一直都躲在家里，大门紧闭，神色严峻地吩咐任何人都不准出去。他保持着一种超乎寻常的冷静。他知道，那些激动的人是听不进他的任何解释的。这时候如果再和他们发生冲突，只会让事情越来越糟。同时他又暗自庆幸没有将那些死山羊带回家里。但他的示弱却让愤怒的人群更加理直气壮地大骂起来，他们的声音像爆开的炸药一样响在镇子的上空。

第二天，杨志强领着下人将养殖场上仅存的山羊全都活埋了，并将在洪灾后抢着时间修复的栅栏也付诸一炬。大火整整烧了一个下午才熄灭下来，浓烟滚滚，熊熊的火光照亮了半个天空。

杨志强远远地站在一边，感到整颗心都快要裂成碎片了。这个男人已经被这场突如其来的灾难折磨得心力交瘁，可是他又必须咬牙支撑。在这时候，他表现出一种当机立断的气魄来，要求镇长颁布行政命令，强制白水的人们进行隔离。在进镇的每一个路口，都有保安大队的人守卫着，不论白天黑夜，不准一个人走出去，也不准任何一个外乡人走进来。

三个月后，瘟疫彻底消除了。可是白水也因为这场瘟疫变得冷清了。即使后来恢复了赶集，但那些外乡的生意人也不愿踏上这块土地了。想想当初这里的热闹和欢娱，就仿佛是昨夜的梦一样。那些外乡人带来的琳琅满目的商品、那些烟花柳巷的迷醉和激情、那些赶集时接踵摩肩的大声喧哗、那些酒肉之辈和烟鬼赌徒的丑行趣闻，都给人们留下了多少怀念、叹息、怅惘和无法言说的感伤啊。

但杨志强并没有因为那场突然的灾难和镇集的冷清而灰心，他经过一段时间的准备，重整旗鼓，全身投入到养殖中。不过，这一次他不再养殖山羊，而是养猪和养鱼。他在原先的养殖场上修了一大片猪圈，在猪圈下修了水池来养鱼。应该说，他的构想是很好的。可时过境迁，风水不再，他再也没有当初养殖山羊的好运了。槽里的猪长不大，池中的鱼隔三岔五地死亡。任凭杨志强想破了脑袋，费尽了九牛二虎之力，他的养殖生意不仅没能兴旺起来，反倒更加一蹶不振了。

就这样，家道开始衰落。杨志强的脾气也渐渐地变得暴躁，稍有不顺心，就粗暴地摔东西，大声骂人，即使我去劝他也无济于事。

杨志强终于心灰意懒，放弃了他的养殖生意，将养殖场恢复为土地，重新租给了农民。他因为过度操劳和坏心情而衰老和憔悴了许多。有一天清晨他起床时看到掉在枕头上的大把头发，啊地叫了一声。他抓起梳妆台上的铜镜，仔细地观察眼角的鱼尾纹和头上零星的白发，长长地叹息了一声，说，我都老了呀，该好好地休息了。

我劝解他，那就好好休息吧，别折腾了。这日子能过就行。

他目光呆滞，过了好半天才回答我，看情况吧。

半个月后的一天下午，我们收到了大女儿的来信。她在信上告诉我们，她已经从省城跑到山西去了，参加了共产党的抗日军队，不到抗战胜利的那一天，她是不会回来的。

看完这封信后，我差点哭起来了。倒是杨志强对女儿的这一行为大加赞赏，他很自豪地对我说道，我们的女儿一定是个英勇的战士。

打仗很危险的，万一有个三长两短呢。我很担心女儿的安全。

杨志强说，即使牺牲了，那也是为了祖国和人民，值得的，死得其所。

我就不再说话了。出于对女儿的了解，对战争的担心，我从接到女儿书信的那一天起就没有安心过。我总有一种不祥的预感，像青藤一般结实地缠绕在我的脑子里。在我吃饭后，在我走路时，在我睡觉前，那种不祥的预感都无处不在，像火花闪烁似的突然就亮起来，转瞬又消失了。并且随着时间的推移，我还在夜里做起了噩梦，醒来后就难以成眠。我把这些告诉给丈夫，他却漠然置之，一门心思地谋划着他的新生意。他是那种不甘寂寞和失败的人，在经过一段时间的休养生息后，他又把目光投向了城里，准备去那里做生意。

那时战争的消息不断地传来。在那些消息中，我还听到失踪了多年的杨志明的消息，他已经是八路军的一个连长了。这么多年来，我和杨家所有的人都认为他已经死去了，没想到在这时候还能够得知他的消息，而且他还活得那样地尊严和健康。这在某种程度上让我减轻了对女儿的担心，也让我情不自禁地露出了微笑，我还记得当年他西装革履地回到白水时向大家讲述着中华民国时的那种慷慨激昂的情景。一晃就这么多年过去了，还不知道他变成什么样子了。在我的想象之中，那个戎马倥偬的男人应该是满面风尘、双鬓染霜了。

在漫长的等待中，大女儿的第二封家书迟迟都没有到来，也没有人捎来关于她的任何消息。那种不祥的预感在我脑子里变得更加强烈了，就仿佛有一些事情即将在眼前发生一样。一月的一天下午，一个身材魁梧的年轻男子赶着一辆马车闯进了镇子，径直驶到了我们家的门前。在那辆马车上，躺着我大女儿的尸体。她是在战争中牺牲的，那年轻男子违背军规，偷偷地将她的尸体送了回来。一路颠簸，他辗转了五个省，穿越了四十多个城市和镇集，不分昼夜，经历了整整二十天的时间，才最终来到了白水。尸体已经腐败了，散发着令人作呕的气味。可是那个年轻男子却没有丝毫的厌弃和不堪忍受，他连眉头都没有皱一下。

她在临死前叫我把她送回家来。那年轻男子在向我们转述着女儿的情况时已经泣不成声了。她要是不走的话，以后我们会成亲的。

那一刻我才知道那年轻男子是女儿私订终身的未婚夫。从女儿装进棺材到下葬的那一天一夜里，我看到那年轻男子一直都守在灵柩前默默地流泪。我们叫他去休息，他坚持不去。在黄昏的时候他还因为疲惫而打盹，结果把头撞到了棺材上，破了，血流如注。他一醒来之后顾不上疼痛，兀自在喃喃地呼喊着他的死去的未婚妻的名字。

我禁不住感动着。我站在屏风后面，暗自喟叹起来，心里满是黯然和伤感。

等第二天那年轻男子离开之后，我才突然发现自己的二女儿竟然跟着那年轻男子私奔了。在二女儿留下的书信上，我看到了一个情窦初开的少女对那种痴情男人的爱慕，以及她对爱情的那种飞蛾扑火似的追求。她就是因为他的情深义重而爱上他的。只是不知道后来他们之间是一个什么样的结果，从那以后，他们就杳无音信了。这让我在许多年后都还在怀疑他们是不是双双地死在了战火之中。

第十章

30

在日本人无条件地投降的那个月里，我的大儿子杨鸿奉命成亲了。许多年后我都还清楚地记得儿子成亲的那一天阳光很好，热闹的人群像潮水一样奔腾在大院里，吹的吹，唱的唱，整个镇子都弥漫着喜悦和吉祥。但是在这一天里，作为新郎的杨鸿并没有为他的大婚而喜气洋洋，所有的客人都能够从他的脸上看到他淡漠的表情和满腹的心事。

那时杨鸿在城里教书，年轻有为，春风得意。对天下的局势、战争、爱情和人生的追求，他都有着一个年轻知识分子的独立的见地。因此，对那桩包办的婚姻他深感不满，更何况在结婚之前他连自己的未婚妻是什么模样都不知道呢。当第一次得知父亲瞒着他为他定亲的消息时，他几乎是跳了起来。

你怎么能这样呢？杨鸿对着父亲大叫道，都什么年代了，你还给我包办婚姻。

杨志强振振有词地说道，包办婚姻有什么不好？你又不用操心。当年我和你娘就是包办婚姻，我们不一样过得很好吗？

杨鸿气呼呼地说道，你是不是老糊涂了？你和娘从小就青梅竹马，我和人家连面都没见过呢。这婚事是你定的，要结的话，你去结好了。

岂有此理！杨志强勃然大怒，厉声说道，有你这样跟老子说话的吗？你连老子的话都不听了？混账东西！

其实杨志强又何尝不知道杨鸿会反对这门婚事。只是出于某种目的和私心，他已经顾不得那么多了。我们的亲家是某镇上的一个大地主，杨志强是想通过与他联姻后，再一起合作生意，以重振那一日日衰落的家道。再说了，这门婚姻也不一定就是失败的，也许那小两口在将来还很幸福和恩爱呢。于是，杨志强就这样心安理得地为这桩婚事找到一个自欺欺人的借口，并强硬地摆出了他作为父亲的不容置疑的权威。

那天下午，杨志强父子俩在言语不和中突然对骂起来，在对骂中父亲抽了儿子一耳光，儿子反过来推了父亲一把。我见势不妙，慌忙跑过去劝阻他们，却被撞倒在地。

作孽啊。我叫了起来，老天爷，这个家到底是怎么了？

那父子俩没空理睬我的悲伤和感叹，做父亲的追着儿子打，儿子绕着桌子逃跑。我再次喊他们，快住手，住手，你们也不怕被人家笑话。

杨鸿朝门外跑去。杨志强追过去的时候，突然被绊了一跤，脑袋猛地撞到椅子上。哗啦一声，他连人带椅摔倒在地，像一块巨石轰然坠落。在我的惊叫声中，杨鸿回头看了一眼。他父亲的鼻子血流如注，整个人躺在地上一动不动。

他是晕过去了。

我和杨鸿手忙脚乱地把杨志强抬到床上，又手忙脚乱地给他止血。下人端来了一盆水，我用冷水浇杨志强的额头，但很久，他都没有醒来。我和杨鸿都有些慌了，他吩咐下人去请医生。然后他小心地喊杨志强，爹，爹！

杨志强依旧没有反应，但鼻血慢慢止住了。

我说，杨鸿，你再这样对你爹的话，他迟早会被你气死的。

杨鸿定定地看着我，突然大叫道，娘，我答应这门婚事就是了。

杨志强突然一骨碌就从床上爬了起来，吓得杨鸿往后退了一步。他猛然醒悟过来，很生气地叫道，原来你是假装的！

第二天，杨志强就安排杨鸿与他的未婚妻见面，可是杨鸿却借故返回了城里。直到三个月后，成亲的时候他才发现新婚的妻子与他原来所想象的大相径庭。这个叫朱秀的女人虽然说不上风姿绰约，但也清秀可人。尽管如此，他对这个没有一点感情基础的女人还是没有任何好感，在成亲后的第五天，他就返回城里教书去了，将新婚的妻子冷落在大婚的热情和激动中。

自从与朱家联姻之后，杨志强就与亲家合伙经商，马不停蹄地四处奔波，把全身的精力都放在生意上了。在不停地忙碌和勤勉中，杨志强和亲家合伙的生意也渐渐地兴旺起来。十月的一天中午，当杨志强和他的亲家在城里的一家酒馆喝完酒出来的时候，他们听到身后的大街上传来了喧闹之声。那是国民党的部队正在四处强抓壮丁，有两个不愿就范的年轻人撒腿逃跑，四个国民党的士兵在后面持枪大呼小叫地追赶。眼见不能追上了，那几个士兵在恼怒中开了枪。

杨志强和他的亲家正走在大街上，还没来得及躲闪，他们就不幸地被四处穿梭的子弹给击中了。杨志强亲眼看到亲家连哼都没有哼一声，就瞪着一双死鱼般的大眼睛倒了下去。与此同时，他还感到自己的小腿一麻，一缕鲜血像大雨中屋檐下的雨线，顺着裤管往下流淌。面对自己无辜的中弹，目睹亲家的胸口上慢慢地绽放着的那一朵凄艳的血花，杨志强的满腔怒火在那一瞬间突然像火山一般地爆发了出来。当那四个国民党士兵追上来的时候，他突然掏出随身携带的手枪来进行了还击。直到好几年后他都不明白在那一刻为什么他的愤怒的力量会是那般强大，它让一个从来没有练过打靶的人在那时竟然弹无虚发，一连发出的六粒子弹把那四个士兵全都击毙在地。

等杨志强回过神来之后，他才发现大街上的行人早就逃得无影无踪了，两旁的人家全都关门大吉。长街空荡，风声如洗，杨志强迎着风没头没脑地狂奔，有落叶在风中像瓦片一样疼痛地抽在他的脸上。这时候，他想起了年少时和未婚妻放风筝的那种无邪和天真，想起他在新婚之夜里无所事事地听着屋顶上呼啸而过的风声，想起他把电影带到白水时人们那种目瞪口呆的情形……在对那些绚烂的往事的回忆里，他不知不觉地跑到一个僻静的胡同中，这才气喘吁吁地停了下来。

没有任何人追来，也没有任何人去注意他。杨志强不由暗暗舒了一口气，待到内心稍微平静下来之后，他才感到了小腿的中弹处像被无数双手撕裂着肉身，让他禁不住呻吟了起来。他也顾不上那么多了，即使被抓起来，他也得去医院看看。

在医院把弹头取出来后的第三天，杨志强顾不上伤口的疼痛，就偷偷地离开了医院，马不停蹄地回到了白水。

一路颠簸，杨志强中弹的伤口又裂开了，鲜血直流。我要去请医生，他却按住了我。他喘着气说，不能让别人知道。

我用盐水擦洗着他的伤口。我想他一定很疼，可他终究忍着一声未吭。我只感到他的身子在抖，像水波在颤动。我说，疼吧？忍着点。他摇摇头。

我看得出杨志强内心的忐忑不安。他还没从杀死四个国民党士兵的紧张和恐慌中回过神来，他总是担心国民党的士兵会追上来将他抓走。我只好安慰他。可我一点底气都没有，我也很担心。

几天后的上午，当我们白水镇的马保长带着一群荷枪实弹的国民党士兵闯进我们家大院的时候，我正在吩咐两个下人做事。他们那身笔挺的军装和肩上斜挂的长枪一下就把我吓傻了。我以为他们是来抓杨志强的。我的第一念头就是赶快通知他逃跑。可我的双脚却软软的，一点都不听使唤。我惊慌失措地对自己大喊，完了，完了！

马保长喊我。可我听不清他的声音。我只听到那些士兵走过来时皮靴在地上发出的咯噔咯噔声，像碾子一样从我心头压过去。我努力地控制着自己的心绪，告诫自己镇静一点，再镇静一点。

马保长走到我面前问我，嫂子，杨兄呢？

我听到他话里似乎没有太多的恶意，也就稍稍宽心一些。我说，他在城里还没回来。

马保长笑了起来，说，嫂子，你就别瞒我了，我知道杨兄在家里，我昨天下午还来过贵府，跟杨兄喝了半盅茶呢。

想想这家伙平素里跟杨志强称兄道弟，来往密切，但在这当口却做墙头芦苇，趋炎附势，我真想狠狠地骂他两句。这时他突然走近两步，压低声音说，这几位老总是奉军命来征粮的。小弟我身为一镇保长，实是迫不得已，望嫂夫人见谅。

原来他们不是来抓杨志强的，我暗松了一口气。前两天我就听说了，国民党的军队四处征粮要钱，强抓壮丁，闹得风声鹤唳，人心惶惶。议论者还说，过不了多久，国民党的军队就要到白水来了。当时我未把此话放在心上，没想到他们还真是来了。

这时一个军官模样的人走上前来，甩了马保长一耳光，大声吆喝道，饭桶！然后冲着我吼道，快把你当家的叫出来，误了我们的大事，你们谁也吃罪不起。

马保长苦着脸对我说，嫂子，求你快点了，不然小弟又要挨打了。

我也隐隐生惧，便小跑着奔向后堂，去叫杨志强。那群国民党的士兵就大摇大摆地走进了大厅，我只听得砰的一声，好像是什么东西被摔在了地上。接着一个粗浊的声音骂了一句，日你娘的！

我还没赶到后堂，就碰到杨志强了。他腿伤还未痊愈，走路时还有点一瘸一拐的。我正欲开口，却被他面色凝重地制止了。他说，我啥都知道。

他又说，你放心，没事的。

我担心了一个上午，直到那群家伙在我们家要了一千斤粮食和三百个大洋离开后，我悬着的心这才放下来。杨志强对他们征粮索钱的行径很不满，嘴里愤愤地骂，这群王八蛋。可我却高兴起来，至少这从侧面说明了杨志强枪杀国民党士兵一事并未暴露，不然他们早就将杨志强抓起来了。我把我的推断跟杨志强一说，他也嘿嘿地笑了起来。

傍晚时分下起雨来，滴滴答答地响。我刚吃过饭，我们家佃农刘来福的老婆就领着三个孩子风风火火地闯了进来。我和杨志强走过去的时候，那女人正领着孩子们号啕大哭。听说那女人一进大门就跪在地上，嘴里大喊，东家，救命啊！管家走过去问她要干什么。她只是哭，嘴里大喊，东家，救命啊！

我看到她的三个孩子两男一女，脸上挂着鼻涕，衣衫褴褛，在雨中冻得瑟瑟发抖。那人哭着喊，东家，救命啊。然后她拉了拉她的三个孩子，其中两个就扑通一声跪下来，拉开嗓子跟着哭起来。另一个看上去是最年长的，站着没动，一双眼睛圆溜溜地乱转。他母亲恼了，冲他叫道，顺子，你还不跪下！那男孩一动不动，也不吭声。那女人更加恼了，起身给了他一巴掌，喝道，你个挨千刀的，还不跪啊！

我后来才知道这个倔强的男孩叫刘大顺，在母亲的呵斥和巴掌面前，他愣是没跪，把头抬得高高的。

杨志强皱了皱眉，说，别哭了，怪烦人的，到屋檐下去吧，不要站在雨中，有话就说。

那女人依旧领着她的孩子们跪在雨里。她说，我们家来福被马保长抓走了，说是要去给国民党军队打仗。他这一走，我们娘儿几个怎么活啊？东家，求求你救救命吧。她一边哭喊，一边双膝跪着朝我们挪过来。

原来她的男人被马保长当壮丁抓起来了，下午的时候我听管家说，国民党的士兵走后，马保长就开始带人抓壮丁，先在镇上抓，然后再去乡下抓，凑齐一定数量，就送去城里。刘来福被抓起来后，其妻曾去求过情。马保长先表示他是奉命行事，迫不得已，后来又悄悄地开出一个条件，只要给五十个大洋，就可把人放了。

刘来福的老婆跑来向我们求助。她向杨志强磕头，嘴里哭哭啼啼地喊，东家，求你救救命，救救命。

杨志强说，马保长抓丁，也是奉了上头的命令，我帮不了你啊。

那女人说，求求东家借给我五十个大洋吧，我们做牛做马来报答你的大恩大德。

杨志强说，每年你们连租子都交不齐，那五十块大洋你们还得起吗？

那女人愣了半晌，突然朝我爬过来，一边爬一边叩头，叫喊道，夫人，请你开开恩，救我们一命吧。

细雨如织，落得整个傍晚氤氲如梦。我看到那女人全身湿透，额头青紫，还微微磕破了，有血渗出来，和她的眼泪鼻涕混在一起，一双红红的眼睛里满是这个傍晚的细雨和忧伤。我心下不忍，轻轻地拉了拉杨志强的衣角。

杨志强侧头看着我，摇了摇头，说，不能开这个头，不然其他人也会来借的，那样我们就承受不起了。

我指着院墙下那三个冻得瑟瑟发抖的孩子，说，你看，他们也够可怜的。

我一开口，那女人就像抓住了救命稻草似的，连声喊道，夫人救命，夫人救命！

杨志强叹了一口气，说，好吧。然后他吩咐管家，去账房取五十个大洋给她吧，记得打借据。

那女人千恩万谢地走了。杨志强说，你等着瞧吧，用不了多久就会有人来向我们借钱了。

就像他预料的那样，那天晚上，不断有人上门借钱，其目的和刘来福的女人是一样的。细雨依旧在下，淋湿了混浊的夜色。我和杨志强始终没露面，让管家将他们打发走了。我听到前院传来一阵阵撕心裂肺的哭声，像钝刀一般把这个夜晚切割得模糊一片。我不由得喟然长叹。

日子总算平静下来。杨志强的腿伤也终于痊愈了。一天夜里，他突然梦到亲家在我们家的厨房里用清水慢条斯理地擦洗着胸处的伤口。即使是在梦中，杨志强也清楚地知道他的亲家是已经死去了的。他在震惊中听到亲家在厉声地责问他为何要丢弃自己的尸体不顾。杨志强想告诉对方自己当时又紧张又害怕，他也是迫不得已。但话还没说出口，他就醒过来了。后来的几个夜晚他连续做同样的梦，让他惶恐无助，惊魂不安。从不迷信的他还找来道士做法事，避鬼驱邪，以求内心的慰藉和安宁。

这时候，他完全放弃了城里的生意，开始养尊处优，侍弄虫鱼花草。跟他一样，杨志飞也放弃了城里的生意回来了。在那些悠闲而安逸的生活里，他们兄弟俩相安无事，对外面的战争置之不理，漠不关心。他们错误地认为只需要守着这份殷实的家底就可以平静地过完他们的后半生了。即使是在八月的一天下午，从城里回来的杨鸿告诫他们赶紧将土地分给农民时，他们也没有从顽固的封建意识中清醒过来。

这是我的土地，地契上写得清清楚楚。杨志强大叫了起来，冲着儿子骂道，你狗日的胳膊肘往外拐，想故意和老子作对啊。

杨鸿说，地契上写得再清楚，那也是兼并别人的土地得来的。你现在还回去了，就是在为将来留一条后路。

真是岂有此理，老子辛辛苦苦积攒下来的财产，你却要叫我去分给别人。杨志强没等儿子说完，就气急败坏地叫了起来，你给我滚，滚。吃里爬外的东西，算是老子白养了你。

杨鸿被他父亲赶出门后，没有再劝解和停留，径直来到杨志飞的家里，慷慨激昂地向他的伯父表达了同样的主张。但他的话还没说完，就被杨志飞轰了出去。

杨志飞还追出来两步，厉声警告道，你们那家人再踏进这个门半步，休怪我不客气。

31

杨志强把家里的下人辞退了，只留下了三个长工和一个账房先生。

他们离开的时候有人哭起来了，尤以一个来自外地的哭得最厉害。他当初流落到此，是我们收留他并给了他一个安身之所。他跪在杨志强的面前，哀求道，老爷，就让我留在你身边，做牛做马来报答你。

杨志强喟然长叹，说，你还是走吧，这世道已经不同了。

那时候，战争的局势已日渐明朗。尽管我们并不介入战争，可我们还是对未来的处境感到迷雾般的茫然。很多次我听到杨志强自言自语，如果他们真的没收我的家产，那我怎么办，怎么办呢？随即他又安慰自己说，我们家的田地都有地契的，白纸黑字，写得清清楚楚的，谁也拿不走！

三月的一天下午，家里突然来了两个不速之客，青长衫，黑礼帽，瘦瘦高高的。其中年纪稍长的那个鼻梁上还有三颗麻子。杨志强起初还不想理他们，其中一人便附在他耳边说了点什么，杨志强立即恭敬起来，头微低，做出了欢迎的手势。我禁不住朝那两个人多看了几眼。我猜不透他们是何来头。

杨志强和那两个人在书房里密谈了很长时间。他们离去的时候，我看到杨志强面色凝重，阴沉得像一场暴雨前的乌云。我犹豫半天，小心地问道，他们是什么人呀？杨志强长叹了一声。

我急了，说，你倒说说呀。

杨志强说，他们是来拉我入伙的。

入伙？我惊诧极了，说，入什么伙？

杨志强说，县城里有一支武装队伍，正在四处招兵买马，领头的是一位刚从淮海战场上回来的国民党军官。

那你答应了没？我说，你可千万不能答应啊。

杨志强又长叹一声。我默默地坐下来，我理解他那声长叹里所包含的无奈和身不由己，我也禁不住轻轻地叹息一声。

杨志强说，他们要我每个月出六十个大洋，三百斤大米。我说我拿不出那么多，那个稍微年轻点的，就把手搭到枪把上了——杨志强苦着脸，到这里又叹息了一声，说，罢了，罢了，认命吧，这个家注定要败在我这里了。

他的声音是涩的，像萧萧的秋风无限失落和苍凉。我心里好一阵感伤，想安慰他一点什么，却什么也说不出来。我握着他的手，感到他的手一片冰凉。

志强，我轻轻地说，孩子们都看着你呢，你可千万不能放弃。

杨志强点点头，朝我微微一笑。

晚饭过后，马保长上门来了。杨志强把他叫进了书房，我就知道他们要谈论机密要事。其间我有两次进屋为他们添加茶水，都正值马保长说话，见我进来后他便立即打住了。我感到气氛凝滞，两人都一脸严肃。

那个夜晚月光皎洁，四下里虫吟清亮，院中花香沁脾，凉风习习，我坐在院子边上，听到书房里的说话声低低地浮动，像散落一地的草籽。我不时地仰望夜空，感到那些云朵般飘忽的往事，就像一场场的梦一样。

我靠在太师椅上，竟然渐渐地睡着了。不知过了多久，我只听到门嘎吱一声，是马保长回去了。月光正白，夜风已凉，我看到杨志强站在门口呆呆出神。

我走过去，轻轻地拽了拽杨志强的手臂。

杨志强看着我，苦笑了一下，说，马保长给我看了一份名单，是今天下午来的那两个人叫马保长拟的，全是白水镇有点头面的，包括农村的富主。马保长说他本不想写我的名字的，但对方威胁他，说要是漏掉一个，就拿他开刀。马保长就不得已加上了我的名字，他便来向我道歉。

我冷笑道，你可别认为这姓马的就是在跟你掏心窝子，他可油滑得很。

杨志强说，我知道。但他把那份名单给我看，说明他对我还是有半分情谊的。再说了，世道乱成这样，每个人都不容易啊。

他突然叹息一声，说，眼下的形势，就是盲人也看得出来，国民党肯定会吃败仗。现在我们支持国民党的武装队伍，只怕将来我们的处境会大大不妙。但如果今天我拒绝了，只怕脑袋就搬家了……

我叹了一口气，说，这世道，做人难啊。

杨志强说，杨……杨志飞也在这名单上。

我说，那他入伙了没？

不知道。杨志强摇摇头，又说，不过很快就会有结果的。

半个月后的一天上午，两辆车厢上带着帐篷的军用卡车开进了白水镇。一行十五人，全都荷枪实弹，领头的便是那天下午来我们家的那个瘦高的麻子。他姓李，我们背地里都叫他李麻子。他们是来收取所谓的军饷和军粮的。杨志强已备好了六十个大洋和三百斤大米。他们面无表情地闯进家来，将钱和粮取走了。我们家一个长工在搬运大米时因为行动略略迟缓而被一个士兵踹了一脚。

在马保长开列的那份名单上，我们镇上只有四户人家，另外两户分别为一家米行，一家旅社。四家人全都向那伙人奉送上了大洋和大米。至于钱的数目是否一致，没人知道。而大米是不一样的，米行那家最多，有五百斤；杨志飞家有四百斤；我们家则和开旅社的那家一样。那伙人在镇上装了大米之后，又把车开往农村去了。两天后，人们看见那两辆车装得满满当当地从镇上返回县城。那些士兵坐在车厢里快乐地唱着歌。

一个月后，那伙人又来了。那个麻子提出了添饷加粮，要我们家增加大洋二十个和粮食一百斤。杨志强整张脸都拉成了一个苦瓜，他哀求道，老总，我们家再也拿不出那么多钱来了。麻子冷哼一声，他威胁杨志强，你是要钱还是要命？你要钱，我就成全你们这一大家子人。反正我杀过不少人，再多杀几个也一样。

杨志强看到那家伙眼里的杀气，冷冷的，像刀一样。他屈服了。

那伙人走后，杨志强失魂落魄地站在院中喃喃自语，语气显得无比凄凉，完了，这个家注定完了！

我去安慰他。他漠然地扫我一眼，转身走了。我看到他背脊微佝，步履迟缓，显得无限落寞。我只感到心里一阵阵的冰凉。

那段时间里杨志强的话明显地少了，郁郁寡欢，满腹心事。我去安慰他的时候，他总是怔怔地盯着我，半天后没头没脑地冒一句，他们肯定要涨价！我愣了愣，问他你说啥？他却不吭声了。

没过多久我就明白了那句话的意思。麻子第三次带着他的人来白水收取钱粮的时候，这帮得寸进尺的家伙又一次提出了添饷加粮，要我们家再一次增加大洋二十个和粮食一百斤。杨志强几乎要跪下了，他的声音都带了哭腔，老总，老总，这样下去我们就没法活了。麻子不说话，上午的阳光斜斜地透过树梢，在他阴沉的脸上落下点点光斑。风吹过处，院子里花香怡人。一只鸟儿从院边扑棱棱地飞起来，它振动翅膀的响动就像水波轻拍石岸的声音。这时候，麻子突然拔枪，砰的一声将那只鸟儿打落下来。

如此精准的枪法把在场的人全都镇住了。麻子不慌不忙地把枪递向杨志强，说，杨老板，你也来玩玩？杨志强连连摆手，说，我不会玩，不会玩。麻子冷冷地说，既然你不玩，那我可没时间陪你玩其他的了。杨志强忙不迭地说，我照办就是，照办就是！

当那伙人把我们家的一百个大洋和五百斤大米劫走时，我看到杨志强脸色惨白，仿佛被人剜走了身上的肉一样。我能理解丈夫心里的那种难受和绝望。我也很难受。我狠狠地将一口唾液吐在地上。

三天后，杨志强带着账房先生去收债。欠债的多是镇上的小商贩，包括我们家的几个佃户。数额最大的便是刘来福欠下的那五十个大洋了，时间已过了两年多，他还有三十个没有还。杨志强上他们家去的时候，刘来福的女人不停地道歉，还向杨志强表达着他们一家的可怜和窘迫。刘来福则闷声不响。

杨志强也不吭声，大马金刀地坐在旁边，显示着他的气度和威严，只等我们家的账房先生跟欠债人交涉。刘来福的态度激怒了账房先生，他叫道，刘来福，你就算是臭屁，你也得放一个呀。

刘来福说，要钱没有，要命有一条。

账房先生大怒，拍了一把桌子，说，有你这样说话的吗？当初要不是我们东家开恩，只怕你被抓了壮丁后，早就在战场上被一枪结果了。

刘来福说，谁叫你们借的呢？反正我没钱。

杨志强勃然大怒。但他什么都没说，只是狠狠地将刘家的一只用来给他倒水喝的土碗砸在了地上，然后便走了。后来账房先生在跟我谈起这件事情的时候，还在表达着他的不解。他觉得，在那种情况下，就应该给对方一点颜色看看。

忘恩负义的东西。他愤愤难平。

那天上午，账房先生跟着杨志强走出刘家的门时，突然又自作主张地跑回去。他冲着刘来福叫道，我告诉你，秋收后，我们东家就会把地收回去。宁愿把地荒着，也不愿让你这种没良心的狗东西去租种。

他以为这样可以恐吓一下对方。没想到他刚刚走出门，就听到刘来福在身后叫道，神气个屁，共产党马上就要打来了，我们家的好日子就要来了。

那一刻杨志强正走在刘家的篱笆墙外，刘来福洪亮的声音清清楚楚地传进了他的耳朵。账房先生看到杨志强停下来站了一瞬，又继续往前走了。账房先生追上去，说，老爷，你都听到的，这种人……他说着做了一个拧脑袋的手势，又说，我去把小三他们叫来，给这种家伙一点厉害，不然他还不晓得辣椒水是啥味儿。

杨志强突然厉声喝道，我都没说话，几时轮到你开口了，跟我回去！

账房先生感到有些委屈，他回来后跟我说起这事的时候，还跟我嘀咕了一句，我就不明白了，老爷不怪人家，还反过来骂我。

那天下午突然下起了小雨，淅淅沥沥地响，像沙子洒落一地。有人打着伞上门了，是杨志飞差来的，邀杨志强去河边的茶楼饮茶。我们都大感意外，均不明白长久以来与我们家已无任何往来的杨志飞在这时候葫芦里到底卖的是什么药。杨志强挥手拒绝了。来人又说，我们家老爷说了，他有要事相商。

狗屁要事。杨志强叫道，滚回去告诉你们家老爷，就是八抬大轿，老子也不去。

来人悻悻地走了。细雨如梭，檐上淌下泠泠的雨声。杨志强怒气未消，兀自说，他娘的，这时候来找我，哼，准没啥好事。

我劝导杨志强说，你还是去吧，毕竟你们是兄弟。

杨志强说，狗屁兄弟，是他杨志飞先不认我的。

我轻声说，事情都过去那么多年了，你和他都一把年纪了，有的事也该放下了。我前几天在街上看到了大哥，他头发都白了一大把。再说了，现在不是他放下了架子来请你吗？

杨志强说，那我也不能就因为他叫一个下人来请我，我就去了吧，那样我也太没架了。起码他得自己来。

我说，大哥是个骄傲的人，他首先放下架子来请你，也许真有什么要事要跟你商议。

杨志强说，如果真是什么要事，那他一定还会派人来请我的。

他猜得一点不错。没过多久，杨志飞又差人来请杨志强了。来人还说，我们家老爷就在大门外。

杨志飞果然站在那里。他撑着洋布伞，背微躬，正望着远方出神。杨志强走过去时，他才回过头来，微微一笑，说，我们走吧。

他们并肩前进，步履均匀，但都未说话。穿过街道的时候，杨志强听到旁边有人惊奇地说，看，他们两兄弟和好了呢。有人接口道，人家毕竟是兄弟嘛。

我们和好了吗？杨志强心里想着，不自禁地摇摇头。

镇子上就只有一家茶馆。茶馆临河而建，环境雅致。雨天里，人不多。杨志强两兄弟来到楼上的雅间。窗下水声潺潺，有水汽和花香，像一缕缕缥缈的轻烟，在空中淡淡散开。雨点不停下落，在河中打开一朵朵细细的水花。

杨志飞率先打破了沉默，我就不绕弯子了，今天请你来，是要跟你商量一件很重要的事。这事儿我想了三天了，其他人我不放心，只有找你。

杨志强呷了一口茶，等对方的下文。

杨志飞突然咬着牙，一字一顿地说，我想干掉李麻子！

什么？杨志飞顿时一惊，站起身，又坐了下来。他摇摇头，说，不行，这事儿风险太大了。

杨志飞说，我知道风险大，可我们不能坐以待毙。你想想，每月他们都加钱加粮，不把我们掏空才怪。

杨志强突然好奇起来，说，那你给了多少大洋？

杨志飞叹息一声，说，第一次是一百，第二次是一百五，第三次是两百。只怕下次李麻子还会要求我涨到两百五呢。说到这里他突然狠狠地呸了一口，说，这跟土匪抢劫有啥区别。再这样下去，只怕我就要家破人亡了。与其让别人把你的血榨干，还不如反过来搏一把，没准儿还有一线生机。

杨志强苦笑道，我有这个心，但没这个胆。他们县城里有武装，我们跟他们拼，那不是以卵击石吗？再说了，你干掉一个李麻子，他们还会派来另一个李麻子。

杨志飞说，这些我都考虑过，所以得准备一个万全之策。我是这样想的，等李麻子下次来收取钱粮，回县城的途中我们伏击他们，将钱粮重新夺回来。李麻子骄傲得很，从没把我们放在眼里的，他绝对想不到我们敢伏击他，所以我们要打他个措手不及，行动要快，准能成功。

杨志强很严肃地说，不行，就算把李麻子他们全都消灭了，可他们县城里有武装，他们派队伍来攻打我们，那我们可就大祸临头了。

杨志飞说，让黑风岗的人来打。

黑风岗是八十里外的一个土匪窝，当家的就是当年杨志强的好朋友谢老三。这家伙八年前生意亏本，搞得倾家荡产，随后便落草为寇，干起了打家劫舍的勾当。他自从落了草后，便和杨志强不再来往了。但杨志强是知道他的，因为这家伙已混出了声名，据说手下匪徒众多，弹药充足，还有几挺重机枪。杨志飞的意思是，由这伙土匪出面，可谓一举多得。第一，可以把钱粮夺回来。不过杨志飞认为，他们两兄弟只能取回自家的那一份里的一半，其余的全都归土匪。第二，可以敲山震虎，让城里的那支武装队伍不敢再派人来收取钱粮。第三，可以转移矛盾，保护自身。李麻子一伙被伏击，其城里的武装队伍必然将矛头指向黑风岗，而不会想到这是杨氏两兄弟的主张。第四，可以打击李麻子那伙人的嚣张气焰，泄心头之愤。最后杨志飞抛出了最关键的话题，他要杨志强去黑风岗，劝说谢老三伏击李麻子。

我可以陪你一起去！他又补充道。

杨志强犹豫着，缓缓地踱到窗边。外面雨声如织，细细的，像一个女人低低的絮语或梦呓。远处烟雨迷蒙，草木颔首，天仿佛就要黑了。

32

杨志强和杨志飞离开白水前往黑风岗的那天早晨正下着小雨。雨是头一天夜里就开始下的。我担心他的安危。毕竟他跟谢老三已多年不见，对方落草为寇了，还会不会认他这个旧友呢？杨志强说谢老三有情有义，即使不愿伏击李麻子，想来也不会为难他的。其实我看得出来，杨志强心里也没底。是啊，世事多变，人心难料。谁又知道今天的匪首谢老三还是不是当初来我们家的那个豪气干云的生意人呢。

起床的时候，我跟杨志强说，外面下着雨呢，要不就改天吧。杨志强很坚决地说，不行，今天必须去，我们已给谢老三送过信了，说今天要拜访他的。

这雨持续地下了三天，中间略有短暂的停顿。这三天里我如坐针毡，度日如年。夜里我睡不好觉，好几次从梦中醒来，听着窗外的雨声滴滴答答，仿佛时光无限漫长，落满厚厚的香灰。我不知道丈夫在匪窝里到底怎么样了，人生无常，命运难测啊。

好不容易熬过三天，杨志强终于回来了。他满面风尘，衣服上遍布泥污，一回来就躺在床上呼呼大睡。我坐在床边，看着他酣睡得就像一个恬静的孩子。有很多的话涌在我的喉间，可我并不想在他醒来后去问他。只要他平安地回来了，那比什么都好。

杨志强醒来后告诉我，谢老三同意了。那些白花花的银子和大米，对那些土匪有着莫大的诱惑。谢老三留杨氏兄弟在山寨里住了一天，灌了他们几斤烈酒。谢老三还说，打下的白银和大米，要跟杨家两兄弟平分。

接下来的几天里，杨氏兄弟在河边的茶馆里频频碰头。镇上的传言多起来，说他们已经和好了。我不敢确定他们是否真的和好了。为此我问过丈夫，他没有吭声，但脸上却显出一种不屑的表情。我知道他的那种表情意味着什么。我劝导他，我是真希望他们兄弟俩能借此机会一泯恩仇。杨志强还是没说话，只是冷笑两声。

月末的时候，李麻子又带着人来收取钱粮了。这一次，他们倒是没有再加钱涨粮了。他们把钱粮收走的时候，我看到杨志强冷笑了一声。他说，这帮狗日的活到头了。

下午，杨志强出门了。他要去准备明天对李麻子的伏击行动。他出去的时候一脸严肃，显得郑重其事。我追出去喊他。他回头朝我一笑，说，啥？我迟疑了一下，轻轻地说，没事。

他走到我面前，低声说，你放心，我不会有事的。

那天夜里我听着风声拂响窗棂，像火把呼呼地燃烧。有虫声浮动，迷雾般飘在风中。我睡不着，起身把灯点亮，推开窗子，但见冷月高悬，星星像银石般密密地钉在天空。一只萤虫倏地滑落，像星星隐没在草叶间。

突然间有一阵细碎的脚步声响起来。我看到三女儿穿着肥大的睡衣，掌着一盏微黄的马灯走过来。昏暗的灯光照着她柔和的脸庞，一双大眼睛在夜色中像星辰一般璀璨而明亮。我禁不住有些恍惚。不知不觉中女儿已长大了，时光就仿佛这明月清风啊。她来到窗前，轻轻喊我，娘！

她又说，我见灯还亮着，就过来看看。

我说，我这就睡了。你快回去睡吧。

她说，爹呢？娘，爹去哪里了？

我说，他去城里了，明天就回来了。

夜露微湿，有风轻轻浮动。女儿默默地站了片刻，转身走了。走了几步后她突然又停下来。娘，她怯生生地说，有件事，我不知道我该不该说。

她跨前一步，声音压得很低，我白天时候听人说，那些人……李麻子在米行放过狠话，说要教训教训爹。

我心里咯噔一声。我想莫非杨志强两兄弟串通劫匪意欲伏截李麻子的计划外泄了？如果真是那样，那可就糟糕了。我感到我声音都有些抖了，你……你说的是真的？

女儿说，白天我去米行找紫菱，听王三爷说，李麻子他们去米行收钱粮，夸王三爷老实、忠心，不像我爹，说我爹……一肚子坏水。

我试着让自己镇静下来。我勉强一笑，说，李麻子那家伙就是爱乱说话，你别听他瞎说。你爹安分守己，是个好人，这我比谁都清楚，他不会有事的。

整个下半夜我几乎没合眼。天明的时候我才迷糊地睡去，梦见杨志强被李麻子抓走了。我不停地喊他，追上去，全身都落满了淅沥的雨水。杨志强突然回过头朝我笑，一抹阳光顿时绽开，洒下万千道光辉……狗蹿进院子里，汪汪地吠几声，我就醒来了。我觉得这是一个糊涂梦，但又无法释怀。中午饭刚过，李麻子一行人穿过街道，载着满当当的粮食。士兵们坐在卡车上唱歌，声音雄浑而响亮。我开始紧张起来。

那个下午显得无限漫长和缓慢。我数次跑到街口守望，都不见杨志强回来。天空无限开阔，一碧千里，阳光四散飞扬，晃得我微微地目眩和头晕。我坐在路边的一棵树下歇息的时候，杨志强突然乘着马车回来了。他把脑袋探过来，惊诧地叫道，你在这里做什么呀？

我明明很高兴，我想对他笑一笑，可泪水偏偏涌进了眼眶里。我几乎哽咽着回答他，没……没做什么。

杨志强的手腕上缠着白布，伤势很轻，只是擦破了皮。他得意地对我说，那帮狗日的完蛋了。然后他从身上摸出一把大洋，在手里抛得哗哗地响，高兴地说，这就是我们家的钱！

杨志强又得意地说，姓李的那个狗日的，原来是个胆小鬼，临死的时候还跟我们求饶呢。谢老三一枪就把他崩了。

我低声说，我担心他们……李麻子他们的人会来报复的。

你放心吧，他们即使要报复，也只会把账算在黑风岗的头上。杨志强显得胸有成竹。

我无法像丈夫那样心安理得，为此我担心了很长的一段时间。时光流转，一切都平静如常，我这才放下心来。在这段时间里，我又突然发现杨志强和杨志飞不再来往了。有一次两人在街口碰上，竟然都视若无睹地各自走向一边。我不知道他们是为了在伏击李麻子一事上避人耳目，还是两人又重新回到之前的仇怨和冷漠中。我问过杨志强，但他没说话，只是冷笑了一声。

在他的这一声冷笑里，我得到了答案。我劝导丈夫说，常言道，冤家宜解不宜结。何况你们还是亲兄弟，就借着这一次机会，你们和好吧。

杨志强说，就算我想跟他和好，只怕他也不愿意。

我说，你不去试一试，你又怎么知道大哥不愿意跟你和解呢？

叫我主动跟他求和？杨志强说得很坚决，门都没有！

听他的口气，他是愿意跟杨志飞化干戈为玉帛的，只是他不愿主动求和，他拉不下自己的面子和自尊。于是我决定去找杨志飞。

那时候我不明白我为什么要去找杨志飞。我只感到心里有个声音在告诉我，我应该去找他。直到后来土地改革，我们这个家族被打倒的时候，我才真正地明白过来。原来是出于对未来命运的迷惘和自身处境的担忧，我期望着这个世界上的人全都是我们的朋友。

那天下午，我是做好了被杨志飞拒于门外的准备了的。但出乎我意料的是，杨志飞很热情地招呼了我，甚至亲自给我泡了一壶上好的绿茶。茶香清幽，味道鲜醇，瞬间便沁人心脾。这让我一时间找不到话说。倒是杨志飞首先打破了我的顾忌。

他说，秀莲，我都记不清有多久你没来过我家了。你这次来，是有什么话要说吧？

我说，大哥，我先把丑话说在前面，你千万别生气。

我看到他的眉头微微地皱了一下，但随即就平静了。他微笑起来，说，你如果是替志强来说话的，那我真的要生气。

我说，大哥，你和志强都这把年纪了，经历了这么多事，还有什么不能放下的呢？

杨志飞哈哈一笑，说，秀莲妹妹，你从小就在这里长大的，你怎么会说出这种话来呢？

我叹了一口气，说，现在世道变了，说不准将来我们家会变成什么样呢。

杨志飞沉默了。他端起茶杯来呷了一口，放下，又端起来呷了一口，又放下。最后他才慢条斯理地说道，杨志强要真是个男人，他就应该自己来跟我说，而不是叫一个女人家来。

我说，不是他叫我来的，是我自己来的。我来是想叫大哥你让一步，志强也让一步。

杨志飞淡淡地说，你操心了！只怕他让不了这一步……

这时候，外面突然传来一声嘶叫，杨志飞——又叫，杨志飞！原来是杨志飞的妻子李氏回来了。她风风火火地闯进来，满脸愠色，对着杨志飞叫道，你怎么把小猫小狗都放进来了？

当时我对她的叫喊感到莫名其妙，后来我回家细细一想，才醒悟过来，原来李氏是在骂我。她又继续骂我，但却又仿佛是冲着她的丈夫发火，我说你杨志飞，什么小猫小狗都放进来，你不怕把我们家弄脏啊。

你嚷什么嚷？杨志飞生气地说，你没看见我正在跟秀莲说话吗？

我趁机向李氏打招呼，大嫂！

李氏斜斜地扫我一眼，哎哟一声，故作惊奇地说道，今天是哪阵风啊，把你这样的贵人都吹到我们家来了？

我说，我来跟大哥说个事，也顺便来拜见一下大嫂。

李氏又是哎哟一声，说，别别别，我可担不起。人有人道，猫有猫道，走不到一起的。

杨志飞面色一沉，说，好了，说这些干啥？你不说话没人当你是哑巴。

李氏朝丈夫翻了一个白眼，嘴里发出了不屑的嘘声。

我知道，她这是冲我来的。我有些恼怒，又有些难过。我起身告辞，在走出门时听到李氏在身后拖长声音，不送了啊。

午后的阳光带着炭火般的烫。远处有水声和鸟语，风中飘过一股酒糟的醇香。我回到家门口的时候，泪水涌进了眼眶。我在心里狠狠地对自己说，谁叫你去逞强的，被骂了吧，活该……这一骂自己，我又觉得更难过了。

杨志强正坐在院子边上乘凉，旁边放一杯茶，轻轻地摇着蒲扇。留声机也搬出来了，在咿咿呀呀地唱着那些流水般的旧时光。阳光从树梢间落下来，点点的火苗燃在他的脸上，显出一种漫长的苍老和忧伤。我看着他鬓角上微白的霜雪，眼角间涟漪一样轻轻浮动的皱纹。我突然感到恍若隔世，那些过往的时光，就像昨夜的梦一样。我禁不住哽咽了起来。

怎么了？杨志强斜睨着我。

没有。我勉强一笑，说，这时间过得真快！

那时候，全国就要解放了。每天都有种种传闻，像三月的柳絮漫天乱飞。广播中尽是国民党的反动宣传，搅得我们惶恐不安，到后来我们都有些不敢听广播了，但每到时候却又忍不住打开来听。有时听到一半的时候，杨志强就把广播关了，愣了片刻，茫然地问我，共产党打到这里来，会不会就要把我们杀了？我怔了怔，说，你怎么会这样想呢？广播里的那些话，不可信。我记得以前志明哥在信中跟我们说过，他们共产党的队伍，是仁义之师。

我加重了语气，他们是仁义之师。

杨志强先是沉默，随即点点头，像是在附和我的话，也像是在给自己打气，是的，一定是的。

三天后，一大早外面的喊声响成了一片，人群涌上街头，齐声高喊，又唱又跳。后来我听说马保长带着人来阻拦那些狂欢的人，没人理睬他，马保长就朝天鸣枪示威。人群在短暂的沉寂后，又骚动和叫喊起来。马保长又开第二枪。这一枪却走火了，打中了一个中年男人的肩膀。这个平素里在我们白水镇威风八面的家伙，为他的不识时务和轻率的行为付出了惨痛的代价。情绪激昂的人群一拥而上，将他按倒在地，拳脚纷乱地朝他身上招呼。等激动的人群停下手来，马保长已经满面是血，没有了一丝呼吸。而马保长的那几个跟班，早已吓得无影无踪了。

那天我没有看到人群激昂的场景。杨志强是站在街边目睹了马保长惨死现状的，这让他在好长的一段时间里都还感到心惊肉跳，惶惶不安。他好几次跟我说，太可怕了，太可怕了！

马保长死后，他们一家人为他的惨死四处奔走，希望能讨一个说法。但有关部门在这时已经自顾不暇，没有谁愿意站出来说话。马保长的妻子便带着儿女们在街上号哭，以各种狠毒的语言诅咒凶手。有一天我在街边看到马保长的妻子头发凌乱，在街心呼天抢地地喊冤。两个才几岁的孩子头裹白孝，涕泪纵横地跟在她的后面，身子瑟瑟发抖。我心里一阵恻然，只得暗中喟叹。

镇上的人们奔走相告，兴奋地说共产党就要来了，他们的好日子也要来了。我的小儿子杨浩有一天下午在街上玩耍回来，一进门就大声嚷嚷，共产党就要来了，我们的好日子就要来了。这可惹恼了杨志强，他呵斥儿子闭嘴。小家伙哪里懂得杨志强的心思，兀自嘟囔道，他们都是这样说的。

杨志强不由分说地给了儿子一耳光。杨浩噘了噘嘴，但没有哭。他突然指着杨志强叫道，你是坏人，共产党来了，第一个就要杀你。小家伙害怕他父亲揍他，说完就跑开了，跑到院子边他又停下来，又为自己辩解道，外面的人都是这样说的。

小……小畜生！杨志强指着儿子，气急败坏地叫，老子……老子……他突然一口气接不上来，身子晃了两晃，一歪身慢慢地倒下去了。

当时我在房间里找针线，我只听到三女儿杨江在院子里惊慌的叫声。我跑出去时，看到杨志强倒在地上，杨浩正蹲着用指头轻轻地划他父亲的鼻子，然后咯咯地笑，大声说，他是装的，他是装的。

我过去就朝杨浩打一巴掌。小家伙头一缩，身子像泥鳅似的滑溜溜地躲开了，还朝着我得意地叫道，你没打着。我又气又急，顾不上教训他，就与女儿手忙脚乱地将杨志强抬进房里去了。

杨志强只是晕了过去。在女儿刚出门去请医生时，杨志强就醒过来了。他看着我，眼神有些迷茫。随后他试着要坐起来，我按住了他。我说，你刚才晕过去了，你要好好休息。杨志强说，我觉得身上一点力气都没有。

我说，我已叫三妹去请医生了。

杨志强叹了一口气，说，医生看不了的。

我轻轻地握住丈夫的手，说，有的事情我们是无能为力的，一切都随命吧，重要的是现在你别胡思乱想，要把心放宽。

杨志强没吭声。半晌他突然问我，秀莲，你说，我是不是一个坏人？

你，你怎么这样问呢？我不由吃了一惊，随即使了使劲，把他的手握紧，一本正经地说，我们行得正，坐得直，对得起良心。

杨志强笑了起来，说，谢谢你，秀莲——他咳嗽了一声，又自我解嘲似的笑了笑，接着说，外面的人都说我坏，说共产党来了，第一个就要杀我。

我说，那是因为我们家有钱，那些穷苦人恨我们。可是我们家的钱，也是辛辛苦苦赚来的……我叹息了一声，又说，这个社会有人富裕，有人贫穷，贫富一对立，矛盾就多了。

杨志强也叹息道，贫穷的终究是大多数，他们一旦联合起来……他突然住口不语，眉头锁得很紧，如同远山上的雾雨。

那时天渐大寒，冷风呼叫，偶有雨夹雪零零碎碎地往下飘。有一天黄昏的时候突然下起雪来，但雪不大，像米粒一般沙沙地撒了一阵，停了。停了一阵，又沙沙地落下来，在凄迷的风声中显得格外清脆。镇上的人们都早早入睡，夜晚一片静谧，偶有狗叫声，像钝刀一样撕开了夜晚的黑暗和寂静。我和杨志强刚刚睡下，我们家的大门就被拍得砰砰作响。伙计跑到窗外告诉杨志强，说外面有一个姓谢的求见，自称是我们家的老朋友。

原来是谢老三。我想起床见他的，但杨志强很严肃地把我按住了。他面色很凝重，仿佛笼着一场暮冬的晚霜。我只好躺下来，心里很不安，我知道，一定是出什么事情了。

风在屋顶晃荡，像猫踩响瓦片的声音。不知在何时停止的雪突然又下起来了，沙沙的。我隐隐地听到他们在书房里低低的说话声，夹杂在窗外的风雪声里显得含混不清，就像河水泥沙俱下。那说话声突然间有那么一句陡地一高，又低沉了下去。

杨志强返回卧室来了。他一进来我就急切地问他，是不是出事了？杨志强一边走向保险柜，一边说，他们跟共产党的军队打起来了，结果他们被连锅端了，谢老三好不容易才逃了出来，还挂了彩，不过伤得很轻。

他们怎么会跟共产党的军队打起来了呢？这不是找死吗？我有点惊诧，又有点不解。

杨志强说，他手下的十几个兄弟在路上伏击了三个共产党的士兵，结果遭到灭顶之灾。共产党军队的一个连，就踏平了谢老三他们的山寨。谢老三慌乱中啥也顾不上带了，就从后山逃跑了，总算捡回了一条命。

在杨志强说话的间隙，我听到他打开保险柜，数着大洋，发出哗啦啦的声音。我一下就明白了，我说，他是来要盘缠的吧？杨志强嗯了一声，说，他急着要走。我说，这大半夜的，天冷路滑，为什么不在这里住上一晚，非要急着赶路呢？

杨志强说，他还不是怕连累了我们。

我轻轻地叹了一口气，说，早知今日，何必当初呢？干什么不好，偏要去干那种勾当。

这世道……哎，为了活命，有时候是身不由己的。

丈夫出去后，我蜷缩在被窝里。我听到书房里又传来低低的说话声，没多久门打开，他们走了出去。我家的几只狗都汪汪地叫了起来，就像在替我为客人送行一样。我不知道谢老三会在这风雪的夜晚走向何方，反正他没有告诉杨志强，他只是说他走到哪里算哪里。那以后，我们再也没有听到他的半点消息。

杨志强失魂落魄地回到房里，坐在床上呆呆出神。我轻轻地捅了捅他。他没有反应。我摇了摇他的肩膀，在他耳边喂了一声，他漠然地看我一眼，扭头把灯吹灭了，说，睡吧。

窗外雪已经停了，风在哀号。我始终难以成眠。杨志强先翻了一个身，随即又翻了一个身，我知道他心里烦躁，他还没有睡着。我说，睡吧，把心放宽。他没有说话。半晌之后，他突然声音嘶哑地说，我在想，有一天我落难了，会不会也像谢老三那样疲于奔命呢？

我心里一酸，把丈夫的手紧紧地抓住。我说，你不要胡思乱想。

杨志强轻喟一声，说，不是我胡思乱想，而是命运有时候它就是这样。

第十一章

33

白水镇解放了。

解放军的一支连队进入白水镇的那天上午，街道两边拥满了百姓，以热烈的鞭炮和掌声欢迎他们的到来。人们唱着歌，跳着，笑着，比过节还要欢乐和热闹。

我悄悄地挤在人群里，看到解放军将士们衣着朴素，昂首挺胸，大步流星地走来。在人群的簇拥和欢呼声里，他们面露微笑，显得亲切而随和。我不由自主地跟着人群往前走，直到他们走进了镇公所，我才停了下来。人群把镇公所的院子围得满满的，然后有一个解放军首长模样的人站在人群中讲话，他中气充沛，声音异常响亮。多年来，我还清楚地记得他那简短有力的开场白，老乡们，我们解放了！人群中顿时掌声雷动，又有鞭炮声噼噼啪啪地炸开来。

解放军的首长继续说道，中华人民共和国已经成立了，中国人民已经站起来了。党领导着我们当家做了主人，将继续领导我们走向繁荣富强，让我们过上幸福生活。老乡们，大家的好日子到来了！

人群又是一阵欢呼。我看着那个解放军的首长说得气定神闲，偶尔会打一下手势，语调清雅，在抑扬顿挫中带着一种亲切的感染力。我的心微微地热了。

娘，你真在这里呀。女儿杨江突然跑过来，拉了拉我的衣服，喘了一口气说，爹叫你回去了。

我问道，他人呢？

女儿说，在家里啊，他叫我来把你喊回去。

我继续问，叫我回去干吗？有什么事情吗？

杨江摇摇头，说，我不知道。反正爹看上去很生气的样子。

拉着女儿离去的时候，我听到镇公所的院子里人群又爆发出一阵阵的欢呼声。在街口，一个人迎面跑过来，冲着我示威似的喊道，共产党来了，我们穷人的好日子也来了！

杨江突然说，娘，这些人真的是解放军吗？跟我想象中的完全不一样。

我说，那在你心中，他们应该是什么样的？

杨江说，既然是军人嘛，我就想象着他们应该是很严肃的，哪知他们很朴实，有一种气质让我觉得很亲切，很随和，就像我的兄弟一样。

回到家时，杨志强正站在第一道门的天井处，焦急地踱来踱去。一看见我回来，他就急切地问，解放军来了？

我说，来了！

怎么样？怎么样？他依旧很急切。

什么怎么样？

他们……共产党。

我说，你这么着急把我叫回来，我还没看清。

杨志强苦着脸说，其实，我是害怕。

我说，别担心，他们很亲切，像兄弟一样。

我们全家显得更低调了。对欠债未还的，我们不再催还；对欠租未交的，我们也不再催交；遇到贫困不堪的穷人，我们会适当地施以援手……

日子依旧平静，我们又渐渐地放下心来。四月上旬的一天黄昏，暮色初降，我们刚刚吃过晚饭，外面的大街上突然传来了几声枪响。有人惊叫狂奔，噼噼啪啪的脚步声如同杂乱的鼓点。有人哭起来。犬声大作，汪汪地咬成一片，还夹杂着骏马悠长的嘶鸣声。我和杨志强面面相觑，不知道发生了什么。不一会儿，一个伙计风风火火地跑进来，惊慌失措地叫道，老爷，不好了！

他上气不接下气，有些结结巴巴，土……土……土匪，土匪来了！

我大吃一惊。我看到杨志强腾的一下站了起来，激动得双手乱挥，几乎是吼了起来，还不赶快把大门关上。他对待在一旁的账房先生嘶声叫道，还傻着干吗，去，把枪都抬出来。然后他缓了一下语气，平静地对我说，你带孩子们躲起来。

我摇摇头，说，我不走，我要跟你们一起打土匪。

快走。杨志强吼了起来，不要给老子添乱。

结婚这么多年来，我还是第一次看到他朝我如此动怒，双眼圆睁，声音里带着干燥的怒火。我便带着孩子们一起躲进了地道，这条地道是当年杨志强和杨志飞在分割家产后就秘密修建的，除了朱秀外，孩子们都不知道。杨胜利很好奇，他问朱秀，娘，这里是什么地方呀？黑洞洞的，我们进来干什么呀？躲猫猫吗？朱秀说，是啊，有坏人来了，咱们躲一躲，让坏人找不到我们。

杨胜利说，坏人来了，我们为什么要躲呢？爷爷把坏人赶走就行了呀。

朱秀说，对啊，这会儿爷爷正在赶坏人，我们一会儿就可以出去了。

我非常忧心外面的景况。我不知道那些土匪是不是冲了进来。他们一旦冲进来，定然会跟杨志强他们交上火。算起来，我们家三个伙计，一个账房先生，加上杨志强，也就是五个人。而土匪，只怕不止五个，杨志强他们以寡敌众，那就凶险异常了。更要命的是，一旦打起来，将会给我们家造成毁灭性的破坏。

我如坐针毡，只觉时间过得无限缓慢。两盏昏暗的马灯把地道照得幽深而恍惚，大家都默不作声，连最小的孩子，似乎也意识到这是危险的时刻。空气中有一股干燥而污秽的气息，闷得人透不过气来。杨胜利有些耐不住了，开始烦躁地喊起来，娘，我想出去。

朱秀说，再等等，爷爷正在赶坏人。等他把坏人赶跑了，我们就可以出去了。

爷爷什么时候才能赶跑坏人呢？小家伙的声音中带着一丝哭腔了。

快了，快了。朱秀安慰他，乖乖的，别闹，别闹。

就在小家伙哇的一声哭出来的时候，地道的石门突然被掀开了，杨志强把脑袋探进门里，朝我们叫道，出来吧，没事了。

我这才如释重负地舒了一口气。杨志强说，土匪都走了，骑马走的，在我们家门口没有停留。

杨志强说，我数了，是十五匹马。

我想象得到当十五匹快马朝我们家这个方向嗒嗒地驰过来时，杨志强他们会是怎样的一种压迫得几乎要喘不过气来的心悸和紧张。那马蹄声越近一步，就像是那股压迫在他们心上的力量又加重了一分。后来杨志强跟我说，他的掌心里湿漉漉的，蓄满了冷汗。他强作镇定，嘶哑着嗓子吩咐手下人做好战斗准备。他听到那几个伙计在应他的时候，声音都抖了。那十五匹快马最终从我们家门前的长街上疾驰而过，清脆的马蹄声敲打在街道的石板上，就仿佛卷过了一场暴风雨。杨志强长吁了一口气，他只觉身子是软的，像泥做的那样，慢慢地就要摊开了。

据外出打探消息的伙计回报，土匪抢劫了米店和米店旁边的客栈。他们十五人，全部骑马，一袭黑衣，面目在暮色中略显模糊，但还是可以清晰地辨认出他们都是陌生人。这十五个家伙一踏进镇子，就直奔米店和客栈，很显然他们是有备而来。米店的老板在很久之后都没能缓过神来，身子像筛糠似的抖个不停，声音结结巴巴的。

他们……他们好……好凶，还……还杀……杀了人！

米店老板又说，他们……他们那打扮，像……像……像黑风岗的人。

杨志强不相信他们会是黑风岗的人。但客栈的老板也指证那伙人的装束和以前黑风岗的土匪是一样的。这下杨志强就有点半信半疑了。虽然黑风岗的匪寨早被解放军踏平，但说不定又有人重上黑风岗，在那里重新拉了一个山头呢。

那天夜里，在政府的出面下，整个白水镇上有头有脸的人全都聚集在一起，连夜商议对策，以防土匪再次来袭。在这次会议上，杨志强没怎么说话，但却是第一个站出来表态，愿意献出我们家的枪支弹药，十支长枪，两支手枪，三十发子弹和二十颗手榴弹。这几乎是我们家全部的家当了。杨志强在事后都有些吃惊，也有些后悔，他觉得那一瞬他是昏了头了，居然如此慷慨。在他的带动下，其他人也都纷纷表示要出钱出力。我们白水镇的自卫团就是在这样的情况下成立起来的，罗大庆当上了民兵的头儿。后来那家伙在解放军剿匪的时候出了很大的力，立下了功劳，这才鸡犬升天，在我们白水风光八面。

散会后，夜已经很深了。被土匪袭后的白水镇显得肃杀而寂静。月色冷冷的，星光也是冷冷的，连风吹过枝叶的声响也带着阴森森的杀气。偶有狗叫一声，像一把带血的剑出其不意地斜刺过来。杨志强不由自主地打了一个寒战，他整了整衣服，大踏步朝家走去。

杨志强。身后有人在喊他，正是他同父异母的兄长杨志飞。他停了下来，但没有回头。杨志飞走到他面前，低声说，那些土匪一定还会再来的。你相不相信他们是黑风岗的人？

杨志强淡淡地说，我不知道。我只听说黑风岗早就被踏平了。

杨志飞说，那么谢老三呢，谢老三去哪里了？

杨志强说，他去了哪里跟我有何相干？像他这样的人，说不定早就死了。

杨志飞突然很神秘地说，听说谢老三来找过你的，你一定知道他在哪里。

杨志强霍地一惊，但仍不动声色地说，你当初不也找过他吗？你别忘了，李麻子当初是怎么死的。

杨志飞沉默了一下，说，那好吧，我就打开天窗说亮话了。如果这帮土匪和谢老三有关系，那么我们就是安全的；如果这帮土匪和谢老三没关系，只怕下次土匪的目标就是我们两家了。

杨志强不屑地冷笑一声，说，今晚大家不正是在商量怎么对付土匪吗？只怕下次他们就没那么容易了。

杨志飞叹了一口气，说，你还真放心那些什么民兵啊。要知道，这镇上有很多人都恨着我们呢，他们可巴不得我们两家出点事，以泄泄他们的心头之恨呢。土匪来了，那些民兵要是故意不拦截，任由他们来抢劫我们家呢？而我们把枪支弹药都献出来了，一旦土匪真的来了，我们拿什么来抵挡？

杨志强久久都没有说话。那天夜里两兄弟在街上默默地站了半晌，然后各自回了家。杨志强觉得杨志飞的担忧是有道理的，他变卦了，打算只献出一半的枪支弹药。可后来他又觉得这样很不妥，这时候他需要好好表现，做出一个开明士绅的姿态来。于是他犹豫了，向我征求意见。

我正迷迷糊糊的，也就迷迷糊糊地回答道，全都给他们吧。要是土匪真来抢我们家，那就是命中注定我们躲不过这一劫。

后来杨志强还是留下了一支手枪和两发子弹，还有几个手榴弹，以防万一。但他的担心是多余的，在对付土匪的问题上，人们团结一致，共御外敌。在进街的四个路口，民兵们在短短两天里就筑好墙，挖好沟，布置哨卡，昼夜轮岗。

这一防御举措很有效果，当二十多天后土匪再次来袭的时候，民兵们仗着有利的地势和强烈的炮火，将土匪打得落花流水，还当场击毙了两人，而民兵只是一个人受了轻伤，其他人全都完好无恙。这简直就是一个奇迹，在白水一时被引为美谈。这一仗之后，土匪就不敢再贸然来袭了。

没过多久，剿匪的解放军就来了。罗大庆领着我们白水的民兵参加了解放军的剿匪。解放军需要他们，因为他们熟悉当地情况。两个月后，他们就风风光光地回来了。杨志强向罗大庆要自己的枪支，但他说那些枪支全都交给解放军了。杨志强明明看见他们是背着枪回来的，他认为罗大庆等人是耍赖。罗大庆却说得振振有词，他说，我们背回来的枪是解放军发给我们的，你的那些枪，都在解放军那里，你想要的话，就去解放军那里要。

很长的一段时间里，风光得意的罗大庆都在四处吹嘘他在剿匪过程中的英勇行为，说他如何如何地凭借着自己的机智勇敢，深入虎穴侦察敌情。说到高兴的时候，他总会拍着胸脯，说解放军的指导员都是他救的。有一次，在攻破土匪山寨的时候，他看见土匪头子举枪向指导员瞄准，就在这千钧一发之际，他一个猛虎扑食，冲上去打飞了土匪头子手里的枪，从而救了指导员一命。说到这里，他故意以一种遗憾的语气说他当初要不是照顾生病的母亲，他早就去当兵了，没准儿今天早就混成师长军长了呢。

可惜了，真是太可惜了。罗大庆大言不惭地说，像我这么能打仗的人，居然窝在这种地方，造化弄人啊。

旁边有人笑着接过他的话，那你现在赶快去朝鲜打美国佬呀！

那时候，朝鲜战争正打得如火如荼。我们中国人民志愿军已经雄赳赳、气昂昂地跨过了鸭绿江，开始了“抗美援朝，保家卫国”的伟大战斗。我对远在异国他乡的战争不了解，倒是我身在省城读书的二儿子杨海对此很关心，他跟同样身在省城读书的杨志飞的小儿子谋划着参加中国人民志愿军，去朝鲜战场打仗。小哥俩年龄相当，关系甚是密切，完全不像父辈之间那么积怨甚深。他们在临行前分别给家里来了一封信，措辞慷慨激昂，说他们去前线杀敌，保家卫国，他日当衣锦还乡。

看着儿子的来信，我久久地说不出话来。我担心儿子的安危，杨志强却担心儿子没能顺利地入伍。他认为中国人民志愿军都是精兵强将，不是什么人都能参加的。在他看来，儿子若是真的参军了，在朝鲜战场杀敌，做父亲的也会感到光荣。

这年冬天，杨志强将家里的伙计和账房先生解雇了，只雇用了三名短工。日渐衰落的家道让他一天比一天节俭。他大多数的时间都窝在了家里，喂鸟，种花，听听留声机，偶尔也听听广播，但每次广播他都没有听完就关掉了，然后长叹一声。

除夕的前两天，杨海回来了。他因为无法放弃他少年懵懂的爱情而取消了奔赴朝鲜的宏大理想。他原本是要去朝鲜的，可那个他一直喜欢的姑娘咬着牙告诉他，如果他去朝鲜，那么她将一辈子都不再理他。我看到我的儿子在说起那姑娘的时候目光闪闪，满脸洋溢着一个少年初涉爱河时的那种羞怯中带着幸福与甜蜜的红光。我很惊诧于一个十几岁的少年竟然毫不避讳地在父母的面前谈起他朦胧的青春情感，这让我对他喜欢的那个姑娘充满了无尽的好奇，我想看看到底是一个什么样的姑娘令他痴迷得在父母的面前忘记了他的年龄和身份。可惜的是杨海后来并没有将那个姑娘带到家里来。

与杨海相比，杨志飞的小儿子则要勇敢和无畏得多，他去了朝鲜。这让杨志强对自己的侄儿大加赞赏，他竖起了大拇指，说，好样的。然后他恨铁不成钢似的指着自己的儿子，骂道，你狗日的孬种！

傍晚的时候，杨志飞的妻子李氏来找杨海。我招呼她进家，她坚持站在门外，脸色有些苍白，看上去很憔悴。她是来向杨海打听她儿子的消息的。杨海告诉她，她的儿子去了朝鲜，其他的，他全然不知。李氏很失望，她离开的时候，背影颤巍巍的，像一根光秃秃的玉米秸在风中摇曳。我还看到她抬起手，似乎在擦眼泪。

晚饭过后，突然有人砰砰地拍门。我没想到，来者竟然是杨志飞。他喷着酒气，门一开就扑了进来。我说，大哥——他没理我，一边踉踉跄跄地往里闯，一边叫喊，杨海，杨海！杨海应声走出来。他伸手去扶杨志飞，杨志飞就一把抓住杨海的肩膀，嘶声叫道，你告诉我，满儿，满儿呢？

他口中的满儿就是他的小儿子。傍晚的时候，他的妻子已经来打听过了，而现在杨志飞不顾多年来他与杨志强的间隙与积怨，亲自跑到我们家来打听他小儿子的情况。杨海说，他去朝鲜了。

杨志飞叫道，以前他来信，说他和你一起去，为什么你回来了，他还没有回来？

杨海说，我根本就没去朝鲜。

你撒谎，你撒谎。杨志飞又一把抓住杨海的肩膀，像一头受伤的野兽，咆哮了起来，你一定知道的，你一定知道满儿的情况的。

杨海不耐烦地推开他，说，他去了朝鲜后，我们就没有联系了。我真的不知道。他说到这里又提高了声音，一字一字地强调，我真的不知道！

杨志飞猛地坐在地上，声音突然哽咽了起来，有人说，满儿……满儿……满儿他……他已经不在了！

34

风声越来越紧了。

一天上午，一群人冲进了我们家里。他们都是镇上的平民，有一半是我家的佃户。领头的冲着杨志强叫道，杨老板，今天我们没饭吃了，想在你家吃顿中午饭。杨志强笑眯眯地说，好说好说，这顿饭包在我身上了。说完后，他就招呼大家坐，吩咐短工烧水泡茶，生火做饭。

这顿饭宰了八只鸡，杀了二十条鱼，割了十五斤猪肉，喝去了三十斤白酒。有人醉醺醺地举着杯子，朝杨志强喊道，杨老板，来，喝一杯。杨志强依旧笑眯眯的，说，你们喝，你们喝，我年纪大了，喝不动了。有人喝着喝着，开始唱起了歌来，破锣般的嗓音，在空中飘荡，竟然引得众人叫好。有人甚至站在院墙边上，不顾羞耻地撒起尿来。正午的阳光淡淡地落下来，恍惚得就像一个人迷离的醉眼。院墙外的街道静得出奇，仿佛全镇子的人都在屏着呼吸，细心聆听我家院子里发出的声音。我站在窗边，看着灰白的天空，脑子里一片茫然。

这些不速之客在酒足饭饱后，摇摇晃晃地离开了院子。领头的打着酒嗝，在出门的时候眯着眼，半歪着脑袋对杨志强说，杨老板，谢谢款待。杨志强说，慢走慢走，欢迎再来做客。对方说，好的好的，明天我们再来。

这帮人在第二天上午真的又来了。午饭他们又吃了八只鸡、二十条鱼、十五斤猪肉、三十斤白酒。领头的依旧眯着眼，半歪着脑袋对杨志强说，杨老板，谢谢款待。杨志强依旧回答，慢走慢走，欢迎再来做客。

他们走后，杨志强站在屋檐下，咬着牙，一张脸冷峻得仿佛是淬火后的青铁。我走过去握住他的手，感到他在微微颤抖，掌心微湿。这帮狗东西！他的话从牙缝里挤出来，他们是存心的。

我说，得想想办法，不然他们这么吃下去，我们家很快就垮了。

杨志强没有说话。我感到他握着我的那只手狠狠地使了一下力。

翌日清晨，杨志强早早起床，命下人紧闭房门，谁也不准外出，谁来叫门也不打开。上午十点钟，有人在外面拍门，声音很响，就像潮水撞击着堤坝。我紧张地问，如果他们撞门了怎么办？杨志强恨恨地说，那我就跟他们拼了！

外面叫门的声音响了一阵后，终于消停了下去。我长舒了一口气，但很快又忧虑起来。我想他们不会善罢甘休，一定会卷土重来。我看着杨志强，他正疲惫地坐在藤椅上，目光一片苍凉。我又走过去抓住他的手，他却轻轻地挣开了，然后他站起来，说，我去找杨志飞！走了几步后，却又折回来坐下，重重地叹息一声。

外面的那群人在吃了闭门羹后，便掉转方向，赶去杨志飞家。杨志飞拿着一个手榴弹，站在院子里，声嘶力竭地喊道，谁敢进来，我就跟谁同归于尽！最先闯进他家院子的几个人被吓得退了出去，但很快，人们就蜂拥而入，好些人还扛着枪，一副奔赴战场的模样。杨志飞命令下人们持着棍棒，与来人对峙。随着越来越多的人闯进杨家的大院，杨志飞开始退缩了。最后，人群闪开一条道，罗大庆领着几个人走进来，当场宣布，白水的土改运动正式开始。

除了杨氏兄弟，还有镇上的几户殷实人家，均被划为大地主，接受人民群众的批斗改造。在镇上的祠堂外，情绪激昂的人群率先批斗杨志飞，他的妻子李氏则歇斯底里地大喊，我的儿子是抗美援朝的战斗英雄，你们不能这样对待英雄的父母。

众人哄笑起来。接着他们又批斗杨志强，我们家的佃户、那个曾经借了我们家五十个大洋却只还了二十个的刘来福，他在批斗杨志强的时候竟然说得声泪俱下，控诉说他只向我们家借过二十个大洋，却被迫写下欠我们家五十个大洋的借条。台下的人顿时义愤填膺，高喊打倒地主恶霸。我无比愤慨，这姓刘的不感激我们当初仗义相救就算了，反倒颠倒黑白地诬陷我们。待声音稍微平息一些，我就小心说道，刘来福，你可不能凭空诬陷人呀。当初是你的妻子带着孩子来我们家借钱救你的命，我们帮了你，你……

我还没有说完，就被面色通红的刘来福冲过来打断了，他推了我一把，叫起来，你这地主婆，到现在了还不老实。你们家的每一分钱，都是盘剥我们穷人得来的。

杨志强突然叫起来，刘来福，做人要讲良心，你敢不敢摸着你的良心发誓，你说的句句属实，否则就天打雷劈。

罗大庆猛地朝杨志强抽了一耳光，厉声喝道，地主恶霸还嘴硬！

这时候，我的小儿子杨浩冲上台来，朝罗大庆踢了一脚，然后被罗大庆一把抓了起来，朝台下扔下去。在我的惊叫声中，我看到儿子在空中划出一道弧线，沉闷地落在地上。天空灰暗，北风瑟瑟，我的愤怒和恐惧潮水般泥沙俱下，奔涌在胸膛。

杨浩被摔得头破血流，好在伤势不重，只是晕过去了。看着我的三女儿背着她的弟弟离开，我的泪水终于落了下来。

这场批斗持续了好几天，我们家的财产、土地，全都被没收了。杨志飞的妻子李氏在一个风雨交加的夜晚死去，杨志飞便带着家眷背井离乡，自此杳无音信。岁月荏苒，时光如梭，在动荡的时间流逝和命运山重水复的波折里，杨志飞突然带着二儿子回来了。

原来杨志飞一家在离开白水后，一路辗转，颠沛流离，最后散尽金条，终于偷渡到香港。但在这过程中，三女儿和二孙子先后染病，不幸离世。到了香港后，一家人先在码头上干活，后来慢慢做起了小生意，在历经无数白眼和屈辱，付出无数滚烫的血和泪后，终于他们又在香港发家了。尽管苦尽甘来，过上了优越的好日子，但是随着年龄的不断增长，思乡的情感却在血液中越熬越浓。最终，杨志飞决定带着二儿子回乡来看看。

大哥，还能见到你，是苍天有眼啊。只是你不该在这个时期来的。我擦拭着泪水，表达我的担忧。

杨志飞叹了一口气，说，秀莲，我再不来的话，只怕以后就没有机会了。我的时日，已经不多了。

大哥……

杨志飞摆摆手，说，我回来，就是要把这把老骨头，埋在这里。

当我们从山坡上祭奠完亲人回来时，张长喜带着几个人闯进了我家，嚷着杨志飞父子是特务，要带他们去审讯。杨志飞微笑着，看着张长喜说，我还记得你，有一年，你爹带着你和你大哥到我们家来交租，那时候你大哥十四五岁，你只有五六岁。你在我们家院子里撒尿，我们家的管家拿着一颗糖来逗你，他问你的小鸡鸡是用来做啥的，如果你回答正确了，他就把糖给你吃。你回答说是用来屙尿的。管家摇头，说不对。你又乱说了几个答案。管家都说不对。管家又说，你答不对，不仅不给你糖吃，还会把你的小鸡鸡割下来喂狗。你吓得哭起来了。你大哥走过来，敲了一下你的脑门，说，傻瓜，连这个都不晓得。我告诉你，小鸡鸡是用来和女人睡觉的。管家哈哈大笑起来，夸你大哥聪明，分别奖励你们两兄弟一大把糖。

张长喜脸上一阵红，一阵白，冲着杨志飞叫起来，老家伙，你胡说八道。

杨志飞说，我讲这个故事，只是让你放松一点，你看，你太紧张了。说完，他站起来，轻轻理了理衣裳，说，你们不是要审讯我吗？走吧，我跟你们去。

大哥……我惊叫起来。

没事，没事。杨志飞冲我微微一笑，说，我去去就来。

杨志飞随着他们来到革委会的办公室，进门就说，我好渴，能不能给我来杯水？革委会主任犹豫了一下，然后朝张长喜努了努嘴。张长喜端来水，杨志飞接过去，咕咚咕咚地灌了几口，然后轻轻放下来，又轻轻坐下去，微微笑起来，慢条斯理地说，我是从香港来的，但我不是特务。

革委会主任问，那你来做什么？

叶落归根。杨志飞的笑容慢慢绽开，说，我回来，就是要死在这里。

众人大吃一惊。张长喜嚷起来，老东西，你又胡说八道。

杨志飞说，我都这把年纪了，何必说谎呢。这一生我经历了太多事情，我累了。说着，他轻喟一声，我真的累了，我要好好休息一下。随即他调整了一下坐姿，冲着大家微微一笑，就把身子稍稍后仰，靠在椅子上，缓缓地闭上了眼睛。

张长喜喂了一声，叫道，老东西，你不要给我装死。杨志飞没有反应。张长喜又喂了一声，威胁道，你再给我装死，休怪我对你不客气。杨志飞还是没有反应。张长喜过去拍了拍杨志飞的肩膀，杨志飞轻轻一晃，然后纹丝不动。张长喜火了，推了杨志飞一把，恨恨地说，老东西给我装死。

杨志飞身子软绵绵地倒在地上。张长喜伸手往他的鼻孔下试探，忽地像被马蜂蜇了一下似的缩回来，惊慌失措地叫道，没气了，没气了！

革委会主任一个箭步，蹿过去摸杨志飞的鼻息。半晌他才站起来，阴沉着脸，说，去通知杨家，让他们来把人抬回去。

人死了，杨家人会不会、会不会找我们麻烦？张长喜略显紧张。

瞧你这点出息，慌个屁呀，人又不是我们弄死的，是他自己死的。去，通知杨家来抬人。革委会主任依旧沉着脸。

当有人来家里告知杨志飞去世的噩耗时，杨志飞的儿子正巧出去了。这突如其来的噩耗让人震惊，我哆哆嗦嗦地带着杨胜利赶往事发地。屋里只有杨志飞一人躺在地上，面容平静，如同进入一个深梦里。院子的一个角落处，张长喜和一个年轻人正在那里抽烟，都没有说话。我很想冲过去质问几句，但又忍住了。

杨胜利背着杨志飞往家走。半路上他说，奶奶，大伯公的身子还是热的，也不沉。

回家后，杨胜利把杨志飞放到床上。杨志飞突然说，胜利，辛苦你了！

杨胜利吓得一个趔趄，声音都颤抖了，大伯公，你……

杨志飞从床上坐起来，说，我就是想吓他们一跳。

杨胜利这才长出了一口气，抚了抚胸口说，大伯公，你差点吓死我了。对了，之前他们说你没气了，你是怎么做到的？

杨志飞得意地笑了，说，这是闭气功，我以前在香港码头上学会的。刚才在路上，我就想跟你说话的，但害怕吓到你，就忍住了。

你真厉害，大伯公。杨胜利笑了，一边转身跑出来，一边喊我，奶奶，奶奶！

我正在和朱秀商议如何操办后事，杨胜利高兴地说，大伯公又活过来了！我和朱秀都愣住了。

杨胜利又高兴地重复了一句，大伯公又活过来了！

活、活、活过来了？朱秀问得结结巴巴。

对，大伯公又活过来了！

这时杨志飞的声音突然在门口响起，不叫又活过来，我本来就没死。

看着活生生地出现在门口的杨志飞，我既欣慰，又伤感。我知道，属于他的时日已经不多了。

杨志飞在革委会办公室死了的消息传得很快，左邻右舍闻讯后赶来帮忙，当他们看到杨志飞好端端地坐在院子里喝茶时，全都愣住了。杨志飞跟他们说，我要跟大家打过招呼，我才会走。

第二天上午，杨志飞挨家挨户地走访，跟他认识的故人寒暄，然后拱手道别。有的人家已没有他相识的旧人，他就长吁短叹。傍晚的时候，他死去了。死后的杨志飞一脸安详，嘴角还微微带着笑意。我没有流泪，反倒在心里如释重负地舒了一口气，沉浮一生，他终于如此安静地与这个世界告别。

日子终于慢慢平静下来。八月的一天下午，杨浩回来了。几年的劳改生涯，让他略显老态，眼角的鱼尾纹如水波荡漾，鬓边稀疏的白发仿佛草尖上薄薄的早霜。他从一辆拖拉机上跳下来，步履从容地穿过街道，脸上挂着微笑，朝街边的熟人打招呼。

付三叔，你身子越来越好了，是不是又讨婆娘了？

叫付三叔的已经年届七旬，他将烟袋朝地上抖了抖烟灰，笑着啐骂道，小鬼头，尽说瞎话。

有人朝他喊，杨浩，你回来了。你娘前几天还提起你，唉声叹气的，你快点回去看她吧。

杨浩回答道，不急不急，我这下回来了，她又不省心了。

在街心，他碰到了张长喜。张长喜环抱双臂，冷冷地瞪着他。杨浩笑嘻嘻地说，长喜，不认识我了？

张长喜绕着杨浩走了一圈，说，还能活着回来，命大呀！

杨浩说，哪里哪里，跟你比起来，还差得远呢。你肠子断了，都还能活着，你才是真正的命大。

张长喜放下双臂，十指握成了拳头，冷冷地说，很好，很好，亏你还记得，那笔账，我们以后慢慢算。

嗯，是该好好算一算。如果算不清，可以找个账房先生，不，叫会计，找个会计来帮忙算一算。杨浩依旧笑嘻嘻的，从张长喜身边抹过去，忽地停下，回头说，我知道，你以前数学学得不好。

张长喜站住没动，一脸铁青。杨浩已经走远了，还仍然传来他的喊声，长喜，可别忘了，咱们曾经可是好朋友啊。

杨浩回到家的时候，我正在屋里纳鞋垫。年岁大了，手脚已渐渐不听使唤，有几次就拉脱了线。杨胜利在院子里刨花，准备打两把椅子，松木清新的气息仿佛柔软的呢喃，在院子里丝丝缕缕地飘散。他刨花的声音一下一下，刚劲有力，充满了节奏感。突然间他停了下来，我听到他颤抖而充满惊喜的喊声，小……小叔！我愣了愣，心想我年纪大了，耳朵也没有那么可靠了。随即，我听到了一个声音，带着笑意，胜利，你又打家具呀！

没错，是杨浩，是我的小儿子杨浩回来了。我起身朝外跑，把装着鞋垫的小篮子带翻了，里面的鞋垫、剪刀、线团稀里哗啦地散落在地。我犹豫了一下，还是跑了出去。我抢出门口的时候，泪水漫进了眼眶。

八月的下午带着咸湿的热气，院墙边的阳光跳动着点点暗淡的火苗。杨浩朝我大步走来，喊我的声音泛起丝丝哭腔，娘！好几年没见，他瘦了，黑了，沧桑了。

浩儿！我一边喊，一边伸手去摸他的脸。

他抓住我的手，我只感到那双手粗糙得仿佛是皲裂的树皮。我不由得心头一酸，哽咽道，儿啊，你受苦了！

娘，我还能活着回来，已经是天大的幸福了。我们又团聚了，要高高兴兴才对，不说那些不开心的。

对对对，我们要高高兴兴。我抹了抹泪水，扭头吩咐杨胜利，胜利，快去买一挂鞭炮回来放，给你小叔冲冲晦气。

好的好的。正在一旁憨笑的杨胜利应声跑了出去，脚步声急促如鼓点。

傍晚，家中杀了一只鸡，为杨浩接风，庆祝家人团聚。杨浩和杨胜利还喝起了酒，一口一口，偶尔还咂巴得嗞嗞有声。杨胜利的二儿子杨希望拿着一只鸡腿，在屋里跑来跑去。小家伙快四岁了，好几次都蹭到杨浩的身上，反复地问一个问题，你是谁呀？每一次杨浩都笑着回答他：我是三爷爷。杨希望得到答案后，就跑开了。但当他第五次询问杨浩的时候，他没有再跑开，而是又抛出了第二个问题，那为什么我以前没有见过你呢？杨浩轻轻地刮了一下小家伙的鼻尖，说，那是因为在你出生前，我就离开家到外面去了，一直到今天才回来。小家伙继续问，那你结婚了没有？

我们都愣住了，谁也想不到一个三岁多的孩子竟然会问出这样的问题。短暂的沉默后，杨胜利沉着脸，训斥儿子道，快到一边去，别打扰三爷爷吃饭。杨希望没有理会他的父亲，继续发问，你结婚了吗？

杨浩微笑着说，你这么小，懂什么叫结婚吗？

我当然懂。像我爸爸，就没有结婚！

哦？杨浩饶有兴趣地问，你爸爸为什么没有结婚呢？

他要是结婚的话，我为什么没有参加呢？我都没有参加，那他肯定就没有结婚。小家伙语言流畅，说得理直气壮。

大家哈哈大笑。笑过之后，杨浩摸了摸杨希望的脑袋，说，你爸爸和妈妈结了婚，才生出了你。

才不是呢。杨希望把头摇得像拨浪鼓，嚷了起来，妈妈给我说的，我是从石头里蹦出来的。

众人笑个不停。杨希望噘着嘴，忽然歪着脑袋问我，祖奶奶，你们笑什么呀？

我说，你三爷爷回来了，我们高兴呀，高兴了，我们就笑呀。

小家伙似懂非懂地哦了一声，跑开了。

这天夜里，杨浩和杨胜利都喝高了，开始回忆少年时期的诸多趣事，都不胜唏嘘。后来他俩勾肩搭背，一起来到院子里乘凉。两人看似叔侄，却有着兄弟般的情谊。我听到他们在院子里忽高忽低的说话声，如波浪起伏一般的大笑声，我心里微微地湿了。

朱秀坐在灯下补衣服，一直垂着头，许久都没有抬起来。突然间我听到周玉兰低声惊呼，娘，你咋了？我朝朱秀看过去的时候，她正在伸手抹眼泪。周玉兰又低喊一声，娘！朱秀抬起头来，勉强一笑，说，没……没啥，没啥。

你怎么哭了呢？

朱秀又低下头去，手里的针从衣服的补丁上穿过去，拉回来，又穿过去，再拉回来。这时她低声说，我想起胜利……胜利的爹了。

昏暗的灯光下，我看到朱秀头上华发丛生，仿佛被人践踏后的凌乱的雪地，额上的皱纹一道一道的，就像荒凉的小路通向黄昏的墓园。她不过五十出头，却衰老如斯。我忍着心里的酸楚，走到她的身边，轻轻地抚摸着她的肩。朱秀突然抓住我的手，微微地用力，哽咽着说，娘，我这些天眼皮一直在跳，再想到根叔给我说的，我这心里就像打鼓一样。

根叔？李老根给你说啥了？

根叔说，他家有个亲戚，也劳改了，三个月前就应该劳改期满了，家里人左盼右盼，望他回来，哪晓得得到消息的时候，人都死了四个月了。现在想想胜利他爹，应该在三个月前……三个月前就劳改期满了的，可现在，他还没回来，一点消息也没有。朱秀的语调越来越低沉。

也许，也许他还有事情需要处理。放心吧——我用力地握了一下朱秀的手，说得斩钉截铁，我的儿子一定会平安回来的！

但愿吧！她抽回她的手，声音依旧很低。

35

杨浩在回家后的第二天，一大早就去了赵家的医铺。自赵巧巧死后，她家的房屋已无人居住，无人居住的房屋很容易腐朽，我便安排朱秀时不时地前去打扫房间，偶尔还生生火，让房间增添一点烟火气，以延缓它的过早衰败。由于经常性打扫，屋内显得很干净，但杨浩还是认认真真地打扫了一遍，然后生火烧水，开始泡茶。每当看到过路的人，他就冲着外面喊，进来喝杯茶。人们都摆手拒绝了，只有年迈的付老三走了进去。付老三说，杨浩，赵家的人都没了，你是赵家的女婿，这房子只有你有资格处置，你打算怎么办？是卖了，还是搬进来住？

杨浩说，我会搬过来住。付三叔，以后想喝茶了，就来找我。

付老三说，我会经常来的。

接下来的那段时间里，人们经常看到付老三和杨浩在一起喝茶。两人似乎聊得很投机，过路的人经常听到两人欢快的笑声。

有一天傍晚我去找杨浩，正巧在赵家的门外碰到付老三往回走。他压低声音跟我说，三伯妈，杨浩年纪也不小了，我想给他介绍一个对象，你不反对吧？

哎哟喂，我差点喊起来了，我感谢都来不及呢，怎么会反对呀。

付老三说，那就好，我这就去张罗。

付三叔，我叫住他，低声问，能不能告诉我，你要介绍的是谁？

我外甥女，胜菊，以前你都见过的，她男人搞破鞋，被女方的男人抓了个现行，两个人扭打，胜菊的男人不小心把头撞到桌子的角上，脑子里出血，竟然就死了。她男人一死，婆家对她横竖看不惯，挑三拣四，各种刁难她。我这外甥女，命苦啊。付老三叹了一口气。

我说，你那外甥女我记得，模样挺俊俏的，她男人怎么就要去搞破鞋呢？

付老三说，有的男人就是这样，吃着碗里，看着锅里。

我说，那你给杨浩说过了吗？

还没有呢。我要先征求你的意见嘛。

主要是我们家杨浩的意见，他的事情，他自己做主。

付老三说，我相信他不会拒绝的。最多十天，他们俩就能见面。

他走后，我扭头就看到杨浩站在门口，似笑非笑地望着付老三远去的背影。我刚进门，他就问我，娘，付三叔是在跟你说他外甥女的事情吧。

我微微诧异，你听见了？

杨浩说，我没听见，但他好几次跟我说起他外甥女的事，那个表情，跟他刚才和你说话时简直一模一样。

我说，那他是怎么跟你说他外甥女的事的？

杨浩倒了一杯茶递给我，说，你先喝杯茶吧。

我呷了一口。茶不错，有一种细腻的丝滑。

杨浩说，他说他外甥女心地好，勤快，人也长得好看，但就是命不好，过得苦。

我微笑道，听起来不错，估计是个好女人。

杨浩说，付三叔反复跟我提起他的外甥女，无外乎就是想把他外甥女介绍给我。刚才他又给你说起他外甥女，肯定是在征求你的意见。

我说，我的意见不重要，重要的是你的意见。

杨浩说，在未见面之前，我都不会发表意见。

两天后的上午，杨鸿回来了。他在街口从拖拉机上下来时，沉着脸，昂着头，步子迈得很大。街上有人与他打招呼，他均不作声，只是偶尔点点头。

他回到家时，我正在院子边上给一群刚出窝的雏鸡喂食。毛茸茸的雏鸡们欢快地啄食细碎的玉米粒，还发出叽叽咕咕的声音。杨鸿一进院子就喊我。我看着他疲惫、萎靡的样子，他就像一个长着霉斑的土豆，刚从地窖里捞出来。我很心疼，想安慰他，但话到嘴边却变成了责怪，你呀你呀，怎么这么晚才回来？

他把背上的行囊卸下来，低声说，我不知道我回来后该干什么。

是呀，我的儿子曾经那么骄傲，面子如同他的命，他确实不知道在回到家后该如何才能放下他那高高在上的尊严。我叹了一口气，说，回来就好了，大家都盼着呢。

杨鸿说，娘，我昨天见到四妹了，她过得很不好，还受了重伤。

我只觉心窝像被猛击一锤，往后退了两步，才稳住自己摇晃的身子。杨鸿吃了一惊，慌忙抢过来扶住我，说，娘，你没事吧？我扶你过去坐。

我在儿子的搀扶下坐到椅子上，慢慢地缓过一口气。在这动荡的岁月里，在她历经命运波折而悄无声息的时间旋涡中，对她的处境我早已做好了最坏的心理准备，但是当确切地得知她潦倒落魄的境况，我还是忍不住揪心。那种疼在胸中，像蚕吐出的丝，那么长，又那么细。

我无法去想象孑然一身的四妹是怎样过着一种孤苦无依的日子。哎，苦命的人，只能忍受着命运百转千回的折磨。丈夫高小强的出狱，让她终于等到了温暖的倚靠。然而，残酷的现实给了她当头一棒，高小强在劳改期间腰部曾受到重创，几乎是半个废人了。一天下午，四妹在大街上不小心撞倒了一个七八岁的男孩，而那男孩的父亲是一个有权势的人，他当街羞辱四妹。不甘受辱的四妹奋起反抗，那个有权势的男人吩咐身边的随从动手，踹断了四妹的两根肋骨。整个过程中，高小强没有出手帮助妻子，只是不停地哀求对方高抬贵手，甚至还下跪求饶。他的懦弱不仅没能换来对方的同情，反倒增加了他们飞扬跋扈的气焰。他们在扬长而去之际，还冲着高小强吐了几口唾沫。四妹痛得面色惨白，旁观的人群中有人过来帮着高小强一起扶她，她咬着牙忍受疼痛，很有礼貌地说，谢谢，我自己能起来。她愣是自己爬起来，缓缓地走向医院。高小强去扶她，流着泪。她瞪了丈夫一眼，冷冷地说了一句，窝囊废！

四妹只在医院住了两晚，因为他们没钱住院治疗。高小强鼓足勇气，去找那个有权势的人，他们打伤了人，就得付医药费。但他不仅没能讨要到说法，反倒被对方打了两巴掌。高小强灰溜溜地往回走，心里无限悲凉，如寒霜降落，满地都是银白的冷光。就在街口拐弯的时候，他碰到了杨鸿。那是怎样的一种别离后的重逢，像两条分岔的支流突然汇聚，席卷着岁月泥沙俱下的惊喜和哀恸。高小强一把抱住杨鸿，哽咽着喊道，大哥！

杨鸿跟着高小强去往他们的住处，两间寒碜的小屋。高小强快步走进里屋，杨鸿听到他的声音如炸开的烟花，小雨，大哥来了！

里屋昏暗而凌乱，如山洞一般，透着阴凉而颓败的气息。一个女人躺在床上，面色枯槁，目光散乱。杨鸿只觉鼻尖一酸，泪水差点滚了出来。四妹！他俯下身，轻唤一声。

杨雨呆呆地看着他，过了半晌才露出微笑，说，大哥，真的是你呀！

是我。杨鸿坐到床边，把妹妹的手轻轻握住。

她眼里泪光晶莹，轻声说，多年不见，大哥，你老了好多。

杨鸿只感到眼眶温热，泪水差点冲了出来，他强忍着，不让自己落泪。

杨雨说，娘还好吗？你若回家，代我向她老人家问声好。

杨鸿说，娘年纪大了，身子没那么利索了。等你身体好了，就回去看看她吧。

杨雨轻喟一声，我没脸见你们，更没脸见娘。

杨鸿拉着高小强来到外屋，劈头就问，你们为什么不报警呢？高小强苦笑道，怎么报？人家有权有势，报了也是白报。杨鸿激动起来，权势就能凌驾在正义之上吗？他们把人打成重伤，是违法的。

高小强说，违法又怎样？这些年违法的人还少吗？还不是一样逍遥法外。大哥，有时候正义就是一个谎言，要不然，你我今天就不会落到这步田地。

不，正义也许会迟到，但一定不会缺席，我坚信。杨鸿说得异常坚定，还加重了语气。

那天傍晚，杨鸿留下来吃了晚饭，与高小强聊了很久很久。说到动情处，高小强几度哽咽，眼里泪光闪烁。临走时，杨鸿拿了一些钱塞进高小强的手里，高小强推辞不要。杨鸿呵斥妹夫，带着命令的语气，叫你拿着就拿着！高小强这才收了钱，紧咬着嘴唇。

杨鸿进屋与妹妹道别，杨雨再次请求兄长代她向母亲问好。随即她又看着杨鸿，语调中泛起丝丝哭腔，我真的，真的很想娘。说完她收回目光，把脸侧向了墙壁。

杨鸿默默地看着妹妹，半晌转过身，用力拍了拍高小强的肩膀。

我心里无限感伤，有潮水在撞击着心堤，一浪接着一浪。命运的打击总是这般猝不及防。很久我才平静下来，轻声说，我们去看看四妹吧，明天就去。

杨鸿点头应道，好，明天一早就进城。

没多久，在坡上干活的朱秀回来了。她是在听闻杨鸿回来后急急忙忙地赶回来的，被地上的一块石头绊了一跤，手都擦破皮了。她跑到家的时候，杨鸿正端着半盆水，在院子边刷鞋子。她停下来，张了张嘴，随即慢慢走过去，轻轻地说，你……你回来了！杨鸿头也没抬，只是冷淡地嗯了一声。

朱秀讪讪地站着，似乎还想说点什么，终是没有开口。

第二天上午，我和杨鸿乘着拖拉机进了城。山路颠簸，拖拉机走得磕磕绊绊，随风碾起一阵阵尘土。有那么一个时刻，拖拉机在与一辆卡车会车时，从一个凸起的石块上碾过去，车轮腾空，再落地时抖动得厉害，差点把我的心都给蹦出来了。

我嘀咕道，这么开，就要我老命了。

杨鸿扶着我的手臂，说，娘，你抓稳我。

好不容易进了城，下了车后我微微有些头晕。杨鸿看出了我有些不舒服，叫我坐着休息。我摆摆手，说，走吧。

我们在一条宽阔的大马路上往前走，然后拐弯，进入了一条污水横流的小巷，刺鼻的臭味催人欲呕。突然有老鼠蹿出来，又惊惶地逃走。再经过一段泥泞的小路，爬上一段斜坡，终于来到杨雨的住处。在一排低矮、灰暗的小平房中，有一家窗户的玻璃已经破了，用纸糊着，门上倒贴的福字早被风雨侵蚀得一片惨白。这就是高小强和四妹的家了。门是掩着的，我们推开走了进去。里面墙壁斑驳，一部分漆黑，一部分灰白，乱七八糟地糊着几张泛黄的报纸。墙角摆放着少许陈旧的家具，当中的桌子上放着茶壶，一个筲箕盖着碗筷，两只苍蝇爬在上面。

小雨！杨鸿喊了一声。

高小强从里屋出来，看到我们后明显愣了一下，随即是一种似哭似喜的表情，过了一会儿才颤着嗓子说，娘，大哥，你们怎么来了？

我说，四妹呢？

在屋里，在屋里。他返身把头探到里屋的门口，冲着里面说，小雨，娘和大哥来了！

我走进去。那间阴暗的小屋弥漫着一种药味、霉味、潮湿相混合的气息，我的女儿躺在床上，头发蓬乱，形容憔悴。四妹！我慢慢走过去，在床边坐下来，轻声说，娘来看你了。

杨雨嘴唇翕动着，半晌都没有发出声音，泪水却滚滚落下。

我伸出右手去给女儿擦拭泪水，左手又握住她的右手。我也不知道该用什么语言去安慰她。她猛然失声大哭。

没有人说话，只有她的哭声在房间里回荡。那哭声带着撕心裂肺的拉扯感，又带着一种强忍着情绪的压抑感。她的右手在抖，她一次次地用劲抓我的左手，又一次次地放开。我收回给她擦拭泪水的右手，将她的左手握住。我感到泪水在眼里回旋，我死死地压住。

半晌后，杨雨的哭声才停息下来。她轻声说，娘，对不起，是我没用，没有把日子过好，让你担心了。

我紧紧地握住女儿的手，说，我的女，这年头，能活着就不容易了。不管日子过得好不好，都一定要坚强地活下去。

杨雨说，娘，你放心，我们都会好好活下去的。

我心头稍感安慰，回头吩咐杨鸿，去，把我们带来的那只鸡杀了，我来做辣子鸡。

杨雨苍白的脸上浮起一丝微笑，说，能再吃到娘做的辣子鸡，那真是一种福气。

杨鸿和高小强到屋外去杀鸡。我给杨雨擦洗身子，她长期卧床，需要勤洗，不然背上会长褥疮。她很瘦，身上皮肤松弛，皱褶如树皮一般。头上华发丛生，尤其是鬓边，几乎全白了，就像草间铺满霜露。我心下酸楚，手上的动作不由得放缓了。

她似乎有些不好意思，数次给我说，娘，让高小强来吧。

我说，做父母的到了黄土埋半个脖子的年纪，还能给儿女做点事情，就会感到更高兴。

那天的午饭吃得稍晚。我做的辣子鸡大家都吃得津津有味，杨鸿和高小强还喝了一点酒。高小强喝了酒后，脸红了，说话的声音也不自觉地提高。他说，我明天就去讨个公道，有权有势又怎么样？把人打成了重伤，就得承担法律责任。要是再不管，我就跟他拼了，大不了同归于尽。

半躺在椅子上吃饭的杨雨朝丈夫翻了一个白眼，说，好好吃你的饭，净说这些没用的。

高小强嘿嘿一笑，笑得有些羞怯。

杨鸿在吃了饭后就回去了。我却留下来，打算多照顾一下女儿。

我后来才知道，在杨鸿回家后的第三天，他与朱秀发生了激烈的生死冲突。

在那天下午，有人看到杨鸿和一个异乡的中年女人在巷子里说话。那个女人一身青衣，一脸落寞和疲惫，但却风韵犹存，自有一种哀愁得令人怜惜的美。他们说了很久，杨鸿似乎在叹气。那个女人后来把头靠在他的胸前，肩头耸动，好像在哭泣。杨鸿轻抚她的肩膀，似在安慰她。再后来，杨鸿从巷子走出来，女人则靠在墙上。有一条狗来到女人的面前，望了她一眼，慢慢靠近，用鼻子去嗅她，突然汪汪两声，就撒腿跑开了。女人吓了一跳，缓缓踱出来，在巷口站定。

整个镇子仿佛刚从睡梦中醒来的老者，带着温婉、安宁的神情。街上走过三三两两的行人。偶有人在街边说话，声音很低。杨鸿又回来了，他和那女人走进巷子，不一会儿又出来。他们站在街口，一辆拖拉机经过时，那女人便搭上拖拉机走了。杨鸿望着拖拉机走远，怔怔地出神。

过了好一会儿，杨鸿才回过身，发现朱秀正看着他，目光凄凉，宛若深秋破残的山水。杨鸿愣了愣，讪讪地说，你，你怎么来了？朱秀凄然地问，她，她来做什么？

哪……哪个她呀？

那个婊子！朱秀突然咬牙切齿地喊起来，化成灰我也认得。

杨鸿轻叹一声，没说话，径直往家走去。朱秀拦住他，叫道，你说，她来干什么？那个婊子来干什么？杨鸿说，没什么，就一点小事而已。

小事？朱秀冷笑一声，我看你们是要重温旧梦吧。

你别说得这么难听好吗？杨鸿有些恼了，声音高起来，但看到街两旁的人齐刷刷地瞧着他们，又强忍着怒火，把声音压下去，别再说了，回家，有话回家再说。

为什么要回家说？我就要你现在把话说清楚，那个婊子来干什么？她来干什么？朱秀的声音宛如爆开的手雷。

杨鸿哼了一声，径直往前走。朱秀又去拦他，被他推到一边。朱秀再扑上来时，他恼了，手上加了一把力，把妻子推倒在地。他微一迟疑，还是昂首挺胸，大步流星地朝前走。刚走到一座桥中心的时候，杨鸿听到了他妻子撕心裂肺的大喊，仿佛血丝渗出来，那么凄厉，那么哀婉。

那个冬天的下午，愤怒而伤心的朱秀站在桥头，冲着杨鸿的背影声嘶力竭地喊起来，杨鸿，是你逼我的，今天我就死给你看！

杨鸿愣了愣，回过身去。朱秀看见他回过头，便从桥头纵身跃下。杨鸿大吃一惊，抢到桥边一看，但见朱秀在河中扑腾，如被捕的鱼，在收网之际显得惊惶而忙乱。这时候，一个人影跳进河中。

冬天的河水冰冷刺骨。朱秀一入水中，就感到头昏脑涨，有一种力量沉甸甸地拽着她往下沉。她本能地挣扎，慌乱中感到有人朝她游过来。恍恍惚惚之间，有一股力量托着她的腋下，并拉着她往岸边而去。她被拖到岸上，迷迷糊糊地听到有人在说话，但她却完全听不清在说什么。半晌，她才回过神来，看到救她的人已经转身离去，只剩一个微微佝偻的背影。她认得，那是粮站的一个工作人员。她的目光慢慢地转移到桥上，看到一张张旁观者的脸上表情各异，有怜悯，有讥笑，有淡然……而她却感到，他们都在笑她。她咬着牙，目光定格在丈夫的脸上。他竟然没跳下来救她。也许，他正巴不得我死去，他正好与他的老情人重温旧梦……她在胡思乱想中，看到了丈夫冷冷地瞥了她一眼，然后扭头而去。她感到心里有什么东西突然破碎，全都是锋利的玻璃碴儿啊，割得心口生疼。她告诫自己，人太多了，不能哭，不能哭，可是泪水哗地涌进眼眶。忍不住啊，咬紧了牙关，朱秀还是哭出了声。这一出声，便索性掏心掏肺，号得嗓子冒烟。

闻讯赶来的周玉兰把朱秀扶回家时，朱秀已经冻得满面青紫，瑟瑟发抖。杨鸿站在屋檐下，看见她回来，便转身走进屋去。直到朱秀换好衣服，他也没有来安慰她一句。她摸着心口，那里已是一片废墟。她苦笑着，突然自我嘲笑起来，都怪自己呀，痴心妄想呢。

从这天夜里开始，他们分床睡了，彼此互不说话。我从城里回来时，西街的宋婆婆就一把拉住我说，前几天你家杨鸿和媳妇吵架，朱秀跳河了，还好被救起来了。你还是管管，不然真要出人命的。

我急忙赶回家。杨鸿和朱秀都在，我把他们叫进我的房间。灯光昏黄，我坐在床上，板着脸。我想我的样子是威严的，甚至有些愤怒。他们坐在凳子上，均低着头，不开口。半晌，我说，听说前几天在街上你们吵架了，闹得还很厉害，杨鸿你来说，是怎么回事？

杨鸿缓缓地抬起头，说，有个朋友落难了，来找我帮忙……朱秀一下打断他的话，朋友？哼，明明是你的旧相好，那个婊子！杨鸿也生气了，你别说得那么难听。

我说错了吗？那年我去找你，正碰上你们……我和那婊子打架，你还帮她打我，打得我鼻青脸肿的……

杨鸿吼了起来，那是因为你在众人面前大吵大闹，丢我的人！

丢你的人？朱秀冷笑起来，你要是真要脸，就做一个清清白白的男人，别跟什么婊子缠在一起。

杨鸿脸都白了，喝道，你简直……简直就是个泼妇！

够了！我厉声呵斥道，你们害不害臊啊？都这把年纪了，还这么没轻没重的。我是黄土都埋到脖子的人了，我这张老脸搁在哪里都行，只是胜利、玉兰他们，他们以后怎么做人？你们要让别人戳着他们的脊背指指点点地议论他们的父母吗？

我一口气说下来，竟然有些气喘。我停下来喘息，他俩也不再争吵，但各自扭着头，还在努力平息着胸口中旺盛的怒火。我说，杨鸿，你说那女的落难了，要你帮忙，要你怎么帮她？

杨鸿说，我一个刚放出来的劳改犯，还有什么能耐帮人呢？我只是把我在劳改期间攒下的钱给她了。

朱秀讥笑道，你没能耐？我看你能耐可大着呢，把钱都给了人家。再说了，那个婊……她为什么不去找别人，偏偏跑到这里来找你？

我说，秀啊，你少说两句行不行？你们俩啊，谁都不肯退让。

娘，你是不知道。那个女的来找他，还和他搂搂抱抱的，我气不过啊。我当时死的心都有了，我就从桥上跳进河里，可是他……杨鸿居然不来救我，还是别人把我救起来的。朱秀的眼里泛起泪光。

杨鸿咬着牙说，我叫你回家来说，你不听，非要当着那么多人的面大吵大闹，还要以死相逼。你让我……让我如何搁下这张老脸？

朱秀凄然一笑，说，我承认，我当时不应该当着那么多人大吵大闹。可是这么多年来，你常年在外，还有相好，留我一个女人家在家带孩子，孤单单地生活，你想过我的感受吗？

杨鸿不再吭声了。我也不知道该说什么，只是挪了挪身子，握住了朱秀的一只手。朱秀把头放在我的双腿上，哀声痛哭。

我说，好了，一切都过去了，都过去了。

杨鸿默默地起身走了出去。

第十二章

36

付老三的外甥女是在下午的时候来到白水的。一身红衣的她走在街上很是引人注目，街边不认识她的人就会打听，这是谁呀？有人回答道，付老三的外甥女胜菊！

后来，人们看到付老三领着胜菊进了赵家。有人恍然大悟，原来付老三是要把外甥女介绍给杨浩。有人说，胜菊那么年轻漂亮，杨浩有福气呀。有人不屑地接过话，漂亮有什么用呢？你看她那长相，就不是旺夫的样子，她以前的老公就是被她克死的。

付老三很快就从赵家出来了。那门一直开着，有人故意从门外经过，拿眼睛往里瞟。旁边有人问，看到啥了？那人酸溜溜地说，哎呀哎呀，手都牵上了。看样子是干柴烈火，烧起来了。

付老三来到我家，喜滋滋地跟我说，两个孩子谈上了。我说，就让他们自己谈吧，能不能成，看缘分。付老三说，我虽然人老了，但眼睛还没花。两人看对方第一眼的那种表情，我觉得能成。

他这么一说，我也对这番相亲充满了期待。

傍晚的时候，杨浩带着胜菊来到家里。胜菊还带了礼物，是两包白糖。她落落大方，爱笑，笑声很清脆，有着一种银质的光芒。她跟我说，婶婶，我书读得少，不会讲话，请你多担待。然后她像一个女主人似的，熟练地帮着周玉兰一起做饭。厨房里锅碗瓢盆叮叮咚咚的声响，也掩盖不住两人时不时传出的爽朗的笑声。

我悄悄对杨浩说，她性格好，你以后和她过日子，肯定会相处得很和睦。

杨浩道，娘，这哪儿跟哪儿啊，我们才见第一面。

我说，这是好女人，不要错过了。

杨浩说，娘，你不要着急，鞋子合不合脚，自己最清楚。

胜菊在我们家吃了晚饭离开后，朱秀和周玉兰都对她赞不绝口。朱秀说，这是好女人，不能错过了。

杨浩苦笑道，大嫂，你这话怎么跟娘说的一模一样啊？你们是提前串通好了吧。

朱秀说，我和娘都是过来人，我们看女人的眼光，是一样准。

后来，胜菊又到我们家来过三次，每一次都会带着礼物上门。杨胜利的两个儿子最喜欢她了，对她亲热得不得了。她不仅给他们糖吃，还逗他们开心。

她第三次来是在开春后，她看上去有些憔悴，有些哀愁。她是上午到的，下午就走了。我跟杨浩说，你赶紧跟胜菊领证吧，这样别人就不会说闲话了。杨浩说，这些人说的闲话还少吗？让他们说去吧。

半个月后的一天下午，朱秀突然从外面风风火火地跑回家，上气不接下气地跟我说，娘，刚才在供销社门口，马三妹跟我说，那个胜菊是个骗子，骗了好几个男人的钱。好像我们家……小叔也被骗了。

她……她是骗子？我大吃一惊。

是，马三妹说，千真万确。

我愣了半晌，喃喃自语，那么好的女人，她怎么就会是骗子呢？

朱秀说，就是呀，她怎么就会是骗子呢？他们是不是搞错了？

我说，我去问问杨浩。

走在街上，有人问我，你家杨浩被骗了多少钱啊？我说，我们家是穷人，哪有钱呀。那人说，现在有的女人呀，心眼多，尤其是长得好看的，更要当心点。我默默一笑，没有再吭声。

那人在身后喊起来，我觉得你家杨浩应该去问问付老三，说不定就是他和他外甥女合起伙来骗人骗财。

我懒得再理他，径直走了。

那是四月的下午，阳光有着毛茸茸的触觉。杨浩正在堂屋里刨花。我问他，你在做什么呢？他说，我在做一个药箱。

做药箱？

他嗯了一声，专注于手中的活计。我迟疑了一下，说，你听到他们议论的了没？

议论啥？他没有抬头，手上依然使着劲。

我说，他们说胜菊是骗子，骗了好些个男人的钱，包括你。

杨浩说，也许她有她的难处。

这么说来，你真的把钱给她了？

杨浩，杨浩……外面有个声音喊起来。是付老三来了。

他看上去很着急，一进门就问，杨浩，你告诉我，胜菊是不是骗了你的钱？

杨浩停止了刨花，微笑着说，付三叔，你说什么呢？

他们都在说，胜菊以找对象的名义骗男人的钱。还说我跟她合起伙骗人，天地良心啊，我都是一只脚进了棺材板的人，我还有这种想法，就遭天打雷劈。付老三说得很激动，很愤怒。

杨浩说，付三叔，你别理会他们，他们就喜欢乱嚼舌根子。

付老三问，那她从你这里得了多少钱？

杨浩说，我是给了她一些钱，但你就不要刨根问底了。

付老三继续问，是不是她问你要的？

杨浩说，你就不要再问了。

付老三急了，声音不自觉地提高，人是我介绍来的，现在人家在背后诬赖我，我辩解不得，这张老脸也没地儿搁。

杨浩踌躇着说，确实是她提出来的。

然后你就给了？付老三盯着杨浩，明显有些生气。

杨浩叹了一口气，说，付三叔，实话告诉你吧，从她向我开口的那一刻起，我就知道她在骗我，可我还是愿意给她。他说着，把推刨放下，用墨斗给木头画线。

付老三声音都抖了，她真的……真的骗你钱了？

杨浩说，付三叔，我说了，我愿意。你先回去吧，别人瞎说，不用理会。

付老三抖动着嘴唇，半晌才说，我要……我要……去问胜菊。他说完就走出去了，背影颤巍巍的。

杨浩大声喊道，付三叔，喝杯茶再走。

不知他是没有听见，还是不愿回应，付老三没有任何反应，径直走远了。

我说，你说你知道胜菊骗你，可你还是愿意，你这是唱的哪一出呀？

杨浩突然停下了手中的活计，看着虚空处，眼神有些缥缈，半晌才说，当时她那眼神，跟我的一个朋友，实在是太像了。应该说，是一模一样。

我问道，什么朋友？

我在劳改时的朋友。他的声音微微低沉，我进去的时候，他已经在那里了。

你们是好朋友吧？

对，很好很好的朋友。

我说，那以后找机会，叫他到咱们家来做客，让娘也当面感谢一下人家对你的关照。

没有机会了。杨浩的神色有些黯然。

我隐隐有一种不祥的预感，小心翼翼地问，你那朋友出事了吗？

杨浩没回答，开始用锯子沿着墨斗弹出的线条拉锯木板。他手上的筋一根根地凸起，锯子拉锯的响声很急促，仿佛劳碌中压不住的喘息，木头的碎屑沙漏般纷纷落下。

我静静地看着他。他的脸上没有任何表情，使劲地锯着木块，直到把木块上的那条黑线完全锯下，他才停下来，眼睛又一次看向了虚空处，仿佛是忆起了无数旧事，半晌低声说，我刚进去的时候，是新人，有人欺负我，是他帮我解的围。很快我们就成了好朋友，很好很好的那种。后来一次意外，他死了，他死的时候，我就守在他的身边。他临死前的那种眼神，我一辈子都忘不了。我形容不出那种感觉，似乎云山雾绕的，下着细雨一样。后来很长很长的一段时间，我每天晚上做梦，都会梦到他临死的情景，梦到那个眼神。没想到的是，那天胜菊向我开口要钱的时候，她的那种眼神居然跟当初我那个朋友临死前的眼神一模一样……我的心一下就碎了。

浩儿，我轻喊一声，却不知道该如何把话接下去。

杨浩突然自我解嘲似的笑了笑，问我道，娘，我是不是很傻？

我说，娘理解你。这些年，你受苦了。

杨浩微微一笑，拿起推刨开始刨花。松木的气息丝丝缕缕地飘散，宛如一种深情的抚慰。

那天下午，有人看到瘦弱的付老三搭着一辆拖拉机走了。他走的时候显得心事重重的，有人问他要去哪里，他也没有回话。后来我们才知道，那天下午他是去找他的外甥女胜菊。胜菊的家在三十多公里外的另一个镇上，付老三赶到她家的时候，天都黑透了。胜菊并不在家，她去县城了。

付老三等到第三天下午，他的外甥女才回来。他几乎是单刀直入地问胜菊，你是不是骗了杨浩的钱？胜菊理直气壮地纠正道，我从来不骗，都是别人心甘情愿地给我的。付老三问，这个钱，你还不还？胜菊说，别人是心甘情愿给的，不是我借的。

付老三声音都嘶哑了，我不管别人是不是心甘情愿的，总之一句话，你赶紧把钱还给杨浩。

胜菊说，舅舅，我是你外甥女，你不向着我，却向着外人？

付老三急了，喊起来，你知道别人是怎么说我的吗？说我和你合伙，以介绍对象为由头，骗人家的钱。说得我头都抬不起来。我这辈子堂堂正正，还没有被人在背后指着脊梁骨这么说过我。

胜菊也叫起来，我再说一遍，人家是心甘情愿给我的。就算是我骗的，我能骗得到，那也是我的本事。

付老三顿时一口鲜血喷出来。

胜菊和她的家人们吓坏了。胜菊的父亲扶着付老三，紧张地喊，三舅三舅，你别吓我。

付老三喘息了半天，才稍微缓过神来。他瞪着胜菊说，你把钱还了吧，不然……不然我死后，眼睛都闭不上。

胜菊几乎是哽咽了，三舅，三舅！

她那楚楚可怜的样子令人心碎，付老三长长地叹了一口气。

第二天下午，付老三回来了。他一回来就去找杨浩。他那行将枯萎、油尽灯枯的苍老之态，让杨浩吃惊不已。杨浩问，付三叔，你生病了吗？付老三先是疲惫地摇摇头，接着又缓缓地点点头，随即他长喘了一口气，说，杨浩，对不起啊，我不该把胜菊……把胜菊介绍给你认识的。杨浩说，付三叔，你说到哪儿去了？我还得感谢你把她介绍给我认识呢，我们已经是朋友了。

付老三苦笑了一下，缓慢地走了。

付老三一回到家，就卧床不起。我曾带着杨浩去他家看过他一次，他已消瘦得两颊的颧骨高高凸起，深陷的眼窝如同两个漏洞。眼睛半张半闭，完全没有光亮了。我和杨浩先后喊他，他都没有任何回应。

很快地，付老三死去了。有人在背地里议论胜菊，说付老三就是被她气死的。有人刻薄地表示，胜菊这种面相的女人，就是灾星。在付老三下葬后的第二天上午，杨浩在路过街头的时候，路边一个外号叫“砂锅”的青年男子喊住了他，半是玩笑半是认真地说，幸好你没有跟胜菊好，你要沾上她，只怕都要少活好多年。杨浩瞪着对方。那人似乎没注意到杨浩的不满，继续说，他们说红颜祸水，胜菊这种面相的女人……他还没有说完，杨浩猛地冲过去，朝对方脑袋就是一拳，把那家伙打得扑通一声倒下。

杨浩甩了甩手，没有看对方一眼，就扬长而去。那人爬起来，冲着杨浩的背影愤怒大喊，你他娘的，有毛病啊。

傍晚，我们在吃晚饭的时候，外号叫“砂锅”的男子跟着他父亲来到我家。他是哼哼唧唧地走进来的，进来后就耷拉着脑袋，右手抚着额头，一直在哼。他的父亲气冲冲地说道，我家八斤一直喊脑壳痛得很，你们看着办吧。砂锅呻吟着，嘴里嘟囔道，痛，痛！我慌忙问道，虎叔，这是咋了？有话好好说。

三伯妈，我家八斤被你家杨浩……他的话还没说完，就被杨浩打断了。

杨浩说，不就是要医药费和营养费吗？放心，我不会赖账的，哪怕有人讹诈我，我也认了。

砂锅的父亲脸色阴沉，说，杨浩，你把人打了，说话还这么难听。谁讹诈你了？

杨浩放下碗筷，用手绢擦了擦嘴巴，朝砂锅招招手，说，过来，我给你把把脉。

砂锅一下躲到了他父亲的身后，仍旧哼哼唧唧的。

砂锅的父亲不满地说道，杨浩，你想搞什么鬼名堂？

杨浩说，我只是想帮他看看，到底是什么病。

砂锅从他父亲身后伸出半个脑袋，叫道，我就是被你打的。我头痛得很，去医院看过，医生说，可能是脑震荡。我要你负责。

杨浩说，放心，我刚才说过了，我负责，我负责。我再给你把把脉，看看你还有没有其他病。

砂锅叫道，我没有其他病了，你才有病。接着又哼哼唧唧起来。

杨浩说，你要是没病，为什么要在背后搬弄女人的是非呢？一个大男人，在背后搬弄女人是非，那就是病。我也是学过医的，可以帮你治治。

我看到砂锅的父亲脸色越来越难看，慌忙站起来打圆场，虎叔，我家杨浩打了人，是他不对。他也说了，他会负责的。咱们乡里乡亲的，抬头不见低头见，这事儿，就到这里吧，都不要再说了。

砂锅的父亲点点头，说，三伯妈，你是明事理的人，这件事，我们不再提了。只是医药费、营养费……他说着，把目光投向杨浩。

杨浩说，明日下午三点，你们去赵家，我会在那里等你们。

那就一言为定。砂锅父亲说完，领着儿子走了。

杨浩拖着懒洋洋的声音说，这就走了？连水都没有喝一口呢，喝杯茶再走吧。

那对父子没有回应。我嗔怪儿子道，浩儿，你这脾气咋变了呢？不要再激他们了。

杨浩说，娘，我那一拳，是故意打的，是打给所有的人看的。这些年，他们在背后嘲笑、挖苦、诋毁咱们家，已经说得太多太多了。

我叹息道，嘴长在人家身上，人家说什么，我们还能管得了吗？

杨浩说，当然管不了，但我可以表达我的态度。

我说，那又何必动用拳头去惹人家呢？砂锅比你弱，你可以打赢他。那遇到比你强的人呢？

娘，你说的，我都赞成。杨浩突然插话道，但有的事情，有时候你不能讲道理，因为人家不跟你讲道理。我觉得，这一拳，打得好。打得赢打不赢，不重要，重要的是，态度，我在表达我的态度。

他一开口，我便不再说了，只好叹息一声。

那段时间里，每天下午我都拄着拐杖，朝西走出街口，沿着马路往前，走上几里，我会坐下来歇息，然后再回来。每次路过根叔家的门口，他都会叮嘱我，秀莲，你要小心啊，老胳膊老腿的，摔倒了可不得了。

放心吧，我回答他，我还要和你比比谁活得长呢。

根叔笑了，说，活那么长干吗，乌龟王八才活得长。

一天下午，我才走到街口，一辆拖拉机停下来，从上面下来几个人，其中有一个正是我的女儿杨雨。她背着大大的行囊，形销骨立，发枯如草，黑黑的眼窝仿佛是朽木上蛀虫掏空的虫眼，眼里夕阳沉没，全是黑夜将临的暮色。当她朝我走来，我在百感交集中滋生出丝丝迷茫，仿佛误入时间的迷宫找不到出口，至亲的人跌倒在岁月的锋刃上，爬起时早已面目全非。

娘！她刚一开口，声音就哽咽了。

我知道，我的女儿一定是出事了。但我仍然挤出微笑，轻声说，来了就好，走吧，跟娘一起回家。

我让她搀着，一起朝前走。我们都不说话。

回到家，我让杨雨坐在面前，细细地给她梳头发。她铁灰色的头发又粗又硬，仿佛一丛灌木上铺着稀疏的薄霜。梳着梳着我就觉得她变小了，像她幼时那样，那么乖巧，那么温顺地倚在我身边。梳好了我把镜子给她，她犹豫着接过去，说，娘，我都好久没照镜子了，我害怕看到我现在的样子。

她看着镜中的自己，怔怔地流下泪来。这些年命运的打击和生活的挫折，让她的脾气变得极坏。丈夫的软弱让她极度不满，她数次奚落他，窝囊废，连娘们儿都不如！高小强不说话，只是默默地走开。他在第四次向那个权势之人讨要说法而碰一鼻子灰后，去派出所报了警。面对警察的询问，权势之人矢口否认打人，坚称只是争吵，杨雨是自己摔倒的。然后警察又象征性地问了几句就走了。高小强在离开的时候，看到权势之人斜睨着他，一脸的鄙夷和不屑。

高小强回到家，向妻子诉说此事，先是愤懑不平，后来是自哀自怜，说到动情处痛哭流涕，痛哭自己无能。你呀……杨雨咬着牙，恨铁不成钢的样子，哭哭啼啼的，你还是男人吗？是男人，就得有男人的样子，真是个窝囊废！他慢慢止住哭声，涩声说，小雨，你骂得对。杨雨哼了一声。

那天夜里，高小强辗转反侧，久久难眠。干吗呢？杨雨有些不耐烦，声音里带着责备。高小强不回答，但不再翻身。

三天后的下午，高小强来到了权势之人的单位。对方正在开会，高小强就坐在门口等。散会后，权势之人和一个同事走出来。高小强迎上去。权势之人黑着脸，怒吼道，我警告你，再来缠着我，休怪我不客气。高小强说，你打伤了人，必须给一个交代。

我再警告你，给我滚得远远的。

高小强猛地掏出刀子，一刀狠狠地扎向权势之人的心窝。这个平素懦弱、胆小的男人，在那一刻像疯了似的，下手迅捷、果敢，连刺了三刀，最后一刀因为对方迎面倒下来，没有刺中胸口而刺在了头部。旁观者瞠目结舌，尚未回过神来，高小强已脚底抹油，逃之夭夭。

躺在床上的杨雨听到丈夫风风火火地闯进家来的声音。他走进里屋，有些慌乱，眉宇间却透出坚毅。小雨，他的声音微微发颤，我杀人了！杨雨一惊，杀人了？

是的，就是那个欺负我们的坏人！

死了吗？

应该、应该活不了！

你……杨雨起初想骂，刚一出口，就改为一声叹息，那人再怎么坏，可杀人是违法的呀。

高小强嘶哑着嗓子，我只是要为你出口气，我是男人，不能眼睁睁地看着自己的媳妇被欺负。

杨雨轻声说，你傻呀，这些年我心里苦，我骂你，只是发泄一下我的情绪。老高，趁警察还没来，你赶紧跑，跑得越远越好。

高小强说，我担心你，你怎么办？

我没事的，我撑得过去。你快走，快走呀。杨雨咬着牙，心底的酸楚如洪水奔涌。

高小强握着妻子的手，突然流下泪来，说，小雨，对不起，是我没用，这些年让你受苦了。如果还有来生，我希望能让你过得好一点。

杨雨双目含泪，语调凄凉，今生嫁给你，我一点都不后悔。老高，这就是我们的命。你快走吧，走得远远的，谁也找不到你。

高小强说，那我们约定十年，十年后如果我还活着，我就回来找你。

好，十年后我就在这里，你一定要回来！杨雨的眼泪流进了嘴角，像加盐的酒，带着生离死别的苦涩。

高小强拼命点头，深深地看了杨雨一眼，转身走了。他那哀婉的眼神如破碎的冰碴儿，多年来一直凝结在杨雨长长的记忆里。她听到他出门的声音，像一阵风带走了寂静。外面是邻家的孩子撕心裂肺的哭喊，夹杂着孩子母亲严厉的训斥和怒骂。更远处是知了激越的高歌和阳光滚烫的呼吸。她觉得心里一下就空了，像一个孤零零的孩子被世界绝望地抛弃。

后来她不记得是什么时候，三个警察破门而入。警察们是来缉拿杀人凶手的。面对警察的追问，杨雨一片茫然，只是疲惫地摇头，说，他逃走了，我不知道他去了哪里。

领头的警察板着脸问，你真不知道？

杨雨盯着对方，目光中带着一丝嘲弄。

那警察似乎有些生气，但很快又忍住了。杨雨问道，那个人死了吗？警察回答道，正在抢救，能不能活过来，不清楚。

她微微有些失望，她希望那个人不要活过来，但又害怕那个人真的死去。她心里纠结着，暗暗叹了一口气。

警察没有为难她，只是再三提醒，一旦有高小强的消息，就赶紧向警察报告，否则就是包庇罪。杨雨点头应允着，她想，她确实是想早点得知丈夫的消息。

二十天后，一个中年妇女和一个青年男子来了。她记得那天下着小雨，淅淅沥沥，她刚刚挣扎着起来，准备去煮点东西。那两人就在这时闯进来了，走在前面的中年妇女一脚踢飞门口的小板凳，又使劲地耸着鼻子，显然是在忍受着屋子里浑浊的气味。她就是那个权势之人的妻子，青年男子是她的弟弟。那个被高小强连扎了三刀的家伙竟然死里逃生，从鬼关门捡回了一条命。不过，脑子挨了一刀，严重损伤了神经，可能会出现面瘫、手脚麻痹、智力受损等症状。他们是上门来讨要说法的，气势汹汹地要求杨雨赔偿医药费。杨雨看着他们，嘴角露出不屑的冷笑，说，我只有一条命，都半死不活了。

中年妇女恶狠狠地说，不要给老娘卖惨，就是半条命也要拿来赔。

杨雨淡淡地说，那你就拿去吧，反正我这半条命，也不值几个钱。

她话音刚落，中年妇女就冲过来，一把拖着杨雨往外走，一边拖一边喊道，那我就拿你的贱命去赔偿。

杨雨还受着伤，使不上劲，被中年妇女强拽着，踉踉跄跄地出了门去。雨点落在脸上，如同冰冷的沙粒飞溅过来，带着丝丝的疼。她感到受伤的肋骨又一阵疼痛，忍着没有喊出来。

中年妇女猛然一撒手，朝杨雨的肩头用力一推，杨雨便一屁股坐在了地上。中年妇女喊起来，你这条贱命，给了也赔不起。

杨雨咬着牙，想站起来，却发现使不上劲。她从牙缝挤出一句，我男人要是在家……

一直沉默不语的青年男子突然冲过来问，那你男人去哪里了？他要真是男人，就不要躲躲藏藏。

杨雨说，他要知道你们欺负我，不会饶了你们。

中年妇女一把将杨雨推倒在地，叫道，你男人只晓得做缩头乌龟，有本事的，他就滚出来。

杨雨仰面躺在地上，看到苍茫的天空灰蒙蒙的，细雨纷乱，如麦芒扎在脸上。哦，老天，睁眼看看吧，这满天细雨是不是穷人的泪水？这时她听到邻居惊讶地喊起来，这是怎么回事呀？有话好好说嘛。

那邻居是一个魁梧彪悍的中年男人，和高小强有些交道，在高小强未潜逃之前，还一起喝过几次酒。他跑过来扶杨雨，一边扶一边说，大嫂，快起来，地上湿，要是着凉了，你又受伤没好，身子会熬不住的。

杨雨在邻居的搀扶下慢慢站起来，看到中年妇女还狠狠地瞪着自己。她又不由冷笑了一下。

邻居对中年妇女说，走吧，你也看到了，她这个家，她现在这个身体，你们又何必为难一个苦命人呢？

中年妇女悻悻地朝同伴招招手，撑着伞离去了。

邻居把杨雨扶进屋去，叹息道，穷人啊，活着就这么难。大嫂，你这衣服湿了，得换一换吧。可惜我家那口子出去了，不然我叫她来帮帮你。

大兄弟，谢谢你了。你回去吧，我撑得住。

邻居离开后，杨雨慢慢躺下来，她告诫自己，不能哭啊，绝不能哭，但泪水却轰然开闸，一下奔涌进眼眶。

一个人伤卧在床的日子，她不记得那是怎样一种疼痛与孤独的煎熬，是怎样一种在黑暗中怀揣火星的奔跑。好在，那中年妇女没有再来找她的麻烦了。终于，伤好了，她决定回娘家，看一看那些与自己血脉相连的亲人，尤其是她日夜思念的日益苍老的母亲。娘，杨雨坚定地说，我会好好地活下去，我要等到十年后老高来找我。

我搂着女儿，泪水如苦涩的药汁。

37

九月的一天下午，我从广播里听到一个沉重的噩耗，我们伟大的领袖毛主席在头一天夜里去世了。山河哀恸，草木含悲，人们哭成了一片。我坐在屋檐下，心里黯淡一阵，失落一阵。猫从院墙边蹿过来，纵身上树，轻盈得就像是一阵风。树下趴着的狗抬头看了一眼，又懒洋洋地垂下眼睑。

杨希望从外面跑进来，呼哧呼哧地，挺急，在我面前突然停下。祖奶奶，小家伙歪着头看我，叫道，你怎么没哭呢？

我轻声说，怎么了？我的小希望。

外面的人都在哭，我妈妈也哭了。

那你知道他们为什么哭吗？

小家伙茫然地看着我，摇摇头。我说，我也哭了的，在心里。小家伙搔了搔头，说，祖奶奶，既然你哭了，为什么没有流眼泪呢？

祖奶奶的眼泪已经流干了！我说得意味深长，但我知道，他还不懂。

接下来的一段时间里，整个白水都沉浸在悲伤的气氛中。雨下过，天气一日日变凉，风一吹，便夹着丝丝寒意。

罗大庆的妻子七十寿辰的那天，她的女儿罗小珠回来了。多年不见，记忆中那个青春秀丽的女孩已变得端庄雍容，尽管眼圈微黑，眉宇间带着倦意，却也掩不住她优雅的风姿。街边有人跟她打招呼时，她都冲着对方微笑。

好多年没见了，越来越好看。有人赞叹道。

有人接过话说，成熟了，气质越来越好。

有人不确定地问，听说她男人死了？

五年前就死了。回答的人叹息一声，说是被批斗得受不了，跳湖死的。

没有人再说话，一阵唏嘘。

第二天上午，罗小珠竟然到我们家来找杨浩。她站在院子里，有些羞涩地问屋檐下的朱秀，表嫂，杨浩在家吗？朱秀说，他去赵家了，就是以前赵中医家。她又招呼罗小珠，你进屋坐。

不坐了。罗小珠说，我去赵家找他。

看着她远去的背影，朱秀禁不住嘀咕道，她居然……居然来找小叔？

那天上午，人们看到罗小珠挺着胸穿过街道，脸上微微含笑，宛如春色带雨。风渐起，吹得她的一头秀发在肩头轻轻波动，就像墨汁在涂抹着一幅剪影。她来到赵家时，杨浩正在刨花。她就站在门口，静静地看着杨浩。杨浩似乎也没发现她，一直专注于手中的活计。时间就像那满屋松木的气息，有着一种柔软的、松弛的寂静。而他突然意识到什么，停下来，抬头看着她。

她冲着他微微一笑。

他感觉那不是笑，那是年少时梦中无数次的明媚而忧伤的记忆，是那种醉酒般让人懒洋洋的气息。他愣了愣，也冲着她微微一笑。

罗老师，请进。他说，放下了手中的推刨，又拍了拍身上的木屑。

罗小珠说，你别老师老师地叫，叫得人多难为情啊。

你曾经教过我，你就是我的老师呀，你说是不是，罗老师？

哎呀哎呀，我就教过那么几天书，老师这个称呼我担不起呀。要不……要不你就叫我名字，或者叫一声姐吧。

杨浩盯着她，微笑道，要叫，我也只会叫你妹妹。在我的心中，所有美丽的女人，都是妹妹。

没想到多年不见，你也学得油嘴滑舌了。罗小珠娇嗔着，脸上烧出一抹晚霞。

杨浩轻声道，你这些年过得好吗？

就那样吧。罗小珠迟疑着，又补充了一句，还活着。

杨浩说，你就这样站在门口跟我说话吗？

她这才款款走进来，走了几步又停下来，说道，胜菊说你的木工手艺非常好。

胜菊？杨浩愣了愣。

罗小珠说，我和她是好朋友。她丈夫没去世前，她和我住在同一个镇上，后来她才回到娘家的。不过我们仍然会抽空见面。她不止一次给我说起过你。

杨浩说，她舅舅曾经想撮合我们。

罗小珠说，她说了，她不是你喜欢的那种类型。

杨浩微笑着，目不转睛地盯着她。

你，你干吗这样盯着我看？罗小珠有些不好意思。

杨浩说，因为美令人愉悦，我只是在欣赏美。

你呀，小时候那么纯真、朴实，没想到现在大了，也变得贫嘴了。罗小珠脸上的表情半嗔半怨，但嘴角却带着微微上扬的笑意。

杨浩说，我现在和少年时期是一样的纯真、一样的朴实，差别只在于少年时期表达不出来。那时候只是在心里默默欣赏。

罗小珠白了他一眼，突然扑哧一声笑了起来，说，你这些花言巧语，只对小姑娘有作用，对像我这把年纪的女人，一点用都没有。

杨浩故作惊讶地叫起来，你不就是小姑娘吗？我记得你今年才十八岁呀。

罗小珠无奈地摇摇头，说，不跟你闲扯了。我今天来，是受胜菊所托，替她还钱的。本来她应该亲自还给你，但她舅舅走了，她不好意思再到这里来。

她从衣袋里摸出一个信封递给杨浩，又说，钱在里面，还有胜菊给你写的一封短信。

杨浩把信封放在桌子上，说，胜菊受了很多委屈。

罗小珠说，我也听说了，你为了她，跟别人打了架。

杨浩纠正道，不是我跟别人打了架，是我打了别人。事实上并不完全是因为胜菊，更因为我看不惯作为一个男人在背后非议女人的那种嘴脸。

罗小珠说，不管是何种原因，总之你这么做，作为女人，都会感动。好了，东西我带来了，话也带到了，我得走了。

她刚转身，杨浩就叫住了她。杨浩说，你最近是不是焦虑，失眠，睡不好觉？

罗小珠慢慢回过身来。杨浩搬了一张凳子放在桌子边上，指着凳子说，坐吧，我给你把把脉。罗小珠犹豫了一下，慢慢走过去坐下来。杨浩示意她把手腕伸出来，她便把右手伸出来放在桌子上。

她的手腕白皙、纤细，如一截光滑的嫩藕。杨浩的手指搭上她的手腕时，他突然有些恍惚了，他仿佛回到那个遥远得如同隔世的下午，他从父亲的手中救出了昏迷不醒的罗小珠，在慌乱中摸到她的胸部时那种触电般的战栗一直沿袭至今，在心灵深处从未停息。那种感受也约等于他在读那本男女裸体插图的书籍时的感受，是大河封冻的寂静，也是雪崩如潮的喧嚣。他隐隐约约地看到一个女人窈窕的背影隐入夕阳下的余晖，像一抹线条在水墨画中消融。他感到那个背影像是他已去世的妻子赵巧巧，又像是少女时期的罗小珠……他听到有人在喊他，杨浩，杨浩！那声音有些缥缈，像从云端而来，随着风。他猛然回过神来。

罗小珠说，你走神了！

他面色镇静地说道，我是在想你的病情。把舌头伸出来我看看。

罗小珠伸出舌头。杨浩认真查看后，说道，你内分泌失调，心火旺，心烦，睡眠不好，经期应该不准时。

罗小珠问道，你是跟赵中医学的？

不是，我在劳改的时候学的，一个老中医教的我。我又把我丈人的医书，全都读了个遍。我给你开两服药调理一下，应该会有好转。杨浩一边说，一边撕下单子开始写处方。

罗小珠说，你行吗？

杨浩说，你可以不相信我的医术，但你必须相信我的为人。

罗小珠说，你虽然开了方子，可医院并不认呀，我去哪里抓药呢？

杨浩说，我这里就有药，我前段时间才从外面买了一些药材回来。

他起身，走到柜子边去抓药。罗小珠跟过去，俏皮地问，杨医生，你这两服药，要收多少钱？我得看看，我付不付得起。

杨浩笑着说，义诊，不要钱。

罗小珠说，听说国家要恢复个人行医了，到时政策允许了，你是不是要开个诊所？

杨浩笑了笑，没回答。

罗小珠静静地看着他抓药，放在一杆小秤上称量，然后分别放在牛皮纸上，又包好，在纸上一一写下中药的名字。他的动作不太娴熟，可她觉得，那些姿势很好看，有一种轻盈的美感。

他给她讲解中药的熬法，叮嘱了相关的事项。她不住地点头，在接过药的时候，她突然笑着说，如果我服了你这些药，仍然无法好转的话，那是不是就可以说明，你是一个庸医？

杨浩说，服药只是辅助，最重要的是要保持一个好心情。虽然你看上去很开朗的样子，可我能感受到，你内心里是忧郁的。我是真心希望你，开心，健康。

她脸上的笑容一下僵硬了，随即又挤出一丝笑来，说，净瞎说。好了，我走了，谢谢杨医生！

他在她身后喊道，罗老师慢走！

那声“罗老师”让她心头颤了一下，她在门口差点和一个急急忙忙地赶来的人撞上了。那人道了一声歉，对不起。她定睛一看，原来是杨鸿，便低声说，没关系。随即低着头，小碎步地走了。

杨鸿一进门就喊，给我包一下。

他右手的虎口流着血，一个长长的伤口。杨浩吃惊地问，你这是怎么了？杨鸿说，你嫂子……

你们又吵架了？

你就别问了。

两兄弟便不再说话。杨浩默默地给兄长包扎好伤口。杨鸿说，三弟，借点钱给我。杨浩问，你借钱干吗？杨鸿说，我要出去一趟。

我要去找国庆。他又补充了一句。

杨浩问，有国庆的消息了？

有外地的朋友给我说，有人在贵州的瓮安见过他。

瓮安？那是一个什么地方？

一个县。

杨浩叹了一口气，说，那也挺远的呀。他怎么去那里了？

杨鸿摇摇头。

那天上午，杨鸿从赵家出来后，径直搭上一辆拖拉机走了。他走的时候，朱秀正站在街边，看着丈夫的背影在颠簸中转弯，随即消失不见。

杨浩朝她走过去，看到她眼眶红红的，眼里的泪水将滴欲滴。他喊了声，大嫂！

小叔，我不是故意的，我在切菜，跟他吵起来了。他很激动，我也很激动，我挥着双手，那是打手势。他可能误会我是要用刀砍他，就过来抢我的刀，我往后一拉……朱秀没有再说下去，泪水落下来了。

杨浩说，大嫂，你不用自责，大哥来找我的时候，已经冷静下来，他并没有怪你。

朱秀说，你知道他去哪儿吗？

他说他要去找国庆，去贵州一个叫……叫什么的地方，对了，瓮安。

朱秀的泪水又滚下来。

杨浩递给她一张手绢，说，大嫂，别难过了！

朱秀擦了擦眼泪，说，今天上午他收到了一封信，是他一位外地朋友寄来的。那朋友认识国庆，说在贵州见到了国庆。真是谢天谢地，这么多年，终于有他的消息了，我叫你大哥去找找他，但你大哥不愿意，他还大骂国庆是个不孝子，这么多年也不给家里来个信息。我们就这样吵起来了。

杨浩说，大哥说的都是气话，自己的孩子，哪有不爱的。他这不就去找国庆了吗?

朱秀说，他连包都没带一个，空着手就去了。

杨浩说，大哥是见过大世面的，你别担心他。

然而，她悬着的心始终没有放下来过。她总是忧心忡忡，消极，哀戚，如一段移动的阴影。我无数次想把她照亮，可我已经老了，一颗苍老的心总是无能为力。

开春后，赵家的医铺重新更换了牌匾，上面写着“赵氏医馆”四个大字。开业时，鞭炮炸了一遍又一遍，有人在恭喜，有人在酸溜溜地问，杨浩，谁坐堂呢?杨浩中气充沛地回答，我就是医生!有人大笑起来，讥讽道，你都能当医生，那我手板心都能煎鱼了。杨浩没有辩解，只是温和地笑笑。

对儿子重开赵家医馆一事，我虽然很自豪，但还是有些担心。我把他拉到一边，悄声问道，行医可不是小事，人命关天的，你可一定得谨慎点。杨浩说，娘，你就放心吧，这些年的牢，我没白坐。

我这才稍微放下心来。杨浩说，娘，人多，我不管你，你自己找地方坐。我目光扫到人群中满面堆笑的杨胜利，他正在给客人们发烟，满面春风地游走在人群中，我微微笑了。

开业的热闹过后，赵氏医馆显得门可罗雀。对一个之前没有任何功底，在外劳改几年后，回来就开始治病救人的医生，任谁都会心存质疑。没人上门，杨浩却一点也不着急，他每天都悠然地喝着茶，坐在柜台后面看书。

一天下午，杨浩正在柜台后看书，听到了一个脚步声走进来。那脚步声半轻半重，有一种拖泥带水、犹犹豫豫的感觉。他抬头，看见了张长喜。对方拉着脸，当两人的目光一相碰，他就停了下来。

杨浩微笑道，请坐!

张长喜四下打量了一番，问道，你会行医?

杨浩说，略懂皮毛。

就懂皮毛，也敢行医?

疑难杂症治不了，小病小痛没问题。

张长喜突然冷笑道，你姓杨，却挂着赵氏医馆的牌子，这不就是挂羊头卖狗肉吗?

杨浩背着双手，上前来盯着他的脸细看。张长喜后退一步，不满地问，你干什么?

杨浩说，你应该上火了。是不是右边牙有点痛?喉咙也不太舒服?

张长喜哼了一声，说，没有。

杨浩说，我给你开服药，你拿回去服用了，就会好转很多。

你的药还是留着自己喝吧，天天喝都可以。张长喜冷冷地扔下这句话，转身走了。

杨浩冲着他的背影喊起来，给你一个忠告，少发火，多宽容，气就顺了，心就畅了。

张长喜呸了一声，没有回头，背影在门口一闪便消失了。

杨浩微微摇头，回到柜台后又开始看书。不一会儿，杨胜利走了进来，笑嘻嘻地问，小叔，今天还是没人来看病吗?

杨浩说，没人来看病多好啊，说明大家身体都好着呢。

杨胜利说，可我发现去医院看病的人多着呢。

杨浩说，你意思是别人不信任我嘛，所以不愿意来我这里看病。

我可没这个意思啊。我可是很信任你的，小叔。

那你过来，我给你把把脉。

杨胜利连连摆手，说，不用不用，我身体很好。

杨浩说，我看你这身体啊，是虚壮，我给开几服药，保你们还能再生两个大胖小子。

杨胜利苦笑道，家里的那两个小崽子已经够受了，不能再生了。说完后，他突然又换上了一副嬉皮笑脸的表情，继续说，我去找几个人，假装来看病，造成病人挤破头的样子。

杨浩朝他翻了一个白眼，说，净出馊主意，咱们堂堂正正，不干这些弄虚作假的事。

杨胜利说，你迟迟不开张，我着急。你这杨大夫的招牌得尽快打响。

杨浩又把书拾起来，慢悠悠地说，不急，时间会为我证明一切。

这时外面传来吵吵嚷嚷的声音，杨胜利嘀咕了一句，外面在搞什么呢？随即他走出去了。杨浩坐着未动，认真地看着书。这本书他读了一遍又一遍，每读一遍，都会有新的收获，读得心潮澎湃时，他都会禁不住低声诵读出来。这一次，他仍然不例外，轻声念诵着，天下皆知美之为美，斯恶已；皆知善之为善，斯不善已。有无相生，难易相成，长短相形，高下相倾，音声相和，前后相随，恒也……

杨胜利旋风似的跑进来，人还在门口，铜锣似的嗓音就传过来，小叔，那个……那个张长喜在街上晕倒了。

杨浩的心神还在云端飘荡，站在缥缈的境地里俯瞰大地，思索着万事万物运行的规律。他觉得心里一片混沌，又有那么一点点光亮在照着自己。杨胜利跑到他面前，喘着气喊道，张长喜在街上晕倒了。

杨浩终于回过神来。他皱着眉头问，你说谁晕倒了？

张长喜！

杨浩立即起身朝外跑去。

人群围聚在街边，七嘴八舌地吵嚷着。张长喜晕倒在地上，脸色青紫。有人在喊他，有人在推他，他仍然昏迷不醒。有人喊，打水来，打水来。很快水打来了，泼在了张长喜的脸上，但他还是没醒来。

杨浩从人群中挤进来，蹲下去仔细查看，然后双手按在张长喜的胸部，开始一下一下地往下压。有人惊叫道，杨浩，你这是干啥？有人接话道，好像是人工急救法，我见过。杨浩神色凝重地重复着动作。杨胜利站在旁边，心揪着，拳头都攥紧了，随着杨浩手上一下一下的动作，不停地暗中为他打气。

突然有人喊道，醒来了，醒来了，他眼睛睁开了。

张长喜睁开了眼睛，但瞳孔是散乱的，如无序的云在游离。杨浩继续按压。张长喜的瞳孔慢慢缩小，脸色已渐渐变得红润。有人说，好了，好了，你看脸色都变红了。张长喜哼哼了两声，动了动手指，试着要站起来。杨浩便扶着他站了起来。

人群突然发出了巨大的欢呼。杨胜利鼓掌的响声最大，双掌都拍红了，心里暖流乱窜，显得很激动。张长喜看了杨浩一眼，那眼神复杂极了，像是感激，像是怨恨，又像是无助的迷茫。他转过身，摇摇晃晃地走了。

有人大声问道，你没事吧？他没有回头，只是摆摆手。

有人朝杨浩竖起了大拇指，称赞道，真不愧是医生！又有人说，杨浩，你救人一命，积德了。杨浩微微一笑，没有回应，径直往回走。杨胜利跟上去，兴奋地说，小叔，你今天露脸了。

杨浩淡然地说道，这都是急救常识，每个医生都会。

尽管他觉得这对医生来说只是一件平平常常的小事，但这件事却实实在在地为他树立了一个好名声。从第二天开始，便有人去医馆找他看病了。他在坐诊时很温和，很有耐心，收费也便宜，开出的药可对症治病，这让人们对他充满了尊重和敬畏。

我为他高兴，可他却显得惶恐。对于身体的疾病，他还有诸多未知，生怕辜负了人们对他的赞许和信任。他常常对我说，我还需要好好学习，真正地成为一名好大夫！我鼓励了他，但又安慰了他，我跟他说，你尽了心就好，不要强迫自己。

五月的一天中午，胜菊突然来到了赵氏医馆。两个病人正坐在里面求医，其中一个坐在椅子上等待就诊的正是张长喜。当胜菊径直朝在桌子后坐堂的杨浩走去时，张长喜突然叫住了她，说，先来后到，你不能插队，得排在我的后面。胜菊没有争辩，退了回来，排在他的后面。杨浩朝胜菊微微一笑，示意她稍等。

轮到了张长喜。杨浩问他哪里不舒服，他指了指心窝。杨浩问，心口痛吗？不，张长喜回答道，是胸闷。这是心病。

杨浩把搭向张长喜手腕脉搏的手又缩了回来，微笑道， 这种病不好治，我不太有把握。

你就是我的心病！张长喜盯着杨浩说，一字一顿地。

杨浩坦然地看着他，说，如果真是如此，那你的心药，只能是你自己。

张长喜说，我经常梦见那把凿子。

杨浩说，对不起。

张长喜说，我这些天也好几次梦见那双压我胸口的手。

杨浩很恳切地说，我们曾经是好朋友。

张长喜说，我记得。他说完，便起身慢慢走出门去。

胜菊说，你俩的对话好奇怪。

杨浩没有回答，反问道，你怎么来了？

胜菊说，跟我走吧，去看看小珠，她现在需要你。

她说得很严肃，也有些急切。

当天下午，杨浩和胜菊共同搭车离开的场景，让路边的目击者惊诧不已。他们议论纷纷，有人说，他俩到底是啥关系？你看他们说话的那种表情，感觉关系不一般哪。有人哀叹道，那女的以前就骗过他一次，现在又来了，这个杨浩怎么就不长点记性呢？有人说，女人只要长得漂亮，男人明知道被骗，也心甘情愿……

38

杨雨几乎是足不出户。但她负责了全家的饭菜，厨艺越来越精进，尤其是爆炒辣子鸡，已堪称一绝。她的话仍然不多，不过脸色已渐渐红润，就像病树逢春。我为女儿的变化感到欣慰。那时天气渐热，知了的嘶喊中藏着一把锯齿，布谷的叫声中藏着一把胡琴。每当在歇晌时听到它们的鸣叫，我便心绪不宁。

一天午后，朱秀和周玉兰有事出去了，杨胜利在午休，杨雨在补衣服。我坐在藤椅上闭目养神，唉，都这把年纪了，本当是心如月明山空，任岁月江阔水远，可我为何还有烦乱？我深深地吸一口气，努力让自己平静下来。鸟声和蝉鸣汇集在一起，如同时间的涓涓细流正在悄然逝去。

祖奶奶，外面有个叫花子。杨希望凑到我耳边喊。

我慢慢睁眼，看到了一个衣衫褴褛、蓬头垢面的人站在院子里，尽管我看不清他的表情，但我能感受到那种几欲哭出来的欣喜和无处安放的孤独。我的天，是那个畏罪潜逃的高小强回来了。他开口喊我，牙缝中漏着风。

回、回来了！我颤巍巍地朝他走了两步，又停下了。

他嘴唇翕动着，似乎想说什么，但终是没有说出来。那脏兮兮的脸上嵌着的眼神灰暗而绝望，只在偶尔的一闪间，像鱼鳞出水，带着一抹银白的光。

快进去吧，四妹在家里呢。

他走进去。门是开着的，我在屋檐下听到他几近哽咽的喊声，小雨！屋里是一片死寂。蝉声激越，鸟鸣清脆，几只小鸡在花丛下觅食，发出叽叽咕咕的呢喃。一只蜻蜓落到玫红的牵牛花上，花朵轻轻地颤了两下。这时我听到屋里传来了杨雨的一声啼哭，随即是撕心裂肺的一阵哀号。

我静静地站着，心底微澜轻漾，像是感动，又像是酸楚。牵牛花上的蜻蜓倏然飞起，花朵又轻轻地一颤。

杨雨哭着问，你怎么回来了？

高小强说，没有你的日子，活着也没有意义。

杨雨没回答，只是一声长长的抽泣。

又是一阵沉寂。

杨雨说，你受苦了。你看你这样子，快去洗洗吧，换一身干净衣服。哦，到街上的澡堂子洗吧，我叫胜利带你去，顺便叫他找一套他的衣服给你。

高小强说，我偷偷回了家，门锁了。我撬了锁，偷偷进去，桌子上一层灰，我就晓得，你已经离家走了。我猜，你可能回老家来了，我就来碰碰运气。哦，我有些饿了，我想在洗了澡后，吃点东西。

你想吃啥？

辣子鸡。

杨雨说了声好。

杨胜利带着高小强出去后，我帮着杨雨杀鸡。她脸色红润，动作麻利，额头渗着细密的汗珠。我忍不住伸手去给她擦汗，她有些羞怯，轻轻推开我的手，说，我不热。

我说，小强回来了，当然是件好事，可他毕竟伤了人，差点把别人的命都弄丢了，公安肯定还会抓他。以后的日子，你想过没？

鸡已经拔好了毛。杨雨点燃一束稻草，用火快速地烧鸡皮上的绒毛。烧好后，便放入一盆清水中冲洗。然后用刀剖开鸡的肚子，掏出内脏。在这过程中，她始终没有回答我的问题。

我去清洗鸡胗。她说，娘，你去歇着吧。我一个人就行了。

我起身时，听到她的声音很轻，但说得很坚定，老高是个男人，会承担他该承担的责任的。

我继续坐在藤椅上闭目养神。屋里传来刀剁在砧板上的咚咚之声，又传来油锅炸裂的噼啪之声，最后传来锅勺相碰的叮当之声。香气扑得到处都是，一缕一缕，就像一种强大的磁力。杨胜利和高小强在这时回来了。高小强一进院子就喊起来，好香啊。

他进了屋，迫不及待地抓起一双筷子伸向锅里。杨雨打了他的手一下，嗔怪道，还没好。高小强嘿嘿一笑，放下了筷子，搓着手说，太香了，我口水都要流出来了。

杨雨问，怎么洗到现在才回来？

高小强不好意思地说，很久没有这么畅快地洗过澡了，就多洗了一会儿。

鸡肉熟透了。杨胜利陪着高小强一起喝酒，他们喝酒的样子如同兄弟一般，没有拘束，也不讲究礼节。日头渐渐西斜，湛蓝的长空有着大海的深邃。一个人突然跑进来，慌慌张张地喊，杨雨，杨雨。

是西街的陈大婶。我给她打招呼，二表嫂。陈大婶说，三表姑，听说你家姑爷回来了。快，赶紧叫他躲起来。他们要来抓他。

杨雨闻声出来，惊问道，二表嫂，是谁要抓我家老高？

陈大婶说，公安，外地的公安。两个人，刚才来向我家老董打听消息。我家老董向我使眼色，我就赶紧来报信。好了，信我带到了，我得赶紧走了。

杨雨急忙地冲进去，叫道，老高，公安，外地的公安来抓你了。

高小强和杨胜利伸向锅里的筷子同时停住了。杨雨说，老高，赶紧跑到山上躲一躲。高小强把筷子收回来，朝杨胜利举起酒碗，说，胜利，再来走一个！

杨胜利说，姑爹，不喝了。四姑说得对，你得赶紧躲起来。

高小强自个儿举起酒碗喝了一口，咂巴了一下嘴，说，他们要来，就来吧，这一天，迟早会来的。

杨雨几乎要哭起来了，为什么，为什么这么快？为什么你刚一到，他们就追上来了？他们是怎么知道你回来的？

高小强说，也许是有人通风报信了，也或许是我回来的时候被公安盯上了。总之，这个不重要了。我伤了人，就得担责。事实上，就算他们不来，我也会主动去自首的。

杨雨哽咽着说，我不是不要你去担责任，我是觉得你这些日子受了苦，好不容易回来，都没有好好团聚一刻，就要被他们抓走，我这心里……

高小强起身，目光温柔地看着妻子，说道，我就算被判十年，或者二十年，也比潜逃在外、下落不明的好。至少，这样你心里会踏实得多。

夫妻俩深情对视了一会儿，杨雨轻声说，快坐下吃吧。你们才吃了一会儿，你肯定还没吃饱的。

高小强又坐下来，招呼杨胜利说，来，咱们再喝一下。

杨胜利放下筷子，说，我喝不下了，更吃不下了。

高小强微微一笑，说，那我就一个人吃吧。

杨雨突然抓起酒瓶给自己倒了一碗酒，大声说，老高，来，我和你干一个。

这么多年，高小强从未看见过妻子喝酒，不禁为她此刻的豪情愣了一下，随即笑着举起酒碗，说，来！他们碰碗的声音有些响亮，高小强喝了一大口，杨雨却是仰着头，咕咚咕咚地将一碗酒一饮而尽。她打了一个嗝，又打了一个嗝，说，我真的不明白，酒这么难喝，为什么你们男人还那么喜欢。她的声音有些沙哑，眼里泛着泪光。

日影慢慢西斜，从树梢间漏下的阳光，带着破碎的迷离。两个便衣公安来到家里，他们是来抓高小强的。高小强说，能不能让我先把饭吃完？两个公安都没吭声，在一旁默默等待。

高小强酒足饭饱，起身说，走吧！一个公安把手铐掏出来，被他的同伴制止了。但他们还是分别抓住高小强的一只手，押着往外走。

我们一家人谁都没有说话。高小强被押着走出院子的时候，朱秀和周玉兰正巧回来，她们惊诧地看着这一切，高小强冲着她们微微一笑。最后他回头朝杨雨看了一眼，很快又扭过头去。他们的背影消失后，杨雨依旧呆呆地站着，眼里的泪水亮晶晶地挂在那里，仍未落下来。

我过去握住她的手，感到了她掌心满是湿润的冷汗。我手上使了一把劲，她努力地朝我一笑。随即她挣脱我的手，走进屋子收拾碗筷。锅里还有少许辣子鸡，她夹起一块鸡肉送进嘴里，嚼着嚼着，一滴泪水终于滚下来了。

接下来的那些日子里，她一直显得很平静，话依旧很少，直到一天清晨她悄然离去。我起床看到门口她给我留下的字条：娘，我回去了，我们那个家，尽管破旧，但终究是我和老高的。我要等他回来。

字迹歪斜，但用力很深。我理解那些字迹背后隐藏着坚毅和酸楚。鸟在窗外叫着，有着无限的欢悦。

下午，杨浩回来了。他憔悴，消瘦，显得心事重重。我几次开口想问他，但话到嘴边又咽回去了。倒是杨胜利开玩笑似的问杨浩，小叔，听说你和胜菊私奔了，怎么又回来了呢？杨浩瞪了他一眼，说，你以为别人都像你和玉兰那样啊。

杨胜利嘿嘿一笑，说，玉兰要不是和我私奔，她就嫁给别人了。所以，我赞成你和胜菊私奔。

杨浩笑了一下，但表情却有些苦楚。

那个夏天雨水充沛，时有阵雨如注。外出寻找杨国庆的杨鸿回来了，他是独自回来的，背着一个洗得发白的布包。那是下午时分，黑云压顶，暴雨欲来，他在院子外边碰到周玉兰拿着两把伞，急匆匆地朝外跑。他问道，玉兰，你这是去哪儿呀？周玉兰说，爹，你回来了。快下大雨了，娘在竹林湾薅草，我去给她送伞。杨鸿说，你把伞给我吧，我去送，你去忙其他的事情吧。

朱秀在河边的一块庄稼地锄草，眼看乌云密布，暴雨将至，不由加快速度，希望赶在暴雨来临前把活干完。但是草还未锄完，暴雨就倾盆而至，铺天盖地，如万马千军踏起茫茫水雾。朱秀躲到一块岩石底下避雨，出神地看着飞泻的雨瀑编织着迷蒙的天空。雨声杂乱，而又急促有力，如马蹄在鼓点中疾驰。她微微发呆，微微恍惚，觉得自己似乎什么都没想，又好像把这个世界想了个天翻地覆。她看到山洪汇聚，河水瞬间暴涨，混浊地咆哮而去。这时候，杨鸿打着伞，朝她飞奔而来。

尽管他打着伞，但鞋子和大半个裤脚都湿透了。她心里泛起丝丝暖意。杨鸿塞给她一把伞，说，雨太大了，快回家吧。她说，没事，这块石头大，雨淋不到我。等雨住了，我薅完了草再回。

还薅什么草呀？这么大的雨，快回家。他有些恼了，声音里蹿出一丝火星。

她问他，就你一个人回来吗？他回答嗯。她又问，国庆呢？他说，没找到。他顿了一下，又说，过段时间我再去找。

她默默地起身，打开伞。他们便一前一后，沿着河边往回走。大雨依旧滂沱，暴涨的河水在身边怒吼。她看着他瘦削的背影，诸多往事涌上心头，恍如做梦一般。就在这恍恍惚惚中，她一脚踏空，跌进了河里。后来她回忆这一细节的时候，她确信自己在那一刻发出了一声尖锐的惊呼。奔腾的河水劈头盖下，卷着她顺流而去。她慌乱地挣扎、扑腾，仿佛腾云驾雾，然后朝着深渊急坠，心底惊骇地回荡着一个念头：我就要死了，就要死了！迷糊中，她感到有一股力量拉着她往岸边扑去，她便本能地顺应着这股力量，使劲地冲向岸边，并挣脱急流汹涌的几番阻挡，终于爬上岸。她长喘一口气，定了定神，看到杨鸿正在河里，一只手搭着岸，正准备往上爬。朱秀伸手去拉他，但是刚刚触到他的指尖，一个巨浪打下，杨鸿立足不稳，一下被浪头卷进了波涛中。朱秀看到他如浮萍一般，在洪水中沉浮，直泻而下。

救命啊，救命啊！朱秀踉踉跄跄地朝前跑，撕心裂肺的呼喊渗出丝丝血腥的气息。

风号雨啸，急流奔涌，杨鸿被洪水迅疾地卷走。朱秀沿着河岸追赶，三次脚下打滑，跌倒在地，有一次还险些摔进了河里。她眼睁睁地看着丈夫被洪水卷走，又是着急，又是悲苦，泪水哗哗而下。

终于，朱秀跌跌撞撞地跑到河边的一户人家的院子外边。救命啊，救命。她的呼喊引来这户人家的男主人，他站在屋檐下，看到朱秀满身湿透，泥污斑斑，显得狼狈不堪，不由得惊叫起来，大表姑，咋了？朱秀哭着说，杨鸿被洪水冲走了，三表舅，请你去我家通知一下我的家人，让他们赶紧来救人。

好好好，我这就去。他抄起一把伞，冲了出去。

谢谢了，谢谢了！朱秀喊着，转身跑向河边。

听到杨鸿被洪水卷走的消息，杨浩和杨胜利连伞都未带，就冲出家门。我坐在门口，望着漫天雨水，心里一阵阵紧，慌乱，忐忑，像疾驰的战马落入陷阱，发出声声嘶鸣。周玉兰在灶台边忙活，时不时停下来，探到门边看两眼，又返回去。只有孩子们仍在无忧无虑地嬉笑和打闹。

雨渐渐地小下去，直至停歇。杨浩他们抬着杨鸿回来了，后面跟着一群乡邻。他们沿着河岸追逐了四公里，才找到了被洪水冲到岸边的杨鸿，可他已经永远闭上了眼睛。雨还在下，但已小了很多。洪水仍在翻滚着，泥沙俱下，伴着歇斯底里的哀啼。

杨鸿下葬后第三天，朱秀就病倒了。夜里她突然发起高烧，眼睛半睁半闭，时而哀哭，时而大笑，一直折腾到后半夜才停下来。第二天她醒来后，却半点也记不起昨夜的事情。她头发白得更多了，一脸憔悴，密布皱纹，仿佛在一夜之间苍老了十岁。我黯然长叹，说，现在想起来，当初都怪我们啊。要不是我们非要自作主张，强行包办你和杨鸿的婚姻，你也不会吃这么多苦。

朱秀垂泪道，娘，这就是命。

我说，你要振作起来，孩子们都需要你。

放心吧，娘，我会很快好起来的。

然而，朱秀的病情却逐渐加重，不断恶化。有一天夜里她捂着胸口，疼得死去活来。她压抑不住的呻吟惊动了隔壁的周玉兰，周玉兰来到门前轻声喊她，连喊了三声，她都没有回应。周玉兰推门进去，打开灯，看到朱秀蜷缩成一团，双手死死地压着胸口，额头冷汗如豆。周玉兰又喊她，她才低声说，痛，痛得很。

天刚刚蒙蒙亮，朱秀就被送往省城的医院。经过一番检查，那个白发苍苍的老医生拿着片子告诉杨胜利，癌症晚期，已无药可救。杨胜利跑到医院一个无人的角落里，失声痛哭。周玉兰来找他，说朱秀吵着要回家。

朱秀一见到儿子，不等对方开口，就笑了起来，说，我的病肯定治不好了，回家，不要乱花冤枉钱了。

杨胜利只觉心如刀割，险些落下泪来。娘……他刚一开口，朱秀就打断他。她依旧轻轻地笑，说，胜利，不要安慰我，我的身体，我知道。

五个月后的一天夜里，朱秀安静地离开了人世。她在弥留之际，把杨胜利叫到床前。胜利，我就要找你爹去了。这一辈子我和他争吵、怄气，都没有过过几天安生的日子。我希望到了那边，我们会好好的，不再吵，不再闹。朱秀说到这里突然微笑起来，傻孩子，哭啥呢？来，把眼泪擦了。

杨胜利忍着不哭出声来。他伸手去抹眼泪，可眼泪如决堤的湖水汹涌不息。朱秀说，看来形势真的是不同了，连高考也恢复了，对我们这些成分不好的人家来说，总算是有些希望和盼头了。我死后，别告诉杨楠，让她在城里好好准备考试，否则她会分心的。你和玉兰感情好，合得来，你们一定会很幸福的，我现在最担心——她停下来，歇了一会儿，又继续说，我最担心国庆，也不知道他……她突然说不下去，只是长叹一声。

杨胜利哽咽着说，等开春种下了庄稼，我就去找国庆。

朱秀说，找到国庆后，带他到娘的坟前来，娘要好好看看他，好好看看他。

杨胜利说不出话，只是流着泪不停地点头。

窗外已是深秋，瑟瑟风声掠过屋檐，如流水浣洗着衣衫。有狗吠声浮起，很快又消失于深长的寂静。朱秀突然说，胜利，你过来一点，让娘好好看看。杨胜利把身子凑过去。朱秀颤巍巍地伸手去抹儿子脸上的泪水，抹了一下又一下，最后双手捧着杨胜利的脸颊不动，端详了许久，慢慢把手缩回去，干枯的脸上泛起一丝微笑，轻声说，回去睡吧，胜利，娘累了，想好好休息一下。

尽管岁月流逝，我已看惯幻变的生死，然而短短半年，两个至亲之人的离世还是让我心塞如阻，有悲伤的潮水被堵截在胸中，找不到泄洪的缺口。

39

重新恢复的高考成为杨楠的命运大转折，她被省城的一所大学录取了。在春天入学时，家里为她举行了热闹的宴席，邀请了亲戚和关系密切的乡亲。我们把她送到街口，一路放着鞭炮。旁观的人艳羡地表达了对杨楠的祝福，杨楠笑靥如花，向大家挥手道别。我看着杨楠乘着拖拉机消失在街口，眼角悄悄地湿润了。

胜利！杨浩突然喊起来，回头咱们也去参加高考吧。

杨胜利说，我笨，考不上。他说完后突然嘻嘻一笑，朝杨浩挤出一个诡秘的眼神，压低声音说，小叔，你是想考进大学里追女大学生吗？

胡说八道。杨浩沉着脸，佯装着要揍杨胜利。

杨胜利朝一旁闪开，说，你瞧我这记性，忘记了，小叔早就有喜欢的女人了。

杨浩似乎想说什么，但最终只是张了张嘴，叹息一声。

小叔，走了，回家了。杨胜利冲着杨浩喊。

你们先回吧，我等会儿。杨浩说着，独自一人走出街口，沿着河边慢慢前行。初春的阳光有着细腻的温柔，青草把大地绣出星星点点的绿色。河水清冽，潺潺不息，如雨滴密集地洒落在琴弦上。杨浩坐在河边，看着河水发呆，心中微澜起伏，涟漪荡漾。一群鸟儿从他头顶掠过，振翅的声音仿佛船桨划过湖水，荡起一波一波的水晕。

许久，杨浩才缓缓起身，往回走。有人在远处的山坡上放声高歌。他停下来听了听，声音不是很清晰，像缥缈的云，像跌宕的风。哎，这恼人的春天，总是莫名地带来忧伤和愁绪。他摸了摸胸口，有一团乱麻缠在那里。

杨浩慢慢地回到医馆，但他却无心坐诊，他正准备关门时，一个黑衣女人却突然出现在门口。他只感到眼前一亮，像是有光芒涌入。她正是罗小珠。

他微微一笑，说，你来了。

她嗯了一声，说，明天我哥哥的儿子结婚，我得赶来道喜。

他轻轻地说，你瘦了！

她看着他，突然抿着嘴笑起来，说，你好像胖了！

他说，我本来应该瘦的。

她又笑起来，什么叫本来应该瘦的？

他说，我不太开心，睡得也不太好，吃得也少了，这不应该瘦吗？

她沉默了。

他说，家里人是什么态度？他们松口了吗？

没有。她摇头，说得很苦涩，对不起，我没用，我改变不了他们。

他说，你不用自责，我理解你的难处。那现在你是怎么想的？

我不知道怎么办。她低下头，用手搓着衣角，突然又犹犹豫豫地说，要不，要不咱们就算了吧。

他默默地看着她。

她低声说，我先走了。

罗小珠的背影消失了很久，杨浩仍然站着一动不动。他心中有一把生锈的刀，在磨石上来来回回。他回到家，一副心神不定的样子。夜里吃饭时，他叫杨胜利陪他喝两杯。杨胜利捂住肚子，苦着脸说，我不喝，胃不舒服。

杨浩便给自己倒了满满的一碗苞谷烧，端起来像饮水似的，一口气就干了。他又提起酒壶，再倒一碗。杨胜利说，小叔，你慢点喝，喝急了容易醉。杨浩不吭声，又倒了一碗酒，端起来咕咚咕咚地喝，火辣辣的苞谷烧像炭火一样，带着灼热的气息滚下他的喉咙。他嘴里嘶嘶有声，倒吸一口热气，说，好！然后他提起酒壶，又开始倒酒。

少喝点。我忍不住提醒他，喝多了没好处。

他停在空中的手顿了一下，随即倒了半碗，说，再喝这点就不喝了。

这半碗下去后，杨浩便有醉意了。他胡乱地吃了一些东西，就挪动凳子，整个人靠在墙角，一动不动。昏黄的灯光照在他的脸上，就像一藤的苦瓜落满了尘埃。

叫你少喝点，不听，现在难受了吧，快去睡。我责怪他，但语调仍是柔和的。

杨浩没说话，默默坐了半晌，起身走出门去。外面淡淡的月光如稀疏的雪粒，风带着微微的寒意。三三两两的灯火恍若惺忪的睡眼沉浮在夜色中。杨浩来到罗小珠哥哥家的院子外，听到里面传来欢快的谈笑声。他侧耳倾听，却始终没有听到罗小珠的声音。

风声低回，夜凉如水，几声犬吠像气泡飘起，又在风中破碎。杨浩默默地站了半晌，就缓缓往回走，心里有什么东西正在一点点地往下掉，像乱飞的柳絮，弥散着，随风而去。

杨浩回到家，倒头便睡了。次日他起床时，已是日上三竿。外面热热闹闹，鞭炮声不断炸响，唢呐声高亢激越，响遏行云。罗家迎亲的队伍回来了，抬着红红绿绿的嫁妆。大红的花轿在街心停下来，抬轿的人不走了，他们要讨一碗酒，抽一支烟。花轿一停，整个迎亲的队伍也停下来。押礼先生吩咐倒酒，发烟。酒量大的，会深饮一口；酒量小的，则轻抿一下。烟却是每人一支，不管抽不抽，都会接过去。有的人嘴上还叼着，就接过来夹在耳朵背上。街边的旁观者跟着起哄，大喊着要吃喜糖。随即有人拿着喜糖过来，一颗颗地散。

杨浩就是在这时候来到街心的。有人给了他一颗喜糖，他接过来，放进嘴里，甘甜的气味中散着丝丝奶香。唢呐又响，迎亲的队伍再次上路，各种欢声笑语充斥在空气中。旁观者也随着迎亲的队伍一起走向罗家，街道瞬时空空荡荡。杨浩站着没动，看着迎亲的队伍消失，嘴角泛起丝丝笑意。

这时候，一辆拖拉机快速从街道的斜坡冲下来，车上的司机大声疾呼，声音几乎都哑了，没刹车了，没刹车了！拖拉机从斜坡冲下，掠到街心的平坦处时，司机纵身一跃，从车上跳下，滚到一边。失控的拖拉机咆哮着，斜着冲向路边的一个三四岁的小男孩。小男孩已被这突发的一幕吓坏了，只是哇哇大哭，完全不知避让。

杨浩下意识地冲过去，一把推开那孩子，却被拖拉机结结实实地撞在背上。拖拉机撞了杨浩后，又撞上路边用来摆摊的大石块，一下就翻倒了，这才停下来，两只前后悬空的轮子兀自转个不停。

杨浩被撞得飞了起来。他没有感到疼，只是脑子里一片茫然，仿佛从云端坠落，飘飘悠悠，身下是流水和青草正在温柔起伏。恍惚间，他感到被人抱起，一路飞奔。在眼中越来越模糊的光亮里，他努力地看见这个人好像是张长喜。他使了一下劲，没错，就是张长喜！他隐隐感到一丝温暖，但随即被眼前汹涌而来的黑暗给淹没了。

我听到这个消息的时候，杨浩已经被紧急送到医院了。给我报信的周玉兰一脸惊慌，说话结结巴巴。我努力让自己镇定，可我握着拐杖的手始终抖个不停。在赶往医院的路上，我只感到双腿一直在发颤。

医院里人不多，手术室外的走廊阴暗陈旧，有一片墙壁已经斑驳了。消毒水和药物的气息一缕一缕，偶有咳嗽声传来，如石头落进冰水中。我们一家人坐在走廊外，谁也不说话。偶尔彼此间目光碰到一起，又都转开去。时间一分一秒，显得无限漫长，我终于摁住纷乱的胸腔，让一颗心慢慢回归平静。世事无常，人各有命，如果我的儿子真的无法躲过这一遭，那就顺从命运的安排吧。

手术室的门终于打开。杨胜利第一个就冲上去。黄医生，怎么样，怎么样？他的声音又急又颤。走在最前面的黄医生是医院的院长，医术精湛，严谨负责。他神态略显疲惫，目光从我们的脸上一扫而过，说，手术很成功，目前伤者还在危险期，能不能醒来，就看他的造化了。杨胜利啊了一声，微微有些激动，说，你这意思是，我小叔能不能活过来，得听天由命了？黄医生说，差不多吧。这时候主要靠伤者自己了，伤者的意志力很重要。

周玉兰突然怯生生地插进话去，要不，要不转到城里去试试?

黄医生微微不悦，说，县医院的条件是比我们好一些，但我们医院前不久才新进了一批设备，足够支撑这样的手术。以杨浩的伤势，不客气地说，别说转到城里，就是转到首都，转到全世界最好的医院，要醒过来，最终也得靠他自己。

于是我们都沉默了，我看到亲人们的脸上冰封着哀切的表情。窗外鸟鸣缤纷，就像繁花落了一地。我心里却是空荡荡的，有一股风在那里吹得又冷又远。

家里留下一人在医院，轮流着陪杨浩。傍晚的时候，从医院回来的杨胜利告诉我，罗小珠下午到医院来看过杨浩。她站在那里，不说话，只是久久地注视着他。她在离开的时候，杨胜利看到她眼里晶莹的泪光，仿佛秋夜的寒星遥遥地挂在天际。

每天下午我都去看望我的儿子，他躺在那里，平静、安详，宛若熟睡的婴儿。这让我想起他在幼时的诸多无邪的时光，想起他在院子中奔跑时摇摇晃晃的情景，就像一只毛茸茸的小鸭，踩着一地月光的梦。在他手术后的第五天下午，天上下着雨，我依旧去医院看望杨浩。我走进病房的时候，杨胜利正在给杨浩擦洗后背。我默默地看了一会儿，便走到窗边，外面细雨霏霏，迷蒙的天空就像一张哭花的脸。

奶奶，有人……有人来了。杨胜利轻声喊我。

原来是罗小珠来了。她一袭青衫，右手持着收拢的雨伞，伞尖上犹有滴滴雨珠落下。表舅妈，她喊我，声音中略有羞涩，又带着丝丝颤抖。

我们并不是亲戚，只因为住在一个镇子，彼此间会转弯抹角地攀亲。你来了。我说着，朝她迎上去。

她走进来，目光落在病床上的杨浩身上，问道，他……杨浩怎么样了？

还是没醒来。也不知道，还能不能醒来了。我轻喟一声。

我相信，他一定会醒来的。罗小珠说得斩钉截铁，随即在床边坐下，看着杨浩轻声说，杨浩，我来了。

我朝杨胜利使了一个眼色，一起走出门去。走廊幽静而空荡，我和杨胜利默默地朝前走，一直到尽头才停下来。杨胜利说，这位罗……罗表姑是几天前就回了家的，现在又来了。我叹息道，只可惜你小叔生死不明，只怕……唉！

我们不再说话，一起注视着外面的细雨。雨脚纷乱，一滴滴地斜织着这个下午沉闷的时光。这时候，罗小珠冲出门来，冲着我大喊，表舅妈，快来，快来！

她惶急而略带哭腔的喊声让我心中一紧，赶紧跑过去。另一个病房里的人也被这喊声引得探头观望。我和杨胜利跑进杨浩的病房时，罗小珠正在低声哽咽，脸上却是一副欣喜的表情。

谢天谢地，我的儿子醒过来了！

在这漫长的昏迷中，杨浩只觉得一个人在黑暗的荒野上走了很久，走了很远，四周空无一人，前路漫无尽头。他想喊，却怎么也发不出声音。他想寻找亲人，却怎么也找不到方向。荒野漫漫，风声冰凉，他突然听到身后有一个声音在喊他，那声音是那么熟悉，又是那么遥远。他循声而去，却找不到那个发出声音的人。可那个呼喊他的声音，持续不断，清晰，而又缥缈。他朝着那个声音跌跌撞撞地赶去，不停地赶，又不停地赶，终于摸到了一道门，推开，眼前天光大亮，世界一片开阔。

他好半天才回过神来。眼前那个满面皱纹、泪光隐隐的老妇人正是母亲，旁边那个笑得脸都开花的中年男子正是杨胜利。他轻声喊，娘。他又轻声喊，胜利。最后他的目光落到了那个哭得稀里哗啦的女人身上。他笑了，浅浅的，像雪在慢慢消融。

罗小珠嗔怪道，你还笑。她伸手去抹眼泪，却怎么也擦不干，泪水还汹涌不息。

杨浩说，我是开心，我以为，你再也不理我了。

罗小珠说，谁说我要理你了，自作多情。

我和杨胜利走出门去。杨胜利把门轻轻掩上，说，奶奶，我先回家，去通知他们，小叔醒来了。我点点头，拄着拐杖靠在门边。门没有完全掩实，还有一条小小的缝，里面的说话声便传出来。

杨浩说，我是不是昏迷很久了？

这是第五天。杨浩，你知道吗？你被撞的第一天，我就来医院看你了。你当时那模样，把我吓坏了。我回到家后，心里空洞洞的，特别特别地害怕，害怕你再也醒不过来了。于是我又在今天赶回来，我要在这里等你醒来，我相信，你不会丢下我的。罗小珠的声音带着一种糯软的呢喃，也带着一种清脆的悠扬，显得异常悦耳。

杨浩轻轻地笑了，说，我就知道，你是喜欢我的。随即他的语调变得无比郑重，小珠，等我伤好后，就嫁给我，好吗？

里面没有传来罗小珠说话的声音，我想，她也许是在点头。我看着窗外细雨纷扬，仿佛湿漉漉的音符，淅淅沥沥地洒在我的心上。

下 部

第十三章

40

在我的大哥杨光明准备亡命天涯的那个夜晚，倾盆的大雨乱如炒豆，在夜色中爆开模糊的裂纹。风跑过屋顶，拂过窗棂，掠过枝叶，把粗大的雨滴胡乱地推远，仿佛一支战场上溃败的队伍正在慌乱地撤离。我的父亲杨胜利刚翻一个身，就听到一阵急促的狗吠在风雨中湿漉漉地浮起。随即，一阵敲门声咚咚直响，他感到墙角的蛛网都要被震得掉落下来。

是杨光明回来了。

他没有叫喊，只是用力拍门。杨胜利尖着嗓子问，谁啊？然后嘟囔了一句，这大半夜的！

我的母亲周玉兰说，去开门吧，大半夜的来找你，肯定是有事。

我的父亲磨磨蹭蹭地爬起来，打开灯，走出去拉开门，门前挺着一个黑乎乎的影子。尽管看不清对方的脸，但我的父亲还是脱口喊了出来，光明！

杨光明背着包，提着伞，匆匆闪进门来，一阵潮湿的凉风跟着挤进来。

这大半夜的，下着大雨，你怎么回来了？杨胜利很惊诧。

杨光明突然扑通一下跪在父亲的面前。他几乎是泣不成声，声音颤抖得就像那个夜晚冰凉的夜雨，爸，儿子不孝，对不起你。

这突如其来的举动让杨胜利一下蒙了，这么多年来，儿子可从未向他下跪过。曾经有几次儿子犯错，他把儿子揍得鬼哭狼嚎，儿子也没有向他下跪求饶。而这个大雨如注的夜晚，儿子却风尘仆仆地赶回来，一进门就下跪道歉，那一定是出了大事。杨胜利一下紧张了起来。借着昏黄的灯光，杨胜利看到儿子衣服湿了一大片，身子微微发抖，脸上的迷茫和仓皇就像一场浓得化不开的大雾。光明，起来吧，有啥事，慢慢说。杨胜利故作镇静，但那生涩而嘶哑的声音漾出了他内心起伏的波澜。

杨光明依旧跪在地上，哭着说，对不起，爸。

杨胜利后退一步，沉声问道，到底发生了什么事？

杨光明说，爸，你要原谅我。

杨胜利急了，低吼道，你要急死老子呀！

我闻讯赶来的母亲将杨光明拉起来，还心疼地絮叨着，看你看你，身上都湿透了。再急，也不用大半夜的冒着雨回来。赶快换一件衣服。

杨光明冲着周玉兰苦涩地一笑，然后坐下来。他沉默半晌，沙着嗓子说，我杀人了！

杀人了？杨胜利夫妇几乎是异口同声，惊诧得眼珠都要掉下来了。在片刻的惊诧之后，杨胜利暴跳如雷，大骂道，你这个畜生，我打死你！他高高地扬起巴掌，但最终没有抽下去，而是颤抖地指着儿子，叫道，你，你这个小畜生，气死我了！

他呼呼地喘着气，快步走了两个来回，才稍稍缓了一下怒火，说，说吧，到底是怎么回事？

那一年杨光明正在省城读大学，念的是数学系。他和隔壁宿舍一个念中文系的男生，同时喜欢一个英语系的漂亮女生。两人为这个女生明争暗斗，势同水火，终于在一天下午因为一次激烈的争吵而大打出手。失去理智的杨光明持刀捅进了情敌的胸膛。殷红的鲜血让怒火中烧的杨光明冷静了下来，他伸手去摸那个倒在地上的男生的鼻孔，竟然发现没有了气息。这个二十一岁的大男孩在那瞬间完全吓坏了，他脑子里只有一个惊骇的念头：逃！

我的大哥在讲述事情的来龙去脉时，言简意赅，没有过多枝节，但声音还一直在微微发抖。我的父亲则完全冷静下来了，他沉默了许久，以一个父亲的口吻，又以一种朋友般的语气说，你杀了人，就得去面对现实。你先休息吧，好好睡一觉，明天一早，我就陪你去公安局自首。

自首？杨光明叫起来，我不去自首，你这是把我往死路上推。

杨胜利严肃地说，你犯了法，就得接受法律的制裁。我们每个人，都必须为自己的行为负责任。

我不去，不去。我不想坐牢，更不想死。杨光明激动起来。

杨胜利厉声说道，你现在后悔了？害怕了？那你提刀杀人的时候，为什么就不忍一忍，就不想一想杀人的后果呢？你只有去自首，积极配合公安机关的调查，才有可能从轻发落……

你别给我讲这些大道理。杨光明挥挥手，一脚将一张凳子踹到一边，叫道，要我去自首，我还不如一头撞死。

周玉兰焦急地说，你们别吵了，别吵了，都冷静下来想一想，好好想一想，还有没有更好的办法。

还有什么办法？还能有什么办法？自首是唯一的办法！杨胜利冲着他的妻子吼了起来。随即又转头质问儿子，我问你，你去不去自首？

杨光明昂着头说，不去，我绝不去！

好，你不去是吧，那我去，我这就去派出所报案，让警察来抓你。杨胜利说着，抄起儿子的雨伞，冲出门去。

周玉兰喂喂两声，追到门口，看到杨胜利头也不回，走得迅捷。她回过身来，一把抓住儿子的手，焦急地说，我的儿啊，快跑，快跑。

妈，我没钱了。我回来，就是想叫你们给我钱，我好跑路。

对对对，钱，钱。等等啊，我这就去给你拿。周玉兰慌慌张张地跑进卧室，还差点摔倒了。

她几乎拿出了家里的所有现金，一把塞进儿子的手里，着急地叫道，快跑，快跑！她声音颤抖，泪水倏然滑落。

妈，我走了！杨光明哽咽着，刚冲到门口，猛然叫道，伞，伞！

周玉兰又反身找到伞，递给儿子。杨光明深深地看了母亲一眼，便冲进了夜色中的茫茫雨幕，仿佛大鱼入水，一闪就消失了。周玉兰倚在门口，看着漆黑的雨夜哭出了声。

她一屁股坐在地上，哭了许久，肝肠寸断，嘶哑的声音和窗外的雨声混在一起融入深长的黑夜。

有几声犬吠响起来，是杨胜利回来了，后面跟着派出所的所长和一名年轻的民警。

人呢？杨胜利一进门劈头就问。

周玉兰仍坐在地上，止住了哭声，木然地说，跑了！

跑哪里去了？

不晓得。

你为什么不拦住他呢？

我拦得住吗？我拦得住吗？周玉兰突然跳起来，歇斯底里地冲着丈夫大吼。

杨胜利转身看着所长，略显尴尬，讪讪地说，要不，要不去追？

所长笑了笑，说，老杨，算了吧，这么大的雨，又是晚上，上哪儿追去呀？我坚持要把小王喊来，日后他可以和我一起做证，你没有包庇。

杨胜利说，那，那怎么办？

所长耸耸肩，说，睡觉啊。随即对那名年轻的警察说道，走吧，小王，回去睡了。

杨胜利一个劲地道歉，对不起，让你们白跑了，对不起啊！

警察走后，杨胜利夫妇陷入沉默。许久，杨胜利痛苦地说，这孩子……这孩子怎么就这般不懂事呢？

周玉兰不接他的话，兀自走进卧室，抱了一床被子出来，走到另一个房间。杨胜利问她，你干吗呀？

你管我！周玉兰没好气地回答，砰的一下把门关上。

你……你这女人。杨胜利生气地喊起来，头发长，见识短！

这个夜晚我不在家里，我睡在二十五公里外的县城一中的学生宿舍里。我就要中考了，整个夜晚都做着考试的梦，试卷上的题目怎么也答不完，一直折腾到天亮，醒来时我的额头上全是细细密密的冷汗。

三年后，我考入了省城玉华市的师范大学，读中文系。我在图书馆认识了一位读硕士研究生的学长，竟然是杨光明的同班同学，从他那里，我得知当年我的大哥在学校是学生会副主席，表现优异，风云校园。以至于当他杀人的消息传来时，知晓他的人无不摇头惋惜。

可惜了，可惜了呀！这是当时他们说得最多的一句话。

幸运的是，那个被杨光明捅了一刀的男生经过抢救，活了过来。杨光明在外逃亡了大半年后，主动去了公安局自首。有人证实，当时刀子是那个男生先拿的，只不过在打斗中被杨光明夺了过去。而在打斗中被捅成重伤的男生在后来也选择了原谅杨光明，我的大哥因此在量刑时被从轻判罚，共计五年零七个月。

我在大学期间和他通过几回信。我向他倾诉我的理想，憧憬未来的美好愿景。我希望自己将来成为一个伟大的作家，像列夫·托尔斯泰、博尔赫斯、马尔克斯、鲁迅等人一样。每一次他都回信鼓励我，但写得不长，每一次都只是短短的一页纸，字迹工整，每一笔都蕴含着千钧之力。后来他出狱后，就杳无音信，不知所终，就像一粒沙子消失在茫茫的大戈壁。

我大学毕业后，被分配回县城建中，在建中一中教书，教高一语文。由于我无意间得罪了校长，仅仅一年，我就被调到了白水镇的中学。这里没有高中，我只能教初中语文。

我的父亲虽然没有责骂我，但是显得很失望。有一天夜里他告诉我，他已经找到牵线搭桥的人，过些日子就去县城找教育局局长，希望能把我调到县城的二中教书。我说我不去。杨胜利瞪起了眼睛，生气地问，为什么不去？

我说，我觉得就在这里挺好的。

杨胜利骂我，鼠目寸光！接着又补充一句，胸无大志！

我讥讽道，到县城的中学就叫胸怀大志了？

杨胜利恼了，说，我们辛辛苦苦地供你读书，到头来你就是这态度啊。接着他又提高声音，带着恨铁不成钢的怨愤，你去外面听听，听听人家怎么说的，一个在县城教高中的人，只一年的时间，就被整到了镇上来教初中。为啥？没情商，没能力呗。我听到这些的时候，我这张老脸，都不知道往哪儿搁了。

一直在旁边默默不语的周玉兰突然插话了，她嗔怪丈夫，那些人乱嚼舌根子，你跟别人较什么劲。随即她柔声安慰我，希望，你只要好好工作，在镇上教，在县城里教，都一样。妈支持你。再说了，咱们镇的中学开始修新学校了，新学校也会开设高中，将来的发展也不差呀。

闭嘴！杨胜利训斥妻子，就是你惯着他，才让他如今没出息，一点上进心都没有……

门在这时敲响了，是我的叔叔杨国庆。他敏锐地捕捉到气氛的异常，目光从我们的脸上快速扫过，尴尬地笑了笑，说，吵架了？杨胜利叹息一声，说，希望这孩子，都给他托好关系了，过些天去找教育局局长，把他调到城里去。可他咋说的？他说他不去，真是气死我了。

杨国庆说，不去就不去吧，教师这份工作，不要也罢。

又在瞎说。教师哪里不好了？工作稳定，还有寒暑假。杨胜利白了弟弟一眼。

工作稳定就好了？工作稳定有时候反而更是一种束缚。教师工资那么低，干不干都无所谓了。你看我，以前在供电局工作，收入可观，还是一个小领导，我还不是把工作辞了，我现在不也挺好吗？所以不要在乎什么铁饭碗铜饭碗，以后机会将越来越多。杨国庆说着，把脸侧向我，鼓励我道，希望，你想干什么就去干什么。如果有一天实在是干不下去了，就到二叔这里来，工资最少是你教书的五倍。

又在乱教！杨胜利板着脸说，你以为每个人都是你呀，我的儿子有几斤几两，我最清楚。

杨国庆哈哈一笑，说，好好好，我不说了，不说了。

我趁机转身走开，头顶的灯光微微闪了一下，仿佛是一个人冲着我露出嘲弄的笑容。

41

这一年的秋天无比阴郁，仿佛一个人久病不愈。我在一个细雨绵绵的下午去邮电所取稿费汇款单。柜台后坐着的那个女员工一直低着头，睫毛长长的，忽闪忽闪，像振翅的蝴蝶迎着春风。

这个不能取。她声音很脆，把头抬了起来。

她多美啊，恬静得仿佛是月光下风平浪静的湖水。我脑子一下就空了。

这个不能取。她又重复了一句。

为……为什么不能……不能取？我说话结结巴巴。

她说，收款人名字和你的身份证名字不符。

我深吸一口气，定了定神，说，这是我的笔名。老黄，老黄就知道，前两次我收到的汇款单也是写的我的笔名，老黄就给我办理了。

她说，黄主任给你办理了，那是他的事。我不能给你办理，除非你有单位的证明，证明这个笔名就是你。

我说，那老黄呢？可以叫他来给我办理。

黄主任今天有事，没有来上班。她侧着身去整理资料，不再看我。

我转身退出邮电所，天色阴沉，细雨霏霏，我心里却是一片晴朗，仿佛刚从一场甜蜜的约会中归来，心上融化一勺勺的糖。

我回到学校后找教导主任开了证明，但是校长到县城开会去了，我盖不了章。两天后他一回来，我就第一时间去找了他。我兴冲冲地拿着我的身份证明奔向邮电所，一颗心无端地跳得很快，像受惊的马匹跌跌撞撞地踩乱了步点。

我冲进邮电所，看到柜台后坐着的不是那位温润如玉的姑娘，而是浓眉高鼻的男子，名叫黄小波，是我在这个镇上为数不多的朋友。我硬生生地刹住身子，心里无限失落。

黄小波冲我喊起来，大作家，又来取稿费了？

我心不在焉地应一声，慢慢走到柜台前。

咋了？失恋了？蔫不啦唧的。

老黄，那个姑娘去哪儿了？我尽量压低声音。

哪个姑娘？黄小波疑惑地看着我。

就是那个……鹅蛋脸，长睫毛，眼睛大大的，皮肤很白，好像是你们新来的。我比画着，有些紧张。

黄小波恍然大悟，你是说傅秋红啊，她是天文镇的人，新来的。你也知道她？

我前天来取稿费，汇款单上写的是我的笔名，她不给我取，要我回单位开证明，不巧我们校长进城了。我今天才开到证明，这就赶过来了。我说着递上汇款单。

黄小波一边给我办理取款业务，一边笑嘻嘻地说，看你这么念念不忘，你不会是喜欢上人家了吧？

我脸上一烫，讪讪地说，你瞎说啥呢？我不过才见了她一面。

只见一面就不能喜欢了？可以一见钟情嘛。黄小波依旧笑嘻嘻的。

我故意露出轻蔑的样子，说，你以为我像你一样啊，见到个漂亮的姑娘就丢了魂。

窈窕淑女，君子好逑。你不必不好意思。可惜我是一个有家室的人了，我要是你，就去勇敢地追求她。她那么漂亮的姑娘，只有瞎子才不会动心呢。他不再嬉皮笑脸，而是说得一本正经。

我心里颤了一下，像冰柱刚刚解冻，落下第一滴水。

从邮电所出来后，我脑子一直在恍惚。我得承认，只是一眼，她就让我动了心。可是就这么一面之缘，我对她一无所知，就这么去追求她会不会显得太草率？如果她拒绝了我，我又该怎么办？我找不到答案，心里时而欢喜，又时而焦虑。我回到家，发了很久的呆。

杨胜利带着一个客人进来了。我还坐在椅子上发呆，仍未回过神来。倒是客人率先和我打招呼，你好！我茫然地点了点头。

这一细节让我的父亲在后来大为光火。在客人走后，他便训斥我，怪我不给客人让座，不给客人打招呼。一点礼貌都没有。他很愤怒，越说越激动，还是大学生，人民教师，可你这样人家只会说，杨希望把书都读到牛屁眼里去了。

我没有吭声。我知道，自从我被贬回镇上，并拒绝跑关系重新调进城里之后，我的父亲就对我横竖看不顺眼。可我不想活成他心目中预设的那种样子，我对他的训斥表达了我无声的抗议。我在当天夜里搬到了学校的教师宿舍。

我在收拾东西的时候，我的母亲在旁边不停劝我，她柔声细语，还带着半丝哀伤。我突然有些自责，想想我如此任性定会让她伤心。就在我将要放弃搬出去的念头时，杨胜利的添油加醋让渐已平静的气氛又一下爆炸了。

我的父亲对我的母亲大喊起来，他要滚，就让他滚，滚得越远越好。

周玉兰说，你少说两句行不行啊。孩子大了，有他自己的主张，你还以你那老一套来管他。

我加快了收东西的速度，听到杨胜利的声音像灌满了万千吨炸药，他大了，翅膀硬了，就嫌弃我们这些老家伙了。不孝的东西！

我冲出家门的时候，听到杨胜利的怒吼声嘶力竭，滚，永远别给老子回来！

夜凉如水，风冷若刀，昏黄的街灯恍若哭肿的眼。我看到我的背影在灯光下有着孤零零的忧伤。

三天后，星期五的中午时分，我正准备去学校食堂打饭，周玉兰来找我了，并带来了饭菜。她一边打开饭盒，一边说，我给你带来了你最喜欢吃的辣子鸡，我上午做的。我上了一上午的课，早已饥肠辘辘，我的母亲刚刚打开饭盒，我就用手抓了一块鸡肉放进嘴里。周玉兰嗔怪道，看把你急的，又没人跟你抢。

我狼吞虎咽，含含糊糊地说，真好吃。

周玉兰说，以后多回家去吃饭，妈给你做好吃的。

我说，妈，不是我不想回家，而是我爸看我不顺眼，我在家里，他总是唠唠叨叨的，我听着烦。

周玉兰轻叹一声，说，你哥哥以前坐了牢，后来又没有音信，你爸爸觉得你哥哥丢了他的面子，他就希望你能够出人头地，把他的面子给挣回来。再说了，就算没有你哥哥的这档子事，哪个当父母的，不希望自己的子女成龙成凤呢？

我嘟囔道，我就不是成龙的料，非要逼我去做一些我不愿意的事。

现在生意不好做，家具不好销了，你爸压力大，昨天晚上喝多了，一个劲地念起你们兄弟俩，说他对不起你们。周玉兰说到这里，语调变得倍加温柔，希望，父子没有隔夜仇，你有空，还是多回家去看看，你爸其实是很疼你的。

我心头一酸，含在嘴里的饭菜顿时咽不下去了。

这时，黄小波风风火火地闯了进来。他人还在外面，声音却已响起来，大作家，搞快点，快点！他看到我母亲也在，微微尴尬，红着脸跟她打了一个招呼。

她今天要进城，已经赶去坐车了。你快去，在车上要跟她坐在一起。黄小波不等我开口，就催促我。

我愣了一下，随即明白黄小波所说的她是谁。我胡乱地扒了两口饭，就去拿包，对着镜子整理衣冠。在这慌乱中，我听到黄小波仍在催促我，够了够了，你已经够帅了。再晚，车开走了，就错过今天的机会了。

周玉兰喊我，啥事情这么急？你还没有吃完饭呢。

我说，妈，这件事比吃饭还重要。话音未落，我已冲出门去。

开往县城的中巴车停在街心，我赶到那里的时候车辆正要开走了。当我气喘吁吁地上了车，才发现车上太挤了。我的目光穿过人群的缝隙，发现傅秋红坐在最后一排右边的靠窗位置，正目光平静地看着窗外，如墙角的花朵，不争艳，不热闹，兀自开得宁静。车厢里站满了人，我连挤都挤不到后排，更别提与傅秋红坐在一起了。对坐在她身边的那个酒糟鼻的粗糙男人，我简直嫉妒得发狂。

车开动了。人群随着车身一起颠簸着。他们经常挡住我看往后排的视线，只在偶尔颠簸的缝隙中，我看到傅秋红静静地坐在那里，如天边的一弯孤月，散发着剔透的光辉。我无端惆怅，一颗心在这颠簸的路途中起起落落。

路上不停地有人上车下车。每一次停车，我都渴望着整车的人都下去，就只剩下我和傅秋红。然而这只是我不切实际的白日之梦，车满当当的，一直抵达建中县城，我脚都站酸了。

下车时，我装着与傅秋红偶遇的样子，和她打招呼。我问她要去哪里？我都已经想好了，如果她说她要去某某地方，那我也佯装我们正好同路，然后与她同行。但她的回答却出乎我意料，我去我姑妈家！我愣了愣，问道，你姑妈家在哪里呢？

傅秋红指着五十米处一栋灰色的建筑说，就在那里。

我忍住内心崩溃的失望，说，你什么时候回白水？

她抿嘴一笑，说，你查户口呀？

我讪讪地说，不是不是，随口一问，随口一问。

她微笑着说，再见！

我机械地跟她道别。看着她婀娜的背影如杨柳扶风，款款远去，我很久才回过神来。

我漫无目的地在县城的街上闲逛。经过一家摩托车店，我鬼使神差地走了进去。又在销售员天花乱坠的游说下，我糊里糊涂地买了一辆红色的摩托车。

黄昏时我骑着摩托车回到白水，黄小波正在街心与人说话。我在他身边停下，他绕着车转了一圈，啧啧称赞，好看，好看。随即他迫不及待地把我拉下来，说，我来骑两圈。

黄小波轰大油门，摩托车的排气管冲出一股浓烟，整个车便直蹿出去。我听到摩托车的轰鸣响在镇子的夜空，在街巷中飘远，又顺着晚风荡回来！

黄小波停下车，一个劲地说，好，真好！随即他压低声音，怎么样？与她聊得好吧？

我并未如实相告，反倒是显出春风得意的样子，说，很好！

42

当我得知傅秋红喜欢漫画时，我决定去学习漫画。

我买了几套日本著名漫画家的作品来临摹，甚至还喜滋滋地幻想着有一天我将我的小说作品绘成连环漫画，然后送给傅秋红，她一定会对我刮目相看，甚至是崇拜有加。

然而我之前没有半点绘画基础，此番无师自学，进展甚微。折腾了二十多天，我画出来的作品仍是拙劣不堪，惨不忍睹。我决定向我们学校的美术老师请教。

这位美术老师是女的，名叫冯芳，二十二岁，单身，是那种在人群中看了一眼便会忘记的姑娘。她主攻国画，写意山水、花鸟虫鱼，皆在她的笔下栩栩如生。她还涉猎漫画，寥寥数笔，就传神地勾勒出人物形态。我向她请教漫画，她甚为高兴，不惜倾囊相授。在她的悉心指导下，我的漫画水准取得了长足的进步。

不料我们过密的来往引来了旁人的闲言碎语。他们在背后议论，说我们相恋了。有一天中午黄小波来找我，劈头就问，你就放弃傅秋红了？我伸手去摸他的额头，说，没有发烧呀，说什么胡话呢？

黄小波恼怒地拨开我的手，叫道，那你干吗还要和你们的美术老师好呢？还想脚踩两只船，呸！

我激动地喊起来，谁说我和冯芳好了？胡说八道，含血喷人！

黄小波哼了一声，说，那你干吗要和你们学校的美术老师黏得那么紧，听说你好几次骑着摩托车带她出去写生。

我叹了一口气，说，傅秋红不是喜欢漫画吗，我就异想天开，去学漫画，想以此讨她的欢心。可我一点基本功都没有，我就找冯芳教我。他妈的这些人捕风捉影，瞎编乱造。

黄小波的脸色和语气这才缓和下来，现在的人都吃饱了闲着，没事儿就在琢磨男女之间的那点事，你们是真清白也好，假暧昧也好，只要接触一多，闲言闲语立马就来了，你怎么就不注意一点影响呢？

我这不是心里着急嘛，想早点儿学好。现在我最担心的，就是这些风言风语，只怕也传到傅秋红的耳朵里去了，她一旦也相信这些流言，那可就情况不妙了。我说到这里，突然一把抓住黄小波的手，语调变得异常急切，老黄，你可要帮我一个忙。

婆婆妈妈，有话就快说，拉我的手干吗？黄小波甩开我的手。

我说，老黄，你得帮我，给傅秋红解释一下，我和冯芳之间的关系……别用这种眼神看我，听我说，你与傅秋红闲聊的时候，装着不经意地说起这个话题，你就说你专门问过我，我只是在跟冯芳学画画，我们之间不是那种关系，今后也绝不可能成为那种关系。

黄小波瞪着我，半晌才说，那今天晚上去赵老四家的馆子里摆好酒等我。

我笑了起来，说，又想讹我的酒喝！

当天下午，学校在四点钟的时候召开全校教职工大会。我提前几分钟进入会议室，里面已经坐了大部分教职工。我随便找了一个空位坐下来，看到冯芳坐在我对面，正漫不经心地翻着一本书，她边上空着两个座位。这时坐在我左边的老师突然笑嘻嘻地说，杨老师，你坐错了。我愣了一下，说，这个位置有人了吗？

那位老师依旧笑嘻嘻地说，不是，你是应该坐在那个位置。他说完，朝冯芳努了努嘴。

坐在我右边的老师也笑起来，跟着附和道，是呀，你应该跟冯老师坐在一起。

我顿时火了，一拍桌子，腾地站起，大声说，你们都给我听着，我和冯芳老师是正常的朋友和同事关系。我们现在不是情侣，将来也不会成为情侣。你们要怎么说我都可以，但请不要乱说冯老师。谁他妈的以后再乱嚼舌根，我杨希望跟他没完！

整个会议室一下子鸦雀无声。那两个开我玩笑的老师一脸尴尬。冯芳怔怔地望着我，一脸茫然。我砰地踢开凳子，换到了另一个位置上。正好校长走进来，连声说，开会开会。气氛这才稍微缓和下来。

校长传达着县教育局的文件，我听了一会儿，便走了神。我慢慢平静下来，心里颇后悔，我觉得我刚才太冲动。我的这番表态，既得罪了同事，只怕也会伤冯芳的心。可我不那样的话，这帮人仍会添油加醋地胡说八道，把我和冯芳作为茶余饭后的谈资。我暗叹一口气，安慰自己说，为了傅秋红，我豁出去了，哪怕得罪整个世界也不足惜。

傍晚的时候下起了毛毛雨。我在赵老四家的小餐馆里点好了菜，倒好了酒，黄小波仍迟迟不来。直到天色黑透，他才姗姗来迟，顶着一头细细的雨珠。他一坐下来，就端起酒杯放在鼻子前嗅了嗅，一副陶醉的样子，说，来，走一个！

我们碰了杯，喝了一口。我迫不及待地问，你说了没？

着什么急呢？黄小波白了我一眼，说，听说你今天下午在你们学校的会议室大发雷霆？

我说，你这么快就听到了？真是好事不出门，破事传千里。

你这样可把同事们得罪了，以后你在学校会没有朋友的。他夹起一口菜放进嘴里，说得慢条斯理。

我哼了一声，说，无所谓了，反正我也不愿意跟那帮家伙交朋友，只要傅秋红知道，我和冯芳不是情侣关系，就够了。

黄小波叹了一口气，说，可你知道吗，人家傅秋红根本就没把那件事放在心上。

我愣了愣，说，你这话是什么意思？

黄小波说，照你的吩咐，我下午跟傅秋红闲聊，有意无意地说起你和冯芳之间的事。可傅秋红一点反应都没有，压根儿就没说半个字。

我心里咯噔一下，一种冰面开裂的响声。我端起酒杯，狠狠地灌了一口。

黄小波说，大作家，不是我说你，你这么有才华，还去学什么漫画呢？你应该发挥你的优势，好好写几封情书，哄得她心花怒放，感动得她热泪盈眶，事情就成了。

事实上，我早已给傅秋红写了很多封情书了。在无数个辗转反侧的深夜，在我一次次走神的怅惘里，我都断断续续地写下我对她的爱慕和思念，写下我滚烫的心跳如繁星闪烁在天际。而那些灼热的文字并没有抚慰我的孤寂和空虚，反倒如汪洋决堤，如大河涨水，泥沙俱下地冲刷我的内心，留下一片狼藉。

但我一直没有勇气把情书给她。黄小波批评我胆小，他以自己为例，说当初他追求他妻子的时候，就是在众目睽睽之下，抱着鲜花表白，从而赢得他妻子的芳心的。

黄小波又说，追求女生就要胆子大，脸皮厚，一哄，二骗，三纠缠。像傅秋红这么漂亮的姑娘，觊觎她的男人可多了，据我所知，派出所的所长龙文栋就在追求她。你再不主动点，她被别人泡走了，你就白做一场美梦了。

我久久没有吭声。

几天后的下午，我去邮电所寄信。里面冷冷清清，几乎没人办理业务。傅秋红坐在柜台后，心不在焉地翻着一本漫画书。我说，买五张邮票。她把邮票递给我，不说话，兀自翻着书。

我说，我也喜欢漫画，可我水平很低，改天向你请教哦。

傅秋红笑了笑，说，我不懂漫画的，虽然喜欢看，不过是瞧热闹而已。

我说，我是最近才喜欢上漫画的，手头的漫画书不是很多，能不能把你的漫画书借一些给我拜读？

傅秋红说，你们作家是有文化内涵的，我手头的这些漫画书，比较肤浅，可能不对你的胃口。

像你这么漂亮、有气质、有修养的姑娘，如果你看的书都没有文化内涵的话，那这个世界就没有谁的书是值得一看的了。我尽量让语调变得平静，但一颗心却剧烈地跳动得几乎要冲出胸腔。

她抿嘴一笑，说，你们文人都是这么油嘴滑舌的吗？

我一本正经地纠正她，非也，我向来说话都是发自肺腑，尤其是与你这么漂亮、有气质、有修养的姑娘说话，我更是不敢打一句诳语。

她眨了眨眼，调皮地说，那你是经常与这样的姑娘说话吗？

非也，这样的姑娘全世界只有一个。我依然一本正经。

全世界只有一个？她装着很惊奇的样子，又好奇地追问，是谁呀？

我说，远在天边，近在眼前！

她扑哧一声笑了，如蓓蕾初开，迎着光。

看她笑靥如花，我也高兴起来，鼓足勇气说，今天晚上电影院新上映一部片子，香港拍的，好像还不错，你有没有空，我请你看。

我就不看了，谢谢，我还有事。

她的拒绝让我倍感失望。这时有人走进来，要办理汇款业务，可来人却又不知道怎么填写，傅秋红拿着汇款单逐条讲解。我站了一会儿，便无趣地退出邮电所。

外面阳光灿烂，风声宛若温柔的耳语，街边的一家服装店里正播放着港台流行音乐，轻快的旋律仿佛水声跌宕，溅出潮湿的浪花。我漫无目的地往前走，不知不觉间来到了河边。我沿着河岸前行，想着之前我与傅秋红对话的情景，她的一颦一笑、一嗔一喜，恍若还在面前，还在眨眼前的瞬间，我心里一会儿幸福，一会儿忧伤。

我在河边坐了很久很久。日头慢慢向山巅滑落，我们学校的广播响起来了。我这才意识到，学校都放学了。我起身慢慢往回走。在街口，开往县城的末班车咆哮着，里面挤满了人，与我擦身而过。我看到傅秋红站在远处挥手，似乎在叫喊。我加快脚步赶过去，她挎着包站在那里，喘着气，一脸沮丧。

原来她是要搭末班车进城，可是她刚刚来到街心，还未抵达中巴车停靠的位置，中巴车就开走了。她撒腿就追，又是挥手又是叫喊，中巴车却没有停下，反倒越开越快。她追不上了，只好眼睁睁地看着车跑远，气得直跺脚。

她噘着嘴说，气死了！

我问她，你有急事吗？

她不回答我，仍然愤愤地说，气死我了！

我说，如果你愿意的话，我可以送你进城。

送我？怎么送？她愣了一下。

摩托车，我骑摩托车送你。

她迟疑片刻，说，这样、这样好吗？

好的，好的。我忙不迭地说，只是举手之劳，举手之劳。

她犹豫着，最终点了点头。

我欣喜得差点跳起来，压着丝丝颤抖的声音，那你就在这里等等我，我马上……马上去取车来。

我朝学校飞奔，脚步轻快，心花怒放，眼前的路仿佛是天空，我正在云端飞翔。

从镇上到县城有二十五公里，我骑得很平稳。风在耳边，带着微酥的痒。我感受着她微微贴近我的身体的暖意，感受着她身上散发出来的丝丝缕缕的幽香。我心神荡漾，脑子有些恍惚，仿佛梦一般，乘风而行。有时我又通过摩托车的后视镜，偷偷地看她。在镜子里，她秀发如瀑，在我身后露出的大半张面孔是微侧的，线条优美，面色平静，有着草原的温柔和冰川的晶莹。多美呀！我心猿意马地幻想着我们牵手共度风风雨雨的日子！有那么一次，我们的目光突然在镜中相遇，吓得我一激灵，手上松了劲，摩托车差点就熄了火。

快要抵达县城时，我们超过了从白水镇开往县城的中巴车。我把车速放慢，问傅秋红去哪里。她回答我去车站。

她姑妈家就在车站旁边，我以为她又去她姑妈家，但在车站门口，我们刚停下来，一个高大的男人就朝我们走过来，笑着对傅秋红说，我还以为你是坐中巴车来，没想到你坐摩托车来。

傅秋红说，没赶上中巴车，就差那么两分钟。

原来这男人是来接她的。他剑眉高鼻，面目俊雅，我不由得自惭形秽，心里涌上一股酸意。

傅秋红对我说，谢谢你，我走了！

我茫然地哦了一声，茫然地看着傅秋红挽起那男人的手臂。他们走了两步，傅秋红突然回头对我说，时间不早了，你赶紧回去吧，路上骑慢点。

我茫然地点点头，看着两人慢慢走远，心里无限失落。

夜幕低垂，车站仍然声响杂乱。我呆了半晌，骑着车在街上慢慢游荡。街边霓虹闪烁，我心里风声呼啸，尘土飞扬。

那天夜里，我没有连夜赶回去，而是在一家旅馆住下来。我躺在床上，一直辗转反侧，脑子里翻来覆去都是傅秋红的影子，像迷蒙的月色，夹着微微冰凉的风吹。我爬起来给她写信，一颗心在情感的汪洋中浮沉和漂流，一会儿满怀热情，一会儿又自怨自艾。

我洋洋洒洒地写了好几页纸，手腕都酸麻了，我才停下来。我觉得心里还有很多很多的话想说，却似乎又词穷语尽，找不到恰当的表达。我睁着眼躺在床上，迷迷糊糊地睡着了。

天亮后，我决定把情书寄给傅秋红。在邮局，当我把信塞进邮筒的一瞬间，我说不清那是怎样一种盘根交错的期待和忐忑，我希望她尽快收到这封信，却又害怕她收到这封信。

一连几天，我都在期待和忐忑的情感旋涡中挣扎。我开始失眠，白天给学生上课的时候无精打采。夜里我想以写作来平复这种情感，可硬着头皮写下一段话后，却突然会蹦出傅秋红的名字。于是我读书，抓起我最喜欢的作品，读着读着，思绪便又沿着那些文字分岔，拐进了书本的空白里。

十天后的傍晚，我在傅秋红的宿舍外拦住了她。对于我的到来，她有些吃惊，连退了两步。我看着她星眸点漆，神情微讶，我话到嘴边竟说不出来。

她迟疑地问，有什么事吗?

我说，我寄给你的信，你收到了没?

收到了，只是我不明白，你为什么要写这样的信呢?她的声音低下去。

我深吸了一口气，一字一顿，因为我喜欢你!

她避开我的目光，说，你是作家，有才华，有文化，你应该找那种热爱文艺的女生为伴。我肤浅，愚笨，不适合你。

不！我叫起来，你是这个世界上最好的姑娘，我只喜欢你。

她叹息一声，说，我们真的不合适。以后请你不要再给我写信，也不要再来找我。她说完，从我身边擦过去，走到门口，掏出钥匙开门。

我心如刀割，忍着悲伤大喊，你拒绝我，是因为那个男的吗？

她愣了，哪个男的？

就是上次我骑车送你进城，在车站接你的那个。

你错了，他是我的亲哥哥。傅秋红开了门，侧身看了我一眼，说，杨老师，我们真的不合适。她说完，闪身进屋，把门轻轻关上。

我顿时觉得天一下就垮塌了，世界一片黑暗。风拂过耳际，仿佛是在安慰我。我呆呆地站了半晌，才失魂落魄地往回走，一颗心支离破碎，稀里哗啦地往下落。恍惚中有人与我打招呼，可我记不清是谁了。

回到学校的教师宿舍，我很久才平静下来。我告诉自己，虽然她无情地拒绝了我，可我不能放弃。

那时候白水镇上没有花店。我便进城买鲜花，几乎跑遍了县城的街巷，才最终在一个不起眼的角落里找到了一家花店。我在每个周日都去这家花店买花，然后在次日清晨，天刚蒙蒙亮，我就在鲜花中夹上一封情书，悄悄地送到傅秋红的宿舍门口。

两个月后的一天下午，我正在课堂上上课，傅秋红突然来找我了。我上的是初二，孩子们大多十三四岁，正值舞勺之年、豆蔻韶华，对男女之事不甚明了，却又有懵懂之念。他们见傅秋红来找我，大多捂住嘴偷笑。我只觉脸上如火焰灼烧，便故意板着脸，呵斥大家不准笑。我提了两个问题，叫大伙儿思考，随后我跟着傅秋红来到了操场边，站在树荫下。

傅秋红说，杨老师，以你的条件，完全可以找一个很好的姑娘，比我好很多的姑娘，你为什么要把时间浪费在我身上呢？

我说，我只喜欢你，我用心去喜欢你，就不是在浪费时间。

我们真的不合适，你为何还要如此执迷不悟呢？你知道吗，你这样已经对我的生活造成了困扰，希望你以后不要再给我送花，不要再给我写情书。她说到最后，微微地恼了。

我说，我是真心喜欢你！

她沉着脸，冷漠地说，可我不喜欢你，你就死了这条心吧。我今天来，是很严肃地告诉你，请你不要再打扰我的生活。如果你还要那样做的话，我只好报警。她说到后来面色凝重，加重了语气。说完之后冷冷地瞥了我一眼，转过身走了。

六月阳光如火，蝉鸣如电锯尖叫。我看着她一袭白裙包裹的娉婷身姿在阳光下如一株移动的睡莲，迎着风，一转弯就消失了。

43

从白水镇往西十公里，翻过几道坡岭，便来到了三岩湖。三岩湖原名三支岩水库，在白水镇辖区内，是全县最大的水库，水域广，储量丰。名字是两年前才改的，据说是县上的某领导想把三岩湖打造成旅游景点，热炒了一段时间，但后来却没了动静。在距离湖边两千米左右的一座斜坡上，坐落着一栋两层楼的小洋房，红砖白墙，掩映在数十株森森古柏中。

一条水泥路通向这里。我骑着车抵达院子外面，里面就传来牧羊犬粗犷的吠叫。一个双鬓斑白的男人闻声走出来，笑着喊我，希望！

这个男人叫杨浩，是我祖父的三弟。他只比我父亲大几岁，辈分有别，却亲如兄弟。他和杨胜利都是手艺精湛的木匠，两人在十几年前合伙开了一个家具作坊，打造各类家具出售，生意异常火爆。三年前，杨浩的妻子罗小珠身体欠佳，杨浩就从家具作坊中退出来了，在湖边买了一块地，在这里修建房屋，陪着妻子过着恬静的时光。

我说，三爷爷，你真会享福，找了个这么清静的地方。

孩子啊，最重要的，是这里要清静。他说着，指了指心窝。

他领着我进院子，院墙边一只拴着链子的牧羊犬还在狂吠着，他呵斥了一声，狗便乖乖闭嘴，懒洋洋地趴下去了。他的妻子从屋子里走出来，热情地招呼我。

在我的记忆中，罗小珠一直都是风韵犹存的形象，如盛开的牡丹，雍容、端庄。这三年来我见她甚少，没想到她老了许多，额上皱纹深深，银灰的白发点点星星，如柳絮飘散在草丛间。只有那双眼睛还是亮的，仿佛晴空万里，足以容纳全世界的风暴与雷霆。

我接过罗小珠递过来的热水喝了几口，说，三爷爷，三奶奶，我想在你们家住上一段时间，就是不知道会不会打扰你们。

杨浩夫妻俩对望一眼，都笑了起来。杨浩说，这里也是你的家，想住多久都行。

就这样，整个暑假我都住在这里。每个上午和夜晚，我都埋头写作。下午我会去水库边钓鱼，有时收获颇丰，有时一无所获。每当垂钓的浮标迟迟没有动静，我就会走神，想得最多的便是傅秋红，心里就酸楚一阵，黯然一阵。

傍晚时分，我经常看到杨浩夫妇手挽手，沿着水边漫步。有时他们停下来，他为她整理被风吹散的头发。直到他们从我的视线中消失不见，我才把目光收回来，无比羡慕他们。

当初他们结婚的时候我已经五岁了，我有些模模糊糊的记忆，记得他们结婚的那天下着小雨。罗小珠是二婚，第一任丈夫自杀，她嫁给杨浩时已经四十二岁，有一个已经成年的孩子。罗小珠的娘家和婆家都反对这桩婚事，但她最终还是冲破重重障碍，与杨浩走到了一起。婚礼没有大办，只是象征性地摆了几桌，宴请双方的亲戚，但她的娘家人和婆家人一个都没有出席。

婚后，她想为他生一个孩子。几个月后她怀孕了，然而不幸的是，她后来意外流产了，她哭得梨花带雨，肝肠寸断。这次意外不仅没有让夫妻间的情感出现裂痕，反倒让他们更加恩爱。镇上的人谈起他们，都会竖起大拇指，由衷地赞美。

夫妻在一起过日子，在油盐酱醋的琐碎生活中，难免会有些小摩擦小磕绊。有的夫妻恩爱，却也在发生矛盾时吵得昏天黑地，打得鸡飞狗跳。而杨浩和罗小珠自结婚以来，近二十年里从未红过脸、吵过架，简直不可思议。很难想象，他们是如何做到的。为此，我在一天夜里向杨浩寻求答案，可他的回答却让我一片茫然。

他说，那是因为在我们决定结婚时，我们终于明白了，什么是真正的爱情。

我继续追问，那什么是真正的爱情？

杨浩摇头说，不知道。随即他微笑着，在沙发上挪了挪身子，轻轻握住他妻子的手，说，我只知道，我和你三奶奶结婚，是因为爱情。

我突然想到了傅秋红，心里像有麦芒划过。

自从傅秋红来学校警告过我后，我就再也没有见过她。为了避免尴尬，我没有再去邮电所，我需要办理的邮电业务，全都由黄小波代我办理。对于我的怯懦和放弃，黄小波表现出深深的鄙夷。他劝导我，激将我，要我再去追求傅秋红。他像一位智者，说着深沉的格言：在爱情面前越是遭遇阻难，就越是要勇往直前！他又说，在爱情中，也许第一百次的表白失败，就是为了第一百零一次的成功。

我心里无比纠结和挣扎，有两个声音在反复回荡，一个叫我放弃，一个要我坚持。我整夜整夜地浮沉在情感的洪流中，泥沙滚滚，水声滔滔，我觉得自己就像一个无助的溺水者，连一根救命的稻草都找不到。

十月的一天下午，我终于熬不过对傅秋红的思念，偷偷跑到邮电所的门外去看她。我远远地看到她坐在柜台后面，有时端着杯子喝水，有时整理资料，有时为客户办理业务，动作不疾不徐，轻松自如。我瞧得呆了，她身上的红衣就像一团烈焰，把我的心烧成灰烬。

很久，我才回过神来，悄然离开。我失魂落魄地走在街上，全身绵软，脚步乏力，心里满是惆怅。在这恍惚中，我听到有人喊我。我扭头看到一辆黑色的轿车停在我身边，打开的车窗里露出一张古铜色的脸。

是我的大哥杨光明。这几年来一直杳无音信的杨光明回来了，在这个阳光热烈的秋天的下午，他一个人开着一辆黑色的进口奥迪轿车，轻盈地驶进了白水镇，引得街道两旁的人纷纷注目。

那辆车在我身边停下时，魂不守舍的我竟然一点都没有察觉。直到有人喊我，我才回过神来。我做梦也没有想到，杨光明竟然会开着豪华的轿车回来。自九年前他出事后，我就再也没有见过他。在我的记忆中，他是那个白白净净、风华正茂的热血青年，而眼前的这个年轻男子却面如古铜，左眼角有浅浅的伤疤，双鬓间冒出数根白发，脖子上挂着一条粗大的金项链。我一眼就认出了他，可又不敢相信他变化如此之大。他看着我，微笑着说，希望，你长大了，都成一个帅小伙了，我都差点没认出来！

大哥，是你呀，真没想到！我有些激动，但语调居然平静得出奇，仿佛我们只是分别了片刻似的。

杨光明说，来，上车，我们一起回家。

坐进车里，我有一种虚幻的错觉。我说，大哥，你这些年一点消息都没有，你都干什么去了呢？

我一个坐过牢的人，能做什么呢，做点小生意而已。他说得轻描淡写。

我看你的车牌是深圳的，你一直在深圳吗？

地方多着呢，广州、深圳、温州、海口、上海……哪里有钱赚，就去哪里。

看来你赚了不少钱啊，开这么好的车。

杨光明淡淡一笑，说，小生意，能赚多少钱呢，无非是够吃够喝罢了。

我觉得这不应该是兄弟俩久别重逢后的谈话情景，反倒像两个萍水相逢的陌生人的对话。我不知道该说什么，便住口不语。

半晌，杨光明率先打破沉默，好几年没回来了，变化还挺大的。我嗯了一声，说，高速路马上就通车了，火车站也在修，以后变化还会更大……右转，右转，咱们家重新修房子了，三层楼的，不在原来的老房子住了。

杨光明说，看来这些年咱们家的生意还不错嘛。

拐一个弯，我就看到周玉兰站在院子外边与人说话。两人的注意力也被车辆吸引，中断了交谈。杨光明把车停下来，喊了一声妈，并打开车门走出去。

周玉兰怔怔地看着儿子。杨光明说，妈，我是光明，我回来了！

我的儿啊，周玉兰猛地一把抱住他，哭了起来，你可回来了，可回来了！

妈，我回来了。杨光明的声音微微哽咽。

周玉兰松开儿子，朝他的肩膀轻轻打了一下，嗔怪道，你这挨千刀的，这么多年也不捎个信来，害得妈一直为你担心，焦虑得头发都白了。

杨光明笑了，说，现在大城市里，有些年轻姑娘就故意把头发染白，那是时尚。

你就晓得哄你妈。周玉兰抹了一下眼角的泪花，面色微嗔，但眼里却是荡漾的喜悦。随即她吩咐我，希望，快去给你爸打电话，通知他马上回家来。

我走进客厅，往杨胜利的家具作坊打电话。电话通了，我听到里面传来嘈杂的声响，接着传来杨胜利微微带着一丝怒火的声音，胜利家具，请讲。

爸，是我！

希望啊，有什么事吗？他的语气缓和了下来。

我说，早点回家来，我哥回来了！

谁？

我哥，杨光明，杨光明回来了！

电话里短暂的沉默后，我听到一个颤抖的声音如风吹开荡漾的水波，我马上回去，马上回去。

我走出门去，看到杨光明把车开进了院子。周玉兰的目光一直跟随着杨光明，目光温柔，面露微笑。

她像迎接客人一样，热情地把儿子引进家里，还沏了一杯茶，端给杨光明。杨光明说，我自己来，自己来。

我默默地站在旁边。周玉兰似乎觉得冷落了我，就走过来摸了摸我的手臂，柔声说，希望，妈这就去做饭，做你最喜欢吃的辣子鸡。

母亲做饭去了。我和杨光明坐在客厅里，一时不知该说什么，两人的目光遇到一起，又都避开了。他突然起身上厕所，好半天才回来。

希望，结婚了没？杨光明打破了略显尴尬的气氛。

还没有呢。

有喜欢的姑娘吗？

我犹豫了一下，说，有的！

是这镇上的吗？一定很漂亮吧？他笑了起来。

我说，她叫傅秋红，就在这里的邮电所上班，是很漂亮。不过真正吸引我的，并不是因为她漂亮，而是她身上散发出来的……某种气息。我第一眼见到她的时候，就喜欢上她了。

杨光明说，傅秋红！嗯，既然喜欢，那就赶快去追呀。

我叹了一口气，说，追过了，但是被她拒绝了。

杨光明说，那你现在还喜欢她吗？

当然了。即使她不喜欢我，但我对她的爱，一辈子都不会变的。我说得很坚定。

那就不要放弃，继续去追求她。女人的心都是软的，只要你愿意焐，就一定会焐热的。他鼓励我。

我说，感觉你很有经验啊！

杨光明笑了笑，说，经验倒没有，只是谈过几次恋爱，有一些小感受。

你都谈过几次了？真厉害，我却一次都没有谈过。我说完，有点儿沮丧。

他想了想，说，你是在等待真正的爱情，从一开始就是这样。而我，跟大多数人一样，恋爱不是因为爱情，而是因为寂寞，或者因为生理需要，因为物质和金钱，因为虚荣……所以你看这世间男女成双成对，好得快，但散得也快。当然，也不可否认，这些在最初带着某种目的的恋爱，有一部分也在最后变成了真正的爱情。希望，你一定要坚持追求你心中的爱情，千万别被世俗的种种因素所左右了。

我叹了一口气，说，不完全被世俗所左右，只怕做不到啊。

门外响起了车声，是杨胜利开着小货车回来了。杨光明迎出去，喊了一声。杨胜利快速地打量着儿子，说，这些年没见，你都大变样了。杨光明说，是啊，变老了。

杨胜利说，我都没说老，你才多大呢，也敢在我面前说老。

杨光明说，我是心老了。你是心不老，还有一颗娶二奶的心。

杨胜利抬起手，佯装要打儿子，嘴上却笑起来，骂道，小兔崽子，有哪个儿子会跟老子开这种玩笑的？你在外面都学坏了。

杨光明说，这就叫遗传。

去，老子可是正派人。杨胜利收敛起笑容，指了指那辆黑色的奥迪车，说，车是你的？杨光明点点头。杨胜利说，那你什么时候回去？

杨光明说，我不回去了。

杨胜利愕然，不回去了？

是的，就留下来了。

杨胜利板起了面孔，说，外面才是大千世界，白水这个小地方，留下来做什么呢？

杨光明慢悠悠地说，做生意！

杨胜利说，穷乡僻壤的，做什么生意？

杨光明说，我正在筹划中，过段时间你就知道了。

杨胜利又问，那你在外面做的是什么呢？

小生意！

能具体一点吗？摆地摊，开面馆，还有我做家具，都是小生意呀。你得告诉我，是什么行业呀？

杨光明沉默了一下，说，很多，只要能赚钱，我都做。

那天晚饭的时候我们喝了酒。杨胜利借着酒意，再次询问杨光明在外到底做什么。杨光明依然没有如实相告，而是含糊其词地搪塞过去。杨胜利生气了，他把剩下的小半杯酒泼在地上，气冲冲地说，不喝了！周玉兰说，怎么了？像孩子一样，又发啥脾气呢？

不想喝了不行啊。杨胜利瞪了妻子一眼，然后目光深沉地看着杨光明，一字字地说，光明，不管以前你做什么，也不管你挣了多少，我都希望，你的每一分钱，都是清清白白地挣来的。

杨光明微笑着，说，爸，你喝多了！

第十四章

44

整整一个月，杨光明都足不出户。他在家里睡觉，看电视，有时会站在院子里用手机打电话，一打就是好半天。那时候手机是稀罕之物，整个白水镇只有镇党委书记有一部手机。周玉兰很是心疼儿子的手机话费，她叫儿子用家里的座机打，杨光明嘴上应允着，但下一次再打电话，他仍然用他的手机打。

对于儿子整天窝在家里的行为，杨胜利颇有微词，好几次都在低声嘟囔，表达着他的不满。杨光明都不回应，只是一笑而过。

有一天清晨，杨光明一早就开车出去了。半个月后，他带着几个人回来了。他们在连绵起伏的山坡上来回走动，指指点点。又半个月后，杨光明带着一大队人马来到山坡，打洞，建房，修筑公路，声音响亮，热火朝天。杨胜利跑到现场观看，疑惑地问儿子，你这是要做什么呢？杨光明说，这座山埋了很多很多的煤，五十年都挖不完。

真有这么多煤？杨胜利半信半疑。

杨光明说，好几个地质专家一起来勘察过，不会错。

杨胜利脸上露出一丝微笑，说，那就好。随即他叮嘱儿子，一定要注意安全事故。

短短时间里，杨光明在白水声名大噪，人们在背地里给他取名“杨富豪”，并对他的经历充满了好奇，相互打听他是怎么挣到那么多钱的，但谁也没有答案。

春天来后，我突然喜欢上了钓鱼。每个周末我都要去三岩湖钓鱼。确切地说，我是喜欢山水间鸟鸣虫吟的清幽，喜欢一个人悠悠地守着一湖碧水的安宁。很多时候我会捧着一本书慢慢地读，那些文字如微风中的湖水，在我心底轻轻荡漾。有时鱼儿上钩了，浮标闪动，沉入水底，我也不去拉钓竿。我最喜欢黄昏来临，落山的夕阳如火红的圆玛瑙，在湖水中编织着波光粼粼的红丝绸。晚风如诉，鸟声悠远，整个天地就像柔软的臂弯，容纳着我全部的沮丧和孤独。

有一天夜幕低垂，天色黑透，我才收拾好渔具往回走。走在半路，月亮升起来了，水银泻地的白，如久久醒不过来的睡梦。我骑着摩托车，翻过一道道坡岭，眼前逐渐浮现出一盏一盏的灯火，路两旁坐落着稀稀疏疏的人家，白水镇就要到了。

快到街口的时候，我看到昏黄的路灯下，一个娉婷的背影步态轻盈，在夜色中如昙花半开。我心里猛地一跳，是傅秋红呀，她怎么一个人出现在这里呢？就在这时候，我看到前方有三个人影，从另一个岔路口冲过去，拦住傅秋红的去路。我隐隐听到傅秋红的惊叫，随即我看到她朝后退。我加大油门冲过去，摩托车呼啸着奔到他们的面前。拦住傅秋红的三个人我不认识，都是二十来岁的年轻男子，其中一个还染着红头发。

我大喝一声，你们要干什么？

红头发轻蔑地看着我，说，这是我和我女朋友的事，跟你没关系。

不是的，不是的。傅秋红双手乱摆，说得很着急，我不认识他们，不认识他们。

听见没？人家根本就不认识你们，识相的，就赶快滚！我一边说，一边搭上了摩托车后架上装渔具的盒子，拉开捆绑在上面的绳结。

红头发突然拔出一把水果刀，朝空中劈了一下，叫道，要活命，就少管闲事，给我滚。

傅秋红惊慌地喊我，杨老师，杨老师！

我突然一轰油门，骑着车朝三个年轻人撞过去。他们朝两旁闪开，我直接骑车冲向红头发，右手抓起装渔具的盒子，朝他头上直劈下去。他头一缩，盒子重重地砸在他右臂上，仿佛是重锤击在石头上，弹得我的手生疼，盒子差点没有拿住，险些掉下去了。同时我听到一声惨叫，红头发跌倒在地。

我把盒子横放在油箱盖上，一拨车龙头，开到傅秋红面前，拉了拉她，叫道，快上车。惊魂未定的傅秋红这才回过神来，慌慌张张地跨上摩托车。我加大油门，摩托车咆哮而去，在夜色中一溜烟地跑远。

我感到傅秋红贴在我的身后，微微颤抖的身子如风浪中起伏的风帆。偶尔从后视镜里扫到她的小半张脸，看不见表情，只感到那是一大片花瓣，在雾中闪现，有着虚幻、缥缈的美。

来到傅秋红的宿舍外面，我停下来。她下车，面色趋于平静。谢谢你，杨老师。她的声音很轻，但很悦耳，如风拂铃铛。

我说，你怎么夜里一个人从街外面走回来呢?

傅秋红说，我是去马剑英家吃饭，吃了饭后又坐了一会儿才回来。我去过好几次了，除了第一次是剑英和她弟弟一起送我回来，其他时候都是我一个人走回来的。镇上的人大多认识，我想不会有事。哪晓得今天来了这三个人，好像都是外地的。

我说，以前没事，并不代表着每一次都安全。以后要多个心眼，夜里少出来走动。

是呀，想想都后怕，今天要不是你，后果不堪设想。真的是谢谢你了!

我轻声说，你不用谢我，我只希望你一生平安!

她略显羞涩，说，那我先进去了，你也早点回去吧。

我看着她开门进屋后，才转身骑着车离开。月光如水，街灯若梦，我脑子里有些恍惚，真不敢相信，我竟然糊里糊涂地做了一回救美的英雄。

这天深夜，我正准备入睡，外面突然传来尖锐的警笛，像利刃切开帷幕，有碎裂的疼。这声音进了学校大门，落在教师宿舍楼下，然后熄灭。随即我听到嘈杂的说话声，像洪水撞击石头溅起浪花，跳跃着，散了开去。我懒得去理会这些闲事，便关了灯，刚躺下，我宿舍的门被砰砰地拍响，很猛烈，给我一种地动山摇的错觉。

谁呀？我恼怒地喊起来。

开门，开门！门外是一个洪亮的声音。

我慢吞吞地爬起来，慢吞吞地打开门。外面的人一拥而入，我还没反应过来，有人便抓住我的手臂，一个手铐冰凉地铐在我的手上。

我又惊又怒，仿佛一记霹雳将我从睡梦中震醒。我看清了，进来的是派出所的三个警察，我都认识，领头的正是派出所所长龙文栋。你们这是干什么？我喊起来。

龙文栋很严肃地说，我们接到报警，你之前在上街口把人打成重伤，扰乱社会秩序。我们过来抓人，请你配合。

我叫起来，我什么时候把人打成重伤了？你们无凭无据，怎么能胡乱抓人？

龙文栋说，你打伤的人现在正躺在医院里，是右手臂骨折，你休想狡辩，走！

我隐约听懂了，那个红头发挨了我一盒子，骨折了。现在反抗和解释只怕无济于事，只有到了派出所再慢慢道明事情的原委。

他们押着我下了楼。在那里聚集了一群看热闹的老师，他们站在警灯闪烁的警车边上，尽管灯光昏黄，我却清楚地看到他们带着幸灾乐祸的表情。只有冯芳远远地站在人群外，我看不清她的脸。校长扶了扶眼镜，说，龙所长，这是怎么回事？

龙文栋说，我们接到报警，杨希望斗殴致人伤残，涉嫌故意伤害，我们来带他去派出所接受调查。

我喊起来，校长，我今天回来的时候，快到上街口，看到有三个外来的地痞流氓在抢劫傅秋红，就是邮电所的那个女职工傅秋红。我就冲上去帮傅秋红赶跑了地痞流氓，我这是见义勇为。可以把傅秋红，还有那三个流氓叫来对质。还有，他们是三个人，还首先拔刀，我是正当防卫！

闭嘴！龙文栋喝道，事情的真相到底怎么样，我们会调查清楚的，谁也不会听你的一面之词，更不能容你大呼小叫。

龙所长，龙所长。校长又扶了扶鼻梁上的眼镜，说，杨老师刚才说的，多半不假，你可要好好调查清楚，不能抓错了人。

龙文栋笑了笑，说，校长请放心，我们不会冤枉好人，但也不会放过坏人。我们是带杨老师过去配合调查，如果他是无辜的，我们自会放人。

他们把我带进派出所后，我以为会马上录我的口供。谁料我被关进一个房间，就无人再理我。房间很小，没有桌椅，只有墙角处有一张小床，床上仅有一块薄木板。房间无窗，一个铁门上的方格小孔用来透气。我冲着那个方格小孔大喊，声音一遍遍地回荡。我从中听出了愤怒和凄凉。

我颓丧地坐在床上，靠着墙。我想到傅秋红，想到我是因为她而被抓了进来，心里又平添了一种豪情和无畏。我试着让自己逐渐平静下来，让胸中奔腾的滔滔洪流慢慢地汇入大海。

我疲惫不堪，慢慢躺下去，坚硬的木板把我的背硌得生疼。迷迷糊糊中，门咣当一声打开了。之前押我进来的那个警察大声喊我，起来了，起来了。

我睁开惺忪的睡眼，瞥了那家伙一眼，没理会。

快起来，放你出去了！那警察提高了声音。

真的放我出去？看着那家伙很认真的样子，我一骨碌爬起来，稍稍来了精神，但仍然将信将疑。

他冷冷地说，你要不相信的话，那就在这里继续待着吧。我回去告诉所长，你喜欢待在这里，不愿意出去。

相信，相信。我慌忙跑过去，笑着说道，你们肯定查清了，我是见义勇为，你们抓错了好人。

别给自己脸上贴金了，我们所长是……那警察说到这里，突然不再继续往下说，而是吆喝我，快走，快走！

那警察把我带出来，我惊奇地看到了傅秋红和冯芳。原来，在之前警察从学校带走我后，冯芳就立即去找傅秋红。夜晚已深，傅秋红却还未入睡。冯芳一边拍门，一边大喊。

傅秋红很警惕地问，谁呀？

我是冯芳，白水中学的老师，有急事找你。

傅秋红仍未开门，她的声音从门后传来，有什么事吗？

之前是不是有三个地痞流氓非礼你，然后杨希望打伤了地痞流氓救了你？警察刚刚把他抓走了，说他涉嫌故意伤人。你得去派出所把事情说清楚，把杨希望救出来。冯芳语速很快，像鞭炮在唇边炸开。

里面啊了一声，门开了，傅秋红闪出来，连声说，我这就去，这就去！

冯芳有一辆摩托车，便于外出写生。她载着傅秋红，轰着大油门，朝着派出所疾驰而去。夜晚幽深，月明如水，点点灯盏若萤虫，在夜色中飘浮。

她们到达派出所时，龙文栋正半躺在椅子上，双脚搭在桌上，悠闲地吐着烟圈。一个警察进来报告，说傅秋红来了。他顿时从椅子跳起来，叫道，快请她进来。然后他灭了烟头，整了整衣领，挺直身子坐在椅子上。

龙所长！傅秋红的声音响在门口，有点怯，却脆脆的。

龙文栋起身迎上去，笑眯眯地说，是你啊，秋红，怎么这么晚了，还到我这里来？

傅秋红和冯芳走进门来，又停下。傅秋红右手紧紧地抓着衣角，左手不安地蜷缩着，没有看龙文栋，嘴唇微微张了张，似乎想说什么，但终是没说出来。

龙文栋吩咐手下人说，去，倒两杯水。

冯芳说，不用了，谢谢，我们不喝。她说着，用手肘轻轻蹭了蹭傅秋红。

傅秋红深吸一口气，说，龙所长，这么晚了，真不好意思，还来打扰你。幸好赶得及时，你还在所里……

龙文栋打断她的话，坐吧，先坐下，有什么事情，坐下来再说。

她们就坐下来。傅秋红看了龙文栋一眼，又慌忙避开，说，龙所长，我今天下午去马剑英家里做客，吃了晚饭才回来的。我晚上回来时，是九点左右，在上街口，我遇到了三个外地人，男的，很年轻，其中有一个还染着红头发。

三个人我都不认识，他们却拦住我，要我跟他们走。他们说话的表情、语气，都让人讨厌，反正，反正……就像电影里的地痞流氓一样。我吓坏了，不知道该怎么办，只是不住往后退。就在这时候，杨希望骑着摩托车过来了。杨希望呵斥他们，但那个染着红头发的年轻人却拔出刀来，威胁杨希望。杨希望就用一个长条的盒子，把红头发的年轻人打倒了，这才救了我，把我送回宿舍。

她顿了顿，继续说，龙所长，我听说你因为此事把杨希望抓起来了。你可能不了解事情的经过，我特地来告诉你，还请龙所长高抬贵手，放了杨希望……

龙所长摸了摸下巴，叹了一口气，说，秋红，我们是警察，接到了报警，就要去处理。不管什么缘由，但最后的结果是杨希望把人打伤了，这是铁的事实。一个染红头的年轻人，躺在医院里，拍了片子的，我也去看了，伤得不轻啊，骨折了，涉嫌故意伤害了。而且，据报案人讲，红头发的年轻人虽然拔了刀，但也只是虚张声势，是杨希望首先动的手。

傅秋红急了，对方先拔了刀，形势很危险，杨希望动手属于正当防卫。

龙文栋微微一笑，说，秋红，我知道，杨希望救了你，你感激他。我也庆幸他救了你，让你没有落入坏人的手中。但是，他毕竟伤了人，难逃干系。

冯芳突然插话问道，龙所长，除了那个红头发的年轻人在医院里，另外两个呢？应该把他们抓起来呀。

龙文栋说，那两个人在医院照顾同伴呢，他们谈不上犯罪，顶多是行政拘留。口头上教育教育就行了，不要把他们逼得太紧。

那就是了呀，龙所长，自古以来，法律也不外乎一个情字。杨希望是因为我才把人打伤的，我愿意承担伤者的医疗费用。还请龙所长法外开恩，放了杨希望。傅秋红说到最后，带着半丝哀求。

秋红，你这是……这是为难我呀。龙文栋皱起了眉头。

龙所长，求求你了！傅秋红声音不大，但有绵绵的软糯。

龙文栋低着头思索片刻，然后叹了一口气，说，看在你为他求情的分上，我可以放了他。不过，医疗费用必须由杨希望承担。

傅秋红欣喜地说道，那就太谢谢你了，谢谢你了。

龙文栋注视着傅秋红，微笑着说，秋红，我这完全是因为你啊。

傅秋红看到他热辣辣的目光，像一道焰火扑过来，不由得心头一跳，慌忙低下头去，低声说，谢谢，谢谢。

就这样，我被放了出来。那个警察在解开我的手铐后，我摸到手腕上的两圈印痕，像我憋在心里的怨恨。我对傅秋红道谢，她却向我致歉，声音很轻，对不起啊，是我连累了你。

我说，为你受再大的委屈我都愿意。

她莞尔一笑，就像振翅的蝴蝶飞进花丛，让我一下就迷乱了。

冯芳送她离开后，我抬头看了看天，明月当空，一粒粒星星闪烁不定，就像我的心跳久久未能平息。

45

我曾经绝望地认为，我与傅秋红已形同陌路，此生不会再有交集。没想到一次偶然的“英雄救美”事件，让我们山重水复的关系出现了柳暗花明的转机。我与她在街头偶遇，我在邮电所办事时与她面对面，我们慢慢地不再拘谨，话题也越来越多，内容也越来越深。她还主动与我聊起文学，主动要求阅读我发表的作品。有一天我们一起吃晚餐，又一起去看了电影。那种情景一直不太真实，就像梦一样，我不愿从中醒来。

在送她回去的时候，她告诉我，她要去省城参加三个月的培训学习。我心里无限忧伤，仿佛要与她长久道别。我问她何时出发，她说一早，乘最早的班车。

次日天色未明，我就起床了。开往县城的中巴车停在街心，我早早地守候在那里，却左等右盼，也不见傅秋红到来。乘客陆陆续续上车，最后中巴车开走了，也不见她的踪影。我跑去她的宿舍找她，敲了半天门，没动静。我又喊了几声，还是没动静。我心里空落落的，一大片的面积正在坍塌下去。

下午，我去邮电所找黄小波。他告诉我，他没有见到傅秋红。我心神不宁地往回走，慢慢地穿过街道，突然听到另一条巷子里传来嘈杂的喊声。我慢慢走过去，看到一群人情绪激昂地围聚在一户人家的门口，有的喊道，王元忠，给我滚出来！又有的喊道，王元忠，是男子汉的，就出来给我们一个交代。还有的威胁道，你再不出来，我们就把你的房子烧了………

这些人是白水水泥厂的员工，有几个我认得，其中那个胖胖的中年男子就是我母亲的表弟，名叫邓大军。王元忠是水泥厂的厂长，这几年来，水泥厂年年亏损，每况愈下，他为了工厂摆脱困境而四处奔走，但仍然改不了水泥厂奄奄一息、行将倒闭的命运。从去年下半年开始，厂里有传言，说要大规模裁员，实行下岗分流。一时间工厂里人心惶惶，大家都无心上班，车间一度停工。这让水泥厂雪上加霜，几乎处于半瘫痪状态。今年五月，王元忠在全厂职工大会上宣布，水泥厂一周之内，就开始实现下岗分流，一个月内全部完成。人群鸦雀无声，但很快就如山洪暴发，大家愤怒地叫喊起来。王元忠试图向大伙儿解释，台下却有一只鞋子呼啸着砸在他的头上。紧接着好几只鞋子带着汗臭味，挟着风声纷纷砸向主席台。坐在主席台上的王元忠、副厂长以及工会主席等工厂领导，吓得落荒而逃。

愤怒的人群像潮水一样涌过街道，直奔王元忠的家。王元忠躲在家里不敢出去，人群在外面喧闹不休。有一个瘦高的汉子突然在路边捡起一块石头，朝王元忠家的窗子砸过去。哗啦一声，窗子破了，玻璃掉下来碎了一地。在众人的喝彩声里，瘦高的汉子得意扬扬地把头探到被砸坏的窗口，喊道，王元忠，你再不出来，明天我们就去建中中学抓你的幺女，把你幺女睡了。

门轻轻地开了一条缝，停住了，又慢慢朝外打开。四十六岁的王元忠走出来，苦着脸，声音有些沙哑，各位兄弟姐妹，请大家冷静冷静，先听我说。

有人喊道，你答应我们不下岗，我们就听你说。

王元忠一声长叹，说，你们今天就算要了我的老命，我也保不了大家，保不了这个厂。县里的文件贴在公告栏上，大家都看到了的。不是我要大家下岗，是国家的政策，国有企业要改革……

有人忍不住打断他，为什么要改革？我们不改！

王元忠说，我也不想改，可是不改不行啊。大家知道的，这些年我们厂效益不好，连工资都快发不起了。有四个月，大家有一半的工资是用水泥来抵扣的。难道以后你们也想用水泥来抵扣工资吗？你们每天都看电视，看报纸，你们应该知道，全国各地像我们这样年年亏损的国有企业很多很多，我们是小厂，亏损额度还小一些，那些大企业，成千上万号人那种，亏损起来那才是一个吓人。这么多企业，不改革的话，国家养不起。

有人叫道，别给我讲这些大道理，我只知道，下岗了就得喝西北风。我们的未来怎么办？

王元忠说，你不用担心，国家会给大家安置费的……

啥安置费，那两三万块钱也叫安置费？只怕不到一年就饿死了。有人刚激动地喊起来，人们立即跟着附和。

兄弟姐妹们……王元忠喊着，等人群稍稍安静下来，继续说，全国下岗的多着呢，上千万人啦，别人都饿不死，为什么你就要饿死？下了岗，可以再就业嘛。

说得轻松，怎么再就业？你看我，都四十多了，上不上、下不下的，没文化，又没有其他手艺，还在一个小镇，你让我去哪里再就业？邓大军挤到王元忠面前，叉着腰与王元忠说话，语气很不友好。

王元忠也急了，语调带着一种恨铁不成钢的意味，就算你找不到新工作，那你在中学门口摆摊炸洋芋，也饿不死你。再说了，你家里还有土地，你回家种地也饿不死你吧。

我看了一会儿，觉得很无趣，便转身离开。镇上人声嘈杂，头顶的天空有着水洗的蔚蓝，如一面切割均匀的翡翠。阳光晃得我打了一个喷嚏。

后来我才知道，在我离开后，现场发生了激烈的冲突，失控的人群把王元忠按在地上拳打脚踢，还有几个人冲进了王元忠家里砸了东西。镇党委书记、镇长等人悉数赶到现场，书记当场下令逮捕了领头的几位肇事者。我母亲的表弟，那个胖胖的中年男子也被抓进了派出所的看守室。他的妻子孙秀丽在当天夜里就跑到我家里哭诉，请求我的父母给她想想办法。她甚至责怪我的母亲，当初就是你怂恿我嫁给他的，说你的表弟如何如何好，哪晓得结了婚以后，他变得懒惰了，还吃得那么胖，现在又要下岗，还被抓进去了，我的命咋就这么苦。她抽抽噎噎，用一块手巾抹着眼泪。我的母亲安慰她，长吁短叹。

孙秀丽突然抓住杨胜利的衣角，哀求道，表姐夫，你和吴镇长关系好，麻烦你去找一下吴镇长，把邓大军放了吧。

杨胜利轻轻地挪了挪身子，孙秀丽抓住他衣角的手就松开了。杨胜利说，王元忠全身多处骨折，家还被砸了，这件事闹得有点大，县里的领导都知道了，很生气，专门打电话到镇上来，要求严查到底，该坐牢的坐牢，该拘留的拘留，该赔偿的赔偿。这种情况下，别说镇长，就是书记也不敢放人。再说了，老吴……吴镇长只是一个副镇长，他起不了多大作用。

那咋办？老邓要是真被判刑坐牢，这个家就完了。孙秀丽的泪又来了。

杨胜利说，先等等，看看情况。

孙秀丽急了，都啥时候了，再等，再等就只怕老邓真的出不来了。

杨胜利叹息一声，说，县里发话了要严查，镇上是不敢放人的。何况我们只是平头百姓，也没啥关系可跑。

表姐夫，求求你，想想办法吧。孙秀丽哀求着，又哭起来。

杨胜利说，不是我不想帮你，是我心有余而力不足，真的没有办法，帮不了呀！

孙秀丽突然腾地站起，指着杨胜利夫妇大叫道，以前你们劝我嫁给邓大军的时候，你们口口声声说，以后遇到麻烦尽管找你们，现在好了，你们见死不救，我算是看透你们了。

她在瞬间由悲伤转向愤怒，让杨胜利夫妇目瞪口呆。她抽身离开，还生气地将面前的一张凳子一脚踢开。周玉兰追上去拉她，反被她推了一个趔趄。

别碰我！她的声音里满是炸弹爆开的热浪。随即是门摔上发出的砰的一声巨响。

第二天上午，龙文栋带着人，又抓了几个头一天跑到王元忠家去闹事的工人。同时，镇政府的工作人员在政府门口和水泥厂张贴告示，对闹事者严惩不贷，绝不姑息。这下把水泥厂的工人们震慑住了，那天所有的参与者，即使只是尾随在人群后面，没有参与打砸的工人也是惶惶不安，生怕突然也被抓进去。虽然工人们恢复了平静，但是谁都无心上班，工厂处于停歇状态。

很快，消息传来，水泥厂将低价抛售。先是传闻来自省城的一家企业要兼并，后又传闻来自省外的一个老板要接盘，最后尘埃落定，却让人大跌眼镜，收购水泥厂的竟然是我的叔叔杨国庆。

杨国庆坐着他的丰田越野车，戴着墨镜，来到白水镇与政府签署水泥厂的收购协议。杨胜利一直守候在政府门口，等杨国庆签署完协议，从里面出来时，他一把拉住弟弟。

杨胜利说，国庆，你为什么要买水泥厂？听说价格不高，表面上看你是赚了，可那个厂年年亏损，是烫手山芋，接过来容易，要扔掉可就难了。

杨国庆说，我以前在水泥厂干了三年多，有感情。

杨胜利急了，有感情又怎么了，你花出去的可是钱啊。

杨国庆说，我看中那块地，面积大，地势平，背后有山，前面有河，风水宝地，将来在这里开发别墅，那就大赚特赚了。

开发别墅？杨胜利困惑地问，你要在小镇上开发别墅？你这葫芦里卖的是啥药？

杨国庆耐心解释道，现在住房改革了，全面推行住房商品化，咱们这个小镇在省城和县城中间，位置好，离省城玉华三十公里，离县城建中二十五公里，方便得很。加上有山有水，环境好，风水好，是个宜居小镇。以我的判断，十年后，城里人会厌恶尾气、噪声，会争着跑到城外去透气。我们这个小镇啊，位置、环境，恰恰好！

杨胜利若有所悟地哦了一声，说，那你开发别墅，也得要好几年以后了吧。在这之前呢，水泥厂是关闭，还是继续经营？

当然是要继续经营了，我是搞建筑的，大大小小的工程，都需要水泥。不过，会换一种模式，未必能赚钱，但应该不会亏本的。杨国庆说得信心满满。

杨胜利说，这厂里的员工，是全部保留吗？

我已经了解过了，这厂里吃大锅饭的现象很严重，我会裁员，实行竞争上岗。

不管你裁多少人，但有一个人你必须得留着，不能把他开了。杨胜利顿了一下，继续说，就是邓大军，你嫂子的表弟，你认得的，那个胖子。前段时间他参与闹事，被抓进去了，一直没放出来。如果他还不放出来的话，就让他老婆顶他，到你的厂里上班。

那天傍晚，周玉兰兴高采烈地跑到邓大军家，告诉孙秀丽，她可以顶替邓大军去水泥厂上班。最后周玉兰又强调，是他们再三请求，杨国庆才同意的。孙秀丽并没有像周玉兰所想象的那样感激涕零，而是一脸不屑地呸了一声，又嚷起来，我们不稀罕！随即她无情地把周玉兰赶出了她的家门。

我的母亲无地自容，她愤怒地喊道，亏我还一直把你当姐妹，我是瞎了眼！

孙秀丽不说话，兀自呸呸呸地冲着地上吐口水。

周玉兰怒气冲冲地回到家，一进屋就冲着杨胜利喊起来，那个女人忘恩负义，以后不要再理她了！

你说谁呀？杨胜利擦拭着杯子，头也没抬。

还能有谁，邓大军的婆娘呗。这些年从我们家得到的好处还少呀，那年我们也困难，他们来借钱，我们还不是咬牙借给了他们。你对她的一千次好她都不记得，只要你有一次没有帮到她，就立马和你翻脸，这种人……从今天起我就与她一刀两断，她就算是要死了，我也绝不看一眼。周玉兰呼呼地喘着气。

喝口水，消消气，不要与这种女人一般见识。杨胜利语气懒懒的，慢条斯理地擦着杯子。

这口气我……我消不下去。忘恩负义。最后一句话，周玉兰从牙缝中挤出一股狠劲。

46

傅秋红在省城学习的那些日子，我常常想起她，很多个晚上我醒来，久久难以成眠，我习惯站在阳台上，凝望着宏阔而深邃的夜空，有时点点繁星，如鱼群出水，露出片片闪光的鱼鳞；有时夜色浓重，如大海无风，平静中深不见底。

当傅秋红回到白水时，我的假期已进入了尾声。我第一时间赶到邮电所，里面静悄悄的，她正坐在柜台后微微出神，嘴角边带着浅笑，像半开的蓓蕾。我走到柜台前，她都没有觉察。

我轻轻地说，你回来了！

她如梦方醒，扭过头来看我。三个月不见，她似乎比以前更美，在兰出幽谷的温婉中，还带着一丝光彩和艳丽。我心中砰的一下，火山喷发，满世界都是岩浆滚烫的心跳。

你又来取稿费吗？她微微一笑，看着我。

今天不取稿费。我顿了顿，又说，听说你回来了，我过来看看。

她又是微微一笑。

我说，在玉华学习还好吗？

挺好的。她说着低下头，略显娇羞，白皙的脸上开出一抹朝霞。

我说，你临走前的那天晚上跟我讲，你第二天一早就搭车进城，可我第二天没有看到你。你是怎么走的？

傅秋红迟疑了一下，说，我是当天晚上搭了一辆顺风车走的。随即她又补充道，搭的就是你哥哥的车！

我哥哥的车？你怎么搭上他的车了呢？我很诧异。

她说，说起来是碰巧。那天晚上你走后，马剑英就乘着一辆车来找我，她是来还我东西的。我问她去哪里，她说去玉华。车就是你哥哥开的，上面还坐着剑英的弟弟。于是我就搭了顺风车。

原来如此。要不……要不晚上一起吃饭，给你接个风？我说得小心翼翼。

傅秋红摇摇头，说，我有事，以后再说吧，谢谢你的好意。

这时柜台后的门轻轻打开，黄小波走了进来。傅秋红朝他打招呼。黄小波说，小傅，该下班了。傅秋红笑着说，现在下班那就是早退了，被扣了工资，黄主任你给我补呀。

黄小波哈哈一笑，说，我没钱，对面的杨老师稿费多，他可以帮你补。他说完，冲着我使了个眼色。

我明白他的意思，他是有话要跟我说。我退出来，在街边站定。一只黑狗慢慢地走到我面前，停下，深深地望了我一眼，忽地摇了摇尾巴，又转身慢慢地走了。

黄小波大步走过来，恰与那只黑狗相逢。黑狗突然汪汪地冲着黄小波狂吠。黄小波大怒，抓起地上的一块石头，作势要朝黑狗打去。黑狗迅捷地跑开，又停了，再次冲着黄小波狂吠。黄小波将石头砸过去，怒喝道，畜生，瞎了你的狗眼。黑狗这才撒腿跑开。

我哈哈大笑。黄小波走过来，白了我一眼，不满地问，笑什么呀？有什么好笑的？

你应该庆幸才对。像你这样连狗都讨厌的人，我居然不嫌弃你，还一直做你的朋友，你说说，你是不是该庆幸呢？我装得一本正经。

黄小波瞪着我，半晌才说，好啊，那你也可以像那只狗一样讨厌我，冲我汪汪汪几声呀。

我说，也许我们都会错意了，那只狗可能是在问候你，在与你打招呼。那只狗是黑的，叫老黑，而你是黄的，叫老黄……

呸。黄小波打断我的话，大作家，你还有心思跟我开玩笑，告诉你，大事不妙了。

我抬头看了看天，但见碧空蔚蓝，如大海深邃。我说，天又没有塌下来。

黄小波说，这件事对你来说，只怕跟天塌下来了差不多。

好了，不和你开玩笑了。什么事呢，看你说得这么严重。我看着黄小波严肃的样子，心里隐隐感到一丝不妙。

黄小波说，你有没有发现傅秋红有什么不对？

我皱着眉头想了想，摇了摇头。

黄小波叹了一口气，说，这也不怪你，你是当局者迷。我的感觉是，傅秋红恋爱了！

什么？我差点跳了起来，声音都发颤了，你……你可有证据？

黄小波说，她这次学习回来后，偶尔会走神，仿佛有心事。但是她整个人气色很好，精神状态也很好，说明她遇到的不是烦心事，是开心的事。什么事情能够既让她走神，又让她开心呢？那就是爱情。

我说，这只是你的猜测，你并没证据，是吧？

对，我只是猜测，但愿我的猜测是错的。他说完，拍了拍我的肩膀，又补充了一句，大作家，祝你好运。

黄小波的话就像一根刺扎在我心中。我一次次安慰自己，别去听他的，黄小波就是在瞎说。可那些话却时不时地从脑子里蹦出来，让我整夜整夜不得安宁。

十月的一天傍晚，我穿戴整齐，去当时镇上最好的河湾酒楼赴宴。晚宴是我的哥哥杨光明组织的，当他叫我去赴宴时，我一口就拒绝了。他说今晚的客人，有我非常仰慕的作家，叫三月春。我愣了一下，有些激动地问他，你们，你们怎么会认识的呢？我的哥哥在电话那端笑了，从他的笑声中，我可以想象得到他一脸的得意，甚至还包含着神秘。他说，以后你就知道了。

三月春最初写诗，后来转写小说，是国内我最喜欢的作家。我一直把他当成我的偶像，如今要见到他了，我既兴奋，又紧张，一颗心跳得不行。在酒楼的包间外面，我深深地吸了一口气，又整了整衣领，才推门进去。我一眼就看到了三月春，与我很多次在照片上看到的几乎一样，国字脸，黑框的大眼镜。他坐着，背靠在沙发上，跷着二郎腿，嘴里叼着一支大雪茄。我的哥哥也坐在沙发上，左手搭着一个年轻女孩的肩。那女孩看上去只有二十岁，瓜子脸，大眼睛，长头发，长得甚是好看，小鸟依人地偎在杨光明的身边。紧挨着她的，是另一个年轻貌美的女孩，短头发，银色的耳坠闪闪发亮。其他七八个人，大概是男女各半，我还没来得及一一看清，杨光明就站起来，把我介绍给大家，这就是我的亲弟弟，杨希望，在我们白水中学教书，也是一位作家，虽然名气不大，但也是才华横溢的。说不定过个几年，就像我们春哥一样，名满天下。

我有些不好意思，只觉脸上微微发烫。

杨光明首先向我介绍三月春，我们国内最牛的小说家，也是最牛的编剧。三月春，春哥。

三月春朝我伸过手来，那只手是如此宽大和厚实。我恭恭敬敬地喊了一声，三月春老师！

不是老师，要叫春哥！三月春说，来，叫春哥。

春……我讪讪地，叫不出来，最后挤出一句，春老师！

三月春哈哈大笑，拍拍我的肩膀，说，从你身上，我看到了我当年的影子。好，很纯朴，未来可期，加油！

随后，一只只手伸过来与我相握，每个人都有一大串头衔，我几乎都没有记住他们的名字。但我基本搞清了，这是一帮娱乐圈的人，有影视公司的总经理、演员、歌手、导演、摄影师。那两位年轻的女孩，则是玉华大学影视学院表演系的学生，她俩既是同学，又是闺密。短头发的女孩和我握手时，似乎没有一点力道，只是那么轻轻一触，仿佛一缕风，从手上掠过。

酒席开始后，气氛很热烈。我静静地聆听，几乎没插话。慢慢地，我终于听明白了，杨光明的煤矿生意红红火火，手头有太多的闲钱无处可花，便来投资影视剧。可他一点也不关心这项投资的回报，他只是玩玩而已。他豪情万丈地说，赚不赚钱无所谓，只要大家玩得开心就好。话音刚落，那个长头发的女孩立即娇滴滴地向他撒起娇来，老公，下部戏我可要演女一号。杨光明说，那是当然，由我们春哥亲自操刀编剧，为你量身打造。女孩在杨光明的脸上亲了一口，声音软糯糯的，老公，你真好！

杨光明笑嘻嘻地问，我哪里好了？女孩说，哪里都好。杨光明仍然笑嘻嘻地，说，那你说，我最好的，是不是我的床上功夫？在众人的起哄声中，女孩面不改色，微笑着说，确实不错，都快赶上我了。

又是一阵起哄声。有人说，来来来，为你们的和谐干一杯。

我开始后悔来赴这个饭局了。众人又开始彼此敬酒，我注意到有一个男人在给短发女孩敬酒的时候，趁机去搂她的肩，被她机警地躲开了。我转移目光，看到一男一女正搂抱着交头接耳。我冲动地站起来，打算离开，又忍住了。我就这么拂袖而去，会让我哥哥难堪的。

这时三月春突然冲我喊道，希望，来，敬我一杯，春哥以后教你怎么写剧本。

我倒了一杯酒，说，春老师，春哥，有件事我一直想问你。有点冒昧了，但我确实想知道，你为什么不继续写小说，转而写剧本了呢？

三月春哈哈大笑，仿佛他听见了一个笑话似的。他在大笑中喘了一口气，说，傻弟弟啊，搞文学那是要穷死的。只有写剧本才能挣大钱。

我说，钱挣得再多，又有什么用呢？待人死了，再多的钱，也都成了废纸。你那么有才华，在文学上再加把劲，肯定会取得更大的成就，你留给人类的精神财富可是无价的，多少钱也买不到。

瞧瞧，跟我当年一模一样。不过老弟啊，理想再高远，也得吃饭啊。以后你会慢慢明白的。也许过几年，你也会像我这样转写剧本的。只要你想写剧本，随时来找我，我传授你几点我的独家诀窍。我的剧本之所以卖得很贵，靠的就是我的独家诀窍。三月春说到最后，显得很得意。

杨光明说，希望，你看看，春哥这么大方，赶紧，给春哥敬酒。

我端起酒杯，说，春哥，我敬你。我也谢谢你的好意，但我不会写剧本的。

三月春淡淡地说，是啊，你有这么一个有钱的哥哥，确实不需要写剧本的。

我哥哥再有钱，我也不会白要他的一分。哪怕有一天我穷困潦倒了，连饭也吃不上了，我也不会白要他的一分钱。我声音很大，说得异常激动。

席间一下安静下来，气氛略有一点尴尬。

希望，你说这些干吗？来来来，大家一起干一杯。杨光明站起来，招呼大家一起喝酒。

喝完这杯酒，影视公司的总经理突然提议，要那个短头发的姑娘给大家跳一支舞。我这时才记住了她的名字，杜青檬。

众男人跟着起哄。她显得很错愕，连连摆手，说，我跳不好，跳不好！

那总经理说，跳得好跳不好没关系，就是活跃一下气氛而已。来吧，来吧，给大家跳一支。

我真的，真的跳不好！杜青檬仍在摆手，显得很着急。

导演插话说，小杜，你们表演系都有形体课的，你肯定上过舞蹈课。不管你跳得好不好，你也得学一学，这对你以后的发展有好处。来，跳一个。

一个男人接过话去，跳吧，陈导在试镜呢，表现好了，他下一部作品就有你呢。

杜青檬不情愿地站起来，说，那好吧，献丑了，你们，你们可不要笑话我啊。

我突然冷笑道，一群大老爷们，逼一个小姑娘跳舞，真不害臊。

我再也控制不住内心的愤怒和鄙夷，腾地起身，扭头走了出去。夜风如水，街灯昏黄，我既失落，又失望。我想象着身后那个热闹的包间，面红耳热的男男女女在幽暗的灯光下说着荤笑话黄段子，偶尔又来点小游戏活跃气氛……我禁不住呸了一声。

第二天晚上，我的BP机响了，显示的是省城的电话号码。我走到公共电话亭回拨过去，是杜青檬。她的声音很轻，杨老师，昨天晚上谢谢你了。我愣了愣，问道，谢我什么呢？

谢谢你仗义执言啊。你知道吗，昨天晚上你说了那番话，又摔门出去后，他们就叫我不要跳了。她说到最后笑了起来，声音脆如风铃。

我也笑起来，说，我就看不惯他们的那副嘴脸。

杜青檬说，我就敬佩你这样的，有理想，有骨气，不苟且于世俗。

我说，你过奖了，我只不过是活得真实一点，不虚伪。

电话里传来一声轻叹，杜青檬说，现在的人都是戴着面具生活，要活得真实，很难得了。对了，杨老师，能否把你的大作给我拜读拜读。你知道吗，我平时很喜欢读小说的。我每个星期都要上图书馆借小说来看。

你喜欢读小说？我顿时来了兴趣，你都读了哪些小说呢？

《基督山伯爵》《福尔摩斯全集》《包法利夫人》《飘》《傲慢与偏见》《战争与和平》《安娜·卡列尼娜》……

我大吃一惊，不禁对她另眼相看。

半个月后，我收到杜青檬给我发来的长长的电子邮件。在信里，她洋洋洒洒，阐述了她对我作品的阅读感受，尽管文笔稍显生涩，但视觉新颖，见解独到。这让我既震惊，又兴奋。我立即给她回了一封长信。信一发出，我就期待着早日得到她的回应。

我们就这样陆陆续续地通信。有时我们打电话，有时我们也在网上聊天。有一天晚上，我们在网上聊天时，我感受到了她深深的沮丧和失落。在我的追问下，她道出了原委，在一个正在拍摄的宫廷电视剧中，导演原本安排了一个小角色给她，尽管只是一个小角色，她却充满期待，一直在精心准备。然而，今天她被通知这个角色换人了。而顶替她的人，是投资人安排的。

这世道，人心已经坏了……她在这句话的后面，配了一个愤怒的表情。

我写了一段长长的话来安慰她。过了很久，她都没有回复我。我又安慰了她几句，然后准备下线，这时候她的头像突然闪动，跳出来一句离题万里的话，你哥哥和我的闺密分手了。

我脑子里闪现出那个长头发的年轻姑娘，我还记得她那窈窕的腰肢和姣好的面容。但我并不希望她做我的嫂子，对那种在众目睽睽之下可以面不改色地谈论男女性事的姑娘，我是不喜欢的。但我还是没能忍住对这种男女感情之事的好奇，我问道，为什么呢？

不知道。

接着她又说，现在我的闺密很担心。

担心什么?

你哥哥投资了一部电影，我的闺密是主演。但电影还未开机，她担心她的角色被换。

这一点她倒不用担心，我哥哥不会做这种事的。

你确定?

当然。

杜青檬没说话，只发了一个笑脸的表情。

那天夜里我梦见了杜青檬。起初，梦中没有太多深刻的场景，好像我们在一起开会，又一起逛街。后来，我梦见我们拐进一条巷子，当她侧过头来的瞬间，那张脸却又变成了傅秋红的样子，带着冷漠的、不屑的表情……我一下就醒来了。我想起已有很长一段时间，我与傅秋红未能再单独相处了，每次在邮电所或是街上见到她，她都会对我报以微笑。但是每次我邀她吃饭、看电影，或者郊游，她总是以各种理由搪塞和拒绝。每次被拒绝后，我都无比沮丧，心灰意冷，数次想过放弃，可一闭上眼睛，想着她那张如月光纯净的脸，我的心顿时暖了，亮了，有细微的痒和战栗。

一天下午，BP机响了，我回拨过去，是黄小波打来的。

电话里首先传来一声叹息。在微微颤抖的电波中，我能感受得到黄小波的迟疑不决。我问道，怎么了?

电话的另一端是短暂的停顿，接着那个低沉的声音响起，希望，有件事，我都不知道，到底该不该跟你讲。

我说，你怎么婆婆妈妈的，像个娘们一样?

好吧，那你耐着性子，听我慢慢跟你说。昨天，市里邮电局的领导来我们所检查工作，镇上的住宿条件不好，晚上就把他们安排到县城去住。我是主任，这些接待的活儿，我得亲自上阵。我把市里来的领导安排到天地宾馆，你猜我在那里见到了谁?

说吧，别卖关子了。

电话里沉默了，只有电波的声音急促而颤抖，如一阵慌乱的心跳。黄小波的气息虚弱而遥远，希望，我在宾馆看到了你哥哥和傅秋红，他们俩从一个房间里走出来……

我仿佛是被人当头重击一棒，打得我眼前金星闪烁，一阵阵的霹雳轰隆隆地落在我的头顶。我靠着墙，稳住摇晃的身子，手里的话筒似有千钧之重，我就要拿不住了。

希望……一个熟悉的声音，那么缥缈地传来，让我慢慢回过神来。我哑着嗓子说，你，你没有看错？

我亲眼所见，千真万确。电话里是一个笃定的声音，傅秋红看到了我，很不好意思，就低下头去，装着没看到我。我也不再看她，装着不认识。

就只有……就只有他们俩吗？还有没有其他人？我的声音仍是哑的。

没有其他人了，就他们俩。我在送领导进房间的时候，在宾馆的走廊上看到他们的，从一个房间出来，你哥哥还摸了一下……摸了一下傅秋红的屁股……

我眼前一黑，手中的电话筒掉下去，身子也跟着软绵绵地滑下去，仿佛溺入巨浪中，眼前全是恍惚的眩晕，人世隔我无限遥远。

第十五章

47

很长的一段时间里，我都待在学校里，没有外出一步。在那段时间里，镇上很多人都看到，有时候，杨光明的车在邮电所的门前停下，傅秋红从车上下来，一脸的愉悦，仿佛泛着晨露的玫瑰。有时候，傅秋红亭亭玉立地站在街边，杨光明的车开过来，在她身边停下，她就钻进车里，在黑色奥迪车低沉的轰鸣中轻快地远去。有人羡慕，有人叹息，有人酸溜溜地发誓，你看嘛，他们肯定要分的！

这一年十二月的第一天是我母亲的生日。杨胜利在镇上最贵的那家餐馆订了一个包间为周玉兰庆生，连很少露面的杨浩夫妇也来了。我赶到餐馆包间的时候，他们正谈笑风生，说得热热闹闹。

我一走进去，就把他们的话题吸引到我身上来了。杨浩说，希望，有一段时间没见到你了，你好像瘦了很多。罗小珠说，你要注意休息，不要熬夜了。看你，眼里都是血丝，气色也不好。你还年轻，不要把身体搞垮了。

我淡淡地笑，嗯了两声。

大家又闲聊起来，都是家长里短、鸡毛蒜皮的事，我听着听着就走了神。包间的门突然被推开，杨光明走了进来，后面跟着傅秋红。她化着淡妆，优雅，恬静，像一道门在夜里缓缓半开，把光亮带出来。我只觉心里一阵绞痛，我甚至闻到了胸腔中血腥的气味。

杨光明领着她介绍我的家人。他最先介绍的是周玉兰，这是我妈，今天的寿星，五十三岁了。傅秋红微笑着说，阿姨好，祝你生日快乐。这是我买的一点礼物，不成敬意！

你来我就很高兴了，还这么破费，我这老太婆不好意思呀。周玉兰接过傅秋红递过来的礼品袋，满脸都是笑开的花。

傅秋红说，阿姨你一点都不老，看上去最多只有二十岁。

我侧过身不再看她，但转瞬我又忍不住用眼角的余光偷偷地打量她，但见她举手投足皆落落大方，顾盼生辉，令人心醉神迷。我不由得捂了捂胸口，那里就像熟透的石榴，就要爆裂了呀。

当最后杨光明领着傅秋红向我走来时，我的心跳得就要冲破了胸腔，那是痛苦，也是张皇。

杨光明向傅秋红介绍我，这是我的弟弟，杨希望。

傅秋红轻声说，希望，你的文章真的写得很棒。加油！

我不敢看她，也没说话，只是努力挤出一丝笑容。我看不到我脸上的表情，我只希望那一刻我的模样没有吓到她。

大家坐下来吃饭。在热烈的气氛中，我一次次麻木地举着杯子，饮下火辣辣的烈酒。有那么两回，我和傅秋红的目光不经意地碰到一起，我便慌乱地避开，自个儿举杯痛饮一口，心里一片怅惘。

一番觥筹交错后，杨光明领着傅秋红逐个敬酒。我没有看他们，兀自低着头吃菜，偶尔端起酒杯自饮一口。终于，他们敬到我面前了。傅秋红说了一句意味深长的话，希望，祝愿你尽快找到你心仪的女朋友。我淡淡地说，谢谢。我举杯一饮而尽，从喉间到肺腑，又辣又苦。

我喝得又多又急，感觉微有醉意。我喝了几口温水，歇了片刻，便提起酒盅逐一敬酒。在母亲面前，我心潮澎湃，竟然说不出话来，只感到有泪水就要滚落。周玉兰轻声说，希望，少喝点，不能喝了的话，就别喝了。我喊了一声妈，便干了杯中的酒。

敬到杨光明和傅秋红的面前时，我回避他们的目光，只看他们的脸。我说，哥……顿了一下，又说，姐，祝你们……在这里我突然词穷，竟然找不到合适的话语，最后轻轻地说了一句，一切顺利！酒烈如刀，把我的愁肠割出滴滴鲜血。

我放下酒盅和杯子，走出包间。大堂里静静的，只有两个顾客在悄声吃饭，一个伙计正趴在桌子上打盹。我走到洗手间，从水龙头里放出哗哗的流水。我不停地捧起冷水浇脸，感到热烘烘的脑袋稍稍清晰。半晌后，我才抹去脸上的水珠，抬起头，发现面前的镜子中，周玉兰正静静地站在我身后，目光温柔地看着我。我愣了愣，装着若无其事地擦手。

周玉兰上前一步，轻声说，希望，妈知道，你心头难过……

我再也抑制不住，把头靠在她的肩上，哽咽着喊了一声，妈！泪水无声而下。

周玉兰轻抚我的后背，说，希望，男子汉要拿得起，放得下。傅秋红是一个好姑娘，我越看越喜欢，可是，这个世界上还有很多很多的好姑娘，属于你的缘分，会来的。

妈，我哥哥明知道我喜欢秋红，可他还要横刀夺爱。秋红不喜欢我，我认了，可为什么，为什么偏偏是他们俩好上了？泪水流着，可我不敢放声大哭，连说话的声音也一再压低。

冤孽啊！周玉兰叹息一声，双手扶着我的肩，眼睛一眨不眨地看着我，说，希望，你是一个坚强的男子汉，你已经长大了。妈相信，你能够处理好的。

妈，不说了，我想回去休息了！

你今晚喝了不少，回去吧，早点休息，有什么事就跟妈说。周玉兰的声音无限温柔。

走出餐馆后，我感到酒劲上来了。眼前的街道和房子，像船一样，在滔天的巨浪中摇晃。夜黑如墨，冷风如一个人受伤的哀哭。天气预报里说，今晚风大，气温将下降五摄氏度。

我回到宿舍，仰面躺在床上，很快就睡着了。我睡得很沉，直到被窗外的喊声叫醒。是我们学校的老师，教物理的，跟我同教一个班。我含含糊糊地应了一声，听到他的声音着急而响亮，这一节课是你的，快去吧，你半天没去，学生们都闹翻了。我这才想起我有课，慌慌张张地爬起来，胡乱地洗漱后，匆匆地奔向教室。

酒劲未消，头还是昏沉的，像一个磨盘。我无心上课，安排学生们自习。我茫然地坐在讲台上，昨晚的场景又在眼前一一闪现，那么清晰，又仿佛是遥远的梦境。

我开始以疯狂的工作和写作来缓解内心的痛苦。夜里很冷，风在呼啸，玻璃窗上结满霜花。我的宿舍里没有炉火，我冻得哆哆嗦嗦，不时地跺脚，朝手上哈气。有时实在是冷得无法承受，我便用热水壶烧水来烫脚和暖手。有时夜里我要批改学生的作业，作业本上，学生们的字迹不一，或娟秀，或洒脱，或刚正，或纤细……每一个人的字，我都认得。看到那些字，我就会想起他们每个人的模样，心里慢慢地有一缕风，和煦，轻柔，绕过每一个毛孔。批改完学生们的作业后，不论时间有多晚，我都要写作。我听着手指敲打在电脑键盘上发出的噼噼啪啪的声响，仿佛是鸟儿衔着词语在天空翱翔，轻灵的翅膀掠起悦耳的风声。我一会儿文思泉涌，一会儿搜肠刮肚，在随着文字奔跑中，我慢慢地找到心中宁静的踏实和依靠。

春天的时候，省里下文，建中县从行政上纳入省城玉华市，受省城直管。镇政府在街头的几个显眼位置悬挂大红的横幅，写着祝贺的标语。人们奔走相告，欢呼雀跃。

这日子有盼头了。他们说得很激动，表达着对未来美好的憧憬。

此后有各种消息不断传来，有人说白水要规划成一个旅游度假小镇；有人说要在这里修建规模庞大的工业园区；又有人说要在这里修建大学城，省城的所有本科院校都要在此设立新校区。我不关心这些，我把精力全都扑在了工作和写作里，像蚕一点点地吐丝，又一点点地结茧。但是当我看到越来越多的挖掘机开进来，在街镇边大兴土木的时候，我意识到，这里真的要变了。

大多数的时间我都待在学校里，再也不去邮电所，我害怕在那里见到傅秋红。所有需要去那里办理的事务，我都请别人代劳。心里已渐渐结痂的伤口，一旦再次撕开，那将是更深的疼。

六月中旬的一天下午，我没课，在宿舍里批改作业。突然有人在外面很响地拍门，又大喊着，杨老师，出事了！是我们学校的教导主任。

我们学校的初三年级共有五个班，我上两个班的语文，并担任其中一个班的班主任。我原本不是班主任，但之前的班主任在年初的时候突然重病，做了手术，需要很长的一段恢复期，我便接替了班主任之职。在今天下午的第二节课上，我们班的英语老师已经讲解了近二十分钟，一个迟到的学生慢吞吞地来到教室门口，喊报告。这是一个男生，叫王敏，个子不高，成绩很烂，连续两年都是班上的倒数第一。更让人头疼的是，他还自暴自弃，破罐子破摔，经常旷课，偶尔还恶作剧捉弄女生。学校的教导主任曾与我商讨过，为了提高学校的升学率，像这种学生在中考时不要给他报名。但我没有答应，我认为这是对差生的歧视，更是对差生的不公平。在我的坚持下，教导主任最后妥协了。

王敏上身穿着背心，下身穿着短裤，脚上趿拉着拖鞋。英语老师打量着他的穿着，不满地说，你来干什么？王敏回答，上课呀。英语老师说，你这是上课的样子吗？王敏反问道，什么样的样子才算是上课的样子？

英语老师微微生气，语气很不好，我教不好你，但你爸妈也没有教过你吗？

王敏不慌不忙地说，是的，你的爷爷奶奶没有教过我。

英语老师勃然大怒，从讲台走下，抓住王敏就是一耳光。王敏奋起还击，但身材矮小的他在人高马大的英语老师面前，简直不堪一击。英语老师反扭着王敏的双手，押着他跪在地上。愤怒的老师早已失去风度，用粗话破口大骂，小杂种，不知死活！跟着用英语骂了一句。

全班同学看得目瞪口呆。这种师生在课堂上打架的场景，大家还是第一次看见，谁也不知如何是好。

王敏喘息着，最初还挣扎两下，最后一动不动。英语老师放开了他，呵斥了一声，滚！王敏一言不发，起身走了出去。

教室里鸦雀无声，气氛如乌云压顶。英语老师缓了片刻，缓缓说道，咱们继续上课！

十多分钟后，王敏回来了。他穿着灰色的薄夹克，下身牛仔裤，脚穿运动鞋。他喊，报告！英语老师白了他一眼，没理会，继续讲课。王敏提高了声音，报告！

英语老师说，又来干什么？

王敏说，我错了，我想进去听课。

英语老师点点头，说，好，进来吧。

王敏走进来，突然冲上讲台，从怀中抽出一把菜刀，朝英语老师直劈下去。英语老师本能地一闪，冷冷的刀锋从他脸颊掠过。王敏再次挥刀，英语老师没能完全避开，这一刀划过了他的手臂。他狼狈地蹿下讲台，朝教室后面奔去。王敏举着刀追下去，在女生们的惊叫声中，王敏被一位同学拦腰抱住，另一位同学趁机夺下他的刀。英语老师在教室后面大喊，抓住他，抓住他！

但王敏却很快被他的两个同学放开了。一个咬着他的耳朵低声说，快跑！另一个则轻推了他一把。王敏跑出教室，疾驰的脚步声如鼓点般消失在走廊外。有人看到他在学生宿舍外骑着一辆自行车冲出了校门，转瞬就逃得无踪无影。

英语老师的手臂被划破了，皮外伤，并无大碍。但这起事件的性质非同一般，在校内引起了轩然大波。有人建议报警，但我没同意。我跟校长说，这个年纪的男孩还小，正值叛逆期，需要正确地加以引导，一旦报警，那他就真的完了。还是先通知学生家长，再一起把做了错事的学生找回来好好教育。校长赞同我的意见。

王敏家在一个名叫木老坪的偏僻山村里，四周高山绵延，道路崎岖不平。我骑着摩托车抵达这里的时候，天已黄昏。在一座低矮的木屋外，我见到了王敏的父亲，他瘦小，黝黑，满是皱纹的脸上落满生活的锈迹。这个木讷的男人将我引进家去，我看到里面陈设简陋，墙壁被烟熏得一片黄，一片黑。王敏在家排行老二，上有一个姐姐，已早早地嫁为人妇。下有一个弟弟，还在念小学，小家伙羞怯地躲在角落里，怯生生地看着我。这家的女主人头发已白了一半，就像一场稀薄的细雪，覆盖着生活漫长的苍凉和疲倦。我在心里叹息一声，实在不忍心开口。

这一对木讷的父母找不到话说，碰到我的目光后只是笑一下，不好意思地避开。我说，马上就要中考了，王敏中考毕业后，你们打算让他做什么？

王父说，不晓得呢，他成绩又不好。

我说，他成绩是不好，但主要是他不努力，事实上他是很聪明的，只要他努力，成绩一定上得去。

跟他说了好多次了，可他就是不听。做父亲的倍感无奈。

我说，马上就要中考了。以他现在的成绩，肯定是考不上高中的。如果交高昂的费用上高中，你们家庭经济压力大，王敏在学习上也跟不上，那他就更没有兴趣读了。我建议，让他再复读初三，把基础打牢，以后进了高中，就跟得上了。他再努把力，将来考上大学，再参加工作，你们的家境，就会改善许多了。

王父说，那就听老师的。

我说，王敏呢，他今天回家来了没？

王父愣了一下，说，没回来，今天星期三，他应该在学校呀。说到这里，他突然意识到了什么，神情一下忧虑起来，很小心地问，老师，是不是王敏出什么事了？

在把下午发生的事情讲述到一半的时候，我就有意地移开目光，不敢再看这一对夫妇的表情和眼神。那是怎么样的一种惊惧、失望和哀伤，就像他们目睹长势喜人的禾苗被风暴摧毁。

做父亲的声音颤抖，哀叹着。做母亲的不吭声，只是侧过身，偷偷地用围裙擦眼泪。

我沉默片刻，说，这件事，英语老师的处理方式也欠妥，已经向校长做了检讨。当务之急，就是要尽快找到王敏。我们问了在学校与他来往密切的几个同学，去了几个他们常去的地方，都没有找到他。你们去亲戚家看看，看看他在不在那里。

王敏的父亲点着头，一脸哀愁。

天黑透了。空中有点点星辰，有的璀璨闪烁，有的时隐时现。我骑着摩托车往回赶，拒绝了他们留我吃饭和过夜的好意。夜风送爽，虫吟如沸腾的潮水。王家夫妇的脸一次次地在我眼前闪现，就像皱巴巴的烂苦瓜。我心里一片阴翳。

第二天下午，王敏的父亲赶到学校来了。他的脸色依旧愁苦，神色忐忑不安。他告诉我，上午他去了孩子的舅舅家，得知王敏从当医生的舅舅那里借了八百块钱。王敏跟舅舅说，他要去东莞打工。舅舅训斥他，要他回学校上课。他顿时号啕大哭，哭得涕泪横流。舅舅心软了，把钱给了他。拿到钱的王敏风一样地离开了。

最后王父说，但愿他没有骗他舅舅。他说得无奈，又伤感，像炭火将熄，徒留一地灰烬。我不知道该如何安慰他。

他想见一下英语老师，给老师道歉。英语老师在镇上另有住房，他没有住在学校。那天下午他没课，就没有到学校来。我带着王敏的父亲去找英语老师的时候，突然在邮电所外面看到了傅秋红。

她站在一个杂货店的柜台前买东西，腰部很细，臀部饱满，一袭白裙子包裹着她凹凸的身姿，仿佛月光的丝绸，在微风中荡漾着湖水的涟漪，让我一下又跌入了恍惚的旧梦。

48

校长在全体职工大会上宣布，新建的白水中学已完成全面建设，可以投入使用了。从下学期春季开始，我们就搬进新学校。待秋季开学的时候，开始设立高中，首先从高一开始招生。老师们欢呼起来，掌声响成一片。接下来，校长又宣布了一件重要事情，搬进新学校后，坐落在镇中心位置的老白水中学就要拆迁了，来自省城的一家地产公司将在这里修建一个商业广场和几栋商业住宅。而在学校里的两栋教师宿舍，也将随着一起拆迁。遗憾的是，新学校的教师宿舍楼还没有修好，预计要八到十个月才能交付使用，在这段时间内需要大家自己想办法解决住宿问题。不过好消息是，这两栋教师宿舍在之前房改的时候，全都作为房改房卖给了学校老师，且办理有正规手续，政府会对拆迁的教师宿舍给予补偿。会场陷入短暂的沉默，有人率先抛出心中的疑问，拆迁我们的房子，怎么给我们赔偿？这个问题道出了大家的心声，众人都凝神倾听。

校长说，最低每平方米900元，有的户型好，会在此基础上稍有浮动。

那时我们县城最好的房子也不过每平方米1100元，这个900元的赔偿价，在我看来已经很高了。之前学校把房子卖给教职工的时候，均价才每平方米500元。可我没想到的是，我们学校的出纳突然喊起来，不行，太低了。他这么一喊，便有人跟着附和起来。

校长说，大家不要吵，这个赔偿价是政府定的。过两天就会有拆迁工作小组来依次跟大家谈话，你们有什么意见，可以向他们反映。

大家窃窃私语，如一阵嗡嗡的蜂鸣。

散会时，校长第一个走出去。学校的出纳姓王，大家都叫他王出纳。王出纳突然站起来大喊，各位老师，大家一定要坚持，低于每平方米1100元我们不接受。

有人激动地说，对，不能低于每平方米1100元。也有人忧心忡忡地叹息起来，房子拆了，我一家三口住哪里呀？旁边立即有人接过他的话，你拿到赔偿款，可以重新买一套，比你以前的更大。

接下来的那段时间里，大家都在热议拆迁赔偿的话题。这样的拆迁赔偿在白水镇尚属首次，很快就引起轩然大波。有人以羡慕的口吻说得酸溜溜的，中学的老师们发财了哟。有人唯恐天下不乱，从中煽风点火，必须每平方米1100元，低于这个价一切免谈。

拆迁工作小组依次登门，逐一谈话。但大多数时候，这种谈话不太愉快。

尤其是他们第一次与出纳谈话的时候，双方甚至吵了起来。出纳将他们赶出家门，大吼着，滚！工作小组的三个人面色铁青，他们走出来后，其中一个突然扭头愤愤地说，贪吃的人会被噎死的！

在工作小组没来找我之前，每天都有同事问我，他们来找你了没？我摇头说，没有。对方立即为我打气，千万不要轻易就答应了他们的条件。也有人要我坚持提高价码，咬住每平方米1100元，最低每平方米1050元，不能松口。我只是笑笑，不回答。

一天下午，工作小组来找我，他们语气温和，显得非常客气。在了解完政策后，我叫他们把协议书给我看看。看完协议书，我就立即拿起笔签了字。他们惊讶地看着我。领头的赞叹道，杨老师，你境界高啊。我说，我哪有什么境界啊，我只不过是容易满足罢了。

夜里我在教室里备课，守着学生们上自习。王出纳突然出现在教室门口，喊了我一声，又朝我招手。我走出去，借着走廊顶上昏黄的灯光，我看到他一脸怒气。怎么了，王老师？我小心问他。

杨老师，听说你签字了？我看得出来他在努力克制怒火，但语气中仍蹦出一粒火星。

我说，是啊，没想到你这么快就知道了。

王出纳继续问道，听说你根本没加价，900元就签了？

我说，去年学校把房子卖给我的时候，是每平方米500元，现在赔偿价是900元，我觉得已经很好很好了。

你觉得好，可你这么做就是陷大家于不义！王出纳的怒火终于完全爆发了出来。

王老师，你这话我就不爱听了。我的事情与你们没关系吧，我想签就签了，碍着你什么了？我说得义正词严。

怎么没关系，关系可大着了。工作组去找罗军老师，把你签了字的协议拿给他看。本来罗老师是坚持要每平方米1100元的，但是看到你每平方米900元就签了字，他就动摇了，每平方米950元就签了。王出纳擤了一把鼻涕，提高声音，你这是在瓦解军心。我们是利益共同体，你知道吗？

他声音一大，引得教室里的学生们都朝外张望。我说，王老师，你要争取你的利益，那是你的事，只是请你不要来干涉我。我说完，转身走进教室，听到他在身后大喊，杨希望，你会后悔的。

几天后，王出纳在夜里被人打了。大约是八点钟，王出纳在街上买了一袋面粉往学校走，在走到一个巷口的时候，他突然感到眼前一黑，一个麻布袋蒙住他的脑袋，把他按倒在地。他被揍得鼻青脸肿，背上多处软组织损伤，但他不知道是谁打了他，他向派出所报案，阐述他被打的经过。打人的一声不吭，但下手较重。王出纳能够感受得到，打他的是三到四个人。他毫无反抗之力，待打人者放手后，他狼狈地掀开头上的麻袋，四周已悄无人影，打人者不知所终。王出纳坚信是拆迁工作小组的人在背后捣鬼，策划了这起打人事件。可他又无法提供有效的线索，连一个目击者都没有。警察走访了几天，也一无所获，加上只是一起简单的打人事件，派出所就不再追查了。

尽管这件事成为一个谜，但学校的老师们大多赞同王出纳的判断，认为拆迁工作小组是幕后主谋。这在老师中产生了杀鸡儆猴的威慑力，他们开始担心有一天也会经历与王出纳相同的遭遇，就陆陆续续地妥协了，在拆迁赔偿协议上签了字。最后，只剩王出纳一个人没有签字。他放出狠话，想让我签字，除非从我的尸体上踏过去。有人劝他，算了吧，你斗不过他们的。校长也亲自出面相劝。王出纳对校长说，他们打了我，这口气我咽不下。校长说，你又没证据，怎能就咬定是人家打的呢？王出纳说得很坚决，一定是！校长叹息道，你是不撞南墙不回头。

八月下旬，我们搬进了新学校。推土机隆隆地开进了老校区。王出纳的妻子那天中午正在午休，突然感到房间颤抖不止，她慌忙跑出去，看到推土机巨臂长伸，砖块和沙土纷纷落下，腾起漫天灰尘。除了王出纳一家，整个校园搬得空空荡荡，但推土机一进来就直奔教师宿舍。两栋教师宿舍楼高四层，每栋四个单元。王出纳家住在三单元，推土机不推离他家远一点的一单元，而是推与他家紧邻的四单元，很显然对方是有意的。王出纳的妻子赶紧跑到新学校，把情况告诉给丈夫。王出纳携着妻子心急火燎地跑回来，看到他们家所在的三单元还完好无损，推土机正在推一单元。王出纳长出一口气，说，我谅他们也不敢！

拆迁队把一单元、二单元和四单元拆了，只剩下三单元孤零零地留在那里，两旁都是残垣废墟。墙壁上用红颜料写着大大的拆字，还写着危房、请勿靠近这样的警示标语。王出纳的孩子在上小学，放学回家后看到这场景，哇的一下就哭了。小家伙害怕楼层坍塌，死活不肯进家。做母亲的哄了很久，孩子才勉强进了家。半夜里，王出纳一家在梦中被一阵阴森森的响声惊醒，这声音似哭似叫，似喊似闹，吓得王出纳的妻子浑身都是鸡皮疙瘩。她紧张地问，这是啥声音？他还没回答，就听到孩子在另一个房间里哇哇大哭。王出纳的妻子赶紧出去，孩子也正从房间里跑出来，一下扑进母亲的怀里，身子发抖，一脸惨白。母亲惊慌地问，怎么了？怎么了？孩子哭着说，鬼，鬼的叫声！王出纳一跃而起，从厨房里抽出两把菜刀，冲了出去，跑到楼下声嘶力竭地大喊，滚出来，我日你祖宗十八代！他挥舞着菜刀在空中虚劈了几下，又喊道，我知道你们是谁，别他妈的给老子装神弄鬼，老子跟你们拼了！

月影朦胧，风声寂寂，那恐怖的声响消失了，只剩下王出纳的喊声在校园上空回荡，嘶哑、干涩，像刀子滚动在石头上，擦出了点点火花。

王出纳提着双刀，在校园里转了一圈，没什么发现，就回到了家里。他对妻子说，别怕，一定是拆迁队的那帮狗日的在捣鬼。妻子一边抚慰着怀中惊魂稍定的孩子，一边心有余悸地说，要不我们还是搬吧，这里住着太难受了。

不搬。王出纳说得斩钉截铁，那帮狗杂种想逼我就范，不可能。

妻子埋怨道，你这牛脾气，咋就那么犟呢？我和孩子受不了呀。

王出纳咬着牙，说，现在不能服软！

第二天，这里依旧是一片忙碌的拆迁现场，推土机和挖掘机轰隆隆地响。长长的围墙被推倒，教学楼在爆破声中轰然倒塌。一群工人在废墟中清理砖头和钢筋，几辆大货车开进来，一车一车地运走残渣。王出纳在下午提前下班，提着一捆炸药和雷管，故意在现场晃荡。有人问他，老师，拿着那么多炸药和雷管做什么呀？王出纳大声回答，拼命！谁不想让我好过，我就跟谁拼命。然后他爬上楼顶，打出了一道红底白字的横幅标语：强拆家园，无法无天！

下半夜，那阴恻恻的声音又响起来了。王出纳站在阳台上侧耳倾听，感觉这声音是从楼底发出来的。他取出白天里捆绑好的炸药和雷管，点燃引线，朝声音发出来的地方扔下去。轰的一声巨响，像平地里一声惊雷。声音消散后，王出纳提着双刀冲下去，在楼底，除了炸药包在地上炸出一个小坑，他没有任何新发现。

当他回到家时，妻子正背着包，领着孩子往外走。他迷惑地问，你这是干吗？妻子突然吼起来，我受够了。你要疯，你自己疯去，不要让我和孩子陪你疯。

为防万一，他们之前还是在街上租了房子的。妻子带着孩子住进了出租屋，王出纳就一个人坚守在那栋破残的教师宿舍里。每到下半夜，那阴冷恐怖的声音就会响起，把他折腾得无法安宁。终于他忍不住了，主动找到拆迁工作组，在拆迁协议上签了字。他签字的时候用了很大的力，把纸都划破了，仿佛是用尽全身之力在手刃仇敌。一小时后，那小半栋教师宿舍楼化为一堆废墟。

很长的一段时间里，这件事成为人们茶余饭后的谈资，伴随着各种情绪，让事件有了诸多添枝加叶的色彩。我原本对王出纳联合众人索要高价赔偿的行为有所不满，但后来他的遭遇又让我对他产生了同情。

49

有一天晚上我刚刚登录QQ，杜青檬的信息就发过来：你最近在忙什么呢？我说，工作，然后读书写作，你呢？

——找不到戏拍，又不愿放弃表演，不知道该做什么。

——去北京试试机会吧。

——去过北京，也去过横店，难有出头之日，又回来了。

——你不是去年才毕业吗？这么快就回来了？

——伤心了，就回来安静安静。

——那就先找份工作干，潜心打磨演技，等待机会到来。

——没事做，无聊死了。

——到白水来玩吧，前两天才下了雨，山上的蘑菇应该长出来了，我带你上山去采。

——那我明天就真去找你啰。

第二天是星期六，杜青檬一大早就赶来了。她盘起头发，露出耳朵上精致、闪亮的耳坠，白皙的脖子上挂着一条银白的项链。看得出来，她是精心打扮过的，淡妆浓抹，皆是恰如其分，相得益彰。

我由衷地赞叹道，你今天真漂亮！

杜青檬挑衅地看着我说，那我以前就不漂亮了？

我讪讪地说，一直都漂亮。

她抿着嘴笑了。

山上的蘑菇不太多，每找到一朵，她都会惊喜地喊出来。爬到山顶，她站在一块大石头上，张开双臂，仰着头迎风大喊。看着她婀娜的身姿仿佛月光下的花影，我不由得心头一跳，有一种要冲上去拥她入怀的念头。这念头一蹦出来，禁不住吓了我一跳。

我们在坐在草坪上歇息的时候，她突然幽怨地说道，我觉得自己好失败啊。我愣了愣，怎么了？

她说，没有人找我拍戏，哪怕是一个小角色也好啊，连一个小角色也没有。

我安慰道，你现在还很年轻，不着急，有的是时间和机会。待以后你有资源了，有人脉了，演技也丰富了，只怕你接戏都接不过来呢。

她叹息道，我们女演员，吃的是青春饭，得抓紧时间，趁早出名。等以后年纪大了，人老珠黄了，哪怕拥有再多的资源和人脉，只怕也当不了主角了。

我说，你别想那么多，好好打磨演技，耐心等待机会。是金子，总会发光的。

她说，我是不甘心呀，以前我们学校有些学生，一部戏接一部戏地拍，有的还是主演，或者是重要角色。可我也不比他们差呀，为什么我现在却连一个小角色都捞不到？你知道吗，连钟莉莉主演的电影，都快要上映了。

钟莉莉？钟莉莉是谁？

就是我的同学，我的闺密，曾经和你哥哥在一起过。

我恍然大悟，原来是她啊。那她主演的这部电影，是不是我哥投资的那部？

就是呀。我听说了，光明哥哥接下来要投资拍摄一部商业大片，我好期待哦。

他哪懂什么艺术审美？就是钱多了，烧得慌，玩玩罢了。我说得很不屑。

她沉默片刻，说，投资人懂不懂艺术不重要，只要他们愿意投钱，市场就会繁荣，我们演员也会有更多的机会。

我认真地说，热钱涌进市场，是好事，但也是坏事。热钱一多，就容易粗制滥造。资本进来，就想立竿见影，更多为赚快钱，哪管你什么艺术质量。尤其是很多投资人不懂装懂，指手画脚，这对市场秩序和艺术规律，都是一种破坏。

她苦笑道，我们小演员，如果连露脸的机会都没有，又去谈何艺术质量？

我说，所谓小，只是无名罢了，在精神上，还是要追求大格局。

你说的这些，我又何尝不明白，只是……她摇摇头，说到这里叹息一声，没有再继续说下去。

我们都没说话，沉默了半晌。风声如诉，鸟鸣沸腾，宛若淅淅沥沥的细雨。

中午时分我们下山来，在河边的一家小餐馆吃饭。杜青檬吃得很少，眉宇间围聚着惨淡的愁云。我说，你好像有心事。她勉强一笑，说，没有。然后她看了一下表，又说，吃完饭我就得回去了。

从餐馆出来时，我看到黄小波和冯芳正在三十米外说话。他也看到了我，远远地朝我挥手，我也朝他挥了挥手。

我们朝车站走去。这里有直通省城的中巴车，一路上我碰到了好几个熟人，打打招呼就过去了，但每个人都无一例外地多看了杜青檬两眼。

杜青檬突然笑着说，你的熟人不少啊。我笑了笑，说，只是认识而已，谈不上熟悉。杜青檬好奇地问，那在你的心中，什么样的人才算是熟人？

我说，我心目中的熟人，不是见面次数的多少，而是来自心灵、精神上的气息，是否能够融洽。

杜青檬又以一种挑衅的表情看着我，问道，那我们算不算熟人？

我微微一笑，没回答。

她以一种自我解嘲的语气说，看来还缺点火候，以后我得多来找你玩，来的次数多了，自然就熟了。

我哈哈一笑，说，以你说的为准。

看着她乘车离开后，我突然有些失落。我站在原地发了半天愣，才骑着摩托车慢慢地往回走。到处都在修建，工地上一片热火朝天，打夯的声响一声紧过一声，就像劳动中高亢的号子。

我刚回到家，手机就响了，里面传来一个公鸭尖叫的声音，作家，是我。

尽管多年没有听到这个声音，可它在我的记忆中太过独特而清晰了。我几乎是脱口而出，鸭子！

他是我的大学校友，名叫陈兴平，但由于嗓音像鸭子，便有人给他取了外号叫“鸭子”。起初他非常排斥这个绰号，但后来慢慢接受了，经常在喝酒后，模仿鹅走路的步态，得意扬扬地说，一只鸭子走出了鹅的姿态。这个家伙是学计算机编程的，一次偶然跟我在足球场上相识，尽管他对文学知之甚少，我对计算机编程一窍不通，但他对计算机编程的那种孜孜不倦的追求，与我对文学梦想的热情憧憬是一致的，所以我们惺惺相惜，成为好朋友。在大学毕业后，我们各奔东西，刚开始还有联系，他在距离我三百公里外的一个县城教书，但仅仅教了大半年就辞职了，后来杳无音信。没想到时间流逝中，他居然来到了白水。他说，我在你们学校外面，快点过来接我。

在白水中学外面，陈兴平老远就张开双臂，朝我快步走来。我看到的是一个微微秃顶的男人，清癯而又满面沧桑，这跟我记忆中那个青涩的、戴着黑框眼镜的大学生有着天壤之别。我们拥抱后，我笑着说，现在成一只落毛的瘦鸭子了。

他摸了摸头顶，纠正道，错，是落毛的鹅。随即他笑起来，又说，你倒是一点没变，还是那副失恋了的样子。

天色尚早，我们去咖啡馆闲坐。在萨克斯舒缓的曲调中，我终于得知他为了追求梦想，从学校辞职，去了北京，先后在三家公司做程序员，收入不菲，但是工作强度极大，熬夜加班已成家常便饭。我不理解那个行业，也无从去想象那份工作的艰辛，尤其是他还说得那么轻描淡写。

他指着掉发的头顶说，这就是一个程序员辛苦工作的代价。不过——他话锋突然一转，自嘲起来，这也让我变得更加聪明了，绝顶嘛。

我端起咖啡呷了一口，糖放得少，味道有些苦。

他说，两个月前我辞职了。我每一次辞职，都是因为我们老板的价值观太俗了，我接受不了。

我笑着说，你适合自己当老板。

陈兴平一拍大腿，高兴地说道，还是你了解我，我早就想自己干了。

真的？我又惊又喜，自己创业，开公司？

我想做一个网站，就在玉华做，过些时日我去租办公室。他说得兴致勃勃，互联网在我们国家是新兴事物，将来我们的生活一定与互联网息息相关，这是朝阳产业，未来前景无量。

我说，互联网的前景肯定是光明的，只是目前我们国家的互联网市场还不够成熟，你现在闯进去，只怕不好做。你看看美国，他们的互联网比我们更早、更成熟，可是这两年他们的互联网行业寒冬萧条，哀鸿遍野。

陈兴平说，正因为还不够成熟，才要赶紧抢占价值洼地，等到市场完全成熟了，就是一片红海，竞争激烈，生存就难了。至于美国的互联网行业这两年出问题，那是因为泡沫吹得太大、太快，一下就破了。我们不会这样。

我看着他闪闪发亮的脑门，承认他说得有道理。

他继续说，不过网站做什么类型，做什么内容，我还没有完全想好。只是肯定不能做门户网站，只能做某一种细分类型的。对我来说，技术上完全不是问题，重要的是内容能够吸引人气，带来流量。

我试探性地说道，要不做一个吃喝玩乐的？

他眼前一亮，嗯，这个主意不错。要不，你出来跟我一起干？

我尴尬地笑了笑，说，你太抬举我了。我又不懂，只会拖你的后腿。再说了，我只想在干好本职工作的同时，能够成为一个好作家。

那也是，写出经典作品才是你的梦想。几年没联系了，你应该写出了不少大作吧？

写了一些中短篇，结集出版了一个短篇小说集。同时也在创作一部长篇，长篇已经写了四年多，进度较慢，反正我也不着急，慢慢写，精雕细琢，十年磨一剑。

他以一种充满自信的语气说，我相信你一定能成功，将来肯定是个大作家。

我淡淡地笑了笑，说，这个世界上，能够成为大作家的毕竟是少数。我们奋斗一辈子，可能也无法成为一个卓尔不群的伟大作家。所以能不能成为大作家并不重要，重要的是在这过程中去努力，去突破，超越昨天的我，超越今天的我，成为明天更好的我。

我顿了顿，接着说，伟大的作家是站在人类精神的金字塔尖上，我成为不了伟大作家，但我可以通过努力，站在自己精神的金字塔尖上。

他一直微笑地看着我，目光中满是赏识，突然语气笃定地说道，我觉得你真的适合跟我一起创业。

去，别来忽悠我。

好好好，那你就好好做你的老师，好好地写你的作品。对了，你工作的情况怎么样啊？

我把杯子里剩下的咖啡一饮而尽，叹息道，现在学校一味追求升学率，学生成绩与奖金挂钩，导致初三、高三年级在周六、周日上午都在上课，隔两周才放一次假，搞得老师累，学生也累。我教的是初三，之前校长叫我教高中，但我不愿意，太耗精力了。今天是周六，本来上午我也有课的，但因为有事，就调到了明天上午。

陈兴平说，我以前当老师时，我们学校到处挖尖子生，你们学校也这样吧？

我说，那当然，校长还给我们每个老师分配任务呢，让人头疼啊。

陈兴平突然兴奋地说道，我给你推荐一个孩子，在昌隆县的牛场镇读书，牛场中学初三（2）班。他叫费明明，天资聪慧，成绩优异，全年级第二名，更重要的是写得一手好文章，在学生的报刊上都已经发表好几篇了，你要是把他挖到你们学校来，你再亲自教教他写作，没准儿这孩子将来有大成就。

你是怎么知道这样的苗子的？

我姐姐就是他的物理老师。我这次回来，去看望我姐姐，见到那个孩子了。

我皱着眉头，说，虽然是个好苗子，但这事儿还是难办，毕竟是另外一个县，人生地不熟，我们去那里招生难度大。我们要招他，也只是悄悄去，但连一个牵线搭桥的人都没有。

找我姐姐呀。我带你去找我姐姐。陈兴平拍着胸脯。

我顿时来了兴致，你姐姐愿意？

昌隆县的教学质量不高，我姐姐很偏爱这个孩子的，很希望他上一个好高中。尽管你们学校的高中部成立时间不长，但我姐姐居然都知道你们的师资力量很强。

那当然，我们学校可是下了血本，聘请了不少名师。我说得很骄傲。

50

我是独自骑着摩托车来找的费明明。陈兴平临时有事，没有跟来。但我来之前，他已跟他姐姐通过电话。在他姐姐家里，我看到了那个叫费明明的男孩，长得瘦瘦小小的，眼睛很亮，如两泓清水。他很羞涩，右手不安地抓着衣角，左手不知道如何安放，偶尔摸一下裤线。

我耐心地向他讲明来意，告诉他，到我们学校来读书后，高中三年都会有全额奖学金。如果将来能考上北大清华，还会有一笔不低于十万元的奖励。

我看得出来他有些动心了。最后他低声说，我做不了主，我得回家问我爸。

他家住在乡下，距离镇上约有六公里。村子是在半山上，他家住在最高处。我们到他家时，他的父母到坡上干活去了。他不好意思地对我说，老师，你坐着等一下，我去喊我爸回来。

我说，不用了，我跟你一起去。

他有些迟疑，最终没有拒绝。

我们下坡，又上坡，翻过两个山坳，终于在一片小麦地中找到了他的父母。麦子已经灌浆，饱满的麦穗在和风中绿油油地招摇，费明明父亲的下颌刚刚高过麦穗，一张黑黝黝的脸挂满了汗珠，泛着油光。

这个朴实的农民钝于表达，只是一个劲地说，老师，老师。他的妻子站在他的身后始终一言不发，脸上一直挂着笑。

我把我的来意又阐述了一遍，说得很慢。起先他是懵懂的，一脸的迷雾，待慢慢听明白后，脸上的迷雾渐渐散开，露出了浅浅的笑容。他的妻子眼珠转了两下，脸上的笑更深了。

好事，好事。他的声音有点打战，哆哆嗦嗦地从衣袋中摸出一个被压得变形的烟盒，从中抽出了一支皱巴巴的烟递向我。

老师，抽支烟！

我摆摆手，我不抽烟，谢谢了。

他把烟含进嘴里，似乎觉得不妥，又放下了。

我说，没事，你抽吧。

他点烟时，手在抖。点了两次，才把烟点燃。他深吸了一口后，侧着头把烟雾吐了出去。他又说，好事，好事！

我说，那你的意思是，你同意了？

他把目光看向了儿子。费明明低下头去，用脚轻轻地踩着地上的泥土。

我说，要不这样吧，过几天你们去我们学校看一看。看了之后再决定，怎么样？

费明明突然抬头，看着我的眼睛说，老师，我去你们学校读高中。

他的眼睛真亮啊，就像天明时，晴朗的天空还缀着稀薄的星光。

我和费明明回到镇上时已经黄昏了。我把他送到学校门口，看着他走进去，背影消失，我才掉转摩托车的车头，准备返程。电话突然响了，是学校的教导主任打来的，谈了一会儿工作上的事。

挂了电话后，我正欲启程，突然听到身后有人喊，喂，等一下！

我停下来，看到三个中年男子朝我快步而来，两个挡在我的前面，一个守在我的后面。我微微一诧，问道，你们有事吗？

站在我面前的两个男子身材高大，其中一个穿着红色背心，露出健壮的肌肉。他喝道，谁叫你到我们这里来招生的？

我心里一沉，还没来得及说话，对方就一拳打在我的面目上。我只感到脑袋嗡的一下，就像是掉入水中，浪涛没过头顶，一股重力朝我压下来。我下意识地抓起头盔还击，打在对方的太阳穴上。我的还手更加惹恼了他们，三个人一起冲过来，把我从摩托车上拽下来。在挣扎中，我感到我的反击似乎全都击在了棉花上。他们把我压在地上，拳脚朝我身上招呼。我护着头，任他们拳打脚踢。

旁边有人在喊，陈老师，别打了，别打了，再打就要出事了。

一个声音愤怒地回应道，来我们这里抢生源，他妈的，这种人就该打。

我听得出来，是那个最先动手打我的“红背心”。

旁边的人说，好了，好了，这是学校门口，老师打架，影响不好。

他们停手了。“红背心”威胁道，你下次再敢来我们这里招生，我就废了你的腿。在骂骂咧咧中，他们走远了。

我慢慢爬起来，身上还有些疼痛。路边的一排铺面门口，三三两两地站着路人。大家都看着我，有人幸灾乐祸，有人一脸漠然，也有人的眼神中带着关切和悲悯。

我活动了一下身子，好在没有结构性的损伤，便骑上摩托车来到了派出所报案。接待我的是一个圆脸的年轻民警，他做完了笔录后，跟我说，天黑了，你回去吧，我们这边会调查的，有结果了就通知你。

我急了，就是中学的老师打我，我认得他们。路边也有目击证人。你们应该现在就去学校把他们传唤过来。

那个警察不停地抬手看表，着急地赶我走，我们有我们的程序，你回去等消息就是了。

我失望极了。看得出来，作为一个外乡人被打的小事件，他们没有太多的兴趣受理。我不明白到底是谁泄露了我来招生的消息，我想回去问问陈兴平的姐姐，最后又犹豫地放弃了。

我连夜赶回了白水。睡了一觉醒来，我感到左边肩胛靠近背心的地方隐隐生疼，我从镜子中才发现原来那里是青紫的。

更糟糕的是，这顿打白挨了。几天后，我在家里接到电话，是费明明打来的，电话里的声音怯生生的，又充满了歉意，杨老师，非常对不起，我不能去你们学校读书了，请您原谅我的苦衷。

我只能一声长叹。

我把这番遭遇在QQ上告诉给杜青檬。她先是回复了一个悲伤的表情，接着说，我明天去看你吧，安慰一下你受伤的小心灵。

我说，是老灵魂。

她是次日下午来的。天气炎热，我们在河中乘凉。河边有人家经营茶馆，在河中的浅水区处搭移动凉棚，安置桌子，客人们就可以坐在河中喝茶聊天，或者玩扑克，打麻将，河水漫至小腿，带着舒爽的清凉。时有河风吹过，那是一种沁凉的抚摸。

杜青檬闭着眼，张开双臂感受着凉意。半晌后，她睁开眼，身子往后舒展，说，真好啊，就像古人所说的那样，偷得浮生半日闲！

我说，也有作家说，得半日之闲，可抵十年尘梦。

她笑嘻嘻地说，那你多来几次，岂不是一辈子的尘梦就抵消完了？

我说，不瞒你说，之前我从来没有这般坐在水中喝过茶。

她用双脚在水中划动着，撩起水花。她的脚纤细、白皙，涂抹着红色的脚指甲。看见我盯着她的脚看，她把右脚抬起来，问我，好看吗？

我微微一笑，说，你这是明知故问。

她笑了，饮了一口茶，突然好奇地问道，你的小说中，哪些最适合改编成影视？

我几乎是不假思索地回答，我不知道，我在写作的时候，从来就没有去想过是不是在以后适合改编成影视。我只遵循小说的艺术规律。

她突然双手支在桌子上，托着腮，目光定住了，说，要是有一天你的小说改编成电影，我又恰好能演女主角，那才真是人生的一大美事。

我说，我的小说可能不好改编。

她直勾勾地盯着我，眼中有一种将溢未溢的水波，声音娇嫩嫩地说，那你写个剧本嘛，电影或电视剧都行。

我说，你知道的，我不会写剧本。我写出来的剧本，只怕没法用。

她说，你不会写，那是因为你之前从未写过。以你的才华，只要你好好研究一下，定能写出好剧本来的。就算刚开始写出来不是太好，你可以找三月春，请他操刀改一下。

我说，上次我在饭局上当着那么多人的面，扫了三春月的面子，你叫我怎么好意思再去找他呢？

那就另找一个好编剧帮忙看看吧，这个行业里，优秀的编剧多了去了，又不是只有三月春一个。

就算我找其他编剧，但这事儿迟早会被三月春知道，也会被那个晚上饭局上的其他人知道，我可不想被那些人瞧不起。

她把目光收回去，低头看缓缓流逝的河水，半晌才轻轻地说了一句，你说得对！

日头渐西，璀璨的阳光在河水中闪烁着耀眼的光亮。岸边树上的知了一声盖过一声，如同电锯伐木，拉得碎屑飞扬。我们刚从河中上岸，就意外地碰到了我的母亲。周玉兰看到我们，眼中倏然扑闪着光亮。我向杜青檬介绍她，这是我妈！我又介绍杜青檬，这是杜青檬！

周玉兰看着杜青檬，笑眯眯地说，小杜，你长得像大明星一样。

杜青檬说，阿姨过奖了。阿姨很年轻啊，今年刚满四十吧。

周玉兰呵呵地笑起来，说，你真会说话。晚上去我家里吃饭吧，我做辣子鸡，鸡是农家土鸡。

杜青檬说，好啊，那就谢谢阿姨了。

我以为她会拒绝的，没想到她如此爽快地答应了，我有些惊诧，但随即又是开心。

吃晚饭的时候，周玉兰用一双公筷不停地给杜青檬夹菜。杜青檬则一个劲地夸周玉兰的手艺很好。周玉兰满面光彩，邀请她以后多来吃。杜青檬笑着点头。

这顿饭吃得很温馨。周玉兰热情周到，杨胜利尽管话不多，然脸上挂着笑，显得和蔼可亲。我恍然间有一种错觉，仿佛我们真是一家人似的，心里湿漉漉的，宛如上涨的春潮拍打着堤岸。

吃完饭后天已黑透，周玉兰留杜青檬在家里过夜。她犹豫了一下，答应了。

第二天清早，我很早就起床上班了。我要守着学生们上早自习。我出门的时候，他们都还没有起床。我上完了两节课，才收到杜青檬给我发来的短信：我回去了。昨天真是美妙的一天！

这两句话是从手机信息中发出来的，我却感到是她在我的耳边低语，软糯糯的，就像燕子的呢喃。

午间我小睡了一会儿，竟然做了梦，梦境异常短暂，也显得很模糊，唯一一个清晰的场景，是我牵起了杜青檬的手，她的手柔软而细腻，却又极不真实。醒来后，我心里怅然若失，知了在窗外叫得声嘶力竭，整个世界正翻腾着滚烫的热浪。

放学后，我刚骑着摩托车出校门，就看到了我的哥哥杨光明站在路边朝我招手。他是专程来找我的。尽管生活在同一小镇，我们却很少见面，他在省城和县城都有房子，大部分时间他都住在省城里，有时他也住在县城里。他在小镇的一个河湾处修建有别墅，他只要不外出，都是住在那里。偶尔他也会在煤矿上过夜。总之，他很少跟父母在一起。我在拿到拆迁的赔偿款后，也在镇上买了一套房子，一个人经常住在那里，所以我们之间见面的次数不多，尤其是在他和傅秋红相恋之后，我更是有意识地回避他了。

希望。他喊我，一边朝我快步走来。

我淡淡地说道，有事吗？

他问我，最近怎样？

就那样吧。我的语气依然很淡。

他沉默了一下，说，下午我回了一趟家，听妈说，你谈恋爱了。

我愣了一下，随即明白，原来母亲误会了我和杜青檬的关系。我说，我就不能谈恋爱了吗？

他轻轻一笑，说，谈恋爱了当然好啊，我一直希望你尽快找到你的爱情。如果你现在找到了，我要恭喜你呀。

我说，你就为这件事来的吗？

希望，他突然严肃起来，我听妈说，你的女朋友叫杜青檬，我就想问一问，是以前读表演系的那个杜青檬吗？

我没好气地说道，你问这个干什么？我的事情，跟你没关系。

他语重心长地说，希望，如果她是真心喜欢你，你们彼此恩爱，我衷心祝福你们。但如果你们仅仅是试试看，走一步看一步，我建议你尽快抽身，以免陷得太深，将来让自己受伤。娱乐圈的女孩，你驾驭不住。

杨光明，我瞪着他，声音虽然不大，但却有一种锋利的力道，我再说一遍，我的事情，跟你没关系。

我轰大油门，摩托车咆哮着蹿出去。风呼呼地响，两只耳朵仿佛挂在风声里。摩托车跑出三条街，我在路边停下来，我给杜青檬发了一条信息：青檬，做我的女朋友好吗？

要不是杨光明的这番话，我想我是断然不会这般突然向她表白的。我在打字的时候手有些抖，心里却有一种云山雾水的迷离。我可以肯定，我对她有好感，但这种好感到底有没有上升到喜欢的程度，我自己也没有搞清楚。

她的信息很快就回复过来了。希望，请允许我想一想！

51

三天过去了，杜青檬还未给我答复。我有些许烦躁，也有些许抑郁，像是被一只狂躁的豹子在心中抓出隐隐的血痕。好几次我想问她，但又忍住了。我不好意思开口，也害怕得到一个否定的答案。

我把更多的精力放在写作上，这样我能更好地保持专注，暂时忘记烦恼。那天夜里，在我正在创作的那部长篇小说中，看着其中一个可怜的人儿在自己的命运中越走越远时，我突然有些伤感，他走得太快，我有些追不上他了。突然一个电话把我从那种遥远的伤感中拉了出来，是冯芳打来的。一个着急的声音如同一记惊雷，秋红不见了，我担心她想不开，会寻短见。我们赶紧去找找她。

寻短见？发生什么事了？我只觉得一颗心一下提到了嗓子眼。

冯芳说，电话里三言两语说不清，我们见面说吧，我在学校外面的文具店。

我心急火燎地骑着摩托车赶往学校，远远地看见冯芳站在文具店门口，在昏黄的光线中茕茕孑立，显得无比孤单。

自从上次她与傅秋红同去派出所求情保我出来后，两人便慢慢成为推心置腹、无话不谈的好朋友，经常分享彼此的喜怒哀乐。有一天傍晚冯芳在街边见到傅秋红的时候，神采奕奕的傅秋红附到冯芳耳边，低声告诉她，我怀孕了！冯芳又惊又喜，看着傅秋红的肚子，差点蹦了起来，真的吗？傅秋红把食指竖在唇上轻嘘一声，说，小声点，小声点。冯芳笑了，压低声音问，他知道吗？

傅秋红说，我还没有告诉他。

冯芳说，既然怀上了，那就得准备结婚的事了。

傅秋红满面娇羞，说，届时你要给我当伴娘。

冯芳说，我不仅要当伴娘，还要给你的孩子当干妈。

那时候，傅秋红沉浸在怀孕带来的幸福与紧张中，并憧憬着浪漫的婚礼和未来美好的家庭生活。然而，当她满怀喜悦地把这一消息告诉给杨光明的时候，她却看到他脸上的惊愕和冷漠。他在愣了片刻后，对傅秋红说，把孩子打掉吧。

傅秋红几乎信不过自己的耳朵，她颤着嗓子问，你，你说什么？

杨光明淡漠地说，我还没有准备好做一个父亲。

傅秋红说，这是咱们的孩子，虽然还没有完全成形，但也是一个生命呀。

上次我就叫你吃药，你不听。现在要生下来，我不同意。杨光明说着，从钱包里取出一张银行卡，递向傅秋红，又说，去，把孩子打掉。这里面有一百万，密码是我妈的生日。她的生日你知道的。

傅秋红一把将卡打落在地，叫了起来，我不要你的钱。我喜欢你，并不是因为你有钱。我怀孕了，只要你给我一个名分。

对不起，我还没有想好结婚，更没有想好做一个父亲。他看着她，平淡的语气中带着丝丝歉意。

心一下就疼了，泪涌进眼眶。她忍着，声音微微哽咽，你一直说你喜欢我，现在我希望你能够如实回答我，你真的喜欢我吗？

杨光明说，我当然喜欢你，以前喜欢，现在也喜欢，但是，喜欢一个人，不一定就要与她结婚，与她生孩子。

傅秋红盯着他，一字字地说，你这个骗子！说完后她突然厉声尖叫起来，大骗子！

她转身跑开，眼泪奔泻而出。尽管心中泥沙俱下，怒涛卷潮，她还是期望着他能够追上来，向她道歉，向她致以温柔的拥抱，那样她就原谅他。可他并没有追上来，她觉得自己跑了很远很远，他为什么还没有追上来？她忍不住停下来，偷偷回头，她失望了，风是一根浸透水的鞭子，抽出了她心上的血痕。

有路人与她打招呼，似乎还说了什么，她恍惚中没有听清。心中冰雪在下，北风肆虐，白茫茫一大片，没有边际。她突然又跑起来，脚步高高低低，在跌跌撞撞中摔倒在地。她感到下身一痛，有一股热流涌出来，接着便晕了过去。

傅秋红醒来时躺在了医院，是两个工商所的职工在路过时把她送来的。她身体没有大碍，随时可以出院，但遗憾的是，她摔了一跤，流产了。她坐在床上，心里空荡荡的，听着风吹在窗上发出轻响，听着院子里两个孩子追逐的喊声跌宕起伏，听着远处汽笛长长的尖叫如长矛刺破最坚固的盾……她悲从心来，泪水一颗一颗，落得簌簌有声。

一个医生拿了一些药进来，叮嘱她回去后要好好吃药，不要受凉，着寒，尽量少外出。她应允着，木然地接过药，走出医院的时候脚步沉重，每一步仿佛都走在万丈的悬崖边。

自从马剑英远嫁他乡后，冯芳就是她在这个镇上唯一可以倾诉的朋友。她给冯芳发信息：我在家，难受得真想死！

收到信息后，冯芳一下课，就慌慌张张地赶过去。傅秋红一打开门，就扑进冯芳的怀中失声痛哭。冯芳不说话，只是紧紧地搂着她。很久后，傅秋红止住了哭泣，两人坐在床上，说了很多很多的话，心底里那些伤口的血迹、水草交织的泥沙，都在这绵长的倾诉中一一淘洗。

后来，傅秋红的情绪渐渐平复，冯芳就回学校去了，她还有课要上。傍晚时分，学校放学，冯芳来找傅秋红，敲了半天门，喊了好几声，都没回应。她给杨光明打电话询问傅秋红的下落，里面传来对方极不耐烦的回答，不知道。她又找到几个傅秋红的熟人打听，均是一无所获。她再次回到傅秋红的住所，敲门，呼喊，还是没有任何回应。她心一横，找人来撬门。在铁锤暴力的撞击中，门终于被打开，里面井然有序，收拾得有条不紊。冯芳稍稍松了一口气，至少，傅秋红没有在房间里出意外。

夜幕低垂，月光稀薄。冯芳骑着摩托车，几乎找遍了白水镇的大街小巷，都没有发现傅秋红的身影。在沮丧和失望中，她孤立无援，茫然失措地往回走，在学校门口的时候，她突然想到了我。

昏暗的光线下，冯芳滔滔不绝，一会儿慷慨激昂，一会儿义愤填膺，一会儿悲恸欲绝。我没有插话，直到静静地听她说完，我才开口问道，她有没有可能进城去了？

不会，她的钱包还放在宿舍里，包括身份证。冯芳说得很自信。

突然她又忧心忡忡地说，我担心她想不开，万一寻短见。

我说，她不会的。如果真的想不开，要寻短见的话，她一定会静悄悄地死去，不去惊动别人，那么，她就会在房间里上吊，或者服毒，或者割腕。现在她房间里是完好的，她应该是出去散心了。

冯芳说，你为什么如此肯定？

直觉！我幽幽地说，我相信这种直觉！

那现在该怎么办？

我沉吟道，你先回她的宿舍等她。我再到处找找。两小时后，不管是何情况，我都会回来与你会合。

月色凄迷，夜风如水。我带了一把电筒，骑着摩托车慢慢前行，明亮的车灯劈开黑暗，拉着我的满腔孤独穿过茫茫夜风。白水镇两面靠山，靠西那座山岭就被命名为西山，山岭郁郁葱葱，但是高大的树木较少，更多的是低矮的灌木，那里的最高处叫作望水岭。我记得傅秋红曾经跟我说过，她经常独自去那里，看着远处层叠起伏的山峦延伸到天际，看着鸟儿在茫茫天空中划过的飞行轨迹，看着大地上来往的行人如蚂蚁般闪现和消失，她就感到心里无限开阔，仿佛万川入海，抵达风平浪静。

我来到西山脚下，把摩托车停在路边，沿着小路上山，两旁齐人高的荆棘，在风中时不时地伸出枝条来拂我的脸。风吹过，带着细细的锯齿。偶尔路边的灌木丛中响一声，我打着手电照过去，只看到一片草丛在摇曳。

终于攀到了望水岭。我远远地看到一块石头上，有一个人影盘踞在上面。我不假思索地喊起来，秋红！夜风过处，回应我的是灌木丛中窸窸窣窣的声音。我加快脚步，却不小心被地上一块石头绊倒在地，手中的电筒掉下去，骨碌碌地往山下滚，撞到了一块石头，改变了方向，啪的一声跌进灌木丛，停了下来，兀自发着光。我钻进去捡手电，被一根带刺的荆棘划破了脸，我摸了一下，手掌上便留下了一抹血迹。

我打着手电继续往上走。那个人影仍旧盘踞在石头上，我又喊一声，秋红！

这次终于传来回音，我在这里！

就是她！我只觉心头一热，仿佛是经历了千万险阻，终于找到了苦苦追寻的人。我想再喊她，喉间却发不出声音。

我不敢用手电照傅秋红的脸，只看到她蜷缩着身子坐在石头上，悬空的双脚还在一荡一荡的。我长舒了一口气，说，谢天谢地，终于见到你了！

你怎么来了？她的语调异常平静。

我说，冯芳找不到你，很着急。我猜你在这里，就赶来碰碰运气。在你的面前，我的运气一向不太好，好在这一次例外了。

她轻轻地说，谢谢你，希望，很抱歉，让你们担心了。

回去吧，夜里外面凉。

待会儿吧，我还想再坐一会儿。

那我陪你吧。我说完，就在她身边坐下来。

希望，你没来之前，我看到镇上的灯光，有的熄灭了，就没有再亮过。关灯就是一刹那的事情，一抬手，灯就灭了。她说到这里，语调突然变得很幽深，就像一个人，如果要死，可能就一瞬间，正如那灭了的灯，啪的一下，就没了。

我沉默片刻，说，你看街上的那些路灯，它们不够明亮，也不够绚烂，但是它们整夜都亮着，尤其是夜深人静，家家户户都关灯之后，是它们给人们居住的地方带来光亮和温暖。而我们活着的意义，便是做一盏那样的路灯。

傅秋红也沉默了。我们很久都没说话，默默地看着远方连绵的山峦，它们在黑夜中仿佛是一群巨鲸，在大海中露出黝黑的脊背。

秋红，我率先打破了沉默，不管发生什么事情，我都希望你要善待自己。就像今天晚上，你一个人跑到这里来，万一遇到了坏人，那可是叫天天不应，叫地地不灵。

傅秋红淡淡地说，我现在连死都不怕，还怕几个坏人吗？最坏的结果，无非就是一个死字吧。

对我们来说，死，是一件很容易的事情，一瞬间就能做到，但是最难的，是我们在悲伤中，在艰难中长久地、好好地生活下去。我说得很慢，但每一个字，都吐得很用力。

放心吧，我不会做傻事的。她说得很坚定。

我说，我对你一直都有信心。

她说，希望，你的作品，能读到的，我全都认认真真地读了，而且还不止读过一遍。你的文字简洁干净，藏露有度，从表面上看，是冷的、克制的，但内里却是你火热的理想和激情，是你诚实、坦荡的心灵。你文字中那种理想主义和浪漫主义相交织的情怀，那种批判黑暗、心怀光明的胸襟，让人敬佩，又让人着迷。在你面前，我真的太浅薄了。

我激动地说道，你一点都不浅薄，反倒很有鉴赏力，你完全读懂我了。

她轻轻地说，希望，对不起啊！她顿了一下又说，你才华超群，人品很好，是一个值得托付终身的男人，可你知道我为什么没有答应你吗?

我没说话，回应了轻轻的笑声。

傅秋红说，我从小在一个家教极严的家庭中长大，读书，生活，做事，全都规规矩矩，不越雷池半步。在我心中，我特别渴望打破常规，做出一些特立独行的事情来。希望，你虽然人很好，又有才华，但是你太规矩了，一板一眼，缺少一丝丝的坏。恰恰，你的哥哥……光明……杨光明身上就有一种属于他自己的邪气，一下子就吸引了我。假如你也有那样一种邪气……她没再说下去，只是叹息了一声。

我沉默半晌，说，秋红，即使当初我知道，有那么一种邪气可以赢得你的芳心，我也决不要那种邪气，我宁愿失去你，也不愿意你受到伤害。

傻瓜，你就算有那种邪气，你也肯定不会伤害我呀。傅秋红说到这里，突然叹了一口气，接着说，爱情真是奇怪，有的女人喜欢的是男人的憨厚，有的女人喜欢的是男人的诚实，还有的女人喜欢的是男人的才华，偏偏我喜欢的是男人身上的一种邪气，到头来，却被这种邪气弄得遍体鳞伤。这就是命啊！

我们又沉默了。风吹过，灌木丛飒飒作响。镇上的灯光已经熄了一大半。有一辆夜行的车甲虫似的，缓慢地进入街口，拐一个弯，就被房屋遮住，很久都没有出现。

我说，时间不早了，咱们回去吧。这里风大，你可不能着凉了。冯芳很担心你，还在等着你回去呢。

走吧。她站起来。

我走在后面，用手电照着前方。山路陡峭，崎岖难行，她突然滑了一下，险些摔倒，我便一把拉住了她。她反扣手指，紧紧地抓着我的手。我就这样拉着她，慢慢地走下山来。

在傅秋红的宿舍门口，等得焦急不安的冯芳看到我们回来，欣喜地一把抱住傅秋红，几乎都要哭出来，秋红，你可回来了，差点吓死我了。

傅秋红说，对不起，让你担心了。

冯芳手上用了用力，便放开了她，侧身对我说，谢谢你，杨老师，夜深了，早点回去休息吧。

我说，你就别回去了，今晚跟她一起睡吧。

冯芳说，我就是这样打算的，再见，杨老师。傅秋红也跟着说，再见！

路灯惨淡，傅秋红的眼睛却闪闪发亮，像一面开裂的冰，哀婉中饱含忧伤。我恨不得冲过去，把她搂在怀里。

回去的路上，她的眼神一直晃在我的眼前，让我既惆怅，又悲伤。我突然想到了杨光明，一股怒火便从心底燃起，掀起冲天的浓烟和气浪。我给杨光明打电话，一接通，我就问，你在哪里？杨光明说，我在矿上。我咬牙说，好。然后我掉转摩托车的车头，朝着杨光明的煤矿一路狂奔。

上坡下坡，翻山越岭，我迎着北风疾行。拐了一个又一个的弯，杨光明的白水煤矿终于出现在我眼前，一排排炼焦池里火光熊熊，浓烟滚滚，空气中弥散着刺鼻的气味。在一排两层高的小楼面前，三只拴着的德国牧羊犬凶神恶煞地狂吠。我不知道杨光明住在哪个房间，只得大声叫喊，杨光明！有一个人从房间里出来，打着手电照我的脸，很不友好地问，谁呀？随即声音又软下来，原来是希望啊。

我看清了这个人是胖子，我母亲的表弟邓大军。当初在打砸水泥厂厂长王元忠家的那起事件中，他作为主要肇事者，被关了三个月，出来后，他没有再去水泥厂上班。因为孙秀丽与我的母亲闹翻，拒绝了那份工作。他先后在菜市场卖过水果，又在街口开过早餐店，后来到了杨光明的煤矿来上班。他的活很轻松，但待遇却比当初他在水泥厂的时候翻了一番，这让他的妻子孙秀丽跑到我家里来，对我的母亲表达着感激，表姐，还是你最好了。我的母亲故意歪着头哼一声。她突然抽了两下自己的嘴巴，又带着一丝撒娇的语气，你知道的，我文化低，嘴巴贱，以前说过的话，你不要当真哈。其实周玉兰早就原谅了她，还是往她的额头戳了一下，嗔怪道，你啊，以后长点心吧。

邓大军来到煤矿后，长期都守在这里。他不是保安，但时常主动兼任起保安的活计来。他在看到我后，又问，这么晚了，你怎么来了？

我问他，杨光明在吗？邓大军说，在的。我又问，他住哪间？邓大军用手电筒的光朝楼上的两个房间晃了一下，说，他住的是这两间房，里面是连通的。

我冲上去，朝房门踹了一脚，大叫道，杨光明，给我滚出来。

希望，别踹，别踹，有话好好说。邓大军跟在后面，说得既紧张，又小心。

我不回答，继续踹门。狗叫得更响了。一些房间的门陆续打开，有人探出身来瞧究竟，隐隐有窃窃的私语传过来。杨光明房间的灯终于亮了。过了半晌，门开了，杨光明裹着一件睡袍走出来，打着哈欠问，怎么了，希望？

我冲过去就是一拳，结结实实地打在他的脸上。他后退两步，嚷起来，你疯了？我愤怒地叫道，我问你，你为什么要伤害秋红，为什么？

杨光明摸了摸脸上被打的部位，往地上吐了一口唾液，又慢条斯理地说，你是我弟弟，这一拳，我就忍了。不过我告诉你，我和傅秋红的事情，还轮不到你来指手画脚。

我瞪着他叫起来，那我也告诉你，你欺负她，我这辈子跟你没完。随即我指着他的鼻子，咬着牙说，明天你起床后，立即去做三件事：第一，给傅秋红道歉；第二，马上准备婚礼，迎娶傅秋红；第三，向傅秋红承诺，以后要永远对她好。

杨光明冷笑道，我看你真是疯了，我懒得理你。

他转身进屋。我冲上去拦他，被他推了一把。我猛扑上去，和他扭打在一起。在我的记忆中，我小时候和他打过很多次架，他比我年长，力气也比我大，每次我都打不过他。没想到这么多年过去了，他的力气还是比我大，将我摔倒在地。我便用额头狠狠地撞击他的头部。我小时候打不过他时，也是使用这一招。我的头很硬，撞得他生疼。那时他便戏称我的头是铁头。每次撞他之后，他都疼得龇牙咧嘴，显得很愤怒，骂了几句，就走开了，不再理我。

这一次，他依然疼得龇牙，一把压住我的头，喊起来，你闹够了没有？

之前邓大军一直在旁边喊，别打了，别打了。嘴上嚷着，装腔作势地拉架，却并没有真正地拉开我们。现下看见我摔倒，他便跑过来扶我。我推开他的手，起身对杨光明说，你伤害了秋红，如果你不去弥补，我永远都不会原谅你。

杨光明冷哼一声，说，我需要你原谅吗？真是笑话。我要睡觉了，你自便吧。他一边揉着脑袋上被我撞击的部位，一边走进屋去，砰的一声关上门。

我冲着他的房间大喊起来，杨光明，你要是不去弥补你对她犯下的过错，我这辈子就跟你恩断义绝！

第十六章

52

那天夜里我几乎没有睡着，直到天色微明，我才迷迷糊糊地睡过去，但很快又被闹钟吵醒。我去教室守着孩子们进行早自习。我坐在讲台上，困意阵阵来袭，书本上的文字如同蚂蚁般密密麻麻地乱爬。终于熬到下课铃声响起，我去卫生间用冷水浇了一把脸，感到稍稍清醒了一些。

电话突然响了，是杜青檬打来的。我心里怦怦直跳，是一种望眼欲穿地等待着放榜的心情。我颤抖着手按下接听键，里面的声音娇滴滴的，希望，我昨晚做了一个梦，梦见光明哥哥投资的电影开拍了，我在里面担任了一个重要角色。

这不是我期望的对话主题，我微微失望，说，你肯定演绎得光彩照人。

电话里的声音依旧娇滴滴的，希望，你能不能去找光明哥哥，让他在他投资的大片中，给我一个重要角色?

我迟疑着说，这个……这个不太好吧，我开不了口。

有什么开不了口的，那是你亲哥哥，你只要开口，他肯定不会拒绝的。她微微有些急了。

我说，走后门没什么意思。

杜青檬激动起来，这是人情社会，我身边的同学、校友，除了那些流量明星，有哪个不是通过各种关系和潜规则才得到角色的？

我说，每个行业都有各自的人情关系和各种潜规则，但我也相信，在影视行业，有不少优秀演员是靠自己的本事……

她粗暴地打断我的话，既然你不愿意，那就当我啥也没说过，再见——

电话断了，嘟嘟的忙音传过来，就像一个断然拒绝的背影。

我既生气，又难过。我呆呆地站了半晌，慢慢地走向教室，阳光斜斜地漏下树梢，带着破碎的光斑。我心底有一个声音在微微呜咽，算了吧，相忘于江湖吧。

后来我才得知，我在上第一堂课的时候，我的哥哥杨光明被警察带走了。他有一个习惯，只要他在煤矿过夜，就会在次日上午把各个部门的负责人召集起来开会，反复地强调安全。有时候，他也会戴上安全帽，自己亲自下井去检查安全情况。这天上午，他又照例召开会议，会议进行到一半的时候，一帮人突然闯进来了。

是派出所所长龙文栋，领着六个人，开着两辆警车。警灯闪烁着，但没有拉响警笛。龙文栋一脸凝重，把警官证朝杨光明亮了一下，说，你涉嫌强奸，请跟我们走一趟。

开会的人都愣住了。杨光明就像听见一个笑话似的，打了哈哈，讥笑道，涉嫌强奸，开什么玩笑？我杨某人睡一个女人还需要强迫吗？倒贴上来的女人多的是。

龙文栋阴沉着脸，大声吩咐手下，把他给我带走！

两个警察冲过去时，杨光明猛然掀翻桌子，厉声喝道，你们要干什么？无凭无据，就想抓人，门都没有！有两个开会的人一下子就蹿出来挡在杨光明的面前，叫道，别以为你们是警察就了不起，这里不是你们撒野的地方。

只听得砰的一声枪响，龙文栋朝上开了一枪。子弹嵌进天花板，留下一个小孔。他怒喝道，谁要出头，就是妨碍公务，我一并抓。

这枪声一响，守在门外的三个警察都冲了进来，全部推枪上膛，严阵以待。在场的人立即尿了。龙文栋叫道，给我带走！

杨光明喊起来，龙所长，你带人来抓我，请问你奉了谁的命？是你们蔡局长吗？我马上就给蔡局长打电话问问。

他刚掏出手机，就被龙文栋一把抢夺了过去。龙文栋大声说，我不需要奉谁的命，我自己做主。给我带走！

杨光明抓起椅子砸在地上，叫道，龙文栋，你给我捏造罪名，是何居心？

龙文栋伸过头去，鼻尖几乎都要凑到杨光明的脸上去了。杨光明昂着头，一脸不屑。龙文栋盯着杨光明看了半晌，把头缩回来，说，我龙某人办案向来讲求证据，绝不捏造罪名，人证物证俱在，你死定了。

人证？谁？

傅秋红！

杨光明朝后退了一步，随即整了整衣领，挺着胸，迎着抓他的两个警察走过去，说，好吧，我跟你们走。

两个警察给杨光明戴上手铐的时候，他又喊起来，老马，给蔡局长打电话。不，给曹县长打电话。

龙文栋哼了一声，说，证据确凿，神仙也救不了你！

警察拉响警笛，带着杨光明扬长而去。忙碌的煤矿在那一刻停歇了下来，工人们眼睁睁地看着远去的警车，茫然无措。那个叫老马的中年人急得如热锅上的蚂蚁，不停地问，怎么办，怎么办？

警车一直鸣叫着回到派出所，好奇的人一直在观望。有人看到杨光明被带下车的时候，一个警察在他屁股上踢了一脚。杨光明回头愤怒地注目那个警察的时候，又被另一个警察按了一下脑袋，并威胁道，老实点！

杨光明几乎是被两个警察野蛮地推进房门的，随即门关上，里面隐隐传来叫声。好事者相互议论，说得有些兴奋，杨富豪肯定被打了……杨富豪出事了，不晓得问题严重不……杨富豪真要是进去了，他那厂子得不得查封哦……

快到中午的时候，人们看到傅秋红戴着一顶白帽子，帽檐压得很低，遮去了半张脸。她一直低着头，步履匆匆地走进了派出所。她走进龙文栋的办公室，两人聊了十多分钟。门是关着的，走廊外的警员在路过所长办公室的门口时，听到里面有激动的说话声，偶尔有轻轻的叹息。但龙文栋向来横眉圆眼，不怒自威，下面的人谁也不敢在门外偷听他说话。后来门打开，龙文栋站在门口大喊，小钟，路明！两个年轻警员便应声进去。

没多久，傅秋红便走出了派出所。她穿过街道的时候，脚步很轻，生怕会将街道踩塌了一样。有人跟她打招呼，她都没抬头，只是轻轻地回应一声，你好！

半小时后，人们惊奇地发现，杨光明从派出所出来了。这让围观者大失所望，他们在心里嘀咕，怎么他就出来了呢？然后他们相互打听，这是怎么回事，怎么回事？

见到杨光明的时候，我正从学校食堂吃完饭出来。我昂着头，目光侧向一边，对他置若罔视。他轻轻喊我，希望。我不理他，径直朝前走。他拦住我，又喊，兄弟！

怒火呼的一下蹿上心底，我强忍着，压低声音，冷冷地说，请你马上离开。这里是学校，学生很多，我不想让孩子们看到我发火。

杨光明说，那能不能另找一个时间，咱们俩好好聊聊？

跟你这样人，没什么好聊的。我语气很冷，从他身边抹过去。

那时我还不知道外面发生的事情。整个上午我的课程排得满当当的，我一直在讲台上授课。下午四点，冯芳来找我，我正在办公室备课。思绪有些乱，我不停地走神。

我和她来到操场边。她说，秋红走了，回老家了，她要独自静一静。

头一天夜里，她们聊了很久才入睡。在这过程中，冯芳只字未提杨光明，倒是傅秋红主动提及他，她告诉自己的好友，她在下午曾给杨光明打过电话，说自己流产了。她看不到他的表情，只听到电话里一个平静的声音，我把那张银行卡给你送过去，你去买点营养品。她立即挂断了电话，带上一条内裤奔向了派出所。那条内裤没有洗，留有杨光明的精斑。她将内裤作为证据，向派出所报案，杨光明强奸了她！她向两个警察陈述细节，声音发着颤，偶尔长长地停顿，又偶尔结结巴巴。

派出所做了详细的笔录，就叫傅秋红回去了。镇上的人都知道，号称“杨富豪”的杨光明与白水镇的书记和镇长关系密切，而龙文栋又进城开会去了，其他警察就不敢轻举妄动。

劳碌了一天，冯芳睡得很死，天亮后，她看到傅秋红坐在桌子边照镜子。镜子中的女人神色憔悴，微黑的眼圈透露着心力交瘁的疲倦。冯芳问她，你要去上班吗？傅秋红摇头，说，不去了。随即她又说，我想睡会儿，昨晚几乎没合过眼。

冯芳下床来，怜惜地摸了摸她的背，说，那你赶紧休息吧。我回去了，上午有事，下午再来看你。

傅秋红嗯了一声，便爬上床去。明明坐立着很困，但一躺下去，她却又睡不着了，折腾了许久，终于迷迷糊糊地睡过去。睡梦中有人在外面喊她，把她叫醒了。她不满地嘀咕了一句，看了看时间，十一点多了。门外是派出所的警察，受龙文栋之命来告诉她，所长在昨天晚上回来了，今早一听到属下汇报的强奸案情后，就立即带人将犯罪嫌疑人抓回了派出所，并请她马上到派出所去一趟。她叫警察先回去，她随后就到。

他真被抓了，真被抓了！她坐在床上，脑子里有些迷糊。她昨天是因为生气才故意去报案的，现在听说他被抓了，她心里却又莫名地慌乱和紧张起来。她匆匆地收拾了一下，便走向派出所。

面对龙文栋，傅秋红第一句话就问，他……杨光明会坐牢吗？

龙文栋说，只要你一口咬定，你不是自愿的，杨光明就一定会坐牢。

傅秋红低声说，可人们都知道我和他的关系，我们一直在谈恋爱。

龙文栋说，就算是谈恋爱，但只要你坚持说你不是自愿的，罪名一样成立。

那，那他会坐多少年的牢？她的声音更低了。

龙文栋说，三到十年。

傅秋红低下头，沉默了，一只手不安地攥着衣角，手上使着劲，攥了又攥。龙文栋搬了一张凳子坐在她面前，说得微微激动，秋红，这种男人就是一个人渣，以为自己有几个臭钱，和几个官员关系好，就为所欲为，随便玩弄女性。这种人就是社会祸害，必须把他送进监狱。

说完后，他忽地叹息一声，又说，你还太年轻，容易被花言巧语诱惑，以后，你一定要擦亮眼睛，学会保护自己。

傅秋红突然抬起头来，哀声道，龙所长，能不能把他放了？

啥？龙文栋愣了愣，声音稍稍提高，把他放了？你开什么玩笑？接下来就要移交检察机关了，然后定他的罪。

我不想他坐牢！

他侵犯了你，就得承担后果。龙文栋有些激动了。

昨天我是因为恼他对我的态度，我伤心、气愤，才来报了假案。事实上他并没有强迫过我。她声音沙哑，眼里泪光闪闪。

龙文栋急了，秋红，你不能女人家心肠。现在我们派出所都立案了，我不能就这样放了他。

那回头开庭的时候，我就在庭上实话实说，杨光明……并没有强奸我，是我报了假案，我愿意承担报假案的一切后果。她的泪水落下来了，就像风吹过，雨后的葡萄掉下水珠。

你……龙文栋腮帮鼓动着，脸都红了，但没有再吭声，显然是在努力压抑着愤怒，随即他一拳狠狠地砸在桌子上，又长叹一声。

好吧，我答应你，放了他。他说得很苦涩。

谢谢你，龙所长！傅秋红抹着泪水。

龙文栋说，秋红，要是有一天你也能这样对我，我就算是死，也无憾了。

傅秋红低下头，低声说，对不起，龙所长！

龙文栋苦笑一下，又叹息一声，走过去打开门，大声呼唤下属。

两个年轻警察应声而入。龙文栋说，小钟，把昨天的强奸案撤销了。路明，半小时后，去把杨光明放了。

两个年轻人惊愕地看着自己的上司，愣了好一会儿。

傅秋红从派出所回来后，只觉心里有一股风在回旋，吹得又冷又远。外面有一阵脚步声杂乱地跑过，接着是一个孩子吹口哨的响声。这让她想起诸多往事，一幕又一幕，纷至沓来，就像海潮汹涌，后浪推着前浪。后来，她听到了杨光明在外面的喊声。她很欣慰，他被放出来了。但那声音又像一把刀，一下一下，捅在了心窝里。她无声地哭了，泪水一粒一粒，仿佛不是从眼里涌出的，而是那颗心，摔下来，全都碎了。

终于，他走了。她听到他的脚步远去。她苦苦压抑的哭声，释放了出来。她又抓起毛巾，将它掩住。很久，她感到泪水流尽了，哭得没有了力气，她就躺在床上睡着了。

下午两点钟的时候，冯芳来了。她说，要不出去走走吧？傅秋红疲惫地摇头。冯芳问，你吃饭了没？傅秋红说，没有，吃不下。

不行啊，吃不下也要吃，不然你身体会垮的。

傅秋红苦苦一笑。

半个月后，冯芳收到了傅秋红的来信，信极短，字迹娟秀，笔画工整，确是傅秋红的亲笔。冯芳把信拿给我看。

芳：

我走了。至于去哪里，我也不知道，反正是走到哪里算哪里。

愿你一切如意。愿今生有缘再相见！

秋红

2003年7月3日

这简直就是一封诀别信。哗啦啦，有什么东西正在我心底轰然倒塌。好半天，我都没能回过神来。

53

只要不是暴雨，我每天傍晚都会爬上西山的望水岭，坐在我和傅秋红曾经一起待过的那块石头上，看着开阔的长天下峰峦叠嶂，逶迤连绵。山脚下的白水镇大兴土木，挖掘机兜兜转转，打夯的声音一遍遍地回旋。一些旧房被拆掉，新的楼房正在层层拔节。河流泛着光，如一匹丝绸，穿镇而过。一群工人正在修固河堤，渺小的背影如一堆文字中的标点。

当我坐累了，就会躺在草地上，闭着眼，脑子里信马由缰，想得天翻地覆。有时风声如诉，鸟鸣清脆而温柔，就像傅秋红说话的声音。我霍然坐起，四周寂无人影，只有灌木丛中的荆棘在轻轻摇曳。

我们已经放了暑假，我回到家里跟父母一起住。母亲总是念叨着，青檬呢？好久都没来了，你叫她来家里吃饭呀。起先我装聋作哑，后来实在忍不住了，我说，妈，你再提她，我就回去住了。母亲便不吭声了。半晌后，她又小心地问道，你们关系还好着的吧？我板起面孔说，妈，这是最后一次了，你再说，我就回去了。母亲长长地叹息一声。

晚上我熬夜写作，上午都会起得有些晚。有一天上午我刚刚起床，打开门，就听到楼下的客厅里传来杨光明的声音。他在跟周玉兰说话，我把东西放厨房里了，你记得收好。

周玉兰说，看你这急急忙忙的，你要去哪里呀？

杨光明说，我要到玉华去。

周玉兰说，你等一下，有件事，我想问你。

杨光明没作声。周玉兰又说，我今天早晨看到杜青檬从你的别墅出来，在路边的小卖部买东西，然后又进你的别墅去，你告诉我，你们是什么关系？

我脑袋顿时嗡的一声，如雷轰顶，震得我一阵眩晕。我慌忙定了定神，继续往下听。

妈，你别乱想，我们没那种关系。

那是什么关系？你告诉我，她为什么大清晨就从你的别墅里出来？她昨天晚上是不是就在你的别墅里过夜？

是，她昨天晚上是在我的家里，但她是有事来找我。

周玉兰语气严肃地追问，有事找你？那是什么事？

妈，你打听这些干吗，她有事来找我，跟你有什么相干？

周玉兰厉声道，是跟我不相干。可你别忘了，她是你弟弟的女朋友。她到白水来，为什么不找你弟弟，而是在你的家里过夜？

妈，我回头再给你解释。我得走了，杜青檬还在等我呢。话音落下，就响起了杨光明出门的脚步声。

我慌忙冲下楼去，匆促中绊倒了客厅里的一把椅子。周玉兰惊愕地喊我，希望——我没理她，赶紧换鞋子。门外响起了雄浑的车声，我跑出门去，只看到杨光明新买的那辆悍马车亮了一下尾灯，随即咆哮着远去了。我立即跳上摩托车，点燃火，追了上去。

杨光明的悍马车是黑色的，棱角分明，宛若一个庞然大物，发动机的声浪就像一个男高音歌手发出的深沉之音，比我摩托车的轰鸣要悦耳许多。这让我更加气恼，我使劲地轰着摩托车的油门。

在一家农业银行的外面，杨光明停了下来，杜青檬正站在那里等他。我轰着油门，骑着摩托车冲到她的身边。

我喊起来，青檬，你要去哪里？

对我的突然出现，她微微惊诧，随即就平静下来，淡然地说，我要去哪里，是我的自由，跟你有何相干？

我忍住心里的酸楚，说，你来了，也不找我。我……我担心你呀。

我好得很。不需要你假惺惺地为我操心。她说着，拉开了车门。

我伸手去拉她，叫道，你不能上他的车！

杜青檬甩开我的手，面色愠怒，喊了起来，杨希望，你太过分了！说罢坐进车里，对杨光明说，走吧。

我叫道，杨光明，你要带青檬去哪里？

杨光明说，希望，我赶时间，回头再说。有些话，也不是三言两句就能说清的。

我听到油门深踩发出的轰鸣，车轮在地面磨过激烈的摩擦声，然后车子呼的一下蹿了出去，跑得飞快。我愣愣地看着威风凛凛的悍马车在街口消失，久久回不过神来。阳光一瓣一瓣，有些恍惚，有些迷离，晃得我睁不开眼。

人们站在街边看我，各种表情都有。一个人朝我走过来，是我的朋友黄小波，他不说话，只是拍了拍我的肩。

老黄，陪我去喝酒。我心痛如绞，努力压着悲声。

黄小波说，现在吗？太早了吧，还不到十点呢。

可我想喝，老黄，我这里——我指了指心窝，哀声说，难受啊！

黄小波叹了一口气，说，现在餐馆还没营业，不如去我家吧。

黄小波的妻子在去年下半年调进县城后，把孩子也带进城里读书去了，就只剩黄小波一个人留在了白水镇。他把家里收拾得干净整洁，井井有条，我们俩在客厅里就着两袋花生米、一盘泡菜，喝起了酒来。

老黄，有一个问题我想不明白。我饮下一口酒，哀切地问，像杨光明这样的男人，又花心，又不负责任，为什么还会有那么多女孩喜欢他？

黄小波幽幽地说，因为他很有钱！

我正要反驳，他却看出了我的意图，伸手阻止了我。他说，别着急，听我把话说完。尽管我们知道，并非所有的女孩都爱钱，但是，那些很有钱，同时又很能干的男人，比起那些普通的、平庸的男人，真的要富有魅力得多。这就像我们读中学的时候，成绩优异的男生，总是能够更多地获得女生的青睐。当然，像你哥……杨光明，他不仅有钱，还能讨女人欢心。

他顿了一下，接着说，在今天，我们攀比得最多的，是金钱、地位、名望，而一旦一个男人拥有了这些光环，就会受到追捧。反观你大作家，虽然才华卓越，但是你的文学才华还没有给你带来金钱、地位和名望，所以喜欢你的女孩，就不会太多，除非是那种有文学情结的文艺女青年。现在换一个角度，假如你是你们学校的校长，就意味着你有地位了，也有一定的名望了，那么喜欢你的女孩必然会大大增加。至于我这样的男人，大街上一抓就是一大把，金钱、地位、名望，啥都没有，也就没有可供选择的余地，只能找一个平平无奇的女人共度一生了。当然，也有不看重这些的，只看重人品、灵魂，但毕竟是太少太少了。

我默默地举杯与他相碰。他被烈酒辣出咝咝的声音，感慨着，感情这东西啊……

那天我喝醉了，在黄小波家里睡了整整一个下午。傍晚我回到家，我的父母正在客厅里说话，看见我回来，立即住口不语。

酒喝得多，我口干舌燥，便倒了一杯水。刚喝完，周玉兰便以一种谨慎的语气问我，希望，光明带着青檬去哪里了？

我不耐烦地回答，我哪里知道呢？

周玉兰说，那你和青檬到底是怎么回事？

我疲惫地摇摇头。

周玉兰叹息道，我本不想问的，但今天外面都在传，说你和你哥争一个女人，大吵大闹，他们说的是什么……什么兄弟争爱，反目成仇……唉，反正说得可难听了。

丢人！杨胜利拉着脸，在旁边插了一句。

对不起，给你们丢脸了。我说完，便上了楼，进了我的房间。

我躺在床上，心里涌起深切的自卑。黄小波的话一遍遍地响在我的耳边，像发怒的蜂群，一下下地蜇。这时，电话响了，是杨光明打来的。我坐起来，一接通就大叫，杨光明，老子不想跟你说话，你以后都别再打来了。别再打来，永远！然后我粗暴地摁断了，又狠狠地呸了一声。

电话又响了，还是杨光明。我直接挂了。过了好半天，手机都没有再响起，我竟然有些失落。我又颓然地躺下去，只觉眼前在飘浮，心里全是狂乱的雪崩。许久，我听到母亲在楼梯口喊我。我应了一声，她说，吃饭了。

我回答道，我不饿，你们吃。

过了一会儿，母亲又来喊我吃饭。我回应道，我说了，不吃不吃。我听到她叹息一声。

我瞪着天花板发呆，回想着那些我周而复始地穿过操场走向教室的平凡日子，回想着在听闻傅秋红与杨光明在宾馆开房时我在那一瞬间的万念俱灰，回想着杨光明那辆崭新的悍马车载着杜青檬扬长而去……我觉得那些过去的时光那么灰暗而无趣，平庸的生命匍匐在大地上，覆盖着厚厚的灰尘。心里有什么东西正稀里哗啦地落下去，像一场地震，尘土漫天飞扬。

许久许久，我回过神来，深吸了一口气，在心里郑重地对自己说，从明天起，我要换一种生活！

54

我快速卖掉了我在白水镇的房子，带着我所有的积蓄，赶到省城与陈兴平会合，决定与他一起创建网站。在路上我给我们校长发了一条短信息，首先感谢了他对我的关照，随后表达了我的歉意，最后我提出辞职。很快，校长的电话就打过来了，语调中交织着惊诧与气恼，你搞什么呢？这么突然地说要辞职，为什么要辞职？我沉默了一下，说，我很累，我想休息了。

你在哪里？咱俩见面聊聊。他问得很急切。

我把电话挂了，发了一条信息过去：对不起，校长，我心意已决。

他又打电话过来，我毫不犹豫地关了机。

在一套陈设简陋的出租房里，陈兴平向我引见了另一个合伙人张春明。他比我还小一岁，长得很普通，但胖乎乎的圆脸上镶嵌着的那一对小眼睛滴溜溜地闪光的模样让人难忘。

我们经过一番讨论，决定把公司取名为有趣生活科技公司，把网站取名为“有趣生活”。陈兴平担任公司总经理，持股33.4%，主管公司的人事和财务，以及负责网站的技术服务；张春明和我都担任公司的副总经理，各占股份

33.3%。我主要负责网站的内容生产，张春明主要负责网站运营和行政事务。

当天夜里，我们在一个小餐馆里喝得豪情万丈，拍着胸脯发誓，一定要竭尽全力，混出个人模狗样来。陈兴平带着几分醉意，斜睨着我问，此处应该用一句什么诗来形容？

我说，长风破浪会有时，直挂云帆济沧海。

不行不行，他连连摆手，说，这句诗只是表达成功的愿景和信心，我要的是已经成功了的。

我说，春风得意马蹄疾，一日看尽长安花。

陈兴平立即竖起大拇指，说，这个好，这个好，一日看尽长安花。来来来，喝酒喝酒。

我们一直折腾到深夜才睡去。第二天醒来，我们都觉得头疼，一致认定小餐馆出售的酒是劣质产品，但我们仍然兴致勃勃地讨论工作规划。那时我们似乎有使不完的劲、用不尽的力，废寝忘食地工作，没日没夜地加班。两个月后，网站上线了。页面设计层次分明，使用起来顺滑流畅，让我们自豪而激动，兴奋得放声尖叫。

陈兴平跳上椅子大喊，这是我们人生的特别之日，一个里程碑似的节点。走，喝酒去。

公司的一名员工随我们一起去了小餐馆喝酒。这是一个腼腆的小伙子，是公司的出纳，也做办公室的行政事务。会计则是兼职的，是一家财务公司外派。当我们喝得七荤八素时，我的母亲周玉兰突然打来了电话。餐馆里乱哄哄的，我便走出门外接听。她一开口就问我，希望，你吃饭了没？我说，正在吃着呢。她说，我感觉你喝酒了。我嘿嘿一笑。她说，你少喝点酒，喝多了对身体不好。我又是嘿嘿一笑。

电话里陷入短暂的沉默，一个关切的声音再次响起，你爸出去了，和他的朋友们打牌，我一个人看电视，电视也没啥好看的，我就想起给你打电话。你出去了这么久，妈也不知道你到底在外面做啥。前几次给你打电话，你只是说你在做事……

我打断她，妈，我不偷不抢，不违法乱纪，你就放一百个心。

周玉兰幽幽地说道，前几次你也是这么说的，但具体情况你又从来不讲。我始终不明白，你为什么一声不吭就走了，当老师不是挺好的吗？

我说，我只是想做一点我自己想做的事。我年纪不小了，再不做的话，只怕以后就来不及了。

周玉兰问，那你做的到底是什么事情？

我说，你就别再问了。以后你们会知道的。

你做的事情有什么见不得人的？你连你妈也要瞒着吗？她有些恼了，语气中闪烁着火星。

你别生气，妈，我尽量把语调放轻，我是害怕到时候没有做好，我不好意思面对你们。

虽然我书读得少，可我也知道，有个成语叫天道酬勤……母亲的话还未完，我便急急地打断她，妈，我先挂了，我这里有点急事。

陈兴平出事了。我在街边接电话时，他去了一趟卫生间，在出来的时候不小心撞到了一个与他擦肩而过的男人的肩膀。他立即做出了一个抱歉的手势，但那个瘦瘦小小的男人已经喝多了，他或者没有理解到陈兴平手势中所包含的歉意，也或许这时候所有的道歉对他来说都是一种火上浇油的挑衅，他冲着陈兴平破口大骂，他妈的没长眼睛啊，没教养的东西！

已有醉意的陈兴平哪里听得这种辱骂，他立即反击，全世界都知道你有教养，你是一个嘴巴长在肛门上的东西。

别看那男人瘦瘦小小的，可他那单薄的身子里却充满了火山迸溅的力量，他冲过来给了陈兴平一拳。这仿佛是铁锤撞击，结结实实地击打在陈兴平的面门上，将他的眼镜都打掉了。陈兴平只觉得眼冒金星，他稳了稳心神，顺手从过道边的空啤酒瓶堆里操起一个瓶子，狠狠地砸在了对方的头上。被愤怒冲昏了头脑的陈兴平连砸了三下，砸第三下的时候瓶子碎了，玻璃的破碎声如同平地里的一声惊雷，让整个小餐馆的吵闹声倏地平息，众人的目光齐刷刷地集中到打斗的现场。那个瘦小的男人砰的一下倒下去。陈兴平握着半截破碎的酒瓶，怒吼着朝地上的男人挑战，来啊，有种就起来，再来啊！

我就是在这个时候在外边的街道上看到了陈兴平打人的场景，张牙舞爪的他挥舞着酒瓶，又吼又叫，显得面目狰狞。我在片刻的惊愕后，便冲了进去。

餐馆老板是一个胖胖的中年男人，站在柜台后的他第一时间跑过去，取下了陈兴平手中的瓶子，焦急地叫道，别打了，别打了。陈兴平这才弯腰去捡眼镜。他刚把眼镜戴上，就被一个急匆匆赶来的青年男子推了一把，那是瘦小男人的同伴，染着黄头发，冲着陈兴平咆哮。另有一个穿着黑色夹克的年轻男子去扶躺在地上的瘦小男人。

陈兴平不甘示弱地吼道，你想干吗？

餐馆老板慌忙插在两人中间，苦苦劝解道，有话好好说，千万别动手，别动手。

我和我的两个同伴也奔到了陈兴平的身边。我问陈兴平，你没事吧？他整了整眼镜，看了我一眼，没回答，目光又落在了黄头发的身上。张春明带着警告似的语气，对黄头发说，别动手啊。

去扶瘦小男人的那个黑夹克喊了起来，他晕过去了，正在流血，快叫救护车。

黄头发看了看我们，迟疑了一下，跑过去查看他的同伴去了。我看到他面带愤怒，显然心有不甘，可他们只有两个人，明显寡不敌众，他也只好硬生生地咽下那口怒气。

瘦小男人左侧的额头上有一个洞，正在汩汩地冒血，淌得满脸都是。一个围观的男人喊起来，有没有纱布？先包扎一下，给他止血。

有人过来帮忙，在大家的七嘴八舌和手忙脚乱中，张春明悄声问陈兴平，怎么办？要不要跑？陈兴平无言地摇摇头，随即他挤开人群，走到了那个被他打倒的男人身边，俯身看了看对方的伤势，然后直起身，说，人是我打的，我会负责。

他回到我们之前用餐的座位上，端起一杯啤酒一饮而尽。我们默默地跟着他，挨着他坐下。他潮红的脸色渐渐平静，目光有些游离，一直望着虚空处。

张春明小心地喊他，老陈，老陈！

陈兴平回过神来，勉强一笑，然后又朝杯子里倒啤酒。我按住他的手，说，别喝了。他说，我想再喝一杯，这杯喝了就不再喝了。我只好放开了他。他一口气喝下，长长地出了一口气。

另一边救人的现场依旧吵吵嚷嚷的，一些顾客又陆陆续续地回到位置上吃东西。小餐馆里的声音又慢慢大起来，如同涨潮的水位一寸寸地抬升。

外面传来警笛的呼啸声。一辆白色的警车在门口停下，两个警察下车，走进门来。餐馆的老板慌忙迎上去，满面堆笑的样子。领头的警察问，是谁报的警？

不，不知道呢。老板说，刚刚两个客人起了一点小冲突，现在，现在没事了。

忽然一个声音高喊道，是我报的警。原来是那个黑夹克，他走过来，带着警察去查看他朋友的伤势。

警察一来，客人们便不再说话。警察查看伤者的伤势时，餐馆里鸦雀无声。警察说，好像是伤得不轻呢。打人的人呢？

在那边！

警察走过来时，陈兴平的脸色有些苍白，他起身对警察说，人是我打的，我愿意负责任。

救护车在这时也拉着警笛来了。瘦小的男人被抬上了救护车，陈兴平被警察带去了派出所。陈兴平临上警车时冲我喊了一句，希望，医院那边你先帮我垫付一下医药费，回头我还给你。

那天夜里，我去医院垫付了一部分医药费后，又给张春明打电话。他还守在派出所那边，等着陈兴平出来。我跟张春明说我也打车赶过去。走到半路的时候，张春明突然给我打电话，叫我不要再过去了。

警察刚给我说了，今天晚上老陈出不来。电话中最后传来的是一声长长的叹息。

经鉴定，瘦小的男人是颅骨凹陷性骨折，构成了轻伤一级。警方将这起事件定性为打架斗殴，对致人轻伤的陈兴平实施了半年的拘役。

起初我和张春明去看他的时候，他一脸的懊悔和沮丧，后来就释然和平静了。他笑着说，这也是一种经历。等我出去后，咱们再好好喝酒。不过你们放心，下次肯定不会再打架了。别人要打我左脸，我还要送上右脸。我们都笑了。

他被拘役后，他之前负责的财务工作由我代管，但网站的技术维护和更新就变成了大问题。我们商议后，聘用了一个计算机技术人员，他的到来，让公司的聘用员工增加到四个人。但更大的困境在于，上线三个多月的网站还未引起关注，尽管我们花了重金进行了铺天盖地的宣传，但效果仍然不太理想，通过流量进行招商遥遥无期。而公司账面上的余额已经所剩无几，但每个月的员工工资、房租费、水电费等费用却又必不可少。我和陈兴平、张春明已经押上了我们的所有积蓄，已无力再注资了。我们先后去找过银行试图贷款，可面对一个前景模糊、未来不明的新网站，又有哪家公司愿意解囊相助呢？他们大多委婉拒绝，遗憾地表示近期没有放贷额度。但也有的极不客气，直接把我们拒之门外。我记得有一天下午我去某银行找客户经理咨询贷款事宜时，对方在看了我们公司资料后露出了不屑一顾的鄙视之情，他讥笑道，在我们这里还排着队等待放款的优质公司，队伍长得已经排到高速路口去了。我看你们就不要在这里浪费时间了。等哪天你们资产达到一亿之后，再来试试吧。

他的态度令我愤怒，我本想启唇相讥，但最终又忍住了。我冷冷地瞥了他一眼，拿过我的资料，昂首挺胸地走出门去。

我刚回到办公室坐下，门就被轻轻敲响，我说了声请进。一张清秀的面孔冒进来，是公司的员工马姿兰，去年毕业的大学生，读中文系的小姑娘，做网站的内容采写，负责采编吃喝玩乐的稿件。她怯生生地站在门口，有一种进退维谷的样子。我说，进来吧，小马。

办公室很狭小，她只迈进两步，就和我面对面了。她垂着头，双手不安地绞在一起，低声说，杨总，这个月都已经是最后一天了，工资还没有发。

我坚定地说，放心吧，马上就发了。

我顿了一下，又说，你是不是遇到了什么困难？需不需要我们帮忙？

没有没有。她连连摆手，说，我……我先出去做事了。

十分钟后，她给我发来了一条信息：杨总，我不是担心工资发不出来，我担心的是公司的未来。本来这些不该是我考虑的，可我真心觉得咱们的网站不错，我希望它有一个光明的前景。

我心里微微一热，快速回复：大家一起努力，前景肯定是光明的，加油！

信息刚刚发出去，张春明就风风火火地进来了。他满面喜色，一进门就嚷起来，好消息，好消息。

我立即站起来问，什么好消息？快说来听听，快快快。

我刚见了一个老板。张春明摸出一张名片递给我，说，一家科技公司。

名片上头衔很多，最显眼的是某科技公司的董事长。我兴奋地问道，他愿意投资吗？

张春明说，我们谈了半小时，他看了我们的资料，也在电脑上看了我们的网站，我凭着我的三寸不烂之舌，把他说得动了心，愿意出二百万收购我们的网站，二百万啦。他的声音在最后透出压抑不住的丝丝颤抖。

我把名片放在桌上，坐下来，沉默了。

张春明转了一圈，仰着头，举起双手大喊，二百万啊。

见我半晌没有反应，他微微愣了愣，问我，怎么不说话呢？

我不同意。我说得很严肃。我想我的脸一定是沉着的，有一种生铁的僵硬。

你说什么？不同意？他急了，为什么？这可是二百万啊，我们除去成本，赚了一倍还多。他说到最后，激动得用手敲起了桌子。

我说，你想过没，网站是咱们辛辛苦苦、呕心沥血地做起来的，现在卖了，咱们就什么也没有了。

卖了之后，可以再做啊。

这是咱们的心血，更是咱们的梦想。你回想一下，当初咱们是怎么说的，发了誓，要把网站做大做强，服务于广大网民。现在可好，刚起步，你就想卖了。

梦想能当饭吃吗？公司都快要开不下去了，你给我谈什么梦想？他声音很高。

我耐着性子说，现在我们是遇到了困难，但是咬咬牙，就挺过去了，不能为了眼下的蝇头小利，就放弃了未来的光明远景。

不是咬咬牙，困难就能挺过去的。再说未来究竟如何，难以预测。只有把握当下，实现眼前的利益，那才是聪明的做法。你不卖，随便你，反正我的股份，我卖。他依旧很激动。

我腾地站起，大声说，老张，你想要卖你的股份，那是你的事情。但要卖网站，你想都别想。

好，那你就守着你的远大梦想喝西北风去吧。张春明愤怒地一甩手，转身走出去，砰的一下将门摔得很响。

我气得朝桌子上猛捶一拳，疼得我龇牙咧嘴。半晌，我才颓然坐下来，心里一片萧索。窗外天空灰蒙蒙的，深冬的风有着凄凉的呜咽。

我打开网站，把每个板块的内容又细细地看了一遍，并详细地记下笔记，我想好好分析一下其中的问题。这时电话响了，是张春明打来的。他的第一句便是，对不起，老杨。我淡然地说，没关系。

他说，我不该用那种态度对你。刚才在回家的路上，我想了很久，我觉得你说的，有你的道理。确实，咱们应该坚持梦想，从这一点来说，我很钦佩你。但由于眼前咱们深陷困境，我也有我的道理。咱们明天去看看老陈，也听听他的意见。

第十七章

55

陈兴平看上去胖了一些。他神采奕奕，一见到我们，就兴奋地说道，我这段时间又研究出一个新的程序，我自己都觉得有时候我就是一个天才。等我出去后，重新换一下程序，我们的网站就会更流畅、更好用。

我朝他竖起大拇指，赞道，好，我等你。

张春明犹豫了一下，郑重其事地说，老陈，今天来，是有一件事，想跟你一起商量。

陈兴平也严肃起来，点点头。

张春明咳嗽两下，清了清嗓子，说，上次跟你说过，公司账上没钱了，现在连工资都不够发了。这些天我和老杨到处找钱，想找银行贷款，但始终四处碰壁。如果再没有资金注入的话，公司就只能关门了。

唉，都怪我一时冲动，现在关在这里出不去，没法帮你们。陈兴平既愧疚，又难过。

张春明说，昨天下午，我和一个科技公司的董事长谈了半小时，他愿意用二百万收购我们的网站。我算了一下账，我们除去了成本，还赚了一倍多，我觉得卖了很划算……

我立即打断他的话，我不同意卖。

张春明说，所以我们想听听你的意见。

陈兴平的目光在我和张春明的脸上扫过，然后闭上眼沉默了。我非常紧张，如果他同意了，按照公司的制度规定，我得少数服从多数，那我们最初的梦想便是镜花水月一场空了。

张春明轻声喊他，老陈，老陈。

陈兴平推了推鼻梁上的眼镜，睁开眼，目光炯炯地看着我们，很坚定地说，不能卖，我不同意卖。

我长舒一口气。

张春明显得有些失落，沉默了片刻，说，你们俩都不同意卖，那便不卖吧。只是现在资金难以为继，我实在不知道该怎么渡过眼前的难关。

我说，给我一点时间，我去找亲戚朋友借。我相信咬着牙关，我们能挺过去的。

张春明说，我也去找亲戚朋友借一点吧。虽然我的亲戚朋友都不是有钱人，但能借到多少算多少。

我说，昨天晚上我仔细研究了一下我们的网站，我还是认为我们的创意是很好的，吃喝玩乐完全切合了人们的基本需求，而且在这个领域暂时还没有出色的网站，我们若是做好了，前景不可估量，要不然别人也不会愿意拿出二百万的真金白银来收购我们。但目前我们策略有些问题，按照我们早期的资金储备，按理说这会儿不应该弹尽粮绝。那为什么会这样？是因为我们太过乐观了，没有创业经验，低估了风险，花了很多钱去宣传，做广告，以为这样能够快速引流，然后我们能迅速开展各种商业合作。结果呢，钱没了，流量也没起来。我相信我们的宣传广告是有效果的，进网站来的访客不少，但是文章的浏览量、注册用户却没能跟上。为什么留不住人？我认为是我们的内容出了问题，没能切中用户的痛点，未能引起用户的阅读兴趣和使用兴趣，也没有引起爆炸性的讨论话题。但怎么改，我觉得咱们先踏踏实实地做一次市场调研后再商量。

陈兴平说，我赞同。这些天我也在想，怎么样修改模板，才能广泛地引起用户的兴趣，目前我也有一些新的想法，到时我们再碰撞一下。

那天上午，从看守所出来，我和张春明一路默默无语，我们都忧心忡忡，各怀心事。在一个路口我们要分开了，他突然给我道歉，老杨，昨天的事，是我态度不好，我再次道歉。我挥挥手，说，你再说，就显得我小气了。张春明点点头，说，你放心，我会竭尽全力。

他的背影拐一个弯消失了。我掏出手机来给杨国庆打电话，里面先是传来嘈杂的声响，然后一个声音洪亮地扑过来，希望！我说，二叔，你在哪儿？

我回白水了。我在三岩湖开发了一个地产项目，这段时间经常回来。

三岩湖做地产？

对，主要是做旅游、运动和住宅。住宅是别墅，全是独栋，运动是水上项目和高尔夫。

我长吸了一口气，那得要很大的资金量啊。

是啊，公司的所有资金都砸进去了，还在银行贷了一大笔。对了，听说你辞职去了玉华，现在是在做什么呢？

我做的事，跟你的比起来，就是小儿科，不值一提。

每个人生下来都是婴儿，摸爬滚摔，才慢慢成长为大人的。做企业也是这样，刚开始都小，只要坚定信念，努力奋斗，慢慢就会变大变强。杨国庆说得意味深长。

我嗯嗯地回应。

他又问，你突然给我打电话，是有什么事吗？

我踌躇着说，没，没事。就是我来玉华这么久了，也没有主动跟你联系，我想有时间的话，我去看看你。

好啊，欢迎你随时到家里来，也可以随时到我办公室来。电话中他的语气突然严肃起来，希望，别瞒二叔，你到底有什么事？

我叹了一口气，说，二叔，我原本是想跟你借钱的，但你说了你的情况，我就不好再开口了。

借多少？用来做什么？

我和朋友合伙开了一个小公司，目前资金周转有点困难。我想借五十万。

杨国庆说，不多嘛。但我确实无法借给你，我明天下午回玉华，晚上我会宴请几个朋友，其中有一个是银行的行长，我介绍给你认识，你再去他们银行贷款，区区五十万，对银行来说就是九牛一毛。

我感到心头涌起一丝暖意。冬阳和煦，阳光微有恍惚的迷离，就像菜花蜂蜜的结晶。

我在路边等公交车时，杨国庆的电话又追了过来，我差点忘记了，那个行长的妻子喜欢文学，我记得你以前出过书，是小说吧……我插了一句，是短篇小说集。杨国庆说，很好，你把书带上，届时送给他。最好签上名，当然，你也可以多带几本，一起送给其他人。你在这种情况下送书，他们都会记得你。

公交车开过来了，我跳上去，只觉有一种蜻蜓似的轻盈。

第二天下午，我在出门前认认真真地穿上西服，把头发梳理得整洁，胡子刮得干干净净，又喷上味道淡淡的香水，把皮鞋擦得油亮，郑重得就像是要出门去相亲。

在一家高档酒楼的豪华包间里，杨国庆把他宴请的客人们一一向我引见，三个政府官员、两个老板、一个银行行长。我和他们握手时，他们显得很敷衍，手上没有丝毫力道，带着倨傲的神情。

我的叔叔做东，但坐在主位上的不是他，而是某官员。那人带着发号施令的架势，掌控着喝酒的进度。酒过几巡后，酒局开始变得热闹起来，大家觥筹交错，相互耳语。我看到杨国庆侧过身子跟主位上的官员低语着什么，过了一会儿，我的叔叔站起来拍了拍手，大声说，各位领导各位老总，原谅我打断大家的雅兴，现在安排一个特别节目。大家都安静下来，看着杨国庆。

杨国庆指了指我，说，我现在再郑重介绍一下，我侄儿杨希望，以前是中学老师，如今在自主创业，但他还有一个非常重要的身份，那就是作家。他今天还带来了他的大作，准备赠送给各位，现在先请他给大家朗诵一段他自己的作品。旁边有人开始鼓掌，怂恿道，来一段。

我完全没想到我的叔叔竟然会来这么一出，我有些手足无措，在众目睽睽之下窘得无地自容。我结结巴巴地说，这……这不好吧，我从来……从来没朗诵过……我自己的作品。

杨国庆微笑着看我，目光中带着鼓励，是一种暖风似的轻柔。我心头一热，反身到旁边的沙发边，从包里取出我的书，回到座位，站着，翻到某一页，说，那我献丑了，请大家批评。

在我看来，一篇优秀的短篇小说的气质等同于一首好诗，言有尽而意无穷，带着开阔、深远的余韵和空间。但以这帮家伙的审美趣味，他们又怎能领会到其中的精妙呢？我只能选择那些听上去有些优美华丽的词句读给他们听，如果其中还带有一点心灵鸡汤似的格言警句，那就更好了。恰好我某个短篇中有一段诗人和哲学教授的对话，正好符合这些要求。我尽量朗诵得声情并茂，语调抑扬顿挫。在朗诵的间歇，我偷偷地观察他们的表情，他们全都在认真聆听，有的还表现得若有所思。朗诵结束后，我说，献丑了，献丑了，大家多多包涵。

一阵掌声响起，还有三个人喝起彩来。杨国庆有些得意，吩咐我说，希望，把你的书赠送给大家，请他们多多指正。银行行长说，有才有才，这本书我得带回家去，让我家属好好拜读学习。杨国庆说，赵行长，这种又有才华又努力的年轻人，以后还劳烦你多多关照啊。

行长打了一个哈哈，说，一定一定，你杨总交代的事情，我哪敢不从呢？

那天晚上，饭局的气氛活跃而热烈。结束后，各自散去时，行长还主动跟我握了一下手，鼓励我说，小伙子，不错，加油！

霓虹满街，夜风冰凉，街上车流往来如织。我站在酒楼外，与杨国庆一道送别所有客人。杨国庆说，希望，我知道你不喜欢这种饭局，说实话我也不喜欢，但问题是，一个人情社会，没有这些应酬，很多事情就办不成。甚至有了这些应酬，事情也未必能成。我说，二叔，我明白。

明白就好。杨国庆拍了拍我的肩膀，说，你住在哪里？要不你上我的车吧，司机送了我后，再送你回去。

不用了，我想散散步。我拒绝了他。

那好吧，你注意安全。杨国庆在上了车后，又从车窗里探出半个脑袋，叮嘱我说，你明天就去找赵行长。我在下楼的时候，跟他提了你的事情，他拍了胸脯的。

尽管我讨厌这种饭局，但想到能贷款解决资金，我又欢欣起来，一颗心有着灯火闪烁的雀跃。

第二天上午，我找出银行行长的名片，犹豫了很久，最终鼓起勇气按下手机的按键。电话通了，里面是很冷淡的声音，哪位？我说，是赵行长吗？我是杨希望，不好意思打扰您了。电话里哦了一声。我小心翼翼地问道，不知道您有没有空？我想去拜访一下您。我明显感受到电话另一端的迟疑，但最后他还是答应了，今天下午三点吧。

下午，我早早地来到了银行的大楼下。我是担心路上堵车，就提早出发了。没想到今天一路顺畅，我来得早了，只好在楼下等候，只觉得时间很慢，我有着一种坐立不安的煎熬。我百无聊赖地看着来来往往的行人走得匆匆忙忙，每一个在我的眼中慢慢远去的背影，都在视线中缩小成一只蚂蚁。

时间差不多了，我上楼去找行长。门是关着的，我轻轻地敲了几下，没有回应。我再敲了几下，还是没回应。正好有一个中年男人走过来，我上前去问他，请问赵行长在吗？那人反问我，你预约了吗？我回答道，预约了的。

他出去了。那个男人冷漠地扔下这句话后，便走开了。

我悻悻地站在门外，不知如何是好。我在走廊上徘徊了一会儿，便给行长打电话。响第一下时，被摁掉了。这意味着他暂时不愿接听。我只好又一次在走廊上徘徊起来。偶有过往的人从我身边经过，淡漠地看我一眼。

我又给行长打电话。这一次他接了，我说，赵行长，我是杨希望，我们约好的，今天下午三点我来您办公室拜访您。电话中先是哦一声，随即一个声音很生硬扔过来，等一下。电话便断了。

我无奈地苦笑，只好又在走廊上徘徊。一个矮矮胖胖的中年男人走过来，很警惕地问我，你找谁呢？我笑着回答，我找赵行长，约好了的，我在这里等他。那家伙似乎不相信我的话，一边往前走，又一边回头谨慎地审视我。

行长终于来了，腆着一个大肚子，身后跟着一个二十多岁的年轻人。我慌忙迎上去喊他，赵行长。他伸出手来跟我握手，说，有点事耽搁了。那个年轻人抢先几步去开门，我跟着行长走进去。办公室很宽敞，收拾得很整洁，一排古色古香的壁柜中摆满了书，洁白的墙壁上挂着两幅油画。行长吩咐年轻人，给客人泡杯茶来。我慌忙说，不用了，不用了。他热情地说道，不要客气，你是大才子，你的到来让我这里蓬荜生辉。以后常来，把我这里当成你自己的办公室就行了。他的热情和客气让我有些无法适应，与他在电话中的冷漠有天渊之别。

我搓着手，显得很不好意思。他招呼我说，坐坐坐，别站着啊。我便坐下来。

行长说，我和你叔叔是好朋友，你有事，尽管开口。

我说，赵行长，那我就不绕弯子了，我们公司做了一个网站，关于吃喝玩乐方面的，做得也比较有特色，但目前资金上出现了一点问题。我今天来，是想从你们银行贷点款，还请行长关照一下。我说着从包中取出公司的资料递给他，又打开随身携带的笔记本电脑，登录“有趣生活”网站，把网站的相关特点向他介绍了一遍。

他很认真地听着，偶尔点头，最后说，我觉得你们做的网站有点意思。这样吧，我安排客户经理接待你，你按照我们的规定和要求去办理相关手续即可。随即他打了一个电话，要求对方来一趟他的办公室。

不一会儿，便有一个人进来了，居然是之前在走廊上碰到的那个矮矮胖胖的中年男人。行长吩咐下属带我去办理手续。我向他连声道谢。他微笑着朝我摆手。

我随着中年男人下楼，在二楼大厅中填写了相关资料。办理完后，我又回到行长的办公室，我想再一次当面给他道谢。但门是关着的，他又出去了。

下楼的时候我倍感轻松，有一种飞翔于云端的感觉。

电话突然响了，是公司的员工马姿兰，她的声音几乎是哽咽了，杨总，刚才我去了宏盛宾馆，准备采访总经理，却被他们告知不做宣传了。

怎么回事呢？我心下一凉，之前我和他们宣传部门的主管说好了的呀。

我不知道，反正他们说不做了，叫我回去。

我安慰她说，你别难过，我问问怎么回事。

那家宾馆是一个五星级酒店，负责宣传的主管是一个写散文的普通作家，跟我是文友，他答应过我，在我们的网站上做一个软文广告，配他们总经理的采访。没想到事到临头，事情却黄了。我打电话问他，他首先道了歉，随后解释说，总经理起初也答应了的，但后来突然不同意了，领导的理由是，他们酒店是知名的五星级酒店，从来不愁客源，他们要做宣传，也不必在一个不知名的小网站做。

话说得刺耳，如刀在割，但也让我陷入反思。

我慢慢地穿过一条小巷子，两旁全是破旧的老小区。巷子有几家餐饮小店，天色接近傍晚，店里几乎坐满了顾客。几乎每一家都把桌子摆到了外面的街道上来。我觉得有些饿了，看到一家小店的招牌写着“张记鳝鱼面”，便走进去。店里只经营鳝鱼面，仅有红烧、爆炒和三鲜三种口味。我点了一份红烧的，店里坐不下，只好在街边的桌子上吃。

面端上来了，汤汁红亮透明，浮着粒粒芝麻。鳝鱼分量很足，铺了一小碗。我快速搅拌了一下，就迫不及待地尝起来，鳝鱼一咬下后就满口生香，鲜美而富于弹性，麻辣味浓郁厚重，在舌尖上不断萦绕。我脑子里灵光一闪，突然明白了，我们网站上推荐的美食，就应该是这种隐藏于民间的烟火味道。

吃完面后，我给马姿兰打电话，兴奋地告诉她，叫她明天来这里吃鳝鱼面，然后写一篇文章，图文并茂地介绍这款美食。以后，我们都推荐这种小餐馆或私房菜的特色美食，不再介绍大酒楼了。当然，我们所有的推荐都是免费的。她静静地听完我兴致盎然的讲述，低声说，我想辞职了！

我愣了愣，问道，为什么呢？

她说，恕我直言，杨总，上个月的工资都还没发，我不确定公司还有没有未来。看不到公司的未来，我就觉得我的工作失去了价值和意义。我和刘刚交流过，他也很悲观，同样有辞职的想法。

她和刘刚都做网站的内容采编，要是他俩都辞职了，那网站的内容更新就成了大问题。我沉默了一会儿，说，后天上午，我们召开一个全体会议，开完会后你再考虑一下，如果你仍然想走，我会尊重你。

挂了电话后，我立即赶去张春明的出租屋。我敲门，与他合租的表弟给我开了门。那个木讷的小伙子见到我只是憨憨地一笑。张春明正在客厅里踱来踱去地打电话，声音很大，你能借给我多少那就借多少……一万没有，那就五千……他挂了电话后，无须我多问，从他那沮丧的表情就可以得知结果。

他苦涩地一笑，说，打了十五个电话，目前只借到四万，你那边怎么样？

银行贷款的事情还算顺利。我说着，一屁股坐在那张破旧的、已没有多少弹性的沙发上， 又叹息道，现在非常严峻的问题是，小马和刘刚，都打算辞职。

张春明吃了一惊，很急切地说，不能让他们辞职呀，他们要是走了，网站内容无法更新，那就更不能吸引用户了。

我说，是啊，我也是这么想的，可是怎么才能留住他们呢？我觉得一是在明天务必把上个月的工资发了；二是给他们涨工资，激励他们留下来好好干；三是集思广益，对网站的内容进行适当调整。

张春明点点头，问道，你说银行贷款的事情还算顺利，那什么时候钱能到账呢？

银行的人说，快的话，大概是十天，慢一点的话，三周，甚至一个月。眼下人心动摇，不能等银行的贷款，先把我们借到的钱转到公司账上去，维持公司的正常开支。我今天晚上做一个网站内容调整的方案，后天开一个全体会议，大家一起讨论。本来之前我说先踏踏实实地做一个市场调研后，再做这个方案，可现在时间来不及了，只有边走边看，随机应变。

张春明没有吭声，他点上一支烟，深吸一口，把烟雾长长地吐出来。

56

公司租赁的办公场所很小，没有专门的会议室。大家一起挤在张春明的办公室里。张春明首先肯定了大家在这段时间的辛苦付出，接着又简单说明了当下公司所面临的困境，最后又表达了在财务上的困难即将得到解决，大家要同舟共济地走向胜利。他们都沉默着，脸上有些迷茫，如同云山雾水。

我清了一下嗓子，宣布三个决定：一是每个人的工资在原来的基础上涨一千；二是还有二十天就要过年了，在回家过年之前，会给大家发年终奖金，金额是每个人在公司工作时长的月工资总和，如果春节后回来继续上班，将会额外奖励一个月的工资。说完这两点时，我注意到他们的眼睛渐渐亮起来，有一种拨云见日的晴朗。

第三个决定是这次会议的核心内容，我说着说着就站了起来，显得激情澎湃，内容调整的方案在昨天已经给了大家，我相信你们每个人心里都有自己的想法。第一，我认为我们对网站大方向的定位是精准的，但目前没有做出差异化的特色来。要做出差异化，我觉得我们需要推荐给广大用户的，是那些冷门的、生僻的，又非常有趣的东西，抛弃那些大众广为熟知的景点、美食、酒店和游玩项目，如果要做，那一定要找到其中被别人忽略了的、具有新鲜感的花样和乐趣来。方向虽然有了，但是文风需要活泼、幽默、风趣，有可读性，不能只是做一板一眼的说明文似的介绍。第二，加强与广大用户的互动，这就需要我们定期策划出好的选题来，能够引起广大网民的共鸣，形成爆炸性的话题，让游客也忍不住要注册成为用户参与讨论。这种有趣的话题越多，越能增加用户的忠诚度和黏性。第三，在论坛上要引导广大用户积极发帖，鼓励广大用户分享他们关于吃喝玩乐的生活趣事，对其中被加为精华的文章推荐到网站首页，并给作者发放稿酬。第四，每年都开展吃喝玩乐的图文征集大赛，给获奖者发奖金，如果条件成熟，还可以将获奖者集中在一起，找个好玩的地方一起吃喝玩乐……

我刚说完，马姿兰就接过我的话，这个平素腼腆、内向的小姑娘，居然率先发言，真是出乎我的意料。她的脸红了，难为情的样子，声音也比较轻，咱们是吃喝玩乐，其实我觉得还可以加上住，吃喝玩乐住。住房是老百姓安身立命之本，随着越来越多的年轻人走向社会，大家都会关注住房，我判断房屋的价格会越来越高，那样大家对住房的关注度就会越来越大。

我赞道，说得好，把这个加进去。

她不好意思地笑了，好不容易恢复了平静的脸一下又红了。

接下来大家议论纷纷，场面极其热烈。我看得出来，他们的热情又回来了。我也觉得血液沸腾，一颗心仿佛是鼓满风的船帆，正迎着风浪劈波向前。

这次内容的调整卓有成效，几乎是立竿见影。马姿兰采写的几篇民间美食文章，获得了巨大的流量。在论坛上开辟的关于出境游的话题引起了广泛讨论，在话题后回复的帖子数竟然高达数千个。关于有趣生活的图文征集大赛，短短一周就收到了如雪片飞扬的来稿。每天中午时分，办公室里充满了欢声笑语。

然而我的喜悦没有持续太久，我就忧心起来。银行的贷款迟迟不下来，我可是在会上信誓旦旦地表达了要给大家发年终奖金的。眼见离过年一天天地近了，我心急如焚，几乎每天都在发短信催问银行的贷款何时下来，银行那个矮矮胖胖的客户经理起初还给我回复，叫我稍等，后来我的询问就如石沉大海了。终于在一天上午我给那个姓赵的行长打电话，我的语调仍然是谦卑的，赵行长，不好意思又打扰了，不知道您有没有空？我想去拜访一下您。电话里的声音是冷淡的，年关很忙，回头再找时间。我说，那您能不能帮我问问上次贷款的事情？不好意思，给您添麻烦了。他说，行，我待会儿给你问问。随即电话便断了。

下午，那个矮矮胖胖的客户经理给我打来了电话，语气淡得感受不到说话人的任何感情，我们在审核贷款资料的时候，发现贵公司资质不太好，所以贵公司在我们银行申请的贷款没有被批准，打电话告诉你一声。就这样，再见！

我还没来得及反应，电话就挂了。我脑子里一片空白，很久才回过神来，就像是从溺水中挣扎着上岸。我看了看日历，只有三天就放假了，在这三天里，必须弄到一笔钱，以兑现我给大家发年终奖的承诺。我在手机里一个个地翻看通讯录，在经历了内心里反复的纠结和挣扎后，决定给杨浩打电话。

当电话中那个柔和的声音传过来时，杨浩那张慈祥而和善的面孔也一并在我脑海中闪现，我感到胸中浮起一抹暖流。他说，希望，三爷爷好久都没见到你了，你什么时候回来了，就过来陪三爷爷下下棋吧。我说，三爷爷，我马上从玉华出发，赶回去陪你下棋。

好啊好啊，他顿时高兴起来，你三奶奶今晚要做好吃的，你来了还可以陪我喝两杯呢。

三岩湖边到处在开坡填土。虽然天已黄昏，但挖掘机和推土机还在忙忙碌碌，几栋建筑宛若雨后的春笋刚刚破土，工人们的身影就像甲虫乱爬，杂乱的各种声响随风飘荡。在一片工地围墙外的牌子上，写着项目名称、开发商和承建单位，杨国庆的公司名字赫然在列。

杨浩家的那条德国牧羊犬有些老迈了，一看到我顿时亲热地摇起了尾巴。杨浩站在院子边，笑眯眯地迎接我。他说，你三奶奶早就把饭做好了，就等你来开饭了。

罗小珠的厨艺堪称一绝。我大快朵颐，吃得满口生津，肚子都撑圆了。罗小珠还一个劲地给我夹菜，叫我多吃点。后来我实在是吃不下了，我说，三奶奶，你不要再给我夹了，我再吃肚子就要爆了。

杨浩问我，希望，我听你爸说你辞职了，去了玉华，那你在玉华做什么呢？我说，跟人合伙开了一个公司，主要是经营网站。

网站？是互联网的网站吗？

我不由得竖起了大拇指，说，三爷爷，你连互联网都知道，与时俱进啊。

杨浩说，我只是人老了，思想可没老。我不仅知道互联网，我还会上网冲浪呢，也会发电子邮件。他说到最后，语气中带着一丝骄傲。

饭吃完后，我陪他下棋。此番前来，我是打算跟他借钱的，可我不知道如何开口。人在借钱的时候是非常自卑的，也极度难为情，这让我在下棋时有些心不在焉。杨浩觉察出了我的心神不宁，他拿起红车杀下来，说一声，将军！

死棋了。我尴尬地笑了笑，说我输了。

杨浩一边重新摆棋，一边说，孙儿啊，我看你心事重重的，是遇到什么事了吧。说一说，看看三爷爷能不能帮帮你。

三爷爷目光如炬，一下子就看出了孙儿心里有事。不瞒你说，我这次来，就是想请你帮忙。请三爷爷借点钱给我应急。我没敢直视他的眼睛，说得很羞愧。

他问我，你要借多少？

我说，公司最近资金周转不过来，但我们的网站是做吃喝玩乐的，这个领域前景广阔，网站最近的人气也非常高……

杨浩打断我的话，你不用给我介绍这些，你要做的事，肯定有你的道理，我相信你的眼光。你只跟我说，需要多少钱？

我犹犹豫豫地说，借个二十万吧。

二十万不够吧？我借你三十万，三爷爷的积蓄不算太多，不然我能再多借一点给你。

我只觉眼眶一热，喉咙一下被堵住了。我忍住不让自己流下泪来，尽量以一种平静的语调说，三爷爷，不用那么多，你们也要留着用啊。

罗小珠突然插话道，希望，我和三爷爷是老年人，花不了多少钱的。你的事业才起步，肯定是困难重重，有个成语叫什么来着，哦，筚路蓝缕……希望，你是作家，我这个成语用得对不对？

我说，用得很好。三奶奶你以前当过老师的嘛，不会用错。

罗小珠连连摆手，说，别提了别提了，我哪里当得了老师，那是赶鸭子上架。

杨浩朝罗小珠努努嘴，说，去把银行卡拿出来。然后又招呼我说，来来来，下棋下棋。话音刚落，墙壁上的挂钟突然当的一声响，时针正好指向二十二点。

那天夜里，我睡得很踏实，几乎是一觉睡到了天亮。

早餐后，我向他们道别。在门口，杨浩拉着我的手说，希望，我知道你还在和你爸妈、你哥哥较劲，但他们终究是你最亲的人，有的事情，该放下的，就得放下。随即他指了指心窝，继续说，人活着啊，这里就不能堵着，不然就无法敞亮。

我突然笑了，说，三爷爷，等我老了的时候，我也要像你这样可爱。

杨浩呵呵地笑了。

在回玉华的路上，我接到了周玉兰的电话，她问我什么时候回家过年。我说暂时还没定。事实上，我早就想好了，今年春节不回去过年了。

除夕那天，我关了手机，窝在出租屋里写网站的宣传方案。很多人都回老家过年去了，外面比平时安静了许多。天气很冷，风吹过窗棂呜呜作响，就像一个人掩嘴啜泣。天色渐晚，我简单地做了两道小菜，一个人吃着，没有胃口，感觉有些凉，有些空荡。我突然想到了亲人，想到了傅秋红，又想到了杜青檬，我更加吃不下去了。我抬头望着从天花板上垂下的白炽灯，只有它还不离不弃，以它的光亮陪伴着我。

我把电视打开，里面正热热闹闹地播放着联欢晚会。那些花花绿绿的演艺人员在舞台上又唱又跳，引起观众的阵阵笑声和掌声。对这些联欢节目，我一向不感兴趣，看了一会儿就把电视关掉了。

屋里没有暖气，空调也老旧了，几乎送不出热风。我觉得很冷，从内而外，像是冰雪正下在骨缝里。我便上床睡觉，后来在迷迷糊糊的睡梦中，我听到窗外远远地传来烟花在空中的绽放声，像是一种新年贺词。我知道，农历中新的一年到来了。之前新闻报道过，政府将在新年钟声敲响的时刻于三个地方放烟花。我想象着烟花在空中爆炸的绚烂之姿，像一束束流星在散落，在夜幕中划着明亮的尾巴。

我又花了很长时间才重新睡过去。天亮后，我开了手机，里面密密麻麻地塞满了祝福短信。我一一回复，给每个人的祝福语都是一样的，就像流水线上的生产品。我又开始工作，但思绪乱窜，无法保持专注。我烦躁地在客厅里走了几个来回，然后走出门去。街上到处张灯结彩，一片喜气洋洋，我却走得无精打采，我想我这般萎靡不振的状态，就不应该贸然闯到这种喜庆的气氛中来。我又回到出租屋里，一连三天都没有出门。

大年初三那天的下午，杨国庆给我打来了电话。我正在研究一篇互联网免费理论的文章，那篇文章较长，我已反复研读过几次，每一次阅读，都有一些心得。在被电话打断思绪时，我有些气恼，但看到手机屏幕上显示的是杨国庆，心头的微火才被压下来。杨国庆说，希望，我回来祭祖，听你爸说你没回来。你在忙什么呢？年都不回来过。我干笑两声，以示回应。

杨国庆说，前些日子我比较忙，就忘记过问你去银行贷款的事情了。那件事后来怎么样了？贷款应该批下来了吧？

没通过，不给贷。我想如果他细心一些，就能够感受到我语音中的苦味。

不给贷？怎么回事呢？他的声音一下蹿高了。

银行的人说，我们公司的资质不行。

他妈的，姓赵的那个王八蛋。杨国庆突然破口大骂，狗日的答应过我的，拍了胸脯说小事小事，到头来竟然给我开了一个空头支票。我这就打电话过去问问到底是怎么回事。

二叔，二叔。我慌忙叫住他，别问了，这大过年的，不要为我的小事闹得不愉快。再说了，人家说得也没错，我们一个刚起步的小公司，资质确实不行。

这不是小事啊，希望，对你来说这是大事，这是关系你们公司存亡的大事。

我从三爷爷那里借了一点，暂时还在苟延残喘，我再想想其他办法。我们自称是小强，打不死的。我带着自我解嘲的语气。

杨国庆沉默了一下，说，希望，二叔想办法给你借。

不用了，真的不用了。我直截了当地拒绝，顿了一下，又说，二叔，我想先努力一下，如果仍然还有困难，我再请你帮忙。

好吧，那你加油。他的语气中既有无奈，也带着赞许。

挂了电话后，我又认真投入互联网理论的研读中，这几日安静阅读，反思创业以来走过的弯路，感觉收获良多。在春节假期后上班的第一天，我和张春明召集大家开了一个会。我们需要大家从假期松懈的状态中回过神来，重新拧紧神经的发条。

会议依旧是张春明开头，说了不到三分钟，他的电话就响了。他瞥了一眼，摁灭了。电话又不屈不挠地响起来，他犹豫了一下，做了一个抱歉的手势，然后抓起手机接听。我隐隐地听到电话中的声音很焦急，但说的是什么，我听不清楚。张春明的脸色倏地就变了，声音惶急而颤抖，好好好，我马上过去，马上过去。

他火急火燎的样子，对大家说，不好意思，家里出了一点事，我得马上出去。会你们继续开。我说，有什么需要帮忙的，就打电话过来。他招了招手，算是回应，风一般地卷出去了。

我拿着网站最近暴涨的访问量和用户注册量数据，告诉大家网站正处于蒸蒸日上的好局面，但眼前仍在困境之中，大家要做好过苦日子的准备。说到这里，他们全都盯着我，目光中是质询，也是期盼。马姿兰突然问，那我们该怎么走出苦日子？这个文静内敛的姑娘，慢慢地变得大胆起来了。

他们都眼巴巴地等着我的答案。我沉默了片刻，只好实话实说，其实我也不知道，一切都是摸着石头过河。但我知道我们已经站在河中央了，应该是在深水区里，再坚持往前，就能成功上岸。

没人回应。他们都知道，这不过是心灵鸡汤。

我说，如果连我们自己都没有信心，那我们便不会成功。在我的心中，我跟大家是同一战壕的伙伴，是风雨同舟的过河人。公司决定，从这个月起，实施合伙人制度，我们是合伙人关系。薪酬采取虚拟股权的激励模式，我在方案上写得很清楚，大家仔细看看。我希望你们明白，你们并不是在为公司打工，而是在为一个共同的梦想奋斗，你们也是公司的创业者，是公司走向成功的先行者、拓荒者。我想，我们的工作并不仅仅是为了挣钱和生存，而是在这过程中实现某种更有意义的人生价值。如果我们能在困境中突围，最后走向成功，那便实现了人生的部分价值。所以——我说到这里加重了语气，我希望我们并肩前行，一起去实现人生的价值。

他们都沉默着，没人看我。

我说，这件事对大家来讲，很突然，你们下去后认真想想。愿意跟公司一起进退，我非常高兴。如果不愿意，我也理解……

杨总，马姿兰突然抬起头来看着我，弯眉下的一双眼睛有着清澈的明净，语调很坚毅，我愿意！

小马，有梦想，有闯劲，我为你骄傲。我激动地冲着她竖起大拇指。

她抿嘴一笑，有些羞涩，却也透露着些许自信。

我又说，做了合伙人，就得承担起更大的责任。因为公司的命运前途与大家的利益息息相关，要为公司分忧，为公司谋发展，有与公司同甘共苦的义务。

马姿兰说，杨总请放心，我已做好了准备！

我不愿意。刘刚突然站起来，说，对不起，我今天就辞职。

还没等我反应过来，这个微胖的年轻人就起身走出去了。

气氛有些尴尬。我勉强一笑，说，人各有志，大家要去外面寻更大的前途，我都理解，也坚决支持。

马姿兰说，我们的网站就有远大前途，我坚信这一点。随即她转向另外两个没有表态的同事，你们呢？

程序员结结巴巴地说，我，我再想……再想想。另一个也附和道，我也是。随即他们飞快地起身走出去了。

马姿兰无奈地望着我，说，刘刚走了，我一个人写稿子，内容更新上就相对会慢一些了。

我说，别担心，我和你一起写。

57

一大早，我就接到张春明发来的信息：老杨，本想给你打电话的，但又害怕在电话中开不了口，犹豫再三，就给你发信息。昨天上午开会时，我接了一个电话后就跑出去了，是因为我妈突然生病。送医后，才知道她患了急性胆囊炎，而且坏死，急需手术。我们家只有兄妹俩，我妹妹过得比我还不如，医疗费用大多得由我负担。目前我手头比较拮据，找了好些人，可惜都未能帮上忙。不得已，我才想到前段时间我借给公司的四万元，能否提前还给我？我知道，现在公司正处于艰难期，我这么做无异于火上烧油，可我妈的病等不起。请你谅解，老杨，对不起啊。

我立即把电话拨过去，响一声就通了，里面的声音低沉得有些可怕，老杨！我说，老张，阿姨的情况怎么样了？张春明说，今天上午就要做手术。我说，那你好好照顾她，我待会儿就让财务把钱转到你卡上。

张春明说，老杨，真不好意思，我是……

我打断他的话，带着安慰的语气，我理解，老张，你不用解释，阿姨的手术才是头等大事，你先处理好家里的事。公司这边，我和伙伴们都扛得住。

电话挂断，我只感到了口腔里一阵苦味。我知道公司账上的钱并不充裕，并且接下来还有一大笔支出。昨天下午工作人员来告诉我，由于种种原因，之前办公室的租赁合同只签了半年，月底就到期了。物业公司来问，还要不要续租，若续租，就必须签一年，并且房租要上涨五分之一。我当时就愣住了。工作人员小心地问我，还要不要再租呢？我苦笑道，当然要租了。没多久，租赁合同就发过来了，上面明确说着，合同签署后，必须在七个工作日内支付半年租金。

我突然有些后悔，后悔我贸然闯入一个自己不太熟悉的行业，与一个久违的旧友和初识的新人合伙创业，实在是一种幼稚而可笑的行为。我沮丧极了，心里有一种大雾缭绕的迷茫。这时我手机上突然收到两条信息，几乎是同时发过来的，是公司那两个还未表态的员工，他们都表示愿意留下来一起努力。我心里顿时蹿起一缕火星，噼噼啪啪地闪烁，我又给自己打气，有志者，事竟成，皇天不负苦心人。

春天的晨晖仿佛菜花的芬芳。我每天都挤公交车上班，满车的上班族如同塞在罐头里的咸鱼。汗味、烟味、腋臭味、香水味交织着，扩张着，一种无形的气流卷着旋涡。每停一个站，上车的人和下车的人都急匆匆地往前撞，很多时候我站在车厢的中央，被挤成一张摊开的煎饼。这一天清晨，当我再次被人群挤压得变形时，手机突然响了，这种情况下接电话颇为不便，我努力伸手摸出手机，但响声突然又停歇了。我瞥了一眼，是那个姓赵的行长打来的。

他居然给我打电话，我有些错愕。下了车后，我回拨过去，响了，但一直没人接。接近中午时，他的电话打过来了，里面的声音充满笑意，杨总好，想你了，兄弟。如此热情的语调让我很不适应，我说，行长好，请指示。

啥指示哦？我要向你学习。你的大作我带回去后，我夫人看过了，非常喜欢你的作品，一个劲地称赞你写得好。

过奖了，我一个业余爱好者，打发空闲时间罢了。

看看看，大作家就是谦虚啊。

我淡漠地一笑，没回答。

行长说，你近来有空吗？我夫人平时也喜欢舞文弄墨，她有一些小文章，想发给你，请你指点指点。

我迟疑了一下，说，最近比较忙，不过我会抽时间拜读尊夫人的大作。你发过来吧，我待会把我的邮箱发一个信息给你。

大作家就是有气度。你看看哪天有空，我请你吃饭。

不用了，谢谢，以后再说吧。

行长说，你上次向我们银行申请贷款，很抱歉，没能通过审核。我们的工作人员在对贵公司的调查评估报告上，是不良评价，所以没办法审批同意。他顿了一下，又继续说，要不你重新完善一下资料，突出贵公司的优势和亮点，再把贷款金额下调一点，重新申请一下试试？

不用了，资金的问题，我们已经解决了，谢谢你的好意。

我几乎是不假思索地拒绝了他。挂了电话后我又突然有些后悔，多好的机会呀，我为什么就放弃了呢？我懊恼地拍了一下自己的脑袋，很快就以古语来安慰自己，廉者不受嗟来之食。

中午我在楼下的一个小吃店吃了一碗面，然后沿街散步。这是我每天的习惯，散完步后再回去办公室午休片刻，再投入下午的工作中。在一个转弯处，一辆黑色的轿车突然在我身边停下，车内一个声音在大喊，杨老师，杨老师！我停小脚步，歪着头朝里看。一个坐在驾驶位置上的青年男子冲着我喊，杨老师！我用大拇指指了指自己，意思是问对方在叫我吗？那青年男子突然打开车门，一边朝我走来，一边喊，杨老师，是我，我是王敏。

王敏？我看着眼前这个高高大大、西装革履的年轻人，觉得似曾相识，却又想不起。

青年男子说，我以前是你的学生啊，王敏，住在木老坪的。

我恍然大悟，原来是当初那个在课堂上跟英语老师打架后辍学的男孩，只是眼前这高大健壮的青年男子跟当初那个身材矮小的男孩截然有异，只眉宇间还依稀有着当初那种玩世不恭的影子。我欣喜地说，是你啊，长这么高了，还这么帅气，西装革履，开着豪车，真是让人刮目相看了。我说着，又瞥了一眼那辆黑色的汽车，是雍容华贵的奔驰。

王敏笑起来，杨老师你说笑了，这么好的车我哪里买得起，我就是一个司机罢了。对了，杨老师，你是来玉华办事吧，什么时候回白水？

我说，我已经从学校辞职了。现在和两个朋友合伙开一个小公司。

好啊，自己当老板多好，以后我混不下去了，杨老师你可要收留我。

我叹息道，不瞒你说，现在生意难做，我们的小公司能不能活下去，都是一个未知数。

不会的，杨老师你人好，又聪明，肯定能做好的。他说着拉着我的手臂，走走走，咱们找一个咖啡馆坐坐，好几年没见了，好好聊聊。

我迟疑着。今天下午我有工作安排，可面对他的热情，又不好拂了他的意。

走走走。他不由分说地拉着我上了车。

车启动了，又轻又快。我问道，你是司机，得随时跟着老板待命啊，你跟我去喝咖啡，待会儿老板叫你怎么办？

王敏说，我老板是红星集团的总经理，名义上是三把手，但实际上行使的是二把手的权力。杨老师，红星集团你知道的吧？

我当然知道，那是玉华最大的地产商。

王敏说，我刚把他送到了中华大酒店，他要先在那里午休，然后下午在那里开会，一直开到五点。他叫我五点一刻去酒店接他，时间还早着呢。

我问道，那年你从学校离开后，后来做什么去了？

我又没文化，还能做什么呢，就是去打工呗。他笑了一下，声音中有一种萧索之意。

他顿了一下，继续说，没文凭，连打工都难，只能做一些最低级、最艰苦的工作，钱也挣不了，现在想起，当初你教导我好好读书，我不听，现在后悔已经来不及了。

我说，工作没有低级与高级之分，只要是正当的、不违法乱纪的工作，都是高尚的。人嘛，活到老学到老，现在学知识，也来得及，找一个你感兴趣的行业来学。

好啊，杨老师你给我推荐一个，看看我学一点什么比较好。

这时他的电话突然响了，他接电话的时候我百无聊赖地看着窗外，街边的高楼巨人似的面无表情地矗立在春光里，来往的行人仿佛过江之鲫，一张张疲惫的脸上闪晃着浮躁的欲望。我暗暗问自己，这广袤的城市森林是否真有我的一席之地？眼下正是公司的生死关头，我该如何去破局呢？我陷入忧思之中，接完电话的王敏喊了几声，才把我从焦虑的迷茫中唤醒过来。

他说，杨老师，前面就有一个咖啡馆，我们就去那里坐坐。

在咖啡馆坐下后，我感到困意阵阵袭来。咖啡端上来，我迫不及待地喝了两口，勉强提了提神。王敏突然感慨道，现在工作真难做呀，刚刚我那个朋友打电话诉苦，公司又扣了他一万元的奖金。

我吃了一惊，他是做什么工作的？这么高的薪水。

王敏说，就在我们公司，做品牌宣传，结果被一家媒体报了负面，就罚了他一万。

我倒吸一口气，问道，你们公司每年花多少钱做宣传啊？

两三亿吧。每年都要打很多广告，硬广，软广，都有。

这么多呀！我精神一振，有些难为情地说，那你能不能把你们公司做宣传的主管介绍我认识？我想找他聊聊，看看能不能跟我们合作？

王敏狐疑地问，杨老师，你们公司是做什么的？广告公司吗？

我说，做网站的，我们有一个网站叫有趣生活，不知道你有没有听过？

有趣生活？他兴奋地叫起来，我知道，知道，我经常上，有好多关于吃喝玩乐的，我就记得那个张记鳝鱼面、王老五藤椒鱼、锣锅巷毛血旺，我都是看到你们网站上的介绍后去吃的，可好吃了。

是吗？我也兴奋起来，连你也上啊，看来我们网站还是有吸引力的，有很多用户。

王敏说，那当然，做得好啊，我就喜欢看那些吃的玩的，有些看着都流口水。哦，对了，杨老师，我们公司宣传主管我不认识，不过没关系，我可以帮你问。

他说完开始打电话。我着急地看着他打完第一个电话，但似乎没成功。他尴尬地朝我笑了笑，又继续打第二个。咖啡馆里放着舒缓的萨克斯，犹如风从山谷吹来，带着远处草地上丝丝缕缕的野草和花朵的芬芳。过了一会儿，王敏脸上带着笑意，给了我一个电话号码。他说，杨老师，你就说你是尹秘书的朋友。

我不知道尹秘书是谁，但想来应该是一个有来头的人。在与王敏分别后，我就立即拨通了那个宣传主管的电话。电话里是一个浑厚的男中音，我自报了家门，又补充了一句，我是尹秘书的朋友。

我们约好两天后在一个楼盘相见。那是红星集团新推的别墅区，将在半个月后开盘，坐落在郊外郁郁苍苍的小山间，澄澈的小河绕山而过。在那个富丽堂皇的售楼部里面，我见到了宣传主管，三十来岁的男人，瘦巴巴的脸，但眼中光亮闪烁。

我们一坐下来，他便抬手看表，声称忙，只给我二十分钟时间。我开门见山地提出想与他合作，然后我简要地向他介绍我们的网站，但我还没有介绍完，他就打断我的话，很不礼貌地问，你们一个小网站，我凭什么要跟你们合作？

我说，虽然我们网站小，但我们流量大。跟我们合作，一是具有时效性，能够将你们的产品瞬时呈现；二是具有丰富性，网络的容量无限，可以全方位地展示你们的产品；三是具有时代性，如今网络越来越普及，以后网络的阅读将会成为人们获取资讯的主要手段，我们的网站将会成为广大网民了解生活资讯的主要窗口；四是具有特色性，我们的网站有独树一帜的定位、风格、特色，不是大杂烩，而是精致、精准、有趣、有味……

他又打断我的话，每一个来跟我谈合作的，都在吹嘘自己的好，夸夸其谈的我见多了。我只问你一句，假如我跟你们合作，比如就宣传现在我们所在的这个楼盘，那你打算怎么做宣传文案？

我微笑道，通过话题引出楼盘，有趣的话题、热点的话题，但不是为了搞噱头，做标题党吸引流量，而是实实在在地给读者、用户以良好的阅读体验，让他们从这个话题中得到快乐，获得知识。

主管说，听起来是那么一回事，但做起来只怕是另外一回事。

我说，给我两天时间，两天后，在我们网站上推出宣传稿，如果你满意，咱们便合作。不满意，以后再找机会。

带着资料从售楼部出来，我在附近转了很久。山岭低矮，但杂花生树，一片缤纷。开得最艳的是桃花，桃红粉白，仿佛是春天动情的表白。山间群鸟翩跹，溪中白鹭觅食，山下向西是一片油菜花田，油菜花色泽浓烈，汪洋恣意，仿佛倾泻的阳光给大地上釉。这里虽然是郊外，但是交通便利，除了有公交通行，规划中的地铁五号线也要穿过此地。向东两公里是一个小镇，一座赫赫有名的私立中学正在修建分区，再往东半公里是一个规模宏大的商业综合体。这个镇上有两样美食尤为著名，一是羊肉汤，二是凉粉。

我吃了羊肉汤和凉粉，回来后就开始写稿，从美食和游玩写起，突出好吃，有趣，最后再寥寥几笔提到楼盘，宛若诗意的栖居之地。稿子在网站头条发出去后，很快就引起了关注，阅读量瞬时暴涨。我们又趁机引出“城市后花园”的话题大讨论，直接将这个地段定位为“玉华的后花园”。五天后的上午，我在办公室接到了那个宣传主管打来的电话，他一开口就说，我们决定了，跟你们长期合作。我得承认，人生真的需要运气，在山穷水尽的时候竟然会遇到柳暗花明的奇迹。我有些恍惚，确信自己没有听错，定了定神后，很平静地说，好。谢谢。

58

秋天的时候，杨胜利关闭了他的家具作坊，这些年他积累的财富，已足够他和我的母亲安度晚年。他开始过起了养尊处优的生活，每天早上沿着河边散步。回来后，他会坐下来翻翻报纸，然后帮我的母亲一起做饭。午饭后小睡片刻，醒后在公园里与老伙计们喝茶聊天，或者下象棋，有时候他也会去钓鱼。晚饭后，他又沿着河边散步，但与上午散步的方向不同，他走的是河岸的另一边。天色黑尽了，他才会回到家，坐在沙发上，心不在焉地看着冗长的泡沫电视剧。这样的日子太清闲了，让他很长一段时间都无法适应。有一天夜里，他从外面散步回来后，一坐上沙发就长吁短叹。

他说，这日子过得太没意思了，我还是得找点事来做。

我的母亲一边抹桌子，一边说，你都一大把年纪了，别逞能，辛劳了一辈子，也该好好休息一下了。

杨胜利说，不是我逞能，是这一闲下来，心头是慌的，啥也没做，一天就过去了，简直是浪费时间。

周玉兰说，那是你还不习惯，再等些日子，你慢慢就适应了。再说了，你现在还能回去做家具吗？回不去了！你就知足吧，衣食无忧，两个孩子也不用我们操心，不像其他人，还要给儿子凑钱买房子、娶媳妇……

杨胜利说，咋不需要我们操心了？两个兔崽子，都老大不小了，到现在都还没结婚……你说，他们为什么还不结婚呢？

周玉兰坐下来，白了丈夫一眼，没好气地说，别问我，那是你的儿子！

杨胜利哼了一声，说，搞得他们不是你的儿子一样。我跟你说啊，儿子只要长大了，这父子间的沟通就少了，总有些东西，无形地，在中间隔着。你做母亲的，还反倒好沟通一些。

周玉兰叹了一口气，说，你是知道的，我问过了，也催过了，一次又一次，可他们总是说，还没找到合适的，一句话就给挡回来了。

夫妻俩陷入沉默，一起盯着电视。电视上正播放着狗血的家庭剧，小夫妻因为婆媳矛盾正吵得天翻地覆。男人在暴怒中砸了一个杯子，女人则将果盘掀翻在地。杨胜利感慨道，这婚姻还真不能将就，一辈子的事情呀！

周玉兰说，那就是了嘛，孩子们不结婚，虽然我们着急，可最终还是要尊重他们的意愿，不能硬逼他们呀。

杨胜利说，光明那么有钱，愿意嫁给他的姑娘，可以排一条大街，可他就是太有钱了，左看这个不合适，右看那个也不合适，也不晓得他到底想要娶一个啥样子的姑娘。至于老二，唉，当初他读大学的时候，搞创作，我还鼓励他，哪晓得，他就是被写作给害了，说好听点，他是理想主义；说难听点，他就是一根筋。现在连工作都不要了，跑出去创业，就他那文质彬彬的样子，哪是做生意的料。

周玉兰说，不管他是不是做生意的料，总之那是他自己选择的，即使失败了，以后他也不会后悔。孩子大了，有他自己想走的路，不要拦着他，不要总把我们的想法强加到他身上。

杨胜利轻喟一声，你说的这些，我又何尝不知道呢，只是当父母的，心疼孩子，怕孩子吃了苦、受了罪。再说希望的性格，也不适合做生意呀。

周玉兰说，你别这么早下结论，希望看上去是很文秀，可他自尊心很强，他下定决心要做的事情，我觉得他是可以做好的。

杨胜利说，我也盼他做好，可天下父母哪有不担心孩子的呢。每次给他打电话，问他情况，他都说挺好，挺好，可具体情况是怎样的，他从来不说。

周玉兰一边起身去倒水，一边说，他不说，还不是因为当初他告诉我们他要辞职去创业，你强烈反对他。其实我看得出来，他心里也没底，他特别希望我们理解和支持他，可是你呢，情绪那么暴躁，吼他，骂他，还砸了杯子……

杨胜利打断妻子的话，带着歉意和自责，我承认，我做得不对。

周玉兰说，又有一段时间没有给他打电话了，你打电话问问。

杨胜利说，你打嘛。

周玉兰便给我打电话。那时我正在跟一家公司的相关负责人谈合作，网站的知名度已打开，主动上门谈合作的人越来越多。我把电话摁了，直到会谈结束后，我才给母亲拨打过去。她的声音幽幽的，你连你妈的电话都不接了。我说，刚才在开会，不方便接。她又问，你最近怎么样？我说，挺好的，忙得很。另一端的声音透露出一丝欣慰，忙就好，不过也得注意身体。我说，我会注意的。她又问，你啥时候回来呢？我说，快了，快了！

直到第二年春暮，我才回到白水。街巷是那么熟悉，却又分外陌生，近得像是昨夜分别，又远得恍若隔世。

那是一个阳光如水的上午，我把车开进我家院子的时候，我的父母正在厨房里做饭。他们在一起剥蚕豆，我的母亲说，外面有车声，好像有人来了。我的父亲嗯了一声。我的母亲说，我出去看看。

门是开着的，我走进家去，正好碰到我的母亲从厨房里出来。她仍是那般消瘦，灰褐的发间夹杂着丝丝缕缕的白发，仿佛开花的败竹正静候着生命的霜冻。妈！我喊她的时候，感到鼻尖的酸涩，像是重感冒一般。

周玉兰怔怔地看着我。

我说，我回来了。妈，我回来了！

她迎上来，脸上的表情像是在笑，又像是在哭。她左手颤巍巍地抓住我的右臂，右手哆哆嗦嗦地摸我的脸。希望，你瘦了，瘦了！她的声音发着颤，随后又提高音量，冲着厨房里喊，快出来，希望回来了！

我的父亲慢吞吞地走出来，没有半点激动和欣喜，平淡地说，回来了。

我说，爸，你还好吧？

杨胜利点点头，说，挺好的，现在也慢慢适应退休的生活了。只是这一松下来，人就胖了一圈。

他确实胖了许多，肚腩很明显。我调侃道，那你得减一减了，不然我妈会嫌弃你的。

杨胜利说，当年我比现在还丑，你妈都没嫌弃我……

那是我眼瞎呗！周玉兰翻着白眼，但嘴角泛着笑意。

杨胜利说，希望，上次听你三爷爷说，你跟人合伙开了公司，经营什么网站。这些高科技我不懂，但这么长的时间你也没回来过，是不是遇到了什么困难？

我说，困难已经过去了，现在公司的势头非常好。我这次回来，就是要把我们公司搬到这里来，办公室都快要装修好了。

搬到这里来？杨胜利很困惑，尽管这些年白水发展得也很快，但毕竟只是一个小镇啊。

我说，爸，你不知道吧，我们这里很快就要划入玉华的高新区，政府要在这里打造科技产业园。我回来，提早占一个位置。

杨胜利将信将疑，你的消息可靠吗？

我说，千真万确！

周玉兰高兴地说，回来就好，回来就好。希望，你和你爸好好聊聊，我去给你们做好吃的。

当客厅里只剩我和父亲时，我们竟然都沉默了。我看得出来，父亲想跟我说点什么，可最终还是没开口。恰好有一个电话进来了，我便一边接听一边走了出去。

午后，我是在一片剧烈的打夯声中醒来的。我起身到窗边观看，旁边的一处工地正在动工，大货车进进出出，高高的吊塔就像一只抓紧天空的手臂。也许再过两年，我们家这一片也要被拆迁了，我心里不禁一阵惆怅。

我开着车去三岩湖看望杨浩。坡地上一片忙碌，水上项目已初具雏形，酒店的主体已经封顶，更远处的别墅区也是一派热火朝天之景。路七弯八绕，在快要到达杨浩家的门口时，竟然断头了。我无奈地停好车，刚下车来，就看到杨浩从自家的院子走出来，老远就朝我挥手。

他走过来后，我问他，路怎么断了呢？

杨浩说，他们故意的。

谁？

拆迁队的人。

那我二叔知道吗？

杨浩说，我不清楚他知不知道。

我问道，你没有给他打电话？

何必打呢？杨浩笑了，别人断了你的路，并不意味着你就无路可走了。只要一个人心中有路，别人想断，也断不了。

我看着这个慈眉目善、头发花白的老人，仿佛是在聆听一个哲人的教诲。我赞道，三爷爷，你活得真通透。

差得远，差得远呢。他连连摆手，突然感慨道，希望，你这车不便宜吧？记得当初你哥回来的时候，开着小车，拿着手机，全镇的人都在惊叹。当时我们都觉得，小汽车、手机，都是有钱人的事，跟我们平民百姓离得太远。哪能想到，才几年时间，大家就人手一部手机。前几天我上街去，发现马老六、田文喜、田长明，都买小汽车了。我估计啊，再过几年，家家户户都会有小汽车。时代进步了，真的是日新月异呀。

我说，科技越来越进步，以后许多电子产品会越来越便宜，只有在未来的某段时间里，房子会越来越贵。

杨浩叹了一口气，说，我就不明白，房子是用来住的，为什么要卖那么贵？让天下人全都住得起房子，那不是更好吗？前段时间我也这样问过你二叔，他不回答，在那里装糊涂。

我说，三爷爷，你心里明镜似的，又何必问呢。

杨浩说，其实我只是想告诫他，做生意嘛，不要被利字蒙蔽了双眼，一定要恪守本心，让自己好，也要让别人好。我以前开医馆，就没想过要挣多少钱，只图能够有口饭吃。一个人经受病痛，已经很难了，还要让他在诊费上承担更大的难，那就完全失去医者的仁心了。

我说，三爷爷，那为什么后来你关了医馆呢？我问过我爸，他说他也不知道。

说话间，我们走进了院子，牧羊犬冲着我吠了一声，很快就摇起了尾巴。罗小珠走出门来跟我打招呼。在院子西侧的角落处，撑着一把大大的遮阳伞，伞下摆着茶几和座椅。杨浩带着我坐到那里，罗小珠便提着茶壶过来给我们倒茶。

杨浩端起一杯茶水，吹了吹气，轻呷了一口，缓声说，孙儿，你还记得你四姑奶奶吧？

我嗯了一声。

那年她回来，生病了，抓着我的手一直喊我救她，她不能死，她要等她的丈夫回来。我以为我能治好她，便向她承诺，我肯定治好她的病。但最终，还是没能治好。一想到她临死前的那种绝望、空洞的眼神，我就心如刀割，也开始怀疑、否定自己，几乎是夜不能寐。最后，我就关闭了医馆，说起来，我也是缺少那份仁心呀。

我说，三爷爷，就目前的医术来说，有的病是治不好的，你又何必自责呢？生老病死，都是人世常态。

他微微一笑，说，有很多事情，我们都知道要放下，但我们就是放不下呀。就像这两年多里，你都不回家来，不就是没有放下吗？孩子，人活一辈子，不论再豁达、再通透，都是不可能什么都能放下的。放不下，也没关系，随着本心就好。

我沉默着，不禁用手摸了摸胸口，心上有一道折痕。

这时候罗小珠从屋里走出来，脸上带着些许愠色，埋怨道，这些人也是的，又打电话来，问我们明天上午空不空，要来跟我们谈谈。

杨浩说，不是都跟他们说得很清楚了吗，还来谈什么呢？

罗小珠说，可不是嘛。但他们不听，还说不谈，那就派人堵门。

杨浩冷笑道，这是打算用强了？当初他们采取胁迫、殴打等手段，逼一些不愿走的人迁走，现在要把这种手段用到我身上来了？我都是黄土埋半截脖子的人了，那一套，有什么好怕的呢？

我小心问道，三爷爷，这是……拆迁队的人找你们了？

杨浩说，最开始这里还没有动工的时候，他们就来找过我了。我这把年纪了，不想再挪窝。再说我这个小院子，又不影响他们，他们建他们的星级酒店、高尔夫球场、水上项目、豪华别墅，都跟我八竿子打不着嘛。

我说，我二叔来过吗？

杨浩说，他来看过我几次，但从来没有提过要我搬迁的事情。倒是有一次我问他，现在我这个院子是不是必须得拆掉，要拆的话，我会顾全大局，不影响他的事业发展，我立马在拆迁协议上签字。可他跟我说，我这个院子的位置不影响，可以不拆迁。我才不同意拆迁的。

罗小珠接过话说，谁知最近他们又来了，叫我们做人不要太贪心，威胁说做钉子户没有好下场，还把我们院子前面的路也挖断了。我们从来不想做什么钉子户，也从来没有还过价，他们这么做，实在是有些过分了。

我说，要不，还是给我二叔打电话说一下情况吧。

罗小珠摇头说，不用了，这种小事情，还是不惊动他的好。

59

省上正式下文，白水镇不再受建中县管辖，而是划入了玉华市的高新区。

人们欢呼雀跃。有人开玩笑道，我们现在也算是大城市的户口了。有人接过话，重要的是房子又升值了。

我的朋友黄小波当上了邮电局的副局长，我们相约着去一个酒店给他庆贺。在包间里，我意外地见到了冯芳。原来他们已成为好朋友了。冯芳比以前胖了些，面色红润。她冲我微微一笑，那神情却饱含紧张和忐忑。

那个包间带着一个阳台。我们一起来到阳台上，她说，早就听说你回来，几次想去找你，却又怕冒昧。

我很诚恳地说，我们永远是朋友，永远不会生分。

我就知道……她笑了，顿了一下，说，下个月十八号，我结婚！

我又惊又喜，连声道贺，又补充道，我一定去喝你的喜酒。

冯芳说，我老公是医生，在天文镇。她沉默了一下，又继续说，我们现在是两地分居，以后再想办法调在一起。

我由衷地祝愿道，真好，你们一定会很幸福的。

她抿嘴笑了，轻轻道了声谢，突然又轻声问道，你有秋红的消息吗？

我愣了愣，茫然地摇摇头。

冯芳说，前年十月中旬的一天下午，我的电话响了，是一个陌生号码，深圳的，我接起来，原来是秋红……

终于又有她的消息了……我的心跳怦怦加快。

冯芳继续说，她叫我帮她处理一下她留在邮电所宿舍的东西，能捐献的，就捐献；不能捐献的，就随意处置。秋红还说，她给黄小波打过电话了的，叫我去找他便是。挂断了电话后，我就去找黄小波。邮电所早前就把秋红的东西打包放在仓库里了，把房子腾出来给了其他员工。秋红的衣服在仓库里都发霉了，我又把那些衣服清洗后，才捐献出去。但在整理的过程中，我发现她那里还保存着很多封信，其中有几十封，信封上是你的字迹，我没忍住，就打开了一封来看，结果发现，那是你写给秋红的情书……对不起，我不是故意要偷看的。

我苦涩地一笑，说，不怪你。再说了，自秋红收到信后，信就只属于秋红，不属于我了。

冯芳轻轻地说，我数了一下，一共是五十四封情书。我只看了一封，写得真好，虽然不是写给我的，可我看完之后，眼眶都湿了，心里很感动。你看什么时候有空，去我那里取那些信。或者，我把信给你带来。你把这些信收回去，做个纪念，将来有一天你老了，回头再翻看这些信，你也一定会感动的。

我心里百感交集，半晌说不出话。

冯芳默默地注视着我，直到我的情绪慢慢平复下来，她才打破沉默，我和秋红没说多久，她就说有事，先挂了，回头联系。

那后来呢？后来你们联系了吗？

冯芳说，我过几天又打电话过去，但是已经打不通了。我不死心，隔段时间又打过去，是一个男人的声音，听起来很苍老了。我说我找傅秋红，他说我打错了，他不认识什么傅秋红。

她说到这里叹了一口气，继续说，肯定是她不愿再和我联系，早就换号了。也或许，她最初给我打来的那个号码，就不是她本人的手机。她既然不愿再联系，也许有她的苦衷。

那天夜里，席间觥筹交错，大家都吃得很开心，尤其黄小波兴致盎然，酒酣处还高歌一曲，赢来阵阵掌声。只有我兴味索然，脑子里不断地浮现旧事，心里波澜荡漾。有人提议让我朗诵一首诗，我借故肚子痛，要上厕所，偷偷溜出去了。

我坐在外面的大厅歇息，给冯芳发了一个信息，我想去她那里要回当年我写给傅秋红的那些情书。不一会儿她就出来了，我随她去到她的住所，取到了那一大沓厚厚的书信，信封全都是牛皮纸的，被橡皮筋紧紧地捆在一起，分成两摞。我提在手上时，感到一种沉甸甸的力量，就像是岁月流逝后留下的沙石。

回到家，我就迫不及待地打开那些信，一封一封地阅读。那些信都是手写的，字迹相对工整，文字烈的若火，柔的似水，迂回，跳跃，一颗一颗，像星辰闪烁，全都亮在我心里。

我从手机通讯录翻出了傅秋红的电话号码，那是一串早已失效的数字，但这些年我却一直保留着。我看着那名字和数字，发了很久的呆，手指微微颤抖，最终把这个号码删掉了。然后我取来一个瓷盆，在院子里把那些信一封封地烧掉。信压得多，火苗不够旺，烟雾呛得我咳嗽起来。

你在烧什么呢？周玉兰不知何时来到了我身后。

我说，一些信，不要了。

现在有事都打电话，以后只怕不会再写信了。留着是纪念，何必烧呢？

这些信是我给别人写的，留着没用了。

看你写了不少，当初写的时候只怕也是用了心的。

母亲的话让我一阵惘然。

希望，周玉兰犹犹豫豫地说，你现在没女朋友吧，前几天陈阿姨给我介绍她的侄女，在银行上班，我见过照片，人长得漂亮，要不你去见见？

我说，妈，我不是小孩子了，我的事情我自己做主。

周玉兰幽幽地说道，像我们这个年纪的，还有哪家没抱孙子？只有我跟你爸。

我说，你们先去找杨光明，他是老大。

那时候，杨光明在白水的话题从未间断。他的煤矿数度扩张，规模巨大，生意越来越红火。钱越挣越多，却成为他的烦心事。据说此话是从一个饭局中传出的，席间，有人提了一个问题，要大家讲一讲过去这一年里什么事情最让自己烦心。有人说孩子的成绩不好，有人说老婆管得太严，轮到杨光明时，他却说钱太多，不知道怎么花。这话传出来后，羡慕的、妒忌的、不屑的……各种声音都有。

有一天杨光明到家里来，杨胜利就语重心长地告诫儿子要低调。杨光明不以为然地笑笑，表示他只是说了一句大实话。

周玉兰嘟囔道，钱多得用不完又咋样，还不是连媳妇都没有。我和你爸，每次出去，都只能酸溜溜地看着别人乐呵呵地带孙子。人家都问，你们家两个儿子怎么还不娶媳妇，给你们生孙子呀？问得我们连头都抬不起……

妈，你想抱孙子，那还不简单吗，我向你保证，快一点，一年内，慢一点，一年半，你们就可以抱上孙子了。杨光明拍着胸脯，说得信誓旦旦。

对于杨光明的承诺，周玉兰一直惦记于心。隔一段时间，她就给杨光明打电话，光明啊，你怎么还不把媳妇领来给我们看看呢？

杨光明说，妈，我答应你的是抱孙子，又不是看媳妇。

周玉兰恼了，没有媳妇，哪来的孙子啊?

杨光明说，妈，我说的是给你生孙子，不是说我要结婚。

周玉兰愣了片刻，猛地醒悟，你意思是你和人家姑娘只生孩子，不结婚?

杨光明说，这在西方很常见的。

周玉兰说，我不管啥西方不西方的，你是中国人，我们的文化和风俗，就是要先结婚，然后才生孩子。

妈，现在都是新世纪了，你那一套老观念老思维得改改，落伍了。

我不管，必须先结婚，然后才生孩子。

杨光明说，你逼我的话，那我就不生孩子了，你也别想抱孙子。

周玉兰生气地喊起来，你是要威胁我吗?

是你先逼我的!

可我是你妈!

杨光明也提高了声音，你一点都不像我妈，在我的记忆中，我妈从不强迫她的儿子做他不愿意做的事。

周玉兰沉默了，仿佛一场泥石流滑坡，堵住了胸口。半晌，她都不出声。杨光明轻声喊她，妈！没回应。他又喊，连喊了三声，她终于轻叹一口气，说，好吧，你爱怎么样就怎么样吧。

她把电话挂断了，坐在椅子上，发了很久的呆。

后来，每隔一段时间，周玉兰都会给杨光明打电话，半年了哦！下一次再打时，她说，八个月了哦！接下来又打，一年了哦!

离杨光明承诺的一年半时间还有两个月时，周玉兰给儿子打电话，语气充满了深深的失望，光明，马上就一年半了，你说过的，最迟一年半。

杨光明说，妈，这不还没到吗？你就放心吧。

一个月后的一天下午，周玉兰终于在望眼欲穿的等待中得到了好消息，杨光明在电话里的声音就像一束炸开的烟花，妈，我当父亲了，你可以抱上孙子了。

啥？我……我当奶奶了？周玉兰的声音无比颤抖。

杨光明大声说，半小时前生的，是个男孩！

太好了，太好了。在哪个医院？我和你爸去看看。

妈，你们就别来了，过几天我就把孩子带回去。

我这不是想早点看到孩子吗？也顺便看看孩子的妈妈，生孩子是很辛苦的。

杨光明说，妈，还是别来了，孩子的妈妈是不会见你们的。

周玉兰愣了愣，问道，为什么呀？

杨光明说，我和孩子的妈妈，是不会结婚的。

周玉兰怒了，吼起来，你不能这样不负责任，老是玩弄别人的感情。一个女人愿意为你生孩子，那得付出多大的勇气？你要再这样，妈就不认你这个儿子。

你别生气，妈，你别把所有责任都推到我的身上。我跟你说嘛，就算我要跟她结婚，人家还不愿意跟我结呢。

周玉兰又愣住了，为什么？

杨光明叹息一声，说，我实话告诉你吧，孩子的母亲是一个演员，还很年轻，人家根本就不愿意结婚，也不想让大众知道她生了孩子，更不愿花时间来抚养孩子。

周玉兰带着不确定的语气，你的意思是，孩子以后，没有妈？

可以这样说。

周玉兰顿时暴怒起来，既然不想当母亲，就不要把孩子生下来。只要生下来了，就要对孩子负责任！孩子没有母爱，将来他怎么成长，怎么成为一个健全的人？

她喘了一口粗气，继续叫道，你们结不结婚，我不管，但孩子不能没有母爱，绝不能！

电话里在飓风卷过的暴怒后，是大海风平浪静的沉默。好半天，杨光明才带着怯生生的语气喊了一声，妈！

周玉兰没应他，只是叹了一口气。

妈，你别生气，气坏了身子，不值得。

周玉兰的声音有些低沉，光明，你告诉我，既然你们不结婚，那个姑娘又不愿意做母亲，为什么，为什么还要把孩子生下来？

妈，那是因为我答应了她，我要投资拍戏，捧红她。

这种交易……亏你做得出来，光明，你太让我失望了！周玉兰又怒了，声音里燃烧着烈焰。

妈，你不是一直催着抱孙子吗？

周玉兰打断儿子的话，这样的孙子，我不要也罢。随即她愤怒地挂了电话。

她坐在沙发上呼呼地喘气，胸口像窜着火星的小风箱，怎么也无法平息。她又站起来，在客厅里踱了几个来回，胸口处的风声渐渐低下去，她抓起手机拨通了杨光明的电话。

我什么时候可以见到我的孙子？

电话里传来欢喜的声音，五天，五天后我就带孩子去见你。

孩子满百日的那天，杨光明在他的别墅里举行了一个小小的家庭聚会，杨国庆也来了。这是我第一次看到孩子，也是我回到白水后第一次与杨光明见面。面对我的到来，杨光明很激动，满面堆笑，老远就朝我伸出手来，说，希望，我真高兴你能来。我推开他的手，不屑地说，我又不是来看你，我是来看侄儿的。他自我解嘲地笑笑，说，那我沾儿子的光了。

小家伙白净、秀气，瓜子脸，与杨光明一点也不像，大家都说，小家伙一定长得像他母亲，但杨光明只是笑笑，不予正面回答。我们轮流抱起他，我抱他的时候，他突然哇哇大哭。杨光明家的保姆是一个二十出头的农村姑娘，她过来从我手里接过孩子，安抚了几下，孩子立即就不哭了。

杨国庆打趣道，小乖乖，你叔叔吓到你了吧？

我说，哪里是我吓到他，分明是这小崽子跟他爸一样，从小就是一个重色轻友的货。

杨光明苦笑道，希望，你就不能说点好听的吗？

我说，我一直都想用最好的形容词来赞美你，只是很遗憾，我没找到。如果有一天，你的行为真的值得赞美，那我一定不会吝啬我的词汇。

杨光明面色有些尴尬，似乎想说点什么，但最终又忍住了。

杨国庆把我拉到一边，问我，你们网站做了那么多吃喝玩乐的东西，前段时间我还看到你们介绍了一个野生天麻炖土鸡，你知不知道哪里有野生天麻？

我说，在白果山就有。

杨国庆说，能弄到吗？

我说，能啊，我刚好要去那边一趟，我给你弄回来。

杨国庆说，我跟你一起去。

第十八章

60

两天后的上午，我驱车带着杨国庆去了九十多公里外的白果山。那是邻县管辖的地盘，山里稀稀疏疏地生长着天麻，村里的一位江湖郎中是以前我的一位学生的家长，我去找他，碰碰运气。

一座安静、祥和的小山村，依偎在茫茫大山的怀抱里。村里人很少，很多人家都门户紧闭，偶有老人和小孩站在路边，好奇地看我们。我把车停在路边，顺着路人的指点，来到一户房屋低矮的人家，一个男人站在破败的篱笆墙里，露着一张黝黑的脸，木然、僵硬，仿佛岩石历经了雨打风吹。他正是我要找的人，尽管老了许多，但我还是一眼就认出了他。

我向他自报家门，他愣了好半天，眯着眼茫然失措。我向他解释后，他才恍然叫起来，哎呀，杨老师，原来是你啊。

江湖郎中很热情地招呼我们进屋。我向他阐明来意，他显得很难为情，说家里没有野生天麻了，出于种种原因，他已有半年没有进山了。不过，他可以马上进山去采，运气好的话，可以挖到一二十斤。杨国庆兴奋起来，表示要跟他一起进山。

进山后，天上突然下起了蒙蒙细雨，山间升起薄雾，雾中裹着鸟声。我们随着江湖郎中在枝叶间穿行，荆棘把我裸露的手臂划破了两道渗血的口子，但我没有感到疼。野生天麻产量甚少，江湖郎中带着我们翻山越岭，忙活了一下午，终于挖到了十几斤。中间我们有几次停下来抽烟，他眯着眼，脸上的倦容仿佛是不甘于生活的折磨，又仿佛是逆来顺受的平静。好几次我摸出手机，发现没有一点信号。

在与他的闲谈中，我得知他的儿子，当年我教过的那位学生，大学毕业后在省城的一家网络公司上班。他有一个女朋友，两人感情甚笃，彼此都见过了对方父母。但女方的母亲在第一次面见未来女婿时，就提出了一个要求，必须在省城有一套三居室的房子，否则就别想娶她女儿。江湖郎中在谈起这件事的时候，眼神凄惶，一脸忧愁。但为了儿子，他和妻子节衣缩食，拼命攒钱，农闲时还去城里打工，希望能在明年凑足给儿子买房的首付款。他哀叹道，现在房子太贵了，为买一套房子，要卖一辈子的命。杨国庆接过他的话，现在苦一点，以后就好了。房价只会越来越高，现在买的房子，会在将来大赚一笔。

江湖郎中叹了一口气，说，就算将来房子涨上了天，又能怎么样？还不是眼睁睁地看着，就只有一套房子，自己住着，还能卖了不成？

杨国庆说，房子是资产，买了不会亏的。以后你儿子涨工资了，攒一攒，可以再买一套。

江湖郎中说，买一套都拼了老命，哪里还买得起第二套？他说到这里时，语气突然有些愤怒，现在做房地产的，太坏了，心黑得很，卖那么高的价，简直是在喝我们老百姓的血。

我并没有向江湖郎中介绍过我叔叔的身份，否则他不会这样当着杨国庆的面骂人的。杨国庆有些尴尬，似乎想说什么，但又止住了。

我默默地递给江湖郎中一支烟，以缓解这种尴尬。

从山里出来，我收到数条手机短信，提示我有多人给我打过电话。在我回拨过去时，杨国庆也在打电话，估计也是像我一样，之前因为没有信号而错过了电话接听。突然间他激动起来，开始破口大骂。我刚好结束了通话，听到他喊起来，他妈的灌了二两黄汤就不知道东西南北了，叫他狗日的给老子打过来。然后他气呼呼地挂断了。

一路上，他在不断接电话，语气非常不好，说话粗俗而暴躁。最后，他终于停歇了。他似乎为自己的情绪失控而不好意思，带着歉意自我解嘲道，一点小事情，他们都办不好，真的让人生气。

我们都没接他的话。

回到村里，我们只小坐片刻就回白水了。杨国庆面色严峻地坐在副驾上，侧头看着窗外。很久后，他突然问我，希望，你知不知道你三爷爷什么时候回来？

我把车内音乐的音量调低，说，我不知道呢。他只是说看心情，想什么时候回来就什么时候回来。

杨国庆叹了一口气。

怎么了，二叔？

拆迁队的那些家伙，在今天下午，把你三爷爷的房子拆了。

什么？我大吃一惊，他们拆了三爷爷的房子？他们，他们怎能这样呢？

原来拆迁队队长马明生在中午多喝了几杯，到了三岩湖后，命令工人们把杨浩家的房子拆了。杨浩在一个多月前，就和罗小珠去了美国。罗小珠和前夫生的儿子定居在洛杉矶，跟第二任妻子生了一个孩子，罗小珠要去帮着带一下孙子，杨浩也跟着去了。没想到，拆迁队竟然趁杨浩夫妇外出，就把他的房子拆了。

在马明生下令拆房时，工人们还有些犹豫，有人问，马队长，杨总同意了吗？马明生手一挥，不耐烦地说，管他同不同意，给我拆！

看着工人们仍在犹豫，马明生嚷起来，他妈的，老子的话都不听了吗？拆拆拆！

挖掘机轰隆隆地开过去，粗长的铁臂力贯千钧，重重地砸在屋顶。有人突然喊起来，慢点，慢点，得把屋子里的东西先搬出来。屋里的东西被搬出来了，小山似的，随即被运走，放在了建筑商的活动板房里。

项目经理在得知杨浩家的房子被拆时，第一时间就拨打了杨国庆的电话，但打了好几次，电话都无法接通。等后来我们从山里出来，手机有了信号后，杨国庆才知道大错酿成，已无法挽回。他牙都咬碎了，给马明生打电话，通的，但一直没人接。又拨了一遍，还是没人接。

杨国庆说，希望，先到三岩湖看看情况。

天色渐渐暗下来，雨下起来了。到达三岩湖时，天完全黑透了。雨越来越大，倾盆而下，夜色幽深而暧昧，如一个戏子坐在帷幕的黑暗中哀哭，被泪水冲花了脸上的浓妆。在杨浩家院子外，雪亮的车灯照见了一片杂乱不堪的废墟，一辆挖掘机还孤零零地挺在那里。

黑暗中我看不清杨国庆的脸，我只听到他从牙缝中狠狠地挤出三个字，他妈的。然后他开始打电话，一开口就骂，马明生，我操你妈！

对方恼怒地回骂，你他妈的有病啊，张嘴就骂，我才操你妈。

我这才发现，原来杨国庆竟然在手机上开了免提。

杨国庆嘶声叫道，马明生，你在哪里？老子要杀了你！

我现在在天河聚酒楼，待会儿还要去刘师烧烤喝夜啤酒，刘师烧烤，知道吗？河滨巷的刘师烧烤。有种的，就到那里去，谁不去，谁就是母狗生的。电话里，我感受得到他的舌头都大了，语调中散着烈性的硝烟。

杨国庆挂了电话，说，走，去刘师烧烤。

刘师烧烤声名在外，每天夜里顾客满满，一直营业到凌晨三四点。我们赶到那里时，已是夜里十点多。雨还在下，但小了许多。我远远地看到马明生和两男两女坐在烧烤店的一个角落里，杨国庆几乎是箭步冲过去的，喊一声，马明生！一脸醉意的马明生眼神迷离，茫然地看着他。杨国庆操起桌上的一瓶啤酒，朝马明生头上狠狠地砸下去。

酒瓶砸破了，啤酒喷出来，泡沫四溅。我听到有人在喊杨总杨总，有人在惊呼。马明生摇摇晃晃地站起来，骂道，打老子，操你妈的……他抓起一个酒瓶，似乎要反击。杨国庆将手里砸破的半截酒瓶，又敲在他的头上。马明生晃了晃，仰头摔倒在地上，身后的椅子也被带翻了。

杨国庆朝他身上踹了一脚，又踹了一脚，骂道，他妈的狗胆包天了，老子今天就弄死你。与马明生同桌的两个男人把杨国庆拉住。其中一个说，杨总，是不是误会了？这是马队长，马明生队长。

杨国庆推开对方，愤愤地说，没误会，老子打的就是他。

马明生躺在地上，头破了，满脸都是血。他的一位男同伴去扶他，半天都没能把他弄起来。他突然喊道，马队长好像晕了，快叫救护车。

杨国庆说，死了最好。

他抬起脚，还要朝地上的家伙踹过去。我拉住了他，说，二叔，你冷静点，再打就要出事了，跟这种人较劲，不值得，也有失你的身份。

杨国庆的怒火稍稍平息一些，朝地上呸了一口，说，便宜了你狗日的。随即转身对一个服务员说，烤八个生蚝，八串牛肉，煮两碗面。惊魂稍定的服务员立即颤巍巍地跑过去了。

杨国庆往旁边的一张空桌边坐下来，招呼我说，希望，来，快坐下，先吃点东西，我都饿死了。

马明生的一个同伴说，杨总，马队长喝多了，早就撑不住了的，我们叫他回去休息，他不回，说待会儿还有人要来找他。喝多了的人，言行上就有差池，你不要和他一般见识。

杨国庆说，他就是欠揍，多揍几回，就不会出现差池了。

马明生的同伴讪讪地说，杨总你真会开玩笑。

杨国庆一本正经地说，我不是开玩笑，我是认真的。

那人尴尬地笑，不说话。

面首先端了上来，杨国庆呼哧呼哧地吃得很响。我刚吃了一半，一辆警车闪着灯，在烧烤店门口停下来。车上下来两个警察，一进门，领头的就嚷起来，是谁报的警？有人朝我们这边指，低声说，打架呢。

领头的警察是个小伙子，龙文栋的心腹，被封一个外号叫九筒。由于他经常跟在龙文栋的屁股后面，便与杨国庆很熟。他走过来，一看见我们就笑了，说，杨叔，要不要我陪你喝两杯？

谢谢兄弟，我今天有点累，就不喝了。我和你们龙局长已经约好了，后天晚上聚一聚，你也一起来。他说完，埋着头吃面。

扶着马明生的那个男人突然大声说，警察同志，马队长受伤，晕过去了！

九筒一边查看马明生的伤势，一边问，怎么回事呢？

杨国庆咽下嘴里的食物，说，是我打的，手重了点。

用啤酒瓶。他又补充道。

九筒笑嘻嘻地说，杨叔，你悠着点，下手重，会把你的手震疼的。

杨国庆放下筷子，左手摸了摸右掌的虎口，说，还好，现在不疼了。他说完取了一张纸，擦了擦嘴，又说，救护车一会儿就到，医药费该花多少钱，我都会负责到底。

九筒对马明生的同伴说，杨总说了，他会负责医药费的。这种事情，还是你们协商解决吧。说罢，他便招呼身边的同事离开，冲着几个围观的群众叫道，散了，都散了。

警察同志！那个扶着马明生的男子喊起来，有些失望，也有些愤怒，你们就这么走了吗？这也太草率了吧？

那你想怎么样？要我把你们都带进派出所吗？问话，做笔录，搞到凌晨三点才让你们回家吗？屁大点事，瞎折腾个啥呀？九筒拉着脸，语气不太好。

马明生的同伴一时语塞。九筒朝杨国庆打招呼，走了，杨叔！随即他又冲着几个围观的群众叫道，怎么还不散呀？散了，都散了！

警察刚出门，救护车就鸣叫着来了。救护人员手忙脚乱地把马明生抬上车去。杨国庆一直埋着头吃东西，没有瞅一眼。

马明生在第二天傍晚就出院了。他被砸破的头只是皮外伤，没什么大碍。

第三天上午，他去找杨国庆，头上还缠着纱布。在杨国庆的办公室里，马明生一进门就笑了，涎着脸说，不够意思啊杨总，我都挂彩了，也不来医院看我。

杨国庆说，你那是铁头，我知道的，不会有事。

马明生突然叹了一口气，说，酒喝多了，就会误事，害人不浅呀。

杨国庆说，那是，以后要少喝。

不过，有时候也有好处，比如你前天晚上砸我头的时候，我就没感到痛。

他说完，禁不住咧嘴笑了。

杨国庆说，对不起啊，我不该动手的，但当时我真的太生气了！

马明生又叹息起来，说，政府给我们下了命令，限令一周内完成拆迁，否则就扣钱。我着急呀，就给你打电话，打不通，加上我又贪了几杯，这不，脑子一热，就叫兄弟们把老爷子的房子拆了。这件事是我做得不对，你要打要骂，我都认。只是房子都拆了，没办法再复原了，还得求教你，想想办法。

杨国庆沉默良久，缓缓说道，我也不知道，只有等老爷子回来后再说了。

杨浩的房子以如此方式被拆，在过去的老街坊和老邻居中间引起了轩然大波。他们议论纷纷，谴责杨国庆太不地道，为了赚钱，连自己亲叔叔的房子都要拆。我的父亲杨胜利在听到这些议论时，很生气地给杨国庆打电话，劈头就骂，我看你的良心是被狗吃了，当年你从贵州回来，是小叔鼓励你考大学，你考上后，又是他资助你的。你现在翅膀硬了，腰板直了，就六亲不认了？趁小叔不在，就拆他家的房子，国庆啊国庆，你怎么变成这样子了？你就不怕别人在背后戳着你的脊梁骨骂你吗？

杨国庆静静地听着兄长的训斥，没有辩解。过了一会儿，他说，我还有重要的事，先挂了。

杨胜利只觉得这是一拳打在了棉花上。刚好我正在家里，他心有不甘地问我，你知不知道你二叔拆了你三爷爷的房子？

我说，那是拆迁队的人干的，瞒着我二叔干的。

杨胜利说，我就不信拆迁队的人没有经过你二叔的同意，就敢拆了你三爷爷的房子。

我想，连我的父亲都不信他的亲弟弟是无辜的，那么外人就更难相信了。我说，爸，现在外人在非议我二叔，那些流言蜚语他肯定听到了，我们作为家人，应该选择相信他，支持他，这样才不会令他心寒。

杨胜利哼了一声，说，老子还要你来教我？

我没有再多言，转身出了门。阳光明亮，熙熙攘攘的大街涌过络绎不绝的人潮，这时黄小波的电话打过来了。

他的声音有些大，也有些急，冯芳的老公死了，明天下葬，在老家，我去参加葬礼，你要不要一起去？

死了？怎么回事呢？我无比惊诧。

黄小波叹息道，溺水死的。喝多了，掉进了河里。

我有些恍惚。冯芳的丈夫我仅仅是在他们的婚礼上见过一次，长什么样，我已印象全无。他的死，并未给我多少震动。我想到的是冯芳，在最初不顾家人的反对，与两地分居的丈夫结婚。婚后，两人不停地动用各种关系，准备往建中调。终于在前不久，打通了各个环节，建中的两家单位，分别愿意接纳他们。孰料命运弄人，男方遭遇不测，这对冯芳将是怎样的一种摧残与煎熬。

黄小波说，冯芳的老公是去年我在党校的同学，在党校的四十多名同学中，就他和我很投缘。他来过白水两次，两次我都陪他喝了酒，有一次他喝多了，还和我吵了起来，吵了后，他又抱住我大笑……

我给冯芳发了一条安慰的短信，字斟句酌，编了很久才发出去。两小时后，她才回复我：放心，我会没事的，谢谢。

但我相信，这行短信回复的背后，足以拧出一把泪水。

61

连续几个晚上我都没有睡好觉。

网站的注册用户已有三个月停止了增长，日活跃度也有一定程度的下降。大洋彼岸，一款苹果3G手机的问世让我兴奋又让我不安。我托人从香港买了一部回来，深入体验一番后，有一种强烈的直觉，风来了，可好像又抓不住，我成不了捕风的人，但也不愿成为那个落后的追风者。我想我们需要做出改变，于是在一次合伙人会议上，我言辞恳切地提出了我的看法，我们的增长到头了，必须得采取新措施，甚至改弦易辙。张春明则不以为然，他认为有一点小波动是正常的，更何况每日发帖量仍然汹涌澎湃，话题依然讨论不休，广告商们仍然趋之若鹜，叫我不必为一时的数据而大惊小怪。

我在笔记本电脑上打开张春明的博客主页，将电脑推到他的面前。张春明愕然地看着我，问道，这是什么意思？我说，最近这一周，你连续七天更新了博客。之前，你也差不多是三天一更。

我更新一下博客，有什么问题吗？他耸耸肩，表示不解。

我把电脑收回来，说，那你想想，我们的用户中，像你这样频繁更新博客的，会有多少人？

这个我哪知道？这时他突然醒悟过来，你是说，博客抢走了我们的用户？

我说，博客分流了我们的一部分用户，我们就得反思，为什么用户不再上我们的网站发文，而是上博客呢？博客是一个新产品，像一块自留地，让他们找到了耕种的乐趣，甚至是获得了一种归属感。那么有一天，会不会出现一种新产品，直接革了我们命？我说完，把目光投向了陈兴平。

陈兴平推了推眼镜，说，别这么瞧我，我可开发不出那种革命性的新产品。不过我倒是赞同你，我们确实需要改变。只是，我们又该怎么改变？

半晌没人说话，空气中有着一种不知所措的沉默。

你们有没有认真体验过前段时间苹果公司发布的这款手机？我摸出那款苹果3G手机，在手中扬了扬，努力打破这种尴尬，说，我看到你们也都买了，但不知道你们是否跟我有同样的感受，我认为这将是一个具有划时代意义的产品。即使未来它没有成功，但它所倡导的理念，一定会改变我们的生活，那就是移动互联网时代的真正到来。

马姿兰迫不及待地接过我的话，目前我们3G技术还没有普及，暂时感受不到手机上网的便捷性。我有一个同学在洛杉矶，昨天我们还在网上聊天，他说他已经完全体验到了手机上网的便捷性。前几天我看到一篇文章，说我们国家的3G牌照，最快在明年就会发放，最晚在后年。所以，移动互联网的趋势是不可阻挡的。

我说，如何应对移动互联网的到来，我有个想法，供大家一起讨论。现在要登录咱们网站，首先得登录浏览器，从浏览器上进入网站。移动互联不会这么麻烦，而是利用应用程序直接登录。我们就得抓紧开发我们网站的应用程序，等到移动互联的风口一来，立即上线，抢占制高点。

陈兴平说，应用程序的开发，技术难度倒不是很大。但是决定产品生命力的，仍然是内容。

马姿兰说，确实要有好内容，尤其是随着更年轻一代人的不断成长，会有年龄段更低的人成为我们的用户，他们的兴趣、关注点，跟上一代人又不一样。比如“90后”，肯定跟“80后”“70后”不一样，我们的内容生产，就得要迎合他们的口味。所以，在内容生产上，我们也需要创新。

我说，内容生产一直是我在负责，我带我的团队抓紧时间制订方案，半个月后，我们拿出来讨论。

陈兴平说，好，应用程序的技术开发，我带我的团队在半个月内制订方案，拿出来一起讨论。另外——他突然顿了一下，语气变得有些严肃，我还有一个想法，咱们有两千万的注册用户，每个人都有自己的兴趣爱好，如果能找到每个人的兴趣所在，每次他们一登录我们的网站，便通过弹窗向他们推荐各自感兴趣的资讯，我们就能留住用户。

我说，你意思是通过算法和数据分析，对每一个用户进行精准推送？

陈兴平说，对，就是推荐算法。通过用户的浏览历史、点击行为、发帖内容等信息进行推算，找到用户的兴趣点，根据他们的兴趣点，向他们推送相关的内容。

我说，你说到这里，我突然有了一个想法，咱们只是在网站的建设上打转，是不是格局太小了？咱们应该花一半精力转向人工智能，虽然我们要运用到的推荐算法也是人工智能的一部分，但我意思是应该扩大范围，立足于我们的优势，在自然语言处理、推荐系统、大数据等方面深入研究，持续发力，从技术应用和开发上来说，我们是小公司，要做起来肯定有很大的难度。但这种方向，肯定是没错的。

陈兴平说，互联网要做好，一定要在人工智能方面持续发力，这是我最近得出的感受。我也坚信我的这个判断不会错。但目前，尽管我们每年广告收入很可观，利润也不错，但正如刚才希望所说，我们终究只是一个科技小公司，人力、财力和技术都是阻碍我们突破的瓶颈。

张春明说，我建议去融资，引入风投。我们网站在生活领域是名列前茅的，融资应该不再是难事。有钱了，招兵买马，人力和技术就不再是问题。这件事，可以由我来牵头负责。

我举手赞同说，好，成立子公司，引入投资，专注于人工智能开发。

马姿兰和另一个合伙人也表态同意。陈兴平微笑道，你们都同意了，我也不能落下呀。

随后的那段时间里，我每天都是早出晚归，数次加班到深夜。方案改了一次又一次，最后出炉，众人七嘴八舌地讨论后，再修改，再讨论，最后终于定下来。我心里没有太多的喜悦，这是新的起点，后面才是艰苦卓绝的漫漫长征。

周玉兰数次心疼地叮嘱我，不要拼命，工作是做不完的，要注意身体。

我只是笑笑，算是对她的回应。

这一年十一月的第二个星期三，是冯芳这一生中最屈辱的日子。

下午，她刚上完第一节课，就有一位老师来叫她，说校长找她，要她去校长办公室。

校长办公室里除了学校领导外，还有一位女客人。她衣着光鲜，妆容适宜，面上的表情似笑非笑。冯芳一眼就认出了她，黄小波的妻子。她心里咯噔一下，有银瓶碎裂的声音。

校长说，冯老师，这位吴女士给你送来了锦旗，要当着你和学校领导的面表达感谢。

啊？冯芳茫然无措，右手抓紧了衣角。

锦旗用两根细绳捆着，扎得很结实。吴女士一边解绳子，一边说，冯老师助人为乐，帮了我很大的忙，无以为谢，只好送一面锦旗表达心意。

教导主任走过来，帮着将锦旗缓缓展开。上面是两行烫金的字：谢谢冯芳老师为我的丈夫黄小波提供生理服务！

大家脸上的笑容慢慢凝固。校长微微不悦，说，吴女士，你这是什么意思?

吴女士目光灼灼地盯了冯芳一眼，说，因为工作关系，我和我老公两地分居，冯老师帮我老公解决了生理需求，我感谢她！感谢这位好教师!

冯芳身子一晃，差点摔倒了。

吴女士目光冷冷地剜了她一眼，又冷冷一笑，丢下锦旗扬长而去。

大家面面相觑，最后都把目光集中到冯芳身上。她面色惨白，目光凄迷，掩面跑了出去。

这起桃色事件瞬间就传开了，成为众人茶余饭后津津乐道的话题。我听到这起消息时，禁不住愣了半晌。我给黄小波打电话，连打了几次，他都没接。三天后的傍晚，他给我打来电话，声音很低沉，劈头就说，有空吗?陪我喝酒。

他仿佛在一夜之间老了十岁，憔悴的样子仿佛暗夜的幽灵。他也说不清楚，他和冯芳是怎么好上的，反正是莫名其妙。他记得在冯芳失去丈夫的那段痛苦的日子里，是他安慰她，给她一点黑夜中的光亮和温情。有一天夜里他们都喝了一点酒，就糊里糊涂地发生了关系。

第二天早上醒来后，他们都默默无语，仿佛什么事情都未发生，各自穿好衣服，去干各自的事情。但黄小波心里始终无法平静，整个上午他都坐立不安，下午时给她发了一个信息：对不起！一小时后，她才回过来：没关系。

之后又是几天的沉默。黄小波在一天傍晚给冯芳发信息：我炖了野鸡汤，晚上过来喝吧。她没有回复，但夜幕降临后她来敲门了。这天夜里他们又睡在了一起。

在床上，他用手撑着脑袋，看着她，认真地说，我要离婚，然后娶你。她看了他一眼，然后耷拉着眼睑，忽地又睁开，看着他，不说话，眼中泪光隐隐。他说，不瞒你，我和我妻子长期两地分居，感情早就出了问题，我和她快一年没有夫妻生活了。所以，我是认真的！她一把抱紧了他。

黄小波向妻子提出离婚。妻子问他，外面有人了?他反问道，你看咱们俩这状态，你觉得再过下去还有意思吗？妻子沉默了半晌，说，确实没意思。不过，孩子才高二，等他高考了再说。

他满怀歉意，对冯芳说，忍忍吧，等明年孩子高考，我们就可以在一起了。

然而，他没想到的是，仅仅过了半年，妻子的一面锦旗把事情闹得满城风雨。黄小波带着满腔怒火，打电话质问妻子。妻子在电话中几乎是歇斯底里地叫起来，姓黄的，你想轻轻松松就和那个狐狸精在一起，没那么便宜。黄小波也喊起来，有本事你就冲我来，别去伤害冯老师。吴女士恶狠狠地说，你们谁都别想好过。

那天夜里，我和黄小波坐在河边的一家酒楼喝酒，临窗，相对而坐。他每次举杯都是一饮而尽，说话语速急促。他脸色潮红，愤怒的语气中带着无奈，这女人啊，翻脸简直比翻书还快。他又说，之前她明明同意了等儿子高考后就与我商议离婚，没想到这会儿却跳出来羞辱我和冯老师。

更气人的是，他继续说，她还教唆儿子不理我。我昨天去建中中学看儿子，那小兔崽子竟然叫我滚，说别来看我，去看你的狐狸精。这种话，一个十七岁的孩子，没人教他，是肯定说不出来的。我当时那个气呀，真想抽那小兔崽子两嘴巴，后来还是忍了。我喊他，他头也不回地走了。

黄小波说到这里的时候突然沉默下来，面色黯然，神情落寞。我不知道如何去安慰他，只是轻轻地与他碰了碰杯。他放下杯子后，看着窗外，慢慢地入了神。河水潺潺，在两岸星星点点的光照中闪着幽暗的波纹，就像一个醉酒的人闪烁着迷离的眼神。偶有人从河堤上走过，剪影一般。

三天后，黄小波收到了单位的通知，暂时停职，等候调查处理。组织上在桃色事件的第二天找他谈话，劝他与冯芳断了关系，写个检讨，组织上便给他记过处分，仍保留副局长职务。黄小波却断然拒绝了，他说得斩钉截铁，什么职务我无所谓，我就要娶冯芳。局长勃然大怒，当场拂袖而去。

没有工作可干，黄小波这才发现心里空荡荡的。他窝在家里，不愿外出，不愿走在大街上接受路人的指指点点和品头论足。他永远都记得在锦旗事件爆发的第一时间，人们看他时的那种五花八门的眼神和表情，简直是一种酷刑。但一个人待在屋里好闷啊，他为了打发时间，将家里细细地打扫了一遍。忙完后，他坐在沙发上，打开电视，无数频道都是在播放着狗血的家庭剧，他看了一会儿，觉得很无聊，又烦躁地关上了。这时候，手机响了，陌生号码，一接通，里面的人就骂他。他骂了一句，神经病！接着又有一个陌生号码打进来，来人笑着问，冯芳的床上功夫怎么样？黄小波愣了一下，随即破口大骂，你谁呀？操你妈的，这世界上只有你妈妈、你姐姐妹妹的床上功夫最好。挂断电话后，他又愤愤地骂，这都什么乱七八糟的人啊，神经病。

后来又不断有陌生号码打进来，黄小波隐隐感到一丝不妙。当冯芳打来电话，哭着告诉他，她收到了很多陌生来电的辱骂，他这才知道，原来他们在网上被人肉搜索了。

在好几个网站上，有一个网名叫“看热闹不嫌事多”的网友，发了一篇关于黄小波和冯芳婚外情的文章，取了一个吸人眼球的标题：《惊奇，副局长包养小三，原配送锦旗》。一个政府官员的生活作风问题，引起了众多网友的愤怒指责。在留言评论区里，黄小波看到了铺天盖地的谩骂和嘲讽。一个网名叫“不是王子的青蛙”的网友首先曝光了黄小波和冯芳的家庭住址，接着有人曝光了他们的职业、单位职务 ，紧接着有人曝光了他们的电话……一个个的留言，在短短的一两天，扒了他俩的诸多隐私。有人给冯芳打电话，骂她水性杨花，丈夫尸骨未寒，就与有妇之夫苟且求欢；又有人打来电话骂她不要脸，做小三破坏他人的家庭；还有陌生男人打来电话，很下流地表示，他身体很棒，可以满足她的性饥渴。

在这场网络暴力中，不堪重负的冯芳向黄小波提出了分手。老黄，我真的受不了啦，咱们分手吧！她说得泣不成声，语调如柴火被雨水打熄，散着丝丝缕缕的青烟。

黄小波几乎抓狂了。他叫起来，你不能放弃，现在是有困难，但我们心在一起，就能渡过难关。

老黄，我真的受不了了，除了很多陌生人打电话、发信息骂我，还有我的婆家，他们认为在我先夫死之前，咱们俩就好上了，骂我的话，太难听了……咱们还是分开吧。她满脸泪水，身子微微发颤。

黄小波一把抓住她的手，急切地说，咱们真心相爱，就不能太在乎世俗的流言蜚语。再说了，咱们受了这么多的嘲讽和辱骂，真就这么分了，那就是让别人看我们的笑话了。芳芳，坚持下去，咱们会在一起的。

冯芳轻轻地抽了一下自己的手，没能挣脱，于是用了一把力。她感到他手上坚韧的力道和紧张，随即他的手松开了。老黄，对不起，我真的受不了了，请你原谅。她语调还在打战，腮帮咬得很酸，说完后转身走了。

她走出黄小波家的时候，还轻轻掩了一下门。她起初是碎步，后来开始大步，最后小跑起来，心里一片泥泞，驰过万马千军。

那天下午阳光灿烂，街道上人来车往。在一栋二十二层高的楼顶上，有人坐在那里，像一只飞倦的大鸟歇在树梢。路人陆续聚在楼下，开始议论起来。

看，好像是黄小波。

就是黄小波，就是黄小波。

他在那里干什么？他是要跳楼吗？

有可能他真的是想不开啊，这段时间的事情，够他受的……

有人紧张地喊，谁和他关系好，快上楼去劝劝他。有人却兴奋地叫起来，有好戏看啰。有人双手拢成喇叭状，大声喊起来，黄小波，快下来。

围观者越聚越多，七言八语，腔调各异，仿佛河水咕噜噜地卷起漩涡。有人突然大喊道，跳啊，有种就跳下来。很多人随即高声附和，跳啊，跳啊，快跳啊！这些声音显得幸灾乐祸，落下丝丝兴奋的颤抖。

一个五十多岁的男子愤怒地叫起来，你们怎么能这样呢？要是楼顶坐的是你们的亲人，你们还会这样吗？人心都被狗吃了。但他的愤怒很快就淹没在围观者怂恿黄小波跳楼的起哄声里了。

跳啊，快跳！围观者们怂恿得很起劲，还不停地笑。

这时候，警车鸣叫着赶来了，在楼下停住。一个警察刚刚推开车门，围观者突然发出巨大的欢呼，夹杂着些许惊叫。黄小波如大鸟俯冲，从楼顶坠落下来……人群先是后退，随后潮水般围聚上去，许久，又陆陆续续地散开。阳光依旧灿烂，风轻轻地吹，如低缓的安魂曲。

62

游览了半个美国的杨浩心满意足地回来了。他回来的这一天晴空万里，阳光和煦。他携着妻子从车上下来时，满面堆笑，开心地跟人们打招呼。随后，他们拦了一辆出租车回家。

开出租车的是土生土长的白水人，他在把车开出老远后，突然叹气说，杨老爷子，有件事，我觉得我还是应该告诉你。杨浩说，什么事？出租车司机说，你得有一个心理准备啊，你家的房子……已经被拆了。

傻小子，你开什么玩笑？谁敢拆我的房子啊？杨浩不以为然。

出租车司机说，我说的是真的，你们走后，拆迁队就把你们家的房子拆了。听说要在那里修宾馆，现在好像房子都修了一层。

你说的……说的可是真的？杨浩开始相信了，声音发着颤。

出租车司机不再说话，只是专心开车。

杨浩夫妻俩是坐在后排的。罗小珠抓住丈夫的手，感到他的身子在微微发抖。她手上用了一把劲，安慰他说，你不用担心，有国庆在，相信拆迁队的人不敢乱来的。话是这般说，可她也知道，她不过是在心存侥幸和幻想。

他们家的房子坐落在半坡上。在三岩湖边，老远就能看见那座灰砖白墙的小洋房。但这一次，罗小珠看到的是长长的围墙围着一派繁忙的工地，新修的楼房正拔地而起。她感到丈夫的身子抖得厉害，像风浪中的小船在摇摆。她紧紧地抓住丈夫，似乎用尽了全身的气力。车停下时，她感到杨浩的力气很大，一下就甩开了她的手。他抢出车门，跌跌撞撞地跑了几步，突然一下栽倒在地。

她一声惊呼，快速跟上去，看到杨浩躺在地上纹丝不动，已经晕了过去。

老杨，快醒醒，醒醒。她摇着丈夫的肩膀，急得快要哭起来了。

出租车司机也跑过来，关切地问，咋了，咋了？

罗小珠说，麻烦你，快送老杨去医院。

出租车司机没吭声，一把抱起了杨浩。

罗小珠在后座上一只手扶着丈夫，一只手哆哆嗦嗦地摸出手机，给杨胜利打电话。

胜利，你小叔晕倒了！她的声音急而颤。

电话里传来杨胜利惊诧而着急的声音，怎么回事？你们在哪里？

罗小珠说，刚从水库出来，正往医院去，坐的是出租车。

好好好，我马上去医院，去医院等你们。

杨胜利在医院门口焦灼不安地踱来踱去，终于等来了载着杨浩夫妇飞驰赶来的出租车。他冲过去拉开车门时，惊奇地看到杨浩坐在后排上，正忧郁地看着他。

罗小珠解释道，你小叔是在几分钟前才醒来的。我不放心，还是坚持叫他来检查一下。

那就好，那就好。杨胜利松了一口气。

当杨浩接受检查时，等候在门外的杨胜利从罗小珠那里得知了杨浩晕倒的前因后果，他突然想起，应该给杨国庆打个电话。

电话响了两声，就被摁了。杨胜利给弟弟发信息：小叔回来了。刚才晕倒了，现在在医院检查。

十分钟后，杨国庆的电话回过来，他的语调很焦急，小叔怎么样？杨胜利说，还在检查。杨国庆说，我在玉华开会，这个会很重要，刚才我在发言。会议后还有重要安排，我暂时还回不去，小叔那边的情况，你随时给我发信息。

杨浩检查完毕后，坐在椅子上。杨胜利说，小叔，到我家去吧。杨浩问，国庆呢？杨胜利说，他在玉华开会。他事情办完后，第一时间就来看你。

杨浩说，他敢来吗？

杨胜利说，小叔，是拆迁队偷偷拆了你的房子，那个拆迁队队长马明生在中午多喝了几杯，就命令手下人拆了，国庆并不知情。哦，对了，希望可以做证，当时他俩正在一起。

我就知道……杨浩苦笑了一下，把未说完的话又咽回去了。

晚上十点半钟，杨胜利接到了弟弟的电话。他说，我回来了，小叔在你家里吧，没睡的话，我就过去看看。杨胜利说，他们已经睡了，你明天来吧。

第二天一大早，杨胜利就陪着杨浩去散步。两人顺着河边走，有一搭没一搭地说着话。回到家后，他们就看到杨国庆坐在屋檐下，低着头翻看手机。

杨胜利咳嗽一声。杨国庆抬起头来，猛地朝他们蹿过来，带着一种厚颜无耻的笑意，说，小叔，你回来也不提前给我说一声，我安排人去接你呀。杨浩说，我虽然老了，但还没有老到走不动。

杨国庆说，是是是，你年轻着呢。你身体怎么样？好些了吗？

杨浩撇撇嘴，说，本来是很好的，但是被你这么一气，就一点也不好了。

杨国庆扶着杨浩在椅子上坐下，说，那是小侄的罪过。你老人家不能再生气了，否则我的罪过就更大了。在我们家，最大的事情，就是你老人家的身体。你老人家的身体健康了，比什么都好。

闭嘴，啥老人家，我有那么老吗？杨浩嗔怒着，白了他一眼。

杨国庆说，我说错了，说错了，你一点都不老，看起来也就一百岁的样子。

杨浩又朝他侄儿翻了一个白眼，说，明明是一百零一。

杨国庆半蹲着身子，郑重地说道，小叔，房子这件事情，虽然我是被马明生给坑了，他们强拆的时候，我根本就不知道，但是，我肯定也有责任，我是真心想向小叔说一声，对不起。

杨胜利接过话道，是啊，国庆虽然有错，但他也是被坑了。要不然，就是借他十个胆，他也不敢这么大逆不道。

杨国庆说，我不求小叔原谅，我只希望你不要再生气了，气坏了身子不值得。

杨浩说，站起来说话吧，你也老大不小了，这么蹲着不累吗？

杨国庆嘿嘿一笑，站了起来，揉了揉腰板说，是有点酸。

杨浩说，我已经听说了，为此事，你还打了马明生，让他进了医院，连警察都去了。我还听说，你把我家里的东西都搬了出来，安置妥当了。

杨国庆说，我没做好，很惭愧。小叔，你看这样行不，三岩湖那边，我在别墅区给你留了一栋的，刚刚装修好，敞上一段时间，你们就搬进去住。

杨浩说，算了，那是富人区，我这种小老百姓无福消受。我还是去其他地方买吧，你哥哥给我推荐了一个地方，二手房，我觉得挺好，买了就可以住进去。

哪个地方？杨国庆很失落。

杨浩说，过段时间你就知道了。

小叔，杨国庆急了，我希望你能明白小侄的心意，你要是不去，就表示你没有原谅我。

你错了，国庆，杨浩说得语重心长，我都这把年纪了，就是想过得自在，开心一点。你要让我每天看着那富丽堂皇的别墅，看着进出的各种豪车富人，我无法自在。

杨国庆不知道该说什么，眼里隐隐含着泪光。

这时周玉兰走出来，招呼大家吃早饭。杨浩和杨胜利往里走，只有杨国庆站着没动。周玉兰说，国庆，走啊。杨国庆落寞地摇摇头。

杨浩倒回来，拍了拍杨国庆的肩膀说，走吧，我都没有想不开，你还有什么想不开的呢?

杨国庆勉强笑了笑，一起走进去。

饭桌上，大家都没怎么说话。杨国庆一直低着头吃，心事重重的样子。这时敲门的声音响起来，杨胜利喊了一声，进来。半掩着的门被推开了，马明生站在门口，手里提着大大小小的礼品，有些怯怯的样子。

杨胜利说，进来吧。

马明生把礼物放在茶几上，对杨浩说，杨老爷子，我负荆请罪来了。

杨浩上上下下地打量马明生，问道，那你的荆呢？我没看到啊，揣在兜里吗？

马明生讪讪地说，老爷子你真会开玩笑！

杨浩哦了一声，说，原来你是在开玩笑啊，我老人家居然当真了。

马明生窘得面色通红，说，老爷子，我错了，罪该万死，都是喝酒惹的祸，我不求你老人家谅解，只求你给我一次弥补的机会。

杨浩说，房子都夷为平地了，再怎么弥补都晚了。

马明生突然扬起手掌，啪啪地抽着自己的嘴巴，一边抽一边说，老爷子，我错了，大错特错，你大人大量，大人不计小人过……

好了好了。杨浩阻止了他，打得这么响，你不疼，我都替你疼呢。

马明生苦着脸说，你老人家刚才问我，荆在哪儿，这不，我没有荆，但有手嘛。

杨浩说，以前没和马队长打过交道，没想到你还挺幽默的。

马明生说，我现在这心里又沉痛又愧疚，哪里还有心情幽默啊，我只是想向你老人家表达一下我的诚意。

杨浩说，马队长，既然你来了，我就告诫你一句，以后啊，千万别再用强，给人留一尺，自己会得一丈。

马明生连声说，老爷子你教训得是，我向你保证，以后，我绝不会再强拆了，绝对不会。

这就对了。杨浩顿了一下，说，拆我房子的事，我就不和你计较了，但我的房子，该怎么赔偿，还得赔偿我。

这个当然。马明生拍着胸脯说，老爷子请放心，一定比赔给其他人的更高。

杨浩叹了一口气，说，我都是一只脚进棺材的人了，赔得再多，我也带不进土里去，就按正常的标准赔偿就行了。

杨胜利注意到，弟弟的眉头一直锁着。他在跟我谈起这件事的时候，不住地叹息道，你二叔啊，心里始终没有过那道坎的。

我想，也许只有时间，才能帮他解开心上的那道结了。就像冯芳那样，当初黄小波跳楼自尽，让她几乎崩溃。她向学校请假一周，但却在很长一段时间里音信全无。

当她重新出现在人们的视线中时，她竟然是一副光头形象，显得瘦削、憔悴，如枯树独立于冬天的旷野。和校长一见面，她便递交了辞职信。校长愣了愣，挽留她。她轻轻说了句谢谢，便转身走得无比坚决。

在冯芳离开白水的头一天，我们一起吃了顿午饭。她吃得很少，每道菜仅仅是尝了几口，便停下了筷子。她给我讲起她与黄小波的往事，时而激动，时而沉默，时而感伤。我静静地听着，没有插一句话。

黄小波死后，冯芳独自躲进外省的一个景区写生。她经常画着画着，便走了神，泪水落下来，一颗一颗。夜里她经常失眠，好不容易睡去，却又从噩梦中惊醒。有一天夜里，当她再次从噩梦中惊醒时，她疲惫不堪，万念俱灰，在画纸上写下：活着是如此痛苦，唯有死才能重生。她把这句话当成自己的遗言，然后开门走了出去。

景区很大，是一座巍峨大山，山间溪流潺潺，数座飞瀑从高处泻落，在瀑布脚下积成碧水深潭。冯芳慢慢地走入深潭中。皓月当空，山野寂静，水声和虫吟仿佛铺开的丝绸。冯芳一步步地往深处走，潭水冰凉刺骨，从膝盖一寸寸地漫到胸口，又一寸寸地漫过脖子。她突然伤感起来，又夹杂着丝丝轻松和解脱。当水完全漫过她的头顶时，她感到嗡的一下，整个世界陷入黑暗和死寂。好难受啊，一种恍惚的疼痛，一种被浇灌着的不堪承载的折磨。她在迷糊中本能地挣扎，努力地浮向水面，却感到有一股力量死死地按着她的脑袋，要压着她沉入水底。她使劲挣扎着，扑腾着，像钓钩下奔逃的大鱼，搅起动荡的波纹和浪花。她双手划动，双足蹬踏，一遍一遍地用力，终于，她游上岸边，浑身无力地躺在地上，仿佛要瘫了。这是一次多么漫长的生死之旅啊，她看到深邃的夜空被群山高举，闪烁的星光仿佛亲人温良的眼神。月亮已西斜，乳白的月辉倾泻着整个世界的静谧。莽莽群山连绵起伏，错落有致，就像一幅宣纸上水墨的写意，含蓄中有淋漓，奔放中有恬静。暗处里虫子的鸣叫清亮、丝滑，像雨滴落满她的全身。她眼里突然涌出了泪水，多么美妙的世界，她为自己轻率的自杀而感到羞愧和后悔。

她决定好好活下去。当她爬起来时，她才感到很冷，牙关打着哆嗦。她跑向宾馆，她要裹紧被子，好好地睡一觉。

说到这里时，冯芳沉默了，低下头用勺子喝汤，一小勺一小勺送进嘴里。她动作很轻、很慢，眼泪突然一滴滴地落下来。我依旧沉默着，递给她一张纸巾。她接过去，擦了擦泪水，微微抬头，冲我勉强一笑。

她平复了一下情绪，说，我就要去北京了，进一家杂志社，做美编。

我说，好，就在北京好好生活，以后，都别回来了。

冯芳轻轻地说，如果有一天回来了，那也一定是回来看你。在这世界上，只有你是老黄的好朋友，也是我的好朋友。

我说，那我还是请你来这里吃饭。不过那时候，我希望，你能够多吃一点。

但愿吧。她的语调有些伤感，但愿能够有那一天。

63

几场秋风苦雨，天便冷下来。冬天似乎提前来临，雪早早地下起来。那天是星期二上午，雪还很小，稀稀疏疏。马明生的拆迁队开着挖掘机和推土机，隆隆地驶进距离水泥厂一千米的一片废墟。这里原是水泥厂的员工宿舍，红砖的筒子楼，非常破败。在水泥厂转卖给杨国庆之前，这些宿舍就已安置给了水泥厂的工人们，且产权归他们所有。政府对这片土地进行了新规划，员工宿舍要拆迁。大多数的住户都领着拆迁款陆陆续续地搬走了，只有少数几家，因为没有达到心里的预期，而坚持没有搬。在一次次的协商中，剩余的几家也先后搬走，最后只剩下邓大军一家了。其实邓大军已在别处买了房子，并搬进了新居，但为了更多的拆迁款，他们夫妻俩又临时回到了水泥厂的旧宿舍居住。

马明生指挥着拆迁队拆楼。红砖楼在推土机和挖掘机摧枯拉朽的撞击下倒塌。邓大军夫妇不在家里，而是在杨光明的煤矿上班。当他们听到红砖楼被拆的消息时，便心急火燎地骑上电动车赶回来，路上还摔了一跤。他们回来后，看到红砖楼已被拆得七零八落。他们家已被拆去一半，残垣断壁，仿佛挂彩的士兵裸露着伤口。邓大军跑过去，冲着挖掘机里的人又是挥手又是大喊，喊了半天，那个司机才停下来，探出脑袋大声问，什么事？

邓大军愤怒地叫道，你们怎么能乱拆我的家？你们还有没有王法了？

那个司机一脸茫然，说，马队长叫我们拆的，说全部拆。

邓大军叫道，那马明生呢？马明生在哪里？

那个司机摇头说，我不知道！

邓大军厉声道，我警告你，你不能再拆了，你再拆，我就跟你拼命。

那司机耸耸肩，把头缩回驾驶舱，没有再拆了。

遍地都是废墟。雪落在脸上，无比冰凉。邓大军的妻子孙秀丽看着丈夫仿佛是一只被鬣狗偷袭了的雄狮，愤怒地寻找着复仇的良机。他转了一圈，又问遍了在场的人，都没有找到马明生。

孙秀丽走到丈夫身边，听到邓大军愤愤地说，这狗日的，电话也不接。

马……马明生不接电话吗？孙秀丽松了松脖子上的围巾，因为愤怒，她感到有些透不过气。

邓大军不回答，朝地上的一块石子踢了一脚。那石子竟然飞起来，在空中画出了一道弧线，落进了废墟中。

孙秀丽问，怎么办？

邓大军咬着牙说，找姓马的讨说法。姓马的如果找不到，就去政府闹，敲锣打鼓，牵一个横幅。

突然一阵车声响起，一辆黑色的大众牌轿车开过来。车停下，里面走出来的人，竟然是马明生。邓大军冲上去，大喊道，姓马的，你还讲不讲王法了？马明生轻蔑地看着邓大军，说，你不仅贪得无厌，还不识抬举，今天这下场，是你自找的。

邓大军叫道，你们强拆，我要去告你！

马明生不屑地说，去吧，去吧，最好告到北京去。

姓马的，你不要欺人太甚！邓大军脖子上青筋毕现，眼中的烈火足以烤熟一个土豆。

马明生也提高了音量，我告诉你邓大军，做人不要太贪心，否则就是鸡飞蛋打。五天前我就警告过你，三天内你若不签协议，那我就不管了，先拆房子，马某说到做到，你若不想竹篮打水一场空，下午就乖乖地去签协议。他说完，昂着头，朝着一辆正在工作的挖掘机走过去。

邓大军愣了片刻，突然嘶声叫道，姓马的，我日你先人，日你祖宗十八代！老子跟你拼了。

这个胖子在冲上去的那一刻居然行动迅捷，庞大的体重占据着巨大优势，一下将马明生扑倒在地。马明生奋起反抗，一把揪住了邓大军的头发。这似乎更加激怒了邓大军，他抓起了一块砖头，朝马明生的头上狠狠地砸下去。

孙秀丽惊叫着冲过去，想去拉开丈夫，却被邓大军反手一推，又被脚下的石块绊了一下，一屁股坐在地上。她再起身去拉丈夫时，发现马明生头上血肉模糊，已经停止了反抗。

住手，快住手。她惊呼着，拉开了丈夫，发现他眼中空洞洞的，仿佛无底的深渊。砖头还握在他手里，有一滴血将滴未滴，那么触目惊心。

孙秀丽在惊慌中还保持着最后一丝理智，抢下丈夫手里的砖头扔在地上，抱着他的肩膀摇了摇，叫道，快，快送他去医院。

邓大军仍然目光空洞，茫然地喃喃自语，我杀人了，我杀人了！

拆迁队的人都飞快赶过来，有人大喊，快送医院，快送白水医院。有人喊，小三子，你去开车。有人抱起马明生，放进那辆黑色的大众牌轿车里。车启动，咆哮着，在地上磨出剧烈的声响，正如他们惶急的心情。

车子消失不见，邓大军冷不丁打了一个冷战，一步步朝前走去，步子很慢，却一点也不沉稳，有些歪斜，偶尔还打着趔趄。

你，你要去哪里？孙秀丽拦住丈夫。

邓大军注视着妻子，那空洞的目光渐渐有了一些亮色，有雾从深渊中升起，泛起了潮湿的水汽。秀丽，他说，我对不起你，对不起在外面打工的两个孩子，也对不起这个家！

孙秀丽哭起来了，她说，你别说这些了，现在该怎么办，怎么办？

邓大军深深吸了一口气，说，我这就去派出所，去自首！

孙秀丽哭着问，就没有别的办法了吗？

没有！邓大军颓丧地摇头。

孙秀丽抱着丈夫，头伏在他的胸前，嘤嘤嗡嗡地哭起来。他抚着她的头发，一遍一遍。这让她更加伤心，放声哀号起来。

许久，她听到丈夫轻声说，好了，该走了。她默默地放开他，默默地看着他骑上电动车。她突然叫起来，我跟你一起去。他犹豫了一下，点点头。

孙秀丽坐在丈夫的身后，紧紧地抱着他，把头靠在他的背上。这些年来她曾嫌弃他这一身胖肉，还曾多次督促他去减肥，直到这一刻她才明白，这肥胖的身躯是多么厚实而坚固的依靠。她的泪又来了。

在派出所的门口，她看到他走进去，心里肝肠寸断，几乎把牙都要咬碎了。在泪眼模糊中，她看到丈夫停顿了一下，似乎想回头，但最终又头也不回地走进门去。她蹲下来，抹着泪水。雪开始大起来，纷纷扬扬。

她慢慢起身，骑着电动车奔向白水医院。在那里，她得知马明生颅内大出血，已不治身亡。

马明生死亡的消息，像一阵大风，熄灭了她内心里仅存的一点星火。

当孙秀丽风风火火地跑到杨胜利家里的时候，杨胜利正与杨浩在客厅里下棋。她拍门的声音地动山摇，杨胜利皱着眉头去开门。她一进门就跪下，哭喊道，表姐夫，救命！

她嗓子已经哑了，面色青紫，额头擦破了，渗着血迹。脚上沾着雪花，洒下一些水渍。杨胜利说，快起来吧，有话慢慢说。

周玉兰在这时从楼上走下来。孙秀丽是跪着朝她爬过去的，喊道，表姐，救命，救命！

周玉兰扶起孙秀丽，说，你这是咋了？快起来，快起来。

孙秀丽抱着周玉兰哭起来，表姐，你一定要救救我！

周玉兰安慰道，你放心，我们一定会的，一定会的。你先别哭了，告诉我们，发生了什么事。

孙秀丽跟着周玉兰来到沙发边坐下。她擦了擦眼泪，嘶哑着嗓子把事情的来龙去脉说了一遍。说完后她的泪水又来了，她哀求道，表姐，表姐夫，能不能想想办法，把邓大军救出来？

杨胜利摇摇头，说，杀了人，是救不出来了的，只是，他不是故意杀人，找一个好一点的律师，争取让他少坐一点牢。

孙秀丽又哀求道，表姐夫，我大字不识一个，又不认识几个人，找律师的事，你能不能帮我？

周玉兰抢过话说，这你不用担心，我叫光明帮你找一个好律师。上次我就听他说过，他公司的法律顾问，就是省上数一数二的好律师。

孙秀丽抓起周玉兰的手，哽咽着喊一声，表姐……

周玉兰抚摸着孙秀丽，鼓励她道，你要坚强点，一定不能倒下。

杨浩突然轻叹一声，说，上次马明生还向我保证过，他不会再强拆了，哪晓得……唉！

杨胜利也跟着长叹。两人唏嘘不已。

周玉兰送孙秀丽出门时，看到外面的雪下得又大又急，天地间已是白茫茫的一片。

那年的冬天一共下了四场雪，每场雪都下得又细又密。在最后一场雪结束的第三天，来自玉华的两家投资公司终于与我们敲定了关于人工智能开发的合作协议。持股占比相对大一点的那家公司的代表以一种居高临下的姿态告诫我们，期限三年，三年后若没有回报，那就撤资走人。陈兴平坐在我身边，我看到他面色凝重，想来是压力较大。我拍了拍他的肩胛，他便冲我微微一笑。

散会后，陈兴平苦着脸说，看到了吧，这就是资本家的嘴脸，他们的每一分钱，可不是那么好花的。

公司又招进了一批新人，大家都在埋头苦干，忙忙碌碌，似乎是在一夜之间，说话的语速就加快了，走路的步伐变快了。难得一个下午我和陈兴平破例给自己放了半天假，我们一起喝咖啡，我打趣他头发掉得更多了，他则挖苦我头上的白头发又增加了。我说我头发一染黑又变成了小伙子。他说他穿上一件袈裟，别人就会误以为他是得道高僧。最后我们又笑起来了，却又感到这笑容中带着苦涩的味道。

开春后，我听到坊间的几次传言，说杨国庆的公司资金链快要断裂了。起初我没有在意，只是一笑而过，但在第四次听到这个传言时，我忍不住了，给杨国庆打了一个电话。

电话里是长长的叹息，这两年我们的大项目，主要是政府的基建和地产的修建。政府的项目你是知道的，钱不会少你，但是时间会拖得很久。这一年大环境不太好，与我们合作的开发商在资金上出了问题，没钱付我们。好几个项目都烂尾了，老板直接跑了路。我这边付了大量的建材费，还有人工成本，公司的资金有点紧张了。我想了很多办法，也找了好些人，问题还是没有解决……他说到这里突然笑起来，我下午去找光明，你哥哥。

杨光明在省城的繁华地段买了一栋楼作为公司的办公地点。不过他只用了四层楼，其他的楼层全都租赁了出去。在他那间豪阔得可以当成篮球场的办公室里，他接待了我们的叔叔杨国庆。当杨国庆抵达杨光明的公司楼下时，杨光明的男秘书和女助理已经候在那里。女助理笑容很甜，给杨国庆献上了一束鲜花。

杨国庆跟随他们来到杨光明的办公室。杨光明满面笑容地迎上来，声音很响亮，二叔，欢迎你莅临指导工作。杨国庆说，光明，你年轻有为，二叔是来向你学习的。

杨光明说，你太谦虚了，你在商海沉浮半辈子，什么大风大浪没见过，你要多多提点我才是。

哪里哪里，杨国庆说，我老了，老了，思维固化，跟不上形势了，还是你们年轻人头脑灵活，走在时代前列。

叔侄俩就这样相互恭维，寒暄了好半天，他们才切入正题。杨国庆单刀直入，光明，我公司在资金周转上暂时遇到了一点困难，想请你施以援手。利息，比银行高两个点。

你要借钱？杨光明坐直了身子，把雪茄放进了烟灰缸。

是！杨国庆的声音很沉，像一块巨石落进湖中。

杨光明不说话，微微仰头，摸着下巴。

杨国庆说，我听说了的，你公司账上的资金非常充足。现在煤矿很红火，你的现金流源源不断。你把钱借给我，比放在银行划算。

我不借……呃，你别紧张，二叔，你我都是商人，我们在商言商。我的钱要拿出去，就只是投资，是买卖，不是收利息。

那你的意思是……

你公司的资产，可以转手一部分给我，价格你尽管开，我不还价。但是，二叔是个明白人，这么多年你诚信经营，有口皆碑，我相信你不会漫天要价，狮子大开口。

杨国庆盯着自己的侄子看了半晌，突然笑了起来，说，好啊，除了文峰街的那半栋楼，其他的，只要你看得起，我都可以卖给你。

杨光明说，你的那些楼我都没有兴趣，我要你的水泥厂。

杨国庆愣了愣，又笑了，说，你别怪我没提醒你，水泥厂可是赚不到钱的，甚至有时候会小幅亏损。

杨光明也笑了，说，二叔，不该你操的心，就不要再操了。

你说得对！杨国庆叹了一口气。

他们俩的会面，显得短暂而有效。两天后，双方就签订了协议。随即，一些流言传出，说杨光明在自家叔叔危难之际趁火打劫，低价收购叔叔的工厂。

一点人情味都没有！这是我父母的街坊老友们在背地里说得最多的一句话。

我的母亲周玉兰在听到这些传言后，她既感到愤怒，又觉得羞耻。她给杨光明打电话，儿子向她解释，他买的水泥厂，不是低价，而是高于市场价了的。周玉兰生气地说，这根本就不是价格高低的问题，而是你就不该在这个节骨眼买你二叔的水泥厂。杨光明说，妈，你不懂。

周玉兰说，你那些赚钱的门路，我是不懂。可你这样，是丢我们杨家的脸。你二叔遇到了困难，你如果是把钱拿出来借给他，不收利息，他什么时候有，就什么时候还，那人家在背后说起这件事的时候，只会竖一个大拇指，夸你杨光明有情有义。

杨光明苦笑道，妈，别人在那里胡说八道，你理会那些干吗。

周玉兰喊起来，你妈在这里生活了几十年了，这张老脸，搁不下。

杨光明叹了一口气，说，妈，我不和你说了，我还有事。

有一天晚上我回到家里陪父母吃饭，周玉兰便拿此事唠叨开了，自己的二叔遇到了困难，竟然借机要人家卖厂给他，你让外人咋想，别人只会觉得你钻钱眼里去了，连亲情都不顾。她又不满地嘟囔道，他还挂我电话。

我说，妈，也许你错怪他了，杨光明……我哥这么做，是因为他不想让我二叔觉得欠了他的人情。他们是买卖关系，互不相欠。

周玉兰说，你们二叔又不是外人，该帮就得帮，有啥欠不欠人情的。

妈，正因为我二叔不是外人，又有地位，有头面，杨光明……我哥才会顾及我二叔的尊严，不单纯借钱给他，而是买他的工厂。

你们的那些心思，我理解不了。我只晓得，好好的一份亲情，就这样被弄薄了。周玉兰依旧气鼓鼓的。

好了好了。杨胜利插话道，都别说了，为了别人的几句闲言闲语，自己人相互怄气，值得吗？

别人背地里说的那些，你也是听到了的……周玉兰仍然气鼓鼓的，突然间来了一个一百八十度的大转弯，叹了一口气说，算了，不说了。

64

六月的一天上午，我刚在办公室坐下来，门就被敲响了，声音很轻，像是一种怯生生的试探。我说，进来，门没锁。门被拧开，一个高高瘦瘦的年轻人走进来。我隐隐觉得他有些面熟，但又一时想不起在哪里见过。

杨总，他一副腼腆之态，目光跟我一相接，立即就避开了，不好意思，我冒昧来打扰您了。

我微微一笑，示意他坐下。

那个大男孩依旧站着，说，我叫费明明，以前在牛场中学读书，您还去找过我，叫我转到你们学校来读。

我恍然大悟，说，怪不得我觉得有些眼熟呢，原来是你啊。当年为了你，我可是被人揍了一顿。

费明明说，对不起，杨老师……杨总，当年听说您被打了，我特别特别愧疚。可我只是一个孩子，我无能为力。我只是暗暗发誓，要好好读书，将来考上好大学，才不辜负杨老师对我的期望。

我说，那你现在毕业了，还是在读大学呢？

费明明说，还有二十天我就本科毕业了，九月开学，我保送读研究生，学的就是电子信息专业。最近这十天，我就在公司实习，有两次我都看到了您，但我没敢来打招呼。

我说，原来你就在这里实习啊，你应该早点来找我的。来，坐坐坐，我给你倒杯茶。

他连连摆手，说，我不喝茶，不喝茶。但他说着，还是坐了下来。我起身给他泡茶时，他又跑过来说，我自己来，我自己来。

我说，不要跟我客气，快过去坐下。

他不好意思地坐下来。我把茶放在他面前的茶几上，他又站了起来，说，杨总，杨老师，真的对不起。那年您带着我去我家找我爸，回到学校时，我们陈老师正和三个老师在操场上说话。陈老师看到了我，马上跑过来，很严厉地告诫我不准转学。然后她拉着我，就去了办公室。后来我才知道，另外那三个老师出去打了您。这些年来，我一想到这件事，心里就很难过，要不是因为我，您就不会被他们打。可是我，一直都没有机会给您道个歉。

我笑了笑，说，都过去了那么多年，我早忘了，你别记在心上。

费明明坐下来，说，我今天来找您，除了真诚地向您道歉外，我还想请您帮个忙。

他那明亮的眼神，让我一下想起了当年在他家的庄稼地里，他望着他父亲时的那种眼巴巴的乞求，带着晨曦似的光亮。

费明明继续说，我们老家三年前开始大面积地种植葡萄，今年挂果了，现在葡萄都熟了，但是销路不好，卖不出去。大家都着急得很，这段时间天气热，成熟得更快，要是再卖不出去，那就烂在地里了。我看我们的网站也时常介绍一些农产品，有时也帮着销售，我就大着胆子，想请杨老师，杨总帮个忙，也把我们老家的葡萄推一推。我代父老乡亲们感谢您了。他说着站起来，朝我深深鞠了一躬。

我笑着说，小事一桩，我后天正好有空，我跟你一起去你老家。

他惶恐地说道，不不不，您不用亲自去，您安排一个人跟我一起去就好了。

我说，我就是想去你老家看看。

在我的记忆中，费明明的老家叫军坡村，是一个偏僻的小村子，路坑坑洼洼，布满了石块。没想到几年过去，通往村里的土路竟然变成了水泥路。青山若黛，群峰绵延，蜿蜒的山路如同线条般勾勒着岁月的剪影。我听着车内舒缓的音乐，心里充满着愉悦。我想，我是喜欢在这种乡野中行走的，这让我放松着自己。略微遗憾的是，这次费明明没有随我同行。昨天下午，他学校的老师召他回去，说是有重要事情。他希望我推迟时间，等他从学校回来后，再跟我一起去他的老家。我回答了好，但决定一个人先去。

山路上几无人迹。直到在一片缓坡处，我终于看到了一个青衣老人，黝黑的面孔宛如生锈的青铜。他退到路边，让我的车经过。我把车停下来喊他。他显得胆怯、卑微，茫然地看着我。我说，你上车来吧，我搭你一程。他摇摇头。我说，没关系的，你上来吧。他还是摇头。我说，老人家，你放心吧，我不是坏人。

他终于开口了，我没钱。

我不要你的钱。

他还是显得很犹豫。我下车去拉他，他才上了我的车。上车时，他显得很紧张，不知道是该先迈左脚，还是先迈右脚，最后终于轻轻地坐上来，似乎担心会把车子压坏了一样。

车启动了。老人右手紧紧地抓着窗边的扶手，紧张地看着前路。我说，老人家，你是住在哪个村？

他回答道，军坡村。

真是巧啊，我也要去军坡村。侧头的瞬间，我看到他脸上的狐疑之色，我又说，听说那里种了很多葡萄，我去看看。

他问我，你是来收葡萄的吗？

我不收，但我会想办法让别人来收。当然，我们也可以帮你们在线上销售。

他茫然地看了我一眼，似乎不太明白我的话。

我问他，你种葡萄了吗？

种了。

种了多少？

我年纪大了，种得不多。只有两亩地。

收成如何？

果结得好，但卖得不好。有两个老板来收过一回，后来就没来了。

为什么不来了？

老人不说话了，只是摇头。

我说，你们的葡萄不好吃吗？

好吃得很，甜，水分也多。

村庄越来越近。路边的地里长着一垄垄葡萄，青青的葡萄架下，一串串颗粒饱满的紫葡萄宛若圆润的水晶。我停下车，老人便带着我进了一片葡萄园。那是老人亲自种植的，他摘下几颗葡萄给我，说，没打过药，放心吃。

果肉很软，几乎是入口就化了，丰盈的汁液甜蜜地包裹着舌尖。我说，这么好的葡萄，卖不出去，真的太可惜了。

老人说，老板，之前你说想办法叫人来买，到底是什么意思？

我说，就是给你们做宣传，呼吁别人来你们这里买葡萄。

老人一把握住我的手，一种树皮皲裂的粗粝切割着我。他说，老板，你能找到人来买我们的葡萄，你就是我们的大恩人。

我说，你带我去找一下村支书，我要把这件事跟他谈一谈。

老人连声应允，没问题没问题，他是我堂弟。

村路一直抵达村委会门口，几间低矮的办公室灰瓦白墙，毫不起眼，门是紧闭的。旁边紧邻着的是村小，两层小楼，灰白而素朴。一辆广东牌照的豪华越野车停在校门口。老人告诉我，村委会的工作人员多是村民兼的，只在有事的时候，才到村委会来，平时都是在家里干活。我们徒步来到村支书家，一座被风雨侵蚀的木房，半人高的篱笆墙。老人走到院子外面就开始喊，水二，水二！里面有女人的声音应了一声。待我们走进院子，一个中年女人就走出来了，脸上黑里透红，她说，他不在，之前和一个女的出去了。

女的？啥女的？老人很诧异。

中年女人说，一个年轻女子，很漂亮，看样子是从外地来的，好像说是要到村里来捐啥子东西。

老人问，他们去哪里了？啥时候回来？

不晓得。中年女人摇头，说，大伯，你们进屋坐嘛。

老人转身问我，老板，你的手机呢？借我打个电话，我问问我兄弟去哪里了。

电话接通了，老人的声音很大，你去哪里了……在学校啊，快点回来，有个老板找你。电话的另一头说了些什么，我听不清，只觉得如嗡嗡的蜂鸣。

老人有些着急，声音提得更高，语气中带着一丝命令，赶快回来！过了一会儿，他把手机还给我，说，他一会儿就回来了，你就在这里等一会儿。随即他回身对屋檐下茫然无措的中年女人说，给客人倒茶呀。

中年女人才醒悟过来似的，招呼我，老板，快进屋坐，进屋坐。

我拉过一张凳子坐下来，说，我就坐外面吧，就坐外面。

中年女人给我倒了一杯茶，我表示感谢后，轻呷了一口，有点涩，不太顺口。这时一只白猫从院子门口蹑手蹑脚地走进来，喵了一声，蹿上树去，像一道闪电，瞬间就不见踪影，只看到枝叶在轻轻颤抖。

老人有事先走了。我移了移凳子，背靠墙壁闭目养神。我听到鸟儿在枝头婉转的鸣啼，听到猪在栏里哼哼唧唧的叫声，听到虫子的吟唱如线团交织着琴弦。我甚至听到蓓蕾打开花瓣的轻声呼吸，听到蚯蚓在土层里翻身的战栗……这时候，村支书回来了，他喊我，老板，老板！

我睁开眼睛，看到一个圆脸的中年男人，额上渗着汗水。我站起来，伸出手与他相握，他却把手缩回去，在衣服揩了一下，讪讪地说，我手脏，手脏。然后又伸出手来与我握手。

我一边递上名片，一边说，我姓杨，来这里是想找你了解一些情况。

他仔细看着我的名片，并轻声念出来，有趣科技有限公司副总经理……原来是大老板啊。他抬头看着我，继续说，我姓吴，是这里的村支书。杨老板，你想了解什么情况呢？

我向他说明我的来意。他异常欣喜，也疑惑地向我询问了一些线上销售的问题，以及如何发货的问题。我向他一一做了解答，但我看得出来，他仍是一知半解。我说，你如果现在不明白，也没关系……

村支书突然打断我说，等一下，这个问题我还是没有想明白，你说你不收购我们的葡萄，却又要帮我们在网上卖，那你怎么赚钱？

我说，收购你们的葡萄，再卖出去，赚的是差价。我不收购葡萄，只在线上帮着卖，是抽成，比如说，我帮你们在网上卖了一万块钱的葡萄，按照百分之三的比例抽成，你就给我三百块。

他似懂非懂地哦了一声。

我说，现在你们还不太了解网购，但以后你们慢慢就会明白了。你只要发动大家，配合我们就行了。你放心，我不会骗你，也不会让你们吃亏。对了，你们村的那个费明明，他在我公司实习，是他叫我来的。

村支书脸上露出了笑容，说，原来是费家的那个小子叫你来的呀，他可是我们村的骄傲。好，冲着这一点，我就相信你，待会儿我去广播里喊大家来开会，你给大家讲一讲。

突然他的手机响了，他接了电话后，很难为情地跟我说，我还得到学校去，那边也有重要事情没有解决，在催我呢。当然，你说的这事情也很重要，要不，你在这里先等等我？我那边抓紧处理完，就过来。

我说，不着急，我到这里来，就是想四处走走，我正好可以跟你一起去学校看看。

琅琅书声远远传来，清脆、透亮，像山间的溪流。村支书突然感慨起来，说，现在村里年轻人都出去了，留守的孩子也不多，大多是爷爷奶奶、外公外婆带着，好的老师也不愿意到这个地方来，孩子的教育是个大问题。

我说，我以前也是老师，城里好一点的学校，即便是小学，也挤破头都进不了，乡下的学校却没有几个人读。

村支书说，今天有个外地来的老板，说要给学校捐电脑、建图书室，还说要给孩子们做什么心理辅导。我们在校长的办公室，事情还没有谈好，我那堂哥就给我打电话，然后我就去见你了。这个社会，还是好人多。

校长的办公室在二楼，我不打算跟进去，只想在学校随便看看。村支书说，一起去见见校长吧，他是读书人，你把你那事情跟他聊聊，可能他会明白。

我只好跟着他进去了。屋里有两个人，正在热烈地说话。我一跨进去，只觉满室生辉，目光不自觉地落到一个人的身上。那是一个美丽的女人，有着疲惫地跋涉万里，突然抬头看见深蓝夜空中挂着一轮明月带来的宁静。刹那间我就觉得世界似乎已停止了呼吸，只剩心底有一个声音颤抖，是她，是她来了！

是在变幻的岁月中，我无数次在梦中清晰地看见，却又离得无限遥远的傅秋红。

她也看到了我，显得很惊诧。随即我看到她笑了，笑得很轻，像明月隐藏在一层薄薄的云纱后。

她轻声说，你也来了。

我说，你回来了！

她说，没想到，还能见到你。

我说，是啊，没想到，咱们还能见面。

她说，这些年你过得怎么样？

我挺好的，你呢，你怎么样？

我也挺好的。

我们似乎把身边的一切都忘记了。直到村支书大声喊我，我才回过神来。我抱歉地说，对不起，吴书记，突然见到了多年前的老朋友，有点，有点把持不住。

原来你们是老熟人啊。他说罢转向校长，说，刘校长，我来给你介绍一下。

我这才注意到这位校长瘦瘦小小的，戴着黑框眼镜。他听完村支书的介绍后，双手紧紧地握着我的右手，连声说，感谢杨总，感谢杨总！

我说，你客气了，只是个人的能力终究是有限的，只怕也帮不了多少，能帮一点是一点吧。具体的细节，我回头再跟你细聊。你们先谈你们的事，不要管我。

傅秋红突然说道，希望，在你来之前，我和校长聊了许多，我打算给学校捐电脑，建图书室，给孩子们增加营养餐，再不定期请一些儿童心理专家给孩子们进行心理辅导。如果你愿意的话，你就跟我一起做吧。

好，当然好啦。我的声音有些颤抖了。

她冲我微微一笑。我只觉一颗心仿佛全都融化了。

刘校长连声说，那就太好了，太好了，两位老板一起支持我们，那真是孩子们天大的福气。随即他对村支书说，吴书记，其实在你回来之前，我们都已经谈好了。只要你同意，就可以签协议了。

村支书说，我哪能不同意呢？再说了，学校是你在当家，你做主就是了。

刘校长说，走，我带你们到学校里转转，再看看孩子们。

傅秋红起身向前的时候，我突然发现，她是一瘸一拐的。起初我以为她是久坐，腿麻了，后来在操场仍见到她跛脚走路的样子，我一下就明白了：她瘸了！

她似乎看出了我的惊诧和感伤，轻轻地笑了笑，很坦然地说，我瘸了！

第十九章

65

我在校门口看到的那辆广东牌照的越野车，就是傅秋红开来的。

当年在离开白水后，傅秋红去了广州，后来又去了深圳，先后干过公司文员、邮政所柜台工作人员、服装销售员等工作。后来一次偶然机会，她抱着试一试的心态，在某电商平台上开了一个网店，专卖女装。起初生意萧条，网店几度面临关闭，但她还是咬着牙坚持下去。事情的转机来自一次心血来潮的自娱自乐，她穿上自己售卖的服装，拍了一批照片，放到自己的网店上做宣传。出乎意料的是，生意突然就好起来，让她成为网店上流量巨大的网红。她不再满足于只卖女装，又开了好几个网店，分别出售男装、男包、女包。随着生意的兴旺，她成立了一个电子商务公司，业务范围不断扩大。在这过程中，她认识了一个男人，慢慢与对方好上了。有一年夏天，他们在外旅游时，不幸遭遇了一次剧烈的飞石坠落，路基塌方，她被一块石头压住了左腿，动弹不得。男友幸运地躲过一劫，毫发无伤。塌方的路基导致救援延缓，错过了抢救的黄金时期，她的腿断了，做了手术，可还是瘸了。男友提出了分手，她平静地答应，泪水却一直在眼眶里打转。

那是一段暗无天日的岁月啊，她躲在黑夜里失眠、啜泣，天一亮，又抹干眼泪，投入紧张的工作中。她废寝忘食地工作，生意越做越大，公司越做越强。然而在这劳碌和掌声相伴的背后，却是独处时无处倾诉的疲惫与孤独。有一天凌晨，她生了病，发起高烧，浑身乏力，没有人陪她，连想喝一杯热水，也得自己挣扎着爬起来。她哭了，想给母亲打电话，可是夜太深了，她害怕打扰了母亲。寂寞、乡愁和沮丧交织着，在内心里煎熬，散发着焦煳的味道。她终是忍不住，给母亲发了一条信息：妈，我想你了！

十分钟后，母亲的电话打过来了，她咬着嘴唇，不敢接。她害怕自己控制不了情绪，让母亲为自己担心。她盯着手机，听着铃声，攥紧了掌心，嘴唇都差点咬破了。铃声熄灭后，她感到心里空荡荡的。不一会儿，母亲回了一条信息：回来吧，孩子，你一个人在外，妈心疼！

三个月后，傅秋红安排好公司的工作，开着车回来了。父母早在几年前便搬到了玉华居住，老家的房子还留在天文镇上，给了一个穷亲戚居住。她陪父母玩了一周，便独自回到老家来看看，故土承载着的成长时期的缤纷时光，在她的血液中汩汩流淌。在她的记忆中，家门外的那条街道，始终是乱糟糟的。如今，这条街道依旧是那样，凌乱，狭窄，仿佛时间不曾走动一样。她既感动，又感伤，在街边站了很久很久。

第二天，她来到了军坡村。当年她的外婆就在这里出生，一直长到十二岁，才举家迁走。后来外婆无数次地念叨着这里，但一次也没有回来过。傅秋红记住了这个地名，很早前就想来外婆长大的地方看看，却一直都没有下定决心，这一次她终于来了。她到达学校的时候正好是课间时分，孩子们从学校里蹦蹦跳跳地出来，就像毛茸茸的企鹅晃动着月光似的梦。她心里微微地暖了，突然想为孩子们做点什么。

那天晚上，我和傅秋红坐在玉华市中心的一家咖啡馆里，聊起那些漫长的往事，在曲折的岁月深处走走停停。她向我讲述她的故事时，始终面色温和，语调平缓。我静静地听着，没有插任何一句话，直到她讲完，我才轻声说，你真不容易。秋红，你也很了不起，我佩服你。

傅秋红说，其实我没啥了不起的，我觉得，我们只是赶在时代的变化中，顺应了时代的发展。

我说，是的，你说得对。除了我们，也包括我叔叔他们那代人，也一样是顺应着时代发展的潮流，便取得了成功。有时候我在想，我一个半路出家的人，不懂技术，却做了一个科技公司，居然小有成绩，真的是我很能干吗？其实未必，是我选择站在潮流中，被潮流推到了前面罢了。

她点着头，突然问道，还没问过你感情的事情呢，你结婚了吧？

没有，我摇了摇头，连女朋友都没有。

她说，你眼界太高了！

不是眼界高，是这些年里，那个人，一直都没出现。或者说，是我一直在等那个人。最后一句话，我说得意味深长。

她沉默了。我也沉默了。咖啡早已喝完，没有再续杯。我们都端起柠檬水来喝，掩饰着无话的尴尬。

她突然问道，你还写作吗？

她声调变高，表情显得很期待。但我的回答却让她失望了，我早已没写了。

我看到她的脸色倏地黯然下来，她勉强一笑，说，也是啊，那么忙，哪有时间写呢。

我叹了一口气，说，所谓忙，只是一个借口罢了，真要挤时间，也还是挤得出来的。重要的是，心里已枯竭，没那份热情了。

傅秋红目光如水，直直地看着我，语重心长地说，希望，在我看来，不管你挣多少钱，也不管你现在的事业有多成功，这些，都不是真正的你。真正的你，是那个孤独地站在热闹的人群中，用手中的笔去制造精神光芒的人。

我突然热血澎湃，说，你放心，我会在有一天回来的。

我相信。她盯着我看了一会儿，然后莞尔一笑。

那天晚上我们分手后，我脑子里还有些恍惚，仿佛一直在梦中。这一天的时光是那么漫长，漫长得仿佛在一天中就历经了我们分别后的风霜日月；而这一天的时光又是那么短暂，短暂得仿佛我们仅仅只是说了几句话，天色就暗淡了。我把车窗开着，风灌进来，仿佛喧嚣的海潮，掠过我微烫的脸。我心里时而欢喜，又时而忧伤。

我开始三天两头地往军坡村跑，一是我在线上帮着吆喝卖葡萄，二是给孩子们捐电脑、建图书室需要花费很多精力。更重要的是，我又能跟傅秋红见面。有时我们并肩穿过操场的时候，我总有一种错觉，总觉得她从未离开过，而是和我一起走在过去那些曲折而幽深的岁月里。每次从军坡村回来，我心里都感到无比踏实和宁静，仿佛站在岁月的岔路口重新看到了我童年的成长。

村小师生不多，教室多有空闲，图书室就由两间空闲的教室改建而成。图书室落成的那天，校长认为这是学校破天荒的历史时刻，坚持要举办一个仪式，但那时孩子们早已放假了，我提议推到开学后，校长没同意。他说对于课外书，孩子们是充满了渴求和好奇的，早一天把图书室对孩子们开放，他们就能早一天接触到新知识。反正孩子们都留守在村里，随时都可以把他们叫到学校来。但在举行仪式的时候却出现了意外，原定要作为学生代表上台接受捐赠的孩子突然不见了。校长有些慌了，因为那个孩子上台后，是要发言的。发言稿是校长亲自写的，让孩子背诵下来，现在孩子不见了，这个发言环节就没法呈现。

这个孩子我认识，外向，热情，但有时性子有点急，平时与他的奶奶住在一起。据其他小朋友讲，之前他跟大伙儿在一起的，但这会儿不知道上哪儿了。在学校找了一圈，没发现；回家后找了一遍，也没找到。问了村里人，是否看到了那孩子，大家都摇头。

校长既失望，又遗憾，最后只好找了一个孩子代替上台，但没有发言。

仪式结束后，孩子们一窝蜂地跑进去看书。大人们则开始分头寻找孩子。我和傅秋红一道，沿着村路一直走向河边。之前下过小雨，路微微湿滑。傅秋红走在前面，显得小心翼翼。八月草木葳蕤，鸟鸣声如阵阵细雨。我看到傅秋红衣衫单薄，裹着窈窕的身姿，如弱柳扶风，轻轻摇曳。我心神一阵激荡，仿佛又回到了当年我在邮局初见她的那个细雨的下午，像一阵电流穿透心底，带来细腻的战栗和激动……手机突然响了，我刚把电话接起来的时候，傅秋红摔倒了。

我连电话都顾不上接了，冲过去扶她。她摆摆手，说，没事，没事。她试着站起来时，疼得咧了咧嘴。好像崴脚了，她说，疼。

是她残疾了的那只脚崴了，裤子上沾着一大片泥巴。我扶她坐下，查看她受伤的脚，没什么异样，但她感到疼。我说，要不去医院看看？她说，先缓缓，看看情况。她顿了一下，又说，要不，我先歇一会儿，你一个人去河边找找孩子？

我说，那你怎么办呢？你的脚……我感觉你崴得不轻啊。

她轻轻地说，我都是瘸了腿的人，崴一下脚算得了什么呢。你快去吧，找孩子要紧！

我便独自走向河边，沿着河岸往下走，一路走一路喊。清风阵阵，流水潺潺，回应我的，只是在村野中自然的回响，像梦里的欢歌，在似睡非睡中回荡不息。电话又响了，是村支书打来的，他声音很大，像在喊似的。原来孩子找到了，躲在他家猪圈后的草堆中睡着了。至于之前他为什么开溜，他说老师批评了他，他不开心，就跑回去了。

傅秋红还在原地等我，她的脚已经肿起来了。我扶着她走了十来步，她便停下来，说疼，要歇一下。我说，我背你吧。她脸红了，一个劲地摇头。我一把背起了她。她用手捶着我的背，嗔道，讨厌，快放我下来。我嘿嘿一笑，背着她一直朝前走。她又挣扎了两下，后来就不动了。

我闻到她身上的芬芳，有着一种时间停滞的恍惚。快到村口的时候，她说，你把我放下来吧，被人看见了，多不好意思啊。

我把她放下来，有些气喘。她轻声说，累了吧？

我说，再累我也愿意。只是有点遗憾，这条路太短了，只通到村里，如果一直通到老，那就好了。

她愣了愣，随即听懂了话里的意思，把头低下去，轻声说，谢谢你，希望。随即她又抬起头，望着远处说，时间过得真快，造化也常常作弄人。

那天下午，我开车送傅秋红去医院。在山路不断的转弯中，她侧头看着窗外，一头秀发遮住了半张脸。我突然想起那年我骑着摩托车送她去县城的情景，她就在我的身后，我有一种渴望捕捉她心跳的慌乱、期待和不安，也有一种要带着她穿越生生世世的坚毅和勇敢。要命的是，那种感觉居然在一次略显急促的转弯中回来了。而她在这一次转弯时身子猛然一颤，震得她一把抓住了车窗上的扶手。

我说，对不起！

她过了半刻才问我，你刚才说什么？

看来刚才她走了神，并没有注意到我在说话。我微微沮丧，说，没什么。

过了半晌，我又说，我想起那年我骑摩托车送你到县城的场景。尽管那时候我们没啥关系，但我却实实在在地有一种在谈恋爱的感觉。

我眼角的余光扫到她仍然侧头看着窗外。我继续说，送你到县城后，有一个玉树临风的男子把你接走了，我简直嫉妒得发狂。我也是从那天晚上起，决定把我写的情书寄给你……

希望，你说的这些，是青年人的事情。她突然打断我的话说，我现在这个年纪，已经不配听这些了。

我沉默了好一会儿，说，其实我的意思是，这次再见到你，我感觉我又年轻了很多。

她轻轻一笑，说，你现在这个年纪，正是男人的黄金年华。

我说，在我的心里，你永远是我在邮电所第一眼见到你时的那个年纪。

她又轻轻地笑了，随即重重叹了一口气。

到玉华的一家医院后，我陪她拍了片子。片子拍完时，已接近下班，结果需要次日方能取到。我送她到家时，她睁大眼睛，一眨不眨地看着我说，谢谢你，希望！那目光中有着一种湖泊般的风平浪静，整个夜晚都闪烁在我的睡梦里。

第二天上午，我接到她的信息，片子的结果显示，骨头没有伤到，就是崴了脚，不过还是需要静养。最后又说了一句，谢谢你，希望。尽管只是短信的文字，我却有一种她在我耳边絮叨的恍惚，让我发了很久的呆。

回过神来后，我深深地吸了一口气，告诫自己一定要冷静。

傍晚，我回父母的家里看望二老，他们正在争吵。之前保姆带着杨光明的儿子来看望爷爷奶奶，他满世界飞跑。他渴了，吵着喝水。周玉兰给他倒水，他又叫奶奶喂他喝水。周玉兰照办了。杨胜利对此很生气，在保姆带着孩子离开后，他责怪妻子不该这样惯着孩子。周玉兰不以为然地说，不就是喂他一次水吗？小孩子这么做，无非是想获得大人对他的爱。杨胜利说，这种爱只会毁了孩子。就这样，他们争执了起来，并翻出了一些陈年旧账。两人越说越生气，最后吵起来了。

周玉兰向我抱怨杨胜利小题大做，杨胜利则表示细节决定成败，很多时候正是不起眼的细节，决定了一个人的命运。

我不说话，只是微笑着，看着他们，只觉得他们的神情、动作，有时真像孩子一样。

他们很快就偃旗息鼓了。两人都叹气，然后周玉兰起身去倒水。杨胜利说，希望，你们小区里有没有二手房，你帮我留意一下，我想在那里买一套。

我愣了愣，问道，我们家的房子要拆了？

杨胜利说，前天政府的人来过了，说这一片都要拆。过几天会有人来跟我们谈赔偿问题。

周玉兰走过来，接过话说，这房子是我们自己一砖一瓦建起来的，又住了这么多年，真的是舍不得啊。

我说，现在楼盘到处都是，干吗在我小区买呢？

周玉兰说，你们小区环境好，房子品质也不错，更主要的是，挨你近，你回来吃个饭，串个门，都比较方便。

我说，我们小区的户型虽然比较大，但要跟我们家这个带着大院子的三层小楼比起来，那还是差得太远。这样吧，我帮你们找那种带小院子的，可以养养花、种种蔬菜啥的。

周玉兰说，好吧。她顿了一下，又说，当初我们修三层楼，是想着以后你们结了婚，也跟我们住一起的，哪晓得……你们都不愿意和我们一起住。她的语调中带着丝丝委屈和失落。

66

子公司的人工智能项目推进很顺利，技术的开发和研究上了一个台阶。就在这时候，持股较多的那家投资公司却因为经营不善，无法再向我们支付后续的投资费用，便准备转卖手中全部的股份，接手的是来自玉华的一家默默无闻的运输公司。一家运输公司跑来投资人工智能，颇让人费解。但对于我们这种需要融资才能大力推进新项目的小公司来说，倒也没有去在乎对方的底细，于是在会议上都举手通过了。

两天后，陈兴平突然跑来我的办公室，带来一个令我意外的消息，这家运输公司背后的实控股东是光明集团。而光明集团的实控人，正是我的哥哥杨光明，也就是说，他的公司转弯抹角地成为我们子公司的第二持股股东。

我愣了好半天，才回过神问陈兴平，之前为什么不把这个情况摸清楚呢？

陈兴平说，这家运输公司的股东名单上，并没有光明集团。是我们大意了，没有进一步深挖。

我说，趁现在还没有签协议，之前的表决作废。反正我不同意转让给这家公司。

陈兴平是清楚我们兄弟间那种微妙的关系的，便小心地问，这么多年了，心里的那道坎还没过去？

我咬着牙说，过不去。

陈兴平叹了一口气，说，我理解你的感受，也愿意支持你，但从公司的章程来说，只要超过半数的股东同意转让，那么你一个人同不同意，已经无关紧要了。我们不可能通知大家，说之前的股东会议不作数，需要重开。我当然可以顾及你的感受，但是其他股东的感受呢？

我说，我明白。这件事如果没有再回旋的余地，那我退出，我转让我在子公司的所有股份。

不行，陈兴平说得很坚决，咱们既是同学，又是同事，更重要的是兄弟，需要共同进退，你不能在这关键时刻撇下我。

看着眼镜后那双明亮而坚定的眼睛，我心里一下就乱了。我黯然地说，老陈，我想一个人静一下。

陈兴平拍了拍我的肩膀，起身走了出去。

我把头靠在椅背上，闭着眼，脑子里思绪万千，怎么也静不下来。唉，我的心终究是太浮躁了。我的脑子里一遍遍地回放着傅秋红坐在山顶的石头上独望黑夜的场景，回放着杜青檬坐在杨光明那辆威风凛凛的悍马车上的冷漠表情……往事中的那把刀依旧是那么锋利，又在悄无声息间抵达了我的心间。我倏地睁开眼睛，拨通了杨光明的电话。

希望。电话一接通，他就轻声喊我。

我冷冷地问，你在哪里？

在矿上。

你等我，我去找你。

有好几年没去过杨光明的煤矿了，没想到如今变化很大，以前的两层小平房变成了两栋四层楼房，炼焦池间各种机械设备一应俱全。楼房向西五十米是一个篮球场，正奔腾着几个生龙活虎的背影，欢笑声一阵阵地传过来。

我走进杨光明的办公室，他满面堆笑，热情地招呼我坐。我站着问，你对人工智能感兴趣吗？

我对人工智能不了解，也不感兴趣。杨光明一边说，一边给我泡茶。

我问道，你是不是有运输公司？

当然有。我的煤要运出去，自己有运输公司，那就方便多了。他说着，把泡好的茶放在茶几上，又说，坐呀。

我依旧没坐。我说，你对人工智能不感兴趣，但你的运输公司却对此很有兴趣。说到这里，我的语调变得讥讽起来，看来是要跨界发展，多行业经营啊。

杨光明说，我不太明白你说的是什么意思。

我冷笑道，你就给我装，继续装！

杨光明在一张椅子上坐下来，说，希望，你坐下来好好说吧，不要这样阴阳怪气的。

我斜睨着他，说，面对一个藏着掖着的人，我完全没有心思坐下来好好说话。

杨光明微微不悦，说，你能不能不要话里带刺，好好把话说清楚嘛。

我说，好，那我就打开天窗说亮话，我们公司在开发人工智能的项目，你的运输公司跑来投资，成为第二大股东。

他说，没有哪条法律规定，运输公司不能参与科技项目。这是正常的投资行为，有何不可呢？

我朝他走近一步，盯着他的眼睛说，我不想跟你有任何生意上的合作和往来。

他盯着我，眼神复杂极了。我迎着他的目光，带着一丝挑衅。半晌后，他说，你以为是我安排的，所以你很生气？我实话告诉你，我手下有十来家子公司，那些公司具体在经营什么，我都不是很清楚。我聘有专门的职业经理人，是他们在打理。我最多看一下财务报表，了解哪些公司在盈利，哪些公司在亏损。在这么多家公司中，只有煤矿和水泥厂我会上心，因为这涉及生产安全，人命关天的事情，不能出错，一旦出错，便有可能酿成大祸。所以你说的这个运输公司，具体是如何开展经营的，我根本就不知道，也没有过问。你既然说了，不愿意跟我有任何生意上的往来，那我稍后就打个电话，叫他们撤资。

我说，好，你能明白我的意思就行了。

他问，协议签了吗？

还没有，但快了！我说着，端起茶喝了一口，一股馥郁之香扑鼻而来，让我皱了皱眉。我把杯子放下，说，太浓了，腻，不好喝。

他掏出手机，说，我这就打电话。

我这才终于一屁股坐下来，看着他打电话。他坐着的椅子是可旋转的，动了一下身，椅子转过去了，背朝向我。他叽里咕噜地说了一通，然后挂断电话，回身对我说，吩咐下去了，这就撤。

好，那我就走了。对了，抽空多回去看看爸妈。我说着起身，走到门口，听到他在身后喊我。

他说得很恳切，希望，这么多年来，我还没有单独地跟你好好喝过酒。你看你什么时候空，就咱兄弟俩，好好喝一场。

我犹豫了一下，说，行，这件事处理完后，咱俩约一个吧。

回程的路上我如释重负，禁不住跟随着车内播放的音乐哼唱起来。在快要抵达公司的楼下时，电话响了，是陈兴平。他问我在哪里。我回答快到公司了。他约我到楼下的咖啡馆见面。

我到达咖啡馆时，陈兴平已经坐在靠窗的位置等我了。我坐下来，他便告诉我已经替我把咖啡点好了，是我平时爱喝的那种。下午的阳光透过玻璃窗照进来，他拉过窗帘将阳光遮住了。我说，有事可以在办公室谈嘛，为什么非要来咖啡馆呢？陈兴平说，我想喝咖啡，一个人无趣，叫你来陪我，不行吗？我笑了笑，没说话。

咖啡端上来了。陈兴平轻轻呷了一口，蹙着眉说，今天这咖啡没调好。我用勺子慢慢地搅动着咖啡，说，有话你就快说吧，不要憋出内伤来。

陈兴平说，你是不是找过你哥了？

你怎么知道？刚问完，我就恍然大悟，是不是我们接到了通知，那家运输公司撤走了？

陈兴平说，老张很生气，他追问原因，对方起初不愿回答，后来禁不住老张的刨根问底，才说是集团最大的老板发了话，要求撤回去。大老板还训了他们，批评他们不务正业。后来他们又聊了半天，对方透了个底，说是大老板见了一个人后，就下令撤资，不能收购我们公司的股份。至于那个人是谁，任老张再三追问，对方都没有说。当然，也许是不知道，也许是不愿说。但我猜得到，那个人就是你。

我终于端起咖啡喝了一口，确实没有调好，不够香醇。

陈兴平又说，老杨，老张在跟我说起这件事情的时候，我随口说了一句，可能是希望找过杨光明。话一出口，我就后悔了，但是出口的话，那是覆水难收。老张当时的那个表情，很惊愕，显得不可思议，却又带着愤怒。随即他一言不发地走出去了。我到现在都还懊恼，我真不该口无遮拦，随口说出那句话的。

我说，你有什么懊恼的呢？是我找的杨光明，光明正大地去的，我也没想瞒着你们呀。

陈兴平沉默了一下，说，那就不说了。我待会儿去酒楼订个包间，晚上我们三人一起喝酒。

我踌躇着，终是说了一声好。

我们前后回到了自己的办公室。一个下属进来汇报工作，刚说到一半，门外就响起张春明喊我的声音，像爆炸的手雷。随即他便闯了进来。

看着他面色阴沉，像生锈的刀，刃口处又带着杀气，我对汇报工作的下属说，你先出去一下吧，待会儿再来，劳烦出去的时候把门给我带一下。下属默默地走出去，顺手关了门。

我说，坐吧。

张春明站着没动，胸脯微微起伏，显然是在压抑着怒火。他说，我问你，你是不是找过你哥，你哥就下令撤资，不再收购我们的股份？

我平静地说，是的，我才回来不久，还没来得及把这件事告诉你。

你为什么要这么做？为什么要拆自己的台？你是想把我们往火坑里推吗？张春明的怒火一下蹿了出来。

我说，老张，你不要激动。我去找杨光明，是因为我不想跟他有任何生意上的合作，哪怕只是转弯抹角地沾上关系，我也不愿意，我就是要泾渭分明地跟他划清界限。

你就因为这个？他的眉毛都竖了起来，声音尖锐，杨希望啊杨希望，你为了个人恩怨就置公司的大局于不顾，你根本就不配做公司的领导者，你早已忘记了你作为一个创始人的初心！

老张，你不要这么给我扣帽子。我可以摸着良心说，从创业至今，我从来没有不顾及过大局。我也微微恼了。

张春明几乎是咆哮起来，对我们来说，人工智能要大量地进行商业运用，还遥遥无期，这时资金就是我们的命。你要是顾全大局的话，就不会干出这种自断后路的事情来。

我说，运输公司撤资了，并不是什么世界末日，可以另外再找，这世界又不是只有这一家公司……

这时门被推开，陈兴平急急忙忙地走进来，劝解道，别吵别吵，有话好好说。

没什么好说的，对这种意气用事、不顾大局的人，我不想再合作，老子不干了。张春明一甩手，转身就走。

老张老张，陈兴平喊着，慌忙上前拉他，却被张春明推了一把。他头也不回，快步走了出去。

陈兴平看到好几个员工伸着脖子朝这边张望，顿时大声呵斥起来，看什么看？赶紧给我工作。员工们看到老板生气了，慌忙正襟危坐，埋头做事。

屋里陷入长长的沉默。陈兴平终于率先开了口，我之前就担心你们闹矛盾，没想到还真是闹了。这件事吧，老杨，我理解你的感受，但我也希望你能理解老张的感受，他在负责引资的事情，像孙子一样点头哈腰，赔笑脸，说好话……

老陈，我打断他的话，你不必说，我都理解。不过我并不是做事不顾后果的人，运输公司撤资了，并不意味着我们的项目就会停摆，我早就想过后续接盘的事情，我已经联系过了，会有其他公司来接手的。

陈兴平说，我相信你可以找到公司来接盘，但问题是，引资的事情是由老张负责的，如果接下来由你引入公司投资，那就会让旁人误解为是你在从中作梗，排挤老张。说不定连老张也会这么想。那样会让我们公司造成一个高层内斗的假象，不利于发展啊。

我哑口无言。半晌，我低声说，你说得对，我确实做得不好，像老张说的那样，意气用事了。但事情既然已经发生，就得往前看。等他气消了，我向他道歉，再一起商量解决办法。

陈兴平点点头，拍了拍我的肩，转身走了出去。

老陈，我叫住了他，说，晚上……喝酒的事，有没有变化？

陈兴平说，我待会问问老张。

他出去后，就去张春明的办公室，门是锁着的。他便打电话，响了，但一直没人接。过了一会儿，再拨，还是不接。他发了晚上一起吃饭的信息，很久，对方才回过来，拒绝了。

那天夜里十点多，陈兴平给张春明打电话。这一次，他终于接了，语气很低沉，老陈，这么晚，有事吗？陈兴平说，没啥大事，就是想跟你聊聊。张春明哦了一声。

陈兴平说，我就不兜圈子了，直说吧。今天的事情，老杨确实做得不好，他也反思了自己的问题。不过老张，你的反应也太过激了，尤其是当着那么多员工的面，跑到办公室里和老杨吵，影响真不好。

电话的另一端没有吱声。

陈兴平继续说，咱们刚创业时，我伤人进了看守所，你家里出了事也帮不上忙，资金短缺，人心不齐，全靠老杨稳住局面，渡过难关。

张春明说，我没有否认他对公司的贡献，但不能因为有贡献，就可以意气用事，不顾大局。

老张，陈兴平耐着性子说，我的意思是一起走过来不容易，不要被这种事情伤害了感情，影响了团结。公司的大局固然重要，但人嘛，活着不就是为了那口气吗？有时候就得要有那份尊严。老杨为什么要那么做，不就是为了那份尊严吗？大家都相互理解，多多担待吧，事情既然已经发生了，就不要再去追究孰是孰非，一起想办法解决问题吧。

张春明说，他就算要为了那份尊严，也得提前给我们说一声啊。这么重要的事，不开会商量，却擅自做主，偷偷跑去拆台……

老张老张，陈兴平掐了他的话，现在不是追究对错的时候，我是希望放下芥蒂，一起往前走。

电话里沉默了片刻，随即是长长的一声叹息。

那天夜里我没有睡好觉，梦里数次都是张春明怒冲冲地跑来办公室质问我的场景，梦中我一直在解释，并试着向他道歉，但梦的结尾是模糊的，一片水渍似的斑点。天亮后，我琢磨着怎么给张春明解释和致歉，不料我在手机上却率先收到了他的道歉信息：老杨，对不起，昨天我太冲动了，跑去你办公室跟你吵，影响很不好，请你谅解。拧紧在心头的那根发条倏然松弛下来，我也给他回复了一条措辞恳切的道歉短信。

上午我去公司，在走廊上碰到了张春明。我们相视一笑，彼此拥抱了一下，什么话都没再说。

67

傅秋红的脚伤还没有痊愈，就赶着回广东去了。她在电话中告诉我，公司有急事，需要回去处理。我问她何时回来，她说看情况，也许很快就回来，也许要很久。我心里隐隐地失落。

她离开的第二天，杨浩和罗小珠又去美国了。杨胜利告诉我，罗小珠想念孙子，要再去看看。说完后他又嘟囔道，你说一个好好的中国人，回国来不好吗，非要定居在国外，搞得和亲人见面都不方便。周玉兰说，亲人亲人，就是要多亲近才是亲人。长期不走动，不见面，关系也会疏远。你看田长福家老大定居在北京，过年都不怎么回来，去年好不容易回来了，叫他儿子喊爷爷，小家伙就是不喊。说完后，她又转头对我说，你哥有一天晚上回来跟你爸喝酒，喝得有点多，眼泪汪汪的，说我们一家人很久都没有在一起好好团聚过了，盼着一家人能够多在一起。他还说他想找你喝酒。希望，你空了，还是多跟他走动走动。

我说，他约过我，只是最近事情多，等忙过了这阵子，我约他喝酒。

那段时间，经过一番努力，张春明成功引入了一家公司来参投我们子公司的人工智能项目。一切看上去似乎又重回正轨，没想到的是，几天后，张春明突然提出，他要退出公司。我和陈兴平完全惊呆了。半晌，陈兴平开口打破凝滞的气氛，为什么要走呢？张春明说，累了，想歇歇。

他显得那么决绝，走得义无反顾，以至于一天下午我和陈兴平聊起此事时，陈兴平仍然心有不甘，说，老张说他累了，想歇歇，我是不信的。我说，人各有志，不必强求。我们应该祝福他。

陈兴平说，我就是伤感。他一脸哀戚，沉默了一会儿，把那天张春明跑到我办公室跟我吵架后，他跟张春明电话沟通的情形完完整整地告诉了我，最后得出一个结论，张春明在跟我吵了那一架后，就去意已决。

不过，他没有立即撒手就走，而是又重新完成引资，他也是一个有情义的人。所以我才伤感。陈兴平又把伤感一词着重强调了一遍。

我没有伤感，只有落寞。

从陈兴平的办公室出来，杨光明给我打来电话，说他今晚回来，约我明天晚上喝酒。他满怀期待地说，就咱俩兄弟，好好喝几杯。

我犹豫了一下，说，好！

第二天我一早就去了军坡村，我约了一个心理医生去给留守的孩子们做心理辅导。每一次来到乡下，我都有一种无拘无束的松弛感，但今天我却隐隐地感到心慌，一种蜻蜓点水般传递过来的波纹。学校的刘校长似乎察觉了我低落的情绪，问我是不是哪里不舒服。我摇头，不明白这种心慌到底从何而来。

吃午饭的时候我接到杨胜利打来的电话，他的声音很低沉，带着撕裂的沙哑。他喊我，希望……然后便是长长的沉默。我惴惴不安地问，爸，怎么了？他说，你哥……光明出事了！

就在今天上午，大约九点二十分的时候，白水水泥厂突然爆炸了。历经现场的人在后来回忆说，爆炸突如其来，一种天崩地裂的动摇感，就像被卷入狂风巨浪的颠簸中。瓦砾飞溅，浓烟滚滚，粉尘飘散，空中弥漫着刺鼻的气味，惊叫、哭喊声响成一片。

杨光明闻讯赶到现场时，消防队与厂里的工人正在紧张地抢救事故。人群忙忙碌碌，不断有受伤的人被抬上救护车。死者并排着摆在一边，大多死相惨烈，有的缺手断脚，有的面目全非。他一把抓住从他身边匆匆跑过的厂长，怒喝道，怎么回事？为什么会发生爆炸？

啊，杨总，是你啊……我也不知道，突然就爆炸了。厂长几乎要哭出来了。

不知道不知道，那你这个厂长是干什么吃的？你的安全预防措施是怎么做的？杨光明在暴怒中推了厂长一把。

平时……平时都注意预防，注意排查的。哪知今天，今天会出现这种意外呢。厂长苦着脸，声音有些哑了。

注意注意，你要真注意了，哪里还会出现这种事故？你他妈的……杨光明看着对方那张满是灰尘的脸，把后面要爆的粗口硬生生地咽了回去。他深吸了一口气，说，现在情况怎么样了？里面的人都救出来了没有？

厂长说，目前救出来了三十四人，死了十五人，伤了十六人，只有三个人没事。伤的那些都上救护车了。不知道里面还有没有，还在救……

杨光明说，等救完了，把厂里所有的员工都召集起来，我要见见大家，处理好后续的事情。

好好好。厂长不住地点头。

这时有两个人跑过来，一边跑一边喊，厂长，厂长。厂长怯生生地对杨光明说，杨总，我先过去了。

杨光明无助地叉着腰，看着浓烟滚滚，直冲云霄。消防队的高压水枪冲出一道道的水柱，冲着浓烟浇灌。尘土簌簌落下，在风中朝他扑面而来，强烈的气味呛得他不禁咳嗽了几声。几个人影从浓烟中跑出来，搭着一个人朝救护车奔过去，把人放进救护车后，又转身冲进了浓烟中。这让杨光明看得热血沸腾，他也想冲过去救人，但跑了两步又停下来了。去他家里通报情况的那个副厂长跑过来，递给他一个口罩。他下意识地接过来，又愤愤地扔在地上。副厂长捡起来，又小心地递给他。他接过来，戴上了。

烟尘慢慢地小下去了。杨光明一动不动地看着，感觉口罩有些紧，捂得他透不过气，便取了下来。突然身后有人喊他。他回过身，看到了王元忠。头发斑白的王元忠满面怒容，左肩上挂着一个黑色的帆布袋。他厉声质问，请问杨总，这是怎么回事？

杨光明讷讷地说，意外啊，王厂长，意外。

王元忠说，我问你，为什么会爆炸？

杨光明说，原因正在调查中。出了这么大的事，我们一定会给社会一个交代，该坐牢的坐牢，该处罚的处罚，该赔偿的赔偿。我绝不会推卸责任。

我在这个厂干了一辈子，这个厂就是我的命啊。当初国企改革，杨国庆杨总收购了水泥厂，我以为我年纪大了，也该退了，结果他聘我继续做厂长，我兢兢业业，全部身心就放在厂里。后来你买下了这个厂，让更有能耐的年轻人做厂长，我也退了，但还是时不时地回来看看。我在厂里一辈子，把安全看得大过天，这个厂从没有出现过一次事故，为什么现在出这么大的事情？王元忠声音越来越高，显得痛心疾首。

杨光明低声说，这是意外，我也很痛心。

王元忠哀声道，这是意外吗？是你们疏忽大意，草菅人命。听说已经死了十五人，十五条活生生的人命啊。还有伤了的，有些伤重的，还不知道能不能挺得过来。

杨光明说，没有谁希望出事，既然事情都出了，说再多也无用。我们会从中吸取教训，处理好后续，对死伤的兄弟姐妹加倍赔偿……

王元忠打断他的话叫起来，赔偿得再多，他们也活不过来了。十几条活生生的生命就这么没了，可你还在想用你的臭钱来压大家，有几个臭钱就了不起了吗？老子不认，我要你偿命。

他在最后几乎是声嘶力竭地吼起来，猛地从帆布袋里抽出匕首刺向杨光明。

谁也没有想到，这个白发苍苍的老头竟然会出手袭击，而且动作还那么迅捷、有力。杨光明在猝不及防中，被锋利的匕首扎进了心窝。回过神来的杨光明本来可以逃跑的，可骄傲的他又怎能忍得下这口气，他反手去抢王元忠手中的匕首。作为水泥工人出身的王元忠尽管头发花白了，但也刚刚六十出头，仍然身体健硕，孔武有力。在拉扯中，他又捅了杨光明一刀。杨光明趁机拧翻王元忠的手腕，夺过匕首抵在王元忠的脖子上。

人群正忙于救灾，即使旁观者，精力也主要集中在灾难现场上，没人注意到两人的冲突。当最终有人发现时，杨光明已经把匕首抵在了王元忠的脖子上，他只需要一用力，匕首即可穿喉而过。但杨光明微微迟疑了一下，便把匕首抛在地上，他捂着胸口跌跌撞撞地朝路边跑去，突然一跤跌倒，他挣扎了两下，又爬起来。有人慌忙跑过去扶住他，上了一辆车呼啸而去。

中午时分，杨光明因抢救无效死亡。噩耗传来时，周玉兰当即晕了过去。

我的父亲犹豫了很久，还是拨通了我的电话。我顿时被噎住了。我手忙脚乱地放下碗筷，马不停蹄地往回赶。

在医院的太平间，我看了杨光明最后一眼。我以为我是恨他的，但当我看到那张在平静中带着沧桑与孤独的面孔时，我突然心痛如绞，悲伤难抑。尽管我们打架、争吵、冷战、怄气，甚至有时在暴怒中我恨不得要杀了他，可他终究是与我流着相同血液的同胞兄弟，是打断了骨头还连着筋的兄弟，以后，我却再也见不到他了。

再也见不到了！我心里很痛，泪水流出来了。

凶手王元忠被关押在派出所，得知杨光明的死讯后，难过得痛哭流涕。

我不是有意要杀他的！王元忠喊起来，那只是一个意外。之前警察审讯过他，他是和两个老友相约着去山上野炊，带着匕首是为了方便切东西。碰巧水泥厂爆炸了，看到死伤了那么多人，他们都是以前与他共同经历风雨的同事，他的情绪失控了……

哭了一会儿，他又绝望地喊道，你们快点枪毙我吧，求求你们，快点枪毙我吧。

这些话从派出所传出后，街坊们在背后闲聊时，都禁不住叹息。很多人都感慨道，好好的家庭，就这么毁了！

在杨光明下葬后，周玉兰就病倒了。养了一个月后，她的病才稍有起色。有一天半夜里，她起床去客厅倒水喝，听到了一个房间里传来低低的啜泣，像一种冰层不断裂开的声音，带着冰凉与破碎。

是杨光明的儿子杨平安。小家伙自他父亲死后，便被杨胜利接到家里，与两老住在一起。起初他表现得很冷静，没有号啕和喊叫。我们既欣慰于他的坚强，却又担忧于这风平浪静的背后，是暗流涌动的旋涡，会在某一天将他吞噬。于是我们都有意无意地开导他，还几次邀请心理医生来家里做客，不经意间对他进行疏导。而那个夜晚，他突然在下半夜哭起来了，这让我一度怀疑，他之前在暗处偷偷哭过，只不过我们不知道罢了。

周玉兰轻轻地敲了敲门，便推门走了进去。她把灯打开，看着满面泪水的孙子，不由得一阵心疼。她坐在床头，低下头挨着杨平安，怜惜地说，怎么了，我的孙儿，你怎么了？杨平安嘶声回答，奶奶，我梦见爸爸了。周玉兰一把搂住孙子，禁不住老泪纵横。

我的孙儿，爸爸虽然去了很远很远的地方，但他一直都在看着你，守护着你的。她的声音是哽咽的。

杨平安伸手去摸周玉兰的脸，说，奶奶，你别哭。

好好好，奶奶不哭，奶奶不哭。周玉兰伸手去抹眼泪，说，我的孙儿也不哭了，好不好？

嗯，我不哭，我是男子汉，我不哭的。

我家孙儿真棒，是个男子汉！周玉兰朝他竖着大拇指，笑了。

杨平安也笑了。

窗外夜色正深，风拂过窗棂，像慢慢退却的潮水，夜晚有着大海荡漾的深邃。

杨平安闭上眼睛，装着睡了过去。他感到周玉兰一直坐在床边看他，他享受着这种被深切关注的温馨，就像陶醉在一种迷人的芬芳里。许久后，他听到周玉兰起身，关了灯，轻轻走出门去。他有些失落，像一场喜爱的游戏还在进行，突然就中止了。这时候，他听到了扑通一下，是重物摔倒的声音。他跑出去，看到周玉兰倒在地上。

奶奶，奶奶。他喊着，想去扶她起来，却发现周玉兰一动不动。

爷爷，爷爷。杨平安喊着跑向杨胜利的房间时，被吵醒的杨胜利刚好打开门。

奶奶摔倒了。杨平安哭着喊起来。

我的母亲在摔倒时头部受到了撞击，这让她一直昏迷不醒。医生在经过全面检查后，扼腕长叹，能不能醒来，就看她的造化了！

杨胜利一直没有放弃，他每天都坚持与妻子说话。好在周玉兰还有自主呼吸功能，无须一直借助呼吸机。只要不下雨，杨胜利就会把周玉兰放置在特制的轮椅上，每天推着她去街上散步。每过一个街口，拐过一个弯，他都与妻子说话，告诉她河岸边的柳树长出绿叶了，西山上的牡丹花盛开了，体育馆外面的那个楼盘交房了，双水路立交桥下有两辆汽车发生剐蹭了，她最爱吃的那家名叫宫廷桃酥的桂花糕在那些天促销打折了……认识他的人忍不住劝导他，老杨，你这是何苦呢？杨胜利一本正经地说，她听得见，心里明白着呢。

第二十章

68

杨胜利整夜整夜地睡不好觉。他的头发几乎都白了，那是岁月的苦寒，一片白茫茫的寂静。

有一天下半夜，他好不容易睡过去，电话突然响起来了。他恼了，想要摁灭那烦人的铃声，但最终又接起来。是远在大洋彼岸的罗小珠打过来的，用哽咽的声音告诉他，半小时前，杨浩因为心梗突发而离开了人世。

那个夜晚，杨胜利一直到天明，都没有再睡着。几乎是在一夜之间，他花白的头发变成了一片银白。

老友们在街上碰到他，都会很惊诧于他的头发一下就全白了。他淡淡地笑，说了一句意味深长的话，我生命中的雪下得比你们的都大！

好几次，他对昏迷不醒的妻子说，玉兰，他们说我老得快，头发全都白了，那是他们不懂，我这啊，是到了最成熟的阶段。你也是这么认为的，对吧，你一定会夸赞现在的我是最帅的。

十天后的下午，罗小珠回来了。我和父亲站在她住宿的小区门口等候，出租车驶过来时，我看见坐在车后座的她，就像一幅油画中蜷缩着的老妇人。车一停稳，我便快步过去拉开车门，发现她双手紧紧地抱着一个骨灰盒，脸色苍白，红红的眼圈包裹着深黑的暗影。我接过她手中的骨灰盒，那么轻，如同捧着一抹浮云。我们谁都没有说话，默默地朝她的家走去。天色阴沉，路边传来数声鸟鸣，轻快而欢悦，但我听出那颤音背后的伤悲。

到了她家的门口，罗小珠打开门，对我说，希望，你先进。我捧着骨灰盒进门后，却不知道该把它放在哪里。罗小珠说，我来吧。她把骨灰盒抱进卧室去了。

我和杨胜利默默地站在客厅里。我听到卧室里传来一阵轻微的声响，如细雨沙沙落下，转瞬又归于平静。

她走出来，跟我们说，坐啊，怎么站着呢。我点头，杨胜利说好，但我们谁都没有坐下。

胜利，罗小珠一边烧开水，一边说，我想给你小叔举行一个葬礼，让亲戚朋友们来送他最后一程。

杨胜利似乎在走神，半晌后才说，好。

三天后的葬礼上，罗小珠头戴白花，一身素服，落落大方地招呼着客人。我惊诧于她的那份从容和镇静，举手投足间，似乎一切都是那么云淡风轻。

葬礼结束后，我问她，三奶奶，你还去不去美国？

她说，不去了，我要在这里陪着你三爷爷，我走了，他会孤单的。

她说这话的时候，眼睛很亮，脸上一片安详。

我回到家，陷在沙发里，感到身子很沉，心里翻涌着一种漫长的、无力的疲倦。手机响了，我没接，铃声是低沉的，像重感冒的人在无助地唱。响了一遍，停了，随即又响。我慢慢抓过手机，陌生来电，我摁了。过了一会儿，铃声又响，还是那个来电。我接通，不情愿地喂了一声。

一个声音恍若湿漉漉的季风，从遥远的大海上飘过来，希望，你还好吗？

这声音我有些熟悉，但又怎么也想不起。

我说，请问你是哪位？

我是青檬，杜青檬！

哦，一根深埋在心底的刺，一个包裹着沙粒的旧伤痕。我有些恍惚。

那声音又传过来，我刚好来这里出差，想顺便看看你，不知道你方不方便？

我说好。

我们约好在我的办公室见面。我不知道我为什么要把地点定在我的办公室，是想让她看看我们那两层楼的办公区域，看看我那间窗明几净的大办公室吗？我隐隐为自己那廉价的虚荣而感到羞愧。

那天下午，雨一直在下，杜青檬冒雨赶来了，鞋子上带着流淌的雨水，青色的裤脚被打湿了一片。她瘦了许多，有一种雨后梨花的憔悴。

她说，我想抽支烟，你不介意吧？

我做了一个随意的手势，看着她点上烟，深吸一口，又娴熟地吐出来。我忍不住问道，你什么时候学会了抽烟呢？

她苦笑了一下，没回答。

她又深吸了一口，说，看你现在这个状态，应该是事业有成了，衷心地祝贺你。

我说，碰巧是运气好一点罢了。一是踩对了风口，二是在关键时刻，得人相助。

杜青檬说，每个人的成功都是实力乘以运气，缺少一样，都不行。

我说，作为一个科技公司来说，我们现在谈成功还为时尚早，如果五十年后我们的公司还活着，也许才算是成功。阶段性的胜利，都不算是成功。

她把烟蒂摁灭在烟灰缸里，问道，光明哥哥的事情，我听说了，真的，真的好遗憾。

我说，这就是命吧。

她轻呷了一口茶，把杯子放下，目光却一直盯着茶杯，轻声说，这么多年了，我一直都记得，那天上午我坐在光明哥哥的车上，从后视镜中看到你失落、难过的样子。我当时在心里跟自己说，如果你追上来，那我就马上跟你和好。可你，最终还是没有追上来。我就以为，你已经不再喜欢我了。

我说，过去的事情，就不说了。

杜青檬微微抬起头来，看了我一眼，又把目光收回到茶杯上。她的语调很轻，希望，我那时候年轻、任性，特别浮躁，不懂事，你不要怪我。

我不怪你，真的，我从来没有怪过你。说起来，当初还是因为你丢下我，跟着我哥哥走，极大地刺激了我，我才辞了职，出来创业，不然我今天还仍然是个中学老师。

其实不是我要丢下你跟光明哥哥走，是当初我去找光明哥哥，希望他帮帮我，给我找一个好角色。他问我希望知道吗，我说不知道。他摇头说，那我不能帮你。我求他，还哭了。最后他叹了一口气，说，好吧，我试试吧。当着我的面，他给一个导演打电话，提出他投资的一部电影换角女二号，让我出演。由于电影已经开拍了，这个角色很快就要出场，导演很不高兴，不愿意换。后来他提出再追加一千五百万投资，导演才答应了，叫他马上带我去试镜。可那天他矿上有要事，走不开。他就给导演说他走不了，叫我去找导演。但是导演不答应，他要求光明哥哥亲自带人去，不然他没法给剧组的其他人交代。光明哥哥只好把我留在他家里，到第二天上午才带我去见导演。出门后，他说有东西要给母亲送过去。但那时我正在和你赌气，我不想见到你，就叫光明哥哥放我下来，我在路边等他。后来……后来你也来了……杜青檬说到这里轻喟一声，目光迷离，似乎想起了无数旧事。

我说，那时候我年轻，也任性，自尊心还特别强。如果当时，我听一下我哥的解释，事情也许就是另外的走向了。我也不会这般冷漠地对待我哥，直到他走了，我才……我说不下去了，咬紧了牙关。

杜青檬说，你说的，这就是命。

我平复了一下情绪，说，你演的电影，我看过两部，好像都是女二号。你为什么突然就不演了呢?

娱乐圈……她苦笑了一下，我当初就不应该学什么影视表演的，唉……还是不说吧。

抱歉啊，让你想起了伤心事。

她幽幽地说，哪还有什么伤心，心被伤多了，就只剩麻木了。

我们都沉默了。她端起杯子喝茶，动作很轻。我注意到她的眼角已有细细的鱼尾纹了，那是时间的指纹，留着永恒的印记。我想起我们初识的情景，在纷乱的人群中，她不够起眼，像若有若无的微风。酒席间有人叫她跳舞助兴，我才记住了她的名字。她羞怯的样子，是一个少女青春的明亮与粉红……我有一种恍若隔世之感。

雨渐渐地小了。她起身告别，咬着嘴唇。她的眼神中半是阳光，半是细雨，我能读懂她的心情。

我在沙发上坐了很久。我什么都不想干，就是想一个人坐坐。雨停了，天色一点点地暗下来。屋里没有开灯，我一动不动，就像在慢慢地滑向大海的深处。我从宽大的落地窗望出去，华灯初上，高高低低的灯火就像闪烁的群星俯身人间。我有一种在大海深处挣扎的漂浮和无助，我想抓住一点什么。

我摸出手机，找到傅秋红的名字。看了半晌，把电话拨打了过去。

响了三声，接通了。傅秋红的声音，仿佛是茫茫大海上的灯塔，光很弱，显得无比遥远。但我，却满是激动和欣喜。我清了清嗓子，说，秋红，我现在很郑重很郑重地跟你说，我爱你，你能嫁给我吗?

电话里陷入短暂的沉默。想来，这突如其来的求婚把她吓住了。我加重语气，秋红，你能嫁给我吗?

她的声音怯怯的，希望，你别……别冲动!

秋红，我这不是冲动，从当初见到你的那一刻起，我就有要与你相伴一生的念头。这么多年过去了，什么都在改变，但有一样永远不会改变，那就是我对你的爱。我的语速较慢，我掏着心窝子。

电话的另一端又沉默了。我听到了轻微的呼吸声，仿佛缥缈的海潮。她终于开口，语调中带着感伤，我已经不再是当初你在镇上见的那个单纯的小姑娘了，我年纪很大了，我已经不值得你再爱。

我说，是啊，我们都不小了，正因为不小了，在说爱字的时候，才会更加慎重，更加理智。

不，男女还是有别的。她的语气幽幽的，你正值盛年，是男人的黄金时期，你应该去找一个年轻、美丽的姑娘。我太老了，已经配不上你了。

我们都这把年纪了，各自经历了很多事情，我不想跟你讲关于爱情、婚姻的大道理。我深吸了一口气，微微提高了声音，秋红，嫁给我，好吗？

她似乎在叹息，声音很轻。她低声说，这太突然了，我一点准备都没有，希望，你让我好好想想，让我好好想想。

电话摁断了，就像一盏灯，突然熄灭。我失神地坐着，我只想就这么坐着，很久很久。

一连几天，我都心神不宁。每一次手机响起，我都期盼是傅秋红的回复，但每一次，我都失望了。我在办公室、在家里烦躁地走来走去，也许命运让我承受着煎熬，是因为我的心还太浮躁。好几次，我都想问她，但最终又忍住了。

我心里有什么东西在下落，像沙尘，像暴雨。很久之后我才明白，原来我是在期盼心上的石头赶快落地。

终于有一天下午我忍不住了，我在微信上问她，秋红，你想好了吗？

直到傍晚她才回我，再给我一点时间。

那是一种漫长的、度日如年的等待。夜里我睡不好觉，好几次都是半夜醒来，便难以入睡。有一天夜里我从床上坐起来，无聊地翻看着手机微信的朋友圈。傅秋红最新的一条动态信息，还是五天前，转发的一则关于成都火锅的报道，她附言“好想去吃”，配着一个流口水的表情。我当时在下面留言“一起去吃”。但她没有回复我。她的头像是一张黄昏中的面部侧影，精致的面孔沐浴着柔软的夕光，就像是一个让人深陷其中，而从此不愿醒来的梦境。我忧伤地看了许久，叹了一口气，便起床来到窗边，外面路灯昏黄，那些漆黑的窗口正栖息着深长的睡梦。远方的傅秋红是辗转反侧，还是酣然沉睡？如果她正在睡梦之中，会不会梦到我的失眠？我慢慢退回床头坐下，漫不经心地浏览着新闻信息，又在不知不觉中翻开了微信里的朋友圈。

傅秋红的朋友圈信息突然看不到了，显示为最近三天可见。头像也更换了，不再是那个温柔如梦幻的面部侧影，而是一张茫茫大草原的图片。我的心猛地一跳，这是一种遥远的、心有灵犀的呼应吗？我快速地敲下几个字：你还没睡吗？在发送的那一刻，我犹豫了，停顿了半晌，又慢慢地删掉了，心中有一种星辰寂灭的灰暗。而手机上显示的时间，正是凌晨四点。

次日上午，我在微信上给傅秋红发了一条信息：秋红，你昨晚怎么了？好像很晚都没有入睡啊，要好好休息，保重身体。

这一次她倒回复得很快，谢谢，我没事！

我精神一振，继续给她回复。这段话有点长，我还没有来得及写完，她的回复又来了：希望，真对不起，我不能答应你。请你原谅。保重！

我心里如萤火虫闪亮的微光，顿时消失不见，眼前是一片白茫茫的深渊。

许久，我才从那种白茫茫的深渊中穿过来，眼前的光亮一点点地清晰，窗外阳光明媚，大街上车水马龙，声响如海潮奔涌。我想，或许命运就是这么安排的，我和她的缘分已到此为止。今后若有缘分，那就作为朋友重逢；若是无缘，那就相忘于江湖吧。我深深地吸了一口气，给她回复道：谢谢你，秋红，人生苦短，好好珍重！然而信息却发不过去，我已经被她拉黑了。我拨打她的电话，但已经关机。她是担心我还会像当初追求她的时候那样纠缠不休吗？我否定了这一设想。我相信，她只是想静一静。

几天后，我再一次拨打傅秋红的电话。我只是想给她送上一句祝福。但里面却传来冷冰冰的提示音：你拨打的电话是空号。

我感到疲倦极了。

夜里，我在家里跟昏迷不醒的母亲说话。她看上去那么安详，那么慈悲，睡得比婴儿还要恬静。我的话题漫无边际，想到什么就说什么。说得高兴时，我的语速快一些，声调高一些；说得难过时，我的语速缓一些，声调低一些。说着说着，我便说到了傅秋红。

妈，你还记得那个叫傅秋红的姑娘吗？我第一眼见到她，就喜欢上她了。我曾经追求她，但被她拒绝了，我在痛苦的时候，你安慰过我。妈，我记得你曾经说过，你都快要嫁人了，家里给你准备嫁妆，去外婆家打家具的木匠正巧是我爸。结果你们就相爱了，你跟随我爸义无反顾地私奔。你们的爱情多好啊，真让我羡慕。妈，我曾经以为，傅秋红就是我遇到的那个人，现在我才知道，那只是我的一厢情愿。妈，你知道吗，前些日子傅秋红回来了，我和她见了面，我们相处得很好。我向她求了婚，但她还是拒绝了我。很奇怪的是，我居然不是很难受，但是感到很疲倦，很累，我想歇一歇。说到这里，我停顿了半晌，慢慢地伸出双手，握住母亲的右手。

她的手那么干瘪、无力，就像一束冬天的枯草。我感到鼻尖一酸，泪水差点就涌了出来。我继续说，妈，现在我只有一个愿望，那就是你快点醒过来。只要你醒来了，你提什么要求，我都答应你。你以前不是希望我赶紧结婚吗？只要你醒来，我就马上找一个姑娘结婚，真的，马上就结婚……

我好像被自己感动了，恍若周玉兰苏醒了过来，她伸了一个长长的懒腰，说，这一觉睡得好长啊。然后她附在我耳边，低声说，希望，妈是故意昏迷的，就是想让你快点结婚……

我的泪水终于落了下来。

许久，门被敲响。杨胜利在外面说话，希望，我进来了。然后门被推开。他只是站在门口，问我，你明天有要事吗？

我摇摇头。

那陪我去爬西山吧。他顿了一下，忧伤地说，很久都没有爬山了。

西山早已被修建成公园。我和父亲爬上山顶的时候，已是上午十点。他步伐矫健，面不改色，完全不像一个年近古稀的老人。我们坐在一个凉亭边歇息，整个白水尽收眼底。阳光下，街巷纵横，车流和行人往来如织，声响在翻滚、沸腾，熬着此起彼伏的车声、人语、音乐的回旋、建筑工地的打夯声。鳞次栉比的高楼层层叠叠地通往远方，就像森林朝着天边蔓延。曾经狭窄的小巷、下雨天泥污飞溅的街道、低矮的平房，早已消失不见，时间走得那么远，远得面目全非，远得只剩恍恍惚惚的记忆。

杨胜利突然指着远处的体育馆说，你看，体育馆那片建筑，那个广场和广场东面的小区，以前都是我们杨家的大院。

哇，我不由得惊叹起来，这么大，有两百亩吧？

差不多。我小时候和你三爷爷在院子里玩，有一次我们捉迷藏，他藏起来，我一个角落一个角落地找，找了一整天都没有找到。

他藏那么久，他不觉得无聊吗？

他藏起来后，后来睡着了，被家里的账房先生发现了，把他抱回床上去了，我还傻傻地到处找他。

我来了兴趣，爸，那是哪一年啊？

大概是1950年，或者1949年吧。这件事我一点记忆都没有，还是后来你奶奶告诉我的。

我说，那么大的院子，以前一定发生过很多故事。

杨胜利说，是呀，很多很多。有一段时间，你的祖奶奶天天给我讲。

我说，那你也给我讲讲吧。

杨胜利笑了，说，好。然后又补充了一句，回家后给你讲。

我说，爸，你还看得到以前我们家的老房子，就是那个木头房子的位置吗？

看不到了，都被遮住了。以前那个房子外面有一条小巷，泥巴路，一到下雨天，就满是泥泞。你在上面摔过好几次。有一回，大概是你小学五年级的时候，放学回家，你在那路上摔了一身泥，被你班上的一位女同学看到了，她笑你，你就哭了，回了家也还在哭，怎么也安慰不好。正好你小姑到我们家来，她给你买了玩具，你才停止了哭闹。

爸，像这种事情，你就不应该记得，要忘记了才对。我随即转移话题，小姑很多年都没有回来过了。

杨胜利叹了一口气，说，有二十多年了吧，好像身体不太好。

我说，她是恢复高考后我们杨家的第一个大学生，第一个本科生，第一个硕士，很了不得。

杨胜利说，当初她在玉华读了大学本科后，打算考研究生，征求家里人的意见。我们都一致支持她考。结果她就考到北京去了，然后就留在了北京。这一去，就很少回来了，在我的记忆中，自从她结婚后，回来的次数就没有超过五次。

我说，我印象最深的，就只有那次祖奶奶去世的时候，小姑刚走到院子，就号啕大哭，后来在灵堂前还哭得晕过去了。她和祖奶奶的感情很深。

杨胜利说，你祖奶奶啊，对家里的每个人都好。她去世的时候，把家里每个人的名字都喊了一遍。不过喊得最多的，是你的四姑奶奶杨雨。

他顿了顿，叹息一声，继续说，你四姑奶奶后半辈子过得太苦了，她病死时，你姑爷爷高小强还在牢中，听说她死了，也跟着郁郁而终。他俩都是苦命人啊。

我们都不再说话。山顶的风，有一种轻微的凉、细细的痒。几个打太极拳的老人，慢慢下山了，阳光拉着他们的影子，一会儿短，一会儿长。还有人正往上爬山，走得缓慢，偶尔还停下来歇一歇。一只鸟儿从眼前振翅飞过，轻盈地俯冲，落在一棵黄葛树的枝条上，一颤一颤，就像在水波中起伏。

杨胜利突然说道，希望，事情是做不完的，抽个时间，你出去度个假，散散心。

我愣了愣，爸，这么多年来，你从没有提醒过我，叫我去度假散心。你今天这是怎么了？

以前有你妈在嘛。杨胜利平视着远方，轻声说，你心里有事，我看得出来。虽然我不知道是什么事，但你已经这般年纪，我也懒得再开导你了，你自己扛吧。男人，都要自己扛的。

我看着父亲。他老了，皱纹满面，那是埋人的黄土。但在眉宇之间，在皱纹的缝隙里，却有一种孩子似的温柔，迎着光，也迎着风。

我微微笑了，说，我正有这个打算，不过，在出发前，我要听完那些故事，我们这个家族的故事。

从那天夜晚开始，杨胜利给我讲述家族的往事。我惊诧于他的讲述能力，像一个地道的说书人，在抑扬顿挫中设置着悬念与玄机。偶尔我会打断他，对他故事中的一些漏洞提出疑问。有的他会进行解释，有的他会耸耸肩，表示事实就是如此。我一次次地穿过岁月曲折的走廊，重回命运深处的悲伤与爱恨，就像在梦境中，推开一扇又一扇的门。杨胜利每天夜里只讲到十一点，就不再继续。每次结束时，我都会抬手看表，每一次我都在怀疑，时间是在逆时针地后退。

一直讲了二十八个晚上，父亲终于讲完了。那些往事在我的心中，枝枝蔓蔓，纷繁复杂，但也无比清晰。我又花了一周时间，把那些往事在脑子中前前后后地梳理了一遍后，眼前恍若月色中天，大江奔流，我迎风站在一叶孤舟的船头，朝向大海而去。

我决定，把这个家族的故事，全都写下来，以长篇小说的形式。

我是悄悄走的。在出发前，我给父亲留了一封信：

爸：

我走了。去一个暂时没人知道的地方，写长篇小说，把我们这个家族的故事写下来。对不起，原谅儿子不孝。但我也相信，你一定会支持我写这个小说的。

我已经注销了手机号码，注销了一切网络联系方式。说来也凑巧，手机被我不小心弄进浴缸里了，等我发现的时候，已经泡了一小时的水了，后来开不了机了，索性就丢进垃圾桶了。我这么做，是想与过去的生活、记忆，做一个告别。有的该忘记的人，该忘记的事，都忘了吧。

我去的那个地方，很偏僻，我没有告诉任何人，包括你。对不起，爸，我是不想受到外界的任何干扰，只想专心专意地写好这个小说。至于这个小说要什么时候才写得好，我不知道，也许一年，也许两年，也或许十年。也许耗尽一生，这个小说也达不到我心目中好小说的那种样子，但我一定会写完的，写完了我就回家。我希望我回到家里的那一天，妈妈已经醒过来了。只要她醒来了，我就立刻找一个姑娘结婚。

公司的事情，我给你汇报一下。我已经辞了职务，转卖了我名下的所有股份。至于将来是再创业，还是就此逍遥余生，等将来再说吧。如果真要再创业，我还是会涉足科技行业。未来一个国家的强大，还得更多依靠科技。

我这些年挣的钱，留了一部分，在后半辈子花，不算多，但够用了。

剩下的那部分，我捐给了慈善机构。最后再说一声对不起，请你原谅儿子的不孝。爸，保重身体，等我回来陪你喝酒。

69

我住在一个游人稀少的小岛上。

我决定从杨浩写起。开头却异常艰难，我写了很多个开头，都不满意。我尝试了一次又一次之后，才最终确定了第一句，就像是从一个入口进入，义无反顾地迈向远方。

尽管我每天都会花很多时间来写作，但我的进度却很慢。有时候头一天写好了的，在第二天续写时又推倒了重来。在这种时而泥沙俱下、时而惜墨如金的文字推进中，我在时间的深处穿梭，追赶着他们苍凉的背影。有时我感到我与他们走得很近，仿佛自出生起，我们就一直在一起。有时我又感到我与他们离得很远，他们各自从不同的路口走散，谁也听不见我的呼喊。

每次写累了，我都会出去沿着海滩散步。蔚蓝的大海一望无际，仿佛天空在大地上的倒影。我的故乡远在天边，杳无音信。有那么几回，我差点忍不住了要借旁人的手机给父亲打电话，但最终我又忍住了。有时我喝着椰汁想着父母，仿佛是乡愁的滋味。

我的父亲杨胜利每天都在按部就班地生活，推周玉兰逛街，接孙子上学放学，陪孙子玩耍，陪周玉兰说话，偶尔也陪老友下下象棋。六月的一天上午，他推着周玉兰出了小区，拐过一个街口，突然听到一声闷雷滚动。他抬头看了看天，黑云压顶，暴雨欲摧。他犹豫了一下，推着妻子往回走。回到家里，他看到远处闪电破空，雷声轰鸣，但大雨迟迟不至，仅有雨点稀稀疏疏地落下来，很快就停了。

这天气！杨胜利嘀咕了一句。

他走进房间，坐在床头看着周玉兰。她仍然睡得那么安详，那么恬静。他觉得她好像昏迷了很久很久，又好像是在昨天才昏迷似的。他轻声说，这天气很奇怪，看上去要下雨，雨又下不下来。等云开了，我再带你出去走走。

他顿了一下，又继续说，今天是希望走的第四百六十一天，也不知道他的小说写得怎么样了。他没有打来过电话，我也不知道怎么去联系他。但他说过了，他一定会回来的。我现在放不下的，就是他的婚姻问题，他已老大不小了，不能再这么单着了呀。不过我都给你说过了，他在临走时留的那封信里说了，只要你醒来，他就立马找个姑娘结婚。所以玉兰啊，不要再睡了，快醒醒吧……

门突然被敲响了，保姆在门口喊，杨叔，杨叔，有人找。

杨胜利走出来，看到一个身材高挑的蓝衣女人站在门口。他觉得她有些面熟，但一时又想不起。那女人说，你好，杨叔，我是傅秋红，以前在这里的邮电所上过班。

他恍然大悟。在他的记忆中，傅秋红应该不低于四十岁了，但她看上去，只有三十五六岁的样子，温婉、恬静，却又有一种碧海蓝天的壮丽。他连声招呼她，快进来坐，进来坐。

谢谢，谢谢。她说着，但站在门口没动。

快进来吧，快进来。杨胜利走过去招呼她，才注意到门边放着两个装得满当当的礼品袋。

傅秋红解释道，这是给杨叔带的一点礼物，不成敬意，还请你收下。

杨胜利说，你太客气了，客气了。哦，不用换鞋，不用换鞋。

她犹豫了一下，没有换鞋，慢慢走进客厅，在沙发上坐下来。

保姆倒上一杯水来。她表达了谢谢，端起来，还没举到唇边，又放下了。

杨胜利说，好多年没见到你了，你现在在哪里高就呢？

傅秋红腼腆一笑，说，在南方做点小生意。

看得出来，你的生意做得不错。

这，这也能看得出来？傅秋红有些惊诧。

杨胜利笑了笑，又问道，这么多年不见，你今天突然到家里来，是有什么事吧？

其实也没什么事。她低下头去，突然羞怯地一笑，又抬起头来，说，我是来找杨希望的。他在家吗？

他不在家啊，你来之前，没有联系过他吗？

联系过了，但他之前的电话号码好像更换了，是别的人在用。我就想着到他公司找他。公司里的人说他已经辞职了，谁也没有他的联系方式。不过他们告诉了我你们家的地址，我就找来了。

杨胜利叹了一口气，说，实不相瞒，希望去了哪里，我也不知道。他走之前，把手机号注销了，我也不知道怎么联系他。

他注意到那一瞬间她的失落与失望，像月光下的湖水，笼着一层薄雾的忧伤。她沉默了片刻，轻声问道，他这么悄无声息地走了，是为什么呢？

杨胜利说，他要去写小说，不想被人打扰，就断绝了与外界的任何联系。

傅秋红的脸上闪过一丝光亮，语调微微兴奋，他终于又开始写作了？哦，真好，真好。那他要回来吗？他什么时候回来呢？

他说了，他会回来的，但什么时候回来，我不知道。他已经走了四百六十一天了，或许他明天就回来，也或许一年，两年，十年，谁知道呢。

她端起杯子来喝水，动作很轻。杨胜利注意到她长长的睫毛忽闪忽闪，就像风拂过花瓣。

她喝了水后，便起身告辞了。她很客气，连声说，打扰了，打扰了。她出门的时候，杨胜利才发现，她已经瘸了。

下午，杨胜利推着周玉兰出门去散步。天仍是阴的，但一直没有雨。他推着妻子走了很远，回来的路上碰到了一位老友，又拉了半天家常。回到家，保姆告诉他，上午到家里来的那个蓝衣服的女人，下午又来过了，留了一封信。杨胜利问，她还说了什么吗？保姆回答，没说什么了。

信放在客厅的茶几上，密封着，信封上写着四个字：杨希望收。

杨胜利把信收起来，小心地放进抽屉。他要等儿子回来，把信交给他。

门前的小花园里，儿子种植的夏菊随着天气变冷而慢慢枯萎，后来又随着和煦春风而抽出了新叶。他想，等叶子再生长一些，结出了骨朵，它便开花了。

有一天清晨起来，他惊喜地发现，有几株夏菊结出了鲜嫩的骨朵，有着一种纤细的、惹人怜惜的欢喜。他问自己，花就要开了，儿子会在什么时候回来呢？

我回来的时候，夏菊刚刚绽开。那是夕光满天的黄昏，屋顶上挂着下坠的夕阳。杨胜利正陪着孙子杨平安在小花园里荡秋千，我听到杨平安的笑声就像风铃在响，摇落了一颗颗的星辰。我拖着沉重的行李走进去，喊了一声，爸！

我看到杨胜利脸上的笑容慢慢地僵硬了。杨平安兴奋地喊着，二叔！然后从秋千上一跃而下，朝我飞奔过来。我笑了，摸他的脑袋，他又蹿了好大一截。

杨胜利的声音微微发抖，回来了！

我说，我本该写快点，早点回来的。

写完了？

写完了，我顿了一下，问道，我妈怎么样了？

老样子。杨胜利长声叹息，你妈命苦啊。

我在房间里看望母亲的时候，发现桌子上摆放了一张全家福，那是当初杨光明为儿子摆百日宴的时候，我们一家人的合影。每个人都在笑，连仅有一百天的小婴儿也在手舞足蹈。多么美好的瞬间，只是时间已经走得太远。

我从房间里回到客厅时，夜已经黑透了。杨胜利拿出了一封信给我，说，有人给你的信。看到信封上的字迹，我心里不禁一哆嗦，拆信的手在微微发抖。信是手写的：

希望：

不知道你要什么时候才能看到这封信。我在写这封信时，心里百感交集。我无法形容现在的心情。

希望，你知道吗，当你在电话中向我求婚的时候，我都流泪了，我有一种无法说出的喜悦。也许，女人都是这样，哪怕她不喜欢对方，但被求婚，也仍然会高兴。我拒绝了你，那是因为，我觉得我年纪大了，脚也瘸了，我配不上你。也更因为，我之前的两段感情，我都全身心付出，毫无保留，结果却被伤得千疮百孔，我对爱情，尤其是婚姻，存在着一种刺猬似的自我防备。于是我删了你的微信，换了电话号码。对不起，请你原谅我的绝情。

但不知从什么时候起，我记不清了，我开始慢慢想你，我想得那么焦躁，那么忧伤。特别是在夜深的时候，我很渴望，有你陪在我身边，一起说说话，聊什么都行，漫画啊，电影啊，文学啊（虽然我不懂，但我可以听你给我讲）……终于我明白，我是喜欢你的。有时候我想，命运让我历尽千辛万苦，就是为了学会在余生好好地爱你！

于是我鼓起勇气给你打电话，但接电话的是陌生人，你已经换号了。微信、支付宝，也都联系不上你了。我就决定来白水找你。去了你家，你父亲说，你外出写小说去了。希望，听说你又重新写小说了。你记得吗，上次我们在军坡村重逢后，我跟你说过，你应该是那个孤独地站在热闹的人群中，用手中的笔去制造精神光芒的人。现在，你开始去成为那个人，我特别特别高兴，希望，加油，你能行的！只是很遗憾的是，你去了哪里，什么时候回来，没有人知道。我想，假如有缘，我们一定会再相见的。如果无缘，那我们，就此别过。

感谢你，从我生命中经过。保重！

秋红

2015年6月18日

那是怎样的一种悲喜交集啊，我努力咬着牙，不让自己哭出来。

半晌后，我才突然想起，信上没有留联系方式。我问父亲，她给你留电话了没？杨胜利愣了愣，说，好像没留。我急了，什么叫好像？到底留了没有？

没有。他这一次说得很坚定。

那她还说了什么？你把那天的事情告诉我。

杨胜利深饮了一口茶，开始向我讲述。我认真地听着，仿佛是我在经历着那平淡而意外的一天，是我推着我的母亲在外散步，傅秋红上门来打听消息时，是我告诉她杨希望杳无音信。窗外风吹着，天边偶有雷声滚动，而大雨迟迟未落。

我的父亲讲完后，静静地看着我。我还沉浸在那种身临其境的幻觉中，就像是一个久远的长梦。

杨胜利喊我。我回过神来，轻声对他说，爸，我想去找傅秋红！

你知道她在哪里吗？

不知道！

那你怎么去找她？

不知道。就以一种感觉吧，以这颗心。

他目不转睛地看了我一会儿，突然笑了，拍了拍我的肩膀，声音里满是温柔，去吧，我支持你。我也相信，你一定能找到她！就像我始终相信，你母亲能够醒过来一样。

他的手那么有力，蕴含着漫长的深意。

我轻轻一笑，胸中有一股热流。

这时隔壁的房间里传来一阵琴声，是杨平安在弹钢琴。琴声在婉转中含着苍茫，在高亢中藏着凄凉，又在低沉中裹着激越的忧伤，就像是起伏的地平线，沿着平原蔓延，又穿过大漠草原，翻过峰峦叠嶂，最后消失在漫漫的远方。

我快步回到房间，打开电脑，在书稿扉页上写下题记：有时候，命运让我历尽千辛万苦，就是为了学会在余生好好地爱你！